T0349349

ALLWARD
Mar de Tarim
Tarima
Las Estepas Lejanas
Korbij
EL TEMURIJON
Trazivy
DAHLAND
Askendur
Syrene
LARSIA
Adira
LEDOR
Izera
Puertas Dahilianas
El Mar Silencioso
ISHEIDA
BETAL
Lharat
Ciaom
Ghishan
LA CORONA DE NIEVE
Valle Corsbane
AHMSARE
El Harkos
Trisad
GHERA
Bahía de Sarian
Nessa
RHASHIR
Imrisid
Bihasar
Jirhali
El Río de la Princesa
Golfo del Tigre
Siemprebosque
Boca de Rhashira
Hizir
Las Montañas de los Bendecidos
Océano Nocturano
Bahía Sapphira
Safir

Bocas de los Dioses
Montañas de la Luna Invernal
Hjorn
Kovalinn
Yrla
EL JYD
La Vyrand
Thynbrok
Vodin
Puertas de Trec
Gidastern
Mar de la Gloria
Ghald
El Mar Vigilante
El Bosque del Castillo
Ascal
La Leomesa
Badentern
Sirandel
GALLAND
El Viejo León
El Joven León
Iona
Turadir
CALIDON
Rouleine
Partepalas
Lenava
MADRENCE
Las Montañas Cortein
Corranport
Lemarta
Lecorra
El Medino
Pennaline
Bahía de Vara
SISCARIA
Costa de la Emperatriz
Byllskos
Bahía de la Miel
Estrechos de Tyriot
Océano Aurorano
Estrecho del Ward
Almasad
Orisi
Tirakrion
TYRIOT
Golfo de los Viajantes
Aegironos
Lorsum
SARDOS
El Desierto del Águila
Salahae
Bahía de las Maravillas
Nkonabo
KASA
Ela
El Rudda
Benai
El Nkom
Barasa

DESTRUCTORA DE DESTINOS

GRANTRAVESÍA

VICTORIA AVEYARD

DESTRUCTORA DE DESTINOS

Traducción de
Karina Simpson

GRANTRAVESÍA

Destructora de destinos

Título original: *Fate Breaker*

Publicado según acuerdo con New Leaf Literary & Media Inc.,
a través de International Editors' Co.

Traducción: Karina Simpson

Arte de portada: Sasha Vinogradova
Mapa: Francesca Baraldi

C/ Calabria, 168-174 - Escalera B - Entlo. 2ª
08015 Barcelona, España
www.oceano.com
www.grantravesia.es

Guillermo Barroso 17-5, Col. Industrial Las Armas
Tlalnepantla de Baz, 54080, Estado de México
www.oceano.mx
www.grantravesia.com

Primera edición: 2024

ISBN: 978-84-127259-8-8
Depósito legal: B 10772-2024

Impreso en España / *Printed in Spain*

9005827010624

A los que caminan en la oscuridad, pero nunca pierden la esperanza, y a mí misma cuando tenía catorce años, cuando buscaba esta historia que finalmente encontré.

1

QUIENES QUEDARON ATRÁS

Charlon

Un sacerdote caído nombraba a sus dioses y le rezaba a cada uno de ellos.

Syrek. Lasreen. Meira. Pryan. Immor. Tíber.

De sus labios no salía ningún sonido, pero eso no importaba. Los dioses lo oirían de cualquier forma. *Pero ¿elegirían escucharlo?*

Durante sus días en la iglesia, Charlie solía preguntarse si los dioses eran reales. Si los reinos de más allá de Allward aún existían, esperando al otro lado de una puerta cerrada.

Ahora ya sabía la respuesta. Y le provocaba náuseas.

Los dioses son reales y los reinos lejanos están aquí.

Meer en el desierto, su Huso inundando el oasis. Los Ashlander en el templo, un ejército de cadáveres marchando desde sus profundidades.

Y ahora, Infyrna, quemando la ciudad ante sus ojos.

Las llamas malditas saltaban contra un cielo negro, mientras una ventisca rugía contra el humo. El Reino Ardiente consumía la ciudad de Gidastern y amenazaba con consumir su ejército también.

Charlie observaba con el resto de su desaliñada hueste, cada guerrero horrorizado y con la mirada perdida. Ancianos y mortales, saqueadores jydis y soldados Treckish. Y los Compañeros también. Todos mostraban el mismo miedo en el rostro.

Pero eso no les impidió avanzar, con su grito de guerra resonando entre el humo y la nieve.

Todos cabalgaban hacia la ciudad, con el Huso y las llamas del mismísimo infierno.

Todos, menos Charlie.

Se movió en la montura. Se sentía más cómodo en su yegua que antaño. Aun así, le dolía el cuerpo y le punzaba la cabeza. Deseó tener el alivio de las lágrimas. *¿Se congelarían o hervirían?*, se preguntaba, mientras observaba cómo el mundo parecía desmoronarse.

La ventisca, el incendio. El grito de guerra de Ancianos y jydis por igual. Las flechas inmortales tintinearon y el acero de Treckish crujió. Doscientos caballos atravesaron el árido campo, cargando hacia las puertas en llamas de Gidastern.

Charlie quiso cerrar los ojos, pero no pudo.

Les debo esto. Si no puedo luchar, puedo verlos partir.

Se le cortó la respiración.

Puedo verlos morir.

—Que los dioses me perdonen —murmuró.

Su alforja de plumas y tinta pesaba mucho a su costado. Ésas eran sus armas más que cualquier otra cosa. Y en ese momento, eran completamente inútiles.

Así que volvió a la única arma que le quedaba.

Una oración le volvió lentamente, desde los rincones olvidados de otra vida.

Antes de ese agujero en Adira. Antes de desafiar a todos los reinos de Ward y arruinar mi futuro.

Mientras recitaba esas palabras, los recuerdos relampagueaban, afilados como cuchillos. Su taller bajo la Mano del

Sacerdote. El olor a pergamino en la húmeda habitación de piedra. La sensación de la soga de la horca alrededor de su cuello. El calor de una mano apoyada en su cara; los callos de Garion, tan familiares como cualquier otra cosa del reino. La mente de Charlie recordaba a Garion y su último encuentro con él. Todavía le escocía, era una herida que nunca cicatrizó del todo.

—Fyriad, el Redentor —continuó, nombrando al dios de Infyrna—. Que tus fuegos nos limpien y quemen el mal de este mundo.

La oración le dejó mal sabor de boca. Pero era algo, al menos. Algo que podía hacer por sus amigos. Por el reino.

Lo único, pensó con amargura, viendo cómo el ejército avanzaba.

—Soy un sacerdote consagrado de Tiber, un servidor de todo el panteón, y que todos los dioses me oigan como escuchan a los suyos…

Entonces, un aullido desgarró el aire como un rayo y su yegua se estremeció.

Al otro lado del campo, las puertas de la ciudad se doblaron, sacudidas por algo en su interior. Algo grande y poderoso, una multitud que gritaba como una manada de lobos fantasmales.

Con un ramalazo de terror, Charlie se dio cuenta de que no estaba lejos de la verdad.

—Por los dioses —maldijo.

Los Compañeros y su ejército no vacilaron, el muro de cuerpos avanzaba en línea recta. A través de las llamas… y los monstruos dentro de ellas. Las puertas de la ciudad se derrumbaron, revelando demonios infernales como sólo los había visto en manuscritos divinos.

Lomos llameantes, sombras cenicientas.

—Sabuesos del infierno —susurró Charlie.

Los monstruos saltaron hacia el ejército sin miedo. Sus cuerpos ardían, las llamas nacían de su piel y sus patas larguísimas eran negras como el carbón. La nieve hervía sobre sus pelajes ardientes, levantando nubes de vapor. Sus ojos brillaban como brasas y sus mandíbulas abiertas escupían ondas de calor.

Los manuscritos no eran tan temibles como la realidad, pensó Charlie con pesar.

En las páginas de los viejos libros eclesiásticos, los sabuesos infernales eran sagaces y pequeños, quemados y retorcidos. No como estos lobos letales, más grandes que caballos, con colmillos negros y garras asesinas.

Los manuscritos también se equivocaban en otra cosa.

Los sabuesos infernales pueden morir, se dio cuenta Charlie, al ver cómo uno se deshacía en cenizas tras un golpe de la espada de Domacridhan.

Algo parecido a la esperanza, por pequeño y feo que fuera, surgió en el interior del sacerdote caído. Charlie contuvo la respiración, viendo a los Compañeros abrirse paso a través de los sabuesos hacia la ciudad en llamas.

Dejando a Charlie solo con los ecos.

Era una tortura mirar las puertas vacías, esforzándose por ver algo dentro.

¿Han encontrado el Huso?, se preguntó. *¿Los sabuesos han ido a defenderlo? ¿Todavía está aquí Taristan, o lo perdimos de nuevo?*

¿Van a morir todos y dejarme a mí la responsabilidad de salvar el reino?

Se estremeció ante el último pensamiento. Por su propio bien y por el bien del mundo.

—Desde luego que no —dijo en voz alta.

Su yegua respondió con un relincho.

Charlie le acarició el cuello.

—Gracias por tu confianza.

De nuevo observó la ciudad de Gidastern, una ciudad de miles de habitantes reducida a un cementerio en llamas. Y quizá también una trampa.

Se mordió el labio, apretó la piel entre sus dientes. Si Taristan estaba allí, como lo sospechaban, ¿qué sería de los Compañeros? ¿De Corayne?

Ella es poco más que una niña, con el mundo sobre sus hombros, Charlie se maldijo a sí mismo. *Y aquí estoy yo, un hombre adulto, esperando a ver si ella logra salir con vida.*

Sus mejillas se encendieron, y no por el calor de las llamas. Con todo su corazón deseó haber sido capaz de sacarla de la batalla. Se estremeció, con una punzada de arrepentimiento en el pecho.

Nunca podrías haberla salvado de esto.

Otro ruido surgió de la ciudad, una llamada gutural. Pero provenía de muchas bocas, tanto humanas como de otro mundo. Sonaba como una campana de la muerte. Charlie lo conocía muy bien. Oyó lo mismo en el templo de las estribaciones, surgiendo de incontables cadáveres de muertos vivientes.

El resto del ejército del Huso está aquí, se dio cuenta con un sobresalto. *Los Ashlander, los de Taristan.*

De repente, sus ágiles dedos se enroscaron en las riendas, que sujetó con la fuerza del hierro.

—Malditas sean las llamas, los sabuesos y los cadáveres —murmuró Charlie, echándose la capa hacia atrás para liberar sus brazos. Tomó su espada corta con una mano—. Y maldito sea yo también.

Con un golpe de riendas, impulsó a la yegua y ésta echó a correr. El corazón le latía con fuerza en el pecho, al ritmo de los cascos contra el suelo ceniciento. La ventisca se arremolinó, las nubes se tiñeron de rojo, el mundo se convirtió en un infierno. Y Charlie cabalgó directo hacia allí.

La puerta se vislumbraba, y más allá las calles en llamas. Un camino se desplegaba, llamando al sacerdote fugitivo.

Al menos esto no puede empeorar, pensó.

Entonces, algo palpitó en el cielo, detrás de las nubes, un golpe sordo como un inmenso corazón.

La columna vertebral de Charlie se convirtió en hielo.

—Mierda.

El rugido del dragón sacudió el aire con toda la furia de un terremoto.

Su yegua chilló y se levantó sobre las patas traseras, con los cascos delanteros dando patadas de impotencia. Charlie requirió de toda su voluntad para mantenerse sobre la montura. Su espada cayó al suelo y se perdió entre la ceniza y la nieve. Observó con los ojos muy abiertos, incapaz de apartar la mirada.

El gran monstruo irrumpió a través de las oscuras nubes sobre la ciudad. Su cuerpo enjoyado, rojo y negro, danzaba con la luz de las llamas. El dragón retorcido, nacido del dios Tiber y del reino resplandeciente de Irridas. *El Reino Deslumbrante,* lo supo entonces Charlie, recordándolo de las escrituras. Un lugar cruel de oro y joyas, y cosas terribles corrompidas por la avaricia.

De las fauces del dragón brotaba fuego y sus garras brillaban como acero negro. El viento caliente sopló sobre las murallas, arrastrando nieve y ceniza y el putrefacto olor a sangre del dragón. Charlie sólo pudo ver cómo el monstruo del Huso se estrellaba contra la ciudad, derribando torres y campanarios.

Su pluma había trazado muchos dragones a lo largo de los años, dibujando patrones de llamas y escamas, garras y colmillos. Alas de murciélago, colas de serpiente. Como los sabuesos de Infyrna, la realidad era mucho más horrible.

No había espada que él pudiera levantar contra un demonio como éste. Nada podía hacer un mortal contra un dragón de un reino lejano.

Ni siquiera los héroes podrían sobrevivir a algo así.

Los villanos tampoco.

Y desde luego, yo no.

La vergüenza trepó por su garganta, amenazando con ahogar la vida de Charlon Armont.

Pero, por todos los Ward, por todos los reinos, no podía ir más lejos.

Por fin brotaron las lágrimas que deseaba, ardientes y heladas a partes iguales. Las riendas se tensaron en su mano, tirando de su yegua para alejarse de la ciudad, del Huso, de los Compañeros. Del principio del fin del mundo.

Ahora sólo quedaba una pregunta.

¿Hasta dónde puedo llegar antes de que también llegue el final para mí?

* * *

En sus veintitrés años, Charlie nunca se había sentido tan solo. Ni siquiera la horca le pareció tan lúgubre.

Ya había anochecido cuando por fin salió de la ventisca y las nubes de ceniza. Pero el olor a humo se le adhería a la piel como un estigma.

—Me lo merezco —murmuró Charlie para sí. Volvió a limpiarse la cara, las lágrimas secas. Tenía los ojos rojos y en carne viva, como su corazón roto—. Me merezco todo lo horrible que me pase ahora.

La yegua resoplaba con fuerza y sus flancos humeaban contra el aire invernal. Agotada, aminoró la marcha y Charlie la obligó a detenerse. Se deslizó sin gracia de la montura, con las piernas arqueadas y doloridas.

No conocía el mapa de Ward tan bien como Sorasa o Corayne, pero Charlie era un fugitivo, no un tonto. Sabía orientarse mejor que la mayoría. Con una mueca de dolor, sacó un mapa de pergamino de sus alforjas y lo desplegó, entrecerrando los ojos. Aún le faltaban algunos kilómetros para entrar en el Bosque del Castillo. Delante de él, el poderoso bosque devoraba el lejano horizonte; era un muro negro bajo la luna plateada.

Podía seguir dirigiéndose al este, hacia el bosque, usando los espesos árboles como camuflaje contra cualquier persecución. Adira estaba en la dirección opuesta, muy al oeste, en territorio enemigo. Pensó en su pequeña tienda bajo la iglesia destruida; entre las plumas y la tinta, las estampillas y los sellos de cera.

Allí estaré a salvo, lo supo Charlie. *Hasta el final. Los conquistadores se comen la podredumbre al final.*

Por desgracia, el camino de vuelta a Adira pasaba demasiado cerca de Ascal. Pero no sabía adónde más ir. Había demasiados caminos por recorrer.

—No lo sé —le refunfuñó a su yegua.

Ella no respondió, ya estaba dormida.

Charlie le hizo una mueca y enrolló el pergamino. Observó sus alforjas, aún intactas, con su equipo y comida. *Suficiente,* notó, comprobando las provisiones. *Suficiente para llegar al próximo pueblo y algo más.*

No se arriesgó a encender una fogata. Charlie dudaba que pudiera encenderla, aunque lo intentara. Había pasado sus días de fugitivo principalmente en ciudades, no en la naturaleza. Por lo general, nunca estaba lejos de una taberna de mala muerte o una bodega donde dormir, con sus documentos falsificados y monedas falsas al alcance de la mano.

—No soy Sorasa, ni Andry, ni Dom —murmuró, deseando la presencia de cualquiera de los Compañeros.

Incluso Sigil, que lo arrastraría ella misma a la horca por un saco de oro.

Incluso Corayne, que se encontraría tan desamparada como él, sola en el bosque invernal.

Enfadado, se apretó más la capa. Bajo el humo, aún olía a Volaska. A lana buena, a gorzka derramada y al calor de un fuego crepitante en el castillo de Treckish, ya lejano.

—No puedo hacer nada útil aquí.

Le sentaba bien hablar, aunque no hablara con nadie.

—Tal vez puedan oírme —dijo, mirando las estrellas con tristeza.

Parecían burlarse de él. Si pudiera golpear cada una de ellas desde el cielo, lo haría. En lugar de eso, pateó la tierra, haciendo saltar piedras y hojas caídas.

Le volvieron a arder los ojos. Esta vez, pensó en los Compañeros, y no en las estrellas. Corayne, Sorasa, Dom, Sigil, Andry. Incluso Valtik. Todos quedaron atrás. Todos quemados y reducidos a cenizas.

—Fantasmas, todos ellos —siseó, restregándose los ojos llorosos.

—Mejor un cobarde que un fantasma.

Un escalofrío recorrió la columna vertebral de Charlie, quien casi se derrumbó por el susto y la sorpresa.

La voz era familiar como las propias plumas de Charlie, como sus propios sellos minuciosamente cortados a mano. Trinaba, melódica, con el leve toque de un acento madrentino entrelazado en la lengua primordial. Alguna vez Charlie había comparado esa voz con la seda que esconde una daga. Suave y peligrosa, hermosa hasta el momento en que decide no serlo.

Charlie parpadeó, agradecido por la luz de la luna. El mundo se volvió plateado y las pálidas mejillas de Garion, de porcelana. Su pelo caoba oscuro se enroscaba sobre su frente.

El asesino estaba a unos metros, a una distancia prudencial entre ellos, con un fino estoque a su lado. Charlie también conocía el arma, un objeto ligero, concebido para la velocidad y la defensa rápida. El verdadero peligro era la daga de bronce que guardaba Garion en la túnica. La misma que llevaban todos los Amhara para marcarlos como asesinos, la más fina y mortífera de Ward.

Charlie apenas podía respirar, mucho menos hablar.

Garion dio un paso adelante, su paso lento era fácil y letal.

—No quiero decir que te considero un cobarde —continuó Garion, levantando una mano enguantada en el aire—. Tienes tus momentos de valentía, cuando te lo propones. ¿Y cuántas veces has estado en la horca? ¿Tres? —Contó con los dedos—. Y ni una sola vez te has orinado encima.

Charlie no se atrevió a moverse.

—Eres un sueño —susurró, rezando para que la visión no desapareciera.

Aunque no sea real, espero que perdure.

Garion sólo sonrió, mostrando unos dientes blancos. Sus ojos oscuros brillaban al acercarse.

—Ciertamente, tienes facilidad de palabra, sacerdote.

Exhalando despacio, Charlie sintió que sus manos heladas despertaban.

—No hui. Fui a la ciudad y me quemé con todos los demás, ¿no? Yo estoy muerto y tú estás…

El asesino inclinó la cabeza.

—¿Eso me convierte en tu cielo?

La cara de Charlie se contrajo. Sus mejillas ardían contra el aire frío y sus ojos le escocían. Tenía la visión borrosa.

—Me resisto a decirlo, pero eres realmente feo cuando lloras, querido —dijo Garion, desdibujándose.

No es real, ya se está desvaneciendo, es un sueño dentro de un sueño.

Este pensamiento sólo provocó que las lágrimas brotaran más rápido, hasta que incluso la luna se desdibujó.

Pero Garion permaneció ahí. Charlie sintió su calor, y el áspero golpe de una mano enguantada en sus mejillas.

Sin pensarlo, Charlie tomó una de las manos de Garion entre las suyas. Le resultaba familiar, incluso bajo las capas de fino cuero y piel.

Parpadeando lentamente, Charlie volvió a mirar a Garion. Pálido a la luz de la luna, sus ojos eran oscuros, pero brillantemente vivos. Y *reales*. Por un momento, el reino se quedó inmóvil. Incluso el viento de los árboles se detuvo y los fantasmas de sus mentes se callaron.

No duró mucho.

—¿Dónde has estado? —dijo Charlie bruscamente, soltando la mano de Garion. Dio un paso atrás y ahogó un resoplido muy poco digno.

—¿Hoy? —Garion se encogió de hombros—. Bueno, primero esperé a ver si ibas a correr hacia una ciudad en llamas.

Estoy muy agradecido de que no lo hayas hecho —sonrió—. Al menos, convertirte en héroe no te ha quitado el sentido.

—Héroe —espetó Charlie. Volvió a tener ganas de llorar—. Un héroe habría entrado en Gidastern.

La sonrisa de Garion desapareció por completo.

—Un héroe estaría muerto.

Muerto como todos los demás. Charlie se estremeció, sintió la vergüenza como un cuchillo en su estómago.

—¿Y dónde estabas antes de hoy? —preguntó Charlie—. ¿Dónde estuviste *dos* años?

Garion se sonrojó, pero no se movió.

—¿Quizá me cansé de salvarte de la horca?

—Como si alguna vez te hubiera resultado difícil hacerlo.

Charlie recordaba muy bien la última vez. La sensación de la cuerda gruesa contra su cuello, los dedos de los pies rozando la madera del cadalso. La trampilla bajo él, a punto de abrirse. Y Garion entre la multitud, esperando el momento de rescatarlo.

—El último no era más que un puesto de avanzada de mierda, con una guarnición más tonta que un burro —murmuró Charlie—. Ni siquiera te esforzaste.

El asesino se encogió de hombros, parecía orgulloso de sí mismo.

Ese gesto indignó a Charlie.

—¿Dónde estabas?

Su pregunta quedó suspendida en el aire helado.

Finalmente, Garion bajó la mirada y se miró las botas pulidas.

—Vigilaba a Adira siempre que podía —dijo con voz baja y hosca—. Entre contrato y contrato, cuando los vientos y el tiempo lo permitían. Llegué hasta el camino elevado muchas veces. Y *siempre* estaba atento a las noticias. No me... No me había ido.

Charlie inhaló una fría bocanada de aire.

—*Para mí,* ya te habías ido.

Garion volvió a mirarlo a los ojos, con el rostro repentinamente tenso.

—Mercurio me lo advirtió. Sólo lo hace una vez.

La mención del señor de los Amhara, uno de los hombres más mortíferos del reino, les hizo recuperar la sobriedad. Fue el turno de Charlie de mirarse los zapatos, y pisó el suelo con torpeza. Incluso él sabía que no debía contrariar a Lord Mercurio ni tentar su ira. Garion le había contado suficientes historias sobre Amhara caídos. Y Sorasa era una prueba de ello. Su destino fue misericordioso, según se dice. Sólo expulsada, avergonzada y exiliada. No torturada ni asesinada.

—Ya estoy aquí —murmuró Garion, dando un paso vacilante hacia delante.

De repente, la distancia que los separaba parecía demasiado grande, pero también demasiado corta.

—¿Así que no me despertaré mañana para descubrir que ya no estás? —preguntó Charlie, casi sin aliento—. Para darme cuenta de que todo esto...

—¿Fue un sueño? —ofreció Garion, divertido—. Lo diré otra vez. Esto no es un sueño.

La desdichada esperanza volvió a brotar, tenaz y obstinada.

—Supongo que está más cerca de una pesadilla —murmuró Charlie—. Con el fin del mundo y todo eso.

La sonrisa de Garion se ensanchó.

—El fin del mundo puede esperar, mi ratón de iglesia.

Ese viejo apodo revivió gratas sensaciones en el corazón de Charlie, hasta el punto de reportarle nuevos ánimos..

—Mi zorro —respondió el sacerdote, sin pensarlo.

El asesino acortó la distancia con su gracia natural, ni lenta ni rápida. Aun así, tomó a Charlie desprevenido, incluso cuando sus manos enguantadas aferraron su cara. Y los labios de Garion se encontraron con los suyos, mucho más cálidos que el aire, firmes y familiares.

Sabía a verano, a otra vida. Como el momento de calma entre el sueño y la vigilia, cuando todo queda en silencio. Por una fracción de segundo, Charlie olvidó los Husos, el reino destruido y los Compañeros muertos tras de sí.

Pero no podía durar. El momento acabó, como acaban todas las cosas.

Charlie se apartó despacio, con las manos sobre las de Garion. Se miraron fijamente, ambos buscando qué decir.

—¿Te cazará Mercurio? —preguntó finalmente Charlie, con la voz temblorosa. —¿Quieres la verdad, mi amor?

Charlie no dudó, ni siquiera cuando entrelazó sus dedos con los de Garion.

—Estoy dispuesto a cambiar un corazón roto por un cuerpo vivo.

—Siempre te gustaron las palabras bonitas —Garion le sonrió, aunque sus ojos se enfriaron.

—¿Qué hacemos ahora? —murmuró Charlie, sacudiendo la cabeza.

Para su sorpresa, Garion se echó a reír.

—Tonto —rio entre dientes—. *Vivimos*.

—¿Por cuánto tiempo? —se burló Charlie, soltando las manos. Miró hacia la oscuridad, hacia la ciudad en llamas y el Huso aún desgarrado.

Garion siguió su mirada y observó por encima del hombro. Sólo estaba la negrura de la noche y el frío amargo de la luna.

—Realmente lo crees, ¿verdad? —dijo en voz baja—. ¿El fin del reino?

—Por supuesto que sí. Lo he visto. Lo sé —afirmó Charlie. A pesar de su frustración, de alguna manera se sentía bien al discutir con Garion. Significaba que era real e imperfecto, defectuoso, como Charlie recordaba. No una alucinación brillante.

—La ciudad detrás de nosotros está ardiendo, tú también la viste.

—Las ciudades arden constantemente —respondió Garion, blandiendo su estoque en el aire.

Charlie extendió una mano y el asesino se detuvo, con la espada ligera colgando a su lado.

—Así no —exhaló Charlie, tan enérgico como pudo. Quería que su amante escuchara, que oyera su propio terror—. Garion, el mundo se acaba. Y *nosotros* con él.

Con un largo suspiro, Garion envainó su espada.

—Realmente sabes cómo destruir un momento, ¿verdad, cariño? —sacudió un dedo en dirección a él—. ¿Es esa culpa religiosa que cargan todos los sacerdotes, o sólo es tu personalidad?

Charlie se encogió de hombros.

—Quizá las dos cosas. No puedo permitirme ni un momento de felicidad, ¿verdad?

—Ah, tal vez un solo momento.

Esta vez, Charlie no se inmutó cuando Garion lo besó, y el tiempo no se detuvo. El viento soplaba frío, haciendo vibrar las ramas, y agitaba el cuello de Charlie, levantando el olor a humo.

Con un gesto de dolor, Charlie dio un paso atrás. Arrugó la frente.

—Necesitaré otra espada —dijo, mirando la vaina vacía sobre su cadera.

Garion sacudió la cabeza y suspiró, frustrado.

—No eres un héroe, Charlie. Yo tampoco.

El sacerdote ignoró al asesino. Volvió a sacar el mapa y lo dejó en el suelo.

—Pero aún podemos hacer algo.

Garion se agachó a su lado, con una expresión de diversión en el rostro.

—¿Y eso qué es exactamente?

Charlie miró el pergamino y trazó una línea a través del bosque. Pasando ríos y pueblos, adentrándose en él.

—Ya se me ocurrirá algo —murmuró. Con el dedo trazó una línea sobre el bosque, en el mapa—. En algún momento.

—Ya sabes lo que pienso del Bosque del Castillo —dijo Garion con aire molesto. Sus labios se torcieron con desagrado, y con un poco de temor también.

Charlie casi puso los ojos en blanco. Había demasiadas historias sobre brujas en el bosque, nacidas entre los ecos que dejaban los Husos tras de sí. Pero las brujas del Huso eran la menor de sus preocupaciones en esos momentos. Sonrió despacio, sintiendo el aire frío en los dientes.

—Créeme, no hui de un dragón sólo para morir en el caldero crepitante de una vieja —exclamó—. Ahora, ayúdame a encontrar un camino donde no me maten.

Garion rio entre dientes.

—Haré lo que pueda.

2

MUERTE, O ALGO PEOR

Andry

Bienaventurados los quemados.

La vieja oración resonó en la cabeza de Andry. Recordaba cómo solía rezarla su madre, sobre la chimenea de sus aposentos, con las manos morenas extendidas hacia el dios redentor.

Desde luego, ahora no me siento bendecido, pensó, tosiendo otra bocanada de humo mientras corría. La mano de Valtik estaba fría sobre la suya, con sus dedos huesudos sorprendentemente fuertes, mientras los guiaba por la ciudad.

El ejército de muertos vivientes de Taristan se tambaleaba por las calles detrás de ellos. La mayoría eran Ashlander, nacidos de un reino roto, poco más que esqueletos, podridos hasta los huesos. Pero algunos estaban *frescos*. Los muertos de Gidastern luchaban ahora para Taristan, los ciudadanos de su propio reino recurrieron a soldados cadáveres. Su destino era demasiado horrible para comprenderlo.

Y más se les unirán, sabía Andry, pensando en los soldados que cabalgaron hacia Gidastern. Todos los cuerpos quedaron atrás. Los saqueadores jydis. Los Ancianos. La banda de guerra Treckish.

Y los Compañeros también.

Sigil.

Dom.

Los dos gigantes se quedaron atrás para defender la retirada y ganar todo el tiempo posible para Corayne. Andry sólo rezaba para que su sacrificio hubiera sido suficiente.

Y que Sorasa fuera suficiente para proteger a Corayne sola.

Andry se estremeció al pensarlo.

Corrieron a toda velocidad a través de lo que parecía el mismísimo infierno, un laberinto lleno de sabuesos monstruosos, el ejército de cadáveres; Taristan, su mago rojo y un maldito dragón. Por no hablar de los peligros de la propia ciudad, los edificios ardiendo y derrumbándose a su alrededor.

De alguna manera, Valtik los mantuvo por delante de todo eso y guio a Andry hacia los muelles de la ciudad.

En el puerto sólo quedaban unos pocos barcos pequeños, la mayoría de los cuales ya se habían hecho a la mar. Los soldados se amontonaban sobre cualquier cosa que flotara, vadeando los bajíos o saltando desde los muelles. La ceniza cubría de hollín sus armaduras y rostros, ocultando cualquier insignia o color del reino. Treckish, Ancianos, jydis... Andry apenas podía distinguirlos.

Todos parecen iguales ante el fin del mundo.

Sólo Valtik escapaba de algún modo a la ceniza que estaba cayendo a su alrededor. Su vestido seguía blanco, sus pies descalzos y sus manos limpios. Se detuvo para contemplar la ciudad en llamas, donde la muerte resonaba en cada calle. Las sombras se movían entre el humo y se adentraban en el puerto.

—Conmigo, Valtik —dijo Andry bruscamente, enlazando su brazo con el de ella.

Conmigo. El viejo grito de guerra de los caballeros gallandeses devolvió algo de fuerza a sus piernas. Andry sintió esperanza y miedo a partes iguales. *Quizá sobrevivamos a esto o quizá nos dejen atrás.*

—Sin las estrellas, sin el sol, el camino es rojo, el sendero borrado —canturreaba la bruja en voz baja.

Corrieron juntos hacia un barco pesquero que ya se movía, con su vela desplegada. La anciana no dudó en saltar al vacío. Sólo para aterrizar a salvo en la cubierta del barco, sin ni siquiera despeinarse.

Andry subió con menos gracia, saltando tras ella.

Pisó con fuerza en la cubierta, pero su cuerpo se sentía extrañamente ligero. El alivio corrió por sus venas cuando la pequeña embarcación atravesó el puerto en llamas y dejó atrás el ejército de cadáveres que se arrastraba por la orilla.

El barco era apenas más grande que una barcaza de río, con capacidad para unos veinte hombres. Pero estaba en condiciones de navegar, y eso era más que suficiente. Un grupo heterogéneo de soldados, saqueadores e inmortales ocupaban la cubierta, impulsando el barco mar adentro.

El humo se extendía sobre las olas, como dedos negros en busca del horizonte. Pero quedaba una única franja de luz solar, brillando sobre el mar. Un recordatorio de que no todo el reino era este infierno.

Todavía.

Con tristeza, Andry miró hacia la ciudad en ruinas.

Gidastern ardía y ardía, con columnas de humo que se elevaban hacia el cielo infernal. La luz roja y las sombras negras se disputaban el control, y las cenizas caían sobre todas las cosas como nieve. Y, por debajo de todo eso, se oían los gritos, los aullidos, los sonidos de la madera que se astillaba y la piedra al resquebrajarse. El lejano y estremecedor batir de unas alas gigantescas en algún lugar de las nubes sonaba a muerte, o algo peor.

—Corayne —murmuró su nombre como una plegaria. Esperaba que los dioses pudieran escucharlo. Que ya estuviera lejos de ese lugar, a salvo con Sorasa y la última Espada de Huso.

—¿Está ella a salvo? —se volvió hacia Valtik—. Dime, ¿está a salvo, está viva?

La bruja sólo se giró, ocultando su rostro.

—¡VALTIK! —su propia voz sonaba distante.

A través de su visión, Andry la vio acercarse a la proa del pequeño bote. Tenía sus manos nudosas a los costados, los dedos curvados en pálidas garras. Sus labios se movieron, formando palabras que él no pudo descifrar.

Por encima, la vela se llenó de una fría ráfaga de viento, empujándolos cada vez más rápido hacia el abrazo helado del Mar Vigilante.

* * *

Peces morados nadaban por el pequeño estanque del patio. Sus aletas creaban ondas en la superficie.

Andry observó y respiró hondo. Todo olía a jazmín y a sombra fresca. Nunca había estado ahí, pero conocía el patio de todos modos. Era la casa de los Kin Kiane, la familia de su madre en Nkonabo. Al otro lado del Mar Largo, tan lejos del peligro como se podía estar.

Al otro lado del estanque su madre sonreía, con su familiar rostro moreno más vivo de lo que él recordaba. Estaba sentada en una silla sin ruedas, envuelta en una sencilla túnica verde. La tierra natal de Valeri Trelland le sentaba mejor que el norte.

El corazón de Andry dio un salto al verla. Quería ir a ver a su madre, pero sus pies no se movían, clavados en las piedras. Abrió la boca para hablar. No emitió sonido alguno.

Te extraño, intentó gritar. *Espero que estés viva.*

Ella se limitó a devolverle la sonrisa, con arrugas en las comisuras de sus ojos verdes.

Él también sonrió, por ella, aunque su propio cuerpo se enfriaba. El jazmín se desvaneció, sustituido por el agudo sabor del agua salada.

Esto es un sueño.

Andry se despertó sobresaltado, como un hombre alcanzado por un rayo. Por un momento quedó suspendido en su propia mente, intentando comprender lo que le rodeaba. El vaivén de las olas, la dura cubierta del barco. Una manta raída sobre su cuerpo. El aire helado en las mejillas. Olor a agua salada, no a humo.

Estamos vivos.

Una figura baja y ancha estaba de pie junto al escudero, iluminada por la luz de la luna y los faroles colgados de las jarcias. *El príncipe de Trec,* comprendió Andry con otro sobresalto.

—No sabía que Galland permitiera a sus escuderos dormir estando de servicio —dijo el príncipe Oscovko, oscuramente divertido.

—No soy escudero de Galland, Alteza —respondió Andry, esforzándose por incorporarse.

El príncipe sonrió y se movió, las linternas iluminaron más su rostro. Tenía un ojo morado y una buena cantidad de sangre en sus pieles. No es que a Andry le importara. Todos tenían peor aspecto.

Lentamente, Oscovko le tendió la mano. Andry la estrechó sin titubear y se puso en pie.

—A ti tampoco te dejan hacer bromas, ¿verdad? —dijo Oscovko, golpeando a Andry en el hombro—. Me alegra ver que lograste salir.

La mandíbula de Andry se tensó. A pesar de su desenfado, vio ira en los ojos de Oscovko, y también miedo.

—Muchos no lo lograron —añadió el príncipe, mirando hacia la orilla.

Pero detrás de ellos sólo había negrura. Ni siquiera quedaba un atisbo de la ciudad en llamas.

Es inútil mirar atrás, Andry lo sabía.

—¿Cuántos hombres tienes? —preguntó bruscamente.

Su tono tomó desprevenido a Oscovko. El príncipe palideció y señaló a lo largo del pequeño pesquero. Rápidamente, Andry contó doce en cubierta, incluidos Valtik y él mismo. Los demás supervivientes estaban tan maltrechos como Oscovko. Mortales e inmortales por igual. Saqueadores, Ancianos y soldados. Algunos heridos, otros durmiendo. Todos aterrorizados.

A proa y popa, en ambas direcciones, pequeñas luces se balanceaban a su paso. Entrecerrando los ojos, Andry distinguió formas negras a la luz de la luna, sus propias linternas como estrellas.

Otros barcos.

—¿Cuántos, mi señor? —dijo de nuevo Andry, más fuerte que antes.

En la cubierta inferior, los demás supervivientes voltearon para observarlos conversar. Valtik permaneció en la proa, con el rostro hacia la luna.

Oscovko se burló y negó con la cabeza.

—¿Acaso te importa?

—Nos importa a todos. —Andry enrojeció, sus mejillas se calentaron a pesar del frío—. Necesitamos a todos los soldados que puedan luchar...

—Eso ya te lo he dicho —Oscovko lo interrumpió con un gesto de una mano magullada, cortando el aire como un cuchillo, y humilló el rostro, dividido entre la tristeza y la desesperación—. Mira a dónde nos ha llevado. *A los dos.*

Andry se mantuvo firme, inflexible, incluso ante un príncipe. Sus días en la corte real habían quedado atrás y ya no era un escudero. La cortesía no importaba. Ahora sólo existían Corayne, la espada y el reino. Rendirse no era una opción.

—Come, bebe. Atiende tus heridas, Trelland —dijo finalmente Oscovko, exhalando un suspiro de rabia. Su ira se convirtió en compasión, sus ojos se suavizaron de una forma que Andry odiaba. Lentamente, Oscovko le tomó el hombro—. Eres joven. No has visto antes una batalla como esta, no sabes el precio que hay que pagar.

—He visto más de esto que usted, mi señor —murmuró Andry.

El príncipe se limitó a sacudir la cabeza, afligido. La rabia que sentía se había visto eclipsada por el dolor.

—El viaje a casa es más largo para ti que para mí —respondió Oscovko, dándole un apretón en el hombro.

Algo se encendió en Andry Trelland. Apartó la mano del príncipe y se interpuso en su camino, bloqueando la cubierta.

—No tengo un hogar al que volver, y tú tampoco lo tendrás, Oscovko —gruñó—. No, si abandonamos el reino ahora.

—*¿Abandonar?* —la ira de Oscovko se multiplicó por diez—. Tienes razón, Andry Trelland. No eres un escudero. Y tampoco eres un caballero. No tienes idea de cuánto han dado estos hombres. No lo sabes, si ahora les pides que den más.

—Has visto la ciudad —replicó Andry—. Has visto lo que Taristan le hará a tu reino, *al resto del mundo.*

Oscovko era tan guerrero como príncipe, y agarró el cuello de Andry con una velocidad fulminante. Lo miró con los dientes apretados y bajó la voz a un áspero susurro.

—Deja que estos hombres vuelvan a casa con sus familias y mueran con gloria —gruñó, con voz grave y amenazadora—. Se acerca la guerra, y lucharemos desde nuestras fronteras, con todo el poder de Trec detrás de nosotros. Permite que se queden con esto, Trelland.

Andry no vaciló y le devolvió la mirada al príncipe. Igualó su furioso susurro.

—No puedes morir con gloria si no queda nadie que recuerde tu nombre.

Una sombra pasó por la cara de Oscovko. Entonces gruñó como un animal al que se le niega una presa.

—Un vaso roto no retiene el agua.

La voz resonó en el barco, fría como el viento helado. Tanto Andry como Oscovko se giraron para descubrir otra figura, de pie junto a la borda. Era más alta que Andry, incluso más que Dom, y tenía el cabello rojo oscuro trenzado. Su piel brillaba más blanca que la luna, pálida como la leche. Y, como Dom, tenía el aspecto de los Ancianos. Inmortal y distante, antigua, apartada del resto.

Rápidamente, Andry frunció el ceño.

—Lady Eyda —murmuró.

La recordaba llegando con los jydis y los demás inmortales, sus barcos deslizándose entre la ventisca. Era temible como cualquier guerrero, y madre del Anciano monarca de Kovalinn. Todo, menos una reina.

Oscovko soltó el cuello de Andry, volviendo su frustración hacia la inmortal.

—Tendrás más suerte hablando de acertijos a la bruja de los huesos —ladró, señalando a Valtik en la proa—. Los lobos de Trec ya no tienen paciencia para tonterías inmortales.

Eyda dio un paso adelante, letalmente silencioso. El silencio de su movimiento era inquietante.

—En los enclaves pensaban como tú, Príncipe de los Mortales —dijo el título de Oscovko como un insulto—. Isibel en Iona. Valnir en Sirandel. Karias en Tirakrion. Ramia. Shan. Asaro. Y todos los demás.

Andry recordó a Iona y a Isibel. La tía de Domacridhan, la monarca, con sus ojos plateados, cabellos dorados y semblante pétreo. Llamó a los Compañeros a su castillo y envió a muchos de ellos a morir. Había otros Ancianos como ella, encerrados en sus enclaves, ignorando el fin del mundo.

Los altos y fríos salones de los inmortales parecían muy lejanos ahora. Andry suponía que siempre lo estuvieron.

Eyda continuó, con los ojos puestos en las estrellas. Sus palabras destilaban veneno.

—Todos mis parientes se contentan con sentarse a resguardo de sus murallas y sus guerreros, como islas en un mar a punto de desbordarse. Pero las aguas nos ahogarán a todos —espetó, volviéndose hacia Oscovko y Andry—. Las olas ya están a las puertas.

—Es fácil para un Anciano burlarse de los mortales caídos —replicó el príncipe.

Escudero o no, Andry hizo una mueca de dolor.

La inmortal no se acobardó. Se elevó sobre los dos, con los ojos brillantes como pedernales.

—Cuenta nuestro número, lobo —se burló—. Nosotros dimos lo mismo que tú.

Al igual que Oscovko, llevaba señales de la batalla por toda su armadura. El acero, alguna vez fino, estaba maltrecho y arañado, y su capa de color rojo oscuro, hecha jirones. Si tuvo una espada, hacía tiempo que había desaparecido. El príncipe la observó y luego miró hacia el mar, hacia los otros barcos que luchaban por atravesar la noche.

A pesar de la oposición de Oscovko, Andry se sintió reforzado por el apoyo de Eyda. Clavó sus ojos en los de la dama inmortal y su mirada fija le infundió una feroz determinación.

—Debo pedirles a todos que den más.

Andry apenas reconocía su propia voz cuando la escuchaba en el barco. Sonaba más vieja de lo que él se sentía y más audaz de lo que sabía que era.

Suspirando, Oscovko volvió sus ojos a Andry y se encontró con su fulminante mirada.

—No puedo hacerlo —dijo desesperado.

Esta vez, Andry puso una mano sobre el hombro del príncipe. Sintió la atención de la dama inmortal clavada en su espalda, su mirada como un hierro. Esta sensación fortaleció su determinación. *Un aliado es mejor que ninguno.*

—Ahora hay una Espada de Huso —dijo.

Andry quiso que Oscovko sintiera la desesperación que cargaba en su propio corazón. Y también la esperanza, por pequeña que fuera.

—Una clave para descifrar el reino. Y Taristan del Viejo Cor *no la tiene*.

Las palabras cayeron lentamente. Cada una como un cuchillo en la armadura de Oscovko.

—La chica, sí —murmuró Oscovko. Se pasó una mano por la cabeza, con incredulidad en la mirada.

Andry se acercó más a él y le apretó el hombro.

—Se llama Corayne —dijo Andry, casi gruñendo—. Ella sigue siendo nuestra última esperanza. Y *nosotros* somos la suya.

A eso, Oscovko no dijo nada. Ningún acuerdo. Pero tampoco objeciones. Y eso fue suficiente para Andry Trelland. Por el momento.

Dio un paso atrás y soltó el hombro del príncipe. Con un sobresalto, se dio cuenta de que todo el barco los estaba mirando. Los saqueadores jydis, los Ancianos y también los hombres de Oscovko. Incluso Valtik se volvió desde la proa, sus ojos azules como dos estrellas en el cielo nocturno.

Antes, Andry se habría derrumbado ante tanta atención. Ya no. No después de todo lo que había visto y sobrevivido.

—Ni siquiera sabes si ella está viva —murmuró Oscovko, lo bastante bajo como para que sólo Andry lo oyera.

Andry contuvo una oleada de repugnancia.

—Si ella está muerta, nosotros también —replicó, sin molestarse en susurrar.

Que me oigan todos ahora.

—Han visto qué aspecto tiene un reino roto —Andry señaló a través de la oscuridad, hacia la parte del cielo sin estrellas—. Vieron la ciudad en llamas, los muertos vivientes caminando, los sabuesos del infierno y un dragón que se abalanzaba sobre nosotros. Sabes qué destino le aguarda a Allward y a todo lo que hay en ella. Sus hogares, sus familias.

Un murmullo recorrió la cubierta mientras los soldados intercambiaban miradas pesadas y susurros. Incluso los inmortales se agitaron.

—Ninguno de nosotros puede escapar de lo que viene, no si nos rendimos ahora —la desesperación recorrió el cuerpo de Andry como una ola. Necesitaba cada espada y cada lanza ante él, rotas y derrotadas como estaban—. Tal vez no parezca mucho, pero aún tenemos esperanza. Si seguimos luchando.

Lady Eyda ya estaba de su parte, pero le ofreció una única y sombría inclinación de cabeza. Sus Ancianos reaccionaron del mismo modo e inclinaron la cabeza ante Andry. Las linternas brillaban en sus armaduras y pieles, bailando entre rostros de piel pálida y oscura, cabezas doradas y azabaches. Pero sus ojos eran todos iguales. Profundos como la memoria, fuertes como el acero. Y decididos.

Los jydis siguieron su ejemplo sin vacilar, haciendo sonar sus armas. Solo quedaban los guerreros Treckish, endurecidos y cansados por la batalla. Y leales. Miraron a su príncipe en busca de orientación, pero Oscovko no se movió. Observó a Andry contra las antorchas, tenso y sombrío.

—Volveré a Vodin con mis hombres —dijo, con voz retumbante.

En la cubierta, los soldados Treckish parecieron desinflarse. Algunos suspiraron aliviados. Andry apretó los dientes, deseando gritar de frustración. Sintió que se le agotaba la paciencia.

Pero Oscovko no había terminado.

—Debo regresar y reunir al resto de los ejércitos de Trec, para librar esta guerra como es debido —añadió—. Para defender a mi pueblo y a todo el reino.

Las mejillas de Andry se enrojecieron, por lo que se alegró de estar a la sombra.

—Galland derramó *nuestra* sangre en Gidastern —rugió Oscovko, golpeando un puño contra el pecho. Sus hombres asintieron con la cabeza y apretaron los puños—. Les devolveremos el favor.

Andry se sobresaltó cuando Oscovko echó la cabeza hacia atrás y aulló, bramando al cielo como un lobo. Sus hombres respondieron haciendo lo mismo. En la oscuridad, los soldados

Treckish de los otros barcos igualaron la llamada, y sus aullidos resonaron como fantasmas en el agua.

Cuando el aire frío le golpeó las mejillas, Andry se dio cuenta de que estaba sonriendo.

Oscovko le devolvió la sonrisa, y era la de un lobo.

—¿Y tú, Trelland? —dijo señalándolo—. ¿Adónde irás?

Andry tragó saliva.

Los demás miraban, esperando una respuesta. En la proa, Valtik se mantenía firme, sin pestañear y en silencio. Andry dudó un momento, esperando que ella diera su irritante opinión. Pero ésta no llegó.

Oscovko presionó, con los ojos brillantes.

—¿Adónde *irá tu chica*?

Con voluntad, Andry apartó la mirada de Valtik. En su lugar encontró a Lady Eyda. Pero en su mente, Andry vio a otro monarca Anciano.

También pensó en Corayne y en todo lo que sabía de ella. Con la última Espada de Huso en su poder, había ganado mayor importancia que antes. Ella buscaría un lugar protegido, lo bastante fuerte para mantenerla a salvo de Taristan. Lo bastante fuerte para luchar contra él.

Y en algún lugar que todos conocemos, pensó, recordando la esperanza desgarrada que Corayne mantenía viva. *Ella sólo irá donde crea que podemos seguirla.*

—Iona —dijo Andry, lleno de convicción. La gran ciudad de los Ancianos inmortales surgió en sus recuerdos, amurallada por la niebla y la piedra—. Irá al enclave de los Ancianos, en el Reino de Calidon.

Y yo te seguiré.

3

PARA PODER VIVIR

Corayne

El caballo gris corría por un mundo gris.

Ceniza y nieve en espiral, caliente y frío.

Corayne no sentía nada de eso. Ni su caballo galopando. Ni las lágrimas en sus mejillas, que esculpían marcas en su cara sucia. Nada atravesaba su coraza. El vacío era la única defensa que tenía contra todo lo que había detrás de ella.

Contra la muerte. La pérdida. Y también el fracaso.

Se aferró cuanto pudo al escudo invisible, apretándolo contra su corazón. No se atrevió a mirar atrás. No podía soportar la visión de Gidastern, engullida por el humo y las llamas. Un cementerio para tantos otros, incluidos sus amigos.

De algún modo, el campo vacío era peor que el cadáver de la ciudad.

Nadie siguió. Nadie esperó.

Nadie sobrevivió.

Así que Corayne hizo lo que mejor sabía, como su madre lo habría hecho. Puso el horizonte por delante y siguió el olor del agua salada.

El Mar Vigilante era su única compañía, con sus olas de hierro golpeando la orilla. Luego cayó la noche, sin dejar nada más que el sonido del mar. Incluso la ventisca se desvaneció y el cielo se despejó. Corayne miró las estrellas, leyéndolas como si fueran un mapa. Las antiguas constelaciones que conocía seguían allí. No se habían quemado con el resto del mundo. Sobre el mar, el Gran Dragón aferraba la Estrella Polar entre sus fauces. Intentó encontrar consuelo en algo familiar, pero descubrió que incluso las estrellas estaban apagadas, emitiendo una luz fría y distante.

El caballo siguió adelante, sin aflojar el paso. Corayne sabía que era una magia de Valtik, un último regalo.

Si tan sólo me diera la misma fuerza a mí, pensó con amargura.

No sabría decir cuántas horas había pasado en la ciudad en llamas. Le parecieron años, su cuerpo envejeció un siglo, había quedado demacrado y exhausto. Le ardía la garganta, todavía irritada por el humo. Y le escocían los ojos de tantas lágrimas derramadas.

De mala gana, probó las riendas. Una parte de ella dudaba que la yegua la escuchara, por estar atada a una bruja muerta en una ciudad quemada.

Pero la yegua respondió sin vacilar, desacelerando el paso y mirándola con tristeza.

—Lo siento —forzó Corayne, con la voz tan áspera como su garganta.

Su nariz se arrugó. *Todos mis amigos han muerto y ahora me disculpo ante un caballo.*

Despacio, se bajó de la silla con el cuerpo adolorido tras horas de camino. Le lastimaba caminar, pero era mejor que ir a caballo. Con las riendas en la mano, siguió adelante con la yegua a su lado.

En su cabeza oía las voces del ejército de muertos vivientes, poco más que bestias, gimiendo y gorgoteando como una sola voz. Unidos detrás de Taristan y Erida, y Lo que Espera sobre todos ellos.

Corayne se apoyó en el flanco del caballo, buscando el calor de la yegua. Se recordó a sí misma que no estaba sola, no de verdad. El caballo olía a humo, a sangre y a algo más frío, algo familiar. A pino y lavanda. A hielo.

Valtik.

El corazón de Corayne se encogió y sus lágrimas volvieron a acumularse, amenazando con brotar.

—No —se obligó a sí misma—. No.

Unas joyas le brillaron en el rabillo del ojo. Giró la cabeza para ver la Espada de Huso en su vaina, amarrada a la silla del caballo. Las piedras preciosas de la empuñadura parpadeaban con cada paso del animal, reflejando débilmente las estrellas. Corayne conocía muy bien las piedras y el acero. Era una combinación perfecta con la Espada de Huso de su padre, que quedó destrozada en un jardín en llamas.

—Una gemela —dijo Corayne en voz baja.

Espadas gemelas, hermanos gemelos. Dos destinos. Y un futuro terrible.

Aunque nunca lo conoció, Corayne añoraba a su padre, Cortael del Viejo Cor. Aunque sólo fuera para devolverle la carga y renunciar a toda esperanza de salvar el mundo por sí misma.

¿Por qué yo?, pensó Corayne, como tantas otras veces. *¿Por qué tengo que ser yo quien salve el reino?*

Corayne no se atrevía a tocar la espada, ni siquiera para revisar el acero. Andry Trelland le enseñó a cuidar una espada, pero apenas podía mirarla, y mucho menos limpiarla. La Espada de Huso le quitó la vida a su padre. Se llevó demasiadas vidas como para contarlas.

Mientras caminaban, sus dedos recorrieron la coraza de cuero y la cota de malla golpeada, y luego el par de finos brazaletes que llevaba en los antebrazos. A pesar de la suciedad de la batalla, las escamas, perfiladas en oro, aún brillaban.

Dirynsima. Garras de Dragón, como Sibrez los había llamado. Un regalo de Ibal, Isadere y sus Dragones Benditos. *Otra vida atrás.*

Inclinó el brazo y examinó uno de los brazaletes a la luz de las estrellas. El borde estaba recubierto con púas de acero, afiladas como una cuchilla. Algunas eran de color rojo oscuro, con costras de sangre.

La sangre de Taristan.

—Eres indestructible para la mayoría de las cosas —dijo Corayne en voz alta, repitiendo lo que le había dicho a su tío horas atrás—. Pero no para todas.

Las Garras de Dragón fueron bendecidas dos veces, ambas por Isadere y Valtik. Tal vez lo que hicieron, la magia ósea jydi o la fe ibalet, fuera suficiente para dañar a Taristan. Ese pensamiento le dio un poco de consuelo, por pequeño que fuera. Pero no lo suficiente para dormir. Por muy cansada que estuviera, Corayne no podía dejar de caminar.

Estoy demasiado cerca del Huso abierto, lo sabía. *Demasiado cerca de Lo que Espera. Y Él me espera en mis sueños.*

Incluso despierta, casi podía sentir Su presencia, como una niebla roja en las comisuras de sus ojos. Recordó cuando cayó a través del Huso en el viejo templo. Yermo, maldito, un mundo muerto, corrompido y conquistado. Ashlands era un reino roto, resquebrajado con Asunder, el reino infernal de Lo que Espera. Él la encontró allí, Su presencia era una sombra sin un hombre que la proyectara.

El Rey de Asunder la esperaba ahora en el borde de su mente, con una mano extendida. Listo para tirar de ella.

Recordaba cada palabra que Él le había dicho.

Cómo desprecio esa llama dentro de ti, ese inquieto corazón tuyo, susurró en aquel entonces.

Ahora sentía su corazón, que seguía latiendo con obstinación.

No puedes comprender los reinos que he visto, dijo, su sombra ondulando con poder. *Las edades interminables, los límites ilimitados de la codicia y el miedo. Deja la Espada de Huso y te haré reina de cualquier reino que desees.*

Se mordió el labio y el dolor agudo bastó para hacerla volver en sí. La voz se desvaneció en su memoria.

A pesar de su odio, Corayne volvió a mirar la espada, como si fuera una criatura peligrosa. Como si la propia espada pudiera salir de su vaina y atravesarla a ella también.

Con rapidez, antes de que pudiera pensarlo, desenvainó la espada con un solo y melódico movimiento.

El acero desnudo reflejó su rostro.

Las sombras se agolpaban bajo sus ojos. Su trenza negra era una maraña, su piel bronceada por el sol palidecía en el invierno septentrional. Tenía los labios agrietados por el frío y los ojos enrojecidos por el humo y la tristeza. Pero seguía siendo ella misma, bajo el peso del destino del reino. Seguía siendo Corayne an-Amarat, con la sombría mirada de su padre y la tenaz determinación de su madre.

—¿Es suficiente? —preguntó al silencio—. ¿Soy suficiente?

No recibió respuesta. Ninguna dirección. Ningún rumbo o camino a seguir.

Por una vez en su vida, Corayne no sabía qué camino tomar.

Entonces, el caballo se sobresaltó, alzó la cabeza y aprestó las orejas de un modo que hizo temblar a Corayne.

—¿Qué pasa?

El caballo, dado que era tal, no respondió.

Pero Corayne no lo necesitaba. Su miedo era respuesta suficiente.

Se giró hacia el horizonte, mirando hacia Gidastern. Algo semejante a una vela ardía en la oscuridad. Al menos, parecía una vela. Hasta que sopló el viento frío, llevando consigo el olor a sangre y humo.

Corayne no perdió el tiempo y saltó a la silla de montar. Detrás de ella, la luz creció y profirió un rugido inquietante.

Un sabueso de Infyrna.

Corayne apretó los dientes al ver cómo la vela se dividía en muchas. Los ladridos despiadados resonaban a través de la distancia. Su montura se lanzó al galope. La yegua recordaba los sabuesos ardientes de Taristan tan bien como Corayne.

Su ejército no está muy lejos, supo Corayne. Su estómago cayó a sus pies. *Si no es que el propio Taristan viene tras de mí.*

Golpeó los costados del caballo con los talones, deseando que se moviera aún más deprisa. Corayne apenas podía pensar mientras galopaban por la oscura costa. Le dolía el cuerpo de cansancio, pero no podía caer.

Porque el reino cae conmigo.

La magia de Valtik duró y el caballo siguió su camino.

La luz crecía lentamente en el este, convirtiendo el cielo negro en azul intenso. Las estrellas lucharon con valentía contra el amanecer, pero una a una fueron desapareciendo.

La oscuridad seguía aferrándose a la tierra, a sus espaldas, acumulándose en la sombra de las colinas y los árboles. Una columna de humo negro se elevaba al oeste, los últimos restos de Gidastern. Pequeñas estelas de humo surcaban el cielo, como banderas que señalaban a los sabuesos conforme corrían por las tierras salvajes.

Algunos estaban cerca, a menos de un kilómetro.

Corayne intentó pensar entre la niebla del agotamiento. Averiguar alguna forma de atravesar el camino que tenía por delante, fuera cual fuese. Si estuvieran aquí, Sorasa y Charlie le dirían que se dirigiera a la aldea más cercana, para lanzar a los sabuesos contra alguna guarnición desprevenida. Dom se volvería y lucharía, Sigil se burlaría de él. Andry haría algún valiente y estúpido sacrificio para darle tiempo a los demás. Y Valtik, siempre inescrutable, seguro que tendría algún conjuro para convertir a los sabuesos en polvo. O simplemente desaparecería de nuevo, sólo para aparecer cuando el peligro hubiera pasado.

Pero ¿y yo?

Una parte de Corayne se desesperó. El resto de su ser sabía que no daba más de sí. El reino no sobreviviría a su dolor ni a su fracaso.

Pensó en el mapa, en el paisaje que la rodeaba, el norte de Galland.

El reino de Erida. Territorio enemigo.

Pero el Bosque del Castillo estaba cerca, el gran bosque del continente septentrional. Se extendía a lo largo de kilómetros interminables, en casi todas direcciones. Al sur estaban las montañas Corteth, luego Siscaria y el Mar Largo. *El hogar.* A Corayne le dolía el corazón ante aquella perspectiva. Una gran parte de ella deseaba dirigir el caballo hacia el sur y cabalgar hasta estrellarse contra las olas de aguas familiares.

Al este había más montañas. Calidon. *Y*, ella sabía, *Iona.* El enclave de Domacridhan, una fortaleza de los Ancianos. Y tal vez el último lugar en el Ward donde podría encontrar ayuda.

Parecía imposible. A kilómetros de distancia, al borde de un sueño que se desvanecía.

Pero el enclave grababa un agujero en su mente, su nombre era un susurro en sus oídos.

Iona.

El enclave seguía estando a cientos de kilómetros de distancia, más allá del Bosque del Castillo y al otro lado de las montañas, oculto en Calidon. Corayne apenas podía imaginar el aspecto del enclave, envuelto en niebla y cañadas. Intentó recordar cómo Andry y Dom habían descrito Iona, pero sin recordar a Andry y Dom. Era un esfuerzo imposible.

Vio la cara de Andry, sus ojos cálidos y amables, sus labios dibujando una suave sonrisa. Su risa nunca era mordaz. Sólo bondad y alegría. Corayne dudaba que el escudero tuviera un mal pensamiento hacia alguien. Era demasiado bueno para todos ellos.

Demasiado bueno para mí.

Por encima de todo, recordaba su beso ardiente contra la palma de su mano, sus labios apretados contra su piel en la única despedida que tendrían jamás.

La palma de la mano le picaba sujetando las riendas, amenazando con arder como todo lo demás.

Entonces, el olor a humo llenó el aire, de algún modo más pesado que su dolor insondable.

El olor era abrumador, pero no tan terrible como el aullido de un sabueso infernal que atronaba sobre la colina situada tras ella. Sus largas patas negras devoraban el paisaje, dejando un rastro ardiente con cada pisada. Las llamas saltaban a lo largo del lomo de la bestia y su boca abierta brillaba como brasas.

Corayne sintió un grito en la garganta, pero se limitó a clavar los talones en los costados de su yegua, que obedeció, ganando velocidad.

El sabueso siguió adelante, chasqueando y ladrando. Sus hermanos respondieron con aullidos que resonaron más allá del amanecer.

—Que los dioses me ayuden —murmuró, agachándose contra el cuello del caballo.

A pesar del galope del animal, el sabueso acortó la distancia que los separaba. Durante una hora enloquecedora, el sabueso fue ganando terreno, centímetro a centímetro.

Cada latido de su corazón le parecía toda una vida. Cada paso vacilante era un relámpago en el pecho de Corayne.

El sol subía por el cielo, derritiendo la escarcha a lo largo del camino. Corayne sólo sentía el calor de las llamas del sabueso.

Éste se abalanzó sobre los cascos de su caballo, con las mandíbulas negras y ardientes.

Esta vez, Corayne no invocó a los dioses.

Vio a los Compañeros en su mente, todos muertos detrás de ella.

Muertos, para que yo pueda vivir.

No será en vano.

Con un solo movimiento, frenó al caballo y desenvainó la Espada de Huso, cuyo acero centelleó bajo el sol de la mañana. Brillaba más que el propio sabueso, que gruñía mientras saltaba hacia su yegua. Ya se movía por el aire, su cuerpo era como una flecha en la cuerda del arco.

Con todas sus fuerzas, Corayne blandió la espada como un leñador blande un hacha.

El filo cortó las llamas y la carne. No hubo sangre cuando la cabeza del sabueso se desprendió de sus hombros. Su cadáver se redujo a brasas y cenizas, sin dejar más que un camino quemado a su paso.

El mundo enmudeció dolorosamente, salvo por los latidos del corazón de Corayne y el viento que soplaba. Las cenizas flotaron despacio, hasta que incluso las brasas se apagaron.

A Corayne le corría el sudor por la cara y exhaló un suspiro tembloroso.

Su corazón latía con fuerza, la mayor parte de ella estaba conmocionada. El resto de Corayne se llenó de triunfo. Pero no tuvo tiempo de celebrarlo, ni siquiera de respirar con alivio. El silencio asomaba de nuevo, como un recordatorio o como cualquier otra cosa.

Estás sola, Corayne an-Amarat, pensó, y su corazón se llenó de tristeza. *Más sola de lo que jamás pensaste que podrías estar.*

Hizo girar de nuevo al caballo, de vuelta al camino hacia el bosque lejano. Las cenizas cayeron de la Espada de Huso. La limpió con la manga, pensando en Andry y en cómo cuidaba sus espadas con manos seguras. El recuerdo le cortó la respiración, aunque sólo por un momento. Con un chasquido, volvió a guardar la espada en su funda de cuero.

Corayne hizo lo posible por no pensar en lo último que mató la espada de Taristan.

Pero su mejor esfuerzo no fue suficiente.

* * *

El sol giraba sobre el cielo y pasaban las horas. El Bosque del Castillo no parecía acercarse, pero tampoco los demás sabuesos de Infyrna. Tal vez la pérdida de su hermano los mantenía a distancia.

¿Pueden sentir miedo los monstruos?, se preguntaba Corayne mientras cabalgaba.

Taristan es un monstruo. Y vi miedo en él, pensó, recordando su rostro en sus últimos momentos juntos. Cuando ella tomó la Espada de Huso de él para sí misma y un dragón cayó sobre la ciudad. Entonces él tuvo miedo, con los ojos inyectados en sangre y llenos de terror, por mucho que intentara ocultarlo. Ni Taristan ni Ronin controlaban a la gran bestia. Vagaba libremente, destruyendo todo lo que quería.

Corayne no tenía ni idea de dónde podría estar el dragón. Y no quería gastar su valiosa energía pensando en ello. No había nada que hacer con un dragón suelto por el Ward, que no obedecía a nada ni a nadie.

Justo cuando Corayne pensaba que la yegua de Valtik podría cabalgar eternamente, su inexorable paso empezó a desacelerarse. Sólo un poco, apenas lo suficiente para notarlo. Pero el sudor hacía espuma en sus flancos y su respiración se dificultaba cada vez más. La magia con la que Valtik había imbuido al caballo llegó a su fin.

—Bien hecho —murmuró Corayne, acariciando el cuello gris de la yegua—. No tengo mucho más que darte que mi agradecimiento.

El caballo respondió con un relincho y cambió de dirección.

Corayne no tuvo valor para echarle las riendas y dejó que el caballo se desviara del viejo camino y bajara por una orilla boscosa. Había un arroyo al fondo, medio ahogado por el hielo. Pero el agua corría clara y Corayne también tenía sed.

Cuando la yegua se inclinó para beber, Corayne se deslizó de la silla de montar, cayendo sobre sus piernas arqueadas y doloridas. Se estremeció, cansada y lastimada por la cabalgada. Sólo quería tumbarse y dormir, sin importar el peligro. En cambio, intentó pensar como lo haría Sorasa.

En primer lugar, soltó la Espada de Huso de la montura y se la colgó del hombro. Confiaba hasta cierto punto en la magia de Valtik, y un caballo asustado podía significar un desastre. Luego, evaluó los alrededores con ojo avizor, observando la inclinación de la orilla y las enmarañadas ramas de los árboles que colgaban sobre el arroyo. Una buena protección contra el cielo, por si acechaba un dragón. El suelo formaba un pequeño valle con el arroyo en el centro, apenas más profundo que su propia estatura, pero también ofrecía cierta protección. No lo suficiente para dormir, pero sí para tener un momento de paz. Suficiente para que Corayne respirara, aunque sólo fuera un poco.

—Iona.

Corayne probó el sonido del nombre en su lengua, mientras reflexionaba sobre sus posibilidades. Sabía poco del hogar de Dom, pero lo suficiente. Era una ciudad fortaleza, bien escondida en los valles de Calidon. Y llena de Ancianos inmortales. Si la mitad de ellos eran tan temibles como Dom, sería un lugar seguro.

Si es que me abren las puertas, pensó con remordimiento. *Iona se negó a ayudarnos una vez. Quizá vuelvan a hacerlo.*

Aun así, era su mejor opción.

Quizá la única.

Mientras su caballo bebía, Corayne rellenó sus propios odres río arriba e intentó limpiarse la cara. El agua helada la estremeció, espabilándola un poco.

Volvió a mirar al cielo, escudriñando entre las ramas. El sol aparecía frío y dorado entre las nubes. Demasiado hermoso para un día tan horrible.

Se dio la vuelta y encontró a la yegua con la cabeza levantada y las orejas agitadas, demasiado alerta.

De inmediato, Corayne echó mano de la Espada de Huso que llevaba a la espalda y la empuñó en cuestión de segundos. Pero antes de que pudiera desenvainarla, una voz grave resonó en la corriente.

—No te deseamos ningún mal, Corayne del Viejo Cor.

4

LA LEONA

Erida

Se arrodillarán o caerán.

Siscaria y Tyriot se arrodillaron.

Así se convirtió en la reina de los Cuatro Reinos.

Erida de Galland, Madrence, Tyriot y Siscaria. Sus dominios se extendían desde las orillas del Océano Aurora hasta el frío del Mar Vigilante. Desde el extenso Ascal hasta las islas enjoyadas del estrecho de Tyri. Bosques, tierras de cultivo, montañas, ríos, ciudades antiguas y puertos bulliciosos. Todo estaba bajo el mando de Erida, y así su sombra se alargó.

Mi imperio, sin más fronteras que los límites del propio reino. Todo el reino en mis dos manos.

De camino a casa había tenido tiempo más que suficiente para pensar en su destino, ya que su viaje fue más largo de lo previsto. Algunas partes del Mar Largo eran demasiado peligrosas para que la reina navegara, incluso con una flota a su alrededor. Los piratas prosperaban en tiempos de guerra y acechaban las aguas como lobos hambrientos. Erida y su compañía se vieron obligados a viajar por tierra desde Partepalas hasta Byllskos, donde recibió la rendición de Tyriot. O, mejor dicho, el abandono de Tyriot. El Príncipe del Mar y sus primos reales huyeron de sus palacios antes de rendirse a su conquista. Erida se burló de sus salones y muelles vacíos. Dejó atrás a unos pocos señores para administrar las ciudades costeras y siguió adelante, arrollando el continente como una ola inexorable.

Siscaria se rindió con facilidad. Erida puso a su tío, el duque Reccio, al mando de la capital siciliana. Su vínculo de sangre lo volvía más leal que la mayoría de sus propios nobles.

Se reunió con su armada poco después de que un centenar de barcos gallandeses, galeras y engranajes se dirigieran al norte, hacia Ascal. Los nobles estaban ansiosos por volver a casa, pero ninguno tanto como Erida. Su propio buque insignia encabezaba la marcha, una inmensa galera de guerra acondicionada como barcaza de esparcimiento, con todas las comodidades de un palacio real.

Tras dos meses de viaje, Erida lo despreciaba.

Sufrió innumerables reuniones, banquetes y tomas de juramento, todo el tiempo rodeada por repugnantes cortesanos que buscaban arrancarle favores. Todo parecía interminable y urgente. Algunos días desaparecían en un abrir y cerrar de ojos, pero los segundos se arrastraban, arañando su piel. Así se sentía ahora, durante los últimos y agonizantes kilómetros del largo camino a casa.

Paciencia, se dijo Erida. *Esta tortura está a punto de terminar.*

Ella sabía lo que esperaba en Ascal. Y quién.

Taristan ya estaba allí, de vuelta de Gidastern. Sus cartas habían sido vagas, garabateadas con la caligrafía puntiaguda de Ronin, pero ella dedujo lo suficiente. Taristan también había salido victorioso.

No esperaba menos. Era su pareja en todos los sentidos.

Erida entrecerró los ojos hacia el norte, donde las orillas de la Bahía de los Espejos se estrechaban en la desembocadura del Gran León. Ascal se extendía como una ciudad de islas y puentes que cruzaban el río. El corazón le dio un vuelco y el cuerpo se le tensó de expectación.

Estaría en casa antes del anochecer. Incluso la marea subió a su favor, impulsando la flota, con un viento favorable que llenaba sus velas.

—Hemos recuperado el tiempo —dijo Lord Thornwall, sosteniendo la barandilla a su lado. Su barba roja se había vuelto finalmente gris. La conquista había sido dura para su mayor comandante.

Lady Harrsing sostenía su otro flanco, apoyándose pesadamente contra el barco. Estaba encorvada como una vieja, acurrucada en sus pieles contra el frío húmedo. Erida le habría ordenado que bajara, pero sabía que Harrsing se desentendería de su preocupación. Durante sus muchos años en la Guardia, la anciana se había enfrentado a cosas peores que el invierno.

—¿Y los recuentos finales? —preguntó Erida a su comandante, mirándolo con severidad.

Thornwall lanzó un gran suspiro. Hizo todo lo posible por condensar dos meses de conquista.

—Mil de los hombres de Lord Vermer fueron derrotados por los rebeldes tyri antes de la rendición —dijo—. Y recibimos noticias de Lord Holg de que los príncipes tyri aún atacan desde sus islas.

Erida luchó contra el impulso de poner los ojos en blanco.

—Confío en la capacidad de Holg para defender Byllskos en mi ausencia. En especial contra príncipes cobardes que huyen a la primera señal de peligro.

—Perdimos nueve barcos a manos de los piratas en la Costa de la Emperatriz. —El rostro de Thornwall se ensombreció.

Erida se encogió de hombros.

—Los piratas se dispersan a la primera señal de peligro. En el mejor de los casos, son carroñeros.

—Carroñeros —aceptó él, asintiendo—. Pero inteligentes y de alguna forma organizados. Se infiltran en los puertos con banderas auténticas y documentos de paso fiables. Asaltan las patrullas sólo para robar tesoros e incendiar puertos. No le veo fin, a menos que cerremos el paso por completo —respiró hondo—. Creo que se han aliado con los príncipes tyri.

Erida se echó a reír.

—Nunca he escuchado algo tan absurdo —dijo—. Los príncipes cazan piratas por deporte. La suya es una larga historia de derramamiento de sangre.

A su lado, Lady Harrsing suspiró.

—Un enemigo común hace extraños aliados.

—Me importan poco los príncipes errantes, y menos aún los piratas decrépitos —espetó Erida, sintiendo que su paciencia se agotaba.

—Su Majestad ha ganado tres coronas de la Guardia en otros tantos meses —dijo Thornwall, cambiando de tema con rapidez. Miró su frente, donde Erida pronto llevaría una corona digna de una emperatriz—. No es poca cosa lo hecho.

Desde su coronación, Erida conocía el gran valor de Thornwall. Era inteligente, práctico, valiente, leal y, lo más extraño de todo, honesto. Erida lo vio en él ahora, tan complejo como era.

—Gracias —respondió, y lo dijo de verdad.

Lord Thornwall no era el padre de Erida, pero ella valoraba sus elogios de todas formas. Y como comandante de los ejércitos de Galland, Lord Thornwall sabía más de guerra que casi nadie. Una comisura de sus labios se crispó, delatando su ceño fruncido.

—Arrodíllate o cae —murmuró, haciéndose eco de las palabras que ahora resonaban por todo el reino—. La amenaza funcionó en Siscaria y la mitad de Tyriot.

Thornwall se miró las manos. Las tenía callosas por la empuñadura de una espada, y los dedos manchados de tinta por los mapas y el papeleo.

—Larsia seguirá, aún cansada de la guerra —señaló con un dedo, contando—. Tal vez los reinos fronterizos también. Trec, Uscora, Dahland, Ledor. Los dioses saben que odian a los temuranos más que a usted, y preferirían ser sus aliados antes que verse atrapados entre una caballería Temurijon y una legión gallandesa.

Erida observó su rostro con atención, como haría con cualquier cortesano. Vio en él cansancio y conflicto. *Dividido entre su lealtad hacia mí y su propia debilidad,* pensó Erida, apretando los dientes.

—Pero Ibal, Kasa, el emperador de los Temurijon —Thornwall la miró fijamente.

Erida mantuvo el rostro impasible, aunque la frustración crecía en su interior. *También hay miedo en él.*

—Esas sí que son guerras, como este reino nunca ha visto —dijo Thornwall, cuyas palabras eran una súplica—. Incluso con el continente bajo sus pies. Incluso con Taristan a su lado.

Ella escuchó lo que él no quiso decir.

No ganarás.

Erida sintió su falta de fe como una bofetada en la cara.

—Somos el Viejo Cor renacido, Taristan y yo —su voz se volvió dura e inflexible como el acero—. El imperio es nuestro para reclamarlo y reconstruirlo. Es la voluntad de los dioses al igual que la mía. ¿O has perdido tu fe en los dioses, en el santo Syrek, que nos conduce a la victoria?

Su táctica habitual funcionó casi demasiado bien.

Su comandante se sonrojó y se puso nervioso, descompuesto por una invocación a su dios.

—Claro que tengo fe —espetó, recomponiéndose.

Lady Harrsing chasqueó la lengua.

—Es la voluntad de los dioses, Lord Thornwall.

La voluntad de un dios, al menos, pensó Erida. Al pensar en el amo de Taristan, a Erida se le retorció el estómago y sintió calor en el pecho. Se quitó por completo las pieles para no sudar.

Junto a ella, Thornwall se inclinó, con los ojos revoloteando entre la reina y la anciana.

—Sé que usted tiene el... —hizo una pausa, esforzándose por encontrar la palabra adecuada—. Ejército *divino*.

Erida casi rio en voz alta. Tenía muchas palabras para el ejército de cadáveres de Taristan, allá en el norte. Ninguna de ellas se acercaba a lo *divino*.

—Pero nosotros sólo somos hombres —añadió Thornwall en voz baja—. Legiones de miles, pero hombres, al fin y al cabo. Cansados de la guerra. Ansiosos por volver a casa y disfrutar de la victoria. Que canten canciones sobre usted, su gloria, su grandeza. Permita que renueven sus fuerzas, para que puedan levantarse y luchar por usted de nuevo. Y otra vez. Y otra vez.

Eso bastó para que Erida se detuviera. Frunció los labios, pensando en el consejo de su comandante. Como en sus tiempos de juventud se encontró a sí misma buscando la guía de Lady Harrsing. La anciana le devolvía la mirada, con el ceño fruncido en mil líneas de preocupación. Después de muchos años, su rostro era fácil de leer.

Escucha.

—No es propio de usted vacilar, Su Majestad. Lo sé. Usted no se cansa, no falla, no flaquea —Thornwall continuó, implorando—. Pero los hombres no son usted.

Erida apenas asintió. Su comandante no era un simple cortesano. Sus halagos estaban mal planteados, aunque eran ciertos.

—Entiendo su punto de vista, Lord Thornwall —dijo con los dientes apretados—. Discutiremos esto más a fondo cuando estemos a salvo en la capital. Puede retirarse.

Sabía que no debía discutir y se inclinó.

—Sí, su Majestad.

No lo vio alejarse, sólo se contentó con observar a Ascal en el horizonte.

Bella Harrsing se quedó observándola bajo los pliegues de su gorro de piel, con mirada perspicaz.

—Tus victorias son el mayor golpe que podrías asestar a Lord Konegin —dijo—. Y a cualquiera que pudiera apoyar sus intentos traicioneros de usurpar tu trono.

Erida se estremeció al oír hablar de su primo. Su nombre era como un cuchillo que le atravesaba el corazón. Frunció el ceño y mostró los dientes.

—Se me ocurre algo peor —gruñó.

Su cabeza en una estaca.

Bella Harrsing soltó una risita en voz baja, como un traqueteo húmedo.

—Estoy segura de que sí, querida. Emperatriz Naciente, la corte te llama —añadió, bajando la voz—. Oigo sus susurros incluso aquí.

—Yo también —Erida se deleitó con la idea y sus ojos de zafiro brillaron—. Incluso los señores que solían burlarse de mí. Ahora me besan la mano y me suplican favores, pendientes de cada una de mis órdenes.

Su cuerpo bullía, excitado y asustado y gloriosamente orgulloso, todo a la vez. Como siempre, Erida deseaba una espada propia, algún arma que llevar, como todos los hombres. Incluso sus inútiles cortesanos, que apenas sabían sostener un tenedor, llevaban espadas para sentirse peligrosos. Ella no tenía más que sus faldas y sus coronas.

—Reina de los Cuatro Reinos —susurró. Lentamente, se quitó un guante, mostrando el anillo esmeralda del Estado. Brilló en su dedo, como un ojo verde parpadeante.

Lady Harrsing también se quedó mirando la joya, embelesada.

—El Viejo Cor renace —murmuró la anciana, repitiendo las palabras de Erida—. Fue el sueño de tu padre una vez. Y el de su padre antes que él.

—Lo sé —respondió Erida sin pensar. Le habían inculcado esas esperanzas desde que nació.

—Y te has acercado más que ningún otro rey antes que tú —dijo Harrsing.

Lenta, con vacilación, extendió una mano enguantada, dejándola flotar sobre el brazo de Erida.

Por instinto, Erida se inclinó hacia el tacto familiar de la anciana. Por infantil que pareciera.

—Él estaría orgulloso de ti.

El susurro flotaba en el aire, casi desgarrado por el viento. Aun así, Erida se aferró a él, estrechándolo contra su pecho.

—Gracias, Bella —murmuró, con voz temblorosa.

Por delante, Ascal florecía como un moretón. Murallas doradas y agujas de catedral se alzaban, estandartes de oro y verde brillando contra las nubes rojas como la sangre. Ascal era la ciudad más grande del reino, hogar de medio millón de almas. Su palacio estaba en el centro, amurallado en su propia isla, una ciudad en sí misma.

Erida recorrió el horizonte familiar, observando cada torre, cada bandera, cada puente, canal y cúpula del templo. En su mente, recorrió el camino que tenía por delante, un gran desfile desde la cubierta de su barco hasta el Palacio Nuevo. Habría vítores de los plebeyos, flores esparcidas delante de su caballo, gritos de triunfo y adoración. Era el regreso de una conquistadora, el ascenso de una emperatriz. La mayor gobernante que su reino había conocido jamás.

Y su reinado apenas comenzaba.

Se agarró con fuerza a la barandilla, manteniéndose quieta. Necesitó toda su contención para no saltar al agua y nadar hasta su palacio, su trono y, sobre todo, hacia Taristan.

Despacio, se apartó de la mano de Harrsing. La anciana la soltó, incapaz de impedirle algo a una reina gobernante. Entrecerró los ojos hacia Erida, pero la reina no dio explicaciones, su mente ya estaba en otra parte. Sin decir palabra, se volvió, dando la espalda a Lady Harrsing y a la ciudad.

Deja que me quede, cariño.

Ya estaba acostumbrada a la voz. Cuando llegó, no se inmutó ni se sobresaltó. Sólo sus ojos parpadearon, saltando hacia el cielo rojo. Apenas era mediodía, aunque en todas direcciones parecía el atardecer.

Déjame entrar.

Como siempre, ella respondió de la misma manera, casi burlándose de él.

¿Quién es usted?

Lo que Espera habló con su habitual voz aterciopelada, enroscándose en su mente.

Ya lo sabes. Déjame quedarme. Déjame entrar.

Su contacto se prolongó, menguando poco a poco, hasta que sólo quedaron ecos.

5

DEJAR LA RAMA

Corayne

Corayne se puso en posición de guerrera, con la espada apuntando en dirección a la voz. Sorasa Sarn le había enseñado bien.

Muchas siluetas se agrupaban en la orilla, por encima de ella. El sol ardía a sus espaldas, difuminando sus bordes, y Corayne tuvo que entrecerrar los ojos contra la luz para verlas con claridad.

—No te deseamos ningún mal —volvió a decir uno de ellos, dando un lento paso hacia delante. No temía a la espada que tenía en la mano, por letal que fuera.

Corayne dudaba que algún Anciano lo hiciera.

Son inmortales, todos ellos. Lo supo al instante. Tenían la misma mirada que Domacridhan, con ojos profundos y distantes, y rostros graves. El más cercano se movía con una gracia sobrenatural, sus movimientos eran fluidos como la corriente bajo sus botas.

También tenía la piel de Dom, tan blanca como la leche, pero nada más. El Anciano tenía el cabello rojo intenso y los ojos dorados, amarillos, como los de un halcón. Mientras Dom era ancho e imponente, una montaña con el ceño fruncido, éste tenía el aspecto de un sauce, con extremidades largas y delgadas. Los seis Ancianos que lo seguían tenían el mismo porte.

Llevaban cota de malla y pieles bajo sus mantos, en distintos tonos de púrpura y oro, como las hojas caídas. Eran gente del bosque, su atuendo les servía para camuflarse entre los árboles. Pero destacaban de forma extraña en las colinas vacías.

—Eres del Bosque del Castillo —dijo ella, en voz alta y fría.

El inmortal agachó la frente y extendió un elegante brazo hacia atrás.

—De Sirandel, Lady Corayne.

Corayne buscó en su memoria cualquier dato que supiera sobre su enclave. Recordó poco, sólo que los Ancianos de Sirandel murieron con su padre. Lucharon contra Taristan una vez, y perdieron.

¿Volverán a pelear?

Ella levantó la barbilla y preguntó:

—¿Cómo sabes mi nombre?

Los ojos de halcón del Anciano se conmovieron al mirarla. Su compasión erizó la piel de Corayne.

—A estas alturas, tu nombre es conocido en todos los enclaves del Ward —murmuró.

Corayne se lo tomó con calma.

—¿Y *tú* eres?

El Anciano volvió a inclinar la cabeza y se arrodilló. En otra vida, otro Anciano se había arrodillado ante Corayne. A la sombra de su vieja cabaña, no en una zanja del fin del mundo.

Corayne se mordió el labio para no gritar.

—Soy Castrin de Sirandel. Nacido en Glorian, hijo de Bryven y Liranda.

Ella lo detuvo con un movimiento de cabeza.

—Eso no es necesario.

Castrin se levantó de un salto, retorciéndose las manos.

—Mis disculpas, mi señora.

Esta vez, los recuerdos de Dom y sus incesantes disculpas, sus títulos inútiles, casi derribaron a Corayne. Giró la cabeza y bajó la espada, ocultando su rostro del escrutinio del Anciano. Le ardían los ojos y se le hacía un nudo en la garganta. Deseaba a Dom de todo corazón, a cualquiera de ellos. Una parte de ella se preguntaba si, esforzándose lo suficiente, con toda la voluntad de su cuerpo, aparecerían.

—Mi señora, ¿está usted herida?

Tuvo que hacer acopio de toda su compostura para no gritarle al Anciano, que estaba desconcertado. Recordaba a Dom mucho tiempo atrás, antes de que conociera las costumbres de los mortales. De alguna manera, Castrin era peor.

—No —dijo, dándose la vuelta. Lentamente, volvió a enfundar la Espada de Huso.

Los otros Ancianos la miraron con ojos inquietantes, siguiéndola, como lobos al borde de un claro del bosque. Extrañamente, sintió cierto alivio. Estaba a salvo en su compañía, tanto como cualquiera podría estarlo en un reino que se desmorona.

—Supongo que debería preguntarte por qué me has buscado —dijo, cambiando de postura para apoyarse en su yegua. El calor del cuerpo del caballo se sentía bien bajo sus hombros—. Pero creo que lo sé. ¿Ha entrado en razón tu monarca, ahora que un Huso arde a las puertas de tu bosque?

Castrin frunció los labios. Miró más allá de ella, en dirección a Gidastern. *¿Ve el humo de una ciudad quemada, o los caminos carbonizados de los sabuesos de Infyrna sueltos por el Ward? ¿Sabe lo que hay detrás de mí?*

A juzgar por la repulsión de su rostro, Corayne supuso que sí.

Sacudiendo la cabeza, Castrin volvió a mirar a Corayne.

—Te pedimos que vengas con nosotros, a la seguridad de Sirandel y a la protección de nuestro monarca. Valnir desea conocerte.

Con la espalda apoyada en el caballo, Corayne se cruzó de brazos.

—Yo voy a Iona —dijo rápidamente, con su boca moviéndose más rápido que su cerebro. El plan se formó mientras hablaba. De alguna manera parecía correcto, casi intencionado. *Porque no hay otro plan que hacer*—. Eres bienvenido para custodiarme hasta tu enclave y ofrecerme un respiro por una noche. Tu Valnir y yo hablaremos, pero debo seguir mi camino.

Detrás de Castrin, sus guerreros Ancianos intercambiaron miradas lentas y sorprendidas. Castrin parpadeó, compartiendo su confusión. Estaba claro que no esperaban su oposición. Estos Ancianos tenían poca experiencia con mortales.

Finalmente, volvió a inclinarse.

—Muy bien, mi señora.

Corayne hizo una mueca, ese título era como arena en la boca.

—Es suficiente que me llames por mi nombre, Castrin.

Él asintió con la cabeza.

—Muy bien, Corayne.

Los ojos volvieron a escocerle, aunque menos que antes. Cuanto más dolor sentía, más se insensibilizaba. Como pasar demasiado tiempo en el frío, hasta que ya no se sentía nada.

—He oído hablar de tus compañeros, Corayne. Son poderosos y astutos. Nobles héroes todos —añadió Castrin, escrutando su rostro. Corayne hizo todo lo posible por mantener la calma—. ¿Dónde están?

La voz se le quedó atorada en la garganta y apenas pudo separar los labios. No se atrevía a decirlo, pero el Anciano no cedió.

—¿Domacridhan de Iona? —Castrin presionó—. Es un amigo.

A Corayne se le cortó la respiración y giró sobre sus talones, dando la espalda a los Ancianos. Subió a la silla de montar de un salto, con la sangre retumbándole en los oídos.

—También era mi amigo —susurró.

* * *

Cada kilómetro que dejaba atrás, cada día que pasaba, era una piedra más en el muro que rodeaba el corazón de Corayne. Se concentró en el ritmo del caballo bajo su cuerpo. Era más fácil contar los pasos de los cascos que recordar a sus Compañeros y su destino. Aun así, la perseguían, sus rostros nadaban en sus sueños.

El Bosque del Castillo era antiguo y retorcido, un laberinto de raíces, maleza y ramas. Al principio, todas las direcciones parecían iguales. Gris por el invierno, verde por el pino, marrón por las agujas y las hojas muertas bajo los pies. Pero los Ancianos conocían caminos que ningún mortal podría encontrar y sus caballos cargaban a través de las ramas que formaban una especie de túnel. Corayne sólo podía seguirlos, sintiéndose perdida, engullida por el laberinto de árboles. Incluso perdió la noción de los días, siguiendo su número como un fantasma desconsolado.

—Corayne an-Amarat —gritó Castrin, con su voz filtrándose a través de la bruma de la memoria.

Ella se detuvo y se giró, para ver que los jinetes inmortales ya habían desmontado.

Le devolvieron la mirada expectantes, con sus ojos amarillos como rayos de sol entre los árboles. Castrin dobló la cintura y extendió un brazo grácil, la imagen de un caballero cortesano.

—Hemos llegado —dijo.

Ella arrugó la frente, confundida. El bosque que los rodeaba no parecía diferente, lleno de rocas, raíces y arroyos helados. Los pinos se alzaban sobre robles desnudos. Los álamos temblaban, algunos todavía aferrados a sus hojas doradas. Los pájaros eran más ruidosos, el sonido del agua contra la piedra era más musical, pero poco más había cambiado.

—Yo no... —empezó ella, con los ojos vacilantes.

Entonces, su visión cambió y Sirandel floreció.

Los dos árboles que había detrás de Castrin no eran de madera, sino de piedra labrada, con la corteza tallada por manos maestras. Incluso tenían raíces que se hundían en la tierra. Las pocas hojas que aún se aferraban a las ramas lisas no eran hojas, sino cristales de colores, intrincados e imposibles. Rojos, dorados y morados, proyectaban sombras brillantes sobre el suelo del bosque. Los árboles se arqueaban formando una especie de puerta.

O una puerta.

—Caminaremos con los caballos desde aquí —explicó Castrin, posando la mano en su montura—. Incluso tú conocerás el camino.

Corayne empezó a enfadarse, pero él tenía razón. Ni en mil años habría llegado sola a Sirandel.

Se deslizó de la silla de montar y sus botas chocaron con la roca, no con la tierra. Había piedra bajo la maleza, camuflada como el resto, la cual conducía a través de la puerta por un camino secreto. Unos zorros tallados observaban desde las raíces de los árboles, uno encaramado a cada lado como un par de guardianes de la puerta. Corayne sintió sus ojos, que no veían. Sospechaba que había verdaderos guardianes en los árboles, Ancianos ocultos de Sirandel, que vigilaban la puerta.

—¿Un enclave es como una ciudad? —dijo, entrecerrando los ojos a través del bosque. No veía a ningún guardia, pero los árboles de piedra eran más numerosos a cada paso. Sus hojas de cristal brillaban como los ojos de Castrin.

Castrin se encogió de hombros. Su caballo lo siguió sin que lo guiara, tan acostumbrado a su amo y al camino de Sirandel.

—Depende —respondió—. Algunos enclaves son poco más que puestos de avanzada, otros son aldeas o castillos. Ghishan es una poderosa fortaleza acantilada, una joya en la Corona de Nieve. Tirakrion es una isla. Iona es una ciudad propiamente dicha, el más antiguo de nuestros enclaves. Es allí donde muchos de los nuestros entraron por primera vez en este reino, desde un Huso largamente desplazado.

—¿Desplazado?

—Los Husos no sólo se abren y se cierran, mi señora. Se mueven —respondió Castrin—. A lo largo de los siglos, por supuesto. Pasarán muchos años antes de que el Huso ardiente de Gidastern aparezca en otro lugar.

Los ojos de Corayne se abrieron de par en par. Se imaginó la aguja dorada que era el Huso, escupiendo llamas mientras atravesaba el Ward.

—No lo sabía —dijo ella, mordiéndose un labio—. ¿Es el Huso de Iona el medio en que llegaste aquí, nacido en Glorian?

Mientras caminaban, una sombra cruzó el rostro de Castrin. Esta vez era Corayne quien hacía las preguntas dolorosas, y el inmortal quien trataba de evitarlas.

—Crucé de niño, hace muchos cientos de años —dijo con rigidez—. Fuimos exiliados de un reino que no recuerdo. Primero a través de la Encrucijada, y luego, sí, a la tierra que se convirtió en Iona.

Exiliado. Corayne guardó las palabras de Castrin como si fueran joyas, para ser transformadas más tarde.

—¿La Encrucijada? —murmuró, dando una imagen de inocente curiosidad.

—La puerta a todas las puertas, como alguna vez la llamamos —la mirada de Castrin se perdió en su memoria y Corayne deseó poder ver en sus recuerdos—. Un reino detrás de todos los reinos. Con un Huso para cada tierra existente. Sus puertas siempre en movimiento, siempre cambiantes.

A Corayne se le hizo un nudo en la garganta con la insinuación.

—Pero la Encrucijada está perdida, como Glorian.

—Así es —respondió Castrin con rigidez—. Por ahora.

A Corayne no le pasó desapercibida la forma en que su mirada amarilla se detenía, primero en su rostro, y luego en la Espada de Huso. Un escalofrío recorrió la espalda de Corayne, pero lo ocultó bien. Llevaba su antiguo yo como una máscara, permitiendo que su naturaleza curiosa y de ojos maravillados se alzara como un escudo.

Hubo una vez un Huso en Iona, una puerta hacia todas las puertas. Un camino para que los Ancianos regresaran a casa. Pero ya no existe.

Un silbido interrumpió sus pensamientos. Volvió la vista hacia Castrin y él silbó de nuevo en un tono bajo e inquietante.

Con un sobresalto, Corayne se dio cuenta de que imitaba a un búho a la perfección. Otro silbido respondió, ululando entre los árboles.

En un abrir y cerrar de ojos, los inmortales que la rodeaban se duplicaron, apareciendo más guardias del bosque. Vestían pieles suaves de color púrpura, grabadas con el sigilo del zorro. La mitad eran pelirrojos y de ojos amarillos como Castrin. Los demás tenían colores tan variados como los de cualquier multitud de una ciudad portuaria. Bronceados o pálidos como la luna, negros o rubios, incluso uno gris plateado.

Castrin levantó una mano hacia los guardias, con la palma abierta en señal de amistad.

—Traigo a Corayne an-Amarat a Sirandel, bajo las órdenes del propio monarca.

Uno de los guardias entrecerró los ojos y olfateó el aire.

—También traes sabuesos de Infyrna, Castrin.

A Corayne se le cayó el alma a los pies.

—¿Todavía nos siguen? —siseó, mirando hacia atrás por donde habían venido. Casi esperaba ver sus cuerpos ardientes revoloteando entre los árboles.

Castrin soltó algo parecido a una carcajada.

—Todavía te siguen —dijo—. Pero nos ocuparemos de ellos. El bosque los ha frenado, como esperaba, y tú estás a salvo en Sirandel. Incluso de las bestias del Reino Ardiente.

Corayne se tragó un poco de su miedo.

—¿Qué hay del Bosque del Castillo?

El inmortal parpadeó.

—No te entiendo.

—Tu bosque. Sus tierras —Corayne señaló con la mano el bosque que les rodeaba, antiguo y extendido muchos kilómetros a la redonda—. ¿Los sabuesos están quemando todo a su paso, destruyendo mientras me cazan?

Castrin intercambió miradas confusas con sus inmortales, todos ellos con el rostro inexpresivo.

—Eso no nos concierne —dijo finalmente.

Con una mano, le indicó que continuara por el camino.

Corayne inclinó la cabeza, tan confundida como Castrin, aunque por motivos muy distintos.

—Este reino no es nuestro, Corayne. No es nuestro —explicó el Anciano. Empezó a caminar de nuevo, obligándola a seguirlo—. Tampoco es tuyo, Hija del Viejo Cor.

Un sabor agrio llenó la boca de Corayne. Su terror no había desaparecido, sólo había cambiado. Volvió a mirar a los inmortales que la rodeaban, distantes y ajenos a Allward, como las estrellas mismas. Ancladas en un cielo solitario, condenadas a observar y nunca interferir. *Pero estos inmortales no están condenados. Han elegido mantenerse al margen.* Se mordió el interior del labio para evitar decir algo grosero u odioso. Con tristeza, volvió a pensar en Dom. Antes lo consideraba tonto e idealista. Ahora añoraba su noble idiotez.

Al menos se preocupaba por el resto del mundo.

Se quedó en silencio, observando con atención a Castrin y al resto, paso a paso. El sendero se convirtió en un camino propiamente dicho, y los árboles de piedra que la rodeaban crecieron. Su colocación y su arte eran tan perfectos que Corayne apenas se dio cuenta de que había entrado en una estructura; los arcos sobre ella estaban formados por naturaleza viva y piedra esculpida, entretejidos por manos inmortales. Las hojas de cristal se convertían en ventanas y tragaluces, filtrando el sol en franjas de color. Los pájaros revoloteaban entre las ramas, y Corayne captó el destello rojo de un zorro vivo entre las raíces, lanzándose entre sus primos de piedra.

—Sirandel —murmuró.

Ciudad o palacio, no podía decirlo. Más Ancianos se movían entre las columnas y Corayne sospechó que se trataba de un gran salón. Entraban y salían de su vista como el zorro, moviéndose demasiado deprisa y a la vez demasiado despacio, mezclándose en su enclave con poco esfuerzo. Sus ropajes —acero, cuero o seda— estaban estampados en púrpura y oro, todos a imagen de las hojas caídas.

Entre los árboles se abrían túneles con arcos y escaleras de caracol. Algunas ascendían en espiral por las copas de los árboles, hasta llegar a torres de vigilancia por encima de las ramas. Otras se adentraban en las raíces subterráneas, hasta cámaras invisibles. No había muros que protegieran el enclave, sólo el Bosque del Castillo. Sirandel parecía más una catedral que una fortaleza, sola en la naturaleza.

—Tu casa es preciosa —dijo Corayne en voz baja, y lo dijo en serio.

Castrin respondió con una sonrisa sincera.

Finalmente llegaron a una terraza elevada entre las raíces, lo bastante amplia y plana como para servir de salón de banquetes. *O salón del trono*, comprendió Corayne, respirando con agitación.

En el otro extremo, los árboles de piedra se entrelazaban para formar una pared curva, con más cristales de colores entre las ramas. Las raíces talladas se enroscaban formando un gran asiento. En lo alto, los árboles vivos se habían convertido por completo en piedra. Ya estaban totalmente adentro sin que Corayne se hubiera dado cuenta. Y estaban rodeados por guardias de armadura púrpura. Eran temibles, pero no tanto como el Anciano que ocupaba el trono de Sirandel.

—Su Majestad —dijo Corayne, su voz resonó en la gran sala.

Sin vacilar, Corayne se arrodilló ante el monarca de Sirandel.

Lord Valnir la miraba desde su asiento, con los labios apretados. Sólo sus ojos amarillos se movían, siguiendo con la mirada a Corayne mientras se arrodillaba.

Al igual que Castrin, era alto y delgado como un sauce, con la piel pálida como la porcelana y el cabello largo con vetas rojas y plateadas. Tenía el porte de un rey, pero no llevaba corona, sólo anillos con piedras preciosas en cada dedo. Una capa púrpura le colgaba a medio hombro, sujeta con oro y amatista. Parpadeó con sus ojos amarillos tras las pestañas oscuras, observándola de pies a cabeza. La tenue luz del bosque, filtrada por la vidriera, lo iluminaba de forma extraña. Parecía un depredador, astuto como el emblema del zorro de su reino.

Él se inclinó despacio, hacia una luz más brillante. Corayne no pasó por alto la cicatriz alrededor de su cuello, apenas visible por encima de la capa. El blanco y el rosa resaltaban sobre su piel pálida, rodeando su garganta como una cadena.

No llevaba armas que ella pudiera ver, sólo la rama de un álamo. Yacía sobre su regazo de corteza plateada y hojas doradas, temblando bajo un viento fantasmal.

—Levántate, Corayne an-Amarat —dijo. Su voz era débil, incluso áspera. Se preguntó si la cicatriz tendría algo que ver—. Y sé bienvenida aquí.

Hizo lo que se le ordenaba, dispuesta a no temblar. Incluso después de Erida y Taristan, era difícil no sentirse intimidada por un gobernante Anciano.

—Gracias por la bienvenida —se forzó a decir Corayne. Deseaba tanto a Andry. Él sabría cómo actuar en la sala de un gran señor—. Me temo que no puedo quedarme mucho tiempo.

Valnir frunció el ceño, confundido.

—Supongo que los mortales siempre tienen poco tiempo.

Por un momento, Corayne no dijo nada. Luego se llevó una mano a la boca, reprimiendo la risa lo mejor que pudo.

Desde su trono, Valnir miró a Castrin, desconcertado.

Corayne sólo rio con más fuerza. Era el único respiro que tenía, una breve escapatoria de la fatalidad que les aguardaba a todos.

—Le pido disculpas, Majestad —dijo, tratando de serenarse—. No es frecuente escuchar bromas sobre mi inevitable muerte.

Valnir arrugó la frente.

—No era mi intención.

—Soy consciente de ello —respondió ella. Su tono se endureció—. Domacridhan de Iona fue igual, durante un tiempo.

El silencio cayó sobre la cámara, pesado como una nube.

En su trono, Valnir sacudió la cabeza. El color de su pálido rostro se desvaneció.

—Así que está muerto.

—No puedo asegurarlo —Corayne estranguló la esperanza que aún luchaba en su corazón—. Pero sólo la muerte o las cadenas lo alejarían de mí.

Un gruñido grave escapó de los labios del Monarca. Sus dientes brillaban y Corayne casi esperaba que tuviera colmillos.

—Como Rowanna, como Marigon, como Arberin —siseó, cerrando el puño. La furia se agitaba tras su máscara de estoicismo inmortal—. Sangre vederana derramada por este desdichado reino. Muertos por nada.

—Su muerte no será en vano mientras yo viva, Majestad —Corayne cuadró su cuerpo hacia el trono y se llevó una mano a la vaina que llevaba a la espalda—. Y mientras yo lleve la última Espada de Huso del Ward.

Alrededor de la sala, los guardias de Valnir apuntaron sus flechas, moviéndose demasiado rápido para los ojos mortales de Corayne. Observaron, preparados para atacar, cómo ella desenvainaba la Espada de Huso, permitiendo que el arma reflejara las numerosas luces de la sala.

Valnir miró fijamente la espada, su frente roja estaba marcada con una profunda arruga. Encogió los hombros e hizo un gesto a sus guardias.

Corayne dejó la espada sobre las losas, con sus joyas brillando como las brasas en un fogón.

—Veo que lo sabes —dijo—. Y lo que significa esta espada.

Por muy rápidos que fueran los Ancianos, eran más aterradores cuando decidían moverse despacio. Valnir lo hizo así al bajar de su trono. Sujetaba la rama de álamo en una mano, y las hojas doradas temblaban a cada paso. Miró con desprecio la Espada de Huso mientras caminaba con sus piernas largas, atento. Otro siseo escapó de su boca.

Corayne luchó contra el impulso de huir, todos sus instintos le advertían que era poco más que una presa para el rey inmortal.

—Conozco esta espada mejor de lo que puedas imaginar —dijo, con los ojos muy abiertos y brillantes. No a Corayne, sino al Huso—. La princesa de Iona vino a vernos hace unos meses, contando historias de dolor. Trajo noticias de la muerte de mis parientes y de que este reino estaba al borde de la ruina. Pidió guerreros, que todo mi dominio se alzara en armas.

Corayne frunció el ceño.

—Y le diste la espalda.

—Mejor dar la espalda a uno que a muchos —espetó.

De nuevo, ella quiso huir, pero se mantuvo firme.

—Ella también está muerta, ¿sabes? —dijo Corayne en voz baja. Valnir retrocedió, muy afectado. Su rostro se tensó de angustia—. La princesa Ridha ardió con el resto de Gidastern.

El Monarca se volvió hacia su pariente, moviéndose tan deprisa que sus miembros se desdibujaron. Apuntó con la rama dorada como si fuera una lanza.

—¿Es eso cierto?

Sin dudarlo, Castrin se arrodilló e inclinó la cabeza, afligido.

—Nunca llegamos a la ciudad. Nuestras órdenes eran recuperar a Corayne y volver —miró de reojo a Corayne, apesadumbrado—. Pero Gidastern arde en el horizonte, y los sabuesos de Infyrna vagan por el Ward.

Corayne dejó que sus palabras bañaran a Valnir. Volvió a mirar fijamente la espada, su pena brillaba con una ira tremenda.

—Otro Huso desgarrado, mi señor —dijo. Valnir no levantó la vista de la espada.

—Pero no más, si hablas con la verdad —exhaló—. Si ésa es la última Espada de Huso del reino, y tú su portadora, entonces no tenemos nada más que temer de Taristan del Viejo Cor.

—Desearía con todo mi corazón que eso fuera cierto —Corayne suspiró y dio un paso hacia el Monarca, por peligroso que pareciera—. Pero mi tío no actúa solo. Es un siervo de Lo que Espera, que busca romper este reino y reclamar los pedazos para sí mismo.

Valnir le hizo un gesto con la mano.

—A través de los Husos, sí. Ridha lo dijo, e Isibel antes que ella, cuando empezó todo este sinsentido. Pero Taristan no puede romper más Husos sin la espada en su mano. Mientras mantengamos la espada lejos de tu tío, el reino está a salvo.

Entonces, algo brilló en sus ojos.

—Mejor aún, lo destruiremos —gruñó—. Y nos aseguraremos de que ningún conquistador de Cor vuelva a amenazar los reinos.

Corayne se precipitó hacia delante, interponiéndose entre el Anciano y la Espada de Huso. Extendió una mano, como si ella sola pudiera detener a Valnir en caso de que decidiera actuar.

Por fortuna, el inmortal se detuvo en seco. Entrecerró los ojos, confundido y furioso.

—¿Quieres quedártela? ¿Para *qué*? ¿Para ti?

Corayne casi se burló con frustración.

—El daño de Taristan ya está hecho. He cerrado dos Husos, pero aún hay dos más abiertos. Uno en Gidastern, fuera del alcance de cualquiera. Y otro... no sé dónde. Si lo supiera, ya estaría allí. Pero los Husos abiertos devorarán el mundo, como grietas que se extienden por un cristal. Hasta que todo se haga añicos. Y Lo que Espera...

—No esperes más —Valnir giró y su larga capa se deslizó por el suelo. Las hojas lo envolvieron a su paso, mientras subía al trono. Con un suspiro, se hundió de nuevo en su asiento, con la rama sobre las rodillas—. El Rey Desgarrado de Asunder conquistará este reino como tantos otros.

La mandíbula de Corayne se tensó.

—¿Tantos *otros*? —repitió ella, con el ceño fruncido.

Valnir le dirigió una mirada de igual a igual.

—¿Crees que éste es el primer reino que Lo que Espera busca conquistar y consumir?

Un sofoco recorrió la cara de Corayne y le bajó por el cuello.

—No. He visto las Ashlands con mis propios ojos, señor —forzó, intentando sonar tan severa como lo parecía Valnir.

En su cabeza veía el reino roto más allá del templo del Huso, una tierra de polvo, calor y muerte. Nada crecía. Nada vivía. Sólo había cadáveres arrastrándose unos sobre otros y un débil sol en un cielo empapado de sangre. *¿Cuántos otros reinos cayeron en semejante destino? ¿Cuántos más caerán después que nosotros?*

La mirada de Valnir cambió, aunque sólo un poco; era más pensativa que antes. Y, tal vez, mostraba un poco de asombro. Se llevó una mano de dedos largos al cuello y se frotó la cicatriz, siguiendo el trazo de la vieja línea de carne irregular. De repente, Corayne comprendió de qué era la cicatriz.

No había sido hecha por una espada.

La hizo una soga.

Su mente daba vueltas. *¿Quién, en todos los reinos, intentaría ahorcar a un rey Anciano?*

—Háblame de tu viaje, Corayne an-Amarat —dijo finalmente Valnir, con los ojos aún lejanos—. Cuéntanoslo todo.

El agotamiento se cernía sobre Corayne, amenazando con aplastarla. Pero no podía flaquear. La princesa Ridha había fracasado en su intento de convencer a Valnir y a su pueblo. Corayne sabía que ya no podía permitirse el lujo de fallar.

Habló tan rápido como le fue posible, como si pudiera escapar de su propia tristeza. A estas alturas, ya conocía bien la historia.

—Mi madre es Meliz an-Amarat, capitana de la *Hija de la Tempestad,* conocida en las aguas del Mar Largo como Mel Infernal.

Los Ancianos la miraron sin comprender. La temible reputación de su madre tenía poco peso entre los inmortales del bosque.

—Y mi padre era Cortael del Viejo Cor, un príncipe nato, heredero del imperio y muerto hace mucho tiempo.

Se estremeció ante el reconocimiento de Valnir y sus guardias, incluso de Castrin.

Corayne se mordió el labio.

—Sé que miembros de este enclave, tus propios parientes, murieron con mi padre, en el primer desgarro del Huso.

Los Ancianos eran ajenos al dolor, y lo llevaban mal. Valnir se tornó taciturno ante la mención de los muertos.

—Sabes que Domacridhan sobrevivió y salió a buscarme, igual que la princesa Ridha salió a buscar aliados entre los enclaves.

El monarca estaba aún menos acostumbrado a la vergüenza, que ensombreció su rostro. Corayne casi esperaba que resoplara como un niño.

Ella continuó.

—No le creí entonces, cuando me dijo lo que era mi padre. Heredero de Cor. Nacido del Huso. Un hijo mestizo, como todos ustedes. Tampoco creí que eso me convertía a mí también en una Hija de Cor, una heredera del viejo imperio. Y otra portadora de la Espada del Huso. Pensé… —su voz vaciló, abrumada por los recuerdos—. Lo vi como una oportunidad para dejar la protección de mi madre. Para ver el mundo.

Valnir enarcó una única ceja escarlata.

—¿Y?

Corayne se tragó una burla.

—He visto demasiado mundo desde entonces.

Y también mundos más allá de éste.

Corayne siguió adelante, manteniendo el ánimo lo mejor que pudo. Cuando terminó, sintió la boca seca y el corazón se le aceleró en el pecho, reviviendo así el dolor de su viaje.

Una mirada de lástima brilló en los ojos de Valnir, con el ceño fruncido por la preocupación.

—Has realizado muchas grandes hazañas, Corayne an-Amarat. Demasiadas, diría que la mayoría —se pasó una mano blanca por el rostro antes de volver a tocarse la cicatriz—. Esta noche rezaremos por Domacridhan y Ridha, y el resto de sus caídos. ¿Los hombres de Trec? ¿Tus Compañeros?

—Los jydis también —respondió con voz ronca. La voz empezaba a fallarle—. Y los Ancianos de Kovalinn.

Valnir no se levantó, pero su cuerpo retrocedió contra el trono. Su rostro se tensó y ambas manos se aferraron a la rama del árbol que tenía en el regazo, envolviendo con los dedos el frágil álamo.

—*¿Kovalinn?* —siseó.

—Se reunieron con nosotros en la orilla, a las afueras de Gidastern, navegaron para acudir en nuestra ayuda —explicó—. Justo a tiempo.

Justo a tiempo para ser masacrados con el resto de nosotros.

—¿Y quién los guio? —Valnir preguntó, elevando su voz hasta casi gritar—. Ciertamente, no Dyrian. Apenas es más que un niño.

Corayne negó con la cabeza.

—La madre del Monarca lideró a su pueblo. Eyda, la llamaban.

Valnir se levantó demasiado rápido, sus ojos amarillos se llenaron de lágrimas calientes y furiosas. Sus puños seguían aferrados a la rama, sosteniéndola como un escudo.

La luz del sol brillaba en su cabello rojo y plateado, con vetas como sangre. Corayne se dio cuenta de que había visto cabellos así antes, en las costas del Mar Vigilante. Lady Eyda tenía una coloración similar. Diferentes ojos, pero el mismo cabello rojo y la piel pálida como la leche. *De hecho, se parece a él,* se dio cuenta Corayne, encajando las piezas del rompecabezas en su mente.

—Eyda de Kovalinn. Eyda de los Desterrados, exiliada de Glorian con el resto de nosotros —el Monarca respiraba entrecortadamente, con el pecho subiendo y bajando bajo el brocado. Volvió a gruñir—. ¿Sobrevivió?

—No lo sé, Su Majestad…

Sus palabras se entrecortaron cuando la rama del álamo se partió en dos, con un sonido similar al crujido de un trueno. Sus hojas doradas se esparcieron por el suelo de piedra y un viento áspero sopló por el enclave, agitando el mundo.

Corayne se estremeció cuando Castrin saltó hacia adelante, con las manos extendidas.

—Mi señor… —gritó, pero Valnir lo interrumpió con un movimiento de mano.

—Dejo la rama —dijo el Monarca de Sirandel, y la fuerza de su voz sacudió el aire.

Corayne sintió que una magia latente ondulaba con sus palabras, como el batir de las alas de un pájaro. Reverberó por toda la sala y los Ancianos se arrodillaron, como si hubieran sido arrasados por el poder de su señor.

Entonces, Valnir extendió una mano, ahora vacía, con los largos dedos torcidos.

—Tomo el arco —dijo.

Sonaba como el final de un conjuro, o de una oración.

De entre las sombras apareció otra guardia, vestida con más armadura y cota de malla que el resto. Llevaba un gran arco de tejo entre las manos, con la curva de la madera perfecta y lisa. Corayne esperaba más joyas y arte, pero la madera negra carecía de adornos. Sólo brillaba la cuerda del arco, engrasada a la perfección.

Sin mediar palabra, la guardia Anciana se arrodilló junto a Valnir y le tendió el arco.

El monarca contempló el arma durante un largo y estremecedor instante. A Corayne se le hizo un nudo en la garganta y su corazón latió tan fuerte que sabía que todos los inmortales podían escucharlo.

—Ojalá el camino que te espera fuera más fácil. Lamento la senda que debes recorrer —dijo Valnir, mirándola a los ojos. Sus dedos se cerraron sobre la empuñadura del arco y lo elevaron.

—Pero lo caminaré contigo. Hasta la muerte o la victoria.

6

UN LOBO EN LA PUERTA

Erida

Erida sabía lo importante que era el amor del pueblo para su propia supervivencia. Así como el respeto de sus nobles. Era algo difícil de equilibrar, esa línea entre el amor y el miedo. Ella había jugado al mismo juego en su primera coronación. En aquel entonces, Erida tenía apenas catorce años, era todavía una niña y ya ascendía al trono del reino más grande del imperio. Vestía seda verde y joyas de oro, como una bandera. Era lo mejor que podía hacer, con la esperanza de parecer mayor, sin miedo, apta para reinar como la primera reina de Galland.

Ahora era divina, digna del trono de una emperatriz.

Desapareció la seda verde y fue sustituida por un vestido dorado y una armadura dorada, un equilibrio entre reina y conquistadora. La coraza parecía más bien una joya, con metal moldeado a su torso, engastado con gemas ardientes que destellaban cada vez que respiraba. Un cinturón de piedras preciosas rodeaba su cintura, un arcoíris de colores por cada uno de los reinos que ahora gobernaba. Esmeralda para Galland, rubíes para Madrence, granates púrpura oscuro para Siscaria y aguamarina azul marino para Tyriot. Su capa era de tela dorada ribeteada de terciopelo, y el tejido brillaba como el propio sol.

En su dedo, la esmeralda de Galland ardía bajo la luz roja del sol. Era la que más brillaba.

Erida respiró con calma, sujetándose bien, mientras su barco avanzaba y aumentaban los rugidos de la ciudad que los rodeaba. Sonaba como una cascada lejana, un zumbido estrepitoso, constante e interminable. Levantó la barbilla y cerró los ojos, permitiendo que el sonido la inundara.

Devoción, reverencia, culto.

¿Así es como se sienten los dioses?, se preguntó.

Sus ojos se abrieron y el mundo se volvió borroso, un derroche de colores y sonidos. No pensó en los otros cortesanos que se unían a ella, grandes señores y comandantes militares entre ellos. Erida sólo podía concentrarse en los pasos que tenía por delante, con cuidado de no vacilar, de no moverse demasiado deprisa ni demasiado despacio. Apenas percibió el horrible olor de Ascal.

Su galera era demasiado grande para el puerto de Wayfarer y atracó en Fleethaven, junto a otros barcos de la armada gallandesa. Los muelles circulares eran lo bastante profundos y anchos para atracar veinte grandes navíos de guerra como caballos en un establo. Los marineros miraban desde todas las cubiertas, estirando el cuello para ver a su gran reina.

Erida bajó de la cubierta con cuidado, mientras sus ayudantes le sujetaban los bordes de la falda y la larga capa. Mantenía la cabeza erguida y la mirada al frente, su rostro era una máscara perfecta.

Se había debatido mucho sobre cómo atravesaría la ciudad. Un carruaje sería lo más seguro, pero la ocultaría de la vista. Una litera sería demasiado lenta. Un solo caballo podría asustarse entre la multitud y tirar a la reina contra los adoquines.

En cambio, la esperaba un carro. Dorado como su toga, un escudo con cara de león rugía en la parte delantera del pescante. Uno de los miembros de su Guardia del León esperaba con paciencia, sujetando las riendas de seis corceles blancos con arneses al yugo.

Subió junto a él, dejando que sus ayudantes se ocuparan de sus faldas, mientras levantaba una sola mano hacia la gente que se agolpaba en las calles, callejones, ventanas y bordes de los canales. El resto de la Guardia del León se formó alrededor del carro, a horcajadas sobre sus propios caballos. Entonces, las riendas chasquearon y el carro se puso en movimiento. Erida perdió el equilibrio, aunque sólo por un segundo, cuando el carro se tambaleó hacia delante.

Volvió a sentirse como una novia, que llegaba a casarse con su destino.

Tomaron el Godswalk, la avenida más ancha de la ciudad, pavimentada con fina piedra caliza. Los soldados de la guarnición de la ciudad se alineaban en el camino, reteniendo a plebeyos y nobles por igual. El invierno era demasiado intenso para que la mayoría arrojara flores, pero los ricos arrojaban rosas a su paso, lanzando pétalos como ráfagas de sangre fresca. El propio séquito de Erida devolvía las monedas a la gente, provocando el frenesí de la multitud. Corearon el nombre de Erida hasta que la cabeza le dio vueltas.

La Leona, la llamaban algunos. *Emperatriz,* gritaban otros. Y Erida se sintió ebria de su amor, ebria de su poder.

Las estatuas de sus antepasados la miraban pasar desde varias plazas y pedestales. Conocía a todos por su nombre, entre ellos a su padre.

La estatua de Konrad III era un retrato perfecto, esculpido en mármol blanco. La propia Erida la había encargado a su muerte, empleando a los escultores más hábiles de todo el reino. Era lo menos que podía hacer, mientras él yacía frío y muerto.

Mientras su carro pasaba, Erida sólo podía mirar fijamente el rostro inmóvil de su padre y sus ojos que no veían. Incluso victoriosa, le dolía el corazón.

Soy lo que deseabas, quiso decirle Erida. *Una conquistadora.*

Los ojos vacíos de mármol le devolvieron la mirada, su boca severa cerrada para siempre.

Por mucho que anhelara, por mucho que se esforzara, por mucho poder que alcanzara, su padre estaba fuera de su alcance. La muerte separaba todas las cosas, desde la emperatriz hasta el insecto. A pesar de todo, ella deseaba y buscaba, con la esperanza de sentir algo de su amor y orgullo.

Sólo había vacío.

Continuaron por el Puente de la Fe antes de rodear la magnífica torre de la catedral de la Konrada. Construida por el bisabuelo de Erida, la Konrada honraba a todos los dioses del Ward, los veinte.

En su corazón, Erida conocía la falsedad de tales dioses.

Y la verdad de uno, su rostro tallado de sombra, y no de piedra.

Déjame entrar.

Los susurros seguían resonando, siempre al borde de su mente. Siempre a la espera.

Déjame entrar y te convertiré en la reina más grandiosa que este reino haya conocido.

Siguieron su camino, dejando atrás la Konrada. Erida volvería ahí para su triple coronación, pero ahora sus pensamientos se concentraban en el Palacio Nuevo. Se alzaba ante ellos, como una bestia de piedra. El palacio era su propia isla en medio de Ascal, una ciudad en sí misma.

El corazón le dio un vuelco cuando entraron en el Puente del Valor, con el Gran Canal corriendo por debajo. Lo había cruzado mil veces en su vida, pero nunca así. Un centenar de soldados de la guarnición de palacio se alineaban en el puente, con las espadas en alto formando un túnel de acero.

Los vítores resonaban a lo largo de los canales, desde todos los rincones de la ciudad. Todo el mundo parecía gritar por ella.

Erida trató de disfrutar de ello sin sentirse abrumada. Miró hacia delante, hacia las puertas del palacio, una boca de mandíbulas de hierro. Se agarró con fuerza a la barra, tanto para sujetarse como para ocultar el temblor de sus dedos.

Atravesaron las puertas en un abrir y cerrar de ojos, y el grueso muro del palacio pasó por encima de su cabeza. Los caballos aminoraron la marcha al entrar en el gran patio del Palacio Nuevo, levantando polvo y gravilla. Los muros del palacio relucían, primorosamente limpios. Lord Cuthberg, su mayordomo, había preparado bien el palacio para su regreso.

El sol rojo teñía de rosa el reino y todo adquiría un tono rosado. Era como mirar a través de una vidriera.

A lo lejos, Erida se preguntó si todo eso era un sueño. Sus pies doloridos decían lo contrario.

El caballero tiró de los caballos hasta detenerlos suavemente, mientras el resto de su Guardia del León formaba filas detrás de su carro, permitiendo a Erida descender en medio de ellos. Con su armadura dorada, Erida era casi uno de ellos.

Algo zumbaba en sus oídos, un quejido que ahogaba todo lo demás. Sus ojos se posaron en los escalones del palacio y en las grandes puertas de roble que había más allá. El hogar del trono, el gran salón y su residencia real.

Casi podía ver a través de su mayordomo y los demás cortesanos reunidos, cuyos rostros se desdibujaban. Todos se inclinaron, como flores en un campo que se inclinan hacia el sol.

Sólo quedaba un par de ojos, fijos en su propio rostro. Su cuerpo no se movió, su cabeza bajó sólo un centímetro. Fue suficiente.

Taristan era una visión en rojo sangre, como ella lo era en dorado.

Erida se compadeció de la persona que había obligado a su marido a ponerse un abrigo de terciopelo, una cadena de rubíes y unas lustrosas botas negras. No llevaba capa, a pesar del frío del invierno. Lo hacía destacar entre los demás pavos reales acurrucados en sus lustrosas pieles. Incluso Ronin, que se inclinaba de forma extraña, se había embutido en una capa de color rojo oscuro.

El Príncipe del Viejo Cor estaba como Erida lo recordaba hacía más de tres meses. Antes de que cabalgara al norte, hacia Gidastern, con el mago quejumbroso y un ejército de cadáveres.

Había recibido noticias desde entonces. Cartas demasiado cortas, medio escritas en código, aludiendo a otro Huso desgarrado, otro regalo entregado. Otra victoria. Pero poco más.

Erida mantenía la máscara levantada, pero sus dedos temblaban, ocultos por los pliegues de su larga capa. Intentó pensar en la corona, en el trono, en Lo que Espera y en el pequeño susurro de su mente. En cualquier cosa, menos en su marido.

¿Eso te hace mía?

Taristan se lo preguntó tres meses atrás, a solas en sus habitaciones. Ella no le dio una respuesta en ese entonces y descubrió que seguía sin tenerla ahora.

La miró fijamente, sin pestañear, mientras el resto del mundo miraba al suelo.

Tras inspeccionarlo más de cerca, vio algo extraño en su cara. Una mancha roja, la piel desgarrada. Una herida apenas curada. Por imposible que pareciera en alguien como Taristan, invencible ante todo, más fuerte que cualquiera que caminara por el Ward.

Un cordón se interponía entre ambos y Erida apenas pudo soportarlo. Lo que más deseaba era acortar la distancia. Quería saber qué había pasado en Gidastern, quería tenerlo en sus brazos. Le costó esperar.

—Salve, Erida, la Leona, reina de Galland, reina de Madrence, reina de Tyriot y reina de Siscaria —gritó su mayordomo, su voz resonó en las paredes del patio.

Erida apenas oyó una palabra de lo que dijo.

A través de la distancia, Taristan le sostuvo la mirada. Sus ojos brillaban con un rojo familiar. Proveniente de Lo Que Espera o del cielo ensangrentado, Erida no lo sabía.

—La gloria del Viejo Cor renace —gritó Thornwall desde su lugar en la fila. Se levantó.

A su lado, Lady Harrsing igualó su grito.

—Emperatriz Naciente —dijo con firmeza.

—Emperatriz Naciente —hizo eco la multitud.

Los labios de Taristan se movieron con ellos, su voz era ahogada.

Cuando cayó de nuevo el silencio, interrumpido sólo por el lejano rumor de la ciudad, Erida inclinó ligeramente la cabeza ante su corte.

—Me alegro de estar en casa —dijo despacio, con voz regia y pausada.

Lord Cuthberg se colocó a su lado, moviéndose como un insecto enjoyado. Parloteaba sin cesar, y sus palabras sumían a Erida en una marea adormecedora.

—...el embajador temurano llegó ayer con su séquito. Por ahora, los he alojado en la Torre de la Dama. El embajador Salbhai solicita una audiencia...

Erida apretó la mandíbula y sus dientes rechinaron. *Preferiría quemar la torre con todos los temuranos dentro,* pensó. En cambio, forzó una sonrisa dolorosa.

—Muy bien, ocúpate de ello —espetó.

Sólo entonces se movió Taristan, dando largas zancadas para alcanzarla. Sus botas pulidas crujieron sobre la grava.

Erida sintió como si hubieran extraído el aire del patio. Permaneció inmóvil, con la barbilla alta, impávida ante las miradas de toda la corte. En su mente, maldijo su atronador corazón. Taristan era un príncipe del Viejo Cor, bendecido por Lo que Espera, el mortal más peligroso sobre la tierra. Había muchas buenas razones para temerle.

Erida sólo temía su indiferencia, su distancia, y otro segundo más fuera de su alcance.

Recordaba demasiado bien las cicatrices blancas de su pecho, el vacío negro de sus ojos cuando el brillo rojo desapareció. La sensación de su corazón latiendo bajo la palma de su mano.

Esperaba que no se quedaran en recuerdos.

Cuando él se arrodilló ante ella, su miedo se evaporó en el aire. Sus dedos se sintieron de pronto calientes, sostenidos por su mano familiar y ardiente. Ella se le quedó mirando, mientras él presionaba sus nudillos contra su frente febril, aunque su piel estaba seca. No estaba enfermo. Esto era habitual en Taristan, su carne ardía con el poder de Lo que Espera. Con reverencia, apretó los labios contra la mano de ella y volvió a ponerse en pie, moviéndose con velocidad guerrera.

—Mi reina —dijo bruscamente, con la mano de Erida aún entre las suyas.

Ella no podía sonreír. Incluso ahora, no le daría a la corte la satisfacción de su felicidad. Eso era para que Erida y Taristan lo compartieran a solas.

Sus ojos recorrieron la cara de él, observando el extraño corte de su mejilla.

Tenía tantas ganas de tocarlo.

—Mi príncipe.

* * *

Erida había aborrecido la idea del matrimonio durante la mayor parte de su vida.

No tenía ningún deseo de entrar en una jaula nupcial ni de cambiar su trono por un obeso Lord. La mayor parte de sus días los pasaba engañando a sus pretendientes, enfrentando a príncipes extranjeros, mientras movía ejércitos. Su supervivencia dependía del apoyo de sus nobles, y el apoyo de éstos dependía de lo que ella pudiera darles. En lugar de matrimonio, prometió gloria, oro y conquista. El imperio renacido.

Aun así, sus consejeros la presionaban para que se casara. Harrsing, Thornwall, ellos querían que su reina se casara por su propia seguridad. Su repugnante primo Konegin quería que se casara para su propio beneficio. Ella los esquivó a todos. *Encuéntrenme un campeón,* les dijo una vez, sabiendo que la diana era excesivamente difícil de acertar.

Pero Taristan la encontró, y le ofreció su mano… y todo el reino.

El Consejo de la Corona se opuso a tal enlace. Taristan no era nadie. Ni tierras, ni títulos, ni oro. Reclamó ser heredero de Cor, pero poco más, nombrándose a sí mismo el sucesor del Viejo Cor, un príncipe del imperio caído. Eso tampoco era suficiente para desposar a Erida.

Pero sí fue suficiente para mantener su curiosidad. Observó, con los ojos muy abiertos, cómo el apuesto pícaro desenvainaba una daga y se abría la palma de la mano. Recordó que su sangre era demasiado oscura, más oscura de lo que ella imaginaba que podía ser la sangre. Aun así, se acercó para ver cómo sanaba ante sus ojos. Sólo para ver el escarlata brillante de otra persona en su mirada.

Erida se había preguntado si alguna vez se arrepentiría de su decisión de casarse con Taristan del Viejo Cor.

Ahora se reía de la idea, con la cara apretada contra el pecho de Taristan. Sólo la seda la separaba del músculo duro y la piel caliente. Él ardía a través de su ropa y ella se dejó llevar por la sensación, incluso cuando una gota de sudor rodó por su espalda, bajo la bata.

Por fin estaban solos, de nuevo en el ala de los aposentos reales. La larga galería daba a la laguna del palacio, donde estaba amarrada su propia barcaza de esparcimiento. En las ventanas, el cielo brillaba enrojecido por la puesta de sol, y las primeras estrellas parpadeaban. Una pequeña parte de Erida deseaba que el tiempo pasara más lento y los dejara suspendidos aquí, encerrados juntos, sin nada más que sus dos corazones palpitantes.

El león dentro de ella se impuso, rugiendo aún más. Hambriento por devorar el resto del reino.

Se echó hacia atrás, permitiéndose mirar a Taristan con detenimiento. Tenía la cara bien afeitada y el cabello, de color rojo oscuro, peinado hacia atrás. De no ser por el corte en el pómulo, podría pasar por un príncipe mimado y apuesto.

Taristan le devolvió la mirada, estudiándola con la misma intensidad. Sonriendo, introdujo una mano en el cinturón de joyas que rodeaba la cintura de Erida y tiró de él para acercarla de nuevo.

—Me temía lo peor —dijo Erida, levantando la barbilla para mirarlo fijamente. Taristan frunció el ceño.

—¿La muerte?

La reina se encogió de hombros y una sonrisa se dibujó en sus labios.

—Ah, eso no me preocupa. Contigo no.

Su consorte era un hombre de pocas palabras, incluso estando a solas con su esposa. Se sumía en su silencio habitual, con cara inexpresiva. Una vez, ella pensó que había un muro entre ellos. Ahora, Erida lo veía como lo que era.

Una invitación.

Se acercó más. El calor de él irradiaba incluso a través de su armadura y su seda.

—Pensé que lo habías hecho —dijo ella, con la respiración entrecortada. Para su disgusto, sintió que se ruborizaba—. Que me habías olvidado.

Por encima de ella, Taristan emitió un sonido áspero desde lo más profundo de su garganta. Se inclinó hasta que sus frentes casi se tocaron, con sus ojos negros, vacíos para tragársela entera. Erida se preguntó qué encontraría si se inclinaba hacia ese abismo.

¿Sólo hay oscuridad? ¿O es Lo que Espera en algún lugar de las profundidades, una presencia roja oculta en la sombra, a la espera de salir a la superficie?

Déjame entrar. Déjame entrar, recordó. *¿Él también lo escucha?*

—Eres la reina de los Cuatro Reinos —murmuró Taristan. La vida en la corte no había cambiado su brusquedad—. El mendigo más pobre de la calle conoce tu nombre.

Erida frunció la boca y se mantuvo firme, inmóvil. Taristan sobresalía por encima de ella, pero ella se sentía igual de alta, el poder de cuatro coronas como acero en su columna vertebral.

—No me refería a eso.

—Lo sé —respondió él, tan suave que ella casi no se dio cuenta.

Luego acortó la distancia que los separaba y sus labios se pegaron a los de ella. Donde sus ojos eran un abismo, vacío e imposible de leer, sus labios eran un infierno, imposible de malinterpretar. Ardían sobre ella, recorriéndola desde la boca hasta la mandíbula y viceversa. Ella los acogió de buen grado, separó la boca y de repente le metió los dedos entre el cabello, rozándole el cuero cabelludo con las uñas. Él jadeó y ella sonrió, con un labio entre los dientes.

Entonces, un destello rojo resplandeció en lo más profundo de la oscuridad, como un relámpago en un cielo vacío. Vio a Lo que Espera nadar hasta la superficie de la mente de Taristan. Fue sólo un pequeño recordatorio y Erida se lo tomó con calma. No había abierto su mente al Rey Desgarrado, pero Él seguía allí. Sabía que Él esperaba, aferrado a la puerta, como un lobo que aúlla para que le den la bienvenida.

Lo que Espera podía esperar un poco más, como todo lo demás.

Sus dedos recorrieron la mejilla de Taristan y bajaron hasta tocarle la mandíbula. Una vez más, observó el corte que le cruzaba la cara, estropeando una piel hermosa.

Erida tocó el corte con suavidad, recorriéndolo con el dedo. Su piel ardió bajo la de ella. No se inmutó, pero sus ojos se endurecieron, negros de nuevo. Lo que Espera desapareció, sumergiéndose en las profundidades una vez más. Por el momento.

Recordó los cortes que Corayne dejó en el rostro de Taristan la última vez. Tres líneas irregulares, poco más que un rasguño. Se curaron, pero no tan rápido como deberían haberlo hecho en alguien como Taristan. *Fue algún tipo de magia,* le dijo él entonces.

Esta herida era peor, tenía una costra que formaba una línea oscura.

—¿Fue Corayne? —preguntó, escrutando sus ojos.

Con delicadeza, él le apartó la mano. Se movió, separándose unos centímetros. Erida se estremeció al perder su calor.

—Corayne y su bruja —respondió. Un rubor inusitado apareció en sus pómulos.

Erida arrugó la frente. Veía vergüenza en Taristan, por mucho que intentara ocultarla.

—¿Y qué más?

Su garganta blanca se asomaba sobre el cuello, las venas pálidas se entrelazaban bajo la superficie. Ella notó una mancha de piel roja, en carne viva y brillante. Como una *quemadura*.

Sin vacilar, Erida tomó el suave terciopelo de la garganta y tiró de él para dejar al descubierto una franja de carne quemada. Sus ojos se abrieron de par en par, recorriendo la piel. Se estaba curando, pero despacio. *Normalmente*. Como cualquier otro mortal.

Erida se quedó boquiabierta. Entonces, le agarró la mano con la que sostenía la espada y le levantó los nudillos. La piel blanca se había tornado rosada sobre los huesos, mostrando rasguños y arañazos comunes. Parecía la mano de cualquier espadachín de su ejército, de cualquier caballero del patio de entrenamiento.

Maltrecho, desgastado por la batalla.

Y mortal.

Sintió su mirada como un peso sobre sus hombros. Con tristeza, lo miró a los ojos.

—Taristan, ¿qué es esto? —preguntó Erida, mordaz.

Sonaba como una acusación.

Taristan exhaló un largo y lento suspiro. El rubor se deslizó por su rostro, haciendo que las venas blancas de su cuello resaltaran aún más.

—Corayne y sus compañeros cerraron el primer Huso —dijo, luchando por mantener el tono de voz. Aun así, ella escuchó la rabia temblando en él—. El primero que yo abrí.

Ella sintió un hueco en el estómago. Las piezas del rompecabezas encajaban en su mente y odiaba la imagen.

—El primer regalo dado —siseó Erida—. Así que si un Huso se cierra, pierdes…

—Lo que Él me dio —el rojo volvió lentamente a sus ojos. Taristan se crispó y Erida se preguntó qué sentiría, qué oiría en su cabeza.

—Ésa es la naturaleza del fracaso, supongo.

—¡Entonces, vuelve! —Erida le puso la palma de la mano sobre el pecho, apretándose contra él—. Ahora mismo. Llévate a toda una legión si es necesario.

Por mucho que quisiera arrastrar a Taristan a su alcoba, Erida deseaba más esto. Lo tomó por los hombros y empujó con tal fuerza que incluso Taristan se tambaleó, sorprendido por su ferocidad.

Ella no dio tregua y volvió a empujarlo. Esta vez, él se irguió, firme como una pared de ladrillo. Su visión se nubló en los bordes, la habitación se onduló a su alrededor.

—Toma la espada y vuelve a *romper* el Huso —gruñó Erida. De repente, sintió el cuello de su vestimenta demasiado apretado, su armadura pesada y estrecha. La habitación entera parecía cerrarse—. Eres demasiado vulnerable así.

Taristan le tomó las muñecas cuando ella volvió a empujarlo, sus dedos se trabaron en una presa suave, pero inflexible.

—He sido vulnerable la mayor parte de mi vida — dijo él, mirándola fijamente.

La cabeza de Erida palpitaba al ritmo de los latidos de su corazón. Dejó caer la mirada hacia su cadera, hacia el cinturón de la espada que siempre estaba allí. Hasta ahora.

Casi se le doblaron las rodillas.

—¿Dónde está tu espada, Taristan? —susurró, desesperada.

Por muy estoico que fuera, Erida vio su propia rabia reflejada en él. En su mandíbula apretada, en sus ojos entrecerrados. La vergüenza también seguía allí, espantosa y desconocida.

—Supongo que puedes prestarme otra —respondió secamente, con voz hueca. A él no le gustaban las bromas, ni siquiera en la victoria. En la derrota, era como ver a un pez intentando caminar.

Erida se zafó de su agarre.

—No hay Espadas de Huso en las bóvedas de Galland.

Con manos temblorosas, se desabrochó el cinturón enjoyado y lo tiró al suelo. Pronto se quitó también la armadura ceremonial. El hierro bañado en oro emitió un ruido sordo al caer. Temblorosa, Erida se dirigió a una silla junto a la ventana. Se hundió en ella y pasó los dedos por sus cabellos, hasta que sus trenzas se deshicieron y el trabajo de sus criadas se convirtió en un desastre. Tomó una bocanada de aire, controlando su respiración. Se obligó a calmarse, a pensar con lógica, incluso cuando la habitación giraba a su alrededor. Uno a uno, dejó caer sus numerosos anillos, piedras preciosas del tamaño de uvas que rodaban sobre las finas alfombras. Sólo quedó la esmeralda gallandesa, fuego verde en su dedo que se comió la luz roja del atardecer, el oscuro e inagotable corazón de la joya.

Ella miró fijamente la esmeralda. Por un segundo, creyó vislumbrar un brillo rojo sangre.

Sus ojos volvieron a Taristan.

—¿Dónde está Corayne an-Amarat? —gruñó.

El silencio fue su única respuesta.

Erida quería golpearlo de nuevo.

—Así que se te escapó. Bien —ella agitó una mano y la esmeralda parpadeó—. ¿Enviaste exploradores tras ella?

Él se llevó una mano a la cadera, inclinándose hacia el lado contrario de la magnífica espada que ya no llevaba.

—Mi ejército no es de los que… exploran —dijo con voz gruesa.

Erida sólo pudo hacer una mueca. Recordó la horda Ashlander, medio podrida y tambaleante. Mortal, pero descerebrada. A veces, literalmente.

—Haré que Thornwall envíe jinetes a todos los rincones del Ward. Y triplicaré la recompensa —dijo, levantándose de su silla—. La encontrarán, y también a su Espada de Huso.

El suspiro de Taristan la detuvo.

—*Mi* Espada de Huso. Yo destrocé la suya.

Rechinando los dientes, Erida se giró hacia él.

—¡¿Cómo se las arregló esa chica para robar una espada de tus propias manos?!

Intentó imaginárselo, comparando al señor mercenario que tenía delante con el feo ratón que era su sobrina.

—Taristan, ¿qué pasó en Gidastern? —su voz temblaba—. El Reino Ardiente hace honor a su reputación.

Fuera de las ventanas, el sol rojo se deslizaba bajo el horizonte, y su resplandor desaparecía. El salón se oscureció y se enfrió demasiado deprisa, las velas apagadas, el fuego de la chimenea era débil y pequeño.

—¿Cuántos murieron? —murmuró Erida. Se pasó una mano por el brazo, temblando a través de la fina seda.

Taristan se encogió de hombros.

—¿Cuántos viven en Gidastern?

Él no quiso mirarla. Erida se dio cuenta de que no sabía cómo se expresaba el arrepentimiento en su rostro, o si él podía sentirlo.

El propio remordimiento de Erida fue menor de lo que esperaba. Sólo podía pensar con la lógica severa y necesaria.

—¿Escapó alguien? —preguntó—. ¿Alguien sabe que le hiciste esto a mi ciudad?

La seda roja de Taristan se volvió negra conforme las sombras crecían, extendiéndose sobre él.

—La horda me siguió poco después. Dudo que alguno sobreviviera para contar lo que pasó.

—Bien.

Esa palabra salió casi demasiado rápido, como una flecha lanzada antes de que el arquero pudiera apuntar. Era más fácil que sentarse con el conocimiento de una ciudad en cenizas, de su gente masacrada. Su propio estandarte pisoteado y ensangrentado. Sólo por un segundo, Erida permitió que el pensamiento se apoderara de ella. Recordó el ejército de cadáveres, harapientos y con garras, una pesadilla a la luz del día.

Y también un arma.

Sintió la mirada renuente de Taristan, observando cómo la balanza se equilibraba en su cabeza.

Al final, la ecuación era fácil.

Con la barbilla erguida, Erida estiró la columna vertebral y juntó las manos, de pie como todos los días de su vida real. Era de mármol y oro, insensible, una reina.

Una emperatriz. Y los imperios nacen con sangre.

—Gidastern ardió en un terrible incendio. Estas cosas pasan —dijo, agitando una mano. Luego, sus dedos se curvaron, cerrándose en un puño—. ¿Qué es una ciudad para un imperio?

En lo más profundo de la mente de Erida, algo sonrió. Podía sentirlo, unos labios desconocidos tirando de unos dientes demasiado afilados.

Taristan la observaba con algo parecido a la fascinación. Ella también reconocía esa mirada. La veía en sus propios cortesanos todo el tiempo.

—¿Y el dragón? —murmuró Erida, con sus ojos revoloteando hacia la ventana. Como si pudiera vislumbrar a la propia bestia.

Nacida de otro Huso. Erida lo sabía mejor que la mayoría. Ella estaba en el Castillo Lotha con Taristan cuando él lo abrió. Recordaba el hilo de oro ardiente suspendido en el aire, el portal a Irridas, el Reino Deslumbrante. *Pero el dragón lo atravesó más tarde, cuando ya hacía tiempo que nos habíamos ido de aquel lugar.*

El rojo relampagueó en los ojos de él, tan brillante que rezumaba de amarillo y podrido.

—El dragón —gruñó él, sacudiendo la cabeza.

Ella arrugó la nariz y frunció el ceño.

—Creía que las criaturas del Huso respondían ante ti. Creía que estaban bajo tu control.

—Un dragón no es un cadáver andante, ni siquiera un kraken —replicó él, lleno de veneno—. Son mentes más grandes que eso, más difíciles de dominar. Incluso para Ronin.

Quizás él ya no sirva para nada y podamos librarnos de él, pensó Erida con alegría.

—¿Y dónde está la pequeña rata?

Taristan rompió sus esperanzas con un rápido gesto de su mano.

—En su agujero.

Los Archivos.

A Erida le dieron ganas de cerrar las puertas de los archivos y dejar morir de hambre al mago rojo llorón. En cambio, se obligó a asentir cortesmente, un gesto más apropiado para la mesa principal de un banquete aburrido.

—El Huso en Gidastern permanece, todavía lo tenemos. Es lo bastante peligroso para no necesitar un guardia. Nadie podrá cerrarlo ahora, ni siquiera Corayne an-Amarat —explicó Taristan. El rojo lascivo de sus ojos se desvaneció un poco. Pero siguió caminando. Erida casi esperaba que la alfombra inferior se incendiara—. Arde incluso ahora, consumiendo todo lo que hay dentro de los muros.

—Victoria, pero a qué precio —reflexionó Erida.

Tenía ganas de partir algo en dos. En lugar de eso, contó sus legiones y se preguntó cuántos jinetes podría enviar al norte antes de que saliera la luna.

—Perdiste la espada —se mordió el labio—. Y también perdiste a Corayne. Ella aún vive.

Él gruñó por lo bajo.

—Así es. De alguna manera.

Erida sintió su furia multiplicada por diez.

—¿Y sus amigos? ¿Están vivos?

Para su infinita sorpresa, Taristan esbozó una rara sonrisa lobuna. Sus ojos brillaban, negros y rojos, azabache y rubí.

Mortal y demonio.

—Compruébalo tú misma —dijo.

7

UN SEGUNDO CORAZÓN

Domacridhan

El mundo dolía.

O eso le parecía a Domacridhan de Iona, príncipe inmortal, guerrero de muchos siglos, fuerte y veloz, letal con la espada, el arco y la mano desnuda. Temible como el amanecer.

Y actualmente encadenado a la pared de una mazmorra.

Le habían sujetado los tobillos y las muñecas con eslabones apretados, y el cuello con un collar de hierro. Algo que con suerte era agua goteaba sobre su cara. Mantenía la cabeza inclinada para no saberlo con certeza. Y para ver mejor a través de los barrotes. Una antorcha ardía en algún lugar, con luz débil y parpadeante. Gracias a su vista vederana, pudo distinguir las celdas del otro lado.

Sigil no podía ver en la oscuridad.

Al otro lado del pasillo, dormía tendida en el suelo. La cadena atada a su tobillo tintineaba en el silencio, desplazándose cada vez que se ella se movía. Los restos de su cena reposaban en el hueco de los barrotes de su celda, con la taza vacía y el cuenco lamido. A juzgar por el olor, la comida era, como mínimo, asquerosa.

Las prisiones de la reina dejaban mucho que desear.

En algún lugar entre las celdas y pasadizos, una puerta crujió al abrirse.

Dom tragó saliva con fuerza, y su garganta se sacudió bruscamente contra el collar de hierro que le rodeaba el cuello.

Ya es de día, pensó.

Frente a él, Sigil despertó con el ruido de unos pies que pisaban fuerte, el único ruido que hacían sus guardias. Se espabiló rápido, parpadeando contra la luz creciente conforme se acercaba la antorcha.

Los guardias de la cárcel doblaron la esquina en el extremo de la larga hilera de celdas. Uno de ellos llevaba una bandeja. Ambos eran pálidos y grasientos, soldados rasos, de los que se preocupan poco de lo que hacen, siempre y cuando les paguen.

Ninguno de los dos guardias se fijó en él, como de costumbre. Sólo se detuvieron para sacar la bandeja vacía de Sigil, y luego metieron otra con su desayuno por el hueco de sus barrotes, usando un palo largo. Ambos tuvieron cuidado de no ponerse al alcance de la cazarrecompensas.

Su única antorcha convirtió los ojos oscuros de Sigil en carbones encendidos. Les sonrió, como un tigre en su jaula.

Pero después de tantos días bajo tierra, incluso Sigil había adquirido una extraña palidez, su piel de bronce se había vuelto enfermiza. Su armadura de cuero había desaparecido, dejando sólo una camisa manchada de sangre y unos calzones rotos. Se inclinó hacia un lado, compensando su pierna herida. Rota o simplemente magullada, Dom aún no lo sabía. Pero sus semanas de encierro le habían servido para sanar.

—Estoy herida, encadenada y débil, caballeros —rio, agarrando con avidez el cuenco de lodo gris—. El palo parece excesivo.

Los guardias la ignoraron. Ambos llevaban espadas, dagas y cotas de malla bajo la túnica. Nada de eso serviría de mucho contra individuos como Domacridhan y Sigil, si se presentaba la ocasión.

La oportunidad nunca llegó.

Sigil y Dom seguían el tiempo con los guardias. La comida no cambiaba, pero los guardias sí: un turno de mañana y otro de tarde, iban y venían. Dom no podía moverse ni para tachar los días en la pared, así que Sigil lo hacía lo mejor que podía.

—Catorce —susurró, mientras los guardias se alejaban con sus antorchas. Utilizó la luz mortecina y la cadena del tobillo para trazar una línea en el muro de piedra.

Catorce días en las mazmorras de Ascal, sepultados bajo el Palacio Nuevo. Dom ahogó un gruñido de frustración.

—Dos semanas aquí —siseó—. Dos semanas perdidas.

—Tres semanas, si cuentas el viaje desde Gidastern —dijo Sigil desde el otro lado del pasillo—. Pero estuviste inconsciente la mayor parte del camino.

—No me lo recuerdes —respondió Dom, con la cabeza retumbándole de nuevo. Lo poco que recordaba ya era bastante doloroso.

Ridha. Muerta. Se le erizó la piel. *Y luego... no.*

Sus últimos recuerdos del mundo exterior eran borrosos. La ciudad ardiendo. El hedor de un ejército de cadáveres. Un río, un barco y su mareo habitual. Ronin le había impedido despertarse del todo, el peso de su magia oprimía a Domacridhan en una penumbra mortal.

Hasta que lo encadenaron a una miserable pared en una miserable celda, y lo dejaron volver en sí.

Agradecía la compañía de Sigil, aunque incluso ella parecía haber perdido su alegría temeraria. Ella se afligía igual que él.

Por todos ellos.

Como lo hacía cada "mañana", Dom rezó a sus dioses, aunque no pudieran oírlo. Suplicó a Ecthaid, dios del camino, que guiara a Corayne en su travesía.

Está a salvo con los demás, se dijo a sí mismo por milésima vez. *Ella tiene la única Espada de Huso. Y Sorasa la mantendrá viva, cueste lo que cueste.*

Tenía que confiar en la asesina Amhara más que en ninguna otra cosa. El mundo dependía de ella ahora, y del feroz corazón de Corayne.

Los sorbidos entusiastas de Sigil destrozaron sus pensamientos. De algún modo, Dom agradeció la asquerosa distracción.

—¿Mejor hoy? —dijo.

—Ahora tiene carne —respondió, encogiéndose de hombros. Incluso sin sus pieles, seguía siendo enorme, una giganta en su celda—. Creo que es rata.

Dom se alegró en silencio de su naturaleza vederana. Sus carceleros aún no le habían dado de comer, pero al inmortal le resultaba fácil ignorar las lentas punzadas del hambre.

Al contrario que su posición. Su columna se encogió de incomodidad, cada músculo protestaba por su postura contra la pared. El misterioso líquido goteó demasiado cerca de su ojo y gruñó, girando de nuevo la cabeza.

—¿De qué hablaremos hoy? —dijo Sigil, mientras recorría los barrotes de su celda. A diferencia de Dom, sólo llevaba un grillete en el tobillo, cuya larga cadena estaba conectada a un grueso anillo en la pared del fondo.

Él inclinó la cabeza hacia atrás, con cuidado de evitar el goteo.

—Tres semanas —gruñó—. Ya podrían estar de vuelta en Vodin. O en Sirandel, en el Bosque del Castillo, si es que pueden encontrarlo. O se hicieron a la mar, con los saqueadores. O...

—O Corayne y los demás podrían estar en otra celda, encerrados en este laberinto como nosotros dos —espetó Sigil. Frunció el ceño en su dirección, con los ojos luchando contra la oscuridad—. O…

Dom cerró el puño, una de las pocas cosas que podía hacer.

—No lo digas.

Sigil apoyó la cabeza entre los barrotes, encajando la cara en el hueco.

—No lo haré si hablamos de otra *cosa* —replicó—. Ya hemos hablado de todo lo que sería posible y de todas las alternativas. Tal vez ustedes los Ancianos tengan siglos para reflexionar, pero los mortales tenemos que *seguir adelante*.

La miró desde el otro lado del pasillo, con el rostro encendido por la ira. Eso, Sigil no pudo verlo.

—Hasta yo sé que mientes —murmuró Dom.

El cuenco de Sigil chocó con los barrotes de la celda y se partió en dos. Insatisfecha, Sigil pateó a ciegas los trozos rotos.

—¡Bueno, es una de las pocas cosas que puedo hacer aquí abajo! —gritó, levantando las manos.

Tras cruzar furiosa la celda, volvió a su rutina habitual. Con las manos apoyadas en el suelo de tierra y piedra, empezó a hacer ejercicios. Cada vez que se sentaba, exhalaba un largo suspiro.

—No nos están interrogando —murmuró, mientras su cuerpo se movía arriba y abajo—. No nos están torturando. Ni siquiera van a dejarnos morir. ¿Qué quiere ese bastardo Heredero de Cor?

Dom observaba sus ejercicios con envidia. Lo que daría por tener un solo miembro libre, por no hablar del control de toda la celda.

—Taristan quiere que suframos —exclamó, alzando la mirada. Imaginó el Palacio Nuevo sobre él, con todas sus vidrieras y dorados, sus grandes salones plagados de ratas de seda y víboras de acero.

En el suelo, Sigil se burló. Luego giró la cabeza, gritando hacia el techo de piedra.

—¡Estamos sufriendo!

Dom apenas la oía por encima del zumbido de sus oídos, de su propia sangre. Rugía como un río embravecido, como el león de la bandera maldita de Erida.

—Taristan nos mantendrá con vida hasta que su victoria sea completa —Dom no se mostraba agresivo con nadie. En las sombras, vio caer Allward, consumido por Lo que Espera y su reino de Asunder. Arrasado por las llamas, caído en el abismo—. Cuando se siente en un trono de cenizas, rey de un reino roto, hará que nos arrodillemos. Y nos obligará a mirar.

Sigil se calmó y se apartó un mechón de cabello negro de los ojos.

—Le va a costar mucho desgarrar más Husos sin una espada —dijo pensativa—. No la tiene. No, si seguimos pudriéndonos aquí abajo. No tiene la espada… y no la tiene a *ella*.

Dom lo recordó con demasiada nitidez. El látigo de Sorasa en la muñeca de Taristan, La Espada de Huso cayendo de sus manos para aterrizar a los pies de Corayne. Y luego, sus siluetas desvaneciéndose, reducidas a sombras entre el humo.

—Eso espero —murmuró.

Sigil miró en su dirección, con los ojos entrecerrados como rendijas mientras intentaba ver.

—Guarda algo de esa esperanza para ti, Dom.

—Tienes suficiente para los dos, Sigil —soltó una risita sombría—. ¿Los huesos de hierro de los Incontables?

La cazarrecompensas se puso en pie de un salto. Curvó los dos brazos sobre su cabeza y luego se golpeó el pecho con las manos.

—Nunca se romperán —respondió, con una sonrisa sincera en el rostro. Era lo único que parecía animarla en la oscuridad.

Incluso en las mazmorras de una reina conquistadora, el grito de guerra de los temuranos los estremeció a ambos.

Hasta que el chirrido de una llave en una cerradura astilló el aire. Dom giró la cabeza tan deprisa que la piel se le enganchó en el cuello, arañándolo dolorosamente. Apenas se dio cuenta, sus ojos vederanos se entrecerraron para ver al final del pasillo.

—Sigil — siseó—. Alguien viene.

Ella se quedó boquiabierta en la oscuridad.

—No es el momento adecuado.

Por los pasillos crujió el quicio de una puerta, como un trueno. Siguieron el tintineo de las llaves y el de las armaduras, un cántico inquietante en la oscuridad.

Dom volvió a hacer fuerza contra sus ataduras, retorciéndose las muñecas contra el hierro viejo y el buen acero.

Sigil sacó la cara de la celda todo lo que pudo, esforzándose por ver algo más allá de la oscuridad. Sus enormes manos se enroscaron en los barrotes y los nudillos se le pusieron blancos.

La luz de la antorcha regresó, creciendo a medida que avanzaba por el pasillo. Dom aguzó el oído y escuchó con la mayor atención posible. La luz acompañaba a los pasos.

No dos pares de botas, sino...

Los ojos de Dom se abrieron de par en par.

Levantó siete dedos, esperando que Sigil los viera a la luz creciente de las antorchas. Al otro lado de la celda, ella asintió con gesto adusto y se escabulló entre los barrotes, con cuidado de no hacer tintinear la cadena. Cuando llegó a la pared del fondo, recogió todo lo que pudo y se la ató al brazo. Era la mejor arma que tenía, además de sus dos puños.

Dom no podía hacer otra cosa que esperar. Tragó saliva de nuevo, levantando la barbilla, con la mandíbula apretada. Listo para morder si era necesario.

Entonces, la luz dobló la esquina más alejada del pasillo, y Dom se dio cuenta de que había dos antorchas que se dirigían hacia ellos. Sus carceleros habituales iban delante, seguidos por cuatro soldados. Estos hombres no eran carceleros, sino caballeros de la guarnición del castillo. Uno llevaba una forma oscura sobre un hombro, colgada como un paquete de ropa sucia.

Dom apenas se dio cuenta de eso, porque sus ojos volaron hacia la retaguardia de la formación.

Ronin le devolvió la sonrisa, con su rostro blanco brillando en la oscuridad, sus túnicas del color rojo de la furia. La visión de Dom se inclinó hacia un lado, su sangre rugió de nuevo.

—Buenos días —dijo Ronin cuando se acercaron—. Es de mañana, ¿lo sabías?

Por muy enojado que estuviera, Dom sintió una ráfaga de sombría satisfacción. Ronin cojeaba a paso irregular, apoyándose pesadamente en un bastón. Los poderes del mago no eran suficientes para curar lo que Valtik le había hecho hacía tres semanas. Dom aún podía escuchar el profundo crujido de los huesos al quebrarse.

Dom respiró entrecortadamente.

—Tráeme a Taristan.

La risa del mago resonó con crueldad en los muros de piedra.

—Domacridhan, sé que ésta es una situación nueva para ti —se burló el mago rojo, pasando por delante de su celda—. Pero eres prisionero del Príncipe del Viejo Cor. No podrás exigir nada, nunca más.

—Cobardes, todos ustedes —ladró Dom, flexionando el cuello contra su collar.

En su celda, Sigil fruncía el ceño, aún retirada contra la pared y con la cadena en la mano. Ronin tuvo cuidado de mantenerse en medio del pasillo, fuera de su alcance.

Dom hizo una mueca.

—¿Qué se siente al ser superado por un adolescente? *¿Otra vez?*

El mago se detuvo en seco, con una mano pálida como la leche moviéndose a su lado. Se dio la vuelta con esfuerzo, apoyándose en el bastón. Dom vislumbró el contorno de una especie de soporte bajo su túnica.

—Yo no llamaría mala suerte a ser más listo que… —empezó, casi resoplando. Luego se detuvo en seco, permitiéndose otra pequeña carcajada. Sacudió la cabeza y se echó hacia atrás el delgado cabello rubio, cuyos mechones grasientos se pegaban al cuero cabelludo—. No, no me regodearé. Es impropio de un mago y de la mano izquierda del Rey Desgarrado.

Con Taristan a su derecha, pensó Dom, y se le erizó la piel.

La inquietud del Anciano complació al mago. La sonrisa de Ronin se ensanchó y se extendió por toda su cara, tanto que Dom llegó a pensar que se le partiría la cabeza. Dio un paso amenazador hacia Dom, mientras los carceleros se dirigían a una celda vacía y metían una llave en la cerradura.

—Además —ronroneó Ronin, aún sonriente—, todos sabemos quién es el verdadero cerebro de tus Compañeros —inclinó un dedo, una señal para el caballero que lo acompañaba—. Y *ella* ya no sirve de mucho.

El hielo corrió por las venas de Dom. Su cuerpo se entumeció.

A lo lejos, oyó a Sigil gruñir y golpearse contra sus propios barrotes. Gritó algo en temurano, una maldición o una amenaza. Sus gritos resonaron inútilmente contra los muros de piedra y los barrotes de hierro.

El caballero con el saco al hombro entró en la celda abierta, mientras los demás miraban en silencio. Ronin no apartaba los ojos del inmortal. Dom sintió su mirada como una aguja.

El tiempo se ralentizó y el caballero se deshizo de su carga. El saco no estaba atado y se abrió con facilidad, cayendo su contenido.

Sorasa Sarn rodó por el frío suelo y la visión de Dom se desvió, la cabeza le daba vueltas.

Ronin se echó a reír, con un sonido como de cristales rompiéndose.

—Sinceramente, esperaba más de una Amhara.

Algo se rompió en Domacridhan, hasta los huesos. Como un terremoto quebrando una montaña. Sólo conocía la furia, la rabia. No sintió nada, ni siquiera el chasquido de las cadenas alrededor de su muñeca, el eslabón de acero rompiéndose bajo su propia fuerza. El alma inmortal que portaba desapareció, reduciéndolo a poco más que una bestia. Seis corazones acosados y aterrorizados latían junto al suyo. Los caballeros y guardias lo miraban como a un monstruo, con el blanco de los ojos encendido. El corazón de Sigil se desbocó, reflejando su ira.

Pero los latidos del corazón de Ronin se mantuvieron constantes. El mago no tenía miedo.

Más débil que el resto, otro corazón tamborileaba. Firme, pero lento. Y tercamente vivo.

—¡Sorasa, *SORASA*! —el grito de Sigil rebotó en las paredes, parecía que su voz provenía de todas partes.

Dom llevó su mano libre al cuello e intentó agarrar el borde metálico con los dedos.

—Está viva —dijo.

Eso calmó a Sigil, pero sólo un poco.

—Tch, tch, Domacridhan —dijo el mago, moviendo la cabeza de un lado a otro. Con otro movimiento de los dedos, volvió a señalar a los caballeros.

Con los ojos muy abiertos, encerraron a Sorasa en su celda y se dirigieron a Dom.

El metal gimió cuando Dom se arrancó el collar, y los tornillos desgarraron la piedra tras él. Con ambos hombros y un brazo libres, fue por su otra muñeca.

La llave del carcelero tintineó al acercarse, la cerradura de la puerta de su celda se abrió con un chasquido y tres de los caballeros entraron. Dom agarró al primero por el guantelete y le rodeó la muñeca blindada con la palma abierta.

En el pasillo, el cuarto caballero chilló y se acercó demasiado a la celda de Sigil. Ella se movió a la velocidad del rayo, atravesando los barrotes con un brazo para agarrarlo por el cuello.

Los otros caballeros rodearon a Dom, dejando a su compatriota a su suerte mientras abrumaban al inmortal. Ante su sorpresa, dejaron sus espadas envainadas, usando todas sus fuerzas para inmovilizar su brazo contra la pared.

Dom los maldijo en su propio idioma, perdiendo quinientos años de rabia inmortal. Sus dientes rechinaron a centímetros de sus armaduras, luchando por encontrar cualquier resquicio de piel. La desesperación se apoderó poco a poco de él, y su oportunidad disminuía a cada segundo que pasaba.

Uno de los caballeros apoyó el antebrazo en el cuello de Dom, con todo su peso. El acero se estrelló contra su garganta.

—No has logrado nada más que unos cuantos moretones nuevos —dijo Ronin por encima del estruendo. Estaba junto a los barrotes de la celda de Dom, observándolo con su mirada roja. Una de sus manos seguía apretando el bastón. La otra colgaba a su lado, con los dedos nudosos como raíces blancas.

Dom intentó ahogar una réplica, pero fracasó. Siseó, dando un último bandazo para despistar a los tres caballeros. Fue inútil. Se mantuvieron firmes y sus armaduras lo aplastaron contra el muro de piedra.

La voz de Ronin se volvió lenta, almibarada, como si viajara por aguas oscuras.

Dom luchaba por mantener los ojos abiertos, mientras sus pulmones pedían aire a gritos.

—Te deseo dulces sueños —dijo el mago. Su rostro se desdibujó hasta que sólo quedaron sus ojos, dos puntitos de rojo brillante en una luna blanca—. Pero sólo te esperan pesadillas, Domacridhan.

Los dedos blancos se crisparon y Dom sintió que caía, que se ahogaba. Muriendo.

La negrura se lo tragó.

* * *

Cuando despertó, tenía un collar y una cadena nuevos alrededor de la muñeca. El acero resplandecía en la penumbra, captando los pequeños destellos de luz de la antorcha lejana y titilante. Probó ambos, el cuello tenso, el brazo apretado. Ninguno cedió.

Al otro lado del pasillo, Sigil estaba sentada contra la pared de su celda. Al igual que el acero, sus ojos abiertos captaban la escasa luz. Con un suspiro, levantó las muñecas atadas, mostrando una cuerda de cuero enrollada con fuerza.

Dom frunció el ceño.

—Lo siento.

—Pues yo me siento *insultada* —dijo, con voz ronca y aturdida—. Tú estás clavado a una pared y Sorasa está drogada hasta el olvido. Pero Sigil del Temurijon no es más que una prisionera más.

—Utilizaremos eso en nuestro beneficio. En cuanto podamos —respondió Dom, tanto para él como para ella.

Su mirada se desvió a través de los barrotes, hacia la siguiente celda ocupada, dos más allá de Sigil, dejando un espacio vacío entre ellas. Tres metros de suelo abierto, por lo menos.

Sorasa seguía tendida donde había caído, en el suelo y en medio de un montón de desechos. Estaba de espaldas a ellos, hacia la pared, con un brazo colgando de forma extraña y el otro bajo el cuerpo. Su pelo corto e irregular se extendía alrededor de su cabeza formando un halo negro. Dom sabía que le habían quitado las armas, igual que a él. Sin media docena de dagas y venenos en el cinturón, su aspecto era extraño. Por lo menos, los carceleros le habían dejado sus pieles y sus botas viejas y gastadas.

Dom olía la sangre seca de Sorasa y su corazón latía con fuerza, tamborileando contra sus costillas. La habían herido en algún momento. En Gidastern o después. Era demasiado difícil pensar en ello, sabiendo que estaba aquí. Sabiendo que había estado en manos de Ronin, y de Taristan, durante el tiempo que fuera.

Olfateó de nuevo. *No hay sangre fresca, por lo menos.*

—Si ella está aquí con nosotros... —la voz de Sigil se interrumpió.

—Entonces, no está con Corayne —Dom terminó por ella. Apretó los ojos. Apenas había más oscuridad que en las mazmorras—. Ella no logró salir de la ciudad.

Corayne está en grave peligro, peor de lo que jamás me permití imaginar.

—Todavía quedan Valtik, Trelland. Y qué sorpresa, Charlie ha vuelto a escapar de la horca —Sigil se apoyó pesadamente contra los barrotes, con las manos atadas detrás de la cabeza—. Pequeño sacerdote astuto.

Cualquier palabra de confianza murió en su garganta. Por mucho que quisiera, Dom no mentiría. No tenía sentido.

Sin Sorasa, están condenados.

El suspiro de Sigil sonó desgarrado en la oscuridad.

—¿Su corazón aún late?

—Sí —dijo.

—Bien —murmuró Sigil.

Entonces, juntó las manos, abrió la boca y gritó en dirección a Sorasa. Las celdas retumbaron con el sonido de su voz, que fue casi ensordecedor.

Pero nada de lo que hacía Sigil podía despertar a la asesina Amhara. Incluso Dom hizo lo que pudo, llamándola con todas las palabrotas y nombres soeces que conocía, todos los insultos que había imaginado para la odiosa Sorasa Sarn. Era una distracción grata, que le aliviaba la sensación de hundimiento en su pecho. Se sentía encadenado a un ancla, cayendo por un mar infinito.

Pasaron dos días.

Platos apilados en el hueco de las barras de Sorasa, vasos de agua sin tocar.

Y la Amhara era sólo una sombra, abandonada a la putrefacción, como su comida.

—¿Su corazón aún late?

Sigil bostezó como un león y se sentó, con su cadena tintineando.

Dom no se molestó en escuchar el latido lento y constante. Ya estaba en su cabeza, como una segunda naturaleza, siguiendo el ritmo de su propio pulso.

—Así es —respondió, con los dientes apretados.

Usando los barrotes, Sigil se levantó contra la pared de la celda.

—Su corazón no latirá mucho más si no toma un poco de agua —murmuró. Por una vez, la voz de Sigil del Temurijon sonaba apagada. Incluso preocupada.

Dom torció el cuello.

—¿Qué?

Su burla resonó en las celdas.

—Los mortales pueden morir de sed, Anciano.

Inmortal como era, Dom podía ignorar esas cosas si quería. Se lamió los labios secos, intentando imaginar lo que era consumirse en un cuerpo mortal. Volvió a mirar a Sorasa. Siempre había sido pequeña y delgada. Pero contra las sombras, parecía esquelética.

Entrecerró los ojos para ver mejor.

—¿Cuánto tiempo tiene?

—Quién sabe lo que los Amhara le enseñaron, pero… —Sigil dudó, sopesando su respuesta—. Unos días. Tres o cuatro, tal vez.

De nuevo, Dom estiró del collar y las cadenas. De nuevo, sintió que se ahogaba.

La cadena tintineaba contra el grillete de Sigil mientras caminaba, paseándose por el reducido espacio.

—¿Seguro que no la salvarían de Gidastern sólo para dejarla morir aquí abajo en la oscuridad?

Dejarla morir delante de mí, pensó Dom. Era una tortura, simple y llanamente. Y no por Sorasa. *Esto es lo que quiere Taristan, quitarme a todos los Compañeros, como lo hizo con Cortael.*

—Quién sabe qué le hizo el mago rojo —murmuró Sigil, escupiendo en la tierra.

Dom intentó no pensar en ello, pero lo oyó de todos modos. El crujido de un estante de madera, el siseo del hierro caliente. Cuchillos sobre piedras de afilar. Y una magia peor de la que ni siquiera él podía imaginar, nacida de la sangre y los reinos rotos.

—Aguantaría el interrogatorio mejor que la mayoría. Incluso los huesos de hierro —Sigil se golpeó el pecho con las manos atadas, aunque sin entusiasmo—. ¿Qué podría decirles a las bestias que no sepan ya?

Él volvió a mirar a Sorasa, negándose a pestañear, tratando de captar cualquier temblor, movimiento. Su pecho subía y bajaba muy despacio, apenas visible a sus ojos. Eso no había cambiado en dos días. Ni más ni menos.

—Descubriremos lo que quieren cuando vengan por nosotros la próxima vez —gruñó.

—Buena suerte para ellos —Sigil volvió a probar su cadena, pateando el anillo de la pared—. Tendrán que matarme primero, y desatar la guerra con los Temurijon. Los huesos de hierro de los Incontables nunca se romperán.

—Tienes una gran opinión de ti misma, Sigil.

—Las cazarrecompensas también podemos ser princesas, Anciano —replicó—. El emperador es mi primo, y derramar mi sangre es derramar la suya.

Dom apenas podía encogerse de hombros, su cuerpo estaba demasiado constreñido.

—¿Y si esa sangre se derrama en la oscuridad, sin que nadie la vea?

En su celda, Sigil se detuvo, pensativa.

—Eres un príncipe —dijo finalmente—. ¿No se levantará tu pueblo para vengarte?

Gruñendo, Dom negó con la cabeza.

Si la muerte de Ridha no puede llevar a Isibel a luchar, nada puede, él lo sabía.

—Se levantan por poco. Y mucho menos por mí.

—¿Los Ancianos pueden morir de inanición? —preguntó Sigil de repente, regresando a sus ejercicios.

Dom volvió a pensar en su estómago y en su última comida. Hacía demasiados días para contarlos, su memoria estaba borrosa.

—Podríamos averiguarlo —suspiró.

Sigil se sentó con las manos cruzadas sobre el pecho.

—¿Y todavía no puedes moverte?

A pesar de las circunstancias, Dom quería reír, tenía los labios crispados.

—No, elijo permanecer así.

—Extraño momento para que por fin te surja el sentido del humor, Dom —respondió ella.

Se inclinó hacia atrás para mirar al techo, rastreando las grietas entre las piedras y las vigas de madera. Mirando a cualquier parte, menos al cuerpo inmóvil a unas pocas celdas de distancia, su rostro aún oculto. Su corazón seguía latiendo.

—Tenía que acabar ocurriendo —suspiró.

Se quedaron en silencio, un pasatiempo habitual en las mazmorras. La visión de Dom se nubló y sus dolores desaparecieron un poco mientras dormitaba, suspendido entre la plena conciencia y el sueño.

—¿Qué podemos hacer, Dom? —susurró Sigil al fin.

Él exhaló un largo suspiro. Deseó su espada, un centímetro de holgura en la cadena. Que Taristan y una daga clavada acabaran con todo eso. Cualquier cosa era mejor que ese purgatorio, colgando del borde de un acantilado.

—Podemos tener esperanza, Sigil —dijo—. Eso es todo.

8

ZORRO Y RATÓN DE IGLESIA

Charlie

Recobraron fácilmente su antiguo ritmo. Era como adentrarse en un camino conocido, con sus propios pasos ya marcados en la tierra. A veces, cuando el cerebro de Charlie zumbaba con el calor de la hoguera y la cercanía del cuerpo de Garion, podía fingir que eran los viejos tiempos.

Charlie aún era sacerdote cuando conoció a Garion. Era verano en Partepalas, y el príncipe Orleon acababa de cumplir la mayoría de edad. El rey de Madrence había ordenado que se abrieran barriles de vino en todas las plazas de la ciudad y los madrentinos alzaron sus copas en honor del heredero al trono. Varios caballeros y señores del campo entraron en la ciudad para las celebraciones, muchos se detuvieron en las iglesias de la ciudad para presentar sus respetos a su dios. La mayoría se dirigió a Montascelain, la gran catedral dedicada a Pryan. El dios del arte y la música era el patrón de Madrence, y sus sacerdotes cantaban por las calles a manera de culto.

Fue una de las muchas razones por las que Charlie eligió adorar a Tiber en su lugar.

El dios del comercio, la moneda y el intercambio no era tan popular en una ciudad como Partepalas, donde valoraban la belleza por encima de todas las cosas. La orden de Charlie mantenía una iglesia más pequeña cerca del puerto, a la sombra del emblemático faro de la ciudad. Los obreros trabajaban en el faro en nutridos turnos para mantener altas las llamas y la luz girando sobre engranajes engrasados. Por la noche, el gran haz de luz pasaba por encima de las vidrieras, atravesando los bancos y los altares como un rayo de sol.

Después de entrecerrar los ojos ante las escrituras todo el día, iluminando los cuentos de Tiber con esmerado cuidado, a Charlie le costaba ver por la noche. Se alegró por el faro mientras recorría la iglesia, apagando velas a su paso. El humo llegaba hasta el alto techo, pintado con el rostro de Tiber y su habitual boca de joyas y monedas de oro.

De no ser por el haz de luz del faro, Charlie nunca habría visto a Garion bajo un banco, acurrucado en las sombras. Tenía la cara blanca como el hueso, desangrada. Si Charlie creyera en fantasmas, habría huido gritando de la iglesia hasta los dormitorios de los sacerdotes.

Y Garion habría muerto de sus heridas sobre la fría piedra del santuario de Tiber.

En cambio, Charlie lo arrastró a la tenue luz de las últimas velas. Era un sacerdote de Tiber, no de Lasreen, ni siquiera de Syrek, cuyas órdenes conocían algo de medicina. Pero Charlie era hijo huérfano de campesinos. Podía curar una herida, como mínimo.

Fue suficiente para estabilizar a Garion y ponerlo de pie. Charlie pensó que era otro caballero del campo que había venido a la ciudad para el cumpleaños del príncipe y que había recibido más de lo que esperaba en un callejón.

El sacerdote pronto se dio cuenta de lo equivocado que estaba.

El hombre herido no era un tonto del campo, sino un Amhara sanguinario, astuto y despiadado como un asesino en el Ward. Vulnerable sólo por un instante.

Pero el instante fue suficiente.

Hablaron durante toda la noche, Garion al borde de la muerte y Charlie al borde del pánico. A cada segundo que pasaba, el sacerdote quería correr a buscar a su superior, o simplemente dejar que el Amhara se curara solo. Aquel hombre era un asesino letal, que podría matarlo en cuanto recuperara las fuerzas.

Pero algo mantenía a Charlie allí quieto, un instinto que entonces no comprendía. Observó cómo el color volvía lentamente al rostro del asesino, cómo sus blancas mejillas ganaban un poco más de calor con cada hora que pasaba. Mientras tanto, Garion hablaba para mantenerse despierto, y Charlie escuchaba con el oído atento de un sacerdote.

El asesino lo deleitó con historias del gran mundo, más allá de Madrence, incluso más allá del Mar Largo. De tierras apenas soñadas, de hechos asombrosos y terribles.

—Eres callado, hasta para ser un ratón de iglesia —murmuró Garion en algún momento antes del amanecer, con los ojos bailando a la luz de una última vela. Una de sus manos rozó la de Charlie, sólo un instante.

—Eres gentil, hasta para ser un zorro —respondió Charlie, sorprendiéndolos a ambos.

En los años siguientes, los nombres se mantuvieron.

Zorro. Ratón de iglesia. Se lo decían en la calle, se llamaban así con risas en los jardines, se susurraban en las alcobas. En medio del llanto en un sótano de Adira, sin nadie que escuchara salvo las plumas y la tinta.

Ahora los nombres resonaban en el aire frío del Bosque del Castillo.

Los árboles los protegían del duro viento invernal, pero también del sol. Charlie se sentía atraído por los focos de luz cada pocas horas. A veces deseaba haberse quedado con el caballo. Pero, en el fondo, sabía que sólo los retrasaría mientras se dirigían al este.

Garion negó con la cabeza, no por primera vez aquella semana, ni siquiera aquel día. Observó a Charlie desde el borde del claro y esbozó una sonrisa torcida.

—¿Cómo, en nombre de Lasreen, sobreviviste en Vodin? —murmuró, riendo—. El Bosque del Castillo es verano comparado con la naturaleza salvaje de Treckish.

—En Trec, dormí en el castillo de un rey y me di un festín frente a fogones rugientes —respondió Charlie. Vigilaba sus pies al caminar, con cuidado de no tropezar con una raíz errante—. Tu hospitalidad deja mucho que desear.

—Me ofendería si no conociera tu sentido del humor —Garion serpenteó entre los troncos de los árboles con gracia Amhara, balanceándose sobre un pequeño arroyo. Charlie lo siguió con un gruñido, el agua helada salpicaba sus botas—. Además, la chaqueta que robé para ti ayer es buena.

En efecto, Charlie se alegró por la chaqueta forrada de piel de conejo. Junto con la capa de piel de Trec, evitaba que se congelara por completo.

—Seguro que el leñador la extrañará —murmuró Charlie. Era tan bueno como un agradecimiento—. Pero no tenías que robar en su cabaña. Me quedan algunas monedas.

Garion soltó una carcajada y movió un dedo.

—Lo último que necesitamos es que un leñador muerda una de tus monedas y descubra que es falsa.

Una rama tembló cuando Garion se agarró a ella y pasó por encima de una maraña de espinos.

—Además, nos iría mejor en Badentern —dijo sin apenas inmutarse.

Llevaban al menos una semana en el bosque y a Charlie le dolía todo el cuerpo. Le dolían los pies dentro de las botas, pero siguió adelante, arrastrándose entre las espinas.

—No vamos a Badentern —refunfuñó por milésima vez—. No vamos a Badentern porque Corayne no irá allí.

La sonrisa de Garion desapareció.

—Charlie.

Sonó a lástima.

—Si hay alguna posibilidad de que esté viva, debo creer en ella —dijo Charlie en voz baja y severa.

Garion le siguió con el rabillo del ojo, como una pantera.

—¿Y si no? —le preguntó.

Charlie hizo un gesto de dolor y resbaló en un trozo de hielo, pero se detuvo justo a tiempo, rechazando los intentos de Garion para ayudarlo.

—Si ella está muerta, entonces el Ward debe ser advertido.

Garion parpadeó como respuesta y giró despacio en un círculo. Observó los árboles nudosos y el suelo cubierto de maleza, antes de volver a mirar a Charlie.

—¿Quién va a advertir al reino desde aquí?

Los labios de Charlie se torcieron de fastidio. Tanto con Garion como con sus circunstancias en general. Pensó en el mapa de sus alforjas, ahora colgado de un hombro. Y en el zorro de tinta en el Bosque del Castillo, dibujado entre robles y pinos.

También pensó en otra cosa. Un ejército de soldados como Domacridhan, inmortales y poderosos. Y dispuestos a luchar.

—Ancianos —dijo. Su voz resonó en el silencioso bosque—. Hay Ancianos en este bosque. En alguna parte. Dom habló de ellos una vez.

Garion volvió a sacudir la cabeza. Aunque se había criado en el famoso gremio de asesinos y conocía gran parte del mundo, sus aprendizajes eran realmente limitadas. Tenía poco más que los conocimientos necesarios para matar y escapar.

—Ancianos y otros reinos, todo eso son tonterías del Huso —dijo el asesino. Pateó una piedra del suelo que salió volando y cayó entre la maleza—. Si el mundo se acaba, no quiero estar vagando por estos bosques infernales, buscando Ancianos que nunca vamos a encontrar. Tú ni siquiera sabes dónde *están*, ratón de iglesia.

Por una vez, el apodo molestó a Charlie, quien frunció el ceño.

—Puedo encontrarlos —dijo acaloradamente—. Sólo si es necesario.

Con una velocidad asombrosa, Garion corrió a su lado. Charlie apretó los dientes, tratando de no molestarse por la facilidad con la que su compañero atravesaba el bosque. Mientras tanto, cada paso suyo parecía una batalla contra el barro.

—Ahora sí que estás siendo tonto —dijo, mirando hacia los árboles.

Su actitud se volvió más sospechosa, sus instintos de asesino cayeron sobre sus hombros como un abrigo.

—Alguna vez, los Amhara fueron entrenados para matar Ancianos. Hace generaciones —los labios de Garion se pusieron blancos mientras los fruncía. Así eran sus recuerdos—. No por oro o contratos. Sino por gloria. Se consideraba la mayor hazaña que un Amhara podía lograr. Incluso entonces, pocos lo conseguían.

En su mente, Charlie vio a otra asesina Amhara, con su espada sonriendo en la mano. Y a un inmortal melancólico siguiéndola como una sombra, molestándola sin fin.

—Sorasa estuvo a punto de matar a un Anciano varias veces —murmuró para sí.

Garion bajó la voz.

—Yo nunca había visto a un inmortal.

—Yo sólo he conocido a uno —a Charlie se le hizo un nudo en la garganta de la emoción—. Y no me impresionó.

Maldijo al perder pie de nuevo, esta vez al resbalar contra un tocón roto. Aunque cada parte de él quería detenerse y descansar, se apartó de la madera podrida y siguió adelante.

Garion lo siguió. Charlie sintió su mirada y enarcó una ceja.

—Has cambiado, Charlie —dijo el asesino.

Charlie resopló.

—¿Qué te dio esa impresión?

Se miró a sí mismo, con el vientre aún redondo bajo el abrigo. Pero estaba más delgado que nunca por las duras jornadas de viaje. Sabía que quizá su rostro estaba demacrado y pálido, con la barba incipiente y la piel sucia de tierra y sudor. Y su hermoso cabello castaño, antes aceitado y trenzado, se veía peor que la paja vieja. Estaba muy lejos de ser un sacerdote con túnica en la iglesia de un dios, o incluso un maestro falsificador en su taller.

Garion leyó sus pensamientos con facilidad, negando con la cabeza.

—Nunca habías creído en algo así. Ni siquiera en tus dioses —añadió Garion en voz baja.

La gratitud creció en el pecho de Charlie.

—¿Me creerás, entonces?

—Lo intentaré —fue lo único que logró decir.

Entonces, sin previo aviso, Garion se puso en movimiento. Como un gato, trepó al pino más cercano a una velocidad pasmosa. Charlie parpadeó, sobresaltado, antes de seguirlo como pudo. Lo intentó por la rama más baja y de inmediato desistió.

—Bueno, ¿qué ves? —llamó hacia las ramas.

Garion ya estaba en la copa del árbol, en precario equilibrio sobre una rama que parecía demasiado pequeña para soportar su peso.

—Hay algunas aldeas al suroeste, a unos ocho kilómetros —dijo, protegiéndose los ojos de la brillante luz del sol por encima de los árboles—. Puedo ver las estelas de humo. Y está el río hacia el este, atravesando el bosque.

Charlie se estremeció cuando Garion se movió entre las ramas, trepando a un lugar aún más alto.

—¿Qué buscas exactamente? —gritó.

Garion agitó una mano.

—¿Un castillo? ¿Una torre? Tú lo sabrás mejor que yo.

—Y yo no sé casi nada —murmuró Charlie. No tenía ni idea de cómo era un enclave de Ancianos, y mucho menos dónde podía estar. De nuevo pateó una piedra contra los árboles.

—Esa nube se parece un poco a un dragón —dijo el asesino, al borde de una carcajada.

—No empieces —gruñó Charlie.

Garion bufó, bajando por el tronco del pino. Saltó los últimos dos metros y aterrizó cautelosamente de puntillas.

Presumido, pensó Charlie de nuevo.

Luego, se tapó la boca con las manos y giró hacia el norte. Charlie exhaló un suspiro y gritó, el volumen de su voz sacudió algunos pájaros de las ramas.

—VEDERA DEL BOSQUE DEL CASTILLO —atronó. En lo alto, un búho ululó molesto, despertado de su sueño. Charlie no le prestó atención, concentrado en el bosque—. BUSCO A CORAYNE AN-AMARAT.

A su lado, Garion se llevó las manos a las orejas.

—Ojos de Lasreen, avisen al hombre la próxima vez —murmuró, observando a Charlie con algo entre fascinación y confusión.

Charlie lo ignoró y volvió a tomar aire.

—VEDERA DEL BOSQUE DEL CASTILLO. TENGO NOTICIAS DE HUSOS DESGARRADOS.

Garion inclinó la cabeza.

—¿Qué es Vedera?

—Es como se llaman los Ancianos —dijo Charlie con la comisura de los labios—. VEDERA DEL BOSQUE DEL CASTILLO.

A su lado, Garion frunció un labio con fastidio.

—Esto no va a funcionar.

Charlie se encogió de hombros.

—Estoy acostumbrado.

—Bien —replicó Garion. De todos modos, con el ceño fruncido, se llevó las manos a la boca.

Juntos gritaron en los oscuros confines del bosque, sus voces reverberando en ramas, tierra y piedra.

—VEDERA DEL BOSQUE DEL CASTILLO. ESTOY BUSCANDO A CORAYNE AN-AMARAT.

Garion siguió hablando incluso después de que la voz de Charlie se apagara, con la garganta en carne viva de tanto gritar. Aún no habían llegado al río, pero se detuvieron en un tranquilo arroyo para pasar la tarde. El paisaje había cambiado poco. Árboles, árboles y más árboles, pero era un buen lugar para dormir. Charlie ignoró la gélida temperatura al hundir una mano en el arroyo y beber con avidez. El agua del deshielo fue un bálsamo para su garganta ardiente.

—Basta ya con esto —dijo finalmente Garion, con voz grave y áspera. Sonaba como un demonio levantado de la tumba.

—Bien —respondió Charlie, contento de haber terminado con esa tontería.

Para su alivio, Garion se puso manos a la obra para encender un fuego, así que Charlie se dedicó a montar un pequeño campamento, como pudo. Usó sus capas y pieles para crear un nido en el hueco de un árbol. Ninguno de los dos habló durante un largo rato, agradecidos por el silencio.

Garion asó un par de conejos para su cena, estaban muy flacos, muertos de hambre por el invierno. Mientras roía un hueso grasiento, Charlie soñaba con días mejores. Una mesita al sol en el exterior de una taberna vizcaína, con un vaso de vino rosado en la mano. O pan caliente, recién horneado de una panadería a orillas del río Riverosse, en Partepalas. Incluso venado, asado y sazonado por la cuidadosa mano de Andry Trelland. Comerlo caliente junto al Camino del Lobo, con sólo estrellas sobre él. Y con sus compañeros vivos y discutiendo como siempre.

—¿Tienes alguna otra idea menos... ruidosa? —susurró Garion, arrojando sus huesos a la maleza. Bebió con avidez de su odre.

Charlie eligió sus palabras con cuidado, tratando de no hablar demasiado. Señaló sus alforjas, sus papeles y sus botes de tinta.

—No puedo escaparme de esto —dijo en voz baja.

El rostro de Garion se tensó, con la luz del fuego brillando en sus ojos.

—Yo tampoco puedo luchar contra ello.

Una comisura de la boca de Charlie se levantó.

—Por primera vez, somos igual de inútiles.

Compartieron una sonrisa fácil junto al fuego. A pesar de las circunstancias, Charlie se preguntó si eso no sería también un sueño. Se quedó mirando a Garion un rato más, buscando una sombra, un defecto, una imposibilidad. Cualquier indicio de que todo aquello no era más que un delirio, o las andanzas de un hombre muerto.

Garion leyó sus pensamientos:

—Soy real, ratón de iglesia —dijo, con la voz casi perdida por completo—. Estoy aquí.

El calor se extendió por las mejillas de Charlie, que apartó la mirada y escupió un trozo de cartílago al suelo.

—Retiro lo dicho. No soy un inútil. Puedo cocinar, al menos —exclamó bruscamente, disipando la tensión—. En las circunstancias adecuadas.

Apoyándose en los codos, Garion puso los ojos en blanco. Se acomodó sobre la capa y las pieles, dejando un amplio espacio a su lado. Un mechón de cabello oscuro le caía sobre la frente de un modo inquietantemente encantador.

—No teníamos lecciones de cocina en la ciudadela.

Sonrió cuando Charlie se puso en pie, reduciendo la corta distancia que los separaba.

—Otro golpe contra Lord Mercurio —dijo Charlie, tumbándose a su lado. Juntos, el calor de ambos hacía que el aire helado fuera casi reconfortante.

Garion bebió otro sorbo de agua, humedeciéndose la garganta.

—Me envió con el mismo contrato que a los demás. Matar a Corayne an-Amarat y a cualquiera que se interponga.

Corayne. Su nombre desgarró la mente de Charlie, todavía como una herida punzante.

—Supongo que Mercurio me debe algo de oro. Yo casi la maté también —Charlie siseó—. Dejándola morir. *Quemarse.*

Dio vueltas a las palabras de Garion en su mente. *Enviado con el mismo contrato que los otros. Destinado a matar a Corayne. Y a sus Compañeros también.*

—¿Cuánto tiempo llevas siguiéndonos? —dijo finalmente.

De nuevo, los labios de Garion se torcieron, y frunció el ceño con dolor. Charlie seguía viendo vergüenza en él, y algo más.

—Desde que llegó a Vodin hace semanas —dijo Garion—. Su muerte fue comprada muchas veces, un contrato glorioso para cualquier Amhara.

—Bueno, ahora hay doce Amhara menos que antes —replicó rotundamente Charlie.

Los ojos de Garion se agrandaron y su hermoso rostro quedó desgarrado, sopesando la situación.

—¿Luc y los otros los encontraron primero?

Para Charlie, Garion era mucho más fácil de leer que Sorasa. Su habilidad residía en la espada, no en el subterfugio o la intriga. Garion era un arma en manos de Mercurio, mientras que Sorasa era su serpiente. Venenosa y obstinada.

Charlie intentó no pensar en ella, quemada con el resto.

En cambio, pensó en aquel día en las montañas, en lo alto del Camino del Lobo. Dom y Sorasa fueron a cazar para la cena, y Sorasa regresó cubierta de sangre, silenciosa como los cuerpos que dejó atrás.

—Encontraron a Sorasa y al Anciano —dijo Charlie.

Garion palideció.

—¿Los mató a todos?

—Dom ayudó —respondió Charlie, encogiéndose de hombros.

El viento frío susurraba en los árboles, estremeciendo las ramas. Garion parecía enfermo, con los ojos desenfocados, mientras asimilaba las noticias. Charlie vio en Garion el mismo dolor que Sorasa sentía. La culpa. La rabia. Más que nadie, Garion sabía el precio que Sorasa había pagado.

Como Charlie sabía el coste que Garion pagaba ahora, por estar aquí, con sus espadas sin ensangrentar.

—Ambos somos traidores. En sangre y hueso —dijo finalmente Garion, respirando hondo. Charlie sintió su calor irradiando a través del aire invernal.

El sacerdote forzó una sonrisa sombría.

—Traicionar por el bien del reino no está tan mal.

Garion no correspondió a la sonrisa.

—Ojalá pudiera pagar en carne y hueso como hizo Sorasa una vez —maldijo. Esta vez, se llevó la mano a las costillas.

Charlie sabía por qué. Recordó el tatuaje a lo largo del costado de Garion, un símbolo en cada costilla, cada marca un testamento de sus días sirviendo a los Amhara. No tenía tantos como Sorasa, pero los suficientes para marcarlo como un asesino peligroso. Charlie los había trazado muchas veces con los dedos sobre la carne, luego con la pluma sobre el pergamino. Los trazaba incluso ahora, con los dedos crispados a su lado.

—Lord Mercurio estará a la caza muy pronto. Si no es que lo está ya —siseó Garion. Charlie sintió que su cuerpo se tensaba a su lado—. Con los doce muertos, y yo… fuera del camino. Quizá finalmente abandone la ciudadela para terminar el trabajo por sí mismo.

Charlie apoyó un brazo detrás de la cabeza y miró hacia arriba, a través de las ramas de los árboles. Apenas se veían las estrellas.

—Como si los dragones y los Husos desgarrados no fueran suficiente peligro.

Garion sólo pudo susurrar una respuesta:

—¿Crees que los Ancianos nos han escuchado? —respiró, observando las ramas por encima de su cabeza.

El miedo se enroscó en el vientre de Charlie.

—Si es que están cerca, sí.

Un gran "si es que", pensó Charlie. Sabía que Garion pensaba lo mismo. El Bosque del Castillo tenía cientos de kilómetros de ancho, era impenetrable incluso para los ejércitos de Galland. Por algo seguía siendo salvaje, como una muralla verde que atravesaba el reino.

—Dicen que había Husos por todo el Bosque del Castillo —dijo Garion, medio dormido. Tenía los párpados caídos—. Los árboles se alimentaban de ellos, convirtiéndose ellos mismos en portales. Antes de ir a Amhara, mi madre me contaba historias de unicornios que salían de huecos como éste.

Haciendo una mueca, Charlie se movió sobre una raíz nudosa que le pinchaba en la columna. Observó el hueco del árbol que los rodeaba, el tronco del gran roble abierto como un par de cortinas. Parecía anodino, vacío salvo por la suciedad, las hojas muertas y dos viajeros cansados.

—Bueno, no me gustaría que me apuñalara un unicornio —replicó Charlie, llevando una mano al cabello de Garion. Se lo cepilló despreocupadamente, y las familiares ondas oscuras se convirtieron en un río entre sus dedos.

Garion emitió un sonido quedo y satisfecho, y sus ojos se cerraron. Otra persona podría pensar que estaba dormido, pero Charlie sabía que no era así. Los asesinos Amhara rara vez bajaban la guardia, y Garion tenía el sueño ligero en los mejores momentos.

—Ya no, por supuesto —añadió Garion con aire soñador—. Esos Husos desaparecieron hace mucho tiempo. Pero dejaron ecos. Todavía quedan brujas en este bosque. Husos corrompidos.

—Creo que el término preferido es Husos benditos —murmuró Charlie. Volvió a mirar las estrellas y luego los árboles. Una pequeña parte de él esperaba ojos azules como relámpagos y olor a lavanda—. Nunca has conocido a una bruja. Es mejor no hablar mal de ellas.

Sobre su pecho, Garion levantó la cabeza y abrió los ojos, casi nariz con nariz con Charlie. Estudió al sacerdote tumbado con detalle, su mirada pasó despacio por su rostro.

—Desde luego, no eres el ratón de iglesia que recuerdo —roncó Garion.

Charlie tragó pena y orgullo en partes iguales.

—Pero tú sigues siendo mi zorro.

9

ÁGUILA Y CUERVO

Andry

No existía frío alguno como el frío del mar.

Andry hacía todo lo posible por mantenerse caliente tras una semana de navegación, en la que toda su ropa le parecía húmeda y helada a la vez. Envidiaba a Oscovko, que había regresado a tierra hacía días. Sus hombres tal vez ya estaban a medio camino de Vodin, viajando por tierra a través de las Puertas de Trec. Tardarían semanas en reunir al ejército de Trec, y Andry casi salivaba al pensar en un castillo cálido.

Sobre todo ahora, mientras remaba con fuerza con el resto de la tripulación. Echó un vistazo a la cubierta del navío elegido por Lady Eyda, el mayor de su armada. Era un drakkar jydi, tripulado por inmortales y algunos invasores que habían logrado escapar.

Por suerte, su viaje pronto llegaría a su fin. Ghald estaba cerca, la ciudad de los saqueadores se contorneaba entre las nubes grises.

La ciudad se asentaba en la punta de una península, como un cuchillo que sobresaliera entre el Mar Vigilante y el Mar de la Gloria. La ciudad se asentaba sobre la única tierra habitable, el resto de la costa estaba plagada de acantilados, fiordos y bosques de pinos. Así eran las tierras de los jydis: verdes, blancas y grises, un mundo helado de gente resistente.

Vientos horribles rugían desde el norte mientras sus barcos se acercaban poco a poco al puerto. Andry remaba junto a los saqueadores y los inmortales, con las palmas de las manos llenas de ampollas sobre la desgastada empuñadura de madera. Cada palada los acercaba más a la orilla, hasta que pasaron el muro de piedra que protegía el puerto. El viento amainó, dejándolos deslizarse el resto del camino.

Cuando el barco fondeó por fin, la tripulación no perdió el tiempo. Los jydis saltaron de los bancos, brincaron por encima de la borda y alcanzaron el muelle.

A Andry le dolía el cuerpo tras las horas de remo y se levantó con cautela, cuidando sus pocas pertenencias que sobrevivieron a Gidastern. Su tetera no era una de ellas. Lamentó su pérdida por milésima vez, con el deseo de una taza de té caliente.

Mientras se ceñía la espada a la cintura, observó lentamente la ciudad de Ghald.

Los drakkar abarrotaban el puerto. Velas de todos los colores ondeaban al viento, rayadas o pintadas con símbolos de los clanes. Andry vio plasmados en ellas osos, peces con cuernos, lobos, águilas e incluso algunos dragones, cuyas fauces exhalaban llamas rojas desvanecidas. No tenía ni idea de qué emblema pertenecía a cada clan, pero intentó memorizarlos de todos modos.

Corayne querrá enterarse de esto, pensó, y la boca se le llenó de un sabor amargo.

Más allá de los muelles estaban los mercados y almacenes, destinados a guardar grano, acero, monedas, tesoros. Todo lo que volvía de las incursiones estivales. Había casonas con tejados de paja, teja y jardines, algunas con capiteles escalonados. A Andry le recordaban a las catedrales de Ascal, talladas en madera en lugar de piedra.

Casi todo Ghald era de madera. Incluso el muro de la empalizada era de madera gris cortada, afilada en crueles puntas. Andry tragó saliva y pensó en una sola vela quemando todo el lugar a su alrededor. Y qué haría un dragón.

Gidastern estaba hecho con algo de piedra y aun así ardió, pensó, mirando el pesado cielo gris. *Ghald correrá la misma suerte en la mitad de tiempo.*

Entonces los ojos de Andry se entrecerraron, recorriendo las estrechas calles de la capital de los saqueadores.

Pero no sin luchar.

Tras una inspección más detenida, se dio cuenta de que Ghald era más un campamento militar que una ciudad. Armerías y establos salpicaban las calles, y las forjas brillaban en cada esquina. Los martillos sonaban en los yunques mientras los comerciantes regateaban en los mercados por el precio del buen acero. Vio hachas brillando en un patio de entrenamiento, y casi todo el mundo llevaba algún tipo de armadura bajo sus pieles. Hombres y mujeres de todos los clanes. Las carpas hechas de pieles se alineaban en las paredes interiores, dispuestas en hileras como un campamento militar. Ghald rebosaba de saqueadores, muchos más de los que podía albergar.

La visión llenó a Andry de cierta confianza, por pequeña que fuera. Al igual que las bandas de Treckish, los saqueadores luchaban por la gloria y por el oro.

Y no había mayor gloria que salvar al propio reino.

Los Ancianos se unieron y siguieron a Lady Eyda fuera del barco. Andry dudó en unirse a ellos y se quedó atrás. No era un soldado inmortal. En lugar de eso, ofreció un brazo a Valtik y se colocó junto a la bruja.

—Ay, me alegro de verte —cacareó ella, con una sonrisa aún más amplia.

Andry suspiró y se cubrió con la capa, ocultando la espada bajo sus pliegues.

—He estado aquí todo el tiempo, Valtik.

La anciana chasqueó la lengua y lo miró con sorna, mientras se hacía una nueva trenza y entretejía trocitos de lavanda fresca en su cabello gris.

—Me evitaste durante todo el viaje —dijo—. Tienes suerte de que te perdone.

A su pesar, Andry soltó una carcajada seca.

—Tú tienes suerte de que no te encadene a mi brazo. No volverás a desaparecer, y menos aquí.

—Mi jydi luchará, con escudo grueso y acero brillante —ella levantó la mirada para observar la ciudad que les rodeaba—. Y el resto renunciará a la rama viva.

Andry sólo pudo sacudir la cabeza.

—No sé qué significa eso, Valtik.

Ella sonrió como respuesta y le agarró el brazo con más fuerza.

Como un escudero obediente, Andry dejó que se apoyara en él.

—Ven, Andry —dijo ella, dándole una palmadita en la mano—. Ven conmigo.

Esa petición tan familiar fue una flecha que atravesó el corazón de Andry. Se le hizo un nudo en la garganta.

—Conmigo —respondió él con un susurro.

* * *

Valtik los guio por toda la ciudad sin romper el paso, con sus pies descalzos sobre madera, tierra, piedra y nieve. Eyda y sus inmortales la seguían en silencio. La Señora de Kovalinn aún llevaba la capa rota y la armadura maltrecha, con la pérdida de Gidastern escrita en el acero. Andry sabía que constituían una visión extraña, cuando no amenazadora.

Muchos rostros se volvieron para verlos pasar, rosados o negros, pálidos o bronceados. Pero todos con el mismo rubor frío. Aunque los nativos del Jyd eran rubios, los clanes ofrecían protección a cualquiera que tomara el hacha de los saqueadores. Entre los fiordos y los pinos vivían mortales de todo el Ward.

Andry hizo todo lo posible por confiar en Valtik.

Ella conocía bien Ghald y navegó por sus calles hasta el corazón de la ciudad. Los edificios se volvían más intrincados en su ornamentación. Cada vez más jydis se acercaban a mirar, y a Andry se le erizaba la piel ante la mirada de tantos de ellos. Respiró aliviado cuando llegaron a la cima de la colina, nivelada en una plaza. La multitud de curiosos se contuvo y siguieron caminando solos.

Tres lados de la plaza estaban flanqueados por enormes casonas, mientras que el cuarto lado lo ocupaba una gran catedral de madera. Andry se maravilló ante la iglesia de muchos tejados, coronada por dragones tallados, cuyas fauces sostenían el sol y la luna. El alquitrán negro brillaba en las paredes de tablas. La iglesia misma parecía un dragón, con sus tejas brillando como escamas.

Andry se estremeció al recordar el aspecto de un verdadero dragón. Observó las nubes y rezó para que no los hubiera seguido hacia el norte.

—Los ojos de Lasreen ven todo lo de arriba y todo lo de abajo —murmuró Valtik—. Sol y luna, águila y cuervo.

Mientras murmuraba, una bandada de pájaros alzó el vuelo desde la iglesia, con las alas negras recortadas contra el cielo. Andry se estremeció bajo sus sombras parpadeantes.

Sin vacilar, Valtik los condujo a través de las puertas de la iglesia, hasta su oscuro interior. Se sentía como si los estuvieran devorando.

Andry parpadeó con fuerza, deseando que sus ojos se adaptaran antes de tropezar con algo.

Al menos, la iglesia era cálida. Un fuego ardía en el centro de la habitación cuadrada, abierta a los muchos tejados en ángulo apilados por encima. El humo olía dulce, perfumado por una hierba que ni siquiera Andry podía nombrar. El interior estaba tan esculpido como los frontones exteriores, cada columna estaba tallada con imágenes. Andry sabía más del dios de Galland, Syrek, y del elegido de su madre, Fyriad, que de Lasreen. Pero incluso él reconoció las tallas. La mayoría contaba historias de Lasreen y su leal dragón de hielo, Amavar, viajando por la tierra de los muertos o vagando por el Ward para recolectar fantasmas descarriados. Después del dragón de Gidastern, Andry apenas podía mirar a Amavar a la cara.

Las brujas de hueso permanecían en las sombras, la mayoría estaban vestidas de gris. Una de ellas vestía de negro y permanecía de pie tras un antiguo altar de piedra, en la parte trasera de la iglesia. Los observaba con sus ojos ciegos y blancos.

Entre las brujas había algunos guerreros jydis, fáciles de distinguir por sus pieles y armaduras. Muchos llevaban los colores del clan y collares de metal precioso. Todos cargaban algún tipo de arma, ya fuera un hacha, una espada o una lanza. *Son los jefes*, supo Andry, y el corazón le dio un salto.

Valtik los llevó alrededor del fuego de la chimenea, hasta detenerse ante el altar. Soltó el brazo de Andry y él esperó que ella se arrodillara, o al menos que se inclinara ante el brujo ciego. En lugar de eso, Valtik se encogió de hombros.

—Esto es todo —dijo, compungida—. Los que quedan en los fuegos están condenados, atrapados bajo Su esclavitud.

Un murmullo recorrió la iglesia, ondulando entre los brujos y los jefes guerreros.

—Condenados —ronroneó Eyda tras ellos, su voz grave interrumpió los susurros como un cuchillo—. ¿Así que no hay salvación para los perdidos por la nigromancia de Taristan?

Detrás del altar, el brujo ciego bajó la frente hacia la piedra que tenía bajo los dedos. Sus labios se movieron sin sonido, pronunciando alguna plegaria que nadie podía oír. Los jefes hicieron lo mismo, ofreciendo plegarias por los jydis muertos en Gidastern.

—Un alma tomada por Lo que Espera es un alma tomada para siempre —dijo el brujo ciego cuando se enderezó. De algún modo, sabía dónde estaba Eyda, y volvió su rostro hacia ella—. Son parte de Él, sin ningún vínculo por cortar.

—Creía que los Ancianos lo sabían todo —refunfuñó uno de los jefes. Tiró de su barba roja trenzada, con la muñeca desnuda tatuada con el contorno dentado de una cordillera.

Eyda miró al jefe como si fuera un insecto.

—No nos corresponde a nosotros conocer las profundidades del mal, en la mano de Lo que Espera, o en el corazón *mortal* de Taristan.

El hombre de barba roja casi gruñó.

—En cambio, llevaste a los Yrla a la muerte.

Andry se interpuso entre los dos, para que la Dama de Kovalinn no cortara al jefe jydi por la mitad.

—Los Yrla respondieron primero a la llamada, y con valentía —dijo Andry secamente, con una reverencia de agradecimiento. Pensó en la docena de supervivientes que ahora vagaban por Ghald, los últimos restos de su clan.

Otra jefa inclinó su cabeza gris. Llevaba una piel de lobo blanca sobre los hombros.

—En efecto —exclamó ella, lanzando una mirada fulminante al pelirrojo—. Recordaremos su sacrificio.

El pelirrojo la ignoró y bajó un paso del altar, con los ojos clavados en Andry. Sus labios se despegaron de unos dientes amarillos, a medio camino entre una sonrisa soberbia y una mueca de desprecio.

—Estás lejos de casa —dijo, mirando a Andry de arriba abajo—. Te pareces a nuestros hermanos del sur, pero hablas como los conquistadores, como los sabuesos de la Reina Verde.

La Reina Verde. Andry frunció el ceño y maldijo la existencia de Erida.

—Fui escudero de Galland, nací en el palacio de Ascal —respondió con voz tranquila, que resonó en lo alto de las vigas—. Fui entrenado para ser caballero.

Alrededor de la iglesia, algunos de los jefes murmuraron, incluido el barbarroja.

Andry no reaccionó, esperando a que pasara su ira.

—*Fui,* mis señores —dijo finalmente, con deliberación—. De niño, me enteré de los saqueos del verano. Eran una plaga en la costa norte de Galland, incluso para la propia ciudad de Gidastern. Los jydis salían de la noche para saquear santuarios y aldeas, robando todo lo que podían cargar. Dejando atrás pueblos quemados y cadáveres.

Frente a él, el hombre de la barba roja hinchaba el pecho con orgullo. Los saqueos no sólo eran su medio de vida, sino una tradición.

—Primero, les temí —admitió Andry—. Luego, soñé con rechazar sus saqueos con mi propia espada. Proteger el norte, traer la paz al Mar Vigilante. Servir a mi reina y a su reino.

Andry no sabía hablar, pero conocía la honestidad. Era fácil contarles a los jydis la verdad de su pasado, para que entendieran mejor las terribles circunstancias del presente.

—Ahora camino entre ustedes y les ruego su ayuda —sostuvo la severa mirada del pelirrojo, esperando que el jefe volviera a susurrar—. Todos nosotros les pedimos su ayuda, sin importar nuestras diferencias y largas historias. Así de desesperados estamos.

Para alivio de Andry, el pelirrojo no discutió.

—Gidastern ha desaparecido —continuó sin rodeos—. No hay nada que podamos hacer al respecto. Pero podemos seguir adelante…

La jefa de piel blanca levantó una mano pálida. Tenía los dedos torcidos, rotos y curados una docena de veces.

—Ahorra tu saliva, Estrella Azul —le dijo ella, interrumpiéndolo.

Estrella Azul.

Andry se miró el pecho, la túnica sobre la cota de malla. El sello de su padre seguía allí, sobre su corazón. De algún modo, la estrella azul deshilada aún se mantenía, de un color cobalto profundo como un cielo crepuscular. *Como los ojos de mi padre,* pensó Andry, tratando de aferrarse a un rostro que apenas recordaba.

Volvió a mirar a la jefa, con la respiración entrecortada.

Al igual que Valtik, ella sólo encogió los hombros.

—Los jydis no necesitamos ser convencidos —dijo—. Previmos la ruptura del reino mucho antes de que ninguno de sus reyes o inmortales se preocupara de advertirlo. Por eso nos hemos reunido en Ghald. Para prepararnos. Y para luchar.

Andry parpadeó, sobresaltado. Todos sus intentos de discurso murieron en sus labios. Casi se desinfló, con los hombros caídos.

—Oh —balbuceó—. Bueno. Bien.

Desde el altar, el sacerdote ciego levantó la cabeza. Como Valtik, llevaba lavanda en las trenzas.

—La Rosa del Viejo Cor vive, ¿cierto? —preguntó—. ¿Queda alguna guerra por librar?

Su voz cansada recorrió la iglesia. *La Rosa del Viejo Cor*. Andry oyó su nombre aunque nadie lo pronunciara. *Corayne* resonaba en cada columna y talla, inquietante como un fantasma.

¿Está viva? Andry se lo había preguntado a Valtik una sola vez, y ella se negó a responder. Él tenía demasiado miedo para volver a intentarlo.

Cuando Valtik soltó una risita, Andry se volvió hacia ella, con los ojos muy abiertos, sólo para ver cómo la bruja levantaba las manos.

—Ella sigue adelante —dijo con ligereza, como si hablara del tiempo—. Su camino está marcado.

A Andry le flaquearon las rodillas y sintió que la tierra se movía. Quería reír y llorar al mismo tiempo. La bruja se limitó a soltar otra risita cuando él la agarró por los hombros. La vista de Andry se estrechó hacia la vieja mujer que tenía delante, cuyos ojos azules como relámpagos amenazaban con ahogarlo.

Alguien lo tomó del brazo, pero él se liberó con facilidad.

—Valtik, ¿lo supiste todo este tiempo? —le preguntó, con una mirada fulminante—. ¿No dijiste nada, no me lo dijiste?

—El tiempo lo es todo —respondió ella, acariciándole la cara—. Desde salvar al reino hasta la ruina de los reyes.

De nuevo, alguien tomó a Andry por el hombro. Otra vez se lo quitó de encima, sólo para encontrarse con el férreo agarre de una Anciana.

Eyda se asomaba sobre su hombro, con una advertencia en la mirada.

Rápidamente, en la iglesia volvieron a concentrarse. Los brujos de hueso se reunieron en el altar, dispuestos a defender a los suyos. Y el jefe de barba roja pasó un dedo por la hoja de su hacha, una amenaza desnuda.

Respirando con calma, Andry cedió. Valtik volvió a soltar una risita y se separó de él, dejándolo recuperarse. Demasiadas emociones se agitaban en su mente, todas girando en torno a un pensamiento.

Corayne está viva.

—Dices que su camino está trazado —dijo Eyda con serenidad, dirigiéndose a Valtik—. ¿Puedes decirnos adónde lleva ese camino?

La bruja giró despacio, examinando el techo de dos aguas.

—Estás en él. Las linternas están encendidas.

Andry contuvo otra oleada de frustración.

—Si su camino es el nuestro, entonces Iona tiene razón —dijo bruscamente—. La encontraremos allí. Y tal vez entonces pueda librarme de ti de una vez por todas.

—Ten cuidado con lo que dices ante los ojos de Lasreen —lo reprendió Valtik. Señaló las tallas de las altas columnas e hizo girar la muñeca. El humo del fuego de la chimenea se retorcía de forma extraña entre sus dedos—. En su templo, todas las cosas son vistas.

—Bien —siseó Andry—. Ella puede ver lo *molesta* que eres.

Mientras los brujos de hueso retrocedían ante el insulto, Valtik soltó una risita.

—Molesta, desde luego —dijo con ligereza—. Pero sólo cuando es necesario.

Andry sintió que se le ponían los ojos en blanco.

La jefa con piel de lobo reflejó su impaciencia. Resoplando, dio un paso hacia la chimenea para mirar a Eyda de frente. Los ojos de color verde pálido de Eyda le devolvieron la mirada.

—Los clanes del Jyd están de acuerdo —dijo—. La niña heredera de Cor es la última esperanza del reino. Debe ser defendida, y nuestros muertos vengados.

Entonces, la jefa se llevó el puño al pecho y golpeó su armadura una vez.

—Yrla llegó primero, pero Sornlonda, las Tierras Nevadas, le seguirán.

El pelirrojo se golpeó el pecho con impaciencia.

—Hjorn le seguirá.

Otro jefe hizo lo mismo.

—Gryma le seguirá.

Así recorrieron la iglesia los puños golpeando contra el cuero, con cada jefe comprometiendo sus clanes. Andry hizo todo lo posible por memorizarlos todos. El águila de Asgyrl. El lobo de Sornlonda. Las grandes montañas de Hjorn de barbarroja. Blodin. Gryma. Lyda. Jyrodagr. Mundo. Las repetía una y otra vez, pero las palabras jydis se mezclaban en su cabeza.

Corayne ya los conocería a todos, pensó. Se preparó para la habitual punzada de su recuerdo. Pero sólo sintió alegría. Necesitó toda su voluntad para no salir corriendo de la iglesia y bajar hasta el puerto, donde podría llamar a un barco que lo llevara hasta Iona.

—Somos los clanes de los Jyd —dijo la jefa de los Sornlonda. Volvió a golpearse el pecho—. Somos muchos.

Sus compañeros dieron un grito corto y grave, como un grito de guerra.

—Somos fuertes.

Lo hicieron de nuevo, más grave que antes. El aire de la iglesia se agitó.

El rostro de Sornlonda se ensombreció.

—Pero no lo suficiente para enfrentarnos solos a un gran ejército.

Andry sabía bastante de las legiones gallandesas, por no hablar de la horda de muertos vivientes de Taristan, como para no estar de acuerdo. Asintió sombríamente.

—Su fuerza está en el agua, en los saqueos —dijo—. Ataques rápidos y retiradas rápidas. Si Corayne llega a Iona, la reina de Galland la perseguirá con cada soldado que tenga en sus legiones, cada máquina de asedio. Cada barco de su flota.

La jefa le ofreció una sonrisa lobuna y sanguinaria.

—Te gusta la guerra, Estrella Azul.

El calor inundó las mejillas de Andry, pero siguió adelante.

—Preparen sus barcos para los mares de invierno. Asegúrense de que nadie pueda mover un ejército a través del Mar Vigilante, o a lo largo de la costa. Las bandas de guerra de Trec harán lo mismo a lo largo de su frontera —añadió, pensando en Oscovko y su ejército—. Tal vez no podamos detener a Erida y Taristan, pero podemos retrasar su paso.

Cuando los jefes volvieron a lanzar su grito de guerra, Andry estuvo a punto de gritar con ellos. En cambio, se llevó una mano a la espada que llevaba en la cadera, y sus dedos, siguiendo un viejo instinto, rodearon la empuñadura. Era lo único que sabía hacer.

—Juntos —dijo en voz baja, perdida en el eco.

Conmigo.

10

LA CORONA PRIMERO

Erida

Al otro lado de la ventana, la noche caía sobre Ascal. Erida observó cómo los restos ensangrentados del sol se desvanecían mientras las luces se encendían en su ciudad. Inhaló lentamente, como si pudiera inhalar a los miles de personas que vivían entre sus muros. Eso la tranquilizó bastante.

—Debería verlos —dijo, apartándose de la ventana. Su mente voló a las mazmorras bajo el palacio, y a los prisioneros encarcelados allí—. A los tres.

—Sólo la asesina podría ser de alguna utilidad —dijo Taristan—. Pero Ronin no fue… gentil con ella.

Erida se estremeció. Conocía bien el trabajo de la tortura. En sus propias mazmorras había muchas cámaras para tales cosas, y sus interrogadores y verdugos estaban bien entrenados en ese arte. Era más que necesario para cualquier gobernante, sobre todo para alguien con un reino tan vasto como el suyo y una corte tan poco fiable.

Algo le decía a Erida que Ronin el Rojo era aún peor que sus propios agentes. El amargado mago del Huso corrompido tenía muchas más herramientas a su disposición.

—¿Está muerta?

Finalmente, Erida miró a Taristan, había mucha distancia entre los dos. Su capa aún yacía en el piso, dorada como su armadura. Una gran parte de ella deseaba deshacerse del resto de sus ropas, desnudarse, pero aún quedaba trabajo por hacer.

Él se limitó a encogerse de hombros, recuperando su distanciamiento. A Taristan le importaba poco la Amhara capturada.

—Todavía no. Los guardias informan que no se ha despertado de su último interrogatorio, desde que la trajeron de vuelta a las celdas.

Erida entrecerró los ojos.

—¿Y cuándo fue eso?

—Hace casi tres días —respondió él.

De nuevo se estremeció y pensó en Ronin, con sus ojos enrojecidos y su sonrisa demasiado amplia brillando en las sombras de una mazmorra.

Erida sacudió la cabeza para ahuyentar la visión.

—¿Qué pasa con el inmortal?

Recordaba demasiado bien a Domacridhan. El Anciano monstruoso y amenazador se alzaba en su mente, con una rabia apenas disimulada hirviendo a fuego lento bajo la superficie. Le recordaba a una tormenta en alta mar, amenazando con estallar en la orilla.

La rara sonrisa de Taristan regresó. Si Domacridhan era una tormenta, Taristan era el viento cruel que la mantenía a raya.

—Él vive, está pudriéndose en las celdas. Es un castigo más duro de lo que incluso Ronin podría inventar —dijo. Erida le apreció un pequeño hilo de orgullo—. Cuando llegue el final, cuando nuestra victoria sea absoluta, sólo entonces volverá a ver el sol. Por última vez.

Los ojos de Taristan no se enrojecieron. La oscura satisfacción era suya y sólo suya. Estremeció y deleitó a Erida al mismo tiempo.

—¿Él sabrá dónde está Corayne? —preguntó.

Taristan negó con la cabeza.

—Es incierto. Domacridhan solo es poca cosa. Valiente, idealista. Y estúpido —Taristan se burló por lo bajo con un sonido gutural—. Era un escudo para Corayne, poco más.

—Es un príncipe Anciano.

—¿Deseas pedir rescate por él? —Taristan enarcó una ceja y soltó una carcajada—. ¿Sacarle algo de oro a su reina?

Ella desechó la idea con un movimiento de la mano, con su esmeralda resplandeciente.

—No. Que permanezca en la oscuridad —respondió—. Tomaremos el oro nosotros mismos, cuando borremos su enclave de la faz del reino.

Al otro lado de la habitación, Taristan sonreía con los labios entreabiertos, como si tuviera el mundo entre los dientes. Para Erida, él casi lo tenía.

—Por supuesto que lo haremos —susurró él.

Los metros que los separaban se extendieron y Erida sintió frío, a pesar del aire cerrado de la habitación. Era su calor lo que ella ansiaba, casi demasiado intenso para soportarlo, lo justo para arder sin quemar.

Le sostuvo la mirada y Erida se preguntó si él podía leer el deseo en su rostro. El anhelo. La consumía por completo, incluso cuando lo apartaba, hasta que su propio corazón no era más que un eco lejano que latía en el fondo de su mente.

La corona era lo primero. El trabajo aún estaba ahí.

Tomó aire y rompió el silencio entre ellos.

—No puedo creer que esté diciendo esto, pero debo hablar con Ronin.

Los ojos negros de Taristan se entrecerraron, confundidos por un instante. Luego cedió, encogiéndose de hombros.

—Él está en los archivos —dijo, indicando la puerta.

Una sacudida recorrió la espina dorsal de Erida. Cerró un puño, levantando los nudillos para mostrar la esmeralda de Galland.

—¿Acaso no soy la reina de los Cuatro Reinos, una Emperatriz Naciente? —dijo, casi riendo—. ¿No puedo convocar a un solo mago de Huso corrompido?

Taristan volvió a encogerse de hombros.

—No, a menos que envíes a alguien para que lo suba por las escaleras de la torre —dijo, sonaba casi a disculpa—. La bruja le rompió la pierna.

Ojalá le hubiera roto el cuello.

—Debo admitir que estoy celosa —replicó en voz alta, sonrojándose—. Muy bien, iré a verlo.

Con voluntad, dio pasos medidos hacia la puerta. Cada paso era deliberado, demasiado rápido. Temía aprovechar cualquier oportunidad para demorarse.

Entonces, los dedos de Taristan rozaron su muñeca al pasar, y toda su contención se hizo cenizas.

De nuevo, sus labios ardieron con los de él, hasta que no quedó nada. Ambos gruñeron cuando llamaron a la puerta.

—¿Majestad? —dijo una voz entrecortada desde el vestíbulo.

Erida volvió a gruñir entre dientes. Taristan bajó la cabeza y apoyó la frente en su clavícula desnuda. Ella se preguntó en qué momento él le había quitado la parte superior del vestido, pero ya no le importaba.

Volvió a ponérselo, y con un resoplido se dirigió a la puerta, abriéndola de un tirón con una mirada que helaba la sangre.

Lord Cuthberg, su mayordomo, se acobardó al otro lado. Sus damas de compañía lo flanqueaban, junto con Lady

Harrsing, inclinada sobre su bastón. La furia de Erida sólo disminuyó un poco al ver a Harrsing.

—Majestad, mis más sinceras disculpas —espetó el corpulento mayordomo, haciendo una reverencia. Al ser el más alto administrador de su palacio, llevaba una cadena dorada y ropas finas que rivalizaban con las de sus acaudalados señores.

Erida no pasó por alto la forma en que la mirada de Cuthberg revoloteó a través de ella, para encontrar a Taristan aún de pie en el salón. El mayordomo gimoteó de nuevo, casi tapándose los ojos. Cuthberg tenía cabeza para los números y la organización, pero no tenía agallas.

La reina lo ignoró y se centró en Lady Harrsing.

—Bella, deberías estar descansando después de nuestro largo viaje a casa —dijo Erida con una pequeña y verdadera sonrisa—. ¿Cenamos juntas mañana?

Para consternación de Erida, Lady Harrsing parecía disculparse. Se inclinó en reverencia lo más que pudo, a pesar de su bastón, y las damas siguieron su ejemplo.

—Mi queridísima reina —dijo Harrsing. Su cabello plateado reflejaba la luz de las velas—. El embajador temurano espera. Cenaremos juntos esta noche. Todos nosotros.

A su lado, Lord Cuthberg se crispó, inclinándose de nuevo.

Con una ráfaga de fastidio, Erida recordó su parloteo en el patio, a su llegada. *El embajador pide una audiencia*, le dijo, y ella había accedido.

—Por supuesto —Erida hizo todo lo posible por ponerse su máscara cortesana: ojos sin vida y una sonrisa recatada—. Lord Cuthberg, acompañe a mi esposo con sus asistentes y asegúrese de que esté listo para el embajador.

Erida casi esperaba que su mayordomo cayera muerto.

—Preferiría cenar en mis aposentos —dijo Taristan, tan incómodo como Cuthberg.

—Tomo nota de su preferencia —respondió Erida, señalando la puerta.

Para su alivio, él no discutió. Tampoco se entretuvo, pasó a su lado sin mirarla de reojo ni rozarle la mano. Fue como lanzar un cubo de agua fría sobre brasas.

Cuthberg se apresuró a seguir a Taristan, que se escabulló por el largo pasillo y se perdió de vista con unas cuantas zancadas rápidas. Erida se compadeció de los asistentes que lo esperaban.

La corona es lo primero, se dijo a sí misma de nuevo, sacudiéndose la sensación de hormigueo que le habían provocado los labios de Taristan sobre los suyos. Sin él, era más fácil ser reina de Galland en vez de ser Erida.

Se apartó de la puerta y dejó entrar a sus damas, una bandada de bellas aves vestidas de seda y encaje. Lady Harrsing las siguió.

Erida volvió a su rutina sin pensarlo. Aparecieron las doncellas con sus nobles damas, y juntas siguieron los pasos habituales. Erida también. Echó la cabeza hacia atrás y dejó que unas manos sin nombre le peinaran el pelo, desanudando las viejas trenzas y volviéndoselo a peinar.

Sólo Lady Harrsing se sentó, las demás estaban demasiado temerosas de parecer ociosas en presencia de Erida.

—Bella, qué día hemos tenido —dijo Erida, dejando que alguien le desatara la bata. Otra la pasó por encima de su cabeza, descubriendo su ropa interior—. No puedo decir cuánto tiempo podré hablar con el embajador esta noche.

—Poco más de una hora será suficiente —respondió Lady Harrsing, apoyándose pesadamente en su bastón—. El embajador Salbhai también tuvo un largo viaje, y no volverá a cabalgar tan pronto.

Erida captó el significado con facilidad.

—Ah —dijo, ya frustrada por la presencia de un embajador que no conocía. Y mucho menos uno del Temurijon, el único imperio existente que rivalizaba con el suyo.

—No tengo paciencia para esto, ni tiempo —murmuró, inclinando la cabeza para que una doncella le quitara los collares. Otra pulió la esmeralda de su dedo.

—Su Majestad hace lo que quiere —concedió Harrsing. Sus ojos verde pálido seguían siendo tan agudos como siempre. Erida los sintió como dos dagas heladas—. Pero nos conviene mantener a los temuranos detrás de sus montañas el mayor tiempo posible. No tengo ningún deseo de ver a los Incontables en mi vida.

No puedo decir lo mismo, pensó Erida, procurando mantener el rostro impasible. Llevaba demasiados años deseando algo así: poner a prueba a sus legiones contra el ejército a caballo del emperador Bhur. Ganar y destacar por encima de todos los demás en el reino.

Volvió a mirar a Harrsing, leyendo las líneas de la edad en su rostro. Tenía al menos setenta años, era madre y abuela de muchos niños de todo el reino, de todos los reinos.

Lady Harrsing le devolvió la mirada, dejándose mirar por la reina.

—Sin embargo, deseo ver una cosa —añadió la anciana, dirigiendo su mirada hacia el vientre de Erida.

La reina soltó una carcajada seca y fulminante. Quiso burlarse de Bella por su indiscreción, pero se contuvo. Los ojos de sus damas eran muchos y sus cotilleos veloces.

—Lady Harrsing —atajó Erida en tono escandalizado. Esperaba que la suave reprimenda bastara para calmar su curiosidad.

Detrás de ella, las señoras que le arreglaban la ropa para la noche se entretenían en su trabajo, mirando. Erida se sentía como un león entre rejas, enjaulado y observado por bestias más débiles.

Para alivio de Erida, Harrsing cedió. Levantó una mano en señal de rendición.

—Es privilegio de una anciana preguntarse, y hablar fuera de turno de vez en cuando —dijo sonriendo, distraída. Al igual que la reina, también llevaba una máscara.

Erida la descubrió fácilmente. Sabía que no podía confundir a Bella Harrsing con nada menos que una astuta política que había sobrevivido durante décadas en la corte gallandesa. Lord Thornwall comandaba ejércitos en todo el reino, pero Bella navegaba por un terreno igualmente peligroso en palacio.

—Soy la madre de un reino y estoy dando a luz un imperio —dijo Erida por encima del ruido—. Ciertamente, es suficiente por ahora.

—Por ahora —respondió Harrsing, asintiendo con la cabeza. Pero sus ojos afilados brillaron—. Por ahora.

Lentamente, Erida asintió. Sabía a qué se refería Harrsing, lo que quería decir, pero no podía hacerlo en compañía. Incluso ahora, con todo el poder del mundo en sus manos, Lady Harrsing seguía intentando proteger a Erida de Galland. Eso hizo que el corazón de la reina se conmoviera.

Por poderosa que sea, aún necesito estabilidad a los ojos de mis señores, pensó Erida. *Necesito un heredero para ocupar el trono que yo construya.*

—Ha sido un invierno extraño —murmuró Harrsing, volviendo la mirada hacia las ventanas. La oscuridad se cernía sobre ellas, sólo interrumpida por las luces de la ciudad—. Se habla de nieve en el sur y de fuego en el norte.

Fuego. Gidastern. Erida permaneció quieta, tragándose su malestar.

—Y el cielo —exhaló una de las damas.

—¿Qué pasa con el cielo? —preguntó Erida con brusquedad.

—Seguro lo ha visto, Majestad —respondió la muchacha, sin atreverse a encontrarse con la mirada de la reina—. Algunos días parece rojo como la sangre.

—Rojo como la victoria —corrigió Erida, con tono cortante—. El rojo es el color del poderoso Syrek, el dios de Galland. Quizá nos sonría.

Después se quitó la ropa interior y Erida se dirigió a la gran bañera de cobre que había junto al fuego, con el agua humeante. Con un ronroneo bajo, se sumergió en el agua, sintiendo cómo el largo viaje a casa se desprendía de su piel.

Lady Harrsing permaneció posada en su asiento, como un pájaro imperioso que vigilase a la reina.

—Una hora como mucho —le recordó Erida, echando la cabeza hacia atrás para dejar que las criadas le lavaran el cabello—. Acabo de regresar a la ciudad. De seguro el embajador Salbhai no pensará que soy descortés. Además, puede tratar con los demás diplomáticos. Lord Malek y Lord Emrali sin duda aprovecharían la oportunidad de agasajar a un embajador temurano.

Algo extraño brilló en los ojos de Harrsing. Erida pensó que podría ser vergüenza.

—Malek y Emrali han sido llamados a sus cortes en Kasa y Sardos —dijo finalmente Lady Harrsing, reticente.

Con un chapoteo, Erida se movió en el agua. Sopesó con rapidez sus opciones, consciente de los numerosos ojos que la observaban. Si los reinos de Sardos y Kasa habían llamado a diplomáticos de la corte de Erida, sin duda había problemas. Cuando no peligro.

Pero Erida de Galland no temía a ningún reino ni ejército. El agua volvió a salpicar mientras ella se encogía de hombros, mostrando su desinterés.

—Muy bien —dijo, haciendo un gesto a Harrsing para que continuara. La dama asintió.

—Un gran número de otros nobles ya han llegado a la ciudad, antes de la coronación.

De hecho, Ascal parecía más concurrida que de costumbre, y no sólo con señores y damas de Galland. Los plebeyos acudían en masa desde el campo para celebrar la victoria de su reina y brindar por ella con cerveza y vino gratis. Por no hablar de las delegaciones de Madrence, Tyriot y Siscaria, que venían de camino para presenciar el nombramiento de su nueva monarca.

—¿Qué noticias hay de Konegin?

El nombre de su primo traidor sabía agrio en la boca de Erida.

Alrededor de la cámara, sus damas frenaron su actividad. Sólo las sirvientas seguían con su trabajo, restregando los brazos de Erida hasta las uñas.

Harrsing soltó un suspiro y golpeó una vez el suelo con su bastón, frustrada.

—Se ha sabido poco desde su fracaso en Madrence.

Erida no pasó por alto la cuidadosa elección de las palabras. *Su fracaso.* Era una forma suave de describir un intento de usurpación.

—He hecho mis propias averiguaciones, pero he recibido pocas noticias. Sospecho que ya estará al otro lado del Mar Largo, buscando un agujero donde esconderse —murmuró Bella.

—Mi primo apostó su vida y su futuro por tomar el trono. No se rendirá tan fácilmente —replicó Erida.

Alrededor de la sala, sus damas bajaron los ojos, con las manos temblorosas.

Erida casi se burló de ellas. Tenía pocas ganas de mimar a niñas aterrorizadas. Pero sus damas eran de sangre noble, descendientes de reyes y altos señores. A nadie le interesaba infundirles miedo.

Los animales son más peligrosos cuando tienen miedo, pensó Erida.

Miraba a sus damas de turno, hijas y esposas de hombres poderosos. Buscando mayor poder en su proximidad a la reina. Espías, todas ellas. Erida se sintió como un actor en un escenario, haciendo pantomimas para una multitud en la calle. Invocó todo su entrenamiento en la corte, todos sus días dedicados a educar su rostro y su voz.

—Queremos construir un gran imperio, con Galland en su corazón —dijo Erida, con gran sinceridad. Se dio cuenta de que las sirvientas también la escuchaban, y se detuvieron en su trabajo para dejarla hablar—. Quiero paz en todo el reino y prosperidad para la gente.

Las historias me recordarán bien. Victoriosa, generosa, magnífica, santa. Y amada, pensó. Mientras hablaba, trazaba los caminos que seguirían los rumores a través del palacio, la ciudad, las familias nobles y los plebeyos del Ward.

—Quiero construir grandeza y gloria. Una tierra digna de nuestros dioses —no era mentira. Erida saboreó su verdad, por seductora que fuera. En el borde de su mente, una cálida presencia roja brillaba con orgullo—. Y haré lo que deba para convertir esto en realidad. Para todos nosotros.

—Por supuesto, Majestad —dijo Harrsing desde su asiento, y su voz quebró el silencio a la mitad—. La traición de Lord Konegin no será tolerada.

Erida permitió que una criada la ayudara a salir del baño. Otra la envolvió en una bata calentada junto al fuego.

—Nos ocuparemos de él —dijo. Los peines se deslizaron por su cabello castaño ceniza, tirando de ella hacia adelante y hacia atrás—. Debo cortar la cabeza de la serpiente antes de que su veneno haga efecto.

Si es que no lo ha hecho ya, pensó. *Sin duda, aún tiene aliados en la corte, gente que lo pondría en el trono si pudiera hacerlo. Debo acabar con ellos.*

La muerte había ensombrecido su primera coronación. Erida sospechaba que también lo haría en la siguiente.

11

SUS ALMAS JUNTAS

Corayne

Una noche en Sirandel se convirtió en dos, luego en tres, después en una semana. Corayne hacía todo lo posible para que los días no se fundieran unos con otros. Pero el tiempo parecía diferente en el Bosque del Castillo, bajo los árboles, en los cambiantes rayos de luz solar. Se dijo a sí misma que los días transcurridos eran útiles. Los Ancianos necesitaban tiempo para reunir a sus guerreros en los rincones más remotos del bosque. Y Corayne necesitaba tiempo para sanar todas las heridas que pudiera. Sus moretones desaparecieron, sus rasguños y quemaduras se desvanecieron.

Pero los recuerdos permanecieron. Demasiado profundos para poder cerrarlos.

Al menos, aquí el sueño era tranquilo. O estaba lo bastante lejos de un Huso, y Lo que Espera no podía penetrar en el enclave de los Ancianos. Sólo soñaba con la casita junto al mar y el olor de los limoneros.

A la séptima mañana, ya conocía el enclave de Sirandel lo bastante bien para encontrar sola el camino hacia un patio de entrenamiento. Corayne se trenzó el cabello mientras caminaba, deshaciendo algunos nudos con los dedos.

El patio siempre estaba vacío cuando ella llegaba, abierto para su uso. Los Ancianos la escuchaban llegar mucho antes de que estuviera lo bastante cerca como para verlos. Observó el círculo de piedra, lo suficientemente grande para albergar muchas parejas de combate. El musgo rellenaba las viejas marcas talladas en la piedra, mientras los árboles esculpidos entretejían sus copas en lo alto. Cristales de colores soltaban un arcoíris sobre el círculo plano.

Corayne bailaba entre los fragmentos de luz, practicando los movimientos que Sigil y Sorasa le habían enseñado. Era más difícil hacerlos sin ellas presentes, pero sus músculos recordaban, y ella confiaba en su instinto.

Los Ancianos la equiparon bien, sustituyendo sus ropas quemadas por una selección de túnicas de terciopelo fino, polainas y pieles lisas. Todo en tonos marrón, dorado y púrpura, para armonizar con el bosque invernal. También había una capa de Sirandel, bordada con figuras de zorros, y la capucha forrada de una piel increíblemente suave. Le recordaba tanto a la capa jónica de Dom, que nunca podría ponérsela.

Los inmortales la dejaron sola para su entrenamiento, acercándose sólo para llevarle agua, comida y las armas más adecuadas para sus necesidades. Cada día llevaba consigo la Espada de Huso, pero dudaba en usarla. La espada era de Taristan, no suya.

Corayne prefería un sable más corto y ligero, con la hoja ligeramente curvada.

Con cada mandoble de su espada, se impulsaba un poco más rápido, un poco más fuerte, hasta que su respiración se entrecortaba.

No será en vano, se dijo Corayne por milésima vez.

—Perdona la intrusión.

Resoplando, Corayne dejó que el impulso de la espada la hiciera girar para enfrentarse al propio Valnir. Por grande que fuera, el Anciano vaciló al borde del círculo de piedra.

—¿Cuánto tiempo llevas mirando? —refunfuñó Corayne, secándose la frente con sus brazaletes. Tuvo cuidado de evitar los picos de las Garras de Dragón.

Valnir parpadeó, con cara impasible.

—Quizás una hora.

No era la primera vez que Corayne quería protestar contra las normas sociales de los Ancianos.

—¿Qué puedo hacer por usted, mi señor? —dijo, tratando de no sonar molesta. *¿Por fin es hora de moverse? ¿Se han reunido tus guerreros?*

Para su consternación, el monarca Anciano dio un paso adelante hacia el círculo de entrenamiento, con su capa púrpura arrastrándose tras de sí. Ahora llevaba el arco a la espalda, como una extremidad más.

—Te han entrenado bien —musitó, rodeando a Corayne con ojo avizor.

Le molestaba su atención, su mirada amarilla era insoportable.

—Gracias —dijo ella a regañadientes—. Estoy ansiosa por ponerme en camino, señor.

—Lo sé —contestó él, con los ojos fijos en la Espada de Huso. Con un sobresalto, Corayne se dio cuenta de que no podía hacer nada si Valnir decidía apoderarse de la espada o hacerla pedazos.

Los latidos de su corazón chocaban con sus costillas.

Valnir permaneció inmóvil un largo instante, como si sopesara sus palabras. Luego, se echó a un lado la capa púrpura, desplazándose para mostrar más de su cuello. Una poderosa vena latía bajo la blanca piel. Con un solo dedo, trazó la línea de carne nudosa que le cruzaba la garganta. La cicatriz se veía mal en un cuerpo inmortal.

—Sólo necesitan cuerda para colgarlos a ustedes, los mortales —murmuró, con media boca fruncida—. Para nosotros, el verdugo debe usar pesas y cadenas de acero.

Por mucho que lo intentó, Corayne no pudo evitar imaginarse semejante espectáculo. Cuerdas de acero enrolladas alrededor del cuello de Valnir, pesados hierros enganchados a sus pies.

—¿Por qué? —dijo, con los ojos en blanco.

Su voz era suave.

—No fui el único.

Su mente dio vueltas, recordando a otro Anciano. *Los mismos ojos, el mismo cabello. Casi la misma cara.* Lentamente, Corayne comprendió. *Y la misma cicatriz en el cuello.*

—Eyda. La Señora de Kovalinn.

Valnir agachó la cabeza y retrocedió hacia el círculo de entrenamiento, dejándole algo de espacio.

—Mi hermana —dijo—. Así fue, los dos vástagos de nuestra gran familia se convirtieron en su ruina.

Corayne recordó a Eyda en las orillas del Mar Vigilante, al frente de un ejército de Ancianos y un clan jydi. *Hacia su perdición,* pensó con amargura. Una parte de ella quería retorcer el cuchillo, hacer que Valnir admitiera su propio error. Su negativa a luchar había condenado a la princesa Ridha, y también a su hermana.

Pero Corayne vio el dolor detrás de sus ojos, y la terrible vergüenza. *Él ya lo sabe, y está haciendo todo lo posible para arreglarlo.*

—Como entonces había Husos en Allward, también los había en Glorian —Valnir cruzó las manos mientras caminaba de un lado a otro—. Puertas a muchos reinos. Irridas,

Meer, la Encrucijada, el Ward. Creíamos que estos Husos suponían una amenaza para nuestro propio reino y debían cerrarse a toda costa.

Corayne escuchó la ira controlada que bullía en su voz.

—Tu gente no estaba de acuerdo.

—Glorian es la luz de los reinos, y la luz siempre debe propagarse —respondió—. Nuestro rey lo dijo. Era nuestro deber cruzar las tierras infinitas, llevando la grandeza de Glorian allá donde vagáramos.

—Mi propia sangre proviene de los Husos —dijo Corayne, haciendo una mueca de dolor cuando el rostro de Taristan apareció en su mente—. Entiendo la llamada a vagar, tanto como alguien como yo puede comprenderla.

Valnir apenas parecía oírla, su mirada se desenfocaba.

—Me consuela saber que tenía razón sobre los Husos —murmuró—. Al final.

Tragando saliva, Corayne miró la espada sobre el banco, trazando esa cuchilla tan familiar. Algunos días era una carga, otros una muleta. Hoy se sentía como una brújula, cuya aguja no apuntaba en ninguna dirección que ella conociera.

El Anciano observaba con sus ojos amarillos.

—Forjada en el corazón de un Huso —exhaló, alargando la mano para tocar la espada—. ¿Puedo? —preguntó, indicando la empuñadura.

De algún modo, Corayne sabía que él aceptaría cualquier decisión que ella tomara. Lentamente, asintió con la cabeza.

Los largos dedos del Anciano rodearon la empuñadura y, con un destello de acero, la espada se liberó y la hoja desnuda se alzó hacia el bosque.

—*Un hilo de oro contra el martillo y el yunque, y acero entre los tres. Un cruce hecho, en sangre y espada, y ambos se convierten en la llave.*

La hoja de metal giró en la mano de Valnir, atrapando el sol; cada letra extraña destelló contra los rayos de luz.

—Eso es lo que está escrito en la espada —respiró Corayne. Como tantas otras veces, trató de leer el lenguaje de la hoja, tejido con una escritura hermosa e inescrutable—. ¿Hablas Cor Antiguo?

Valnir volvió a enfundar la Espada de Huso y la posó con cuidado sobre el banco. La trató con suave reverencia, como haría un padre con un hijo.

—Un poco —murmuró—. Alguna vez.

De nuevo, ella se fijó en la forma en que manejaba la espada. Los ojos del Anciano se llenaron de una repentina suavidad. Como si mirara a un amigo. O a un niño.

—Tú las forjaste —dijo Corayne.

Su sonrisa era la fina curva de una luna creciente. No llegaba a sus ojos.

—Tú hiciste la espada de mi padre. Tú hiciste la de Taristan —la voz de Corayne tembló—. Tú hiciste las Espadas de Huso.

—Entre muchas otras. Sólo dos sobrevivieron para entrar en este reino —Valnir sacudió la cabeza—. No he mirado una forja desde entonces.

Ella volvió a mirarle el cuello, la cicatriz que brillaba en su garganta.

—Te pusieron una soga por eso.

Valnir se encogió de hombros.

—La soga era sólo una amenaza.

Vaya amenaza, pensó Corayne, tragando saliva.

—La muerte o el exilio. Está claro lo que elegimos mi hermana y yo —continuó, poniendo un dedo en el filo del acero. Una gota de sangre brotó—. Entramos en el Ward como parias, sólo con unos cuantos que pensaban como nosotros. No éramos bienvenidos en Iona, así que construimos Sirandel. Y después de que los Husos cambiaran... —retiró la mano, un destello de dolor cruzó su bello rostro—. Glorian Perdido nos convirtió a todos en exiliados.

Corayne sentía el mismo dolor persistente en su propio corazón, siempre sensible en extremo. En cierto modo, sabía lo que era estar perdida, sin esperanza de volver a casa.

Entonces, Valnir suspiró con exasperación, mirando hacia los árboles. Chasqueó la lengua.

—Ven, hay un alboroto en el gran salón —dijo, aún con la mirada perdida en el laberinto del bosque labrado. Corayne no sabía qué observaba él, pues sus ojos y oídos mortales eran lamentablemente inútiles.

—Bien —dijo, echándose la Espada de Huso al hombro.

Le pesaba en la espalda, un ancla constante, mientras seguía a Valnir por el enclave. Sus botas crujían sobre la piedra y las hojas muertas, pero él no hacía ningún ruido.

Entretanto, sus pensamientos se arremolinaban, una tormenta en su cabeza. *Valnir marcha ahora no porque sea lo correcto, sino por venganza,* lo sabía. *Y tal vez por algo de redención también.*

* * *

El gran salón de Valnir estaba tan animado que Corayne apenas podía creer que no lo hubiera visto antes así. Pasó entre dos árboles arqueados, con sus pétalos de cristal dorado, y encontró el salón repleto de guerreros Ancianos. Estaban reunidos en pequeños grupos y hablaban en su propia lengua, con susurros melódicos y sobrenaturales. Corayne se maravilló ante su armamento: cuchillos, arcos y lanzas, todos relucientes y listos para la guerra.

La multitud les despejó el camino hasta el trono. Valnir se dirigió hacia él mientras Corayne se quedaba atrás, esperando perderse entre la multitud. Hasta que algo extraño llamó su atención y su corazón acelerado se detuvo en seco. El pecho se le oprimió y sintió que el aire se le escapaba de los pulmones.

Dos figuras esperaban ante el trono, una de ellas arrodillada, y su forma le resultaba familiar.

Corayne intentó decir su nombre. Lo que emitió fue un chillido vergonzoso.

Aun así, él la oyó.

En el suelo, Charlon Armont giró tan rápido como pudo. Se movió con cautela y Corayne temió lo peor. Entonces se dio cuenta de que había una posibilidad aún más horrible.

—¿Eres real? —se obligó Corayne a preguntar, con voz temblorosa—. ¿Estoy soñando?

Casi esperaba despertar sobresaltada en su cama, envuelta en suaves sábanas de lino. Le escocían los ojos, ya temía esa perspectiva.

Pero Charlie dejó escapar una risa baja y áspera.

—¿Que si *soy* real? —graznó.

Luego, señaló el gran salón de árboles de piedra, a los guerreros Ancianos y a Valnir, de pie junto a él. Charlie destacaba horriblemente en comparación con ellos, un joven mortal, desgastado por el viaje y pálido, con el cabello castaño enmarañado y la túnica más sucia que las botas.

Una sonrisa se torció en sus labios.

—Soy lo más real que hay en este lugar.

Corayne se encogió de hombros y dejó caer al suelo la Espada de Huso. Se abalanzó hacia delante y estuvo a punto de derribar a Charlie. Él cayó de lado, sostenido sólo por el hombre a su lado. A Corayne apenas le importó, estaba demasiado ocupada abrazándolo.

—Estás toda sudada —refunfuñó Charlie. Hizo ademán de intentar quitársela de encima.

Corayne se echó hacia atrás para observarlo de nuevo. *Con barba incipiente en las mejillas, sombras bajo los ojos. Mugre por todas partes. Y real.*

Arrugó la nariz.

—Bueno, tú *apestas*.

Los ojos marrones de Charlie se arrugaron mientras sonreía.

—Vaya pareja, entonces, nosotros dos.

Sólo *nosotros dos* resonaba en su cabeza. Era demasiado para soportarlo.

—¿Cómo me encontraste? —le preguntó Corayne, aferrándose aún a sus antebrazos.

Por encima de su hombro, uno de los guardias de Sirandel se acercó a ella.

—Nosotros lo encontramos —dijo el guardia—. No fue difícil. Llenaban la mitad del Bosque del Castillo con su ruido.

De pronto, la voz ronca de Charlie cobró sentido para ella. Los ojos de Corayne se abrieron de par en par.

—¿Te abriste paso *a grito*s hasta la custodia de los Ancianos? —se burló.

Charlie se encogió de hombros.

—Funcionó —dijo, sonando tan sorprendido como ella—. ¿Y qué hay de ti?

La sonrisa de Corayne se desvaneció.

—Un grupo de búsqueda me encontró la mañana después… —tropezó, las palabras eran muy difíciles de pronunciar—. Después.

Lentamente, Charlie aflojó su abrazo.

—Siento haber huido —dijo él, con la cara enrojecida por la vergüenza. Algo brilló en sus ojos y se los limpió antes de que cayera una sola lágrima.

Corayne quería darle un puñetazo.

—Yo no —dijo con rapidez, tomándolo de nuevo por los hombros. Esta vez, lo abrazó con demasiada fuerza, obligando a Charlie a abrazarla también—. Es la única razón por la que estás aquí ahora. Conmigo.

Mientras lo decía, oyó otra voz en su cabeza haciendo eco de la palabra. *Conmigo*. Andry solía decirlo tantas veces que Corayne no podía creer que no volvería a escucharlo.

Charlie la miró fijamente a los ojos, con el mismo dolor brillando en él.

—Conmigo —respondió.

—Supongo que éstos son tus Compañeros.

La voz grave de Valnir los separó. El monarca Anciano los observó, antes de que su mirada se desviara hacia el desconocido que seguía de pie junto a Charlie.

—Uno de ellos sí lo es —dijo Corayne, mirando al hombre desconocido.

Ella lo leyó como si fuera un mapa, observando sus pieles y su estoque. Su atención se centró en la familiar hoja de bronce que sobresalía de su saco.

—Soy Garion —dijo el extraño—. De los Amhara.

—*Oh* —salió de la boca de Corayne antes de que pudiera contenerse.

Charlie volvió a sonrojarse.

Corayne miró alternadamente al sacerdote y al asesino, encantada. A pesar de lo dispares que eran —uno, un ágil asesino con el porte de una bailarina, y el otro, un sacerdote fugitivo con dedos entintados—, parecían encajar.

—Un placer conocerte por fin —dijo, tomando a Garion de la mano—. Charlie no me ha contado casi nada.

Garion miró a Charlie de reojo.

—Pronto lo remediaremos.

—Lord Valnir, mis amigos necesitan ser atendidos —dijo Corayne, volviéndose hacia el inmortal—. Si van a unirse a nosotros para el viaje hacia el este.

El alivio de Charlie desapareció.

—¿Y cuándo será eso? —dijo, apretando los dientes.

No le correspondía a Corayne responder. Miró a Valnir. Hacía una semana, su mirada amarilla la asustaba. Ahora lo veía como un obstáculo más en el camino a seguir.

Él agarró su arco y estudió las intrincadas tallas de la madera, trazando un zorro con un dedo.

—Amanecer —dijo Valnir en voz baja.

Los inmortales reunidos murmuraron.

A su lado, Charlie frunció el ceño.

—Al amanecer. Fantástico —dijo en un susurro.

* * *

Charlie y Garion disponían de habitaciones cercanas a las de Corayne, que se ramificaban dentro de la misma estructura subterránea. El techo estaba salpicado de raíces de mármol y tragaluces que inundaban las habitaciones de luz. En los candelabros ardían velas que ahuyentaban las sombras y la humedad. La comida se acumulaba en una de las muchas mesas. Conejo, faisán, verduras y vino, todo rico en variedad, a pesar del invierno. El suelo de piedra estaba acolchado con mullidas alfombras estampadas hechas de hojas de todos los colores. Había incluso una bañera de cobre colocada frente a la crepitante chimenea. Cuando Corayne se reunió con ellos, tanto Charlie como Garion ya se habían bañado.

Corayne se sentó sobre un cojín, nerviosa y emocionada, con el cuerpo poco acostumbrado a la alegría después de tanto dolor. Le dolían las mejillas de tanto sonreír, pero no podía evitarlo.

Junto a la suntuosa cama, Charlie se puso una camisa de lino nueva y lanzó un suspiro. Levantó una manga e inhaló profundo, disfrutando del aroma a ropa limpia. Ya llevaba pantalones de ante color canela y botas nuevas, con el cabello largo bien peinado.

Ante la chimenea, Garion traía puestas sus pieles de Amhara, como esperaba Corayne. Si se parecía en algo a Sorasa, Garion no cambiaría sus buenos cueros por la ropa más fina de Allward. Pero dispuso sus armas para ser limpiadas, su estoque y seis dagas de distintos tamaños.

—¿Tienes alguna herida? Puedes llamar a un sanador, pero te advierto que no son muy buenos —parloteó Corayne, casi rebotando en su cojín—. Supongo que no hay mucha demanda de sanadores entre los inmortales.

Charlie frunció los labios al mirarla.

—Luces como una demente.

—Quizá lo esté —replicó. Luego miró a Garion—. Te lo prometo, no suelo ser tan...

—Sí lo es —terminó Charlie, interrumpiéndola. Aún tenía la voz ronca y se bebió un vaso de vino de un trago. Luego se dejó caer en la cama, metiendo las manos detrás de la cabeza y cruzando los tobillos—. Gracias a los dioses —suspiró, relajándose contra las mantas y las almohadas.

Una comisura de la boca de Garion se levantó en una hermosa sonrisa. Miró a Charlie a través de sus pestañas oscuras, de una forma que hizo que Corayne comprendiera exactamente por qué Charlie lo amaba.

—Garion de los Amhara —ella se arrellanó en su cojín para mirarlo de frente.

El asesino se volvió hacia Corayne. Su sonrisa se hizo fácil, ensanchándose. A diferencia de Sorasa, detrás de sus ojos grises oscuros no había ningún destello de peligro. Parecía más atractivo, incluso amistoso. Pero quizás eso también fuera un arma.

—¿Te enviaron a matarme como a los otros? —preguntó, observando detenidamente su rostro.

Desde las almohadas, Charlie soltó una carcajada.

—Si todo esto ha sido un truco para asesinar a Corayne, nunca te lo perdonaré.

—Querido, ¿me conoces de algo? —respondió Garion, chasqueando la lengua como si quisiera regañarlo.

—Demasiado bien, de hecho —se burló Charlie.

—Mmmm —tarareó Garion en voz baja. Se apoyó en la pared, medio a la sombra, enroscado como un gato peligroso y hermoso—. Sorasa Sarn no es la única Amhara que le ha dado la espalda al Gremio.

Corayne dio un respingo.

—*Era* —soltó, pero se arrepintió al instante.

Oyó a Charlie moverse entre las almohadas y balancear las piernas hacia el suelo. Sus botas golpearon el piso con un ruido sordo.

—¿Los viste… los viste partir? —tartamudeó.

—Vi suficiente. Eso… no puedo repetirlo todo —se le hizo un nudo en la garganta y tragó con dificultad—. No sé cómo alguien habría podido sobrevivir a Gidastern. Ni siquiera Sorasa y Sigil. Ni siquiera Dom —sintió náuseas, incluso esquivando el tema—. Ciertamente, Andry no. Él daría su vida antes de dejar a alguien atrás.

Por el rabillo del ojo vio que algo brillaba y se giró justo a tiempo para ver cómo una lágrima caía del rostro de Charlie.

—¿Y Valtik? —preguntó él en un susurro.

Corayne se enjugó sus propios ojos, que le escocían.

—Sinceramente, Valtik tal vez esté jugando a los dados en algún lugar y riéndose del fin del mundo —sólo bromeaba a medias—. Creo que sólo quedamos nosotros. Tendremos que ser suficiente.

—Aún no estamos muertos —dijo Charlie.

Esas palabras ya le resultaban demasiado familiares a Corayne. De todos modos, hizo eco de ellas.

—Aún no estamos muertos.

Antes de que se hiciera un silencio incómodo, Garion resopló.

—Entonces, ¿adónde se supone que iremos mañana?

—Y tan abismalmente temprano —refunfuñó Charlie.

Corayne apretó la mandíbula.

—Partiremos hacia el enclave de Iona. En Calidon.

Charlie se apoyó pesadamente en la mesa, como si ya estuviera agotado por el largo viaje.

—¿Por qué Iona?

—Es la ciudad más grande de Elder. El hogar de Dom. Y es donde todo esto comenzó. Las espadas de Huso, mi padre. Siento como si una cuerda tirara de mí hacia allá. Es el camino correcto, tiene que serlo —dijo, llevándose una mano al corazón—. Por no mencionar el hecho de que Taristan tiene el ejército de Erida y una horda de muertos vivientes. Vendrá por mí para recuperar la espada, y no pienso quedarme a un lado del camino hasta que aparezca.

"Y... —se le cortó la voz— creo que es adonde el resto iría. Si pudieran. Si hay una posibilidad de que no...

Entonces las palabras le fallaron por completo, su garganta amenazaba con cerrarse.

Al otro lado de la habitación, Charlie bajó la mirada, dándole un poco de intimidad en su dolor.

—Bueno, ya no sé cómo suena un buen plan, pero supongo que esto tiene que ser lo bastante bueno —dijo finalmente—. Quizá las cartas ayuden un poco. Si alguna vez llegan adonde tienen que llegar.

De nuevo, a Corayne le dolían los recuerdos. Quería volver a Vodin, a la mañana anterior a la salida de Trec. Cuando ella y Charlie se sentaron a la mesa del banquete, con una pila de pergaminos entre ellos y el aire oliendo a tinta. Mientras ella escribía, Charlie forjaba una docena de sellos de las más altas coronas de todo el reino, desde Rhashir hasta Madrence. Cada uno pidiendo ayuda, cada uno revelando la conquista y la corrupción de Erida.

—Si tenemos suerte, tal vez sí lleguen —pero ni siquiera Corayne se atrevía a albergar esperanzas. Las cartas tardarían semanas o meses en llegar a sus destinos, si es que llegaban. Y además, tendrían que creerles—. ¿Isadere convencerá a su padre? ¿Luchará el Rey de Ibal?

A Charlie le importaba poco el Heredero de Ibal, y se burló.

—Si es que apartan la mirada de su espejo sagrado el tiempo suficiente.

No era lo que Corayne quería oír. Se mordió el labio bruscamente, casi rompiendo la piel.

—No puedo creer que seamos sólo nosotros.

Junto a la mesa, el rostro de Charlie se suavizó. Estaba afeitado de nuevo. Le hacía parecer más joven, más cercano a la edad de Corayne.

—Debería decir algo sabio y reconfortante. Pero ni siquiera como sacerdote se me daban bien estas cosas —miró las numerosas velas que había sobre la mesa, la luz de sus llamas bailaba en sus mejillas—. No sé qué hay más allá de este reino, Corayne. No sé adónde van nuestras almas. Pero quiero pensar que van juntas, y que nos volveremos a ver, algún día. Al final.

Con un movimiento rápido, Charlie se lamió el pulgar y el índice. Pellizcó cinco velas una tras otra, apagando las llamas con menor hilo de humo. Corayne se estremeció cuando cada vela se apagó.

Luego tomó otra vela, aún encendida, y volvió a encender las cinco.

—Reza conmigo, Charlie —murmuró Corayne.

Creyó que él se negaría.

En lugar de eso, él se arrodilló junto a ella y le tomó una mano.

A cualquier dios que la escuchara, le rogó que la guiara. Pidió valentía. Y que el reino del más allá fuera como Charlie había dicho. Sus almas juntas, esperando a los demás.

12

EL TORO, LA SERPIENTE Y EL HURACÁN

Domacridhan

Al día siguiente, los carceleros regresaron. Esta vez, venían con un caballero de la Guardia del León, con la armadura dorada a la luz de las antorchas. Caminaba orgulloso, con el pecho erguido, pero Dom captó cómo su mirada se desviaba, observando a los prisioneros de ambos lados del pasillo. Incluso la guardia de la reina sabía que debía temerlos.

Al Anciano se le erizaron los pelos contra sus numerosas ataduras. Por una parte, quería destrozar a los guardias. De otro lado, que obligaran a Sorasa a tragar un vaso de agua. Al otro flanco del pasillo, Sigil golpeaba los barrotes con las manos atadas.

—Ella va a morir bajo *su* guardia —gruñó a los carceleros—. ¿Es eso lo que quiere el príncipe?

Ni los carceleros ni el caballero respondieron.

—Acabarás en una de estas celdas con nosotros si ella muere —se burló Sigil, agitando un dedo hacia él.

—No estoy seguro de qué es más aterrador —dijo Dom desde su pared—. ¿Las celdas o el compañero de celda?

Sigil sonrió, echó la cabeza hacia atrás y soltó una carcajada gutural.

Uno de los carceleros los miró con cara de preocupación.

—Tienes que ayudarla —pidió Dom.

Para su alivio, los guardias se detuvieron ante la celda de Sorasa, con las llaves tintineando.

El caballero se quedó atrás, permitiendo que los carceleros entraran primero. Mantenía una mano sobre la espada, con los dedos enguantados alrededor de la empuñadura.

—¿Estás seguro de que no se ha movido? —murmuró el caballero.

Los carceleros pasaron por encima de los cuencos abandonados de comida podrida.

—Sí, señor. Lleva casi tres días sin comer ni beber. Desde que el mago la trajo.

Dom sintió el corazón entre los dientes.

—Muy bien —dijo el Guardia del León, asintiendo con el labio curvado por el disgusto—. Entonces, esto es obra del mago, y problema del mago.

—Sí, señor —dijeron los carceleros al unísono, agachando la cabeza.

El caballero agitó una mano, ya impaciente.

—Levántenla.

Ambos carceleros intercambiaron miradas, reacios a tocar a una asesina Amhara. Aunque estuviera inconsciente.

—Les dije que la muevan —espetó el caballero—. Vamos.

—Vamos —Dom oyó murmurar a Sigil, quien observaba a Sorasa con los ojos muy abiertos, tan nerviosa como él.

Los carceleros eran cuidadosos en sus movimientos, muy conscientes tanto de Sorasa como de los prisioneros que los observaban. Era lo bastante pequeña como para que uno la cargara, y un carcelero se la echó fácilmente al hombro. Tenía la cabeza torcida de un modo que a Dom le provocaba náuseas, y el hombro claramente dislocado. Su brazo se balanceó cuando el carcelero salió de la celda, con su compañero a su lado.

Por primera vez desde Gidastern, Dom vio el rostro de Sorasa. Al igual que Sigil, estaba más pálida de lo que él recordaba, su piel había perdido su brillo bronceado en la oscuridad. También tenía moretones a medio sanar, y un corte en un ojo. Aun así, parecía tranquila, como si sólo estuviera dormida. Nada comparado con la última vez que había visto su rostro, cuando estaban atrapados en una ciudad en llamas, con sabuesos infernales y muertos vivientes en cada esquina. Pero sus ojos estaban abiertos entonces, encendidos como dos llamas de cobre.

Lo que daría por volver a ver esos ojos abiertos.

Los carceleros se movieron con rapidez y el caballero les pisó los talones, con su larga capa verde ondeando tras él.

—No te me mueras, Sarn —murmuró Sigil cuando pasaron junto a su celda.

Dom no dijo nada. Sólo escuchó el latido constante e inquebrantable de su corazón. Y luego, los pasos desvanecidos de los carceleros, con sus botas rozando el suelo, mientras la armadura del caballero repiqueteaba con cada zancada.

Entonces, los latidos se aceleraron y Dom pensó que su propio corazón se detendría. Algo parpadeó en el rabillo del ojo, medio visible, como el batir de las alas de un insecto. Giró bruscamente la cabeza, con el cuello rozando el collar metálico.

Justo a tiempo para ver cómo Sorasa Sarn abría los ojos y sacaba una pierna. Enganchó un barrote de la celda más cercana con la rodilla, y su brazo bueno rodeó los hombros del carcelero. Éste profirió un breve grito de sorpresa, sólo para que Sorasa lanzara todo su cuerpo sobre él y lo estrellara contra los barrotes de hierro, con los dientes destrozados en una salpicadura de huesos.

De nuevo, la poderosa ola se levantó en el inmortal.

—¡CUIDADO, SORASA! —rugió, pero ella ya se estaba moviendo.

La espada larga del caballero atravesó el aire vacío, repiqueteando contra los barrotes de hierro. Sorasa rodó bajo el golpe y no fue hacia el caballero, sino hacia el otro carcelero, quien lanzó un grito y dejó caer la antorcha, cuyas llamas chocaron con el suelo de piedra. Las sombras cambiaron rápidamente.

Sorasa lo agarró en un segundo por el cuello de la túnica y lo lanzó hacia atrás. Cayó de espaldas, ahogando una bocanada de aire. Con una rápida patada en la garganta, Sorasa se aseguró de que no volviera a respirar.

Sigil lanzó un grito de triunfo y sacudió sus propios barrotes, haciendo cantar su cadena.

Las llaves cantaban por encima de todo, sonando dentro del llavero. Pero ahora giraban en el dedo de Sorasa. Miró con desprecio mientras caminaba concentrada en el caballero. La luz de las antorchas vacilaba en su rostro, las llamas la pintaban con sombras ondulantes. Por un instante, pareció más bestia que mortal, una araña gigante moviéndose en la oscuridad. Sus labios se entreabrieron, mostrando sus dientes en una terrible sonrisa.

—Víbora —gruñó el caballero, arremetiendo contra ella con todas sus fuerzas.

Pero Sorasa lo esquivó limpiamente, de espaldas a las celdas. Con un rápido movimiento de su brazo sano, arrojó las llaves tras de sí.

Se deslizaron por el suelo, silbando entre el polvo y la paja hasta aterrizar frente a la celda de Sigil.

—Mantenlo ocupado —cacareó Sigil, buscando el llavero entre los barrotes.

—Tómate tu tiempo —le respondió Sorasa.

Con una sola mano y desarmada, la asesina giró en círculos alrededor del caballero de la Guardia del León. Era demasiado grande para luchar en el estrecho pasillo, los barridos de su espada atrapaban los barrotes de la celda en lugar de atrapar a Sorasa Sarn.

Dom luchó en vano contra sus ataduras. Le dolían los tobillos y las muñecas, tenía el cuello en carne viva, pero nada de eso le importaba. Siguió la trayectoria de Sorasa con los ojos muy abiertos y sin pestañear. Su respiración era entrecortada y deseaba que el caballero tropezara, que dejara algún resquicio en su guardia.

Es lo único que ella necesita, él lo sabía. *Un paso en falso. Un segundo perdido.*

Una cerradura chasqueó, la puerta de una celda gimió sobre sus antiguas bisagras y Sigil del Temurijon salió al pasadizo. Sus amenazadores casi dos metros. Su risa desenfrenada resonó en la piedra.

Sólo entonces vaciló el caballero, dando un paso atrás, con la espada apuntando en defensa. No en ataque.

—¡LOS PRISIONEROS HAN ESCAPADO! —atronó, gritando a quien quisiera escucharlo.

Cualquiera que pudiera salvarlo.

Con un par de pasos, Sigil se puso al lado de Sorasa, apretando las llaves en su mano buena.

—Sabía que estabas bien —gruñó la cazarrecompensas, con las muñecas aún atadas. No pareció importarle mientras se enfrentaba al caballero superviviente.

—Por supuesto, Sigil —dijo Sorasa por encima del hombro, apartándose para dejarlos batirse en duelo.

Sus ojos se movieron a la luz de la antorcha y encontraron a Dom. Las llamas de cobre ardían de nuevo, como faros en la oscuridad.

Él esperaba que ella se tomara su tiempo, que lo molestara a su manera. Para su alivio, ella abrió rápido la cerradura de la puerta de su celda.

En el pasadizo, Sigil acechaba al caballero.

—¿Vas a huir, valiente campeón de la Guardia del León?

Él gruñó bajo su casco.

—Nunca.

—Entonces, lamento matarte —respondió ella, riendo de nuevo—. Aunque supongo que de todas formas tengo que matarte. Mantener el elemento sorpresa y todo eso. Estoy segura de que lo entiendes.

Sin dejar de sonreír, cargó contra el caballero con toda la fuerza de un toro embravecido.

En la celda, Sorasa estudió las cadenas de Dom mientras él observaba su rostro. Las últimas tres semanas estaban escritas en su cuerpo. Sombras oscuras rodeaban sus ojos, sus pómulos afilados, su cara más hundida de lo que él recordaba. Tenía los dedos lastimados y quemados, y le faltaban algunas uñas. La sangre vieja y la ceniza rayaban sus cueros, en negro y rojo oscuro. Sus ropas estaban rasgadas en las costuras y su carne tatuada asomaba entre ellas. Pero bajo la sangre y los moretones, seguía siendo Sorasa Sarn. Despiadada, intrépida. Y terca como una mula.

A su pesar, Dom no pudo evitar sonreír, y la sonrisa se extendió por su rostro.

Ella levantó la barbilla hacia él, con los latidos de su corazón como un tambor en sus oídos. De nuevo, hizo girar el llavero.

—Anciano —dijo ella.

—Amhara —respondió él.

Sus ojos recorrieron las numerosas cadenas y ataduras, enarcando una ceja.

—No sé por dónde empezar —confesó ella.

La frustración habitual se apoderó del alivio de Dom.

—Sarn —maldijo, su sonrisa se desvaneció.

—Bien, bien —respondió ella, sonriendo con satisfacción.

Mientras Sigil bailaba con el caballero, Sorasa se puso a liberar sus cadenas. Empezó por las muñecas, ajustando diferentes llaves a distintas cerraduras. El primer brazo se soltó con un chasquido y le dolieron las articulaciones. Cuando liberó la otra muñeca, el Anciano ahogó un gemido en su garganta.

—Tranquilo, Dom, ya casi está —murmuró ella, con un tono extrañamente suave—. ¿Puedes quitarte la del cuello?

Respondió arrancándose él mismo el collar. El acero se dobló al agarrarlo.

Debajo de él, Sorasa sonrió.

Las últimas cadenas cayeron de su cuerpo y Dom se abalanzó desde el muro maldito. Era un huracán lastimado, lleno de dolor y rabia. Su pie golpeó el hierro y la puerta de la celda estalló, cayendo hacia atrás con un ruido sordo. Todo se volvió nítido, imposible de enfocar, incluso cuando el tiempo parecía ir más despacio.

Dom se sintió como un gigante liberado, un dragón alzándose. Una bestia desatada.

Como un sacerdote se inclina ante un dios, Sigil se apartó del camino de Dom.

Bajo el yelmo, la cara del caballero se puso blanca y abrió la boca enorme. La espada se le cayó de las manos y aterrizó con fuerza en el suelo. Se dio la vuelta y echó a correr, huyendo ante ese maremoto de furia inmortal.

A Dom no le gustaba la violencia. Hizo un trabajo rápido y silencioso con el caballero.

Y volvió a hacerse el silencio.

Finalmente, Sorasa se desplomó y se apoyó en los barrotes. Respirando con agitación, apoyó el brazo malo bajo las rodillas y la otra mano en el hombro dislocado. Con un chasquido repugnante, el hombro volvió a su sitio. Dom no pudo evitar una mueca de aflicción al ver el raro destello de dolor en su rostro.

Medio segundo después, Sigil la envolvió en un contundente abrazo. Sorasa se estremeció por encima del hombro, resistiéndose.

—No necesito costillas rotas además de todo —se quejó, enderezándose de nuevo. Sin embargo, siguió inclinándose, apoyando una mano en los barrotes. Con la otra, tomó el vaso de agua del suelo de la celda y bebió con avidez.

Sorasa llevaba su máscara incluso ahora, pero Dom vio a través de ella. Recogió la espada del caballero, sujetándola con firmeza, antes de caminar hacia ella.

Con cautela, le extendió una mano.

—Te llevaré si es necesario —dijo Dom.

Los ojos de Sorasa se clavaron en los de él, llenos de veneno.

—Prefiero morir —espetó, apartándose de los barrotes. Arrojó el vaso por el pasillo y se puso en marcha.

—Eso podría pasar —refunfuñó Dom tras ella, igualando su paso.

Sigil se puso en fila y sólo se detuvo para quitarle un par de dagas al caballero. Le dio una a Sorasa y utilizó la otra para cortar sus ataduras. Con un siseo, se apretó las muñecas, aliviando los anillos de piel en carne viva.

—¿Y ahora qué? —dijo la cazarrecompensas.

Detrás de ellos, la antorcha del suelo parpadeaba, apagándose.

—Síganme —exclamó Dom, mientras su vista se adaptaba a la oscuridad. Por suerte, la otra antorcha seguía ardiendo a la vuelta de la esquina, y su fuego ondulante se intensificaba a cada paso.

Sorasa se burló a su lado.

—*Síganme* —interrumpió—. Soy la única que sabe adónde vamos. Y lo que vamos a hacer cuando lleguemos.

—Lo primero que vamos a hacer es darte de comer —replicó Dom.

En las sombras, Sorasa murmuró:

—Hablas como el escudero.

Luego, pateó el cuerpo del caballero de la Guardia del León, desplazando su cadáver por el suelo. Su armadura dorada brilló ante ellos, captando la luz de las antorchas lejanas.

—Esto debería quedarte bien, Dom —dijo, mirando el cuerpo.

El inmortal no estaba de acuerdo, pero de pronto se vio a sí mismo con una placa de acero, una capa verde y un casco apretado sobre el cráneo. Entre Sorasa y Sigil se apresuraron a atarle la armadura. Observó, impotente, cómo Sorasa le ceñía la espada a la cintura, con dedos rápidos y seguros.

—Me aprieta un poco —refunfuñó Dom. Después de semanas encadenado a una pared, sentía la armadura como un nuevo tipo de prisión.

Sorasa sólo puso los ojos en blanco.

—Vivirás —le dijo.

Dieron la vuelta a la esquina del pasillo, justo para enfrentarse a otra larga hilera de celdas vacías. El pasillo ascendía en ángulo, hacia Dios sabía dónde. Dom aguzó el oído, pero sólo se escuchaba el sonido de sus propios corazones.

Sorasa aceleró el paso, por estúpido que fuera esforzarse.

—Erida está en palacio, triunfante a su regreso de Madrence —dijo—. Deberíamos hacerle una visita.

Por primera vez, Sigil parecía reticente ante una pelea. Extendió una mano y tomó el hombro de Sorasa.

—Tenemos que salir de aquí —replicó, con sus ojos oscuros brillando.

La asesina se encogió de hombros.

—¿Tengo pinta de querer quedarme? —Sorasa se burló—. Nos vamos, tenemos que aprovechar esto al máximo.

Aunque Sigil parecía escéptica, Dom sintió una extraña sensación de calma. No necesitaba preguntar para saber que Sorasa ya tenía un plan, y otro más aparte de ése. Después de todo, había tenido dos largos días para descifrarlo. Se encontró en silencio, donde antes quería discutir. Aguijonear a la asesina, cuestionar sus intenciones. Buscar la mentira en sus palabras, cualquier prueba de engaño o traición.

Ya no soy Amhara. Todavía podía oír sus palabras pronunciadas semanas atrás, como si aún flotaran en el aire.

A estas alturas, Domacridhan de Iona sin duda las creía. Su corazón se tensó y se hinchó, sobrecogido por un instante.

Luego, acalló sus sentimientos, como Sorasa le había dicho alguna vez que hiciera.

No lo necesitas.

Sólo veía el camino frente a ellos, y la espada en su mano. El camino a seguir era fácil. Sólo necesitaban mantenerse vivos para recorrerlo.

13

EL CISNE MORIBUNDO

Erida

Hacía tiempo que el gran salón se había recuperado de los escombros dejados tras la estela de Corayne an-Amarat. Nuevos candelabros colgaban del techo abovedado, cada uno atornillado a la piedra. Todas las superficies brillaban, cada losa de mármol pulida, los pasillos con paneles de madera aceitados y relucientes. Las alfombras estaban recién lavadas, las estatuas empolvadas. Nuevos estandartes de color verde gallandés y rojo corso colgaban de cada arco. Los leones gruñían y las rosas florecían, entrelazadas para la reina y el príncipe consorte.

Las paredes estaban flanqueadas por guardias, ataviados con armaduras y espadas. Más guardias de los que Erida recordaba que hubiera en su palacio.

Entró en su gran salón con el toque de fanfarria habitual, con una sencilla capa verde sobre la espalda. Después de su desfile por la ciudad aquella mañana, no podía soportar la idea de ponerse otro vestido complicado, recargado y lleno de joyas. También llevaba el cabello suelto, ondeando suavemente en su espalda bajo una sencilla diadema de oro martillado.

El mensaje era claro. La reina Erida estaba cansada de un largo viaje, agotada por la pompa, y no se quedaría.

Sus damas y la Guardia del León siguieron el ritmo con pasos medidos detrás de su reina. Tres caballeros la seguían esta noche. Otros tres flanqueaban a Taristan, ya sentado en la mesa alta.

—Todos aclamen a Erida, reina de Galland, de Madrence, de Tyriot y de Siscaria. La Emperatriz Naciente —atronó Lord Cuthberg desde el estrado, gritando sus títulos.

Los labios de Erida se movieron, queriendo sonreír. Pero mantuvo su máscara impasible y recatada mientras subía los escalones hasta la mesa alta.

En todo el gran salón, las demás mesas ya estaban abarrotadas. Erida vislumbró un arcoíris de seda y pieles, todo moteado por la luz de las velas. Altos nobles de la corte la miraban, murmurando y observando. La mayoría eran cortesanos conocidos: señores y damas, comandantes militares y algunos nobles que habían llegado del campo para la coronación.

Entre ellos, la delegación de los Temurijon era fácil de distinguir.

Ocupaban su propia mesa, unos pasos por debajo de la suya. Los hombres y las mujeres temuranos tenían el cabello negro y estaban bronceados, vestidos con ropas lujosas, pero funcionales. Más adecuados para viajar que para un banquete.

Erida conocía el reino mejor que nadie, pues desde la infancia la habían instruido en los mapas de su cámara del consejo. Medía el camino de Ascal a Korbij, la gran sede del emperador entre las estepas. Estaba a miles de kilómetros, a orillas del Golba, el Río Sin Fin. Sospechaba que el embajador y su compañía habían zarpado río abajo muchos meses atrás, tal vez incluso medio año, para llegar a ella.

El propio embajador estaba sentado en la mesa alta, a la izquierda de su propia silla. Un lugar de gran honor y respeto.

Salbhai era un hombre mayor, con un rostro de pómulos marcados, mirada sagaz y ojos de ébano. Llevaba un abrigo de seda negra, estampado con plumas de oro rosa, atado a la cintura con un cinturón. Su cabello se había vuelto gris, al igual que su barba. Ambos estaban trenzados y sujetos por un alambre de cobre.

Como diplomático y político por derecho propio, era lo bastante hábil para servir al emperador Bhur y tratar con los gobernantes del reino. Meticuloso en sus modales, Salbhai se levantó para hacer una reverencia cuando la reina se acercó.

Ella inclinó la cabeza, con mucha educación.

—Embajador Salbhai —dijo, tomando asiento. A su derecha, Taristan se sentó en su propia silla, con el ceño fruncido.

Erida vio un destello de túnica escarlata por el rabillo del ojo y contuvo una mueca de dolor. *Demasiado herido para ser convocado, pero no tanto como para perderse la cena*, pensó, maldiciendo a Ronin. El mago estaba sentado al otro lado de Taristan, acurrucado en su silla como un duende.

—Majestad —dijo Salbhai, deslizándose de nuevo en su asiento.

Tenía un aspecto amable, con una mirada alegre y jovial. De inmediato, Erida desconfió de él.

—¿Su acompañante desea sentarse? —dijo, mirando al guardia temurano que estaba detrás de la silla de Salbhai.

A diferencia de sus compatriotas, el soldado temurano era calvo y joven, y sus brazos cruzados sobresalían bajo su túnica negra.

—Los Incontables no se sientan, Majestad —dijo Salbhai sin rodeos—. Creo que su Guardia del León es igual.

Erida palideció. Los Incontables se habían alzado para defender al mismísimo emperador, nacidos para la silla de montar, la espada y el arco. Volvió a mirar al guardia y luego a Salbhai, evaluándolos lo mejor que pudo.

—Mi Guardia del León protege la corona y al príncipe consorte —dijo Erida, obligándose a beber un sorbo de vino.

Salbhai hizo lo mismo, imitando a la reina. Era muy educado.

—Soy sangre del emperador Bhur, por línea paterna —replicó él, indiferente—. Un Incontable me protege como lo haría con el emperador. Derramar mi sangre es derramar la suya.

Erida bebió otro sorbo para ocultar su mueca. Se le retorció el estómago.

He confundido la alegría con la diversión, pensó. *El embajador sabe que es intocable en mi corte. Puede hacer lo que quiera, a menos que yo quiera declarar la guerra a los Temurijon.*

De nuevo, Salbhai la miró con sus ojos negros brillantes.

—Me honra su presencia, en verdad —Erida forzó una sonrisa elegante y ganadora—. Saber que el emperador me tiene en tan alta estima para enviar a alguien de su calibre es realmente halagador.

—Usted es la reina de los Cuatro Reinos —respondió él. Como todos los diplomáticos, Erida escuchaba algo más que sus palabras.

—Emperatriz Naciente —continuó Salbhai, con los ojos brillantes—. Quizás usted se parezca más al emperador Bhur de lo que cree.

Erida lo dudaba mucho. Bhur era un hombre viejo, canoso y marchito, con poco gusto ya por la gloria. Cuando muriera, sus hijos pelearían por su imperio y dividirían el antaño poderoso Temurijon.

No cometeré el mismo error.

—Me gustaría conocerlo algún día —respondió Erida, sonriendo.

En el campo de batalla, bajo una bandera blanca.

Salbhai también sonrió, mostrando incluso los dientes. La sonrisa no era completa.

—Ya lo creo.

Los sirvientes se movían a lo largo de la alta mesa, colocando elegantes fuentes de comida, cada una más rica que la anterior. Los cocineros estaban ansiosos por impresionar a su victoriosa reina y a sus invitados. Erida señaló un cisne asado, desollado para la cocción y revestido con sus plumas, con las alas levantadas como para emprender el vuelo.

Con un limpio tajo de su cuchillo, Erida cortó la carne del cisne.

—¿Y a qué debo exactamente el honor de su llegada, embajador? —preguntó—. No puede ser mi coronación. Tendría que estar tocado por el Huso para prever tal cosa, y viajar hasta aquí a tiempo.

Salbhai negó con la cabeza.

—Estaba en Trazivy cuando recibí órdenes.

El mapa en la mente de Erida se estrechó, la escala del reino se redujo. Se obligó a morder, dándose tiempo para pensar sin hablar. *Sólo un mes de viaje entre Trazivy y Ascal. Menos aún en barco,* lo sabía, recalculando.

—¿Y cuáles fueron esas órdenes? —murmuró Erida, bajando la voz.

El embajador esbozó una sonrisa de satisfacción.

—No veo la utilidad de ocultar mi propósito aquí.

Erida apretó con fuerza el cuchillo.

—Lo descubriré si lo oculta.

—De eso estoy seguro, Majestad —rio Salbhai, sonriéndole abiertamente, como si ella fuera una niña graciosa en lugar de una reina gobernante—. Usted ha emprendido guerras de conquista por todo el este, incorporando rápidamente tres reinos a sus dominios. Y apenas ha terminado su trabajo.

Antes de que Erida pudiera responder, Salbhai continuó, interrumpiendo cualquier réplica.

—El emperador Bhur también es un conquistador —se inclinó más cerca, hasta que Erida pudo ver las pecas oscuras que se extendían por su nariz. Nacidas de días al sol, no de las sombras de una corte imperial—. Tiene todos los territorios del norte bajo su pulgar. Pero los pequeños reinos, incluso ellos conocen la verdad de su libertad.

Trec, Uscora, Dahland, Ledor. Erida enumeró mentalmente los reinos fronterizos. Amortiguadores entre el imperio Temurijon y el resto del reino.

—¿Cuál es su objetivo, reina Erida, Emperatriz Naciente? —murmuró Salbhai mirándola fijamente, como si pudiera leer su mente—. ¿Volverán sus ojos al norte? ¿Su hambre cruzará las montañas? ¿Amenazará a mi pueblo y pondrá a prueba a los Incontables en la llanura abierta?

Hacía un año, Erida habría confiado en su pequeña sonrisa y sus ojos de expresión abatida. Era fácil subestimar a una reina joven y soltera, personaje más fácil de interpretar.

A Erida ya no le convenía.

Se le cayó la máscara cortesana. Su sonrisa se convirtió en un gruñido y sus ojos azul zafiro brillaron con toda la fuerza de los océanos.

Soy Erida de Galland, reina de los Cuatro Reinos.

No estoy sujeta a nada ni a nadie.

—¿Me amenaza, usted, señor embajador, sangre del emperador? —le espetó.

Su sonrisa se amplió cuando el embajador retrocedió.

—No tenemos ningún deseo por su reino, Galland o no —dijo con rapidez, luchando por recuperar algo de terreno—. Quédese en su lado de las montañas, Majestad, y nosotros permaneceremos en el nuestro.

Tan rápido como había desaparecido, la máscara cortesana de Erida regresó. Su sonrisa se suavizó, una ligera risa en sus labios. Las mentiras se deslizaban entre sus dientes como el aliento.

—Eso es todo lo que deseamos, embajador —dijo, volviendo a su cena.

A su lado, Taristan miraba su propio plato vacío, claramente escuchando. Ella captó el destello rojo de sus ojos y sintió el calor que desprendía, parpadeante como las velas.

Salbhai frunció el ceño.

—Necesitaremos una muestra de buena voluntad, para cimentar esta tregua.

Erida volvió a reír.

—Siento decirle que no tengo hijos, ni esponsales que hacer. Todavía. Eso se podrá negociar cuando llegue el momento.

Ella sintió que se le revolvía el estómago. Erida sabía demasiado bien lo que era ser una yegua premiada, vendida al mejor postor. Ya lamentaba la necesidad de hacer lo mismo con su propio hijo, fuera quien fuera.

El embajador no cedió. Su ceño se frunció en una línea sombría y gris.

—Por ahora, basta con un intercambio —dijo él.

—Dudo que usted pueda llevar la suficiente cantidad de tesoro para tentar al emperador temurano —replicó Erida, sacudiendo la cabeza. *Tal vez Salbhai no sea tan capaz como suponía.*

Él se limitó a mirar fijamente, con los ojos clavados en el rostro de Erida.

—No quiero nada de sus sótanos, Majestad —gruñó Salbhai, dejando de lado sus buenos modales.

Erida se sobresaltó al oír su tono cortante. Taristan también lo oyó y apartó su silla unos centímetros de la mesa, dejándo espacio para levantarse.

—Embajador… —dijo la reina.

Pero Salbhai levantó la mano, haciéndola callar. Fue como una bofetada. Y Erida no fue la única que se dio cuenta. Sintió que su descarada falta de respeto recorría la habitación como las ondas de un estanque.

Los ojos negros de Salbhai brillaron y Erida vio al guerrero que había en él, enterrado bajo las décadas de su vida.

—Quiero a la mujer temurana que tiene en sus mazmorras.

A Erida, la demanda le cayó como un rayo por la espalda. Mil cosas le pasaron por la cabeza a la vez, incluso mientras ponía cara de cuidadoso desinterés. Esperaba que Taristan la siguiera por esta vez y se quedara sentado.

En su mente pesaban demasiadas preguntas y muy pocas soluciones.

Se llevó una mano a la barbilla y apoyó el codo sobre la mesa, interponiéndose entre Salbhai y su marido.

No estoy sujeta a nada ni a nadie, pensó de nuevo.

Con el ceño fruncido, Salbhai le sostuvo la mirada, sin pestañear.

Erida también frunció el ceño.

—Ella es mi prisionera…

Salbhai se levantó de golpe con las manos cerradas en puños y su silla se estrelló contra el suelo. Taristan ya estaba de pie, con su propia silla de lado, y sólo Erida entre ellos.

—Ella es una súbdita del emperador temurano —exclamó el embajador, sin miedo, reforzado por su Incontable.

—Y una fugitiva buscada, que intentó matar al príncipe consorte —dijo Erida, alzando la voz para que la escuchara toda la cámara.

Por el rabillo del ojo, vio que la delegación temurana se ponía en pie de un salto, abandonando sus copas. Su propia Guardia del León desenvainó sus espadas con un tañido de acero cantarín y se dispuso a flanquear a su reina.

Salbhai la fulminó con la mirada, lívido.

Con desprecio, Erida se acomodó en su silla, como si fuera su trono. Disfrutó de su furia. Sabía a victoria.

—Y se enfrentará a la justicia —dijo ella—. *La mía*.

Con gran elegancia, Erida se levantó de su asiento. Sus caballeros ya la rodeaban, con sus armaduras doradas relucientes.

—Ahora, si me disculpa, embajador, he perdido el apetito.

14

DESTINOS ESCRITOS

Sorasa

Dom y Sigil la seguían de cerca. *Demasiado cerca,* pensó Sorasa. Podía sentirlos rondando como niñeras. Ambos la creían medio muerta, debilitada por el hambre y la tortura. Su franca preocupación le erizó la piel a Sorasa.

Aleja el dolor, se dijo, repitiendo el viejo dicho Amhara. *No lo necesitas.*

Hizo lo que pudo, ignorando el aullido de su estómago vacío y el dolor sordo de su hombro. Por no hablar de la docena de moretones, cortes, quemaduras y fracturas. Se había enfrentado a cosas mucho peores en la ciudadela, durante los primeros años de su formación. Una celda oscura y fría en las entrañas del Palacio Nuevo no era nada, comparada con semanas de abandono en los desiertos de Ibalet, muriendo de sed bajo un sol ineludible.

En todo caso, los días de silencio, recluida en su propia cabeza, le habían dado todo el tiempo que necesitaba para pensar.

Y un plan.

Ella navegó por las mazmorras en silencio, girando en cada esquina, subiendo sin parar por los niveles en espiral. Sorasa nunca había estado como prisionera aquí, pero sí otros

Amhara. Sus experiencias estaban detalladas en la ciudadela, registradas con esmero y almacenadas en sus archivos. Sorasa fue reconstruyendo lo que recordaba a lo largo de los largos y silenciosos días. Hasta que el mapa de las mazmorras se dibujó en su mente, perfectamente extraído de su memoria.

—¿Cómo escapaste de Gidastern? —le preguntó Sigil, mientras corría junto a la asesina.

Sorasa contuvo una burla exasperada. Lo último que quería era otro interrogatorio, sobre todo en esas circunstancias.

—¿Cómo lo hiciste *tú*? —respondió Sorasa.

—No escapamos, nos capturaron. Después… —Sigil vaciló, sus ojos oscuros se desviaron hacia Dom.

Detrás de ellos, Dom se alzaba en su forma habitual, una nube tormentosa de desprecio. Su expresión se ensombreció bajo el casco robado. La rabia y la tristeza se mezclaban en su rostro, y las sombras lo volvían aún más severo. Sorasa recordó la última vez que lo vio en la ciudad, luchando de nuevo junto a sus parientes inmortales.

—No recuerdo haber salido de la ciudad —forzó la asesina, llenando el silencio por el bien de Dom—. Pero recuerdo a Corayne, cabalgando sola a través de la puerta de la ciudad, hacia el camino.

—¿Por qué la dejaste? —el timbre profundo y familiar de la voz de Dom retumbó en su pecho.

La cara de Sorasa se calentó, sus mejillas ardieron de vergüenza.

—Para comprarle una oportunidad.

Esperaba pagarla con mi vida.

El silencio de Dom y Sigil fue respuesta suficiente. Incluso Dom sabía lo que ella quería decir, sus ojos parpadearon a la luz de las antorchas.

—Y después estaba en un barco —suspiró, y siguió caminando—. Atada, en algún lugar entre el sueño y la vigilia. Todo olía a muerte y el cielo parecía de sangre. Pensé que estaba en el reino de Lasreen, vagando por las tierras de los muertos.

En el mejor de los casos, los días en el río fueron nebulosos. Sorasa había usado la voluntad que le quedaba para rezar a Lasreen, su deidad por encima de todas las demás. Incluso escudriñó los cielos, buscando la forma de una mujer sin rostro o de Amavar, el dragón compañero de la diosa.

Ninguno de los dos llegó, y los días pasaron, vacilantes por dentro y por fuera.

—Llegué a Ascal en la oscuridad, dejando el olor de la muerte a las afueras de la ciudad. Ahora sé que era el ejército de cadáveres, la horda de Taristan —Sorasa intentó no imaginárselo, los soldados putrefactos de Ashland, el pueblo humillado de Gidastern. Todos atados al mago rojo, atrapados para siempre—. Esperan en el campo, listos para obedecer a su amo.

Sigil hizo una mueca.

—¿Cuántos?

—No lo sé —respondió Sorasa.

Su mano se crispó con fastidio, deseando tener su familiar daga de bronce. Al igual que sus otras armas, se la habían quitado hacía semanas. En cambio, agarró la empuñadura del cuchillo largo del caballero.

—Por desgracia, Taristan y su mago tienen en alta estima a los Amhara, y supieron mantenerme atada durante todo el viaje —sacudió la cabeza—. Me llevó algún tiempo resurgir y volver a un estado mental útil.

Tanto la cazarrecompensas como el inmortal masticaron sus palabras, heridos por ellas. Sorasa conocía lo suficiente su temperamento como para ver el desagrado que se reflejaba en sus rostros. Se callaron y sus botas fueron el único sonido al doblar otra esquina.

Entre los ecos, Sorasa recordó.

Ronin hizo que volviera en sí por completo para sus interrogatorios. Para entonces, fue un alivio. Sorasa prefería el dolor al olvido. El mago rojo le hizo preguntas estúpidas, la mayoría inútiles. Ella las resistía de todos modos, alargando el proceso de su supuesta tortura. Al igual que con las celdas, se había enfrentado a cosas peores entre los Amhara. Sorasa Sarn no temía que le arrancaran un diente o que le clavaran astillas bajo las uñas. Ronin no recurrió a ninguna de esas cosas, titubeaba ante cualquier acto que dejara daños visibles. Recurrió sobre todo al ahogamiento, colocando una bolsa sobre la cabeza de Sorasa y vertiendo cubetas de agua sobre ella. Ella sabía muy bien cómo sufrir eso. Con cada castigo, ponía el listón del dolor lo más bajo posible, reaccionando a la menor molestia. Lo demostró por el bien de Ronin, con los ojos en blanco y el cuerpo agitándose contra las ataduras.

Sólo su magia la preocupaba de verdad. Contra eso, ella no tenía entrenamiento.

Su único respiro provenía de los interrogadores y de los guardias cambiantes. No intervenían en su favor. Pero eran útiles, susurraban entre ellos, traían noticias del palacio que se erguía por encima. Incluso mientras gritaba, escupiendo agua, ahogándose contra un garrote, encerrada en una doncella de hierro o bailando de puntillas con las muñecas atadas, escuchaba.

Sigil habló por fin, rompiendo el tenso silencio.

—Si la reina ha vuelto, se movió rápido en su camino de vuelta desde Madrence —murmuró—. Me pregunto por qué.

—Calidon es demasiado montañoso para atacar en invierno, pero Siscaria y Tyriot se arrodillaron sin derramamiento de sangre —respondió Sorasa con pulcritud, agradecida por el cambio de tema—. No tenía motivos para quedarse en el este, agotando a su ejército. Sus soldados estarán agradecidos de volver a casa, victoriosos y ebrios de gloria. Además, hay una coronación que celebrar. Ahora es Reina de los Cuatro Reinos, y va a demostrarle a Galland exactamente lo que eso significa.

Sorasa sintió las miradas incrédulas tanto de Dom como de Sigil.

—¿Todo esto lo aprendiste en las mazmorras? —gruñó el Anciano.

Sorasa se preparó para sus habituales sospechas. Ya estaba acostumbrada a ellas.

Eres despiadada y egoísta, Sorasa Sarn. Sé poco de los mortales, pero de ti, sé lo suficiente. Las palabras de Dom resonaron en su cabeza, un recuerdo demasiado nítido. Su desconfianza le escocía entonces. Ahora le ardía.

Se volvió hacia él, esperando furia o dudas. Pero sólo había preocupación, su rostro blanco se veía casi suave a la luz de las antorchas. Se quedó helada.

Sus ojos se encontraron, esmeralda sobre cobre.

—No sabía que pudieras estar más pálido, pero aquí lo estás —espetó Sorasa, girándose de nuevo. Los latidos de su corazón se aceleraron—. Tenemos que sacarte al sol otra vez, te ves horrible.

—Tú te ves peor —suspiró Sigil—. Entonces, ¿cuál es tu plan?

—He oído fragmentos de cosas, aquí y allá —dijo Sorasa, acelerando el paso—. Los piratas acechan el Mar Largo, amenazando las ciudades portuarias. Cada barco que entra en el puerto podría ser un cazador. Los viajes por mar son lentos y peligrosos ahora.

—La madre de Corayne se está volviendo útil —dijo Sigil, medio sonriendo—. Sabía que me caía bien.

—Si la reina está aquí, Taristan también —dijo Dom, mirando con desprecio hacia el techo. Como si pudiera ver a través de los pisos del palacio—. Todavía podemos matarlo.

—¿Vas a pavonearte y permitir que te golpee otra vez? —Sorasa quería agarrarlo por el cuello, no fuera a ser que el Anciano saliera corriendo hacia su muerte—. ¿O vas a escucharme?

—Cuéntanos tu plan —le espetó Dom, cruzando los brazos sobre el pecho blindado. El león moldeado en la coraza le rugía a Sorasa a la altura de los ojos. Para cualquier otro, parecía un caballero de la Guardia del León, letal e imponente.

Sorasa se volvió hacia Sigil y la miró con dureza.

—Hay un embajador temurano aquí —dijo Sorasa despacio, dejando que reflexionaran sobre las implicaciones.

Los penetrantes ojos oscuros de Sigil se entrecerraron. La luz de las antorchas bailaba, reflejándose en su mirada. Sorasa vio cómo los engranajes giraban en la mente de la cazarrecompensas y una sonrisa se dibujó en su amplio rostro.

—Supongo que ahora ya habrás pensado lo mismo que yo —rio Sigil, tomando a Sorasa por el hombro sano.

Su agarre era casi contundente, pero Sorasa se inclinó hacia ella, con una sonrisa pequeña y afilada.

—Entre otras muchas cosas —dijo.

* * *

Un carcelero yacía muerto en su puesto, con la garganta abierta. La sangre se acumulaba debajo de él, extendiéndose poco a poco por el suelo sucio de la sala de guardias.

Sorasa parpadeó contra el resplandor cegador de demasiadas antorchas, deseando que su vista se adaptara tras días en la oscuridad. Al otro lado, Sigil hizo lo mismo. Dom no necesitó tanto tiempo, estaba apoyado en la puerta de roble con bandas de hierro. Escuchó, concentrado en la cámara contigua y en los corazones que latían en su interior.

Levantó cinco dedos blancos, cerró el puño, luego cinco otra vez.

Diez.

Sorasa pasó la daga de la Guardia del León por la túnica del guardia muerto para limpiar su hoja. La otra daga se retorcía entre los dedos de Sigil, con la empuñadura apretada en su puño. Dom aún sostenía el sable largo, las antorchas destellaban a lo largo del acero. Con gesto lúgubre, se apartó de la puerta, moviéndose sin hacer ruido, hasta situarse frente a ella. Incluso con la armadura completa, se movía en silencio con poco esfuerzo. Los tres sabían que su supervivencia dependía de la velocidad, el silencio y el secreto.

Los tres conocían el límite en el que se encontraban. Los tres sentían el destino del reino en sus manos.

El Anciano se movió primero, más rápido que cualquier mortal, y derribó la puerta de una patada. El batiente se hizo añicos bajo su fuerza, la cerradura saltó hacia dentro y la plancha de roble se balanceó sobre sus bisagras chirriantes, abriéndose de par en par para revelar una pequeña sala de guardias conmocionados.

Los hombres apenas tuvieron tiempo de tomar sus armas y mucho menos de pedir ayuda. La espada de Dom atravesó a los dos más cercanos, separando sus cabezas de los hombros.

La daga de Sorasa se enterró en el cuello de otro, golpeando al guardia en el extremo opuesto de la sala, cuando ya tenía la mano en la siguiente puerta. Luego se deslizó por debajo del brazo extendido de otro guardia, le robó la espada y lo cortó, todo en un solo movimiento.

Sigil golpeó detrás de ella, dando puñetazos con una mano y apuñalando con la otra. Los dientes se deslizaban por el suelo de piedra y los cuerpos se estrellaban contra los muebles de madera maltrecha, desparramándose sobre las sillas y la única mesa. Sorasa se mantuvo agachada, con gran agilidad para esquivar cualquier golpe. Recogía espadas conforme avanzaba, lanzando una para tomar otra.

Se hizo el silencio a medida que se amontonaban los cadáveres, hasta que sólo quedó un guardia con vida. Éste se estremeció bajo la mesa, con una mano en la garganta, intentando contener el flujo de sangre.

Sorasa le mostró la única piedad que conocía.

Cuando el corazón del guardia se detuvo, ella observó la sala de guardias con frialdad. No había ventanas. Estas dependencias seguían siendo subterráneas, pero el carbón crepitaba en una pequeña chimenea, calentando la cámara. Revisó la chimenea y maldijo. El conducto era demasiado pequeño para escalarlo, incluso para la Amhara.

Una baraja de cartas manchadas de sangre se extendía sobre la mesa, junto a unas cuantas pilas de monedas, tazas volcadas y platos medio vacíos. Sorasa se lanzó sobre los restos de comida como un animal, arrancando un trozo de pan duro y carne seca. Sabía mejor que cualquier cosa que hubiera comido antes.

Sigil se afanó con los cofres de madera junto a la chimenea, abriendo uno tras otro de una patada. Buscó entre botellas de vino en mal estado, algunos libros y montones de túnicas viejas. Luego revisó los cadáveres. Al cabo de unos segundos, se colocó un cinturón de cuero y una vaina, y deslizó una espada dentro de ésta.

Sorasa la siguió, agarrando una espada antes de recuperar la daga de la Guardia del León. El resto del equipo les resultaba inútil. Sorasa prefería sus cueros a la cota de malla, y ninguno de los carceleros se acercaba ni de lejos al tamaño de Sigil.

El Anciano esperó junto a la puerta, con el peto apoyado en la madera y el oído pegado a ésta para escuchar.

Como antes, Sigil y Sorasa lo flanquearon, atentas a su cuenta.

Esta vez, levantó tres dedos.

Así atravesaron las mazmorras del palacio.

La sangre corría bajo las puertas y sobre la piedra. A su paso caían túnicas verdes, tanto de carceleros como de guardias del castillo. Dom escuchaba, Sigil robaba y Sorasa guiaba, llevándolos más allá de las barracas y los almacenes, trazando caminos recordados a partir de un trozo de pergamino. Recogían provisiones a cada paso. Sorasa se echó un arco al hombro y un carcaj de flechas a la cadera, mientras Sigil se ponía una cota de malla y una chaqueta.

Todo lo hicieron en relativo silencio, los únicos sonidos eran el siseo del acero o el húmedo espasmo de una respiración agonizante. Hasta que Sigil abrió un último cofre, medio oculto tras un tapiz.

Se mordió el labio, conteniendo un grito. Sorasa saltó a su lado, con el corazón subiendo a su garganta.

El hacha rota de Sigil les sonrió, su filo reflejaba la luz de las velas. Aunque estuviera partida en dos, el arma temurana nunca había tenido un aspecto tan hermoso, con el largo mango de madera envuelto en cuero negro y cobre. Sonriendo, Sigil recogió los dos trozos y los fijó a su cinturón como espadas.

Debajo del hacha había una gran espada, aún en su vaina, sujeta a un fino cinturón. Sorasa reconoció la intrincada artesanía de los Ancianos, un dibujo de ciervos al galope plasmado en el cuero engrasado. Le pasó la espada a Dom sin decir palabra.

Él exhaló un largo suspiro y giró la espada entre sus manos. Con un movimiento, la desenvainó unos centímetros, dejando al descubierto el acero Anciano que contenía. Su antigua lengua lo miraba fijamente, grabada en la espada.

Las propias manos de Sorasa encontraron la daga Amhara al fondo del cofre, bajo una vieja capa hecha jirones color musgo. La apartó con dedos temblorosos y sacó la hoja de bronce como sacaría a un bebé de la cuna. Su cinturón también estaba allí, colgando con sus bolsas de polvos y venenos. Lo tomó con avidez y se lo abrochó alrededor de las caderas. Sintió el peso como un cálido abrazo.

Su viejo equipo, maltrecho por demasiadas batallas, era un extraño consuelo. Sigil se puso su armadura acolchada, cuyas placas de cuero negro se unían a la perfección, a pesar de los numerosos desgarrones. Dom sacó su capa de Iona, medio destruida, con el tejido gris verdoso casi en ruinas. A lo largo del dobladillo había ciervos bordados con hilo de plata deshilachado. Sigil abrió la boca para burlarse, pero Sorasa la interrumpió con una mirada mordaz. Les sorprendió a ambas.

Dom no se dio cuenta. Con cara impasible, arrancó el cuadrado más limpio que pudo, guardando el pequeño trozo de su enclave.

El resto lo dejó, abandonado para siempre.

Sorasa se sentía un poco como la lana vieja: ensangrentada y deshilachada, desgastada. Pero aún viva.

—Por aquí —murmuró, indicando la siguiente puerta.

Los suelos sucios habían desaparecido, ahora lucían limpios para dejar al descubierto losas y mortero. Bajaron por el último pasadizo hasta la última escalera que separaba las mazmorras de las barracas de arriba. El aire fresco penetró en la garganta de Sorasa. Respiró con avidez, absorbiéndolo, llenando sus pulmones de fría y húmeda esperanza.

El palacio estaba delante.

Y sólo había muerte detrás.

—Los guardias cambian su turno una hora después de la puesta de sol —dijo Sorasa, observando el rellano. Una luz de color rojo oscuro se derramaba desde lo alto de la escalera. Los últimos rayos de un sol moribundo.

Falta una hora para que alguien descubra los cuerpos.

Sigil pasó un pulgar por el filo de su hacha rota.

—Espero que sea suficiente.

Dom dio el primer paso, y luego el siguiente, sin mirar atrás. Con su armadura, yelmo y capa verde de la Guardia del León, ningún soldado que encontraran se atrevería a detenerlo.

—Lo será —aseguró Dom, y se echó a correr en silencio.

Por bajo que fuera, Sorasa oyó su susurro, casi perdido en la espiral de la escalera de piedra.

—Conmigo —dijo Dom.

Sorasa se mordió el labio, hasta casi sangrar. De todos modos, la respuesta brotó de su garganta.

Conmigo.

* * *

La última vez que Sorasa Sarn se había deslizado por los sinuosos pasillos del Palacio Nuevo, no tenía miedo. Por aquel entonces, a Sorasa le importaba poco el estado del reino o las divagaciones de un engreído príncipe Anciano. Su tarea había terminado, Corayne an-Amarat había sido entregada sana y salva a la Reina de Galland. La Amhara había cumplido con su parte y se había puesto en marcha, demorándose sólo para satisfacer su curiosidad.

Sabía cómo acababa eso.

Ahora rodaba por los pasadizos como una marea, con el destino del reino persiguiéndola. El Palacio Nuevo resplandecía en la mente de Sorasa, grande como una ciudad, con sus numerosos pasadizos como venas bajo la piel. Pensó en túneles, pasillos de sirvientes, corredores y áticos. Sótanos, torres derruidas, bóvedas, pequeñas capillas abandonadas por la noche. La Cofradía Amhara lo había recopilado todo a lo largo de incontables años y contratos, creando un mapa para que sus asesinos lo memorizaran.

Sin duda había más guardias que antes, algo de lo que Sorasa se enorgullecía. Las patrullas de vigilancia se habían duplicado desde su última visita.

Pero seguían sin estar a la altura de los conocimientos Amhara ni de los sentidos aguzados de Dom. Juntos se movían con rapidez, esquivando o sorteando todos los obstáculos. No había tiempo para temer, ni para pensar en otra cosa que no fuera el siguiente paso.

El plan de Sorasa giraba en espiral, cada paso se apoyaba precipitadamente en el siguiente. Era como poner las piedras de un camino delante de un caballo que se aproxima. Navegó con rapidez por las barracas, luego por los jardines y atravesó el laberinto de setos en dirección a la vieja torre.

Ni Sigil ni Dom hablaron. Confiaban en que Sorasa los llevaría adonde necesitaban ir. Para sorpresa de Sorasa, ni siquiera Dom discutió. Su duda era familiar, aunque molesta. Su fe era más difícil de manejar.

Las torres negras del viejo torreón brillaban con antorchas y de todas las ventanas colgaban estandartes verdes. Los guardias merodeaban en lo alto, pero no abajo. No había motivo de alarma en el palacio.

Todavía.

Sorasa no perdió tiempo en dar explicaciones y se agarró al estandarte más cercano. Subió por él con la misma facilidad que por una escalera, a pesar del dolor que sentía en el hombro. Sigil y Dom la siguieron por los escalones hasta la ventana más baja del torreón. A una señal de Dom, Sorasa golpeó con el codo un cristal, haciéndolo añicos y salpicando el suelo de una escalera de caracol vacía.

Aterrizó en el interior con la gracia de una araña y los otros dos la siguieron de cerca. En el viejo torreón no había dormitorios ni aposentos personales, sino oficinas para la reina y su consejo. Así que estaba casi vacío.

Rastrearon a los pocos guardias, moviéndose detrás de su patrón de vigilancia. Sorasa mató sólo a uno cuando se detuvo en seco, examinando un viejo tapiz. Lo metió de cabeza en un armario, doblándole las piernas sobre el cuerpo. Su trabajo fue rápido. Ni una gota de sangre manchó el suelo.

Sintió la mirada de Dom todo el tiempo.

—No te recordaré cuántos cadáveres dejaste en las mazmorras —siseó ella, cerrando el pestillo de la puerta del armario.

Desde el pasadizo entraron en una oscura biblioteca, polvorienta por el desuso. Los papeles cubrían una de las muchas mesas, mientras que las alfombras decoraban el suelo de madera. Sorasa siguió moviéndose en tanto comprobaba la habitación contigua. Con una sonrisa, regresó con una botella en la mano libre, un líquido marrón burbujeando en el vaso.

Dom y Sigil observaron, sin pronunciar palabra, cómo rociaba la cámara y vaciaba la botella. Después, la antorcha.

Las llamas se expandieron en la biblioteca. El polvo, los papeles, las alfombras y las viejas y pesadas cortinas se encendieron como velas, un infierno que echaba chispas.

Sigil sonrió a través de las llamas y se golpeó el pecho con el puño.

El estallido de triunfo no duró. A Sorasa se le hizo un nudo en la garganta cuando el calor le golpeó la cara y el olor a humo la sobrecogió. Por una fracción de segundo, estaba de vuelta en Gidastern, la ciudad ardiendo a su alrededor, los gritos de los muertos llenando sus oídos. Las llamas danzaban, adoptando las formas de los sabuesos de Infyrna y los soldados muertos, todos saltando y rebotando.

Una mano blindada le tocó el hombro y ella se estremeció. La visión se rompió y se apartó de Dom, para ponerse de espaldas a la biblioteca.

—Sigue moviéndote —le dijo a Dom, aunque era ella la que se había quedado congelada.

Fueron de habitación en habitación, arrastrando el fuego por las cámaras en forma de panal del castillo.

Dom soltó un gruñido bajo que las detuvo en seco.

—Media docena de guardias vienen hacia aquí, están corriendo.

Sonriendo, Sorasa se volvió hacia la pared de paneles de madera del pasillo.

—Bien.

Con un puñetazo atinado, golpeó una esquina del panel. La puerta giró hacia atrás sobre unas bisagras engrasadas, dejando al descubierto un pequeño pasillo oscuro, de los que utilizan los criados. Entraron sin preguntar.

El bajo techo obligaba a Dom y Sigil a agacharse y a inclinarse hacia los lados, con sus anchos hombros rozando las viejas paredes. Sorasa no tenía ese problema y saltaba por los pasadizos.

—Si tenemos suerte, el fuego cubrirá nuestras huellas —dijo. Mientras corrían, observaba las paredes, estudiando la piedra—. Los guardias estarán demasiado ocupados salvando el viejo torreón para revisar las mazmorras.

—Ah, pensaba que odiabas las bibliotecas —murmuró Sigil.

La verdadera risa de Sorasa resonó en la piedra.

—Y si tenemos mucha suerte…

La asesina se detuvo en lo alto de una escalera curva. Pasó una mano por la pared de su izquierda, el exterior de la torre. Las piedras negras cuadradas tenían un tacto áspero, su antigüedad era evidente. Bajó un peldaño y sus dedos pasaron de la roca negra con agujeros a la piedra amarilla pálida.

—¿Si tenemos mucha suerte? —Dom presionó.

Ella apoyó la palma de la mano sobre la pared. La notó fría, suave. Nueva. Bajó otro peldaño por la escalera en espiral, luego otro. En la parte inferior, una puerta se curvó a la vista, de madera brillante. Roble pulido.

—Te avisaré si sucede —respondió Sorasa, para disgusto de Dom. Incluso, mientras sonreía, intentaba no volver a pensar en las llamas consumiendo todo a su alrededor—. ¿Vamos?

Dom asintió con rigidez y ella abrió de un tirón la puerta de abajo, dejando atrás el viejo torreón.

Sorasa no perdía de vista a los sirvientes, aunque difícilmente interrogarían a un caballero de la Guardia del León. Una parte de ella estaba sorprendida por la facilidad de su viaje a través del palacio. El hecho de que la guardia había sido duplicada debería de haber sido un obstáculo mayor. Pero la mayoría de los soldados de palacio eran imbéciles y Erida se creía a salvo en el corazón de su reino. No tenía motivos para buscar el peligro. Su guerra estaba mucho más allá de los muros de Ascal, no dentro de su propio palacio.

El orgullo de la Reina la hacía miope, y Sorasa pretendía aprovecharlo al máximo.

La escalera de servicio conducía a otro pasillo estrecho. Era largo y recto, débilmente iluminado por antorchas, con columnas achaparradas arqueándose sobre ellos. A la derecha estaban los almacenes, en forma de cuevas y unidos por túneles. La mayoría estaban repletos de provisiones para alimentar al palacio durante el invierno.

—Debemos estar cerca de las cocinas —dijo Sigil, tomando una cebolla entera del saco más cercano. La mordió como si fuera una manzana.

Sorasa señaló con un pulgar por encima de su hombro. Apenas se fijó en la carne seca que tenía en la mano, la mitad ya en la boca.

—Detrás de nosotros —dijo—. Adelante está la residencia real. Hay una escalera que sube hasta los aposentos de Erida.

—¿Y qué hay encima? —Dom observó el techo. No era de piedra, sino de gruesas vigas de madera que sostenían el piso superior.

—Ya lo sabes —respondió ella, leyendo la agudeza de sus facciones.

Bajo el casco, Dom arrugó la frente. Su puño enguantado se cerró sobre la empuñadura de su espada.

—El gran salón —gruñó.

Sorasa enrolló la capa de Dom en su puño, como si en verdad fuera a detener a Domacridhan si decidía huir. Aun así, tiró de la capa.

—Ni se te ocurra, Dom —dijo apretando los dientes.

Él la fulminó con la mirada.

—Creía que querías ser útil —siseó el Anciano.

—Útil, no *muerta*. Taristan nos matará si nos encuentran, o algo peor —Sorasa soltó un suspiro exasperado. Luchó contra el impulso ya conocido de hacer entrar en razón al inmortal—. Tú accediste a esto. Sigil sacará a los temuranos de aquí. Quemaremos lo que podamos, nos dirigiremos a la laguna y escaparemos nadando.

Dom arrugó la nariz e hizo una mueca. Abrió la boca para discutir, pero se detuvo en seco e inclinó la cabeza.

Con un gesto de la mano, Dom condujo a los tres al almacén más cercano. Entraron a toda prisa y se encontraron con interminables hileras de cerveza y vino, almacenados en barriles gigantes. También había una pared de botellas distintas, licores importados de todos los rincones del Ward. Parecía suficiente para ahogar a una banda de guerra treca.

Sigil se deslizó detrás de uno, el barril era más alto que ella. Dom mantuvo los ojos fijos en Sorasa, con su mirada de fuego verde. La arrinconó, para ocultarse ambos de la puerta.

Sorasa ignoró su infernal cercanía y escuchó el suave ruido de pasos. En el pasillo, un par de criados hablaban en voz baja.

Sólo cuando Dom suspiró, Sorasa se liberó. Los sirvientes se habían ido.

Frunciendo el ceño, puso las dos manos en el pecho de Dom y lo empujó con toda la fuerza que pudo reunir. Se sentía como empujar una pared de ladrillos.

—¿Crees que vas a enfrentarte a Taristan delante de toda la corte de Erida? ¿Salvar el reino en un resplandor de gloria? —rio, echando la cabeza hacia atrás—. Pensé que tu tiempo en las celdas te daría un poco más de perspectiva, Dom.

—Me resulta difícil tener perspectiva cuando estamos afrontando el fin del mundo —dijo él con firmeza, quitándose el casco, que resonó contra la pared.

Sin el yelmo, era demasiado fácil de entender. Sorasa lo había visto todo antes, la frustración y la rabia del príncipe Domacridhan. Lloraba sin saber cómo, y ahora se enfrentaba a otro fracaso. No sólo perder a Corayne, sino también alejarse de Taristan. Dejarlo con vida era admitir la derrota, algo que Dom aún no había aprendido a hacer.

—No puedes vencerlo, Dom —dijo ella en voz baja, manteniendo la distancia. El aire encerrado del almacén se calentó con su presencia, por sus cuerpos y su aliento—. Ninguno de nosotros puede hacerlo, ahora no. Ni siquiera juntos.

El Anciano no respondió, con el rostro impasible.

Sigil miraba, severa por primera vez. Dio un paso hacia el Anciano, como si montara un caballo asustado.

—Tengo que advertirles a los temuranos —su voz adquirió un tono más suave del que Sorasa conocía en Sigil—. El embajador está aquí para negociar, pero ya no se puede negociar con Erida. No con Taristan a su lado.

Sigil mantuvo los ojos fijos en Dom, implorando.

—Si logramos sacar a los temuranos de la ciudad, podrán ir a ver al emperador Bhur —su mandíbula se tensó, un músculo se crispó en su mejilla.

Dom no contestó, tenía la mirada fija en la pared.

—Eso es lo más útil que podemos hacer, Dom —dijo Sorasa, siguiendo la lógica de Sigil—. Si se puede convencer al emperador para que luche, la Guardia podría tener una oportunidad contra los ejércitos de Erida.

—Ninguna de ustedes dos me necesita para eso —espetó Dom, dándose la vuelta. Con la armadura, parecía la imagen de un valiente caballero, obligado por el deber y el honor.

O encarcelado por eso, pensó Sorasa.

—Tienes razón, no te necesitamos —le respondió ella—. Pero *Corayne* te necesita.

A estas alturas, Sorasa había perdido la cuenta de cuántas veces Dom había sido herido delante de ella. Apuñalado, quemado, golpeado. Estrangulado por el tentáculo de un kraken. Casi pisoteado por caballos en estampida. Abatido por el tañido de una campana, en lo alto de la torre de un templo perdido.

De algún modo, las palabras de Sorasa calaron más hondo en Dom que todas las demás.

Su rostro se desencajó y su ceño se frunció.

Cualquier Amhara sabía detectar una oportunidad, y Sorasa aprovechó la suya. Le clavó el cuchillo en el corazón.

—Corayne sigue ahí afuera, viva —suplicó, su propia desesperación teñía su voz—. No la abandones por el bien de Taristan.

El Anciano se encontró con los ojos de la asesina, y vio una tormenta en ellos. La soportó, negándose a desviar su mirada.

—Por Corayne —gruñó finalmente.

Sorasa sintió una opresión en el pecho y exhaló lentamente, agradecida.

Se escuchó un ruido sordo y se volteó, para encontrarse con Sigil, que sostenía una botella de cristal en una mano y un corcho en la otra. Sonriendo, levantó la botella de líquido transparente y dejó que borboteara. Sorasa percibió el penetrante y acre olor a gorzka.

—Por Corayne —repitió Sigil, y bebió un trago. Hizo una mueca de dolor cuando el licor treco le quemó la garganta.

Dom puso los ojos en blanco y negó con la cabeza.

—Sigil…

La cazarrecompensas le hizo un gesto con la mano.

—Estoy a punto de hacer el papel de un extranjero borracho, dando tumbos por un palacio que no conozco. Al menos debería oler como tal.

Dom hizo una mueca, pero no la detuvo.

—Me parece justo —dijo.

Sigil volvió a levantar la botella. Sus ojos se encontraron con los de Sorasa a través del vidrio, y su mirada se ensombreció. La mujer temurana brindó una vez más, esta vez por la propia Sorasa.

La asesina no levantó una botella en respuesta, pero enarcó una ceja. Hablaron con facilidad, sin palabras, viendo lo que Dom no podía ver. De nuevo, a Sorasa se le hizo un nudo en la garganta. Todos esos meses, Sigil había sido un muro detrás de ella, alguien en quien apoyarse, lo más parecido a una amiga de confianza para Sorasa. Después de casi perderla en Gidastern, la despedida se sentía como sal en una herida aún sangrante.

Pero Sorasa respetaba demasiado a Sigil como para avergonzarla con despedidas.

Nuestros caminos ya han sido trazados, nuestros destinos han sido escritos por manos piadosas.

Sólo esperaba que la tinta de sus vidas se entretejiera un poco más.

15

EL DERECHO A MORIR

Domacridhan

Sorasa tenía sus costumbres, Domacridhan lo sabía demasiado bien. Nunca habrían escapado de las mazmorras sin sus conocimientos, sus artimañas o su simple resistencia. Sufrir largos días sin comida ni agua, por no hablar de la tortura, y seguir luchando. Era más que admirable. Al ser inmortal como era, Dom no podía comprender el dolor al que ella se había enfrentado entonces, ni el que ignoraba ahora.

Pero aun así la odiaba.

Por Corayne.

La súplica de Sorasa fue peor que un cuchillo en el estómago, peor que cualquier traición de la que alguna vez la hubiera creído capaz. Porque no se podía luchar contra ella. Su lógica era sólida, su razonamiento indiscutible. Por muy estoico que pareciera, Dom se enfureció por dentro. Se sentía de nuevo encadenado, de vuelta en esa celda infernal. Sólo que ahora sus barrotes eran Sorasa Sarn. Era ella quien le impedía salir del almacén y subir la escalera de servicio, para esperar una última oportunidad de redención en los aposentos de la reina. Taristan seguía siendo invencible, pero le faltaba su Espada de Huso. Tal vez su pérdida fuera suficiente, una sola grieta en su armadura demoniaca.

Incluso Dom sabía que era una esperanza fútil.

Sorasa tiene razón, lo sabía, y la maldecía por ello.

Por lo menos, enfurecerse contra Sarn era algo familiar para él. Una muleta fácil en la que apoyarse, un combustible fácil de quemar.

Pero no por ello la espera era menos tortuosa. Dom escuchaba atentamente el banquete, intentando distinguir voces conocidas entre el ruido de platos y sillas. Era inútil. Había demasiados latidos, demasiados cuerpos. Sospechaba que cientos de cortesanos estaban sentados en el piso superior, ansiosos por dar la bienvenida a su ruin reina. También odiaba a Erida, con lo poco que sabía de ella. Su matrimonio con Taristan era suficiente. Se había atado por su voluntad a una bestia de piel mortal, todo por unas cuantas joyas en una corona.

En cambio, se centró en los pasos, siguiendo a los cortesanos mientras terminaban de cenar y a los sirvientes en los pasillos cercanos. Los guardias eran los más fáciles de distinguir, con sus pasos cargados de armas y cotas de malla. Un contingente de caballeros repiqueteó sobre su cabeza, salieron del salón y subieron una gran escalera. Dom se mordió el labio, escuchando con atención. Unos pasos más ligeros siguieron a los caballeros torre arriba, hacia la residencia real y una lejana alcoba en lo alto.

Erida y Taristan, lo sabía. Se le revolvía el estómago, se le erizaba la piel con cada escalón que subían. Hasta que el sonido de ellos se desvaneció, incluso el traqueteo de los caballeros se perdió para sus oídos inmortales.

Necesitó toda su voluntad para quedarse quieto, para escuchar. Y esperar.

Sorasa y Sigil tenían razón sobre los temuranos. Incluso Dom podía admitirlo. El emperador seguía siendo el mayor obstáculo en el camino de Erida y Taristan.

Además de Corayne.

A Dom se le encogió el corazón. Pensó en Corayne, dondequiera que estuviera, sola y vagando por el desierto. Sabía poco sobre cómo enviar magia, pero de todos modos buscó un susurro de hechicería, dejándose guiar por el dolor de su pecho. Sólo encontró oscuridad en los rincones de su mente, sólo temor y duda. Corayne estaba más allá de su protección.

Por ahora, se dijo a sí mismo, gruñendo con su garganta. *Por ahora.*

Se oyeron gritos lejanos, pies calzados corriendo en el piso de arriba, y Dom hizo una mueca.

—¡Fuego! —gritó uno de ellos.

—Ya es hora —dijo Dom de mala gana, poniéndose el casco.

Al otro lado del almacén, Sorasa examinaba con los ojos entrecerrados la bodega de licores, donde cada botella era una pequeña joya de cristal. Hizo una pausa para observar a Dom, y su mirada cobriza se clavó en él a través de su armadura.

—Sigue el plan —le advirtió—. Estaré justo detrás de ti.

Sigil asintió sin vacilar.

Después de un largo e insoportable momento, Dom también lo hizo. No dudaba de Sorasa Sarn, ya no.

Su fe flaqueó de todos modos. No en la cazarrecompensas. Ni en la asesina.

Sino en su propio corazón inmortal.

* * *

El Palacio Nuevo era casi como él lo recordaba. Dorado y pulido, digno del reino mortal más rico del Ward. Pero había muchas más rosas que antes. Tejidas en tapices, floreciendo en jarrones. Bajo su casco, Dom las miraba con desprecio, las espinas enroscadas en las patas del león gallandés, con una rosa en su boca rugiente. Quería que todo ardiera, y Taristan con él.

Sigil corría a su lado, con pasos oscilantes y desequilibrados. Hacía bien el papel de borracha, igual que Dom hacía el de caballero.

Más adelante, los guardias alrededor del gran salón ya estaban en el caos, corriendo de un lado a otro.

—¡Fuego en la vieja torre! —gritó uno de ellos, señalando hacia atrás por los pasadizos.

Otro vio a Dom cuando se acercaba. Vio a Sigil y se inclinó en una reverencia baja. Los demás guardias lo imitaron con rapidez, deferentes ante un caballero de la Guardia del León.

—Mi señor, fuego…

—Atiendan sus deberes —ladró Dom, haciendo todo lo posible por parecer un caballero. Es decir, rígido y muy orgulloso.

Más allá de los guardias, el gran salón parecía medio vacío, sólo había unos pocos cortesanos dentro. Se asomaron, ebrios y curiosos, medio interesados en la conmoción.

Los temuranos se quedaron, con las cabezas juntas alrededor de un hombre canoso que parecía ser su líder.

Sigil no perdió el tiempo y les sonrió a sus compatriotas.

—Los huesos de hierro de los Incontables —gritó, golpeándose el pecho—, ¡nunca se romperán!

En su mesa, los temuranos se arremolinaron, volviéndose en dirección a Sigil. Unos pocos respondieron a la llamada instintivamente, pronunciando las palabras del Temurijon. Todos parecían confundidos, con sus rostros de bronce surcados por la sospecha.

Dom no hablaba temurano, pero entendió lo que Sigil les dijo a continuación.

Muévanse. Ahora.

Al observarla, Dom sintió que se liberaba cierta tensión en su pecho. Los temuranos acogieron a Sigil como a una vieja amiga, charlando con alegría en su propia lengua. Fuera cual fuera su juego, le siguieron la corriente sin vacilar, e incluso el embajador la tomó del brazo. Con rapidez, se dirigieron a la puerta, abandonando la mesa a instancias de Sigil. A los ojos de los demás, parecían cortesanos que habían pasado la noche allí. Uno incluso inclinó la cabeza hacia los guardias al pasar, dejando atrás el gran salón.

Dom los dejó marchar, y sólo le dedicó una mirada a Sigil. Ella le devolvió el guiño, hasta que los temuranos la cercaron.

—El príncipe Taristan y Su Majestad se han retirado a salvo por la noche, mi señor. ¿Debemos abandonar nuestros puestos para ayudar en la torre? —dijo el guardia más cercano, pero Dom lo ignoró.

¡Andando!, se gritó a sí mismo, deseando que sus pies se movieran. Su tarea estaba cumplida, Sigil había sido entregada sana y salva a su familia. A pesar de su naturaleza inmortal, la armadura de la Guardia del León le pesaba en las extremidades.

El motivo no era ningún misterio. Cada paso que daba era un centímetro que lo alejaba de los aposentos de la reina. De Taristan y Erida. Custodiado sólo por caballeros mortales. La tentación era casi cegadora.

Sigue el plan.

La voz de Sorasa resonó en su cabeza. Dom escuchó en vano los latidos de su corazón, pero éstos se perdieron entre los sonidos de la sala. Y tras esa voz, el crepitar constante de las llamas que consumían la vieja torre.

De mala gana, Dom se dio la vuelta para marcharse. Sintió como si se cerrara una puerta, como si se rindiera. Algo se desgarró en su pecho. Apenas oyó a los guardias que lo perseguían. Sus voces resonaban en los oídos de Dom, apagadas y lejanas. Sólo podía seguir caminando, un pie delante del otro.

Éste era el plan, ésta era la oportunidad. Sólo tenía que seguir moviéndose. Sorasa haría el resto.

Sólo Dom escuchó el chasquido de la madera, las astillas de los barriles y el crujido de muchísimas botellas de cristal bajo sus pies. Se preparó, apretó los puños y cuadró los hombros.

La fuerza de la explosión se estrelló contra la espalda de Dom. Se giró hacia el muro de sonido, justo a tiempo para ver cómo el suelo del gran salón se desmoronaba, derrumbándose en los almacenes que estaban en el piso de abajo. Al igual que en la vieja torre, grandes columnas de llamas saltaron hacia arriba, alimentadas por los almacenes de licor. Los barriles de cerveza y vino se convirtieron en un lago de fuego y las botellas de licor escupieron cristal. Una oleada de calor se extendió como una onda, rompiendo contra el rostro de Dom, calentando el acero de su armadura tan rápido que le arrancó el casco.

Contempló, con los ojos muy abiertos, cómo las mesas y los bancos caían sobre los almacenes y cómo los cortesanos se desplomaban con ellos. En el otro extremo de la sala quedaba el estrado, colgando sobre la herida abierta que era el suelo.

Los temuranos ya estaban fuera de peligro, guiados con seguridad por Sigil. Pero los señores y las damas de la corte de Erida gritaban, luchando por salir del gran salón como podían.

—¡Evacúen! —gritó un guardia en algún lugar. Su voz apenas era audible por encima del estruendo de las llamas.

—¡Salgan!

—¡Salgan por el puente!

—¡Salven a la reina!

Se escuchaban voces por todos lados, los sirvientes, nobles y guardias se desparramaban por los pasillos en todas direcciones. Unos pocos soldados leales se adentraron en la sala, luchando contra las llamas para llegar a la torre de la reina, en el otro extremo. Pero la mayoría huyó.

Era mejor huir y arriesgarse a la traición que quedarse y quemarse vivo.

Sigil y los temuranos partieron hacia la salida más cercana, y Dom los siguió, alcanzándolos en un instante. Muchos de los cortesanos corrieron tras él, como ovejas desesperadas por un pastor.

A pesar del odio que sentía por Galland, Dom abrió de par en par las puertas exteriores y se apartó, haciendo señas a los cortesanos para que escaparan al patio.

—¡Por aquí! —gritó, extendiendo un brazo para abrir la puerta.

Afuera, vislumbró la puerta principal, el Puente del Valor se arqueaba más allá. De vuelta en las calles de Ascal. Sólo el canal separaba el palacio de la gran ciudad, sus callejones y alcantarillas eran un santuario fuera de su alcance. Los agradecidos cortesanos corrieron hacia él, al ver a un caballero de la Guardia del León, un protector. Salieron del palacio tosiendo violentamente por el humo. Grandes columnas de humo negro se elevaban del suelo derrumbado y Dom recordó por un segundo al dragón, cuyas fauces vertían cenizas. Al olfatear se dio cuenta de que no sólo ardía el salón.

El viejo torreón también seguía ardiendo.

Los temuranos saltaron al aire libre del patio, sin romper el paso. Dom observó, con el rostro impasible, cómo Sigil empujaba al último de ellos hacia la puerta.

Sin pensarlo, ella agarró a Dom por el cuello y tiró de él, intentando arrastrarlo.

El inmortal no se movió. Era como intentar arrancar un tocón de árbol.

Sigil siseó, con las llamas brillando en sus ojos.

—Sigue el plan —gruñó, recordándole las palabras de Sorasa—. *Éste* es el plan.

—No la veo —gruñó Dom, soltándose de Sigil. Volvió a mirar hacia el vestíbulo, expectante. Pero no había ninguna sombra de la Amhara entre los nobles y los sirvientes. Ningún ojo cobrizo lo miraba entre el humo.

La cazarrecompensas rechinó los dientes, rondando en la puerta. Detrás de ella, una de las torres de la fortaleza se convirtió en una columna de fuego. El embajador temurano gritó en su idioma, haciendo señas a Sigil.

Ella tenía una mueca de dolor en el rostro.

—Sorasa nos seguirá —dijo—. Ella sabe lo que hace.

Dom no lo dudaba.

Puso una mano enguantada sobre el hombro de Sigil y la empujó, haciéndola caer sobre sus talones. Sigil giró los brazos para mantener el equilibrio, con asombro.

Dom ya se había alejado de la puerta, entrando de nuevo en el palacio hecho cenizas.

—Yo también.

Caminó entre la marea de la multitud presa del pánico, vadeando a los cortesanos como si fueran agua.

Sorasa va a derribar todo el palacio, quemar esta isla, y a cada persona que haya dentro.

Lo que hacía unos instantes había sido un opulento salón parecía ahora un Huso Desgarrado, ardiendo como Gidastern. Los tapices flameaban a lo largo de las paredes y las vidrieras se resquebrajaban en las ventanas, haciéndose añicos sobre lo que quedaba del suelo. Cada pieza del salón parecía preparada para alimentar un fuego, la madera lacada se derretía, los linos empapados en vino estaban convertidos en llamas. Dom intentó no respirar muy hondo. De todos modos, el humo le irritaba la nariz y los ojos. Sentía el calor del acero de su armadura contra la ropa, que se calentaba cada vez más. Pero resistió. Era demasiado fácil olvidarse de la incomodidad y centrarse en el camino frente a él.

El borde del suelo en ruinas se carbonizaba, la madera ardía y los juncos se desprendían conforme crecía el agujero ante él. Unos cuantos guardias se apretujaban contra las paredes, avanzando lentamente en un intento de alcanzar la torre de la reina. Sus rostros aterrorizados brillaban blancos contra las lenguas rojas de las llamas.

Dom no lo dudó y saltó al cráter.

Los charcos flameaban por el suelo de piedra. El fuego devoraba los barriles, cuyos aros parecían cajas torácicas vacías. Algunas botellas de cristal estallaron y se hicieron añicos al incendiarse el alcohol que contenían. Pasó por delante de todos ellos, ignorando el calor que aumentaba a su alrededor, dentro y fuera de su armadura.

Adelante está la residencia real. Hay una escalera que sube hasta los aposentos de Erida.

Sorasa lo había dicho hacía menos de una hora. Siguió su voz como si fuera una señal. Los pasadizos eran de piedra y no daban tregua al fuego que seguía ardiendo tras él. Corrió, como en sueños, con las cenizas formando espirales a su paso. Las brasas se posaron en su capa y la rasgó, abandonando el manto de un caballero muerto para que ardiera.

La escalera estaba como había dicho Sorasa, al final del largo pasillo.

Subió con entusiasmo. No se cansó ni vaciló. No temía otra cosa que el fracaso o, peor aún, la desgracia. Cuando llegó a la cima, después de subir los cientos de escalones que se extendían en espiral, Dom sacó su gran espada. La hoja salió silenciosamente de su vaina, brillando tenue a la débil luz del pasillo de los sirvientes.

Un latido retumbó tras la única puerta del rellano. El ritmo era fuerte y constante.

Dom abrió la puerta de par en par sin previo aviso, pateándola, para revelar el solar de la reina. Había un caballero de la Guardia del León apostado como una estatua. Estaba frente a la puerta de servicio, con su armadura dorada brillando bajo la luz de cien velas.

El caballero se sobresaltó y puso en guardia.

—¿Qué pasó? ¿Qué fue ese ruido de abajo? —preguntó, hasta que su mirada se afinó y sus ojos trazaron las líneas de un rostro desconocido bajo un casco demasiado familiar.

Tomó su espada, pero no lo bastante rápido.

Esa vacilación fue lo único que Dom necesitó.

Lo hirió una vez, blandiendo la espada en el aire. La sangre brotó a través del espacio entre el yelmo del caballero y su gorjal de acero, un río rojo que corría desde su garganta.

Otros dos Guardias del León lo atacaron desde el otro extremo de la estancia, acortando la distancia en la larga sala. Uno de ellos llamó a los caídos y el otro rugió, con la espada desenvainada.

Dom se movía mejor que cuando llevaba la pesada armadura, y zigzagueaba entre los mandobles de dos espadas. Los caballeros gallandeses estaban entrenados para combatir cuerpo a cuerpo, para dominar a cualquier oponente con un buen acero y la fuerza de su brazo. La Guardia del León era la más venerada de todas, elegida para defender a la soberana de Galland de cualquier peligro. Muchos reyes se habían salvado gracias a su destreza, muchas batallas se habían ganado gracias a sus espadas.

Hoy no sería así.

Contra Domacridhan, no tenían ninguna ventaja. Él tenía más velocidad, habilidad y fuerza bruta que ellos dos juntos. Por no hablar de la pura voluntad.

El acero chocó con el acero, haciendo un ruido estruendoso en el solar. El otro caballero se acercó para flanquear a Dom, pero el inmortal lo percibió y se arrodilló para desequilibrar al primero. Cuando el Guardia del León tropezó, Dom se abalanzó sobre él. Su espada atravesó la cara gruñona del león, cortando el acero de la armadura, la cota de malla y la tela, hasta llegar a la carne y los huesos.

El caballero ensartado gritó de agonía, y agarró la espada que le sobresalía del pecho. Con un tirón de su brazo, Dom la soltó y dejó que el caballero se desplomara, con un agujero en el centro.

Sucedió en unos pocos y rápidos segundos, impresionante para los ojos mortales.

El Guardia del León superviviente rodó sobre sus talones, casi cayendo sobre sí mismo. Dom esperaba que se rindiera. Pero el caballero mantuvo su espada en alto entre ellos, en posición de guardia. Como si sirviera de algo.

—No tocarás a la reina —dijo el caballero, con voz vacilante. Bajo su casco, brillaban sus lágrimas.

—No me importa tu reina —gruñó Dom, y lo acuchilló.

La fuerza del golpe arrancó la espada de la mano del caballero, que perdió la empuñadura. Aun así, no cedió en su empeño y levantó los puños enguantados para luchar mientras retrocedía por el solar.

Dom no rompió el paso y siguió al caballero como un cazador a su presa. Por mucho que le doliera hacerlo.

El caballero lanzó un silbido de frustración. El sudor le caía por la cara, rodaba por su barbilla y goteaba por su armadura.

—También he jurado defender al príncipe Taristan —dijo. Parecía una pregunta.

—Defiéndelo entonces —respondió Dom. Inclinó los hombros para que la puerta de servicio apareciera detrás de él. Era una clara invitación—. O huye.

El caballero se mantuvo firme.

Domacridhan fue rápido y misericordioso, una oración vederana salió de sus labios mientras el caballero caía al suelo.

Con rostro sombrío, el inmortal se acercó al cadáver. Las llamas ya lamían los pies del caballero, buscando más que consumir.

Los aposentos de la reina estaban ricamente amueblados, incluso en comparación con los salones del resto del palacio. Dom lo odiaba todo, los adornos de la conquista y la codicia. Sin pensarlo, arrastró un brazo sobre la mesa más cercana, derribando una hilera de velas. La cera corría espesa sobre la madera pulida. Pateó otro candelabro y no se molestó en ver cómo ardían las pesadas cortinas de brocado.

—¿Conoces la definición de locura, Domacridhan?

Reconocía demasiado bien la voz, las profundas ondas de poder entretejidas en cada palabra.

Tanto mortal como demoniaca.

Taristan se erguía en el extremo del solar, plantado en una puerta.

El dormitorio de la reina se abrió tras él, de nuevo todo de terciopelo y oro. La luz del fuego danzaba a sus espaldas, baja y controlada, desde una chimenea invisible. Bordaba la silueta de Taristan en un rojo palpitante, y las duras líneas de su rostro se dibujaban nítidamente entre el escarlata y la sombra.

Como siempre, Dom vio primero a Cortael, devuelto a la vida por el mismo hombre que lo había matado. Pero Taristan no era Cortael, aunque fueran gemelos. Sus ojos eran más atentos, más crueles, llenos de hambre en lugar de orgullo. Donde Cortael había sido un sabueso leal, Taristan era un lobo hambriento, siempre buscando su próxima comida. Siempre solo, sobreviviendo por cualquier medio necesario.

El hijo del Viejo Cor se apoyaba en el pesado marco de la puerta, desaliñado por el sueño o por algo más. Dom observó su cabello despeinado y el cuello abierto de su camisa blanca. Se había vestido deprisa, con unos pantalones de cuero negro y sin zapatos, descalzo sobre el piso de madera. Unas venas blancas le subían por los tobillos y el pecho, llegando hasta el cuello. Parecían cicatrices dolorosas sobre su piel pálida.

Taristan empuñó una espada como una ocurrencia tardía. La enroscó perezosamente entre ellos, con la hoja de metal arqueada como única sonrisa.

—Es hacer lo mismo una y otra vez —dijo Taristan, todavía inclinado—. Y, de alguna manera, seguir esperando un resultado diferente.

El fuego se extendió como una plaga detrás de Dom, cuyo calor rompía contra su espalda. Su luz creció, lanzando latigazos de oro contra el rostro de Taristan, iluminándolo por completo.

Dom sonrió satisfecho ante la obra de Corayne, una línea irregular rasgada en la mejilla de Taristan. La herida cicatrizaba lentamente, era fea.

No era lo único.

Tenía quemaduras en el cuello, rosadas y brillantes, que le llegaban hasta la clavícula. Tenía cortes entrecruzados en los nudillos y un moretón a medio sanar asomaba bajo la manga de la camisa, amarillo sobre su antebrazo musculoso.

Dom sintió que sus ojos se abrían de par en par y que la conmoción le recorría las venas. Inhaló una bocanada de aire entre los dientes apretados. Sabía a humo, teñido del hierro de la sangre recién derramada. Una esperanza monstruosa surgió en su interior.

Puede ser herido.

Puede morir.

—Hoy no es lo mismo, Taristan —susurró, alzando su propia espada. El borde brillaba en rojo, todavía palpitaba la sangre del caballero.

Algo cambió en Taristan. El lobo dentro de él gruñó, acorralado. *Peligroso como siempre. Pero vulnerable,* pensó Dom.

Dom nunca había visto miedo en los ojos llenos de odio de Taristan, pero ahora lo conocía.

—Parece que los regalos que se dan con facilidad también se quitan con facilidad —dijo el inmortal. Dio un paso hacia delante. Siglos de entrenamiento se apoderaron de él y adoptó la postura de un espadachín experto.

Por primera vez, Taristan se contuvo.

Dom inclinó la cabeza, poniendo sus sentidos alerta. Otro latido sonó en la habitación detrás de él, el pulso de la reina. Podía escuchar la respiración entrecortada de ella; también tenía miedo, y con razón. Su palacio ardía y sus propios caballeros yacían muertos detrás de Domacridhan, con sólo su príncipe entre ellos.

—Estás solo —dijo Dom, saboreando el agudo sabor de la sangre en su boca—. No hay mago. No están tus guardias.

Un destello de rabia cruzó el rostro de Taristan, la única respuesta que Dom necesitaba.

—Me sorprende que tu reina no tenga forma de escapar de su propio dormitorio —Dom dio otro paso—. Aunque no tener salida significa que tampoco hay entradas.

Taristan lo imitó. Con una sacudida, Dom se dio cuenta de que el bastardo se movía para defenderse, no para atacar. Mientras lo observaba, los ojos de Taristan se enrojecieron y un anillo de fuego estalló, haciendo juego con la habitación en llamas.

Lo que Espera se alzaba como una sombra en la pared. Dom casi podía sentirlo, el aire estaba cargado con su presencia maldita. Pero por muy fuerte que fuera el Rey Demonio, no podía cruzar el reino.

Todavía.

Dom enseñó los dientes, a Taristan y al dios oscuro que llevaba dentro.

—No te creía capaz de preocuparte por alguien más. Ni siquiera tu mago —se burló—. ¿Pero la reina de Galland?

Taristan se quedó quieto, con la voz estrangulada y forzada.

—Habla todo lo que quieras, Anciano. No cambiará el final de esta historia.

—Un rey de cenizas sigue siendo un rey —atajó Dom, repitiendo las propias palabras de Taristan pronunciadas tiempo atrás.

Se sentía peligroso, letal. Una vez Sorasa dijo que los inmortales eran algo entre el hombre y la bestia. En este momento, Dom lo creía.

—¿Acaso Erida se convertirá en cenizas bajo tus pies, como el resto de nosotros?

El silencio fue la única respuesta de Taristan, más fuerte que el crepitar de las llamas.

—Si quemas el mundo, ella arderá con él —siseó Dom.

Detrás de Taristan, los latidos del corazón de Erida se aceleraron.

No pretendía convencer a Taristan de nada, cambiar su corazón o su mente. Dom no se hacía muchas ilusiones sobre la capacidad de remordimiento de Taristan. O de amor.

Para su sorpresa, el sombrío rostro de Taristan cambió. Una sonrisa torció sus labios.

—¿Piensas en ella? —preguntó el príncipe del Viejo Cor en un gruñido bajo—. La Anciana que murió en Gidastern. Murió justo delante de ti.

Ridha.

Su nombre era una herida que Dom nunca podría curar. Sólo pensar en ella le nublaba la vista.

La sonrisa de Taristan se ensanchó y a Dom se le revolvió el estómago.

—No, muerta no es la palabra adecuada —dijo, lleno de cruel regocijo—. *Asesinada,* más bien. Yo la maté. Puse una daga justo aquí, dejando que las edades inmortales se desangraran.

Con la mano libre, tocó la carne entre sus costillas. Dom recordaba demasiado bien la visión de una cuchilla cortando la armadura de metal, la piel y el corazón de Ridha, que aún latía.

—Y entonces…

La rabia se apoderó de Dom con ambas manos y el mundo se volvió borroso. No sintió el suelo bajo sus botas ni el aire que le golpeaba la cara. La espada se balanceaba aparentemente por sí sola, siguiendo un camino trazado por largos siglos de entrenamiento.

El humo y las sombras se enroscaron alrededor de Taristan cuando se movió para esquivar el golpe. Para Dom, ya no era un hombre mortal, ni tan sólo la mascota de un demonio, sino el propio demonio. Sus manos blancas eran garras de hueso, sus ojos negros dos huecos. No había corazón mortal en él, ni siquiera el que Dom oía latir en su pecho.

Taristan era un monstruo y nada más.

Sus espadas se encontraron, un filo de metal deslizándose sobre el otro. Por muy vulnerable que fuera, Taristan aún llevaba dentro la fuerza de Lo que Espera. Se defendió del inmortal con habilidad, y la caída de su espada fue como un relámpago. Dom se giró y esquivó el golpe, aprovechando su impulso para desviarlo. De todos modos, la hoja alcanzó el borde de su brazo, cortando el acero dorado como un cuchillo corta la mantequilla.

Taristan sonrió cuando el brazal roto se desprendió y la placa de acero y las hebillas destrozadas cayeron al suelo.

Dom lo ignoró. No le gustaba luchar con armadura, y menos con la de un muerto.

Apretó la mandíbula y giró, más rápido que Taristan. Dom aún tenía cierta ventaja y la aprovechó bien, asestando una ráfaga de golpes. Taristan los aguantó todos a duras penas, respirando con dificultad, mientras chirriaba su acero, pero se negó a moverse de la puerta.

Dom también vio ahí la ventaja.

En el templo y en Gidastern, Taristan había luchado por sí mismo. Nada más, ni siquiera Ronin. Serpenteaba y se inclinaba, superando a sus enemigos. La falta de consideración lo hacía más peligroso que nadie.

Pero no puede hacerlo aquí, se dio cuenta Dom. *No sin abandonar a la Reina.*

Gruñendo, Dom se lanzó hacia delante, olvidando la danza de espadas para chocar con Taristan. El choque fue un escudo suficiente y Taristan giró hacia atrás, impulsado por la pura fuerza. Cayeron juntos en el dormitorio de la reina, destruyendo todo a su paso. Sus espadas cayeron al suelo, deslizándose sobre las ricas alfombras.

Y las llamas los envolvieron.

Dom lo golpeó con su puño enguantado. Los nudillos de acero golpearon la mandíbula de Taristan. Él aulló, escupió sangre y cayó al suelo.

Dom lo siguió, aplastando a Taristan debajo de él, inmovilizándolo con cada centímetro de su fuerza. El hueso chocó con la madera cuando el cráneo de Taristan se estampó contra el suelo. Sus ojos quedaron en blanco.

Dom no perdió el tiempo y se hincó, cerrando el puño para equilibrarse.

En algún lugar de la habitación, Erida gritó; fue un sonido roto y hueco. No nació del miedo, sino de la frustración, de la furia.

Dom giró justo a tiempo para que un jarrón de porcelana se estrellara contra su cara. Se hizo añicos y el agua y las rosas espinosas se derramaron sobre él. La reina de Galland estaba de pie con un sencillo camisón, con la piel pálida enrojecida y los ojos azules brillantes como el fuego.

Era la única oportunidad que Taristan necesitaba. Agarró a Dom por el cuello y tiró de él hacia abajo. Lo bastante cerca como para golpear su cráneo contra la frente de Dom.

Detrás de los ojos del inmortal explotaron estrellas. La cabeza le dio vueltas y rodó hacia un lado aturdido, luchando contra las ganas de vomitar. Mientras su visión se desviaba, Erida pasó corriendo a su lado, en busca de la espada de su príncipe.

Taristan se levantó de un salto, sangrando por un corte en un ojo. Era de color rojo oscuro y una lágrima sangrienta le recorría la cara. Erida de Galland se reunió con él y levantó la barbilla, mirando a Dom por debajo de la nariz. Sin pronunciar palabra, agarró una espada y la puso de nuevo en manos de Taristan.

—Mátalo —dijo, llena de veneno.

En el suelo, Dom luchó contra la bruma mental. Oyó el siseo del acero cortando el aire y se obligó a rodar, evitando por poco un tajo de la espada de Taristan. De espaldas, Dom dio una patada sin rumbo que golpeó en el pecho de Taristan. El príncipe se desplomó hacia atrás, dando a Dom tiempo suficiente para recuperar su espada. Jadeante, Dom se aferró a la cama y se puso en pie.

La mitad de su armadura estaba rota, las placas doradas colgaban de su cuerpo. En el pecho, el león rugiente estaba partido por la mitad.

Dom apenas reparó en las brasas que se arremolinaban entre ellos, elevándose en espiral sobre los rizos de humo. Miró a través del opulento dormitorio, observando a Taristan y la Reina. Ambos le devolvieron la mirada, eran como estatuas contra las llamas. Erida estaba detrás de su príncipe, con una mano agarrándole la muñeca, como si quisiera detenerlo. O mantenerlo cerca.

De alguna manera, vestida con su ropa de dormir, rodeada de cenizas, Erida seguía interpretando el papel de reina imperiosa.

—Incluso yo sé que los inmortales pueden arder —dijo.

—Mientras ardas conmigo, moriré bien —respondió Dom.

Levantó su espada una vez más, el acero estaba rojo.

Taristan lo imitó. Manchado de hollín y sangre, parecía más el mercenario desesperado que Dom había conocido en el templo, cuando el fin del Ward no era más que una nube tormentosa en el horizonte. Blandió su espada y Dom la recibió, sus aceros se entrelazaron. Taristan luchaba como Dom también recordaba: con más frenesí, con golpes impredecibles, no provenientes de un elegante patio de entrenamiento en un castillo, sino de campos de batalla enlodados y de callejones. A pesar de que los pequeños cortes en él aumentaban, y de que tenía rajada su camisa blanca, con su sangre mortal manchando su ropa, Taristan siguió adelante.

Erida lo observaba todo, apoyada contra las ventanas, con la mirada vacilante entre su marido y las llamas.

Dom era un león, pero un león en una cueva. Acorralado, agotado. Lento. Taristan le hizo varios cortes, y Dom siseaba, cada movimiento le producía un nuevo dolor. Las tablas del suelo se carbonizaban, y cada paso que daba era más frágil que el anterior.

Hasta que a Dom se le acabó la suerte y la madera quemada se hundió bajo su peso. Sólo su gracia inmortal evitó que se hundiera por completo y cayó de lado, aterrizando en suelo más firme.

Con una espada en su garganta.

Taristan no sonrió, ni rio. Dom esperaba que se regodeara por última vez, antes de ponerle fin. Antes de doblegar finalmente a Domacridhan de Iona a su destino.

En cambio, Taristan lo miraba fijo, con los ojos negros ribeteados de rojo escarlata. Una vez más, Dom miró a Taristan y vio a Cortael. Esta vez, intentó que la ilusión no se desvaneciera.

Su rostro no será el último que mire, no realmente.

La hoja estaba fría contra la piel enfebrecida, su filo mordía un corte superficial de color rojo.

La esperanza que Dom albergaba se desvaneció en su pecho, las llamas se redujeron a brasas. No había oraciones que rezar. Los dioses no escucharían a Domacridhan en este reino, tan lejos de Glorian. Tan lejos de su hogar y de todo lo que le importaba.

Inútilmente, esperaba que Sorasa y Sigil estuvieran a salvo, lejos de la ciudad. Si no es que ya estaban en un barco, navegando hacia el horizonte.

—No te traeré de vuelta, Domacridhan. Tu cadáver permanecerá donde caiga —murmuró Taristan, manteniendo su postura. La espada no vaciló—. Al menos esto te lo puedo prometer.

Dom parpadeó, atónito. La oferta era casi misericordiosa.

Un músculo se flexionó en la mejilla de Taristan.

—Te has ganado el derecho a morir en paz.

—Tienes una extraña definición de paz.

Un latido tan familiar como el del propio Dom retumbó en sus oídos, el ritmo de una canción. Su mirada pasó de Taristan a Erida, aún apartada de la pelea.

Detrás de ella estaba Sorasa Sarn, una sombra en cuero ensangrentado, con una daga de bronce en una mano. El filo mordió la garganta pálida de la Reina de Galland.

A pesar de que las llamas saltaban a su alrededor, consumiendo la cámara cada vez más deprisa, las cuatro figuras se quedaron inmóviles, incapaces de moverse. Aspiraron humeantes bocanadas de aire, con el pecho agitado y los rostros manchados de hollín y sangre. Cada uno miraba a través de las llamas, las circunstancias eran evidentes. Después de todo a lo que se habían enfrentado, aquí estaban. El inmortal, la reina, la asesina y el príncipe maldito.

Parecía imposible, una tontería. El trabajo de un dios oscuro, o pura suerte.

En el suelo, con una espada contra el cuello, Dom sólo podía mirar. Ni siquiera se atrevía a pestañear, no fuera a ser todo una ilusión. Un último deseo antes del final.

—¿Dónde están tus ejércitos, Erida? —murmuró Dom, con la garganta moviéndose contra la espada. Casi rio de lo absurdo de todo aquello—. ¿Dónde está tu dios demonio, Taristan?

Pero a pesar de todos tus enormes y terribles poderes, sigues siendo vulnerable, pensó Dom, con los ojos oscilando entre la reina y su rufián. *Y todavía mortal.*

Taristan no cedió, se mantuvo firme. Pero inclinó la cabeza lo suficiente para ver tanto a la mujer como al inmortal. Su rostro quedó exangüe y su piel se volvió blanca como el hueso. En ese momento, Dom vio todo lo que la reina significaba para Taristan. Y lo que implicaría perderla.

Erida emitió un sonido grave y ahogado, indecisa para moverse, incapaz de gritar. Mostró los dientes, furiosa y también asustada.

Dom miró a Sorasa a los ojos, con la respiración entrecortada por el humo. Por primera vez desde Byllskos, miraba a una verdadera asesina. No a una exiliada, no a una paria. Una Amhara de sangre en toda su gloria letal.

Ella le devolvió la mirada, su rostro era inexpresivo, sus ojos cobrizos vacíos de toda emoción. Sin remordimiento ni temor. Ni siquiera con su habitual desdén. Su cabello negro y revuelto le caía alrededor de la cara, apenas rozándole los hombros. Un solo mechón se movía, delatando su respiración lenta y constante.

—Mátala, Sorasa —dijo Dom, con la voz rasgada por el humo—. Mátala.

La reina de Galland se estremeció, pero Sorasa reaccionó con suavidad, moviéndose con ella. Su mano libre sujetaba a Erida por el brazo, la otra seguía en su garganta.

—Ya sabes lo que pasará si lo haces —espetó Erida, tosiendo con fuerza. Su mirada vacilaba entre Taristan y las llamas.

Algo pasó entre ellos, reina y consorte, un parpadeo en sus ojos. Ambos tragaron saliva, imposiblemente acorralados.

—Tú ya sabes lo que pasará en cualquier caso —respondió Sorasa con frialdad. Miró a Taristan, burlona—. Tú decides, Taristan del Viejo Cor. ¿Abro la garganta de tu esposa, o se quema?

La garganta de Taristan se estremeció al tragar. No miraba a Sorasa, sino a la reina. El brillo rojo de sus ojos se agitaba, sus pupilas parecían dos velas encendidas. Dom casi esperaba que Lo que Espera saltara hacia el reino, alimentado por toda la furia del abismo.

—Sorasa, mátala —gritó Dom.

Si no podemos matar a Taristan, podemos eliminar a su mayor aliado, pensó, con la mente dando vueltas. *Eso será suficiente. Por eso valdrá la pena. Tal vez éste ha sido nuestro destino todo el tiempo.*

Sorasa ignoró a Dom, para el eterno disgusto de él.

Ella aguantó, apretando la daga un poco más fuerte. Una gota de sangre corrió por el cuello de Erida.

—¿Vas a soltar a Domacridhan? —murmuró Sorasa.

En el suelo, Dom soltó un gruñido grave. La espada siseó en su garganta.

—*Sorasa* —siseó.

—Reina de los Cuatro Reinos. Emperatriz Naciente. Así es como te llaman ahora —ronroneó Sorasa, empujando a Erida hacia un lado, para que mirara a Taristan de frente. Dieron un paso juntas, ambas mujeres enlazadas en una danza asesina.

La mirada de la asesina se encendió.

—¿Cómo llamarán a tu reina mañana?

Erida no cedió, se mantuvo firme contra la presa de Sorasa. Pero ni siquiera ella podía controlar las lágrimas. Sus ojos se inundaron, brillando al reflejar las llamas. La volvió a ahogar la tos, con arcadas por el humo.

Detrás de la reina, Sorasa se mantenía firme. Detrás de ella, las ventanas brillaban en negro, sobre los opulentos cristales que daban a los jardines del palacio.

Debí saber que moriría discutiendo con Sorasa Sarn, pensó Dom con amargura. Su cuerpo se tensó por la frustración, aún arrodillado bajo la espada de Taristan.

—Ella vale más muerta que nosotros vivos —gritó—. ¡Mátala!

Por encima de él, Taristan permanecía sin pestañear. Su mirada infernal se dirigió a Sorasa. Ella lo miró sin inmutarse, impávida ante el demonio de su mente.

—Te cazaré, Amhara —murmuró Taristan—. A los dos.

La espada seguía fría contra la piel de Dom. Una parte de él sabía que podía acabar con esto él mismo. Un giro de su cuello y Sorasa no tendría elección. Él estaría muerto y ella no tendría ninguna razón para dejar viva a la reina.

No puedo, lo sabía, destrozado ante esa perspectiva. *Hazlo por mí, Sorasa. Hazlo* por *mí.*

Sus propias lágrimas le escocían los ojos, la desesperación amenazaba con ahogarlo.

—Sorasa, por favor…

—Cuento con ello —respiró Sorasa, todavía mirando a Taristan.

Dom tragó saliva contra el acero. Se obligó a hacer lo que Sorasa no haría.

Pero entonces la espada desapareció, retrocedió un centímetro. Por encima de Dom, el corazón de Taristan se desbocó. Gruñó, luchando contra su propia naturaleza.

Al otro lado de la habitación, Sorasa hizo lo mismo.

Sus espadas se movían al unísono. Detrás de la reina, los labios de Sorasa esbozaron una pequeña y afilada sonrisa. Observó, con ojos agudos, sopesando cada centímetro.

Dom también. La conocía bien y escuchaba los cambios reveladores de su corazón. Cuando el ritmo cambiaba, él también lo hacía.

El inmortal y la Amhara saltaron juntos por los aires, uno rodando más allá del alcance de la espada de Taristan. La otra se arqueó con su espada de bronce, todavía sujetando fuerte el brazo de la Reina.

Sin pestañear, Sorasa apoyó la palma de la mano de la Reina, que gritaba sin cesar, contra un buró. La daga voló en el aire mientras cambiaba de empuñadura, lo que le permitió tener más ventaja. Con un golpe, Sorasa atravesó la mano de Erida, clavándola sobre la mesa. El grito de la reina se convirtió en un aullido desgarrador.

Taristan rugió a través de las llamas, un monstruo en piel mortal. Fue hacia Erida, obligando a Sorasa a esquivarlo. La asesina corrió con cuidado sobre el suelo en llamas.

Dom la imitó con facilidad y ambos se dirigieron al ventanal. Él lanzó una silla contra el cristal y éste se hizo añicos, dejando entrar una ráfaga de aire fresco en la alcoba. Sin romper el paso, se inclinó para recuperar su espada y la envainó con un solo movimiento. Detrás de él, Taristan soltó la daga Amhara, zafándola de la madera y la carne de Erida. La reina gritó de nuevo, sus alaridos casi fueron tragados por el fuego.

No había tiempo para discutir, ni siquiera para pensar.

Dom sólo podía confiar en Sorasa, y Sorasa en Dom.

Saltaron juntos, con el brazo de él alrededor de la cintura de ella y el otro libre para sostenerse por la piedra. Un estandarte resbaló bajo sus dedos y él lo apretó con fuerza, la suficiente para frenar su caída, pero sin dejar de deslizarse. Sorasa se aferró contra su pecho, con los latidos de su corazón más veloces de lo que él habría imaginado.

Sintió que su corazón latía igual que el de ella.

Los jardines se alzaban en la parte de abajo; por encima, el castillo en llamas.

Los gritos de la reina resonaron en la cabeza de Dom, que se desplomó sobre la tierra desnuda del invierno. Sorasa saltó lejos de él, sólo para seguir corriendo, una sombra entre los árboles.

Sin dudarlo, Domacridhan la siguió.

16

SER SUFICIENTE

Charlon

Él sabía que no debía quejarse. Había sendas peores por las que caminar o cabalgar. Aun así, Charlie se estremecía cada nuevo día, mientras sus caballos galopaban por un sendero abrupto de raíces y piedras.

No había verdaderas veredas a través del Bosque del Castillo, pero doscientos Ancianos de Sirandel atravesaron el nudoso bosque como si el irregular terreno fuera un viejo camino de Cor. Los Ancianos eran jinetes expertos y llevaban un ritmo endiablado, sus caballos estaban entrenados para atravesar el inestable terreno tan bien como cualquiera. Charlie sólo podía aguantar, con los muslos y los dedos doloridos cada noche, cuando acampaban para el descanso de los mortales. Los Ancianos no viajaban con carpas ni los enseres habituales, ya que no necesitaban detenerse ni dormir. Al menos Charlie nunca temió por sus raciones. La compañía de los Ancianos proporcionaba más que suficiente para tres mortales. A veces demasiado. Estaba claro que no tenían ni idea de cuánto comía cada uno, ni con qué frecuencia.

El único consuelo de Charlie era Corayne, con los dientes apretados contra el mismo cansancio, su cuerpo igual de agotado. Por ella, mantuvo la boca cerrada. Corayne tenía el mundo sobre sus hombros. Charlie sólo tenía que seguirla.

Garion era más exasperante, por mortal que fuera. Su entrenamiento Amhara lo había acostumbrado a largas jornadas de viaje, con el cuerpo lastimado y sanado por los años en la ciudadela. Si el ritmo vertiginoso a través del Bosque del Castillo le molestaba, no daba señales de ello. Incluso por la noche, cuando se acostaban juntos, Garion nunca se dormía antes que él.

El sacerdote caído exhaló un largo suspiro de alivio cuando, una semana y media después, atravesaron la arboleda y abandonaron el Bosque del Castillo. Pero Valnir y sus Ancianos bordearon las lindes del bosque, con cuidado de mantener a su compañía fuera de la vista de todos. No se arriesgarían en el camino de Cor ni en terreno abierto, no con Corayne.

Sus sombras permanecían, los aleros del bosque proyectaban un largo crepúsculo. El caballo de Charlie iba tras la manada mientras giraba hacia el este, siguiendo la línea entre el bosque y el valle que se inclinaba hacia el sur. El río Rivealsor serpenteaba debajo de ellos y un viejo camino de Cor también, los antiguos adoquines eran una línea de plata junto al río.

Más allá estaba Madrence.

Charlie tragó saliva al ver su país a lo lejos. En invierno, los campos estaban yermos, relucientes de escarcha. La tierra parecía gris y fría, desprovista de la alegría que él recordaba. Cuando llegara la primavera, sabía que las colinas estallarían en verde, cubiertas de campos de cultivo y viñedos.

O así solía ser, se dio cuenta, con el estómago revuelto.

Mientras cabalgaban, el paisaje se hizo más nítido y Charlie estuvo a punto de resbalar de la silla.

A su lado, sobre su propio caballo, Corayne lanzó un grito ahogado.

—Erida —maldijo por encima del ruido de los cascos.

A kilómetros al sur, a lo largo del río, sus castillos vigilaban la antigua frontera. Ahora que Madrence había caído bajo la conquista de Erida, sus guarniciones estaban tranquilas. Pero la marca de su ejército era visible. Las legiones de Erida habían abierto un terrible camino sobre la calzada de Cor, desgarrando la tierra con miles de pezuñas, botas y ruedas. Los tocones de los árboles se esparcían por el camino como una plaga, y las orillas del río estaban desprovistas de vegetación. La frontera, antaño invisible, mostraba ahora una terrible cicatriz.

—Madrence cae —siseó Charlie para sus adentros, apretando con fuerza las riendas. Una cosa era saber que su patria había sido conquistada y otra muy distinta, verla.

Garion miró hacia las tierras fronterizas. Charlie vio su propio dolor reflejado en el rostro de su amante. Garion también era hijo de Madrence, aunque apenas lo recordara.

Mientras cabalgaban, Charlie intentó concentrarse en otra cosa. El sonido de los cascos, el dolor de sus piernas. Era inútil. Pensó en su propio hogar, muy lejos a lo largo de la costa. Partepalas.

En su cabeza, vio la capital madrentina, resplandeciente en rosas y dorados y blanco pulido. Las flores se abrían y las olas verdeazuladas bañaban las murallas, todo dorado por el sol. Su propia iglesia se alzaba junto al agua, a la sombra del gran faro de la ciudad. En todo el mundo no había ciudad como Partepalas. Ahora estaba bajo el dominio de Erida, envenenada por Taristan y Lo que Espera. Charlie lloró por ella mientras avanzaban.

El alba se extendía lentamente por el cielo gris del invierno, sin que el sol llegara a atravesar las nubes. Un tembloroso banco de niebla se deslizaba desde el bosque, extendiéndose con dedos fantasmales.

Charlie se guardó de la neblina, hundiéndose más en el calor de su capucha.

Cuando algo detuvo a su caballo, estuvo a punto de saltar de la silla. Levantó la cabeza bruscamente y vio que Garion tiraba de sus riendas y detenía a los dos caballos.

Los demás hicieron lo mismo, y Corayne se colocó a la izquierda de Charlie. Cerró filas rápido, maniobrando su propio caballo para que sus piernas casi se tocaran.

—¿Qué está pasando? —murmuró Charlie, entrecerrando los ojos para intentar ver a través de la niebla.

Las siluetas de los otros Ancianos se desvanecieron en la niebla gris.

—No estoy segura —respondió Corayne.

Se colocó en los estribos, como le enseñó Sigil. La Espada de Huso brillaba dentro de su vaina, sujeta a la silla de montar.

—Deben ser los exploradores —dijo Garion. Soltó las riendas de Charlie, pero su mano permaneció sobre el guante del sacerdote.

Charlie apretó con suavidad los dedos de Garion. Incluso después de dos arduas semanas, Charlie seguía sin sentir que Garion fuera real. Sin dudarlo, Garion le devolvió el apretón. No necesitaban hablar para comunicarse. Charlie oyó la voz de Garion sonar en su cabeza, tan clara como una campana.

No me iré a ninguna parte.

A través de la niebla, la alta silueta de Valnir levantó una mano y les hizo señas para que avanzaran. Charlie no tenía muchas ganas de hablar con el Anciano gobernante más de lo necesario, pero Corayne empujó su caballo hacia delante sin pensarlo dos veces.

Reticente, Charlie la siguió, con Garion a la retaguardia.

Atravesaron la compañía de los Ancianos y encontraron a Valnir desmontado, de pie sobre una roca. Miró hacia el valle. A lo lejos, la línea de castillos se extendía a lo largo de la frontera. A pesar de la insignia del zorro en su capa, el monarca inmortal le recordaba a Charlie a un águila. Vigilante y distante, una criatura peligrosa más allá de los lazos con la tierra.

Conforme se acercaban, Valnir se apartó del paisaje y rodeó a Corayne. Sus ojos amarillos parecían brillar contra el mundo gris.

Al estremecerse, Charlie reconoció el miedo en el Anciano. Corayne también lo vio.

—¿Qué pasa? —gritó—. ¿Los castillos?

—Las guarniciones enemigas son pequeñas y lentas —respondió Valnir, frío como el aire invernal—. Tememos poco a los soldados mortales.

—Entonces, ¿a qué le temen? —soltó Charlie, pero se arrepintió de inmediato.

Los escabrosos ojos de Valnir se clavaron en los suyos. Charlie pensó en un águila, con sus garras curvadas y crueles.

—Mis exploradores encontraron unas ruinas junto a la frontera —dijo.

Por una vez, Charlie conocía el mapa mejor que Corayne.

—¿El Castillo Vergon? —ofreció.

El Anciano levantó y bajó un hombro lentamente.

—No me aprendo los nombres de los castillos mortales. Se levantan y caen muy rápido.

—Por supuesto —se burló Charlie, intercambiando miradas fulminantes con los demás—. Vergon era una de las fortalezas fronterizas de Galland. Fue destruida por un terremoto hace veinte años.

Poco más que un parpadeo en la vida de un Anciano, pensó Charlie. *Sobre todo, de uno tan antiguo como Valnir.*

—Toda la fortaleza se vino abajo y nunca se reconstruyó —añadió—. Sólo la he visto de lejos. ¿Qué le pasa ahora?

La mandíbula de Valnir se tensó.

—El castillo ya no es una ruina, sino una guarida de dragones.

Charlie sintió el suelo moverse y estuvo a punto de perder el equilibrio. Sólo las manos de Garion, a su espalda, y de Corayne a su lado lo mantuvieron en pie. Un sofoco recorrió su cuerpo desde las cejas hasta los dedos de los pies.

Recordó el alarido de un dragón, en lo alto de las nubes ardientes de Gidastern, proyectando una sombra demasiado grande para asimilarla. El golpe de sus alas reverberó en su propio pecho. Mil joyas rojas y negras brillaban sobre su cuerpo, reflejando el infierno que asolaba la ciudad.

En ese entonces, Charlie huyó del dragón, dejando a Corayne y los Compañeros arder.

Ahora quería huir.

Pero no se movió, se quedó inmóvil.

—Una guarida de dragones —repitió Corayne a su lado, en voz baja. En los últimos meses, parecía mayor de lo que era. Más fuerte, más rápida, más hábil. Más lista que cualquiera de ellos. Ya no era así. Charlie vio a la adolescente, a la chica que apenas se había ido de casa, que aún daba sus primeros pasos en el mundo.

—Dejaron a una gran guarnición en esas ruinas. Un dragón se está dando un festín con los cadáveres —dijo Valnir—. Al menos uno joven, a juzgar por su tamaño.

Un pequeño. Charlie se mordió el labio, la mente le daba vueltas. El dragón de Gidastern parecía grande como una nube de tormenta, enorme, cualquier cosa menos una criatura joven. Temblando, se preguntó cuántos dragones vagarían ahora por el Ward.

—Recuerdo a los dragones de los tiempos antiguos, cuando este reino aún estaba plagado de Husos —el rostro de halcón del Anciano se suavizó un poco, sus propios ojos se llenaron de recuerdos—. Sé lo que es enfrentarse a ellos.

—¿Lo sabes? —Corayne mordió con dureza. Las mejillas se le tiñeron de rosa cuando Valnir retrocedió—. Hace tres semanas vi a un dragón quemar una ciudad ante mis ojos. Y te prometo que no fue algo juvenil.

—Desde luego que no —se oyó murmurar Charlie.

Con sabiduría, Valnir decidió no insistir.

—Si volvemos al bosque —dijo—, podremos pasar sin alertar al dragón de nuestra presencia. Nos tomará tiempo, por supuesto.

—Mejor unos días perdidos que nuestras vidas —espetó Garion, y se cruzó de brazos.

Valnir bajó la cabeza una vez. Incluso exhaló un suspiro de alivio.

—Me inclino a estar de acuerdo. La guerra se acerca y no debo usar a mis guerreros todavía.

Por mucho que quisiera hacer lo mismo, a Charlie le rondaba algo por la cabeza. Se pasó una mano por el cabello, despeinando su trenza con dedos errantes. De repente, sólo pudo mirarse las botas, observar cómo la niebla se enroscaba sobre sus pies. Deseó desaparecer en ella, perderse de nuevo en el bosque. Pero su mente se arremolinaba en las páginas iluminadas de viejas escrituras, adornadas con caligrafía y un ala de dragón pintada en tonos vibrantes.

—¿Charlie? —Corayne le dio un codazo, con el entrecejo profundamente fruncido—. ¿Qué pasa?

Él tragó con fuerza, deseando ingerir su propia lengua. *Por primera vez, Charlie, mantén la boca cerrada.*

Habló de todos modos.

—En otra vida —comenzó—, fui un sacerdote de Tiber, dedicado a mi dios. Y a su Reino Deslumbrante.

Los ojos de Garion se clavaron en los suyos, un miedo inusitado surgió en el Amhara. Charlie lo ignoró, por doloroso que fuera.

—Irridas —dijo Valnir—. De donde vinieron los dragones.

—*Enjoyaron sus cielos, enjoyaron sus pieles* —murmuró Charlie, recordando las viejas palabras y las oraciones aún más antiguas.

En su iglesia se depositaban ofrendas de oro, plata y gemas, una débil sombra del reino de Tiber.

—Dices que el joven dragón se da un festín con los restos de una guarnición —Charlie dejó que las palabras calaran—. ¿De qué ejército?

—Mis exploradores vieron restos de la bandera gallandesa —dijo Valnir.

—Erida está en guerra con todo el Ward —murmuró Corayne. Sus ojos miraban de un lado a otro—. ¿Por qué dejaría una legión aquí para defender unas ruinas?

La respuesta fue como un martillazo. Charlie se quedó frío, con los dedos entumecidos dentro de sus guantes. Con los recuerdos de muchos años atrás, escuchó el sonido de un coro. El tintineo de las monedas en un altar. El olor de las latas quemándose, el aroma de la tinta en sus manos.

—No estaban defendiendo unas ruinas —susurró, encontrándose con los ojos negros de Corayne.

Ella se quedó mirando, con la boca abierta.

—Estaban defendiendo un Huso.

—Que Dios nos ayude —maldijo Charlie, apretando los dientes.

—Vergon tiene un Huso desgarrado —murmuró Valnir, con una mano blanca flexionada a su lado.

Todavía llevaba su gran arco sobre un hombro, la madera de tejo negro estaba curvada como un cuerno que le salía de la espalda. Debajo de sus galas, Charlie veía sus miles de años de vida y las innumerables batallas ganadas.

Pero Corayne miró a Charlon Armont, un sacerdote rebelde y fugitivo. Un cobarde en casi todo.

—¿Qué hacemos, Charlie? —preguntó con voz pequeña y quebrada.

Charlie abrió la boca. Sabía lo que quería. Volver al bosque, evitar a los dragones y galopar por las montañas. *Debemos correr y seguir corriendo,* pensó, deseando que su boca dijera esas palabras. *Cada segundo que perdemos es otro segundo más cerca de la victoria de Taristan.*

Incluso Charlie podía admitir que no se manifestaba la lógica en sus palabras, sino su propio temor miserable.

—He visto suficientes Husos para toda una vida —dijo con fuerza, cada palabra pesaba en su lengua. Lamentó cada letra—. Pero no podemos dejar éste. No, si existe la posibilidad de cerrarlo.

Garion emitió un ruido estrangulado y frustrado en lo más bajo de su garganta, pero nada más, para alivio de Charlie.

Corayne sólo soltó un largo y lento suspiro, y luego asintió una vez. Sus ojos se dirigieron a la Espada de Huso, y observó las joyas rojas y púrpuras. Estaban apagadas en la penumbra, sin pretensiones. Como si la espada no fuera la clave para salvar o acabar con el reino.

—Tienes razón —murmuró ella finalmente—. Lamento que tengas razón.

Charlie intentó sonreír para Corayne, para aliviar un poco la gran carga que llevaba. Lo mejor que pudo hacer fue una mueca crispada.

—Yo también —respondió.

* * *

Quedaba poco más de un día de cabalgata hasta las ruinas de Vergon, y Valnir no se arriesgó con los suyos. Acamparon para pasar la noche a varios kilómetros de Vergon, y los Ancianos se reunieron para celebrar un consejo. Valnir envió de nuevo a sus exploradores para formar un perímetro seguro alrededor de la guarida de los dragones. Si algo salía mal, podrían volver a Sirandel en busca de ayuda.

La ayuda no llegaría a tiempo, aunque fuera de los Ancianos, Charlie lo sabía. Incluso el caballo más veloz y el mejor jinete llegarían y los encontrarían quemados o devorados.

Desde su atalaya sobre el valle, Charlie observaba los cambios desde la distancia. Algunas nubes se disiparon al atardecer, y los últimos rayos de luz ahuyentaron la niebla persistente en el valle del río.

Vergon estaba en una colina a orillas del río, a unos ochocientos metros de la antigua carretera de Cor. Las ruinas parecían pequeñas desde esa distancia, apenas una mancha. Sólo otro montón de piedra derrumbada y recuerdos. La luz del sol no podía penetrar en las torres rotas y los muros derruidos. Las sombras se agolpaban entre los escombros.

Charlie entrecerró los ojos, triste. Buscó el borde de un ala enjoyada o un rizo de humo, pero el dragón se escondía bien.

—Al menos, la última puesta de sol que veamos será buena —suspiró Garion, recostado sobre una piedra musgosa a su lado. Tenía una espada sobre las rodillas y la limpiaba con diligencia, trabajando en el filo con un paño.

—¿Dónde está tu estoque? —preguntó Charlie, observando la espada desconocida sobre el regazo de Garion.

El asesino levantó la espada hecha por el Anciano, inspeccionando su filo ligeramente curvado.

—Pensé que esto sería mejor para matar monstruos.

La comisura de los labios de Charlie se crispó, entre una sonrisa y el ceño fruncido.

—Yo debería cambiarme por alguien más útil.

Forzó una carcajada cuando Garion no sonrió, y el hermoso rostro del Amhara se tensó.

Suspirando, Charlie se sentó al lado de Garion.

—¿También tengo que limpiar la mía? —murmuró, indicando la espada, un regalo de los Ancianos que ahora colgaba de su cintura.

—No te molestes, esto es más por mí que por la espada —dijo Garion. Sus manos se movían con firmeza, concentradas en el acero.

Sus hombros se tocaron.

—No necesitamos estar aquí, Charlie —el viento casi se tragó los susurros de Garion—. ¿Doscientos Ancianos y una princesa Cor? No nos necesitan.

No tuvo que decirlo en voz alta para que Charlie lo entendiera. *No necesitamos morir.*

Bajo su capa, bajo el jubón de cuero y la túnica acolchada, el corazón de Charlie se aceleró. Cada segundo que pasaba en esa colina iba en contra de su propia naturaleza. Sólo tenía que dar la vuelta, tomar un caballo e irse, volviendo al camino de los fugitivos. Aún tenía sus bolsas de tinta y pergamino, sus hermosos sellos. Podría vivir en cualquier rincón olvidado que eligiera. También con Garion. Pero Charlie permanecía ahí, con la piedra fría debajo de él.

—"Lo intentaré". Eso es lo que dijiste en el bosque —murmuró Charlie—. Que intentarías creer.

Una burla brotó de los labios de Garion, quien dejó la espada a un lado.

—Estoy rodeado de inmortales a punto de asaltar un nido de dragones. *Ciertamente* ahora sí te creo.

Charlie se limitó a negar con la cabeza.

—También necesito que creas en mí —respondió—. Ayúdame a creer en mí. Y ayúdame a seguir vivo.

Sin dejar de mirar la hierba muerta, Garion apretó los dientes.

—Eso es lo que intento hacer, querido.

—No me iré a ninguna parte.

Sonó demasiado duro, demasiado alto. Imposible de ignorar.

Finalmente, Garion levantó los ojos. Parecía dividido entre la frustración y la ira. El asesino que había en él estaba ahí, pequeño, pero lo bastante visible. Los Amhara estaban entrenados para sobrevivir, para volver a casa, a la ciudadela, aunque fracasaran. Eran armas valiosas, perfeccionadas tras largos años de entrenamiento brutal. Garion luchaba contra sus propios instintos, Charlie lo sabía.

No por el reino, sino por mí.

—Tú puedes escapar, pero yo... —Charlie forzó la respuesta con voz vacilante.

Volvió a mirar el horizonte y las ruinas negras. Luego el campamento, a los Ancianos y a Corayne, que merodeaba por las orillas. Sobresalía como un pulgar dolorido, una chica mortal en medio del fin del mundo.

A Charlie le resultaba fácil sacar fuerzas de la fortaleza de ella.

—Si escapo, igual moriría aquí —dijo, sintiendo que su propio corazón se retorcía—. Parte de mí. La parte que tú amas.

Garion se llevó una mano al cuello.

—Eso es lo que crees ahora, pero…

—Ya probé la vergüenza antes —Charlie apartó al Amhara de un manotazo. Sus mejillas se encendieron—. Cuando hui de Gidastern. Sé cómo se siente pensar lo peor de uno mismo. Ser *consumido* por el arrepentimiento. Y no lo volveré a hacer. *No* la dejaré.

Charlie quiso que Garion viera la determinación que sentía tanto como temía.

—Deja de darme la oportunidad de rendirme —murmuró finalmente, mirando hacia el horizonte.

Al otro lado de las colinas, la puesta de sol se desvanecía y el frío azul engullía el paisaje. Charlie sintió cómo el frío se introducía en sus extremidades, empezando por los dedos de manos y pies. Sin pensarlo, tomó la mano de Garion entre las suyas.

Al cabo de un segundo, Garion le devolvió el apretón.

—No dejarás a Corayne, y yo no te dejaré a ti. No otra vez —dijo—. Que así sea.

A pesar de ser Amhara, Charlie había aprendido a ver a través de las grietas de la máscara del asesino. Ahora lo observaba, buscando cualquier indicio de mentira. Pero sólo vio dudas.

Su pulgar rozó el dorso del guante de Garion.

—Hace mucho tiempo yo era un sacerdote de Tiber. ¿Quién sería yo si renunciara a la oportunidad de ver su reino?

Garion puso los ojos en blanco.

—Un hombre inteligente.

—Supongo que los Amhara nunca te entrenaron para luchar contra dragones —dijo Charlie en voz baja.

Garion soltó una carcajada burlona y sacudió la cabeza.

—He matado a príncipes y a campesinos. Un leopardo en Niron. Demasiados osos para contarlos. Nunca un dragón.

Temblando, Charlie se ciñó más la capa y presionó al asesino.

—¿Qué dice tu gremio sobre el temor? —preguntó.

La respuesta no se hizo esperar, Garion la había aprendido desde que era un niño.

—Permite que te guíe, pero no que te gobierne —respondió el Amhara.

—Sorasa me dijo eso una vez —dijo una voz.

Ambos voltearon y vieron a Corayne a una distancia prudencial, con las manos juntas delante del cuerpo. La Espada de Huso se asomaba por encima de uno de sus hombros, haciendo que su silueta pareciera la de una guerrera. Se distinguía contra el azul cada vez más intenso, con la primera luz de las estrellas detrás de su cabeza, como las joyas de una corona.

Charlie se deslizó desde la roca y cayó de pie.

—Deberías dormir un poco antes de mañana, Corayne. Todos deberíamos hacerlo.

—Al menos en eso estamos de acuerdo —refunfuñó Garion. Se levantó con mucha más elegancia.

Cuando Charlie se acercó a Corayne, ella se apartó de su brazo, evitando que la tocara.

—Después de hablar con Valnir y su Consejo —dijo, dando otro paso atrás.

El agotamiento acechaba y Charlie apretó los dientes.

—Corayne…

—Yo debería estar allí —soltó por encima del hombro—. Soy la única de nosotros que ha visto un dragón en trescientos años —su voz se suavizó—. De cerca, quiero decir.

—Entonces, yo también iré —dijo Charlie, deslizando su brazo entre los de ella, igualando su paso—. Y veré que *duermas* en algún momento.

—Hace unos diez años que no tengo niñera —atajó.

—Por lo general, la gente de tu edad no las necesita, pero aquí estamos.

Ella respondió con una sonrisa de agradecimiento.

No había fogatas para la compañía de los Ancianos, y el aire frío de la noche caía bruscamente mientras cruzaban la colina. Charlie se estremeció y se acercó a Corayne.

—Dragones y bosques encantados y frío penetrante —maldijo—. No puedo creer que diga esto, pero creo que preferiré los pasos de montaña a mi propio país.

Detrás de ellos, Garion se burló.

—Te lo recordaré cuando los dos estemos congelados.

La mayor parte de la compañía de Ancianos esperaba bajo la colina, cuidando sus caballos o mirando las estrellas con expresión ausente. Charlie negó con la cabeza. Por mucho que lo intentara, nunca llegaría a comprender a los inmortales. *Ni siquiera quiero hacerlo,* pensó.

Valnir y sus lugartenientes Ancianos se reunieron en torno a otra saliente rocosa, cuya cara era lisa y plana como una mesa. Hablaban en voz baja, intercambiando palabras en la lengua de los Ancianos. Para fastidio de Charlie, se dio cuenta de que se mantenían en la oscuridad, pues sus ojos inmortales eran lo bastante agudos para ver sin antorchas.

Cuando se acercaron, uno de ellos tuvo la bondad de sacar una antorcha. Se encendió con un golpe de pedernal y acero.

—Corayne an-Amarat —exclamó Valnir, tendiéndole una mano de bienvenida.

A su orden, dos Ancianos se apartaron para dejarles espacio entre el consejo. Los inmortales no parecían molestos ni afables, sino apáticos ante su presencia mortal.

A pesar de todo lo que había visto, Charlie seguía sintiendo cierta aprensión ante los Ancianos. Dom era una cosa, pero doscientos de ellos resultaban inquietantes. Su gracia etérea y mortal lo ponía nervioso. Echó un vistazo a la mesa rocosa y observó la mezcla de rostros. Hombres y mujeres, con piel blanca y pálida o más oscura. Lo peor de todo eran los parientes de Valnir, con su cabello rojo y sus ojos amarillos. Incluso parecían brillar contra la noche.

—¿Qué planes han hecho? —preguntó Corayne sin rodeos, apoyando las manos enguantadas sobre la piedra.

Valnir se enderezó bajo su opulenta capa. En la penumbra, era una estatua de mármol pulido, y la luz del farol se reflejaba en su rostro terso.

—Todos los que se necesitan —respondió.

La mano de Corayne se cerró en un puño, con la mandíbula desencajada por la frustración.

—Valnir.

Con un movimiento de sus ojos, Valnir le dio una indicación a su capitán de la guardia, Castrin.

—Un dragón es más peligroso en vuelo. Son las alas lo primero que debemos atacar —dijo Castrin—. Si en verdad se trata de un dragón joven, nuestras flechas deberían bastar para perforar su piel y hacer suficientes agujeros para impedir que la bestia vuele.

Ancianos o no, a Charlie le costaba imaginárselo. Vio la misma duda en el rostro de Corayne.

—Es lo que hicimos hace trescientos años —intervino Valnir. De pronto, ya tenía su espada en la mano, en un movimiento demasiado rápido para los ojos mortales. El acero reflejaba la luz débil de la antorcha, cada curva del metal fluía como un río—. Vi morir al último dragón del Ward. Es apropiado que mate al siguiente.

El siguiente ya está ahí, volando por el reino, quiso decir Charlie. Pero se mordió la lengua.

Corayne sabiamente hizo lo mismo.

—Entonces, arqueros primero. Espadachines después.

—Sí —resaltó Valnir—. El dragón es nuevo en este reino, y debemos esperar que aún no esté bajo el dominio de Taristan.

—El otro dragón no lo estaba —afirmó rotundamente Corayne. Una rara mirada de confusión cruzó el rostro de Valnir—. Lo atacó de la misma manera que al resto de nosotros. Debe de ser difícil engañar a los dragones, incluso para Taristan y su mago.

Charlie puso los ojos en blanco.

—Ay, encantador —dijo—. Por fin, una buena noticia.

—¿Y yo qué? —añadió Corayne, levantando la barbilla.

No fueron pocos los Ancianos que la miraron, con sus ojos amarillos, azules y marrones. Observaron a la joven mortal como mirarían a un pez que camina o un conejo que escupe fuego. Como algo antinatural y confuso.

Castrin enarcó una ceja, su incredulidad era evidente.

—¿Es usted hábil con el arco, mi señora?

A pesar de lo intimidantes que eran los Ancianos, cien de ellos más letales que un ejército mortal, Charlie sintió que su compostura se quebraba. Miró a Valnir con frustración.

—Su objetivo *debería* ser llevar a Corayne al Huso, antes de que algo más pueda atravesarlo desde el otro reino —casi ladró, señalando con el dedo a Corayne—. Un dragón joven es obstáculo suficiente. Allward no puede permitirse otro dragón adulto haciendo arder todo a través del reino.

Abajo, en la piedra, unos cuantos Ancianos murmuraban entre sí, el resto miraba fijamente a Charlie. El peso de esa atención se sentía como si cayera una avalancha sobre él.

—O cualquier otra cosa que pueda venir de Irridas —añadió Corayne—. El caballero negro fue suficiente.

La columna vertebral de Charlie se convirtió en hielo.

—¿Caballero negro? —espetó, girando hacia ella—. ¿Qué caballero?

Ella se limitó a parpadear, confusa.

—En Gidastern. Había un caballero con una armadura negra. No de acero, sino de algo más fuerte, como piedras preciosas. O de un cristal superlativamente duro —dijo. Cada palabra hacía que Charlie se sintiera cada vez más enfermo—. Montaba un semental negro con ojos rojos. No sé quién era ni por quién luchaba, pero estaba cazando al dragón… y a cualquiera que se interpusiera en su camino.

De repente, Charlie estaba de vuelta en su pequeña iglesia, con sus manos seguras recorriendo las páginas polvorientas de un viejo manuscrito. La fina letra bajo sus dedos sangraba, tinta negra y roja curvándose para formar la figura de un jinete sobre un caballo asesino. Llevaba una armadura negra y una espada alzada sobre la cabeza.

—Morvan, el Flagelo de los Dragones —el nombre hizo temblar las rodillas de Charlie—. ¿*Lo* viste?

Al borde de la luz de la antorcha, Valnir los miró por debajo de su larga nariz, con los labios fruncidos.

—No conozco ese nombre.

—Seguro que no —replicó Charlie, sin dejar de mirar a Corayne. Toda cortesía, buenos modales o sentido común se había desvanecido.

Al lado de Valnir, Castrin se enfadó.

—Cuida tu lengua, mortal.

Charlie lo ignoró.

—El Reino Deslumbrante no es tuyo, sino de Tiber.

—Tu dios —respondió Corayne—. ¿Qué sabes del caballero negro?

—Solía pintar dragones todo el día. Para los manuscritos de Tiber, en los registros de la iglesia —sus palabras temblaban mientras buscaba entre sus recuerdos lejanos—. También ilustré el Flagelo de los Dragones. Las escrituras difieren, según cuál leas. Podría ser el hijo de Tiber, el hijo de un dios. Podría ser un inmortal de Glorian, perdido para vagar por las frías joyas de Irridas. En cualquier caso, se pasa los siglos cazando dragones, sin importarle nada a su paso.

Algo brilló en los ojos de Corayne. Un pozo de lágrimas frescas, sin derramar. Resopló antes de que cayera alguna.

—Él estaba en Gidastern —logró decir—. Dom regresó para… detenerlo.

Por el rabillo del ojo, Charlie vio que Valnir inclinaba la cabeza. Sus labios se movieron, pronunciando una plegaria Anciana que ni siquiera Corayne pudo traducir. Al menos estaban unidos en este dolor.

Garion rompió el silencio. Se movió y apoyó las palmas de las manos sobre la piedra.

—Sólo podemos esperar que el caballero siga en el norte y no vuelva la vista hacia su Huso —dijo.

A su pesar, Charlie golpeó con el puño la roca que tenía debajo. De inmediato se arrepintió, le dolía la mano.

—Estoy harto de esperanzas —refunfuñó.

Harto de Espadas de Huso y dragones y de este miserable frío.

Con un último movimiento de los ojos, Corayne se encogió de hombros y éstos se hundieron.

—Por desgracia, es todo lo que tenemos.

Entonces Valnir dejó su espada sobre la piedra, con el filo apuntando a Corayne. Con manos rápidas, sacó su fino arco de tejo, cuya madera curvada brilló al colocarlo junto a la espada.

—No todo —dijo el Anciano gobernante.

A lo largo de la piedra, sus guerreros hicieron lo mismo, deponiendo la espada, el arco, la daga y las manos desnudas. Sus armas mortíferas y su determinación aún más mortífera vibraban con poder bajo las estrellas parpadeantes. Garion no perdió el tiempo y desenvainó sus propias armas, colocándolas en un magnífico despliegue de dagas y espadas. Charlie se sintió estúpido al bajar su única daga junto a las muchas de Garion, pero lo hizo de cualquier forma.

Miró a Corayne, tan pequeña, de cabellos y ojos oscuros, una sombra entre ellos. Con manos temblorosas, sacó la Espada de Huso de su vaina. La lengua del Viejo Cor escrita sobre ella guiñaba hacia ellos, inescrutable y antigua. Ya no era la espada de Cortael, sino la de Taristan. El acero oscuro estaba limpio desde hacía tiempo, pero Charlie aún veía sangre por toda la espada.

Ella no habló, pero Charlie escuchó su voz. Recordó lo que ella dijo en Sirandel, en el santuario del enclave de los Ancianos. En aquel entonces, fue difícil aceptarlo.

Y era todavía más difícil ahora.

De todos modos, se lo repitió.

—Con nosotros tendrá que bastar, Corayne.

17

MISERICORDIA

Corayne

Con nosotros tendrá que bastar.

El Castillo Vergon era un gigante contra el amanecer, un puño roto de torres y muros derruidos. Un laberinto de arbustos espinosos crecía alrededor de la cima de la colina, formando otro muro alrededor de las ruinas, interrumpido por un camino abandonado tiempo atrás. En lo alto, las nubes se despejaron, dejando sólo un suave azul pálido.

Lo que alguna vez fue una legión gallandesa marcaba la ladera. Los cadáveres yacían quemados o desmembrados, a medio comer o pudriéndose entre las espinas. Corayne agradeció el invierno. El frío mantenía a raya lo peor del hedor y congelaba los cuerpos que quedaban a la sombra. Quedaba una sola bandera en pie, con el estandarte hecho jirones, ondeando débilmente con la ligera brisa. La mitad del león dorado había desaparecido, destrozado como sus soldados.

Lo peor era el silencio. Ni siquiera las aves carroñeras se atrevían a entrar en la guarida de los dragones, dejando ahí a la legión masacrada.

Los huesos se esparcían por el camino bajo las botas de Corayne. Hizo todo lo posible por no romper ninguno, cuidando sus pasos. Los ancianos no tenían ese problema. Se movían en un silencio hipnótico. Todos llevaban armadura, espada y arco.

Corayne llevaba al hombro la Espada de Huso y se quitó la capa para moverse mejor. El aire helado en sus mejillas la mantenía alerta, a pesar de una larga noche de escaso sueño. Evitó mirar a izquierda y derecha, centrándose en la compañía de Sirandel y no en los cadáveres que la rodeaban. Su memoria estaba llena de demasiados rostros muertos.

No necesito llevar más.

Buscaba entre las ruinas cualquier señal del joven dragón. Un rizo de humo, el destello de una piel enjoyada, un ala parecida a la de un murciélago.

También buscaba el Huso. Un hilo de oro, un destello de otro reino. Podía sentirlo zumbando en alguna parte, apenas un soplo contra su piel. Pero lo suficiente para saber que su suposición era correcta. Un Huso estaba cerca, aunque todavía no podía verlo.

Delante, sólo estaba el castillo vacío, el cielo vacío.

Valnir y los inmortales de Sirandel formaban una fuerza formidable, armada hasta los dientes. El monarca lideraba en silencio, medio agachado, con su gran arco negro apuntando una flecha. El cabello caía por su espalda en una trenza roja y plateada, y una de sus manos enjoyadas brillaba púrpura a la luz del sol. Corayne admiró su valentía. La mayoría de los gobernantes raramente dirigirían por sí mismos un ejército en la batalla, y mucho menos contra un dragón.

No se atrevió a hablar, pero miró de reojo. A su lado, Charlie hacía todo lo posible por moverse también en silencio. Movía los labios sin emitir palabras, con una mano en su frente al caminar.

Guarda tus oraciones para nosotros, le quiso decir Corayne. *Estos hombres ya están muertos y en manos de su dios.*

Él sintió la mirada de Corayne e intentó sonreír, pero su boca formó una débil mueca.

Corayne no lo culpó.

El miedo de Charlie era el suyo, lo consumía todo y amenazaba con tragárselos.

Su único consuelo era saber que el miedo estaba dentro de ambos.

No estoy sola.

Garion no decía nada, avanzaba casi tan silenciosamente como los Ancianos, pero su rostro comunicaba lo que sentía. Era mortal como Sorasa, un Amhara de sangre, uno de los asesinos más temibles del Ward. Y estaba aterrorizado, sus ojos no se apartaban de la espalda de Charlie. Seguía al sacerdote caído tan de cerca como podía, una sombra. Con una espada a su lado y un escudo a sus espaldas.

A Corayne le recordaba a otra persona, a otro Compañero.

Se quedó sin aliento al recordar a un escudero amable, de ojos cálidos y manos seguras.

Miró de nuevo al ejército de los Ancianos, desde la silueta de Valnir hasta cada espada y arco que llevaban. *Los cambiaría a todos por los demás. Cada una de las espadas inmortales.* Por Dom, por Sorasa, por Sigil, por Valtik. Y por Andry, con su propio escudo a su lado, custodiando cada paso del camino.

Delante de ellos, la sombra de una torre caía sobre Valnir. Él aminoró la marcha, y todos los pensamientos de Corayne sobre los Compañeros se desvanecieron. El pulso de Corayne se aceleró hasta convertirse en un tamborileo constante que retumbaba en sus oídos.

No sabía qué había percibido el monarca Anciano, pero apretó con fuerza la espada, de cualquier forma. Sorasa y Sigil le habían enseñado a luchar y, sobre todo, a sobrevivir. Corayne sólo podía esperar que esas lecciones fueran útiles.

En la vanguardia, Valnir levantó su arco, apuntando su flecha a algo que los ojos mortales no podían ver. Sus arqueros le siguieron y apuntaron, con las puntas de las flechas centelleando al sol.

Corayne apretó los dientes y apenas se atrevió a respirar. A su lado, Charlie se quedó pálido.

No oyeron ninguna orden, pero todas las flechas se lanzaron al mismo tiempo, silbando en el aire en suaves líneas curvas. Juntas, desaparecieron por la cima de la colina, entre los muros rotos de las ruinas.

El grito del dragón sonó como garras sobre la piedra, alto y agudo.

Un rayo de terror atravesó a Corayne y se agachó, raspándose contra un arbusto espinoso. Ramas negras y enredaderas de rosas muertas por el invierno se enroscaron en su espalda. Ya podía sentir la sombra de las alas cayendo sobre ella, tenía fresco el recuerdo del dragón de Gidastern. La respiración traqueteaba en su pecho y luchaba por contenerla, contando cada inhalación y cada exhalación.

Los Ancianos no perdieron el tiempo y, cuando sonó el primer batir de alas, otra descarga de flechas ya se proyectaba sobre la colina. A través de las espinas, Corayne vislumbró por primera vez al monstruo del Huso, con las alas de un rojo rubí intenso.

—A la tumba con esto —maldijo Garion en alguna parte. Por muy Amhara que fuera, ni siquiera él podía evitar el temor en su voz—. Todavía podemos correr.

Corayne tragó con fuerza, con una piedra en el estómago.

—No, no podemos —replicó ella.

Sus piernas se movieron, al parecer por sí mismas. El viejo camino que conducía a las ruinas se desdibujó mientras Corayne avanzaba a toda velocidad y sus botas levantaban tierra y polvo de huesos. Los Ancianos se colocaron a su lado, tanto protectores como guerreros. Por el rabillo del ojo vio a Castrin y también a Charlie, con la cara roja, los brazos en alto y la capa tendida a sus espaldas.

Valnir era una bandera a la cabeza de la compañía, con el arco negro en alto.

El dragón rojo saltó en el aire con otro chillido. La articulación de cada una de sus alas estaba agujereada por flechas. Era realmente pequeño comparado con el dragón de Gidastern, pero aun así brutalmente temible. Su cuerpo tenía el tamaño de un carruaje, con las alas cuatro veces más anchas y las puntas enganchadas en unas garras siniestras. Las joyas brillaban a lo largo de su piel, rubíes, granates y cornalinas, como una tormenta de fuego. Rugiendo, lanzó un torrente de llamas a través del cielo.

Valnir le clavó una flecha en el ojo. Esta vez, cuando el dragón aulló, Corayne tuvo que taparse los oídos.

Alcanzaron la cima de la colina y las ruinas al unísono, con las flechas silbando sobre sus cabezas. Muchas rebotaron en la piel enjoyada del dragón rojo, pero algunas encontraron centímetros de carne blanda. La sangre humeante llovía con el batir de las alas del dragón.

Corayne no perdía de vista a la bestia mientras corría por el suelo irregular, con cuidado de no tropezar con piedras quebradas o cadáveres. Entró en lo que alguna vez debía de haber sido un gran salón, con las columnas rotas, una sola pared y las ventanas destrozadas. La cola del dragón le pasó por encima como un ariete y ella se arrojó al suelo, apenas esquivando el golpe.

Se le quebró la voz al gritar:

—¡Charlie!

—¡Estoy aquí! —gritó el sacerdote desde detrás de un muro derruido. Garion estaba junto a él, con la espada desenvainada y la mirada fija en el dragón que giraba entre las torres.

Chilló y gritó, lanzando otro chorro de fuego sobre los Ancianos. Lo esquivaron al mismo tiempo, moviéndose como un banco de peces.

—Otra —gritó Valnir, dirigiendo la siguiente andanada de flechas. Los Ancianos vaciaron sus carcajs y el dragón rojo gimió. Sus gritos de rabia se convertían en gritos de dolor.

—Otra —murmuró Corayne, poniéndose de pie. Su respiración era entrecortada y sentía una opresión incomprensible en la garganta.

Giró en círculo, observando las ruinas y la compañía de los Ancianos. Los cadáveres yacían entre las piedras, apenas reconocibles, con los huesos rotos y la carne desgarrada. También había animales, vacas de las granjas de los alrededores, algunos caballos y ciervos. Todos devorados, sus restos eran poco más que pezuñas y esqueletos.

Las filas de los Ancianos se redujeron, y espadachines y arqueros se desplegaron para rodear al dragón rojo. El dragón seguía volando bajo sobre ellos, avivando con las alas las llamas que prendían la maleza crecida entre las rocas.

Los Ancianos continuaron, eran una avalancha constante y despiadada para desgastar al dragón. A cada segundo que pasaba, éste luchaba con más fuerza, incluso mientras sus alas se debilitaban y sus llamas perdían calor.

La victoria estaba cerca, pero Corayne sólo sentía pavor. Volvió a mirar a los animales masacrados, algunos casi del tamaño del joven dragón. Demasiado grandes para cargarlos.

Entonces, una nube se cruzó con el sol, ensombreciendo las ruinas.

No, no es una nube, se dio cuenta Corayne, con el cuerpo entumecido. Una vez más, miró hacia las ruinas, los ecos de un castillo desaparecido, cubierto de musgo y huesos esparcidos.

Aquí no vivía un dragón solo.

Eran una madre y su hijo.

El rugido del segundo dragón sacudió las piedras sobre las que Corayne estaba parada y retumbó por todo su cuerpo. Una corriente descendente de viento la golpeó como un martillo y la hizo caer de rodillas, mientras el aire caliente se precipitaba sobre ella. Olía a sangre y humo, pesado y podrido.

—¡AHORA, CORRAMOS! —Garion rugió, y tiró de Corayne por el cuello.

Sin resistirse, dejó que el Amhara tirara de ella para sacarla del claro y adentrarla en las laberínticas ruinas. Arrastró a Charlie con la otra mano, lanzándolos al frente mientras corrían.

Detrás de ellos, la madre dragón se estrelló contra el gran salón, derrumbando una torre con un movimiento de su cola. Resonaron gritos, y la voz de Valnir fue la más fuerte de todas, al ordenar a sus guerreros Ancianos que se pusieran en formación para luchar en dos frentes. La madre dragón respondió con un bramido, con su piel enjoyada de color púrpura refulgiendo.

Otro viento de dragón sopló a través de las ruinas, empujando la espalda de Corayne mientras corría. Huesos y miembros desmembrados rodaban bajo sus pies, pegajosos de sangre vieja. Corayne los esquivó, apoyándose en Garion para mantener el equilibrio.

—¿Dónde está? —Charlie buscaba mientras corrían, con una mano rastreando las paredes rotas—. ¿Puedes sentir algo?

Por mucho que quisiera seguir corriendo y abandonar Vergon para siempre, Corayne se obligó a ir más despacio. Jadeando, se deslizó contra un arco de piedra, apoyándose en él. Se estremeció cuando una ráfaga de fuego partió el cielo, las llamas eran casi azules por su calor.

—Está aquí —murmuró, tratando de sentir algo que no fuera su corazón latiendo con fuerza. En el borde de su mente, un Huso silbaba. Y más allá, algo peor—. Está aquí, en alguna parte.

Charlie observó los muros circundantes, los pasadizos del viejo castillo eran como un laberinto. Años atrás, un terremoto había destruido la mayor parte de Vergon. Los dragones se habían encargado del resto, hasta dejarlo todo en ruinas.

Él puso una mano en el hombro de Corayne e inhaló profundo por la nariz.

—Tómate un momento —añadió en voz baja. Con la otra mano, le indicó que respirara como él—. Valnir puede ocuparse de los dragones. Tú concéntrate en el Huso.

Ella percibió la mentira en sus palabras, clara como el día. Ancianos o no, dos dragones eran una sentencia de muerte.

Pero puedo asegurarme de que no sea en vano.

—Por aquí —dijo finalmente, exhalando una vez más.

Sin darse tiempo a dudar, Corayne echó a correr de nuevo, obligando a los otros dos a seguirla. Serpenteó entre las ruinas, a través de pasadizos sin techo, sobre huesos amontonados y manchas negras de sangre seca. Dentro de las murallas crecía un bosque joven, o al menos así había sido antes de los dragones. Ramas carbonizadas y troncos rotos caían sobre las piedras, otro obstáculo en su camino. Eran fresnos, a juzgar por el crujido de las hojas muertas. En los pocos lugares sin sangre ni cicatrices de quemaduras, el musgo alfombraba el suelo.

El Huso parpadeaba a través de todo, era más fuerte a cada paso que daban, hasta que Corayne casi pudo sentirlo entre sus dedos. Siguió su calor como una mano que la llamaba.

Entonces, el joven dragón aterrizó chillando sobre las ruinas, chocando con el camino roto frente a ellos. Se enroscó sobre sí mismo, levantando escombros con cada estremecimiento de dolor. Había perdido un ojo y la cuenca era una ruina humeante, atravesada por una flecha. Volvió a rugir, con el humo saliendo de sus fauces.

A pesar de sí misma, Corayne sintió que se le retorcía el corazón.

Sus alas se agitaron inútilmente, estaban demasiado débiles para alzar el vuelo de nuevo. En su lugar, chasqueó y gruñó, enseñando los dientes y arañando el suelo con las garras. De sus numerosas heridas goteaba sangre caliente.

Garion se interpuso entre Corayne y el dragón, con su espada de Anciano preparada para atacar. Con la mano libre, mantenía alejado a Charlie, protegiéndolos a todos lo mejor que podía.

—Sigan adelante, déjenme esto a mí —dijo, apenas convincente en su terror.

Detrás de él, Charlie se aferró a su hombro.

—Garion…

El Amhara se encogió de hombros con elegancia y dio un paso adelante, concentrándose en el joven dragón. Éste volvió a sisear, con una gran lengua negra azotando el aire.

El único ojo que le quedaba se fijó en Garion, con la pupila dilatada y rodeada por una fina línea dorada.

Pero el dragón no atacó. Su cabeza se balanceaba sobre su cuello serpenteante, el humo silbaba entre sus dientes mientras seguía a Garion. Las joyas de su cuerpo estaban resbaladizas, con el brillo opacado por la sangre oscura.

Un golpe de la espada del asesino bien podría acabar con su agonía.

—Garion, muévete despacio —dijo Corayne, deslizando un pie hacia atrás.

Los ojos del dragón parpadearon hacia ella. Extrañamente, Corayne se sintió a la vez depredadora y presa. Le devolvió la mirada.

El dragón volvió a estremecerse, lanzando un débil gemido, con los dientes teñidos de escarlata. Corayne vio al monstruo con claridad, una bestia que habría de crecer y destruir. Un joven dragón arrebatado de su hogar, forzado a entrar en un nuevo mundo, sin culpa alguna.

—Garion —volvió a decir Charlie, con los dientes apretados. Siguió sus pasos, desviándose del camino—. Haz lo que dice.

—Es sólo un pequeño —murmuró Corayne—. Déjalo.

Los Amhara no eran ajenos a matar niños. Pero Garion ya no era Amhara, no con Charlie a su lado.

Él cedió como nunca lo habría hecho Sorasa.

El joven dragón no los siguió mientras se alejaban a toda prisa, adentrándose en los escombros. Pero sus gritos resonaban, agudos y desgarradores. Corayne intentó bloquearlos, pero fue en vano. Ahora, la bestia parecía un bebé llorando por su madre.

Sus sentidos se agudizaron, tratando de sentir algún susurro del Huso. Era casi imposible en medio del caos, y Corayne se dejó llevar. Saltaron sobre musgo y huesos ennegrecidos, doblando las esquinas atropelladamente.

—La capilla —oyó murmurar a Charlie mientras se detenía.

Las paredes a sus lados se curvaban hasta culminar en un techo antaño abovedado. Ahora sólo había cielo y una única ventana vacía. Miraba hacia el pasillo de una pequeña capilla. Las vidrieras brillaban en fragmentos sobre el musgo, trozos rojos y azules que captaban el sol.

A lo lejos, la batalla de los dragones se recrudecía y otro grito sobrenatural sacudía las ruinas. Corayne apenas se dio cuenta, con los ojos fijos en el tembloroso hilo de oro puro.

El Huso flotaba ante la ventana, palpitando ligeramente.

Garion soltó un grito ahogado.

—¿Eso es todo?

A su lado, Charlie cayó de rodillas. No por agotamiento, sino por reverencia. Sus ojos se abrieron de par en par. Ésta era la puerta al reino de su dios, a Irridas y a la tierra del sagrado Tiber. El hogar de los dragones y del caballero negro.

—Éste es el cuarto Huso que veo, y aun así me sorprende. Parecen tan pequeños —suspiró Corayne, dando un tembloroso paso adelante. Su espada Anciana cayó al suelo cubierto de musgo y sus dedos se cerraron en torno a otra empuñadura. Cantando, la Espada de Huso se soltó de su vaina.

Las joyas de la empuñadura reflejaban la resplandeciente luz del Huso, que las llenaba de un brillo sobrenatural. Como si la espada conociera a los suyos, el acero llamaba a las profundidades del Huso.

El hilo dorado le devolvió el guiño, apenas una brizna. Tembló cuando ella se acercó y el aire crepitó como el cielo antes de una tormenta.

Corayne quiso moverse más deprisa, pero el miedo la frenó. Recordaba muy bien otro Huso. En el templo, había caído a través del Huso al reino erosionado y baldío de Ashland. Lo que Espera se alzaba en su interior, una sombra y una maldición, vagando por una tierra rota de su propia creación. Los Ashlander sufrieron un destino brutal bajo Su dominio, sus pobladores fueron reducidos a cadáveres andantes, y la tierra fue asfixiada por la ceniza y el polvo.

El mismo destino nos espera ahora, Corayne lo sabía. *Si fallamos.*

Sintió el filo frío en sus manos, zumbando con su propia magia. Volvió a mirar el Huso y buscó en el oro algún atisbo del reino del más allá. *¿Acaso Él también me espera allí?,* se preguntó, temblando de miedo.

En el suelo, Charlie susurró una oración y se tocó la frente. Luego miró por encima de su hombro, unos cálidos ojos marrones se clavaron en los suyos.

—Ponle fin —dijo—. Antes de que salga algo más.

Irridas no es Ashland, se dijo a sí misma, alzando la Espada de Huso. Con un movimiento brusco, pasó la palma de la mano desnuda por el filo de la hoja, cubriéndola con su propia sangre. *Este reino no ha sido invadido. Él no está allí. Aún no.*

El Huso parecía mirarla fijamente, y el pulso de su luz coincidía con el latido de su propio corazón. Aun sintiendo su poder, Corayne esperó, vacilante.

Se preparó para el tacto de Lo que Espera. El ardiente y pesado apretón de una mano oscura alrededor de su garganta.

Nunca llegó.

La Espada de Huso se desplazó en un arco suave, con un peso perfectamente equilibrado. El acero bañado en sangre se encontró con el Huso y el hilo dorado se cortó, su luz parpadeó y se extinguió.

En algún lugar de las ruinas, ambos dragones rugieron, madre e hijo gritando hacia el cielo.

* * *

El cierre de un Huso no acabaría con los suyos. Corayne lo sabía muy bien. Los krakens y las serpientes aún nadaban por los océanos. El ejército de Ashland todavía caminaba. Y cerrar el Huso en Vergon no destruiría a los dragones, ni en la guarida ni al otro lado del Ward.

Salieron corriendo de la capilla, medio agachados, apretados contra las paredes de piedra para cubrirse. Garion los guiaba con el ceño fruncido, sus ojos de color castaño oscuro parpadeaban en todas direcciones. A Corayne le recordaba a Sorasa, siempre buscando una escapatoria, planes sobre planes.

—Si logramos entrar entre los espinos, tendremos una oportunidad —murmuró, haciéndoles señas para que atravesaran un arco de piedra. Éste se derrumbó un momento después, escupiendo polvo y escombros—. Como dijo Charlie, le dejamos los dragones a Valnir.

—Dejar morir a Valnir, querrás decir —espetó Corayne, mirando a la vuelta de una esquina. Estaba despejado, salvo por unos cuantos cadáveres sin carne.

—Mejor Valnir que tú —replicó Charlie con dureza. Se parecía más al fugitivo que conoció en Adira, centrado en su propia supervivencia.

Pero ella no podía discutir su punto de vista. Su lógica era sólida, innegable. A cada paso que daba, Corayne maldecía su sangre. Su inútil derecho de nacimiento. Todas las cosas que la hacían más importante, sin otra razón que la mala suerte. *Para nada.*

Corrían con desenfreno, saltando por encima de viejos esqueletos y cuerpos frescos, con la armadura de Sirandel pintada de rojo. Los ojos de Corayne se llenaron de lágrimas al reconocer los cadáveres de inmortales esparcidos entre los escombros. Junto a la entrada, Castrin miraba fijamente el cielo azul, ahora brillante, sin ver sus ojos amarillos.

La madre dragón hizo un festín con las ruinas, derribando piedra a piedra los restos del castillo. Rugía y se enfurecía, con las alas desplegadas, mientras las flechas de los Ancianos chocaban con su impenetrable piel. El dragón rojo estaba encogido debajo de ella, con las alas enroscadas sobre el cuerpo, protegiéndose de los ataques. Sus gemidos amenazaban con partir en dos la cabeza de Corayne.

Sólo quedaba una docena de Ancianos, todos maltrechos, manchados de sangre y ceniza.

Valnir cojeaba entre ellos, con su gran arco de tejo partido en dos, abandonado a sus pies. Pero aún sostenía una espada y la blandía como el cetro de un rey.

—¡Otra descarga! —rugió, con las venas del cuello palpitando. La cicatriz que le rodeaba la garganta destacaba por encima de la cota de malla.

Los arcos tintineaban y las flechas silbaban en el aire.

—¡Está hecho! —gritó Corayne, para consternación de Garion. Él dejaría a los Ancianos como distracción antes que salvar a uno solo—. ¡Está hecho, fuera de aquí!

Los ojos amarillos de Valnir se encontraron con los de ella a través del polvo y el humo, e inclinó la cabeza en señal de reconocimiento. Con un gesto de la mano, ordenó a sus guerreros que se retiraran.

Cerraron filas en torno a Corayne mientras corría, el miedo devoraba cualquier otra emoción en ella. Charlie corrió a su lado, Garion con él, con las manos entrelazadas. El último arco de piedra pasó por encima de ella y el suelo se inclinó bajo sus pies, bajando en pendiente por la colina. Los espinos se alzaban a ambos lados del camino. Era demasiado pronto para las rosas, pero los cadáveres florecían entre las enredaderas.

Corayne esperaba una llamarada en cualquier momento. En cambio, el aire frío le golpeó la cara. Sólo entonces miró hacia atrás y echó un vistazo a las ruinas. La silueta ya había cambiado, había más torres caídas, humo y escombros elevándose en el aire.

La madre dragón se enroscaba en su interior, y sus ojos brillantes los observaban huir. A través del humo, Corayne sostuvo su mirada de serpiente. Hasta que el dragón bajó la cabeza y tocó con su nariz escamosa al pequeño que tenía debajo de ella. El dragón rojo se estremeció; aún estaba vivo, pero gravemente herido.

A pesar de tanta muerte, Corayne sintió una gran compasión. Y alivio.

El dragón no abandonará a su cría, se dijo, viendo cómo el castillo se hacía cada vez más pequeño.

Otro grito resonó en las colinas invernales, la inquietante llamada de un pequeño. Le siguió el rugido de su madre, que luego se desvaneció.

Por primera vez, la victoria no dependía de a quién mataban, sino de a quién dejaban con vida.

* * *

No se detuvieron hasta cruzar la frontera, más allá del Alsor y la Rosa, en las grandes estribaciones de las montañas.

La noche cayó pesadamente, y Valnir detuvo a la maltrecha compañía sólo cuando la oscuridad se volvió tan densa que ni siquiera los caballos podían ver sus propios cascos. El alba siguiente ya era un suave matiz sobre los picos dentados de las montañas situadas al este, con su luz brillando sobre las cumbres nevadas.

Corayne apenas reparó en las montañas, las nuevas estrellas o el reino alpino de Calidon. El cansancio le calaba hasta los huesos y el corazón, y sólo le quedaban fuerzas para deslizarse desde la silla de montar. Apenas había tocado el suelo cuando sus ojos se cerraron y ya la esperaba un vacío de sueño sin sueños.

Se despertó a mediodía, con la cara hacia una débil fogata. Reducida a las brasas, desprendía un calor mortecino. Al otro lado del círculo de piedras, Charlie seguía durmiendo, abrigado junto a Garion.

Incluso los dragones agotan a los Amhara, pensó, estirando los brazos. La Espada de Huso yacía a su lado, tan cerca como un amante. Le dolía el estómago vacío y se retorció buscando sus alforjas.

Pero estuvo a punto de saltar del susto.

Valnir se agachó a su lado, en silencio y con la mirada fija. Era como encontrarse cara a cara con un halcón, con sus ojos amarillos clavados en los suyos.

—Por los dioses —maldijo Corayne, dejándose caer sobre los codos.

El Anciano monarca sólo parpadeó, su rica capa lo cubría al estar agachado.

—¿Qué?

Corayne apretó los dientes.

—Me sorprendiste, eso es todo.

—No era mi intención —respondió él con frialdad.

—Lo sé —respondió ella, molesta por los modales del Anciano y sus pésimos modales. Más enojada aún por lo mucho que le recordaba a Dom.

Valnir se levantó con una gracia arrolladora, extendiendo una mano blanca hacia ella en invitación abierta.

—Camina conmigo, Lady Corayne.

—Muy bien.

Bostezó y permitió que el Anciano la pusiera de pie. Deslizar la Espada de Huso sobre su hombro era su segunda naturaleza.

Los Ancianos restantes montaban guardia, sus siluetas rodeaban el campamento como estatuas. Por primera vez desde Vergon, Corayne los contó. Quedaba una docena. Mientras caminaban por la cima de la colina, Valnir siguió su mirada. No era difícil adivinar sus pensamientos.

—Dejé el Bosque del Castillo con doscientos de los míos —murmuró—. Doscientos de Sirandel, inmortales todos. Todas las edades de este reino dentro de ellos, toda la memoria de demasiados años para contarlos. Todo perdido.

Al oeste, Allward se extendía bajo ellos como una colcha. Un mosaico de granjas y bosques, reinos, pueblos. Lenguas y rutas comerciales. Corayne observaba la tierra sin su curiosidad habitual. Seguía cansada, cansada de todo. Incluso el conocimiento que solía hacerla feliz antaño, cuando el único mundo que conocía era el borde de un acantilado en el Mar Largo.

Soltó un gran suspiro, incapaz de volver a mirar a Valnir a la cara.

—Lo siento, mi señor. No puedo decirte cuánto lo siento —dijo, abrazándose contra el frío—. Estaré de luto por todos.

Para su sorpresa, Valnir sacudió la cabeza. Ese día llevaba el cabello suelto, cayendo como una larga cortina roja. Aún olía a humo. Con el ceño fruncido, Corayne se dio cuenta de que todo olía así.

—Ya estás de luto por demasiados —dijo pensativo—. No asumas una carga que no necesitas llevar.

—Murieron por mí —respondió—. Lo digo con mucha frecuencia en estos días.

Al igual que ella, el Anciano miró hacia el oeste. En lo alto, el sol iniciaba su lento arco hacia el anochecer.

—Murieron por el Ward, por los suyos, por sus familias. Murieron por *mí,* Corayne —su voz adquirió un tono áspero. Algo extraño para un Anciano—. Es una muerte que ellos habrían elegido. Yo lo haría de nuevo si tuviera que hacerlo, y daría mi propia vida con gusto.

Corayne sintió una ráfaga familiar de compasión por el monarca Anciano. Como Dom tantas veces, Valnir luchaba con una pena demasiado mortal. Sus ojos brillaban con lágrimas no derramadas mientras miraba el cielo, el suelo, las colinas abajo, las montañas detrás. Miraba cualquier lugar, menos a Corayne.

No lo entiende. Es tristeza o vergüenza.

—No es culpa tuya, Valnir —dijo ella, estirando la mano para tocarle el brazo—. Nada de esto lo es.

Su capa se sentía suave bajo la mano de ella, la tela púrpura finamente tejida, de color intenso. No estaba desgarrada por una garra de dragón, quemada o ensangrentada. Lentamente, él se apoyó en la palma de la mano de Corayne. Ella se sentía como si consolara a un viejo árbol.

—Es una cuestión de perspectiva —la miró desde arriba. A ella no le pasó desapercibida la forma en que sus ojos recorrieron la Espada de Huso que tenía sobre el hombro, la espada que él había fabricado—. Vuelvo a decir que estoy dispuesto a morir por esto, si es necesario.

Corayne tenía pocas ganas de sonreír, pero lo intentó de todas formas.

—Llévame a Iona, y tal vez los dioses digan que estamos a pares.

Él le mostró los dientes, su propia versión de una sonrisa.

—Tal vez ellos lo hagan, Corayne del Viejo Cor.

El nombre le parecía incorrecto, como un mapa sin leyenda o el sol saliendo por el oeste. Una vez más, pensó en su padre, Cortael del Viejo Cor. Ella era tanto de él como de cualquier otro, por muy distante que él estuviera. Perdido por siempre para ella.

Aun así, extendió una mano en la oscuridad de su mente. Y deseó que, de algún modo, él tomara su mano.

* * *

El sueño llegó dos días después. No de Lo que Espera, esa sombra siempre en el borde de su mente.

Sino de Erida, reina de Galland.

Corayne la miraba a través de una gran cadena montañosa, un castillo que no conocía estaba detrás de la reina. Soplaba un fuerte viento, impregnado de olor a sangre y humo. Erida se mantenía firme, como una estatua contra la tormenta. Vestía con seda escarlata, su cabello de color castaño ceniza estaba trenzado en una opulenta corona de joyas con los colores del arcoíris. La joven reina era tan hermosa y magnífica como Corayne recordaba, más temible que cualquier soldado.

Entonces, sus ojos se entrecerraron y sus labios esbozaron una terrible sonrisa. Poco a poco, el zafiro azul de sus ojos se convirtió en un rojo ardiente.

El miedo se apoderó de Corayne de un modo tan brusco y repentino que se sintió fulminada por un rayo. Sin pensarlo, desenvainó la Espada de Huso que llevaba a la espalda para cortar en dos a la reina y destruir al monstruo en que se había convertido.

Corayne se despertó antes de que el filo de la espada alcanzara a la reina. La luz del amanecer se derramaba sobre el resto del campamento de los Ancianos. El sudor cubría su cuerpo y su ropa estaba húmeda contra su piel. El pulso le retumbaba en los oídos y cada respiración era un jadeo corto y superficial.

No sabía qué significaba el sueño. Se cernió sobre ella como una nube durante muchos días. Cada noche temía dormir, no fuera a ser que Erida regresara, más cercana y terrible, con sus ojos ardientes amenazando con devorar el mundo.

18

LOS DIENTES DEL LEÓN

Sorasa

Debí haberla matado.

Sorasa rompió la superficie del canal con una respiración agitada, intentando no ahogarse más con el agua del río. Sus brazos se esforzaron, llevándola los últimos metros hasta la pared del canal. Empapada, salió a la oscura calle. Buscó el sonido de los cuernos de la guarnición del palacio o de los pasos de los guardias. Pero no oyó nada.

Después de atravesar a toda velocidad los jardines del palacio y zambullirse en la laguna privada de la reina, sólo era cuestión de seguir corriente abajo. Llegaron a un rico barrio mercantil, lo bastante cerca del palacio para justificar patrullas itinerantes de vigilancia de la ciudad. Los muros de entramado de madera y los techos de tejas estaban dispuestos en hileras ordenadas, las calles se entrecruzaban por el sector. Al igual que el palacio, ésta era otra isla del archipiélago de la ciudad, rodeada de agua por todas partes.

Es Princesiden, lo supo Sorasa, al ver las reveladoras coronas doradas estampadas en las puertas y los letreros. La mayoría de los comerciantes servían a la corte real de Galland, y sus tiendas eran las mejores de la ciudad. Los escaparates estaban a oscuras, cerrados por la noche. Las ventanas de los pisos superiores brillaban, delatando a la gente en su interior. Pero no había guardia, para alivio de Sorasa. La calle estaba casi vacía, salvo por unos pocos mendigos que habían salido de sus callejones y alcantarillas. Tres de ellos vagaban al borde del canal, sin prestar atención a la asesina Amhara y al Anciano inmortal que emergieron del río.

Sus ojos estaban puestos en el Palacio Nuevo y en el fuego que lo consumía todo dentro de sus muros.

Sorasa sintió el calor en su espalda mientras se ponía de pie y un charco crecía bajo sus pies. No se atrevió a mirar el Palacio, amurallado en el agua. Sabía muy bien lo que había detrás, lo que ella misma había hecho. Aun así, no pudo ignorar el estallido de los cristales ni el estruendo de las llamas. Ni los gritos que se oían debajo de eso, mientras sirvientes y cortesanos huían por el puente lejano o saltaban a los canales.

Huyen como ratas de un barco que se hunde, pensó Sorasa. *Yo también soy una rata, huyendo de la mejor oportunidad que el reino tendrá jamás.*

Le escocían los ojos y se escurrió el cabello, examinando las calles. Su brújula interna se desplazó, adaptándose a la gran ciudad de Ascal que se extendía a su alrededor.

Una torre se derrumbó en la isla del palacio, con el sonido de un trueno. Sorasa siguió adentrándose en las sombras, la oscuridad era su único consuelo en el mundo.

Dom la siguió. Lo que había quedado de su armadura se había hundido en el fondo del canal, y volvía a llevar sólo un jubón de cuero y pantalones; sus viejas botas chapoteaban con cada rápido paso que daba. El cabello caía húmedo y dorado sobre un hombro, con las huellas amoratadas de los días pasados en la mazmorra aún presentes bajo los ojos. Por muy desaliñado que estuviera, Dom seguía siendo un Anciano, inmortal y peligroso, con sus ojos verdes brillantes, como el fuego detrás de ellos.

Su voz siseó en el cuello desnudo de Sorasa.

—Debiste haberla matado.

Sorasa apretó los dientes mientras avanzaba por el fétido callejón.

—Sigue moviéndote —le espetó, ignorando el escalofrío que le calaba los huesos. Sus cueros estaban empapados.

Dom le seguía el paso con una facilidad molesta. El callejón se estrechaba, las paredes se cerraban sobre ellos, forzándolos a ir hombro con hombro. Sorasa empleó toda su voluntad para no hacerlo tropezar contra los ladrillos.

—Sarn —gruñó él, feroz.

Ella puso los ojos en blanco y se metió por un pasillo más estrecho. Dom tuvo que moverse de lado, sus hombros eran demasiado anchos para pasar por donde Sorasa podía caminar libremente.

—Gruñe todo lo que quieras, sólo mantén el ritmo.

Ella se cuidó de mantener la cara hacia delante, con las mejillas calientes y enrojecidas. Por nada del mundo permitiría que Dom viera su vergüenza.

—¿Siquiera sabes adónde vas? —murmuró el Anciano.

Sorasa entró en un pequeño patio cuadrado debajo de estrechas ventanas, con un solo árbol muerto en el centro. Los callejones se extendían en todas direcciones. Conocía todos los senderos y sabía adónde llevaban: a calles y amplias avenidas, a puentes y canales, a las numerosas puertas situadas a lo largo de las murallas de la ciudad.

Al este, la Puerta del Conquistador; al norte, las Puertas Pequeñas; al oeste, Godherda.

Recordaba bien la última puerta, de la vez anterior que habían escapado de Ascal. Aún podía oír los cuernos de advertencia sonando por toda la ciudad. En ese entonces, Dom estaba herido, medio inconsciente, sobre el lomo de un caballo robado. Sangró durante toda la noche, hasta que Sorasa temió que no volviera a abrir los ojos. Temía quedarse sola con Corayne y Andry, ser su niñera hasta el fin del mundo.

Volvería a ese momento con mucho gusto, pensó. *Aunque sólo fuera para recorrer de nuevo el camino, con los dos ojos abiertos.*

Dom se asomó, silencioso, mientras ella sopesaba las opciones de cada camino. Ella sentía su mirada con demasiada intensidad.

—Puerto del Viandante —murmuró finalmente Sorasa, eligiendo el callejón que iba hacia el este. Frunciendo el ceño, miró hacia atrás por encima de un hombro—. Puedo hacerlo con los ojos vendados, si lo deseas.

Él hizo una mueca, pero la siguió sin rechistar.

—No será necesario.

—Al menos, por fin confías en una parte de mí —refunfuñó Sorasa, para su propia sorpresa. Volvió a sentir el lento ascenso del calor por su rostro.

Te equivocas al confiar en una cobarde, pensó con amargura. *Demasiado temerosa para hacer lo que debería, y condenarnos a ambos a cualquier infierno que nos espere.*

Si Dom notó su incomodidad, no lo demostró.

—Debiste haberla matado —volvió a decir él, sin ninguna buena razón.

De nuevo, Sorasa tembló y maldijo su ropa mojada.

—Ya me arrepiento de haberte dejado con vida.

La frente clara de Dom se arrugó.

—La reina de Galland vale más que nosotros dos.

A su lado, los dedos de Sorasa se apretaron en un puño. Aún podía sentir la daga de bronce en su mano, el cálido cuero de la empuñadura, tan familiar como su propio rostro. Ahora estaba perdida para siempre, manchada con la sangre de una reina.

—¿Crees que no lo sé, Anciano? —le espetó, con la voz resonando en las paredes de piedra. Su cuerpo giró hacia él y estuvo a punto de chocar con su ancha figura.

Él la miró fijamente, con los labios entreabiertos, los ojos enormes, todo el dolor y la frustración eran evidentes. Sorasa sentía lo mismo en su propio corazón, junto con el arrepentimiento. *No podía hacerlo. No podía dejar que los dos muriéramos allí. Ni siquiera con Erida en la balanza.* El puño de Sorasa tembló y ella continuó mirando a Dom fijamente, sin pestañear. El verde se encontró con el cobre dorado.

En algún lugar a lo lejos, se escuchó otro estruendo, seguido de un enorme chapoteo de agua en movimiento. Otra parte del palacio se derrumbó, esta vez sobre los canales. Una muralla o torre, Sorasa no lo sabía. Detrás de todo, el rugido del fuego se seguía propagando, tragándose los sonidos de cualquier grito mortal. A medida que se extendía la destrucción, también se extendía el pánico. Las velas se encendían en las ventanas y los ciudadanos se asomaban a las calles, las voces se alzaban por todo Ascal.

Sorasa sabía que pronto llegaría el caos. Sólo debían adelantarse a él.

—Quizá ella ya esté muerta —Sorasa se escuchó a sí misma murmurando..

La torre estaba en llamas, el palacio se desmoronaba a nuestro alrededor. Y la dejé clavada a una mesa.

La risita de Dom fue más parecida a una burla.

—No debemos albergar esperanzas, Sarn. No tenemos tanta suerte, ¿verdad?

—Todavía estamos vivos —dijo Sorasa—. Supongo que eso es suficiente suerte.

Luego, soltó un suspiro y dejó atrás esos pensamientos.

—Sigue moviéndote —dijo ella de nuevo, con más suavidad—. No sé de cuánto tiempo disponemos, pero debemos aprovechar el que podamos.

Por primera vez, Domacridhan no discutió. Hizo lo que se le ordenó, como una sombra a su espalda.

Los dos atravesaron los callejones y las calles laterales como un viento oscuro. Sorasa evitaba en lo posible las grandes avenidas y las plazas de mercado. Incluso por la noche había bastante tráfico, ya que media ciudad frecuentaba las tabernas, las casas de juego, los burdeles y las salas de juego. Por no hablar de los soldados de la guarnición de la ciudad y los centinelas de la Guardia. Todos ellos correrían hacia el palacio para ayudar en la evacuación y cazar a los responsables.

—¿Qué hay de Sigil? —susurró Dom detrás de ella.

Sorasa hizo un gesto de dolor y se apoyó en la pared, esquivando apenas a un par de lavanderas que pasaban por allí.

—Sigil estará en el puerto con el embajador temurano —respondió Sorasa con firmeza. Se negó a considerar cualquier otra posibilidad—. Desde allí, todos podremos salir de la ciudad. Viajaremos escondidos con los temuranos, navegaremos bajo la protección del embajador. Sencillo.

Nada en esta vida es sencillo. Sorasa conocía demasiado bien esa lección.

Por encima de ella, Dom entrecerró los ojos. Por muy Anciano que fuera, torpe ante las emociones mortales, Sorasa se sintió estudiada. Se le erizó la piel.

—Ya hemos escapado de esta ciudad una vez —dijo él, haciéndole un gesto para que siguiera caminando—. Podremos hacerlo de nuevo.

Sorasa giró sobre sus talones con cierto alivio, agradecida de dejar atrás a Dom. No le gustaba la forma en que la miraba, leyéndola como nunca antes lo había hecho. Nunca había pasado tanto tiempo ininterrumpido con otra persona. Ni siquiera en la ciudadela, donde los acólitos estaban separados durante semanas. Llevaba seis meses con Dom, cada segundo como un arañazo de uñas sobre el cristal.

Mientras caminaban, Sorasa anhelaba estar unos minutos a solas. Aunque sólo fuera para atarse un poco más la máscara y acorazar mejor su corazón.

—La nave temurana tendrá una bandera color cobre con un ala negra —dijo después de unos minutos.

La voz de Dom se oscureció.

—¿Por qué necesitaría saber eso?

—Porque deberías saber cosas, Dom —murmuró ella, exasperada—. Por si acaso.

Por si acaso nos separamos. O algo peor.

El Anciano se acercó más a ella, tanto que ella pudo oír el salvaje chasquido de sus dientes.

—Si haces alguna tontería y logras que te maten —siseó Dom—, debes saber que podrías haber acabado con la Reina en vez de morir.

Sorasa pensó en empujarlo a una cuneta. Pero sólo lo miró con el ceño fruncido.

—Es una forma muy extraña de decirle a alguien que no quieres que muera.

El rostro de Dom se contrajo, sus cicatrices captaron la luz de la linterna.

—Si te quisiera muerta serías un esqueleto en Byllskos —siseó en respuesta.

Ella apretó los dientes.

—Y tú seguirías encadenado en las entrañas de la mazmorra de Erida, si no es que muerto mil veces ya.

Para sorpresa de Sorasa, Dom se detuvo a su lado, acorralado por las paredes de un callejón.

—Sí —dijo, mirándola. Un músculo brincó en su mejilla—. Sí, lo estaría.

Ese reconocimiento le pareció una disculpa a Sorasa y asintió, aceptándola sin mucho alboroto. No tenía energía ni ganas para mucho más.

—Bandera de cobre. Ala negra —volvió a decir, y se dio la vuelta para avanzar.

La respuesta de Dom fue apenas un susurro.

—Gracias por salvarla.

Se necesita mucho para que un Amhara pierda el equilibrio.

Sorasa giró demasiado rápido y estuvo a punto de resbalar sobre las piedras sueltas del callejón. Sus ojos se abrieron contra la tenue luz, tratando de ver un poco más del rostro ensombrecido de Dom.

Él le devolvió la mirada, inmóvil. El pulso le latía en la garganta, donde una vena palpitaba con cada latido de su estúpido y noble corazón.

Sorasa tragó saliva con fuerza, sus propios latidos retumbaban en sus oídos.

—Éste no es el momento para eso, Dom.

El Anciano la ignoró.

—Corayne habría muerto en Gidastern de no haber sido por ti —dijo—. Salvaste el reino, Sorasa.

Demasiadas emociones se entremezclaban en sus palabras, y era fácil ver cada una de ellas reflejada en su rostro. Gratitud, vergüenza, arrepentimiento. Orgullo. Respeto.

Por encima de todo, respeto.

—Pareces idiota —espetó ella.

Aun así, sentía un nudo en la garganta. Nadie la había mirado así en toda su vida. En la Cofradía sólo existía el éxito o el fracaso. El éxito se esperaba, pero nunca se recompensaba. Nunca se tenía en cuenta. No había elogios para los asesinos, sólo el mordisco de otro tatuaje, y otro contrato otorgado. Absurdamente, la mano de Sorasa buscó su única piedra de toque.

Pero la daga Amhara había desaparecido, sacrificada ante una torre en llamas y una reina devoradora. No tenía nada más que su propia mente. Y a Domacridhan.

—Salvaste el reino —volvió a decir Dom, con voz potente.

La mano de Sorasa se cerró en un puño.

—Todavía no.

* * *

El Puerto del Viandante era caótico en sus mejores momentos, con las calles atestadas de todo tipo de gente. Sacerdotes, ladrones, mercaderes, contrabandistas, fugitivos, diplomáticos extranjeros. Velas de todos los colores, banderas de todos los reinos, gritos en todos los idiomas del Ward. Cuando cruzaron el Puente Lunar, arqueándose sobre el Quinto Canal, Sorasa exhaló un leve suspiro de alivio. Ni Dom ni ella destacarían. Sólo eran dos viajeros cansados más en medio de la multitud, masticados y escupidos por Ascal.

O eso pensaba Sorasa.

Estaban a pocos pasos de la isla del puerto, atrapados entre una multitud de peregrinos, cuando sonaron los cuernos.

Y no desde el palacio.

Sin pensarlo, Sorasa giró sobre sus talones, mirando hacia el Gran Canal, hacia la entrada del puerto. A otro puerto, más grandioso que el del Caminante en todos los sentidos.

El Refugio de la Flota.

Sus ojos se abrieron de par en par al contemplar el espectáculo imposible. Lo que alguna vez fuera el corazón de la armada de Erida, un puerto circular construido para albergar galeras de guerra como caballos en un establo, se había convertido en un infierno. Almacenes y muelles ardían, barriles y cajas estallaban. Los mástiles se alzaban negros contra las llamas rojas, las velas ondeaban en el torrente de aire caliente. Uno a uno, los mástiles se desmoronaban, las galeras se consumían debajo de ellos, astillándose en el agua.

La mirada de Sorasa saltó al cielo, buscando en el humo cualquier indicio del dragón. Un ala de murciélago, una extremidad enjoyada, un par de mandíbulas peligrosamente abiertas.

Pero las nubes estaban vacías.

Su mente zumbaba, el aire se calentaba contra su cara, la flota ardiente aparecía como otro sol en el horizonte. Los muros de la ciudad parecían cerrarse en torno a su garganta, amenazando con asfixiarla. Se abrió paso a codazos por el puente abarrotado, entre la gente aturdida que miraba las llamas incandescentes.

—¿De alguna manera encendiste un cerillo para quemar toda la ciudad? —Dom le siseó al oído, moviendo las piernas junto a las de ella.

Sorasa rechinó los dientes.

—No fui yo.

Bajó la voz.

—¿Sigil?

—No se atrevería a arriesgar a su familia.

—Entonces, ¿quién?

Los pensamientos de Sorasa volvieron a enredarse, repasando demasiadas posibilidades. *Accidente, sabotaje, un capitán descontento al que se le acabó el ingenio.* Miró hacia atrás por encima del hombro, esforzándose por ver a través de la multitud del puerto, incluso mientras avanzaba.

La luz de las llamas ondulaba contra el humo que era una masa nebulosa y se elevaba en una columna negra para unirse a las nubes que ya estaban bajas. Otros edificios ocultaban gran parte del Refugio de la Flota, pero Sorasa vislumbró lo suficiente. Las galeras luchaban por salir del cothon, huyendo de sus muelles, sólo para encontrarse con un bloqueo de sus propios barcos, con sus grandes cascos ardiendo mientras se hundían en el agua. Lo que hubiera incendiado el Refugio de la Flota lo había hecho a la perfección, atrapando a las galeras de guerra y a los marineros por igual. Sólo las pequeñas embarcaciones lograban colarse, botes pequeños e incluso lanchas de remos tripuladas por cualquier marinero que tuviera la suerte de apropiarse de un remo. Sorasa podía verlos chapotear en el agua, como insectos en la superficie de un estanque en llamas.

—Necesitamos subir a un barco, a cualquiera—dijo, volteando de nuevo hacia delante—. No pasará mucho para que la reina llame a las armas a la ciudad y cierre el puerto por completo.

Hasta que quedemos atrapados.

Para su alivio, Dom no discutió.

Observó por el rabillo del ojo no la flota en llamas, sino las torres al final del canal. Los Dientes de León. Se erguían como dos centinelas, vigilando el único camino hacia el mar, la única vía de escape para tantos barcos que aún permanecían en el puerto.

Llegaron a los muelles del Puerto del Viandante al amparo de una gran cantidad de gente, la mitad de la cual se había quedado boquiabierta al ver el Refugio de la Flota en llamas. Había patrullas de guardia, pero ellos corrían hacia el astillero en llamas.

Sorasa sintió que se liberaba un poco. El Refugio de la Flota era una distracción mejor de la que jamás podría haber pedido.

Oportunidad, pensó, con el delicioso matiz que le cantaba en la sangre.

Pero ¿por qué?, se preguntaba el resto de ella. *¿Quién?*

Más cuernos sonaron sobre la ciudad, como trompetas en un bosque llamando a la caza. Un escalofrío recorrió la espalda de Sorasa. Los cuernos convocaban a la guarnición de la ciudad, llamando a las torres de vigilancia y a los puestos de guardia. Todos los soldados de Ascal se levantarían a la orden de Erida, para inundar la ciudad y todo lo que hubiera dentro de sus muros.

El Puerto del Viandante no era el recinto del palacio ni de Princesiden. Este distrito era más caótico y canallesco, como correspondía al puerto de una gran ciudad. Sorasa vislumbró a todo tipo de gente peligrosa mientras avanzaban, evitando a los matones en los callejones y a los degolladores en las alcantarillas. Los ladrones merodeaban junto a los mensajeros y los marineros.

No le temía a ninguno de ellos.

Pero temía a las torres. Volvió a mirar hacia los Dientes de León, con miedo por lo que pudiera ver en la boca del canal. En cualquier momento esperaba otro toque de cuerno, o incluso el chirrido asesino de una cadena.

—Sorasa.

El aliento de Dom le llegó frío a la oreja. Sorasa se congeló para no saltar dentro de su piel.

Antes de que pudiera mascullar una respuesta, Dom señaló hacia delante, a lo largo de los muelles atestados de barcos de todos los tamaños y tripulaciones de todos los colores. Entrecerró los ojos, sus ojos mortales luchaban contra las sombras cambiantes y el caos general. Primero buscó a Sigil entre los numerosos rostros, con la esperanza saltando en su pecho.

Pero no fue a Sigil a quien encontró.

—He visto esa nave antes —gruñó el Anciano por encima de ella.

Los ojos de Sorasa se abrieron de par en par, leyendo las líneas de una enorme galera como lo haría con una cara conocida.

—Yo también.

Velas púrpuras, una doble cubierta de remos, dos mástiles. Lo bastante grande para rivalizar con cualquier galera comercial o incluso con un buque de guerra. Enarbolaba la bandera de Siscaria, con una antorcha dorada sobre púrpura. Pero Sorasa sabía que no era así.

Este barco no tenía bandera.

Tampoco su capitana.

19

EL COSTE DEL IMPERIO

Erida

El palacio ardía como ardía su mano, mordida desde el interior. Al rojo vivo y cegador. Erida no podía llorar. Ni siquiera pudo ver cómo la Amhara y el Anciano saltaron por las ventanas, con un destino sólo conocido por los dioses.

Apenas podía pensar en otra cosa que no fuera el dolor, su mundo se reducía a la daga que atravesaba su palma, clavada en su propia carne. Las llamas ardientes lamían las paredes, como demonios en las comisuras de sus ojos. El sudor se derramaba sobre su piel, empapando el camisón, mientras su sangre caía sobre la madera de la mesita, brotando de la herida abierta.

—Esto te va a doler —le dijo una voz al oído, y una mano familiar le apretó la cabeza contra otro pecho.

El puño de la otra mano de Taristan se cerró en torno a la empuñadura de la daga. Ella se estremeció y gritó contra él.

El acero calcinó huesos, nervios, músculos y piel.

La visión de Erida se tornó blanca.

Sus rodillas se doblaron, esperaba el golpe de su cuerpo contra el suelo. Pero no fue así. Taristan la sujetó con destreza, un brazo alrededor de la espalda y el otro bajo las rodillas dobladas. Quedó colgando, ingrávida e indefensa entre sus brazos.

—Debes contener la hemorragia —espetó él, concentrado en salir con vida de su alcoba.

Erida quería vomitar. En cambio, aspiró una bocanada de humo, ahogándose al jadear. Con la mano sana, envolvió su palma herida con la tela suelta de su camisón, gimoteando de dolor. El mínimo movimiento le producía un relámpago de sufrimiento que atravesaba su mano y subía por su brazo.

Sólo su ira la mantenía despierta. La recorría junto con el dolor, los dos entrelazados como amantes.

Entrecerró los ojos a través de la estancia llena de humo, su antaño magnífica habitación estaba reducida a brasas. Su cama ardía en llamas, el marco profusamente tallado se había desmoronado. El fuego lamía la madera laqueada, consumiendo todo lo bello. Las cortinas ribeteadas con encaje madrentino, los espejos excepcionales, las alfombras rhashiranas. Los candelabros de cristal. La ropa fina. Las almohadas de plumas. Las flores en jarrones enjoyados. Los libros de valor incalculable, sus páginas convertidas en cenizas.

En el suelo, la daga de bronce yacía donde Taristan la había arrojado. Ella la memorizó, y sus ojos llorosos e inyectados de sangre observaron la curva del filo y el cuero negro de la empuñadura.

Una Amhara, lo supo Erida, al igual que conocía la mirada de la mujer que sostenía la espada.

Tatuada, ágil, inteligente. Ella había salvado por primera vez a Corayne hacía tantos meses, cuando la chica heredera de Cor estaba en manos de Erida. La mujer Amhara había robado la victoria en ese entonces, y la robaba de nuevo esta vez.

El humo seguía elevándose en espiral tras la estela de sus enemigos, agitado por la huida de Domacridhan y la Amhara.

Una parte de ella esperaba que estuvieran destrozados en la base de la torre del palacio, sus cuerpos destruidos por la caída. El resto de su ser sabía que los Amhara no entregarían su vida tan tontamente.

Mientras Taristan huía de la habitación, abriéndose paso entre el fuego y derrumbando las tablas del suelo, Erida maldijo a su dios, con el sabor de la sangre agolpándose en su boca. Pero ni siquiera Lo que Espera respondió, sus susurros desaparecieron en su hora de necesidad.

Ella debió matarme, pensó Erida, con los dientes apretados conforme daba cada agónico paso hacia delante. *Ésa es la bendición de Lo que Espera. Sigo viva, para luchar y vencer.*

Se apretó más contra Taristan y le rodeó el cuello con el brazo libre. Su piel ardía contra la suya, abrasadora como las llamas. Estaba literalmente en manos de Taristan, a merced de su fuerza y su valentía. De algún modo, le resultaba fácil confiar en él. Lo sentía como algo natural, como respirar.

El salón estaba peor que la alcoba, los tapices se carbonizaban en las paredes mientras las vigas caían por encima, levantando brasas como luciérnagas. Con los ojos entrecerrados vio los cuerpos en el suelo. Erida no lamentó la pérdida de sus caballeros de la Guardia del León. Su deber era morir por ella.

El dolor y la rabia iban y venían, gobernando un latido y luego el siguiente. Su mano palpitaba, la sangre brotaba entre sus dedos. Por más que lo intentaba, no podía doblar la mano, sus dedos apenas respondían.

Era demasiado para soportarlo.

Taristan estaba pálido a la luz del fuego, su propia sangre corría libremente por sus numerosas heridas. Una vez más, Erida maldijo al Anciano, a Corayne y a todos los de su calaña.

Cuando volvió a cerrar los ojos, se internó más profundamente en sí, aferrándose a las últimas gotas de su fuerza.

Taristan murmuró algo, interrumpiendo su concentración.

Ella apenas podía descifrar las palabras, por el peso del dolor y por la excesiva gravidez del humo en sus pulmones.

—Ella arde —oyó susurrar a Taristan, jadeando—. Ella arde con el mundo.

El Anciano lo había dicho hacía unos instantes, su voz era un eco que aún perduraba, aunque hacía mucho que se había ido. Erida no podía entender, el mundo se volvía rojo y negro, sangre y ceniza.

Ella arde con el mundo.

Pero Erida de Galland se negaba a arder.

* * *

Erida parpadeó ante la gran columna de la Konrada, la aguja abovedada que se elevaba cien metros por encima de ella. En las numerosas vidrieras colgaban linternas y algunos sacerdotes miraban desde los balcones de la torre. Los rostros de todos los dioses miraban desde la cámara de veinte lados, con sus ojos de granito atentos a la hemorragia de la reina. Ella les devolvió la mirada a esas figuras conocidas. Lasreen y su dragón Amavar. Tiber con su boca de monedas. Fyriad entre sus llamas redentoras. Syrek con su espada alzada como un faro de fuego.

Lo que Espera no tenía una estatua ahí, pero sintió su presencia de todos modos. Detrás de cada dios, en cada vela. Y en su propia mente, merodeando en los bordes, observándola como todos los demás.

El humo se pegaba a su cabello y a su camisón manchado; cenizas y sangre se incrustaban bajo sus uñas. La destrucción pintaba su cuerpo y los cadáveres que la rodeaban. Sus ayudantes destacaban sobre la prístina torre, la mayoría cubiertos de hollín. Taristan tenía el peor aspecto de todos, el blanco de sus ojos parecía violento en contraste con su rostro, cubierto de ceniza. La observaba con mirada maniaca, medio enloquecido por la ira.

Cuando su mente se aclaró, Erida se dio cuenta de que estaba recostada contra un diván que habían llevado hasta el centro de la catedral. Su médico, el doctor Bahi, estaba sentado a su lado, concentrado en su mano.

El doctor Bahi trabajaba diligentemente para vendar su herida, con una lentitud insoportable. Seguía doliéndole y ella soltó un suspiro, con las lágrimas calientes rodando por sus mejillas.

No lloraba. Las lágrimas no se detenían, sus ojos ardían con su calor. Pero ella no daría más. Ni un sollozo, ni una maldición. Su rabia hervía bajo la superficie, sin ser vista por ninguno de sus muchos ayudantes.

Éstos zumbaban a su alrededor como moscas sobre un cadáver. Criadas, damas de compañía. Lady Harrsing con las fosas nasales negras por respirar humo. Thornwall y sus lugartenientes mantenían una distancia cortés, porque la reina estaba desnuda. Taristan y el médico eran los únicos hombres a los que se les permitía estar cerca de ella. Incluso Ronin caminaba sin rumbo fijo, con los ojos más sombríos que de costumbre, al borde del vestíbulo, medio cubierto por la sombra de las esculturas de la catedral.

—¿Qué opina, doctor? —murmuró Erida.

Bahi se mordió el labio, con voz entrecortada e insegura. No dudaba de su habilidad, sino de la reina. Ella podía acabar con él con una sola palabra, y él lo sabía muy bien.

—No perderá la mano —dijo finalmente—. Si es que no hay infección.

El peso del *"si es que no"* golpeó a la reina como una patada en el estómago. Erida intentó cerrar el puño, pero los mismos dedos parecían separados del resto de su cuerpo. Intentó no imaginar que le faltaba toda la mano y que su muñeca acababa en un muñón ensangrentado.

Vio el bulto de la garganta de Bahi por encima del cuello de su camisa de dormir. Al igual que los demás, había escapado del palacio con poco más que la ropa que llevaba puesta.

—Puedo decir que tuvo suerte, Su Majestad —continuó—. Si le hubieran dado un poco más abajo, el golpe habría dejado toda la mano inútil, y tal vez habría sido necesario amputarla.

—Una Amhara hizo esto. Sabía dónde atacar y cómo. No fue la suerte —replicó Erida, con un tono agrio en sus palabras—. Gracias, doctor Bahi —añadió, un poco más suave por el bien del médico.

Agradecido, Bahi se levantó e hizo una reverencia, escabulléndose para reunirse con el resto de los que esperaban alrededor.

Harrsing estaba junto a Erida con gesto adusto, apoyada en su bastón. Llevaba el cabello suelto sobre su espalda, ondulado y gris. Tosió y se ciñó la capa que le habían prestado. A pesar de su avanzada edad, tenía un aspecto asesino.

—Así que te has convertido en objetivo de los Amhara. Deberíamos enviar una legión a la ciudadela de Mercurio y obtener información sobre el contrato —dijo, furiosa—. Debemos saber quién compró tu muerte. ¿Quizá los temuranos? ¿Y los Amhara se colaron con el embajador?

Lentamente, Taristan negó con la cabeza.

—No ha sido obra de la Cofradía Amhara, sino de una asesina que perseguía sus propios fines —murmuró, sin dejar de mirar la herida de Erida.

La reina los miró a ambos, consejera y consorte.

—El embajador huyó, ¿verdad? —preguntó.

Lady Harrsing asintió.

—Junto con el resto del palacio y la mitad de los barcos que había en el puerto.

Un escalofrío recorrió la espalda de Erida. El embajador Salbhai había revelado sus cartas en sus últimos momentos juntos, antes de que todo se convirtiera en cenizas. No había venido para pactar la paz entre sus naciones, sino a negociar por la mujer temurana. Erida ignoraba cómo él había sabido sobre ella. Pero le preocupaba profundamente.

¿Qué más sabe el emperador de mis planes y los de Taristan?

—Si logra volver a Bhur —murmuró, encontrándose con la mirada de Taristan—, me temo que podríamos encontrar un ejército de los Incontables a las puertas de la ciudad.

Para su disgusto, su marido gruñó con frustración.

—Me importa poco la política del Ward. Cada día es menos significativa.

En el diván, Erida apretó su mano buena. La herida le palpitaba dolorosamente, agravada por los latidos en aumento de su corazón. Se encontró con los ojos de Lady Harrsing e intercambiaron miradas frustradas.

—Discúlpanos, Bella —mascculló entre dientes.

Lady Harrsing sabía que no debía discutir, e hizo un gesto para que el resto de las revoloteantes doncellas se marcharan con ella. Su bastón resonó mientras se paseaba por el suelo de la catedral, dejando a Taristan y Erida solos en el centro.

No tenía privacidad, pero era lo mejor que la reina podía esperar en ese momento. Por el rabillo del ojo vio destellar una armadura dorada: los restos de su Guardia del León estaban apostados en el vestíbulo.

Erida apartó la mirada de ellos y se volvió hacia el gran altar de la Konrada, magnífico en mármol y dorado. Recordó lo que había sentido al estar allí, ante los rostros de los dioses, con un velo en la cabeza y una espada en la mano, y con Taristan a su lado. Ella no lo amaba entonces, cuando comprometió su vida a la de él. No tenía ni idea del camino que tenía por delante, del destino que ya estaba decidido.

Su mano derecha yacía curvada sobre su regazo, medio cubierta de vendas. Un poco de sangre ya había empezado a filtrarse, manchando todo a su alrededor.

—La última vez que tú y yo estuvimos aquí, sostuvimos la espada del matrimonio entre nosotros —dijo Erida.

Taristan puso cara de piedra, como siempre. Era su escudo y su muleta, Erida lo sabía. Después de una infancia como la suya, abandonado al mundo, sus emociones siempre habían sido una carga. Siempre una debilidad.

—Menos mal que no soy hombre —continuó ella—. Nunca volveré a empuñar una espada.

Uno de sus dedos se crispó a su lado, fue el único indicio de la incomodidad de Taristan.

—Tu corazón es espada suficiente —la consoló él, con los ojos clavados en el rostro de Erida.

Ella le devolvió la mirada, tratando de vislumbrar detrás del muro tan terriblemente alto que él había construido. Algo se ocultaba en él, algo que ella aún no podía comprender.

—Lord Thornwall ordenó cerrar la ciudad —añadió Taristan, tomando un aire más serio—. Todas las puertas, los puertos. Y han sofocado el incendio en el Refugio de la Flota. Dice que tuvimos suerte.

Erida exhaló un suspiro de dolor. Lo único que deseaba era que su marido se sentara, sentir su cercanía y su calor en la fría catedral. Pero las miradas de tantos eran demasiado difíciles de ignorar. Al igual que él, levantó el muro habitual, replegándose tras su máscara cortesana.

Se enderezó y se sentó en el diván como si fuera su trono. Su cuerpo se dolió en señal de protesta, pero ella hizo todo lo posible por ignorarlo.

—Él levantó la cadena del puerto —dijo ella—. Entonces, serán ratas en una trampa —su corazón se desplomó—. Si es que no escaparon ya. Esos dos son escurridizos como anguilas.

—Erida.

El susurro de él la detuvo en seco, era más suave que de costumbre. Él la miró, inmóvil, con la expresión aún velada. Pero había una grieta en su armadura, un destello de algo todavía más profundo.

No era el brillo rojo de Lo que Espera. Los ojos de Taristan seguían siendo negros hasta el final. Sus propios ojos.

Se llenaron de dolor.

—Taristan —fue todo lo que se le ocurrió responder, su propio susurro fue débil y medido.

Él respiraba de forma entrecortada, con los dientes apretados, y su pecho subía y bajaba con rapidez bajo el cuello abierto de la camisa. Sus venas blancas resaltaban sobre la piel pálida, destacadas por el corte a lo largo de la clavícula. Erida miró sus heridas y él miró las suyas. Poco a poco tomó conciencia de la situación y sintió que la respiración se agitaba en su pecho.

Ella recordó el miedo que había sentido aquella mañana, cuando él había hablado de sus heridas. Del Huso perdido, un don arrebatado. Él era vulnerable, y eso la aterrorizaba.

Ahora ella veía el mismo terror en él. *Por mí.* Sus ojos recorrieron su mano herida, luego la ceniza adherida a su suave piel. Erida sintió que su corazón se rompía por él, sabiendo lo grande que debía de ser su miedo si ella podía verlo.

Taristan sólo la había conocido como reina, rodeada de guardias, impasible en un trono. La armadura de Erida estaba pensada para el espectáculo, no para la función, sus armas eran de oro y no de acero. Dirigía un ejército, pero nunca luchaba; vivía en un campamento militar, pero nunca estaba desprotegida ni en peligro. Sus guerras se libraban desde el trono, no en el campo de batalla.

Hasta hoy.

Despacio, ella se acercó a él y tomó su muñeca con su mano buena.

El pulso de Taristan latió con fuerza al tener contacto con ella.

—Taristan —dijo Erida de nuevo, apenas un susurro.

Él levantó la mirada con los labios apretados, mientras su expresión oscilaba entre el miedo y la furia.

—Este camino lo debo caminar yo —dijo Taristan—. Es el peligro que debo afrontar.

Erida levantó la barbilla.

—¿Y la victoria? ¿Es sólo tuya también?

Su respuesta fue rápida.

—No.

Con esfuerzo, Erida levantó la mano vendada para que él la viera. Le escocía bajo el vendaje, pero mantuvo el rostro firme, su determinación se impuso a la herida.

—Si éste es el costo del imperio, acepto pagarlo —dijo ella con firmeza—. Y no permitiré que mi propia sangre se derrame en vano. ¿Entendido?

Sin vacilar, Taristan se arrodilló con la muñeca aún sostenida por ella. Lentamente inclinó su frente enfebrecida hacia los nudillos de Erida, presionando piel contra piel durante un largo instante.

—Sí, mi reina —murmuró.

Para sorpresa de Erida, él no se movió. Por encima de su hombro, los ojos de sus numerosos acompañantes observaban la rara muestra de afecto entre reina y consorte.

Erida agachó la cabeza, lo bastante cerca para presionar su mejilla contra la suya.

—¿Qué pasa?

—Un rey de cenizas sigue siendo un rey —siseó él.

La reina apretó con fuerza la muñeca de Taristan, sintiendo los huesos bajo sus dedos.

—No te obsesiones con nada de lo que diga ese estúpido Anciano.

—Yo lo dije primero —gruñó. Su piel se encendió y su mejilla se ruborizó contra la de ella.

A pesar de su calor, Erida se enfrió. El miedo era raro en el Taristan del Viejo Cor. La vergüenza era todavía más rara.

—En el templo, en las estribaciones. Cuando no era más que un mercenario con un mago y una espada robada —prosiguió, y el susurro brotaba de sus labios como la sangre de la mano de ella—. No quiero gobernar sobre cenizas, Erida. Y desde luego, no quiero que ardas para poder reclamar mi destino.

Algo se encendió en el borde de su mente, una ira que no le pertenecía a ella. Pero la comprendió. Reflejaba su frustración. *Hemos hecho demasiado para apartarnos ahora, temerosos de nuestro propio triunfo.*

Soltó la muñeca de Taristan y le tomó la barbilla con brusquedad, levantándole los ojos para que ella los mirara.

—Entonces, no lo haré —respondió Erida, con voz de hierro, inflexible.

Erida de Galland se negaba a arder.

* * *

La corte gallandesa era enorme, y la mayoría de los cortesanos lograron salir sanos y salvos del palacio y buscaron refugio por la ciudad. Erida envió a sus consejeros para apaciguar a sus nobles señores, mientras Lord Thornwall y sus hombres regresaban para inspeccionar los daños a la luz del amanecer. En cuanto a los sirvientes, los muchos cientos que trabajaban y vivían dentro de los muros del palacio, Erida no sabía cómo estaban. Esperaba que hubieran sido lo bastante aplicados como para llenar unas cuantas cubetas de agua y frenar la destrucción durante la noche.

Eso dejaba a la Konrada para servir como refugio a Erida, cercada por sus caballeros de la Guardia del León y la mitad de la guarnición de la ciudad. Rodeaban la isla de la catedral y la propia catedral, asegurándose de que nadie pudiera acceder a la reina. Ni siquiera una asesina Amhara.

El rojo del alba irrumpió a través de las vidrieras y derramó haces de luz por la catedral. Erida daba vueltas, demasiado inquieta para seguir sentada. Con los guardias alrededor del salón, se sentía como un animal enjaulado, aunque fuera para su propia protección.

Taristan merodeaba como ella, aún con su camisón, las botas y los pantalones ensangrentados.

—Debería estar en la búsqueda con el resto de la guarnición —murmuró él, lanzando otra mirada al arco de la puerta.

Era una amenaza vacía. Erida sabía que no se iría de su lado, no con la Amhara todavía suelta.

—Paz, Taristan.

El siseo del mago escocía más que la mano de Erida. Hizo una mueca de dolor al pasar junto a él, que ahora estaba recostado en el diván como un gato en el alféizar de una ventana. Erida casi esperaba que sacara un cuenco con uvas de la manga.

En cambio, él observaba los pasos de Taristan con los ojos enrojecidos, con el cabello rubio platino sucio por el hollín. También estaba preocupado por el príncipe del Viejo Cor.

Al menos, en eso nos parecemos.

—Por muy molesto que sea el Anciano, él no es nuestro objetivo —dijo Ronin, agitando la mano blanca—. Primero, debemos recuperar la espada. Sin ella…

—Sin ella, todavía tienes dos Husos, en Gidastern y en el Castillo de Vergon —interrumpió Erida con brusquedad. No estaba muy dispuesta a enviar a Taristan a luchar contra Domacridhan y la Amhara, vulnerable como estaba ahora—. ¿Eso no cuenta para algo? ¿No es suficiente para Lo que Espera?

Ronin la miró entre molesto y divertido.

—Con el tiempo, podría ser —replicó—. Pero Corayne an-Amarat ha demostrado ser demasiado peligrosa. Su destino no puede dejarse al azar mientras nos sentamos a esperar a que los reinos se desgasten.

Erida curvó un labio al pensar en Corayne, un ratoncito en medio de la tormenta.

—Su supervivencia no tiene sentido para mí —dijo Erida.

Con el ceño fruncido, Taristan se detuvo en seco, plantándose en el camino de Erida. Ella lo miró, viendo el hambre en sus ojos. No por ella, sino por el Huso.

—Si no puedo cazar a Domacridhan, la cazaré a ella —dijo—. Dame una legión y yo mismo la arrastraré hasta aquí.

La reina vaciló; sin duda, una legión bastaría para proteger a su consorte, pero no podía librarse de la nueva sensación de temor.

—Mejor matarla y ya, mi amor —murmuró ella, seca—. ¿Adónde irá?

En el diván, Ronin soltó una risa mordaz.

—¿Adónde van las niñas cuando tienen miedo? —soltó una risita hacia el techo abovedado—. A casa, supongo. A cualquier tugurio del que haya salido.

Pero el rostro de Taristan se ensombreció y arrugó la frente.

—La subestimas, Ronin, incluso ahora —un músculo se flexionó en su mandíbula—. Corayne irá a donde pueda resistir y luchar.

Bajo su ira, Erida percibió un respeto a regañadientes, por pequeño que fuera. No podía culparlo. Corayne había sobrevivido más de lo que esperaban, era una espina de acero en su costado.

—Hay muchas grandes fortalezas por todo el Ward, y ejércitos lo bastante temibles para enfrentarse a las legiones gallandesas —murmuró Erida, dándose golpecitos en el labio—. Ibal, Kasa, el Temurijon.

Se imaginó el viejo mapa de Allward en su despacho del consejo. Abarcaba el mundo desde Rhashir hasta el Jyd, y todos los miles de kilómetros intermedios.

Con una mueca de dolor, se dio cuenta de que el mapa quizá ya era cenizas, como todo lo que había en la vieja torre.

—No, el Mar Largo está lleno de piratas. No sobreviviría a la travesía — continuó Erida sacudiendo la cabeza. Recordaba los barcos de su propia flota que habían sido víctimas de los demonios del mar—. ¿La acogerían los temuranos?

Al otro lado, Taristan la miró a los ojos. Se quedó en silencio, pensativo, y luego gruñó en voz baja.

—Los Ancianos lo harían —escupió, con sorna.

Erida entrecerró los ojos, poco convencida.

—Antes rechazaron la llamada a la lucha. A la primera señal de fracaso.

—No lo harán esta vez —respondió Taristan con amargura—. Con la derrota a sus puertas.

Hacía un año, había llegado una citación a la corte de Erida. Un simple pergamino, sellado con el emblema de un ciervo. No pertenecía a ningún reino que Erida conociera. Pero ahora lo conocía. *Iona.* Los inmortales pedían ayuda para detener a un loco antes de que destrozara el reino.

Y en vez de eso me casé con él, pensó ella, torciendo los labios, divertida.

—¿Cuántos enclaves hay en el Ward? —preguntó en voz alta.

—Nueve o diez —respondió Ronin, después de que Taristan se quedara callado.

De nuevo, ella recordó el mapa y las interminables extensiones de Allward. *¿Cuántos Ancianos se esconderán dentro de él?,* se preguntó. *¿Con cuántos tendríamos que luchar?*

El príncipe se levantó la manga hasta el codo para dejar al descubierto una quemadura en el antebrazo. La carne estaba medio curada y la cicatriz era fea y con manchas.

—¿Te lastimaste en la torre? —preguntó ella, señalando su brazo.

Taristan negó con la cabeza.

—Fue el dragón.

Un mareo se apoderó de Erida, tan súbito que no podía ser causado por su herida o la pérdida de sangre. Tragó saliva para no sentirlo, mientras su mente daba vueltas pensando en guerreros inmortales y dragones monstruosos.

Temible, feroz, pensó. *E inestimable.*

Erida giró sobre sus talones, mirando al mago.

—Ronin.

—¿Majestad? —le dijo. De algún modo, también logró que su título sonara irrespetuoso.

Ella se encogió de hombros, sin inmutarse.

—Si vamos a luchar contra la mitad del Ward, y todos los inmortales que hay en él, necesitaremos algo más que las legiones y los Ashlander —dijo Erida, y su voz se volvió dura como el mármol bajo sus pies—. Muéstranos el poder que *esperamos* que poseas.

En el diván, Ronin frunció el ceño ante el insulto. Abrió la boca para replicar, pero Erida levantó la mano herida y lo detuvo en seco.

Ella le sostuvo la mirada, igualándola con su propio fuego azul.

—Tráenos un dragón.

El rostro blanco del mago se desencajó y, por primera vez, su resentimiento desapareció. El miedo brillaba en sus ojos, como algo desconocido y extraño. Pero la codicia lo atravesaba, era más fuerte que cualquier temor que el mago poseyera. Asintió una sola vez, levantando las manos en un simulacro de plegaria. Como en todas las cosas relacionadas con Ronin el Rojo, Erida sospechaba que había algo más en juego, una magia que no podía comprender y que fluía por sus venas.

—Los dragones son seres más grandes. Apresar a uno requiere un sacrificio mayor —respondió Ronin—. Como todos los dones de Lo que Espera.

Con desprecio, Erida levantó su mano herida.

—¿No es esto un sacrificio? —gruñó.

La sonrisa de rata de Ronin le produjo un escalofrío.

—Si se puede hacer, lo haré —dijo—. Su Majestad.

Detrás de él, el rosetón de la torre de la catedral resplandecía con un brillo rojizo, al subir el sol por Ascal. Los bañaba a todos en un cálido círculo escarlata, los reflejos de luz jugaban sobre ellos tres. Reina, truhan y mago, de pie como piezas de un juego sobre un tablero. Se sentían unidos, cada uno con su rol. A pesar de su mano aún sangrante, Erida casi sonrió.

Entonces, Taristan se arrodilló, abatido, con las manos buscando apoyo en la baldosa de mármol. Un gemido escapó de sus dientes apretados, y un rubor rojo recorrió su pálido rostro. Alrededor del perímetro del salón, la Guardia del León se puso en alerta y corrió al frente para atender a su príncipe.

Erida fue más rápida y se deslizó junto a él, apoyando la mano sana en su hombro. Buscó su rostro, con dedos helados de terror.

—¿Qué pasa? —preguntó ella, presionando con la palma su mejilla enfebrecida. Taristan sólo pudo jadear, con la mirada fija en el suelo.

La sombra de Ronin cayó sobre ellos, su sonrisa ya había desaparecido. Los observó durante un momento en silencio y luego maldijo en un idioma que Erida no conocía.

—Se perdió otro Huso —dijo el mago, con voz hueca.

Bajo su mano, Taristan intentaba calmar la respiración, con los ojos enrojecidos. Erida se movió con cuidado, ocultando su rostro de la vista de los caballeros que se acercaban.

—Él está bien —declaró la reina con frialdad, despidiéndolos—. Vuelvan a sus puestos.

Obedecieron sin rechistar, pero Erida apenas los escuchó, distraída por los agitados latidos de su propio corazón. Sentía en su mente la furia de Lo que Espera al otro lado de la puerta, sus aullidos de rabia resonando en los reinos.

Movió la mano para que la mandíbula de Taristan se apoyara sobre su palma. Bastó un pequeño empujón para obligarlo a mirarla.

Lo que Espera miraba fijamente desde los ojos de su marido, todo el negro abrasado, devorado por el infernal escarlata.

—Necesitamos tener un dragón —siseó Erida. El aire le sabía a humo entre los dientes—. Y necesitamos tener la cabeza de Corayne.

20

CIUDAD DE PIEDRA

Corayne

Al final de la tercera semana en las montañas, Corayne había olvidado lo que era el calor. No importaba cuántas capas se pusiera o bajo cuántas pieles se escondiera por la noche, el frío nunca desaparecía del todo. Envidiaba a Charlie y a Garion, que se abrazaban junto a la hoguera. Para no disolverse en un ataque de celos, ni siquiera podía pensar en los Ancianos, estoicos frente a la nieve y los acantilados helados. Sólo parecían incómodos por el clima, pero no completamente incapacitados, como se sentía ella.

En el último pueblo de las laderas occidentales, Garion tuvo la amabilidad de entrar en el mercado y comprar ropa más adecuada con monedas de sauco. No le preocupaban los espías entre los pequeños pueblos de los valles y las estribaciones. Calidon era un país helado, aislado por las montañas, sus ciudades eran escasas y estaban lejos, en la costa. Su gente le temía al invierno más que a cualquier reina gallandesa, y sabía poco del mundo más allá de sus colinas.

Fue suficiente para mantener vivos a Corayne y Charlie mientras subían el puerto de montaña.

—Y así cruzamos el Monadhrian —dijo Garion, con el rostro apenas visible bajo su capucha. Su aliento humeaba mientras iniciaban el lento descenso.

—Creía que lo habíamos cruzado la semana pasada —respondió Charlie desde el otro lado de Corayne, mientras le castañeaban los dientes.

—Ése fue el Monadhrion —dijo Corayne por milésima vez.

No podía culpar a Charlie por su confusión. Las tres cadenas montañosas de Calidon, que se extendían por el reino como garras paralelas, tenían nombres similares. Y eran molestos. Eran el Monadhrion, el Monadhrian y el Monadhstoirm. *Primero cruzamos el Monadhrion,* lo sabía, recordaba sus mapas. Las Montañas de la Estrella formaban la frontera de Calidon y Madrence, como un muro entre los reinos.

—Éstas son las Monadhrian, las Montañas del Sol —añadió, traduciendo lo mejor que pudo la lengua calidonia.

—El que les puso ese nombre tenía un sentido del humor terrible —Charlie soltó una risita.

En un día despejado, la vista sería impresionante, pues la línea de cordilleras se extendía en todas direcciones. Pero hacía muchos días que no veían el sol, desde que habían iniciado el ascenso para salir del largo valle del río Airdha.

—Deberíamos estar agradecidos —Garion levantó una mano enguantada y sopló en ella para calentar sus dedos entumecidos—. Ni siquiera la reina de Galland puede enviar un ejército por aquí.

Señaló las alturas del paso, miles de metros por encima del fondo del valle. Las montañas se elevaban aún más a ambos lados, con sus picos cubiertos por nubes en movimiento. La nieve era peligrosamente profunda, y el camino que quedaba por delante había sido esculpido con esmero por los Ancianos de Valnir.

De no ser por nosotros, ya estarían en Iona, sabía Corayne. A pesar de todos sus días de viaje, se sentía como una niña caminando detrás de soldados veteranos.

Pero por terrible que fuera la travesía, se sentía segura a través de las montañas. El único peligro aquí era el terreno. Una avalancha, un oso, una ventisca repentina. Nada comparado con lo que había quedado a sus espaldas.

O lo que encontraremos adelante.

El descenso hasta el último valle les llevó otros dos días; el aire se volvía cada vez más cálido. Aun así, cuando abandonaron los peñascos rocosos del Monadhrian, la nieve seguía siendo espesa y profunda. Rompieron el banco de nubes al llegar a la línea de árboles. Los pinos centenarios y los tejos negros se entrelazaban, intransitables como el Bosque del Castillo, ocultando todo, salvo un atisbo del río Avanar, que serpenteaba por el valle.

La niebla y la bruma en movimiento cubrían el paisaje, como tinta derramada sobre una página. Entre la neblina, Corayne vislumbró una cresta lejana, una larga astilla de roca que sobresalía del valle. El río serpenteaba alrededor de su base, formando un largo lago entre las colinas.

Había una muralla sobre la cresta, que se mezclaba con el paisaje, de color gris y blanco y verde. Las torres parecían erigirse de la misma cresta, rectas como dedos de granito.

Iona.

Entonces la niebla se desplazó, los tejos se cerraron y la ciudad de los Ancianos volvió a desaparecer. Corayne exhaló un suspiro frío, con el corazón latiéndole con fuerza en los oídos.

Intentó comparar lo que recordaba de los cuentos de Domacridhan con lo que veía ahora. Iona parecía más una fortaleza que una ciudad, toda la cresta estaba amurallada con piedra gris y había un castillo de gran altura en su cima. Eso llenó a Corayne de alivio y temor por igual. Su larga marcha había terminado, pero la batalla se cernía negra como una tormenta en el horizonte.

Charlie bajó su capucha de piel, su aliento humeaba en el aire. Desde Gidastern, siempre buscaba primero en el cielo, su mirada barría las nubes. Corayne sabía por qué. Ella hizo lo mismo, preparándose para un destello de escamas enjoyadas o un arco de llamas. No podían predecir los movimientos de un dragón, y mucho menos de tres. La amenaza seguía cerniéndose sobre ellos.

—Dom lo llamaba el enclave más grande del Ward —le dijo Corayne entre dientes. Señaló con la barbilla a través de los árboles—. Ciertamente, estaremos a salvo ahí.

—Yo pensaba lo mismo en Sirandel —respondió Charlie—. Sólo tuve una noche de paz.

—Eso es culpa mía —dijo Corayne, disculpándose—. Como todo, parece.

Charlie hizo un ruido de desaprobación y luego, le sonrió.

—Ya, ya, no hagamos que todo gire en torno a ti.

Sus risas resonaron entre los árboles, rompiendo el silencio amortiguado de un bosque nevado. Un pájaro revoloteó en algún lugar y se elevó con un estallido de alas.

Garion se giró hacia el sonido, con el rostro tenso por la preocupación. Charlie sólo rio más alto, divertido.

—De Ancianos o no, una ciudad es una ciudad—espetó Garion. Una vez más, Corayne recordó a Sorasa y su escepticismo—. Debemos estar atentos por si hay espías entre ellos. Y también asesinos.

Antes de que Corayne pudiera abrir la boca, Charlie levantó un dedo y señaló. Apuntó directo al pecho de Garion.

—Aquí hay uno—dijo el sacerdote, riendo entre dientes.

Un esbozo de sonrisa traicionó a Garion, quien volvió a

desviar la mirada hacia el bosque, ocultando su propia sonrisa burlona.

—Compadezco al Amhara que visite Iona —dijo Corayne, sintiendo florecer un poco de calor en su pecho.

El sol se abría paso débilmente entre las nubes y las copas de los árboles, unos pocos rayos de luz se colaban entre las ramas. Corayne inclinó la cabeza, disfrutando por un momento del silencio y el sol.

* * *

Las puertas de Iona se abrieron de par en par, como brazos de bienvenida. O fauces abiertas.

Los arqueros Ancianos se alzaban sobre las murallas, con sus siluetas a contraluz de las nubes que se movían con rapidez y los cambiantes rayos de sol. Un viento frío rugía sobre la ciudad, agitando la niebla a través de los muros grises y las torres redondas.

La imagen hizo temblar a Corayne hasta los dedos de los pies.

Sostuvo con fuerza las riendas de su caballo para seguir al resto de la compañía.

Corayne trataba de asimilar todo lo que podía. Grandes losas de granito y arenisca formaban Iona, una ciudad gris y marrón desgastada por largos siglos de viento y lluvia. De la misma forma que Sirandel parecía haber crecido del bosque, Iona había nacido de la cresta, con sus murallas y torres como acantilados dentados. El musgo crecía sobre los tejados y las murallas, asomándose bajo la nieve derretida.

Las puertas de hierro tenían ciervos esculpidos, con sus cabezas alzadas con orgullo. En las murallas había otros esculpidos en granito, y las banderas verde-grisáceas, bordadas con cornamentas, crujían con el viento. Los soldados de Iona llevaban algo parecido. Con una punzada de tristeza, Corayne recordó la vieja capa de Domacridhan, con el borde tejido con ciervos plateados. Se había perdido en Gidastern, quemada con el resto del cuerpo de Dom.

Sólo permanece su recuerdo.

Su corazón volvió a retorcerse cuando alzó los ojos hacia la ciudad que se desplegaba, las calles de piedra trazadas en línea recta, subiendo por la cresta.

Vio a Domacridhan en todas partes, en demasiados rostros. La mayoría de los inmortales de Iona se parecían a él, no sólo por su aspecto, sino también por sus modales. Eran rígidos, ceñudos, más estatuas que carne viva, fríos como las montañas que rodeaban su enclave. Vestían ropas grises o verdes, cuero fino repujado o seda bordada. Miraban fijamente a la compañía a su paso, con los labios fruncidos y en silencio, las hermosas cabezas y los pálidos ojos redondos. Resultaba extraño saber que muchos de los Ancianos eran más viejos que su propia ciudad, su carne y su sangre eran más antiguas que la piedra.

Para alivio de Corayne, no sólo la analizaban a ella, sino también a Valnir. La visión de otro monarca Anciano era claramente fuera de lo común, en especial, uno recién llegado de la batalla, con muy pocos soldados en su compañía.

El monarca de Sirandel miraba al frente, con su rostro de huesos altos levantado y sus ojos amarillos firmes. Su fina capa y su armadura estaban sucias por el camino y por la batalla contra el dragón, pero las llevaba con tanto orgullo como las galas de cualquier corte. Muchos Ancianos de Iona lo seguían con la mirada, y algo extraño pasaba por sus rostros blancos.

Corayne recordó el aspecto de la corte de Valnir al unirse a la guerra. *Dejo la rama,* él había dicho entonces. *Tomo el arco.*

Vio la misma conmoción en los Ancianos. Su ilusión de calma fue haciéndose añicos mientras los murmullos se extendían entre la creciente multitud, siguiéndolos hasta el castillo situado en la cima de la ciudad.

Tíarma.

El corazón le dio un brinco en el pecho cuando se acercaron, y se le heló el cuerpo bajo la ropa. El castillo era una montaña en sí, con musgo y nieve aferrados a cada hueco. Corayne contó una docena de torres de distintos tamaños, algunas grandiosas, con ventanas de cristal arqueadas, otras de paredes gruesas, con aspilleras, construidas para un asedio.

Todo eso le produjo una extraña sensación, una inquietante duda en lo más profundo de su mente. Como un hilo fuera de lugar en un tapiz, o una palabra fuera de su alcance. El castillo le resultaba extrañamente familiar, aunque no sabía por qué.

Valnir los condujo a un rellano de piedra ante el castillo, llano y amplio, que ofrecía una vista deslumbrante de la ciudad y del valle, con los picos de las montañas aún ocultos entre las nubes. Sin refugio contra el viento, Corayne se bajó del caballo antes de que el aullante vendaval la arrojara de la silla.

Agradeció estar en un terreno plano, ya que los muchos días atravesando las montañas aún se sentían en sus doloridas piernas. El viento volvió a azotarla y le soltó el cabello negro de su trenza habitual. Hizo todo lo que pudo para peinarse mientras caminaba.

Charlie la siguió y le apartó las manos del cabello, y ella volvió a trenzarlo con un siseo de molestia.

—Gracias —murmuró Corayne, lo más bajo que pudo. *Aunque los susurros no signifiquen mucho a oídos de un Anciano.*

Al otro lado de un rellano, unas escaleras poco profundas conducían al castillo y a un conjunto de puertas de roble, pulidas hasta alcanzar un alto brillo. Al igual que las puertas, un par de ciervos se alzaban a ambos lados, con una cornamenta imposiblemente grande e intrincada. Dos guardias imitaban a los ciervos, flanqueando la puerta con elaboradas armaduras y astas de plata en los cascos.

Corayne dudaba que pudieran luchar metidos en semejante monstruosidad. Pero ambos llevaban lanzas, con las puntas afiladas y brillantes.

No se movieron cuando Valnir se acercó, dejando atrás su caballo. Nadie se interpuso en su camino ni impidió que su compañía lo siguiera.

Las puertas de roble giraron hacia dentro, revelando sólo oscuridad. Corayne no podía titubear, por mucho que quisiera.

Éste era el hogar de Dom, se recordó, tratando de calmar su creciente temor. *Dom confiaba en estos Ancianos, Dom los amaba. Ésta es su gente.*

Un sabor agrio le llenó la boca.

Estas personas lo dejaron luchar, y morir, solo.

El corazón se le endureció bajo la armadura de cuero, y la Espada de Huso le pesó en la espalda. Con tristeza, la levantó sobre su hombro. Por mucho que odiara la espada de Taristan, la reconfortaba mientras entraba en el castillo.

He aquí la prueba de lo que hemos hecho, y de lo que aún debemos hacer.

El castillo era tan frío como las calles, sus techos abovedados y sus salones con arcos carecían de toda calidez. No había fuegos crepitando en alegres chimeneas, ni cortesanos asomándose por los rincones. Ni siquiera sirvientes correteando de un lado a otro. Si había guardias, Corayne no podía verlos. Aunque sospechaba que ellos sí podían verla a ella.

Como la ciudad, todo era gris, blanco y verde. Pero en lugar de nubes, nieve y musgo, había granito, mármol y terciopelo verde trabajado con hilo de plata. Vislumbró un oscuro salón de banquetes con largas mesas, lo bastante grande para albergar al menos a doscientos comensales. Corayne apostaba a que había piedras preciosas reales cosidas en los tapices, mientras que las ventanas de cristal brillaban sin un indicio de mancha. Una pared de ventanas arqueadas daba a un patio con una maraña de rosales muertos al centro. Las enredaderas trepaban en espiral, subiendo por las paredes del patio con sus dedos espinosos.

Por muy hermoso que fuera, Corayne no podía evitar sentirse incómoda. Le recordaba demasiado a Domacridhan. Peor que eso, le recordaba a Cortael, el padre que nunca conocería.

Éste también fue su hogar, pensó, tragando saliva y sintiendo un nudo en la garganta. Intentó no imaginarlo como un hombre, un adolescente, un niño pequeño, mortal entre los Ancianos, al que se le dio todo y nada al mismo tiempo.

Parpadeó con rapidez, negándose a que sus lágrimas la traicionaran, y siguió a Valnir a través de unas puertas profusamente talladas. Corayne vislumbró magníficos animales tallados en la madera: ciervos, osos, zorros y muchos otros. Representaban a todos los enclaves y a todos los Ancianos que aún se aferraban al Ward.

Con los ojos muy abiertos, contempló la madera tallada. En su corazón, alcanzó cada sello, cada enclave. El tiburón, la pantera, el semental, el halcón, el carnero, el tigre, el lobo. Una esperanza más allá de la esperanza estalló en su corazón, casi demasiada para contenerla.

Se quedó sin aliento cuando las puertas se abrieron de par en par, invitándola a entrar en el gran salón de Iona.

El mármol verde la miraba fijamente, mientras las columnas recorrían el vestíbulo con estatuas de piedra caliza entre ellas. Si eran monarcas o dioses, Corayne no lo sabía.

Dioses, pensó de repente, alzando los ojos hacia el trono situado al fondo del salón. *Aquí sólo hay un monarca.*

Isibel de Iona miraba desde su alto trono, con la rama viva de un fresno sobre las rodillas. Sus hojas, de un verde intenso, contrastaban con sus ropas apagadas.

Vestía una suave seda gris bordada con joyas, cosida en forma de estrellas o copos de nieve. La luz del sol entraba por una de las ventanas altas, iluminando el salón mientras las nubes pasaban. Sus gemas captaban la luz, centelleando en su vestido y en su largo cabello rubio. No llevaba abrigo ni pieles, a pesar del frío que azotaba el salón de mármol.

Corayne recordó a Erida, resplandeciente en terciopelo y esmeraldas, con el cabello rizado con una compleja perfección y una pesada corona dorada sobre la frente. Sonreía; encantadora, aunque mintiera; manipuladora, aunque hermosa. Erida era una vela encendida que desprendía un calor engañoso, sus ojos de zafiro encerraban todas las promesas del mundo.

Isibel era todo lo contrario. Ancestral, distante, fría como el invierno.

Sus ojos no prometían nada.

Sólo su parecido con Domacridhan hizo dudar a Corayne. Compartían los mismos rasgos afilados y la misma estatura, la cual era evidente incluso mientras Isibel permanecía sentada. Pero sus ojos no eran los de Dom. Los de él eran de un verde alegre y bailarín. Los de ella eran grises, imposiblemente pálidos, con una mirada lejana.

Corayne vio los mismos ojos en Valnir.

Nacido en Glorian, lleva la luz de otras estrellas, pensó, recordando la vieja frase. Sentía esa luz en su propia sangre, en los pedacitos de otro reino olvidado hacía tiempo. Yacía en el acero de la Espada de Huso, forjada en el corazón de un cruce de Huso. Una luz así resplandecía ahora en Isibel, era demasiado antigua para que un mortal pudiera comprenderla.

La monarca no estaba sola en su estrado. Dos pálidos consejeros la flanqueaban, uno con largas trenzas grises y el otro con el cabello corto color bronce con mechas plateadas. Ambos observaban a la compañía con ojos calculadores.

Corayne se sentía sucia y azotada por el viento, como una rata de alcantarilla ante un cisne. Con tristeza, deseó haber tenido tiempo de asearse antes de encontrarse con la gobernante de una ciudad inmortal. Se detuvo detrás de Valnir e instintivamente se inclinó.

Por el rabillo del ojo, vio que Charlie y Garion hacían lo mismo, junto con los demás de Sirandel. Sólo Valnir permaneció erguido, con la barbilla ligeramente inclinada.

En el trono, Isibel respondió también con una inclinación de cabeza.

—Valnir.

Su voz era ligera y profunda a la vez, llena de fuerza. Provocó que Corayne se estremeciera.

—Isibel —respondió Valnir. Su gesto severo se suavizó un poco y se llevó una mano al corazón. La otra aún sujetaba el arco de tejo—. Lloro por tu hija, y por tu sobrino.

A Corayne se le hizo un nudo en la garganta, pero la expresión serena de Isibel no cambió.

—No me sirve el duelo —dijo ella, demasiado cortante para el gusto de Corayne. Luego inclinó un dedo, descartando por completo el tema.

La tristeza de Corayne se convirtió en ira, y le punzó bajo la piel.

—No es propio de ti viajar con tan poca compañía, Valnir —añadió la monarca, con sus pálidos ojos clavados en ellos—. Y menos con la Esperanza del Reino bajo tu protección.

Corayne se enderezó ante la atención de Isibel. Apretó el puño y sus uñas se encajaron en la palma de su mano. El escozor ayudó a Corayne a enfrentarse al escrutinio de una monarca Anciana y a la frustración que rugía en su interior.

La Esperanza del Reino. El título escocía como sal en una herida y Corayne contuvo una burla desdeñosa.

Despacio, con una gracia antinatural, Isibel se puso de pie ante el trono. Era monstruosamente alta y delgada, con la rama de fresno todavía en una mano.

—Corayne del Viejo Cor —dijo Isibel. Al igual que con Valnir, inclinó la barbilla ante ella en una extraña deferencia.

Esta vez, Corayne no se inclinó ni le devolvió la cortesía. Apretó los dientes, con la Espada de Huso pegada a la espalda. *Corayne del Viejo Cor*. El nombre volvió a dolerle, esta vez demasiado para ignorarlo.

—Me llamo Corayne an-Amarat —replicó, y su voz resonó en la inmensidad del mármol.

A su lado, Charlie apretó los labios y cerró los ojos, como preparándose para un golpe.

Isibel sólo dio un paso adelante, sin sonreír ni fruncir el ceño. A diferencia de Domacridhan, mantenía sus emociones bajo control y su rostro era ilegible como una máscara de piedra.

—Ojalá nos hubiéramos conocido en otras circunstancias —dijo ella, descendiendo hacia el mármol verde.

Valnir se apartó de inmediato, dejando espacio para que Isibel mirara a Corayne de frente. El peso de su mirada era como el de un rayo. Aun así, Corayne no apartó la mirada.

—Ojalá nunca hubiéramos tenido que conocernos —respondió ella, con una ira ardiente que disipaba el miedo.

Charlie se estremeció de forma visible.

Detrás de la monarca, los ojos amarillos de Valnir se abrieron al máximo. Un músculo se tensó en su mejilla afilada.

Corayne quería fundirse con el suelo.

Para sorpresa de todos, Isibel sólo inclinó la cabeza y extendió el brazo libre, doblado por el codo. Lo ofreció como si fuera una amiga, y no una frustración para Corayne.

—Tengo algo que enseñarte —dijo Isibel. De cerca, sus ojos eran luminosos, como perlas o la inquietante luna llena—. Camina conmigo, Corayne.

21

CARGA PRECIOSA

Domacridhan

El Refugio de la Flota ardía, el fuego se extendía a lo largo de los canales y los restos de barcos de guerra estaban medio hundidos, como esqueletos bajo el humo.

Dom se sentía como un ave carroñera, escudriñando los muelles en busca de alguna oportunidad; sus ojos inmortales observaban a cada soldado de la guardia de la ciudad. La mayoría corría hacia las llamas, su atención estaba en otra parte. Si la noticia del tumulto en el Palacio Nuevo había llegado a los muelles, no era una prioridad para él en ese momento.

Sorasa y Dom aprovecharon la distracción.

Avanzaban al unísono, sin discutir, con las botas golpeando los tablones del muelle. Cuando el camino se estrechó, rodeado de cuerpos, Dom permitió que Sorasa tomara la delantera. Ella se deslizó entre la multitud con facilidad y se dirigió hacia la galera de velas púrpuras.

Giró sin titubeos por las divisiones del muelle, evitando a los tripulantes de otro barco mientras cargaban con prisa todo lo que podían. Había una pasarela, pero Sorasa la cruzó sin pensarlo y se dirigió a la parte trasera de la larga galera. Dom vislumbró una bandera que colgaba de la popa, estampada con una antorcha dorada. No sabía a qué reino representaba, pero sabía que este barco no debía lealtad a ninguna corona.

Sintió una punzada en los oídos, una voz familiar descendió de la cubierta arriba de ellos.

—Conocían los riesgos —murmuró ella, con voz tajante y fría.

Alguien más respondió.

—Podemos esperarlos un poco más. Recuerdas Corranport...

La respuesta de ella fue venenosa.

—En Corranport quemaron un granero, no la mitad de la armada gallandesa. Tenemos que irnos. Ahora.

Se escuchó un ruido sordo cuando alguien golpeó con un puño la barandilla del barco.

—El palacio también está ardiendo, nos dará tiempo, nadie vendrá a ver los muelles mientras arde el castillo de la reina. No pueden ordenar el cierre del puerto...

—*Ahora* —gruñó la mujer.

Le respondió con un largo suspiro. Luego habló con respiración nerviosa.

—Sí, capitana.

Las botas rozaban la cubierta y se escuchaban órdenes en susurros; los remos crujieron cuando la tripulación los tomó. En lo alto, los marineros se balanceaban en las jarcias, listos para soltar las velas en cuanto el barco saliera a mar abierto.

Sorasa saltó en silencio desde el muelle y aterrizó con suavidad en la red de cuerdas amarrada junto al casco, por encima de la línea de flotación. Dom la siguió, los dos aferrándose al barco, con la respiración contenida y uniforme, y sus figuras ensombrecidas por la oscuridad y el humo que se asentaba sobre la ciudad.

Los muelles bullían, abarrotados y ruidosos, pero un grito destacó en medio del tumulto. En la cubierta del barco, las voces respondieron, una de ellas más fuerte que las otras.

—Muévete —bramó la capitana, corriendo hacia la barandilla.

Dom se encogió contra las cuerdas, Sorasa justo a su lado, los dos aferrados al barco como percebes sobre el vientre de una ballena.

En los muelles, la multitud se agolpó y se dividió en dos, como cortada por la mitad. Dos hombres cargaron contra la galera. Uno de ellos era un matón jydi enorme que tiraba a la gente a un lado, con los brazos desnudos tatuados con espirales y nudos. El otro era delgado y pequeño, de piel negra, mucho más ágil y con una amplia sonrisa en la cara. Rio mientras avanzaban por la plancha, la cual se retiró justo después de que subieron.

Y entonces, el barco se puso en movimiento, las cuerdas fueron soltadas, los remos subieron y bajaron, el agua fétida de los canales de Ascal rompió contra el casco.

Su barco no fue el único que percibió el peligro. Los capitanes de mente rápida obligaron a sus propios barcos a adentrarse en el canal, con cabos de cuerda enredándose a su paso. A lo largo de todo el puerto, los marineros del Puerto del Viandante hicieron todo lo posible por huir antes de que más desastres ocurrieran sobre los muelles.

Dom no se atrevía a albergar esperanzas, tenía la mandíbula tan apretada que creía que se le iban a romper los dientes. El corazón de Sorasa latía con fuerza en su cabeza, su miedo casi envenenaba el aire. Ninguno de los dos parecía respirar, con los brazos aferrados a las cuerdas y el rocío del agua silbando sobre ellos con cada tirón de los remos.

El aire se calentaba conforme navegaban hacia la libertad, la llamarada que era el Refugio de la Flota iluminaba el cielo negro. Dom oía los gritos de los marineros en el agua y de los guardias en el muelle, ladraban órdenes mientras los gritos de auxilio llenaban el aire. A pesar de sí, sintió lástima por los hombres de Galland, por muy enemigos que fueran. No tenían la culpa de servir a esa reina y a su demonio.

Entonces, asomaron los Dientes de León, con ambas torres repletas de soldados. Dom podía ver sus siluetas en las ventanas y en las murallas, todos en caos. La cadena negra colgaba a ambos lados del canal, desapareciendo en el agua, sus gruesos eslabones eran amenazadores como una serpiente enroscada.

Dom aguzó el oído, esperando a que se moviera la cadena, esperando su perdición. Casi podía sentirlo, los grilletes alrededor de sus muñecas de nuevo, el collar de metal alrededor de su cuello. La oscuridad de las celdas de la prisión, ineludible e interminable.

Un soplo de aire salió de su boca cuando las torres pasaron por encima de la nave, amenazadoras y monstruosas.

Y entonces... las torres cayeron tras ellos, y se desvanecieron tras el muro de humo.

En la cubierta, la tripulación de la *Hija de la Tempestad* gritó vítores, aumentando el ritmo a medida que las velas púrpuras se desplegaban para atrapar el viento que los adentraba en el Mar Largo.

La capitana Meliz an-Amarat fue la que más festejó, con su silueta recortada contra las llamas.

Su grito provocó que Dom sintiera un escalofrío.

Suena como Corayne, pensó, temblando.

Entonces, el chapoteo de una ola golpeó con fuerza el barco. Era un agua más fría que la de los canales del río. Se sintió como una bofetada cuando bañó a Dom y Sorasa. Él extendió una mano por instinto, apretando a Sorasa contra las cuerdas. El ceño fruncido de ella ardía a través de la luz mortecina, con el cabello mojado pegado a la cara. Pero no dijo nada y permitió que Dom la sujetara.

Dom sacudió la cabeza, su estómago ya se revolvía con la corriente al llegar a la galera. Apretó los dientes para frenar las náuseas. Ya temía el viaje que le esperaba.

Cuando las olas amainaron lo suficiente, Sorasa trepó, utilizando el entramado de cuerdas para subir por la borda y llegar a cubierta. Dom la siguió con facilidad, medio empapado. Ambos abordaron la cubierta salpicados, como criaturas de las profundidades abisales.

Se encontraron con una tripulación pirata veterana, con una docena de espadas desenvainadas, esperándolos. Sus rostros brillaban a la luz de unos cuantos faroles, cuyas débiles llamas los teñían de color naranja. Bajo la agresividad y la bravuconería, Dom leyó el miedo en sus rostros.

Parpadeó, cansado, y se sacudió como un perro mojado.

A su lado, Sorasa curvó un labio con desdén. Se escurrió el cabello con un resoplido, como si tan sólo hubiera salido de una tormenta y no del mismísimo y oscuro mar.

—Capitana an-Amarat —dijo, y su voz resonó en la cubierta—. Su hospitalidad no ha mejorado.

En el castillo de proa, Meliz an-Amarat ya se movía hacia ellos, con sus ojos de color marrón oscuro muy abiertos, reflejando la lejana luz del fuego de Ascal. Aunque vestía ropa sencilla, era imposible confundirla con otra persona que no fuera la despiadada capitana del barco. Miró al Anciano y la Amhara, con una arruga entre las cejas. Sus dientes brillaban, dispuestos en un filo firme entre los labios entreabiertos.

Llegó a cubierta, pero no dio ninguna orden a su voraz tripulación. Sus espadas seguían listas para atacar.

Los recorrió con la mirada, rápida y aguda como el golpe de un látigo.

—Tienes peor aspecto que la última vez que te vi —dijo Meliz—. Y esa vez te veías terrible.

Sorasa se burló.

—Las mazmorras de la reina tienden a hacerle eso a una persona.

Al oírla, Meliz bajó la cara y dejó a un lado su actitud malhumorada. Su mirada se endureció y dio otro paso, haciendo un gesto con la mano a su tripulación. Sus hombres se relajaron detrás de ella, bajando sus armas, pero no sus ojos.

La voz de la capitana tembló.

—¿Dónde está mi hija?

A Dom se le encogió el corazón y se le calentaron las mejillas.

—No lo sabemos —dijo él con un fuerte suspiro. Internamente, se preparó para la tormenta que era la furia de una madre.

Meliz an-Amarat no lo decepcionó. Desenvainó la espada que llevaba a la cadera, tomó la daga y su filo captó la luz de la linterna. Tenía un aspecto salvaje, marino, caótico como cualquier ola bajo el barco. Despiadada como el Mar Largo.

Luego miró hacia atrás, al horizonte negro y los rescoldos de Ascal. Dom vio la guerra que se libraba en su interior, entre su necesidad de escapar y su voluntad de volver atrás.

—¿Corayne está...?

Sorasa avanzó y quedó a un palmo de la espada de Meliz. Prestó poca atención al acero y extendió su palma tatuada. Como si calmara a un caballo asustado y no a una pirata asesina.

—Corayne sigue en el norte. En alguna parte —dijo, enérgica y severa. Sus ojos cobrizos se abrieron de par en par, llenos de determinación—. Está viva, te lo prometo, Meliz.

Las mentiras le resultaban muy fáciles a Sorasa Sarn. Dom vio lo difícil que era para ella decir la verdad.

La espada de Meliz bajó un centímetro.

—Van a buscarla.

—Con todo lo que tenemos —ofreció Dom, y dio un paso igual que la asesina. Presentaban un frente unido, o al menos su extraña versión de ello—. Pase lo que pase.

La capitana entrecerró los ojos y se burló.

—Mi hija, sola en el desierto —murmuró Meliz, mientras envainaba su espada—. Sola contra todo esto, debería tirarlos a los dos por la borda.

No estoy en desacuerdo con eso, pensó Dom con pesar, y su vergüenza se multiplicó por diez. Miró las olas, iluminadas por la luz de las linternas antes de desvanecerse en la oscuridad. Incluso la ciudad en llamas del horizonte brillaba cada vez más débil, a medida que la *Hija de la Tempestad* se adentraba en el Mar Largo.

Dom tragó saliva, luchando contra el mareo y la repugnancia. Ascal era la ciudad más grande del mundo. *¿A cuántos inocentes dejamos quemarse*?

La orden tajante de Meliz se abrió paso entre sus pensamientos.

—Kireem, despeja tu camarote —ladró, haciendo señas a uno de los tripulantes—. Estos dos parecen muy cansados.

En una ráfaga de movimientos, el tripulante saltó del castillo de proa y desapareció en las cubiertas inferiores. Dom lo reconoció no sólo de su anterior encuentro en el Mar Largo, sino también de Adira. En la tienda de té, cuando Corayne se dio cuenta de que el barco de su madre estaba en el puerto. Kireem y el matón jydi estaban allí, murmurando sobre la casi imposible huida del barco de un kraken. Como antes,

Kireem seguía llevando un parche en el ojo, su piel morena era como el crepúsculo a la luz de la linterna.

Dom volvió a mirar la cubierta, sopesando la bruta tripulación y la amenazante *Hija de la Tempestad*. Uno de los mástiles era nuevo, la madera tenía un color diferente al resto del barco. *Obra del kraken.*

—Vamos —masculló Meliz en voz baja, indicando a la pareja que la siguiera.

Lo hicieron sin titubear.

—¿Podemos evitar nadar en el futuro? —murmuró Dom, despojándose de su jubón de cuero y luego de su camiseta interior. Se alegró de quitarse la ropa mojada y sucia.

Sorasa le dirigió una mirada fulminante mientras caminaban por la cubierta. Su capa había desaparecido, la había tirado en un callejón, y sólo quedaban sus cueros maltrechos.

—Tendré en cuenta tu comodidad para la próxima vez que escapemos —dijo ácidamente.

Por fin habían salido de las humeantes nubes de Ascal y algunas estrellas parpadeaban en el cielo nocturno. Dom frunció el ceño y observó la neblina rosada de las constelaciones, antaño brillantes. Recordó el atardecer en la ciudad, mientras luchaban por salir de las mazmorras. El cielo parecía rojo como la sangre, antinatural. Le inquietó profundamente, y añoró el azul vacío de Iona, nítido y frío.

Sorasa se sentía aún peor. Ella miró al cielo como él, con una preocupación evidente incluso a través de su rostro carente de emoción. Intercambiaron miradas preocupadas, pero mantuvieron la boca cerrada.

Éste es el reino rompiéndose, lo supo Dom, una mano le temblaba. *Poco a poco.*

Todos los piratas los miraban pasar, los remeros desde sus bancos y la tripulación desde las jarcias. Eran tan temibles como podían serlo los mortales, armados incluso en la cubierta de su propio barco, marcados por cicatrices y tatuajes y con la piel desgastada por el sol. Sorasa les devolvió la mirada sombríamente, leyendo sus rostros, como hacía Dom.

—¿Tan tranquila está su tripulación, capitana? —espetó la asesina.

Por encima del hombro, Meliz le dirigió una mirada que helaba la sangre.

—Ningún alma a bordo te vendería a la Leona, o a su Príncipe Rosa.

Parecía la verdad, al menos para Domacridhan. Miró a Sorasa, sopesando su respuesta. Ella entendía a los mortales mejor que lo que él los comprendería jamás.

Sorasa parecía satisfecha y Dom se relajó un poco.

—Bien —dijo Sorasa, lo más parecido a un agradecimiento que alguien como ella podía ofrecer—. Y cuelga una señal rojo en tu bandera.

Esta vez, la capitana frunció el ceño, confundida, si no es que molesta.

—Una camisa de repuesto, una sábana, un trapo —añadió Sorasa, explicándose—. Cualquier cosa, sólo roja.

—¿A quién le mandas señales? —se preguntó Meliz, con los ojos entrecerrados.

—Quizás a nadie —murmuró la asesina.

A Sigil, pensó Dom. *Dondequiera que esté.*

La única puerta de la cubierta se abría en la sombra, con unas escaleras estrechas que se extendían hacia abajo. Meliz los guio sin romper el paso, acostumbrada al vaivén del mar y a las estrecheces. Sólo la gracia inmortal de Dom evitó que se cayera de lado o se precipitara a la cubierta inferior.

La Leona y el Príncipe Rosa. Dom les dio vueltas a los títulos en su mente. Parecían personajes de leyenda, no mortales de carne y hueso.

—¿Qué sabes de Erida y Taristan? —preguntó Dom, observando a Meliz a través de la tenue luz.

La pirata frunció el ceño al llegar al final de la escalera. Por encima del cuello de su chaqueta, fue visible que tragó saliva.

—Sé poco de reinas y conquistadores… pero lo que he visto con mis propios ojos es suficientemente terrible —dijo, indicando su propio cuello, mostrando el borde de una cicatriz circular.

Dom conocía la imagen demasiado bien. Pensó en los tentáculos del kraken, fruncidos con círculos carnosos y succionadores.

—Y los rumores —continuó Meliz, con voz áspera en el aire cerrado de la cubierta inferior—. El cielo rojo. Rumores de muertos que caminan.

Un escalofrío recorrió la espalda desnuda de Dom. Estaba demasiado familiarizado con el ejército de cadáveres, hombres y mujeres masacrados sólo para resucitar. Los Ashlander y sus podridos esqueletos, tambaleándose desde un reino para envenenar al siguiente. Y Lo que Espera detrás de todo ello, un titiritero con Taristan en sus hilos.

—Algo está mal en el reino, y parece emanar de la reina y su príncipe —murmuró Meliz.

Dom miró a Sorasa y la descubrió mirando fijamente, con los ojos duros contra las sombras. Tenía los labios fruncidos y su mirada brillaba con los mismos recuerdos que Dom.

—No tienes ni idea —murmuró el Anciano.

Dom tuvo que encorvarse mientras caminaban, con la oreja medio pegada al techo. El suelo de abajo producía un sonido hueco. Era un falso fondo, que ocultaba otros metros de bodega. No sabía lo que la *Hija de la Tempestad* llevaba bajo las cubiertas, y no le importaba.

Por fin llegaron a una puerta en el extremo de una colección de hamacas, algunas ocupadas por tripulantes roncando. Kireem había dejado la puerta de su camarote abierta, con su interior iluminado por un farol. Incluso tuvo la amabilidad de dejar una jarra de agua y una palangana.

Meliz miró y olfateó el interior.

—Haré que envíen comida y ropa limpia.

—No es necesario —respondió Dom sin pensar, olvidando su propio pecho desnudo.

La capitana le dirigió una mirada fulminante.

—Sí, lo es.

Ruborizado, Dom emitió un sonido grave como un gruñido.

—Gracias —exclamó.

—Hazte digno de mi amabilidad, Anciano —replicó Meliz, antes de dejarlos a ambos con un movimiento de su abrigo y su larga melena negra.

Sorasa no perdió el tiempo y entró en el camarote mientras se desabrochaba los cueros y deslizaba los dedos por las costuras de su chaqueta deshecha.

Dom se quedó en la puerta, examinando las paredes del estrecho camarote con mirada amarga. Había una única ventana, pequeña, con un cristal tan grueso que apenas dejaba pasar la luz, una pequeña repisa para el lavabo y una cama delgada pegada a la pared.

—No es un palacio de Ancianos —dijo Sorasa para llenar el silencio. Se quitó la chaqueta sin miramientos y enseguida las viejas botas—. Pero creo que sobrevivirás.

Los latidos de su corazón no cambiaron, pero los de Dom sí. Su piel desnuda de repente se sintió caliente contra el aire húmedo y cercano.

Tragando saliva, volvió a mirar hacia las paredes. Un grumete nervioso apareció en la puerta, dejando tras de sí un montón de ropa antes de desaparecer de nuevo.

—Tenía más espacio en mi mazmorra —murmuró Dom, midiendo el espacio en su mente.

Sorasa inspeccionó la ropa y extendió un par de camisas. Estaban gastadas pero limpias, eran gruesas, de algodón blanco y con cordones en el cuello.

—Puedes regresar ahí, eres bienvenido —dijo, dándole la espalda a la puerta.

La camisa arruinada de Sorasa se deslizó por encima de su cabeza y cayó al suelo, su musculosa espalda quedó expuesta al aire frío. Dom giró sobre un talón para evitar ver su piel desnuda y los recientes moretones. Conocía algunas de las cicatrices, cortesía de una serpiente marina o de un Ashlander. Incluso con una simple mirada se habían grabado en su mente los numerosos tatuajes de Sorasa. Una línea de letras desfilaba a lo largo de su columna vertebral, otra serie de símbolos marcaban sus esqueléticas costillas. El último destacaba dolorosamente, más cicatriz que tatuaje. Dom sabía que la marcaba como exiliada, expulsada de la Cofradía Amhara.

La imagen le quemó por dentro y se sintió excitado. Tuvo que contenerse para no aferrarse a la imagen, contando los tatuajes y cicatrices, cada marca una letra más en la larga historia de Sorasa Sarn.

—Deberías comer más —dijo sin girarse para verla. Sus agudos oídos captaron el sonido de la tela deslizándose sobre la piel cuando ella se puso la camisa por encima de la cabeza.

—*Tú* deberías cuidarte por una vez, Anciano —le respondió Sorasa con veneno—. Toma.

Se giró a tiempo para agarrar en el aire la otra túnica larga. Ella quedó frente a él al otro lado de la puerta, aún desvestida. La túnica le cubría la mayor parte del cuerpo, demasiado larga, y se quitó los calzones sin pensarlo.

Dom quería darse la vuelta de nuevo, pero le pareció que sería como admitir la derrota. Todo en Sorasa era un desafío, sin importar las circunstancias. Apretando la mandíbula, se puso la ropa robada por encima de la cabeza, que se extendió sobre su pecho y sus hombros, ajustándose apenas a su ancha figura. Con un arrebato de satisfacción, notó que Sorasa perdió la concentración y sus ojos se posaron en su piel durante un breve segundo.

No duró mucho.

—Haz guardia o duerme, pero haz algo útil —la voz de Sorasa sonaba fría—. Puedo hacer la primera guardia si lo necesitas.

Él se encrespó y frunció el ceño.

—No confío en un barco de piratas.

—¿Ni siquiera en el de la madre de Corayne? —Sorasa se echó a reír, negando con la cabeza—. Hasta yo sé que debo confiar en ella. Además, prefiero piratas a un Huso.

—¿Y qué hay de Sigil? ¿Tu pedazo de tela roja le enviará señales a través de los interminables kilómetros del reino?

El latido del corazón de Sorasa la delató. Dom escuchó cómo se le aceleraba el pulso y vio cómo la vena de su cuello palpitaba como una pluma.

—Sigil está atrapada en el puerto, o libre en las olas, en un barco que escapa con el nuestro —dijo finalmente, con voz fría—. Ahora sólo puedo esperar lo segundo.

Entonces, su rostro se suavizó un poco.

—Tenemos un largo camino por delante, Dom. Prepárate para ello.

Por mucho que tratara de ocultarlo, Dom vio cómo la invadía el cansancio. Él también lo sentía, más pesado que cualquier otra cosa que hubiera cargado. Le calaba hasta los huesos, después de tantos meses. Sólo avanzar lo mantenía a raya.

Dom no sabía qué hacer ahora, cuando ya no podía correr más ni hacer otra cosa que esperar.

—¿Adónde va ese camino? —preguntó con amargura. Lentamente, se desabrochó el cinturón de las caderas y dejó la espada entre las cosas de Sorasa.

Se sentó en la estrecha cama, aunque sólo fuera para dejarle espacio para moverse por el estrecho camarote.

—Tu suposición es tan buena como la mía —resopló ella—. Mejor, tal vez.

Él la miró con una ceja rubia.

—¿Cómo es eso?

—Tenéis buen corazón, tú y Corayne. Pensáis de forma diferente a como yo pienso.

—¿Es un cumplido? —preguntó Dom, confundido.

Ella rio de forma amenazante, mientras se recostaba contra una mísera almohada, con los ojos entrecerrados.

—No.

Dom se recostó contra la pared opuesta y se cruzó de brazos. El aire se agitó cuando la puerta se cerró, dejándolos juntos en el camarote.

—Tiene tres semanas de ventaja, y un poco más —dijo él, observando las estrellas rosadas a través de la ventana—. Si Oscovko sobrevivió, ella podría volver a Vodin.

—Hay demasiados espías. Erida lo sabría pronto y la arrastraría fuera de la ciudad —Sorasa bostezó y se tapó la boca con una mano. La otra trazaba líneas en el aire, recorriendo un mapa que sólo ella podía ver—. Los jydi podrían acogerla. Ella no entraría en el Bosque del Castillo.

—¿Por qué?

Sorasa sacudió la cabeza bruscamente.

—Ese bosque está corrupto por un Huso, es demasiado peligroso, incluso para ella.

Algo punzaba al fondo de la mente de Dom.

—¿Y Sirandel? —preguntó.

Los ojos de Sorasa brillaron con una rara confusión.

—Hay un enclave inmortal en el Bosque del Castillo —dijo Dom con una mueca de suficiencia. Una parte de él estaba encantada de saber algo que Sorasa ignoraba.

El rostro de ella se ensombreció de disgusto.

—Podríamos haberlos usado en Gidastern.

A Dom se le encogió el corazón. No pudo evitar asentir con la cabeza.

—Ridha no logró convencerlos antes —dijo con amargura—. Tal vez cambiaron de opinión.

El nombre de su prima seguía siendo un cuchillo en su pecho, siempre agitado. Mientras huía, era más fácil ignorar el dolor de su pérdida, pero ahora volvía multiplicado por diez. Por mucho que intentara aferrarse a recuerdos más felices, de siglos y décadas pasadas, no podía deshacerse de la visión de su muerte. Su armadura verde bañada en sangre. Taristan arrodillado junto a ella, viendo cómo la luz abandonaba sus ojos. Y entonces, peor que cualquier cosa que Dom hubiera visto jamás, la luz regresó, corrupta e infernal.

Sorasa lo observaba con atención desde la cama, con el rostro inmóvil. Él esperaba algún tipo de regaño, o un consejo Amhara insensible.

Aleja el dolor, le había dicho ella una vez.

No puedo, respondió en su mente. *Por mucho que lo intente.*

—Ella no sobrevivió —dijo Sorasa en voz baja—. Tu prima.

Él se quedó mirando las tablas del suelo, nudosas y desiguales, ligeramente curvadas bajo sus botas. El silencio se apoderó del camarote, pero no del todo. Dom oía todo lo que pasaba arriba en la cubierta, desde el roce de la cuerda a través de los anillos de hierro hasta las alegres maldiciones de la tripulación.

—Peor que eso —espetó finalmente Dom.

Ella lanzó un zumbido desde su garganta, casi un ronroneo.

—No me extraña que volvieras para matarlo.

Dom alzó la vista con un gesto, esperando compasión. En cambio, vio orgullo.

—Sabías que lo haría —murmuró él.

Fue lo más parecido a un agradecimiento que pudo expresar.

Estaría muerto en palacio, con el cuerpo calcinado, de no ser por ti.

—Eres dolorosamente fácil de predecir, Anciano —se burló Sorasa, mullendo la almohada detrás de su cabeza. Con un suspiro de satisfacción, cerró los párpados.

Dom no se movió de su sitio contra la pared, por mucho que quisiera tumbarse en el suelo a dormir.

—¿Es eso un cumplido, Amhara? —murmuró, aunque sólo fuera para sí.

Sin abrir los ojos, Sorasa sonrió.

—No.

22

LA SANGRE DEL VIEJO COR

Corayne

Por muy fría que fuera la sala del trono, las bóvedas bajo el castillo lo eran todavía más. Isibel los condujo por un pasadizo en espiral hasta la cresta misma, donde las paredes lisas se convertían en roca volcánica negra. El aire estaba viciado, imperturbable a esas profundidades. Puertas y nichos se abrían a ambos lados, conteniendo estatuas o cofres que sólo los dioses sabían de qué eran. Corayne imaginó habitaciones repletas de oro de los Ancianos, artefactos de Glorian o incluso tumbas. Esto último la hizo estremecerse de nuevo, por mucho que la intrigara.

Isibel no necesitaba guardias ni portaba armas hasta donde Corayne podía ver. Sólo llevaba la rama de fresno, aún en la mano.

Caminaron en amargo silencio, los pasos de Corayne resonaban como el golpeteo de su corazón.

Se preguntaba si eso era un castigo por su falta de respeto en el salón del trono, y esperó que Isibel no estuviera pensando en abandonarla en las profundidades del castillo. Una parte de ella sabía que la monarca no podía hacerlo. *Porque yo soy la Esperanza del Reino,* pensó, burlándose de sí.

—No te creo —dijo Corayne de repente. Al igual que sus pasos, su voz resonó en el pasillo curvo.

Isibel se detuvo, perpleja, y volteó a mirar a Corayne con sus penetrantes ojos.

—Sufres por ellos —explicó Corayne—. Por Ridha y Dom.

Una sombra cruzó el pálido rostro de la monarca. Sostuvo la mirada de Corayne durante un largo minuto, aparentemente interminable. El tiempo pasaba de forma diferente para los Ancianos.

—Por supuesto que sí —dijo finalmente Isibel, con voz pesada.

Luego, volvió a caminar, avanzando más deprisa por los fríos pasadizos de piedra. Después de tantos días de viaje e interminables preocupaciones, Corayne quería acurrucarse en el suelo. Pero siguió adelante, obstinada. Su resentimiento era suficiente combustible.

—Vi lo que superaste. Cómo escapaste. Lo que dejaste atrás —la voz de Isibel resonó en el pasadizo—. Y lo que yo perdí.

A Corayne le llegó el turno de la confusión. Observó a la monarca, desde sus pies calzados hasta los dedos largos y blancos de sus manos. Todo ella brillaba, el poder temblaba en el aire, como si su presencia lo agitara.

—Dom dijo que tenías una especie de magia —murmuró Corayne, tratando de recordar—. Una magia extraña, incluso para los de tu clase. *Envíos*.

—Sí, así se llama —dijo Isibel—. Puedo enviar una sombra mía a cierta distancia para ver lo que deseo. Y hablar, si es que puedo.

Corayne vio a Domacridhan en el rostro de su tía, en su incapacidad para comprender un dolor tan terrible.

—Estuve en Gidastern —explicó la monarca, con la voz entrecortada. Le brillaban los ojos—. Con mi hija, en sus últimos momentos. Lo más que pude.

Era imposible no sentir lástima por Isibel, por mucho que a Corayne le disgustara. Corayne vio a su propia madre, desesperada, en la cubierta de un barco, intentando salvar a su hija del fin del mundo. Isibel había estado en la misma situación una vez. Y había fracasado.

—Vi a Taristan acabar con su vida —continuó Isibel—. Y lo vi comenzarla de nuevo.

Entonces, se quebró y un leve jadeo escapó de sus labios. Sus dientes relampaguearon, atrapando su labio, como para enjaular toda su pena.

Corayne sólo podía mirar, enferma del corazón. Ella no había estado allí para ver a Taristan resucitar a los muertos de Gidastern. Apenas podía imaginar los horrores que sufrían sus víctimas. Nadie estaba a salvo de él, ni siquiera en la muerte. Le ardieron los ojos y se quitó una lágrima caliente, restregándose la cara.

No podía pensar en los otros bajo el dominio de Taristan. Dom, Sorasa. Andry. Eso rompería su corazón muy profundamente.

—No sabía que podía desear la muerte de mi propia hija, pero la alternativa… —Isibel se interrumpió, y sus ojos volvieron a humedecerse. Era como ver a un viejo árbol luchar contra una tormenta y negarse a doblarse—. Es una maldición más allá de todo.

Una maldición que podrías haber evitado, pensó Corayne con amargura. Pero a pesar de toda su frustración, no quiso avivar su herida.

—Yo también sufro por ellos —la voz de Corayne resonó en la piedra.

La verdad las hizo recuperar la serenidad, y se sumieron en un incómodo silencio mientras caminaban. Cuando llegaron a su destino, una puerta de ébano pulido sobre bisagras de hierro, Isibel volvió a mostrar el rostro inexpresivo. Cuando puso una mano sobre la puerta, ésta se abrió con facilidad.

—Tengo dos mil años y he conocido a pocos mortales en mis últimos días —dijo ella al entrar en la cámara abovedada—. Conocí a tu padre mejor que a nadie.

Corayne se quedó boquiabierta y sus ojos volaron en todas direcciones, tratando de abarcar más de lo que era capaz.

La bóveda era perfectamente redonda y su techo arqueado. Mesas y estanterías se alineaban en el borde exterior, cada una con algún artefacto, reliquia o libro. Sólo la losa del centro de la sala estaba vacía, desnuda salvo por un paño de terciopelo rojo. En lo alto colgaba un aro de hierro con velas nuevas, ya encendidas. Estaba claro que uno de los ayudantes de Isibel había preparado la cámara para ellas, encendiendo las antorchas y colocando una mesa con provisiones. Aun cuando estaba tan hambrienta, Corayne ignoró los platos de frutos secos y las botellas de vino. En ese momento, sólo le importaban la bóveda acorazada y sus tesoros.

No era el oro, la plata o las joyas lo que la fascinaba, aunque había mucho de eso.

Le temblaron los dedos cuando alargó la mano hacia la estantería más cercana y su vista se desvió hacia una pila de pergaminos apilados con cuidado. Dudó, reacia a tocar algo tan antiguo y frágil. Entonces, inclinó la cabeza hacia un lado para leer las letras del pergamino.

—Ésta es la lengua del Viejo Cor —tomó aliento.

Sin pensarlo, se quitó la Espada de Huso del hombro y la desenvainó unos centímetros, mostrando su acero.

—*Un hilo de oro contra el martillo y el yunque, y acero entre los tres. Un cruce hecho, en sangre y espada, y ambos se convierten en la llave* —citó de memoria, recordando la traducción de Valnir.

Las letras grabadas en la espada coincidían con las de los rollos, los pergaminos apilados, los libros y las numerosas inscripciones garabateadas en las reliquias. La llamaban con voces que no entendía, entonando una canción al borde de la memoria.

Corayne volvió a girar, yendo de mesa en mesa, pasando las manos por copas doradas y tablillas de plata. Monedas antiguas estampadas con rosas. Tinteros. Puntas de flecha aún afiladas y brillantes. Oro, plata, piedras preciosas de todos los colores. Un magnífico yelmo de bronce y oro yacía solo sobre una mesa, con la placa frontal inscrita con más palabras que Corayne era incapaz de leer. A lo largo del casco relucían rubíes auténticos, salpicados de esmeraldas en forma de pera. *Rosas*, lo supo Corayne, rastreando el símbolo del Viejo Cor.

Las mismas flores proliferaban sobre el terciopelo que cubría la losa vacía, meticulosamente tejidas en hilo brillante. Poco a poco, Corayne desenvainó el resto de la Espada de Huso, revelando el ondulante acero de otro reino. Parecía canturrearle, uniéndose al cántico que rondaba su mente.

Se le hizo un nudo en la garganta cuando la dejó sobre la tela, a un lado, con cuidado de dejar espacio para esa espada que nunca volvería. Yacía destrozada en una ciudad en llamas, su acero devuelto a los Husos de donde procedía.

—Provienes de esta gente, del Viejo Cor —murmuró Isibel, colocándose en el lado opuesto de la losa. El acero reflejaba la luz de las velas, haciendo bailar sus facciones.

Corayne sólo podía mirar, cada movimiento de su respiración era más fuerte que la anterior.

—Los conocí una vez —dijo Isibel—. Recuerdo cuando cruzaron Allward por primera vez, desde otro reino que no era el suyo. Les dimos la bienvenida y ellos nos saludaron a nosotros —una pequeña sonrisa se dibujó en su rostro—. Los reyes y reinas del Viejo Cor eran lo mejor de la sangre mortal. Valientes, inteligentes, nobles, curiosos. Siempre buscando las estrellas. Buscando otro Huso, trazando las líneas de los reinos conforme éstos cambiaban y se movían. Nunca estaban satisfechos con el mundo bajo sus pies.

En la vieja cabaña de Lemarta, Corayne había pasado la mayor parte del tiempo leyendo mapas, trazando el próximo rumbo del barco de su madre o concertando un intercambio. Veía poco del mundo, los límites de su vida se reducían a los acantilados de Siscarian. Recordaba el anhelo de su propio corazón, aunque no podía ponerle nombre ni explicar hasta qué punto la atraía.

Por aquel entonces, Corayne pasaba casi todo el tiempo mirando el mar, reflexionando sobre el horizonte. Esperando un pequeño atisbo más allá de los muros que conocía.

—Crecí sintiéndome incómoda en mi piel, desarraigada —dijo Corayne. Se le nubló la vista y le ardieron los ojos—. Nunca estaba *satisfecha*. Y nunca supe por qué.

Isibel bajó la mirada con amabilidad.

—Es un rasgo que compartes con nosotros, los vederanos. Nos sentimos más cercanos a tu especie, a tu pueblo. Disminuyendo en número, como ustedes —dijo—. Ustedes también están perdidos. Pero nosotros todavía recordamos nuestro hogar. Y eso es mucho más doloroso. Nuestros años son largos, nuestros recuerdos lo son aún más. Cada día esperamos el camino a casa, otro Huso nacido, otro Huso volviendo a existir.

De nuevo, Corayne se frotó los ojos, con las mejillas encendidas. Se permitió un solo resoplido indigno.

Otro Huso nacido. Sus oídos resonaron al oírlo.

—Y entonces criaste a mi padre para ser rey. Para reclamar el imperio de nuestros antepasados —dijo bruscamente—. ¿Por qué?

A la izquierda, el casco de rubí parecía mirarla, con los ojos vacíos de su placa frontal fijos en ella. Intentó no imaginar a su padre con él, ni en ninguna otra parte de la habitación. Era inútil. Sentía a su fantasma por todas partes.

Isibel rozó con un dedo la Espada de Huso, con movimientos seguros y cuidadosos. Su fría expresión se endureció y sus labios se fruncieron en una mueca.

—Los reinos mortales luchan y se pelean como niños por juguetes. Los mortales del Ward rompen todo lo que tienen —su voz se tornó ponzoñosa—. Derraman sangre sin razón. Y pasan hambre sin fin.

Corayne conocía los males del Ward mejor que la mayoría, en particular los pecados de su mayor reina. Recordaba Ascal, una gran ciudad con el horror en su centro, como el ojo enjoyado de una calavera podrida. Incluso en Lemarta, los marineros peleaban por apuestas perdidas y se sentían aludidos con los insultos. Los criminales tenían comprada a la guardia de la ciudad. La tripulación de la *Hija de la Tempestad* era lo peor de todo, piratas que cazaban cualquier barco del Mar Largo. Y allí estaba su madre, una temible capitana que se había ganado su reputación con oro y sangre. Charlie, un criminal fugitivo. Sigil, una cazarrecompensas asesina. Sorasa, una asesina sanguinaria.

Mortales nacidos en la guerra, todos ellos.

Y también lo era Andry, pensó Corayne de repente. Un espadachín talentoso, de corazón noble, más amable que cualquiera que Corayne hubiera conocido. *Era un Hijo del Ward, y mejor que todos nosotros juntos.*

Isibel interpretó que su silencio era porque Corayne estaba de acuerdo y siguió adelante. Se acercó al casco enjoyado y lo puso a la altura de su rostro.

—Cuando cayó el trono del Viejo Cor, los Husos no tardaron en caer —dijo, dejando que los rubíes captaran la luz—. Tantas puertas cerradas. Tantas luces apagadas. Incluida la nuestra.

Glorian Perdido. Corayne había oído hablar del Reino de los Ancianos lo suficiente para toda una vida. Primero de Dom, luego de Valnir. Era demasiado escucharlo también de Isibel.

Se burló abiertamente, disgustada.

—Así que acogiste a mi padre para reconstruir el trono y encontrar un camino de vuelta a Glorian —espetó—. A cambio, expulsaste a otro. Dejaste a un niño huérfano solo en el mundo.

El antiguo casco cayó con un tintineo de metal, desechado como si fuera una basura.

—Y tenía razón —respondió Isibel con frialdad—. Mira en lo que se convirtió Taristan. ¿Te imaginas quién sería si *nosotros* lo hubiéramos criado?

Tristemente, Corayne negó con la cabeza.

—No, no puedo.

A pesar de todo su autocontrol, una expresión de ira se dibujó en el rostro de Isibel.

—Ningún hombre nace para el mal —continuó Corayne, por mucho que le doliera decirlo—. Son moldeados para la maldad.

Isibel respiró con agitación.

—¿Eso crees? ¿Después de todo lo que Taristan le ha hecho a este reino, a *ti*?

De nuevo miró la Espada de Huso y se imaginó a su gemela perdida al lado. *Juntas, como deberían haber estado Cortael y Taristan.* Pero en lugar de dos niños en los fríos pasillos de Iona, sólo había estado uno. El otro había sido abandonado a su suerte, o algo peor.

Corayne se mordió el labio, dejando que el escozor la desgarrara.

—Debo creerlo —dijo ella con amargura—. Al igual que creo que mi sangre, mi ascendencia de Cor, todo esto… no me convierte en una reina.

Una verdadera confusión cruzó el rostro de Isibel.

—Entonces, ¿qué eres?

La respuesta de Corayne salió fácilmente.

—La hija de una pirata.

La risa de la inmortal resonó en las paredes de piedra. Corayne hizo una mueca de dolor y se dirigió hacia la Espada de Huso, agarrando la empuñadura.

Con movimientos demasiado rápidos para verlos, Isibel puso una mano sobre la suya, sujetándola.

—Valiente, inteligente, noble, curiosa —dijo, parpadeando hacia Corayne, como si ella también fuera otra reliquia de su colección—. Eres Heredera de Cor en tus huesos. Los Husos están en tu corazón, al igual que lo están en esta espada.

Luego, su mirada se posó en la propia espada, preocupándose por el acero y las joyas. Frunció el ceño.

—Ésta no es la espada que le di a Cortael —dijo.

—Esa espada está rota —murmuró Corayne, envainando el arma con un áspero chasquido.

La losa vacía yacía inmóvil entre ellas, la luz de las velas se encharcaba sobre el terciopelo. Corayne se apartó a la fuerza, volviendo a las estanterías para mirar a cualquier parte menos a la monarca Anciana.

Sus dedos pasaron sobre una capa doblada, roja como el terciopelo que tenía detrás. Estaba polvorienta, pero era claramente más nueva que los demás objetos.

—¿Era de mi padre? —preguntó en voz baja. La mitad de ella no quería saberlo.

—Lo fue —respondió Isibel, todavía congelada en su sitio—. Subestimé a Taristan y al mago rojo una vez. No volveré a hacerlo.

Corayne se obligó a soltar la capa y se volvió hacia Isibel. Sintió como si se desgarrara la piel.

—Lamento que haya sido necesario tanto derramamiento de sangre para convencerte —dijo con dureza—. Baja la rama, Isibel. Lucha con nosotros ahora, o no vuelvas a luchar.

La rama de fresno tembló en la mano de Isibel, las hojas verdes se volvieron doradas a la luz de las velas. Isibel la levantó brevemente y a Corayne le dio un vuelco el corazón.

—No puedo —dijo Isibel. Su voz sonó como un portazo.

Algo se quebró dentro de Corayne y sus manos temblaron de rabia, cansancio o frustración. O tal vez las tres cosas juntas.

—Dices que ser Heredera de Cor me hace diferente al resto de los mortales —siseó Corayne, a punto de escupir—. Me hace mejor.

Isibel no se inmutó.

—Así es.

—Bueno, Taristan es también Heredero de Cor —replicó Corayne, dirigiéndose a la puerta de la cámara acorazada.

—Taristan estaba destinado a romper este reino —Isibel la fulminó con la mirada, revelando por fin un poco de su propia frustración—. Lo vi hace décadas, y lo veo ahora.

Corayne apenas la escuchó, todos sus sentidos estaban concentrados en el pasadizo en espiral y los pasillos de arriba.

Lo único que deseaba era una cama limpia, un baño caliente y una almohada en la que gritar.

—¿Te gustaría saber lo que veo en ti?

Pese a su cansancio, Corayne se detuvo junto al marco de la puerta. No quiso mirar atrás, tenía la mandíbula apretada.

—Esperanza, Corayne —dijo la antigua inmortal—. Veo esperanza.

Tu esperanza se siente como una maldición, pensó Corayne, con la garganta apretada y los ojos ardiendo.

* * *

Otro Huso nacido.

Las palabras de Isibel sonaban una y otra vez en la cabeza de Corayne mientras las memorizaba. Algo se retorcía en el borde de su mente, otro zumbido demasiado profundo para nombrarlo. Como la Espada de Huso en su acero, o las reliquias del Viejo Cor llamándola. Pero más grande. Más fuerte. Y peor.

Sus pies sabían lo que su cerebro no vislumbraba, llevando a Corayne a través de los largos pasillos de Tíarma. Uno de los sirandelianos la condujo amablemente a los niveles superiores, a una torre de escaleras en espiral. La mitad de ellas estaban congeladas, traicioneras para los pies mortales.

—¿Los Ancianos están tratando de helarnos hasta la muerte?

La voz de Garion recorrió el pasillo y Corayne la siguió hasta llegar a una habitación abierta. Garion estaba sentado ante la ventana abierta, con un ojo en el paisaje, mientras Charlie se inclinaba sobre un brasero. Soplaba las brasas, dándoles vida.

Corayne soltó un suspiro de alivio, tanto por ver a sus amigos como por sentir algo de calor.

—Ellos no sienten el frío como nosotros —refunfuñó Charlie, que aún llevaba puesta su larga capa. Saludó a Corayne con la cabeza cuando entró.

En el dormitorio no había fuego, ni siquiera una pequeña chimenea. Estaba claro que ellos habían llevado el brasero. Incluso contra su calor, Corayne temblaba. No había tapices en las paredes para mantener el calor, y la cama, con su hermoso marco, era delgada, sin almohadas y con una sola manta. Corayne tomó nota mental de pedir a alguien que equipara mejor sus habitaciones, como correspondía a los cuerpos mortales.

—No sienten muchas cosas —dijo en tono sombrío, extendiendo las manos hacia el brasero. Sus dedos entumecidos recuperaron un poco de sensibilidad.

Garion sonrió satisfecho, con una pierna colgando al aire libre.

—¿Se acordarán siquiera de darnos de comer?

De hecho, Corayne había olvidado el rugido de su estómago. Ahora crujía, rogando por una cena.

Charlie la observaba del otro lado del brasero, sus ojos reflejaban el carbón ardiendo. Tras salir del salón del trono, había logrado lavarse, tenía las mejillas afeitadas y las cejas arregladas. Aún no había conseguido robar ropa nueva, pero Corayne apostaba a que pronto lo haría.

—¿Qué dijo? —preguntó él, leyendo la frustración de Corayne—. ¿Peleará Isibel?

Corayne frunció los labios.

—¿Recuerdas el orgullo de Dom? —preguntó ella.

—Intento no hacerlo —respondió él.

—Isibel es mil veces peor.

Charlie bajó los hombros y su rostro reflejó su propia decepción.

—¿Enviarán exploradores al menos? —insistió Charlie, con el ceño fruncido.

Ella sólo pudo encogerse de hombros.

—Tienen Ancianos patrullando el perímetro del enclave.

Las redondas mejillas de Charlie se sonrosaron y tiró de su trenza con frustración.

—Pero ¿se enteran de algo del reino? ¿Alguien presta atención al resto del mundo?

En el alféizar de la ventana, Garion reía al aire libre.

—Sabía que los Ancianos estaban aislados, pero no pensé que fueran tan estúpidos —murmuró, incrédulo.

—Pensé que si llegábamos hasta aquí... —la voz de Charlie se quebró de cansancio—. Pensé... sabía que no estaríamos a salvo. Sabía que Taristan vendría. Pero no creí que los inmortales fueran tan ciegos como para esperar a que llamara a las puertas de su ciudad.

Volvió a mover las brasas, salpicando chispas.

A Corayne le parecieron una constelación, estrellas rojas que se apagaban una a una.

—Podríamos estar en cualquier parte —siseó ella, apartándose del carbón encendido—. Podríamos haber huido a los confines de la tierra, podríamos haber ido a ver a mi *madre*... ¿por qué mi corazón me trajo aquí?

En lugar de ceder espacio, Charlie se aproximó rodeando el brasero, para tomarla del brazo. Corayne esperaba algún juicio por parte del sacerdote fugitivo, pero sólo encontró compasión en sus ojos oscuros.

—Quizá tu corazón sepa algo que los demás no sabemos —dijo en voz baja.

Corayne abrió la boca para hacerle un comentario inteligente, pero algo la sorprendió. Una vez más, se preguntó, y escuchó un sonido que nadie más podría oír. El zumbido distante, los ecos del poder. Por un momento se olvidó de respirar.

Algo que sólo mi corazón sabe, pensó, dándoles vueltas a las palabras de Charlie en su cabeza.

Como una pantera, Garion bajó de la ventana. No conocía bien a Corayne, pero la leía como lo haría Sorasa, con los ojos revoloteando sobre su rostro.

—¿Qué pasa? —preguntó él con severidad.

Corayne apretó los dientes, las palabras le pesaban en la punta de la lengua. Miró la puerta abierta, luego la ventana. Luego los propios muros. El castillo estaba lleno de Ancianos inmortales, con demasiados ojos y oídos para contarlos.

En lugar de responder, se dirigió a las alforjas de Charlie, apiladas en un rincón. En unos segundos sacó un trozo de papel, una pluma y un tintero con tapón.

Garion y Charlie se inclinaron sobre cada uno de sus hombros y observaron con los ojos entrecerrados cómo ella garabateaba un mensaje.

La pluma le temblaba en la mano y sus cuidadosas letras se torcían. A medida que escribía, el zumbido se tornaba más profundo, hasta que sintió que le calaba hasta los huesos. Ahora era obvio, inconfundible.

Tanto el asesino como el sacerdote soltaron un grito de sorpresa.

Rápidamente, Corayne arrojó el pergamino al brasero y dejaron que el papel ardiera. La tinta la miró fijamente, las letras se consumieron. Ella las miró, con los ojos muy abiertos, leyéndolas por última vez antes de que se convirtieran en cenizas.

Creo que aquí hay un Huso.

Su voz temblaba, su susurro era apenas más fuerte que las brasas crepitantes.

—No está abierto. Todavía no —respiró—. Pero está esperando.

23

LA LUZ DEL SOL BAJO LA LLUVIA

Andry

Los jydis lo llamaban *Safyrsar*. La Estrella Azul.

Al principio, Andry pensó que lo decían como un insulto, tanto por su túnica sucia como por su herencia gallandesa. Pronto aprendió que los jydis no se parecían en nada a la corte gallandesa. Hablaban abiertamente. Una sonrisa era una sonrisa, un ceño fruncido era un ceño fruncido. No había motivos para maquinaciones políticas o intrigas, no cuando la guerra se cernía sobre todo lo demás. Halla, la jefa de Sornlonda, se apresuró a invitar a Andry a entrenar con sus guerreros. Incluso Kalmo, el temperamental jefe de barba roja de Hjorn, le regaló un hacha a Andry para disipar cualquier rencor entre ellos.

Los saqueadores aún no sentían amor por los reinos del sur, y mucho menos por Galland y sus caballeros. Hablaban a menudo de Erida y escupían cada vez que alguien mencionaba su nombre. Andry no podía culparlos. Había sido testigo de lo que su codicia le había hecho al reino, y lo que ella pretendía hacer con Taristan a su lado. Antes admiraba la valentía y la inteligencia de Erida, la forma en que equilibraba su corte y mantenía el reino floreciente. Ahora odiaba sus manipulaciones políticas y su desgraciada ambición.

Los jydis lloraron como Andry cuando construyeron piras funerarias para los Yrla y todos los miembros de la tribu que habían muerto en Gidastern. Ningún cuerpo coronaba las piras, pero las llamas saltaron al cielo de todos modos, ardiendo durante muchas noches largas. Los pocos supervivientes Yrla se encargaron de mantener las hogueras encendidas.

Como faros, las piras atrajeron a más tribus a Ghald, hasta que Andry sintió que la ciudad podría reventar.

Pasó largas semanas observando cómo la gente del Jyd se preparaba para la guerra. Forjaban las armas, curtían el cuero, enlazaban las cotas de malla, ensartaban las flechas. Contaban las provisiones, llenaban los barriles. Remendaban las velas, tejían las cuerdas, lijaban los remos, sellaban los cascos con alquitrán. Andry pronto perdió la cuenta de las numerosas tribus, cuyas banderas eran tan variadas como los copos de nieve. Pero cada mañana contaba los drakkar del puerto, tanto los atracados como los anclados en alta mar. Su número crecía sin cesar, hasta que el horizonte se convirtió en un bosque de mástiles.

Se llevaron a cabo asambleas de guerra e interminables debates, más de dos docenas de jefes jydis discutían sobre las tácticas. Todos estaban de acuerdo en una cosa, al menos. Si las legiones de Erida y Taristan se lanzaban a la guerra, los jydis las frenarían.

En el fondo de su corazón, Andry ansiaba irse, alejarse con el viento y la marea. Pero no podía ir a ninguna parte sin los Ancianos de Kovalinn, que se mantenían ociosos en Ghald a pesar de los mejores esfuerzos de Andry. Los días parecían interminables, pasaban lentamente, como si el tiempo se hubiera congelado. Andry se encontró rezándole al dios del tiempo. Pedía menos y más a partes iguales. Más tiempo para el Ward. Menos tiempo para que Corayne siguiera vagando, sola en el desierto.

Sobre todo, Andry rezaba para que ella estuviera a salvo. Y para que Valtik tuviera razón.

La vieja bruja no había dicho más sobre Corayne, pero le contaba lo mismo todos los días:

—*Cuidado con los pasillos del infortunio nublado, nuestra perdición se eleva desde abajo. Los destinos chocan en alas deshechas, la nieve se funde en sangre en la próxima primavera.*

Esa letrilla, al menos, era lo bastante clara.

Andry pasaba su tiempo libre entrenando con los jydis, haciendo girar las hachas con su propia espada. Los saqueadores luchaban con más fiereza que los caballeros, pero sin ninguna organización. Andry conocía los intrincados pasos en los duelos y aconsejaba a los saqueadores sobre cómo luchar contra un ejército gallandés entrenado. Casi todos eran granjeros fuera de la temporada de saqueo, y era evidente. Sólo esperaba que bastara para golpear al ejército de Taristan desde el mar, y retirarse a un lugar seguro antes de que todo el poder de sus legiones pudiera contraatacar.

Un amanecer frío y rosado, Andry se despertó con el cielo teñido de rojo y el mar como un espejo inmóvil. Salió de su cálida tienda con un escalofrío, casi disfrutando de la bofetada de aire frío. Eso lo despertó mejor que cualquier otra cosa. Sorbió una taza de té caliente, disfrutando del sabor de la miel y el enebro machacado. Aún sentía el cuero cabelludo tirante, con el cabello negro recién trenzado.

En Galland se rapaba el cabello hasta la raíz cuando le crecía demasiado. Pero ahora le parecía mal, era como ponerse una chaqueta que ya no le quedaba. En lugar de eso, una de las jydis lo obligó a peinarse. Era originaria de Kasa, el país de su madre, y sabía cómo manejar sus rizos negros.

Al terminar el té, Andry se pasó una mano por la cabeza. Sintió las trenzas bajo sus dedos. Le recordaban a su madre y a sus intrincadas trenzas tejidas con los dedos afilados.

Como siempre, su garganta se estremeció cuando pensó en Valeri Trelland.

¿Estará viva?, se preguntó por milésima vez. *¿Estará a salvo con nuestros parientes en Kasa?*

Para eso no había respuesta, y quizá nunca la habría. Andry suspiró y miró hacia la ciudad.

Por feroz que fuera el invierno, las horas de calma eran igual de hermosas. El frío le daba a todo un brillo diamantino de escarcha, congelando las calles enlodadas, con costras de hielo en la costa. Los drakkar brillaban en el puerto, las nubes nítidas contra el cielo floreciente. Andry esperaba que no ardiera, que no fuera aplastado bajo el puño de Lo que Espera.

Para sorpresa de Andry, Eyda y sus Ancianos estaban sobre las puertas de la ciudad, vigilando el único camino que bordeaba la costa.

Dejó atrás la tienda y se puso la capa mientras corría. Ya conocía las calles de Ghald lo bastante bien para correr hasta las puertas, tomando algunos atajos por el camino.

—¿Qué pasa? —preguntó entre jadeos, sin aliento, al subir los escalones.

Los otros Ancianos se separaron para dejarle un lugar junto a su señora, que sólo asintió en señal de saludo. Eyda no pestañeó, tenía la mirada clavada en la arboleda que ocultaba un recodo del viejo camino.

Su silencio fue respuesta suficiente. Andry asintió con seriedad antes de escrutar los pinos con la mirada, aunque su vista apenas podía compararse con la de los Ancianos.

Algo se abrió paso entre los árboles y se le revolvió el estómago, tratando de localizar la sombra que avanzaba a través de la nieve. Al principio parecía una roca, ensombrecida por los interminables árboles.

No era sólo eso.

El gran oso atravesó los árboles con una docena de Ancianos marchando detrás. A Andry se le subió el corazón a la garganta cuando se dio cuenta de que un niño iba sentado a horcajadas sobre el lomo del oso, balanceándose como un jinete sobre un poni. Al verlo, los guardianes jydis de la puerta lanzaron un grito. Alardeaban y señalaban, extrañados e incrédulos.

Andry miró bruscamente a Eyda, esperando su gesto de sorpresa. Para su conmoción, vio cómo una sonrisa se dibujaba en el frío rostro de la dama.

—Es Dyrian —explicó ella con voz suave—. Monarca de Kovalinn. Mi hijo.

La inmortal cuadró sus anchos hombros al enfrentar a la comitiva. Debido a ese movimiento, Andry se dio cuenta de que Eyda portaba de nuevo su armadura. Brillaba bajo su capa rota, ya limpia desde la batalla de Gidastern. Llevaba una espada en la cadera, al igual que su compañía.

Los Ancianos de Kovalinn venían equipados para un largo viaje, y para la guerra.

—Ahora, Andry Trelland—dijo Eyda, dirigiéndose a la escalera que bajaba hasta la puerta—. Ahora podemos irnos.

* * *

Valtik ya estaba a bordo de una de los drakkar destinados a los Ancianos de Kovalinn, plegado en la proa. La imagen tallada de un águila se alzaba sobre ella, con el pico en forma de gancho y las alas desplegadas a ambos lados para formar el casco. Le daba un aspecto divino a la mujer, como si las alas fueran suyas. Sólo sus carcajadas lascivas arruinaban la imagen.

Zarparon al mediodía, o al menos lo que contaba como mediodía en aquella latitud norteña. El agua cristalina, hermosa al amanecer, parecía una promesa cuando los dos barcos se adentraron en el Mar Vigilante. En la popa, Andry observaba cómo Ghald se veía cada vez más pequeño. Por mucho que quisiera partir, también sentía una punzada de arrepentimiento. De niño, en Galland, había aprendido a odiar a los saqueadores jydis. Ahora los extrañaría mucho.

Dyrian y sus escoltas eran los últimos supervivientes de Kovalinn, quienes no habían hecho la travesía para luchar en Gidastern. A pesar de su rostro aniñado, Dyrian tenía un siglo de edad. Era menos solemne que su madre, con deseos de pasear por la cubierta con su monstruoso oso. Andry rodeó con cuidado a la bestia, aunque parecía mansa como un sabueso amaestrado.

El frío era más fácil de soportar en tierra, y Andry casi había olvidado los vientos helados del mar. Pronto los recordó.

Pero así como los días le habían parecido demasiado largos en Ghald, en el viaje hacia el sur pasaron en un abrir y cerrar de ojos.

Antes de que Andry se diera cuenta, ya estaban llegando a otra orilla. Las montañas de Calidon se alzaban sobre el Mar Vigilante, con sus picos blancos de nieve. Una densa niebla cubría el valle central, ocultando la mayor parte de las tierras bajas entre las cadenas montañosas. El aliento de Andry aún se elevaba en las nubes, pero el aire era notablemente más cálido, el invierno ya se sentía menos crudo que en Ghald.

Él estaba sudando cuando atracaron, y se echó hacia atrás la capa de piel, dejando el torso y los brazos libres. De no ser por su túnica de estrellas azules, Andry parecía más un saqueador que un caballero. Llevaba una piel de lobo gris sobre los hombros, con la cola sujeta entre sus propias fauces. Portaba una armadura de cuero recién hecha, con cinturones y hebillas en el pecho, lo bastante gruesa para rechazar el peor de los cuchillos, pero no tan pesada como para ahogarlo. Llevaba la cabeza descubierta hasta las trenzas, la capucha abajo y los ojos fijos en la niebla.

Los Ancianos no necesitaron consultar un mapa ni esperar a que se despejara la niebla. Conocían su camino a través de las colinas de Calidon. Andry también lo recordaba.

Había desembarcado en estas mismas costas con Sir Grandel y los del norte, hacía ya mucho tiempo. Habían dejado atrás un galeón, con la bandera del león ondeando en la brisa del inicio de la primavera. Juntos, los tres caballeros y su escudero habían marchado hacia el sur, explorando tierras desconocidas. Sólo por casualidad habían encontrado Iona, cuando la niebla se había disipado lo suficiente como para divisar la ciudad del castillo en una cresta distante.

Hace casi un año, pensó, mientras sus botas crujían sobre la playa rocosa. Valtik siguió caminando a su lado, ignorando las punzadas de las piedras en los pies descalzos.

Guiados por Dyrian y su oso, la compañía siguió caminando y caminando, Andry luchaba por mantener los ojos abiertos. Sólo cuando él tropezaba se detenían, para dejar descansar al mortal. Así avanzaron por la región montañosa, sobre el lodo y la hierba invernal y la nieve.

Los días parecían un sueño. Andry no podía distinguir la niebla de los fantasmas, veía la silueta de Sir Grandel o Dom en cada sombra. Pero otra figura lo mantenía en movimiento, caminando junto a tantos fantasmas.

Corayne.

La veía en los escasos rayos de sol que atravesaban las nubes bajas. No era un fantasma, sino un faro, una linterna que le hacía señas para que siguiera adelante. Una promesa de luz, cuando toda la luz parecía haber desaparecido del mundo.

En invierno, casi toda la tierra era estéril, abandonada a la naturaleza salvaje. Un lugar perfecto para que los Ancianos se ocultaran durante tantos siglos. Andry siguió caminando, apenas consciente del suelo movedizo bajo sus botas. Parecían una lúgubre marcha fúnebre, los supervivientes de Kovalinn con sus mantos terrenales, demasiado gráciles para ser mortales, demasiado solemnes para estar vivos.

Un río sonó en algún lugar, rodando sobre piedras que Andry no podía ver. Entrecerró los ojos a través del aire turbio, el sol débil de la mañana, apenas una bola blanca sobre el banco de las nubes. Su hacha jydi tintineaba en el cinturón, colgando junto a su espada envainada.

Entonces, la oscuridad se deslizó por el paisaje, una sombra que se extendía surgiendo de la niebla. Los Ancianos no se detuvieron y Andry tampoco. Se quedó sin aliento cuando la oscuridad se solidificó. No se convirtió en otro bosque ni en una pendiente ascendente, sino en un muro de piedra.

Sus rodillas se doblaron y Andry casi cayó al suelo, sus extremidades estaban débiles.

Los ciervos gemelos de Iona observaban fijamente desde las grandes puertas, con sus astas como coronas. El puente levadizo ya estaba levantado y la celosía de hierro guardaba el pórtico.

Las siluetas se agolpaban en lo alto de la muralla: los arqueros Ancianos montando guardia. Sus arcos eran intrincados, negros contra el cielo gris. Sólo sus rostros estaban ocultos, ensombrecidos por capuchas color verde grisáceo.

Los guardias de Iona no atacaron. Veían bien a los Ancianos de Kovalinn, al oso y a su monarca. Conocían a los suyos, incluso a través de la niebla.

Uno de ellos dio una orden en la lengua de los Ancianos y algo crujió. Las cadenas tintinearon y giraron, grandes ruedas abrieron las puertas hacia el interior.

Iona dio la señal, la ciudad de piedra se abrió de par en par.

Andry exhaló despacio, soltando un largo suspiro. Una pequeña parte de él esperaba ver a Corayne al otro lado, entera y real, una llamarada de calor contra la fría piedra. Sólo estaban los guardianes de la Puerta de los Ancianos, esperando para escoltar a la compañía.

Andry se sonrojó hasta los dedos de los pies, y un calor enfermizo sustituyó al entumecimiento de sus dedos. Quería subir corriendo toda la cresta hasta el castillo en su cima. En cambio, siguió las largas zancadas de los Ancianos, colándose entre ellos. Le rechinaban los dientes y cada paso que daba era penosamente lento.

Iona era como Andry la recordaba, y sus nebulosos recuerdos se solidificaban a su alrededor. La figura del ciervo asomaba por todas partes, las torres estaban coronadas con astas, de la misma manera que las capas de los guardias las llevaban bordadas.

Se le retorció el estómago. Todos los guardias que lo rodeaban se parecían a Domacridhan, asomando en los ángulos de su visión. De hombros anchos, cabello dorado, con la misma capa y los mismos modales orgullosos. Andry estuvo a punto de vomitar.

Cuando llegaron al rellano en lo alto de la cresta, las puertas del castillo estaban abiertas y un contingente de Ancianos se había reunido bajo la lluvia. La niebla gris se desplazaba sobre la piedra y daba la impresión de que caminaban sobre una nube.

Las gotas de lluvia se pegaban a la piel de lobo alrededor de los hombros de Andry, quien tenía la cara resbaladiza y fría. Delante de él, el oso de Dyrian dio una gran sacudida, lanzando un rocío de agua helada.

Aunque era mayor, Dyrian seguía siendo un niño. Rio y le dio una palmadita en la nariz al oso.

Andry no pudo evitar esbozar una sonrisa.

Entonces, lo impresionó un repentino movimiento; sus piernas cedieron; cayó sobre una rodilla y se golpeó contra el resbaladizo pavimento con una contundente sacudida. Los latidos de su corazón se agolparon en sus oídos y el aliento se le escapó del pecho.

Entre los Ancianos que esperaban frente al castillo, una de ellas no parecía una verdadera anciana.

Ella avanzó para quedar al frente de la fila, con sus ojos negros rodeados de un blanco feroz. No era tan alta como los inmortales, y su rostro estaba teñido de bronce, con el sol de Siscaria aún aferrado en pleno invierno. Una trenza negra volaba a sus espaldas, con los mechones sueltos húmedos y pegados a la piel.

Andry luchaba por respirar, por pensar. Sentía que su cuerpo iba a desmoronarse. Lo único que podía hacer era mirar fijamente, a nada salvo a ella. Ya ni siquiera sentía la lluvia.

Corayne patinó sobre las húmedas baldosas, luchando por mantenerse en pie. Casi cayó sobre Andry y se agachó para agarrarlo por los hombros, mientras los brazos temblorosos de él se extendían a su vez hacia ella.

Acabaron por arrodillarse juntos, con el vestido de ella empapado y las pieles y cueros de él también. La cabeza de Corayne cabía sobre el hombro de Andry, con la mejilla apoyada en el borde de la mandíbula. Su cuerpo temblaba en los brazos de Andry, sus labios seguían moviéndose, su voz fue lo último que percibió de ella.

Él también temblaba. Todo el dolor volvió a aflorarle, cada noche negra de esperanza perdida, cada amanecer vacío.

—Corayne —susurró Andry, saboreando las gotas de lluvia.

Ella respiraba entrecortadamente y Andry sentía el nudo de su pecho como si fuera el suyo. Los brazos de ella se tensaron, sosteniéndolo con más fuerza. Se abrazaron a través de la lluvia helada y la niebla en movimiento, el gris era como un muro a su alrededor.

Por un momento, el mundo desapareció, engullido por la niebla. Sólo estaba Corayne, viva y brillante.

—Andry —respondió ella, con la voz tan temblorosa como su cuerpo. Lentamente, se apartó lo suficiente para verle la cara.

La amplia sonrisa de Corayne encendió el pecho de Andry, tan cálida como para soportar cualquier tormenta. Sólo podía mirarla fijamente, con los ojos recorriendo rasgos más familiares que los suyos. Las pecas claras bajo un ojo, su frente negra y fuerte. Una nariz larga. Los cálculos siempre girando detrás de su mirada, las ruedas de su mente siempre en movimiento.

Ahora giraban más rápido de lo que Andry había visto nunca. Una leve corriente de pavor recorrió su felicidad, como si se añadiera algo agrio a lo dulce.

Como fuera, Andry sabía que no debía preguntarle nada ante los otros.

—Conmigo —dijo Corayne, y los dos se pusieron de pie.

Los dedos de ella se aferraron a los bordes de la capa de Andry para ayudarlo a levantarse.

Andry igualó su sonrisa lo mejor que pudo. Se estremeció cuando las manos de Corayne se detuvieron. Su palma rozó el borde de la piel de lobo.

La misma palma que él había besado en una ciudad en llamas, antes de enviarla a vivir, mientras él se apartaba para morir.

—Conmigo —repitió Andry.

* * *

Nada parecía real, por mucho que el entorno de Andry intentara recordárselo.

El agua de lluvia se acumulaba bajo su capa, extendiéndose sin cesar por el fino suelo de mármol. Con el vestido de Corayne sucedía lo mismo y dejaba un rastro de goteo tras ella. Vestía de gris y verde como los inmortales de Iona, con las mangas abiertas para mostrar el terciopelo que había debajo. Era lo más elegante que Andry le había visto llevar nunca.

Él la prefería con su capa y sus botas viejas.

—No creo que nos extrañen —dijo Corayne, luchando contra una sonrisa frenética. Jaló suavemente a Andry y lo sacó del salón del trono, dejando que los grandes Ancianos hablaran a solas.

Andry lanzó un suspiro de alivio. Pensar en otro consejo, sobre todo uno lleno de sombríos inmortales, hacía que su cabeza diera vueltas.

—Gracias a los dioses —refunfuñó.

—Un Huso perdido por las llamas, un huso perdido por el agua.

La inquietante voz de Valtik resonó en el gran pasadizo, con una extraña melodía en sus palabras. Casi saltó hacia ellos, con las retorcidas manos entrelazadas a la espalda.

Corayne sonrió y sacudió la cabeza.

—Yo también me alegro de verte, Valtik.

Sonriendo, Valtik acarició la barbilla de Corayne, como si fuera una simple abuela y no una bruja de huesos.

—Un Huso perdido por los huesos, un Huso perdido por la sangre —añadió con un gesto etéreo, y entró al salón del trono.

—Eso es nuevo —murmuró Corayne tras ella, arrugando el ceño, concentrada.

Andry se encogió de hombros.

—Empezó hace unas semanas, en Ghald.

—No me extraña que pensaran que eras un saqueador —dijo ella, rozándole de nuevo la piel de lobo. Luego miró el hacha que llevaba en la cadera, y después sus trenzas, observándolo en toda su extensión—. Ciertamente, lo pareces.

—Y yo al principio creía que eras una Anciana —replicó él, inclinándose hasta quedar a la altura de sus ojos—. Aunque muy bajita.

Cuando Corayne soltó una carcajada, las puertas del salón del trono se cerraron. Estaba claro que los guardianes Ancianos no tenían paciencia para las risas de los mortales. Ellos rieron aún más.

—Valtik era la única por la que no temía —añadió Corayne, poniéndose de espaldas al salón del trono. Se puso un poco seria—. De alguna manera, sabía que la vieja bruja encontraría una manera de sobrevivir.

—Ella es la razón por la que yo he sobrevivido —dijo Andry sin rodeos, con el recuerdo nítido en su mente. *Habría estado perdido en Gidastern.*

—Entonces, cada segundo con ella ha valido la pena —dijo Corayne, con una sonrisa más sombría que antes.

Los pasillos abovedados de Tíarma devolvieron el eco de sus voces. De nuevo, Andry recordó una tumba. *Esperemos que no sea la nuestra.*

Volvieron a mirarse fijamente, evaluándose el uno al otro. Andry sabía que Corayne veía en su rostro el cansancio de largas semanas, igual que él lo veía en ella.

—Me veo fatal, ¿verdad? —murmuró Corayne, mirando su vestido—. Los Ancianos me dieron ropa mejor, pero es inútil. No me queda bien.

Por muy fina que fuera su ropa, Corayne parecía desgastada, atravesada por la preocupación. Él sentía lo mismo, frío hasta los huesos.

—No me importa —dijo Andry demasiado deprisa. Contuvo una mueca de dolor, tratando de explicarse—. Te hace parecer real... —se le cortó la respiración, el pulso se le aceleró—. No puedo creer que seas real. Lo siento, eso tampoco tiene sentido, claro que eres *real*.

Para su sorpresa, Corayne se sonrojó, con un precioso tono rosado en la parte superior de las mejillas. Lentamente, ella le tomó una mano y le frotó los nudillos. La piel de Andry se calentó y se enfrió al mismo tiempo.

—Sé lo que quieres decir, Andry —respondió ella—. Créeme, lo sé.

Andry Trelland reconocía lo que era querer besar a alguien. Lo había sentido unas cuantas veces en Ascal, en una de las muchas fiestas y galas sin nombre. No es que a los escuderos se les permitiera hacer mucho más que asistir a sus caballeros. Pero recordaba lo que era llamar la atención de una muchacha bonita y preguntarse cómo se sentiría su mano. Preguntarse qué tan bien conocía los pasos de un baile en particular.

Corayne no era lo mismo. No porque hubiera recorrido un camino diferente, sino porque simplemente era *más*. Más audaz, más valiente, más inteligente. Más brillante en todos los sentidos. Ella era *más* para Andry, más de lo que nadie había sido nunca.

O quizá nunca nadie más lo sería.

Volvió a respirar y sus dedos se entumecieron en la mano de ella.

—Sígueme —dijo ella de pronto, moviéndolo a su lado. Sus dedos se deslizaron entre los de él.

Es lo único que quiero hacer, pensó él con pesar.

Andry la seguía con la mirada mientras ella recorría los pasillos del castillo. Él sabía que sólo había pasado un mes y medio desde Gidastern, pero los largos días se le hacían toda una vida. Ella parecía diferente a aquel entonces, más segura de sí. Tenía los hombros erguidos, la espalda recta al caminar y un poco más de gracia en los pasos de lo que Andry recordaba. También parecía más delgada. *Y sus manos*, pensó él, recordando el antiguo tacto de sus dedos.

Tiene más callos. Por la empuñadura de una espada.

Bajo las mangas, Corayne aún llevaba sus brazaletes, los que le habían regalado meses atrás en el desierto de Ibalet. El oro atravesaba el cuero negro, delineando la imagen de escamas de dragón. La visión lo hizo detenerse.

Andry abrió la boca para preguntar, pero lo pensó mejor. Los pasillos resonaban, en apariencia vacíos, pero conocía demasiado bien a los Ancianos como para creerlo. Los guardias inmortales se escondían bien, y escuchaban todavía mejor.

Las murallas y los edificios del castillo rodeaban la cima de la ciudad como una corona, con un patio en el centro. Muchas ventanas daban al patio, a un vasto jardín de rosas muertas por el invierno. Corayne subió hasta una larga galería de ventanas. Ésta daba al patio de rosas por un lado y al valle por el otro.

Andry aminoró la marcha para observar, fascinado, el reino montañoso que se extendía como si fuera otro tapiz. La lluvia caía a cántaros sobre las colinas doradas, resplandecientes con los rayos del sol. La luz cambiaba a cada momento, y las bandas de nubes y lluvia se batían en duelo contra el frío sol.

Corayne se detuvo con él, parecía mareada. Antes de que a Andry se le ocurriera preguntarle por qué, ella lo llamó desde la galería.

—¡Estoy aquí! —dijo, aparentemente a nadie.

—Es Valtik, ¿cierto? —respondió una voz familiar desde la cámara contigua. Sonaba cansada—. ¿Ancianos viajando con un saqueador y una bruja jydi? Tiene que ser, claro que esa vieja bruja se ha librado de…

—¿Ahora soy un saqueador? —dijo Andry, con una sonrisa en la cara.

El sacerdote fugitivo dobló la esquina y se quedó inmóvil. Al igual que Corayne, Charlie vestía ropas hechas por los Ancianos, con suaves tonos verdes y un elegante chaleco de piel. Las galas le sentaban bien, con el cabello castaño trenzado y un broche de piedras preciosas. Llevaba una mochila, sin duda repleta de su habitual colección de plumas y tinta.

—De tanto entrecerrar los ojos para leer el pergamino, se me han cansado —espetó Charlie, acortando la distancia que los separaba. Levantó la mano para tomar a Andry por la cara—. Por los dioses, estás vivo, escudero.

—Hasta ahora. Me alegro de que te hayas salvado, Charlie —respondió Andry, abrazándolo con un golpe firme. Luego bajó la voz a un susurro—. Me alegro de que ella no estuviera sola.

Eso apagó un poco el ánimo de Charlie. Se echó hacia atrás para mirar a Andry a los ojos.

—Hice lo que pude, lo cual no es mucho —luego, se echó la mochila al hombro, con la solapa abierta. Para su sorpresa, Andry vislumbró en el interior ropa doblada y provisiones.

Charlie siguió su mirada.

—Intento ser útil —explicó.

—¿Vas a…? — Andry buscó la palabra correcta. Al mirar más de cerca, se dio cuenta de que Charlie iba vestido con ropa de viaje.

—No voy a huir —dijo el sacerdote caído con una media sonrisa—. Ya terminé con eso. Pero voy a ver qué está pasando allá afuera, en el mundo. Aquí estamos ciegos, gracias a los Ancianos.

De nuevo, Andry contempló a Charlon Armont. Estaba lejos de ser el fugitivo buscado que habían conocido en Adira, instalado en su sótano de papeles falsificados y tinta derramada. Aun así, Andry sintió un nudo en la garganta.

—Seguro que no vas solo —murmuró, justo cuando otro hombre se les unió.

Era silencioso como un Anciano, pero claramente mortal. A diferencia de los otros dos, el desconocido llevaba pieles de combate bajo su túnica de Anciano.

Andry se tensó, dispuesto a agarrar su espada o su hacha. Pero el humor de Corayne lo detuvo. Fuera quien fuese el hombre, estaba claro que se sentía cómoda en su presencia.

—¿No vas a presentarlos? —dijo Corayne, moviendo una ceja hacia el sacerdote.

Charlie se puso color escarlata.

—Oh, ah —dijo él, rascándose la cabeza. Luego hizo un gesto despectivo con la mano—. Garion, éste es Andry Trelland. Andry, él es Garion.

¿Qué Garion?, quiso preguntar Andry, antes de ver la reveladora daga que llevaba en la cadera. Era sólo de cuero negro y bronce, poco llamativa a simple vista. Pero Andry había pasado demasiados días con Sorasa Sarn como para olvidar el aspecto de un arma Amhara.

Un asesino, pensó Andry, dividido entre el miedo y el alivio. Los Amhara estaban cazando a Corayne, pero un asesino amigo era un poderoso aliado. Entonces, el nombre volvió a aparecer en su mente, junto con un recuerdo borroso. Sus ojos se abrieron de par en par, saltando entre Charlie y el Amhara. Aunque estaban separados por unos metros, ambos estaban claramente unidos.

Andry sintió un gran alivio.

—*Garion* —dijo Andry en voz alta, sintiendo que su propia sonrisa se dibujaba en sus labios. Recordaba el mismo nombre susurrado entre fogatas y monturas, escuchado en fragmentos de conversación.

De alguna manera, Charlie se ruborizó aún más.

El escudero extendió una mano en señal de amistad.

—He oído hablar mucho de ti.

Los ojos del asesino brillaron.

—Cuéntamelo.

Charlie se apresuró a interponerse entre ellos, con las palmas levantadas para impedir que nadie siguiera hablando sobre esos recuerdos.

—Guárdalo para la cena, cuando volvamos —refunfuñó Charlie—. Después de todo, somos los únicos que parecen *comer* por aquí.

Luego tomó a Garion por la muñeca y arrastró al sonriente asesino tras él. Garion se dejó llevar, haciendo un pequeño gesto con la mano por encima del hombro.

Corayne los siguió con la mirada.

—¿Adónde vais? Creía que no os iríais hasta mañana.

Sin interrumpir el paso, Charlie le gritó.

—¡Encontraré más mantas, aunque tenga que tejerlas yo!

Andry quiso seguirlo, pero Corayne se quedó clavada junto a las ventanas arqueadas. Tenía el corazón henchido, a punto de estallar. Después de tantas semanas de miseria, la repentina alegría era demasiado intensa, casi insoportable.

El aire soplaba más tenue en el patio y la lluvia se había reducido a niebla. Corayne se asomó, con las manos en el borde para sostener su peso y no caer por el arco abierto.

—¿Qué pasa? —murmuró Andry, acercándose a ella.

El patio se abría debajo, centrado en una fuente y un camino en espiral a través de las enredaderas muertas. Otros arcos y galerías lo rodeaban, con figuras que se deslizaban con gracia inmortal. Corayne las siguió con la mirada, rastreando a los Ancianos.

—¿Corayne? —insistió Andry, bajando la voz.

Su cuerpo se tensó cuando, de pronto, ella lo tomó por los hombros con la piel de lobo y tiró de él hasta ponerlo a su altura. Su aliento llegaba tibio al oído de Andry, su susurro era apenas audible a un palmo de distancia. Andry luchó por oírla por encima del zumbido de sus propios pensamientos frenéticos.

—Hay un Huso aquí, en alguna parte —respiró, dando un paso atrás para mostrar unos ojos muy abiertos de preocupación.

A Andry le dio un vuelco el corazón.

—¿Estás segura? —preguntó él.

El sombrío asentimiento de Corayne fue respuesta suficiente.

—¿Y qué hay de Isibel? —murmuró Andry.

Él apenas había vislumbrado a la reina inmortal cuando llegaron, pues tenía toda su atención puesta en Corayne. La monarca de Iona no era más que una sombra para ella. Pero Andry recordaba a Isibel de días pasados. Severa, de ojos plateados, fría como su castillo. Y sabía que ella había rechazado a Domacridhan, negándose a su llamado a luchar después de que el primer Huso fuera desgarrado.

Corayne se mordió el labio, sopesando su respuesta.

—No lo sé —respondió ella finalmente—. Aún no sé si luchará. Y nosotros… yo tengo la última Espada de Huso. Taristan vendrá por ella. Debemos estar listos para luchar, para hacerle frente *en algún lugar*.

Corayne suspiró con pesadumbre y echó una mirada cansada al vestíbulo del castillo.

—Esperaba que este fuera el lugar adecuado, pero… —murmuró ella, sacudiendo la cabeza.

Andry sangró al verla apagarse, con los ojos ya ensombrecidos por la derrota.

—Estaremos listos —dijo él enérgicamente, tomándola de la mano.

Ella levantó la cara bruscamente y sus ojos se encontraron con los de él.

Ambos estaban sombríamente conscientes de su posición, y de la última vez que Andry Trelland había sostenido la mano de Corayne an-Amarat. Durante un breve segundo, las llamas parpadearon en su memoria, la ruina de Gidastern se cernió sobre los dos. Andry olía a humo, sangre y muerte, y las alas de un dragón golpeaban sobre su cabeza.

Con tristeza, Andry le soltó la mano.

—¿Has continuado con tus lecciones? —preguntó él.

Corayne parpadeó, sorprendida.

—Sí —respondió ella, tartamudeando—. Bueno, lo mejor que puedo estando sola.

Eso fue suficiente para Andry Trelland. Retrocedió un paso y apoyó una mano en la empuñadura de su espada.

—Ya no estás sola —dijo él, señalando las escaleras—. Busquemos un poco de espacio y toma tu espada.

24

EL CAMINO ELEGIDO

Sorasa

Ella despertó al oír voces en cubierta y se removió en la estrecha cama mientras Dom se asomaba por la puerta. La pequeña ventana del camarote estaba menos oscura de lo que recordaba; la primera bruma del amanecer se colaba por ella. Con una sacudida, Sorasa se dio cuenta de que había dormido muchas más horas de las que había planeado. *Estoy realmente agotada*, pensó, bostezando, cuando se levantaba. Se puso los pantalones de cuero y las botas gastadas, pero se dejó puesta la camisa robada. Luego, se puso la chaqueta estropeada, cuyas costuras apenas se mantenían unidas.

Había un plato de carne seca y queso en el suelo, junto a la cama. La carne estaba vieja y dura, pero se la comió junto con el insípido queso. Después de tantos días de hambre, comería con gusto cualquier cosa que estuviera a su alcance.

—¿Qué están diciendo?— preguntó Sorasa con la boca llena de queso.

Dom la fulminó con la mirada, vestido como estaba con pantalones y una camisa blanca similar. Ella no sabía si él había logrado dormir.

—Estamos vestidos iguales —murmuró Sorasa, disgustada.

Él se burló.

—Poco puedo hacer al respecto en este momento —espetó él. Luego miró hacia arriba—. El viento y la corriente nos empujan hacia el resto de los barcos que escaparon del puerto. Estamos viendo más de ellos cada hora. La mayoría son comerciantes.

Sorasa se calmó un poco, aliviada.

—Bien —dijo—. Somos más rápidos que cualquier comerciante en el agua.

Mientras Sorasa se sentía sucia y desarreglada, Dom parecía limpio. Su cabello rubio estaba peinado, vuelto a trenzar sobre cada oreja, y su barba dorada estaba recortada. En silencio, Sorasa se quejó, pasándose el cabello revuelto por detrás de las orejas. Deseó tener un peine, pero no vio ninguno en el camarote.

—Quizá deberíamos afeitarte la cabeza —murmuró ella, observando el cuero cabelludo de Dom.

Él palideció, disgustado y confundido.

—¿Perdón?

—Estás en carteles de búsqueda por todo el reino. Deberíamos hacer todo lo posible para que seas menos reconocible.

—Me niego —dijo él a secas, con los ojos verdes encendidos.

Entonces, el techo retumbó mientras unas botas corrían por la cubierta del barco. Sorasa contó al menos tres pares de pies que se dirigían a estribor de la *Hija de la Tempestad*.

Pasó junto a Dom sin pensárselo y se dirigió a las escaleras de fuera del camarote. Aunque silenciosa, sabía que el Anciano la seguía. Era demasiado fácil predecirlo después de tantos meses. En lo alto de la estrecha escalera, Sorasa incluso se hizo a un lado, para dejar que Dom saliera primero y evitar que él la empujara hacia atrás.

Él se acercó con el hombro a la puerta y la abrió unos centímetros para vislumbrar la cubierta principal de la *Hija de la Tempestad*. Sorasa se asomó por debajo de su brazo, lo más cerca que podía estar sin apoyarse contra el bruto inmortal.

No había tierra a la vista, estaban lo bastante lejos en la Bahía de los Espejos como para haber dejado atrás por completo el humo de Ascal. Pero hacia el este, el amanecer rompía en una dura línea rosada. Aunque Taristan estaba a kilómetros de distancia, ellos no estaban más allá de la corrupción de su dios demonio.

Los ojos de Sorasa se clavaron en la línea que unía el cielo con el mar, observando los puntos negros de otros barcos. Uno estaba más cerca que el resto, con la proa apuntando directamente hacia la *Hija de la Tempestad*. A Sorasa se le hizo un nudo en el estómago, provocado a partes iguales por el temor y una desdichada esperanza.

En la popa, un trozo de tela roja ondeaba al viento, bailando junto a la bandera falsa de Meliz.

Con cuidado, Sorasa se despeinó y dejó caer su cabello alrededor de las orejas, hasta rozar la parte superior de los hombros y ocultar sus tatuajes. Se ató bien el cuello de la camisa para cubrir la piel que quedaba al descubierto, antes de salir a la cubierta, indistinguible de los demás miembros de la tripulación. Sólo su daga Amhara la habría diferenciado de los demás, y ahora había desaparecido, fundida en la nada.

Meliz y algunos otros miembros de la tripulación estaban de pie junto a la barandilla de estribor, observando la galera madrentina con el ceño fruncido. Con la luz más intensa, Sorasa volvió a contemplar a la formidable capitana. Aunque Corayne tenía el aspecto de su padre, también tenía el de su madre. El agudo destello de sus ojos, el negro intenso de su cabello. La forma en que siempre parecía enfrentarse al viento.

El parecido hizo que a Sorasa le doliera el corazón de una forma que no comprendía y que le desagradaba profundamente.

Sobre las olas, el otro barco seguía acercándose, con el amanecer a sus espaldas. A diferencia de la *Hija de la Tempestad,* estaba claro que se trataba de un navío mercante, con una buena capa de pintura y velas nuevas. Construido para el comercio costero, con un casco más plano para navegar por aguas poco profundas y ríos. En lo alto del mástil, una bandera colgaba flácida. Sorasa la miró entrecerrando los ojos.

—¿Qué ves? —murmuró ella, clavando un codo en las costillas de Dom.

Por encima de Sorasa, los ojos de él se abrieron de golpe.

—Un ala negra sobre bronce —respondió el inmortal.

Sorasa abrió la boca, con la mandíbula suelta.

Cuando el barco se acercó, su bandera se izó al viento, ondeando a la vista de todos. Debajo, un retazo color rojo revoloteaba a juego con el de ellos.

Sorasa Sarn no se prestaba mucho a la felicidad. La inmovilizaba, era demasiado brillante para comprenderla. Pero floreció en su pecho, desenfrenada como un campo en primavera. Incluso le ardieron los ojos cuando una sonrisa de verdad le partió la cara, tan amplia que pensó que su piel se rasgaría.

* * *

El sol ya había salido cuando el navío temurano se acercó, brillando con una extraña luz rosada sobre las tranquilas aguas de la Bahía de los Espejos. Los temuranos no eran un pueblo marinero; ellos se adaptaban mejor a la alta estepa y a sus famosos caballos. Pero no mostraron temor alguno al saltar de su barco, balanceándose a través del espacio abierto entre la *Hija de la Tempestad* y su propia galera. Incluso el embajador, a sus años, dio el atrevido salto.

Sigil aterrizó justo a su lado, aún pálida por el tiempo que había pasado en las mazmorras, con la armadura manchada de hollín. Pero su sonrisa era amplia y blanca, en agudo contraste con su piel cobriza.

Antes de que Sorasa pudiera detenerla, la cazarrecompensas se abalanzó y sus botas golpearon la cubierta. La asesina se preparó para el impacto y dos brazos musculosos la rodearon para levantarla por completo.

La tripulación de la Hija de la Tempestad, así como Meliz, miraban con los ojos entrecerrados contra el sol naciente. Miraban a la temurana con curiosidad, si no es que con temor.

A pesar de lo vergonzoso de la exhibición, Sorasa se relajó un poco y se dejó abrazar, aunque no devolvió el gesto.

—Él hizo algo estúpido, ¿verdad? —Sigil rio, volviendo a dejar a Sorasa en el suelo. Sus ojos negros se desviaron hacia Dom, que se mantenía cerca de la barandilla para no vomitar el desayuno por la borda.

Sorasa resopló.

—Claro que sí —dijo ella.

—¿Y? —preguntó Sigil, enarcando una ceja oscura.

—La reina vive —respondió Sorasa—, pero quizá le falte una mano.

Sigil se burló en voz baja.

—Le faltaría una cabeza si yo hubiera estado allí.

Debajo de ella, Sorasa sintió que sus mejillas se calentaban de nuevo, y no por la luz del sol. Parpadeó y giró la cara para protegerse del viento, dejando que éste llevara su cabello hacia delante, para ocultar su vergüenza.

Ella debería estar muerta, pensó, maldiciéndose una vez más.

Cuando se dio la vuelta, Sigil seguía mirándola con preocupación. A pesar de su complexión de guerrera y su gusto por la lucha, la cazarrecompensas tenía un corazón más grande que todos los demás juntos. Y eso erizaba la piel de Sorasa.

—Parece que no se acaba la gente extraña a bordo de mi barco —gritó Meliz, entrando en el alboroto. No llevaba nada que la identificara como capitana del barco, sólo una camisa vieja y unos pantalones, y llevaba el oscuro cabello recogido en una trenza suelta y espesa.

Aun así, el embajador vio la forma en que caminaba por la cubierta, como si el barco fuera un reino y ella, su reina. Él le hizo una breve reverencia y su séquito lo siguió.

—Estaremos más cómodos abajo —añadió Meliz con un gesto ganador, su sonrisa era encantadora e incluso seductora. Pero Sorasa vio la dureza que había debajo.

Vio a los piratas en cubierta, ocupados en sus tareas. Pero unos pocos se acercaron a la barandilla, ansiosos por *explorar* la galera abordada junto a la suya. Sorasa apostaba a que al temurano le faltaría carga antes de que la mañana terminara.

Meliz se les adelantó bajo cubierta, encendiendo linternas y echando a los marineros de sus hamacas. Les hizo señas para que se acercaran a una mesa, que estaba formada por cajas apiladas, rodeadas de barriles vacíos a modo de sillas. El embajador Salbhai olfateó el interior del barco pirata. Seguía vestido para un banquete cortesano, los ribetes de oro rosa de su seda negra reflejaban la débil luz. Como muchos políticos, parecía pequeño entre sus guerreros, pero Sorasa sabía que no debía subestimar a un embajador temurano. Sobre todo a uno con un Incontable como guardaespaldas detrás de él.

Sigil se sentó en un taburete bajo, con sus largas piernas casi dobladas, mientras Meliz ocupaba un lugar contra la pared. Ella se replegó bien en las sombras, contenta de escuchar y observar. Dom se colocó de pie, detrás de Sorasa.

Salbhai observaba alrededor de la mesa improvisada, con mirada sagaz.

—*La Emperatriz Naciente* —espetó, sacudiendo la cabeza—. Hace enemigos con tanta facilidad como respira.

La sonrisa relajada de Sigil iluminaba la cubierta inferior mejor que cualquier farol.

—Tal vez Erida finalmente ha hecho demasiados enemigos. Y la balanza se inclinará en su contra.

—No, mientras los Husos sigan quemando agujeros en este reino —gruñó Dom.

Desde el otro lado de la mesa, Sorasa estudió al embajador, sopesando su reacción. Su actitud seria y educada se transformó en una expresión de molestia, y levantó una mano como si quisiera despedir al Anciano. Un acto valiente, sin duda.

—Más sobre este asunto del Huso —dijo él, fulminándolo de nuevo con la mirada—. ¿Fuiste tú quien le llenó la cabeza a mi hija con semejantes tonterías?

Una sacudida recorrió la espina dorsal de Sorasa. Se sentó más erguida sobre el barril, haciendo todo lo posible por mantener una expresión inexpresiva e ininteligible. Aun así, no pudo evitar mirar a Sigil con el rabillo del ojo.

Sigil enrojeció, con las mejillas encendidas. Por un momento pareció más una niña avergonzada que una mortífera cazarrecompensas de gran renombre.

—Qué grosera —dijo ella con tono seco—. Éste es mi padre, el embajador Salbhai Bhur Bhar.

Al otro lado de la mesa, Salbhai no interrumpió su mirada. Aunque era canoso, barbudo y más pequeño que Sigil, con patas de gallo y manchas por el sol, Sorasa vio el parecido entre los dos. Sus ojos eran iguales, marrones y negros, de los que brillan a la luz del sol y se oscurecen en la sombra.

—*Etva* —dijo Sigil, pronunciando la palabra temurana para padre—. Éste es el príncipe Domacridhan de Iona, y ella es Sorasa Sarn, de Ibal.

Una explosión de gratitud estalló en el pecho de Sorasa, tomándola desprevenida. La reprimió, como hacía con otras emociones, aunque intentaba comprenderla. *Sorasa de Ibal. No Sorasa de los Amhara,* pensó. *Ya no.*

Su felicidad duró poco.

—Una asesina Amhara y un príncipe Anciano —murmuró Salbhai en tono sombrío, y Sorasa volvió a contrariarse—. Qué extraña compañía encuentras siempre, Sigaalbeta. Pero éstos son días extraños.

Sorasa luchó contra el sabor agrio de su boca.

—Ciertamente, los días son extraños —repitió ella. Luego, enarcó una ceja oscura—. ¿Tan extraños como para atraer a los Incontables a través de las montañas?

De nuevo, el embajador hizo un gesto con la mano.

—Ésa no es mi decisión.

Sorasa oyó su propia frustración reflejada en la respiración entrecortada de Dom. *Ya habíamos oído esto antes en Ibal,* se maldijo. Había sido lo bastante frustrante en la carpa del Heredero, cuando Isadere no pudo ofrecer más que palabras melosas y distantes promesas de ayuda.

Ahora, al borde de la calamidad, le dolía aún más.

Salbhai era diplomático, uno de los pocos embajadores elegidos especialmente, al servicio directo del emperador Bhur. Sorasa sabía que no era tonto, ni tampoco compulsivo o imprudente.

Él los miró a todos de nuevo, notando su irritación, y sopesando su respuesta en un pesado silencio.

Sostuvo la mirada de Sigil durante más tiempo.

—Pero iré con el emperador a toda velocidad, y le llevaré noticias de lo que he visto aquí en Ascal —dijo finalmente.

—*Bemut* —murmuró Sigil.

Gracias.

Tal gratitud estaba fuera del alcance de Sorasa. Ya se imaginaba al emperador en su trono, escuchando las noticias de Salbhai… sin hacer nada.

De pronto, el puño de Dom se estrelló contra la parte superior de la caja, asestando un golpe frustrado. La madera sólo se resquebrajó, pero no saltó por los aires.

Alguien está aprendiendo a controlar su temperamento, pensó Sorasa, divertida.

—No sólo debes temer a Erida —dijo Dom, con los ojos como fuego verde y furioso—. Taristan del Viejo Cor destruirá este reino. Ya comenzó.

Al otro lado de la mesa, Salbhai sacudió la cabeza y se encogió de hombros.

—Me importa poco el adusto príncipe de la reina, su supuesto linaje y cualquier magia tonta que diga tener.

Sigil exhaló un suspiro y se puso de pie, apoyándose contra la caja.

—Te expliqué…

El embajador no se inmutó, estaba familiarizado con la ira de Sigil. Su mirada la detuvo en seco.

Sorasa se inclinó hacia la luz, mirando fijamente a Salbhai. Tenía las manos extendidas sobre la caja, mostrando cada dedo tatuado.

Llámame Amhara y Amhara seré.

—¿Qué sabe de los Amhara, mi señor embajador? —preguntó. Con cuidado, desvió la mirada de Salbhai al guerrero temurano que tenía a su espalda, como si lo estuviera evaluando.

El embajador frunció los labios.

—Los entrenan desde la infancia, los convierten en los mejores asesinos del Ward —dijo—. Son insensibles, inteligentes, prácticos... y letales.

Sorasa inclinó la cabeza.

—¿Y qué sabe de su hija? ¿Del Lobo temurano?

Salbhai se encogió un poco en su asiento. Levantó la mirada hacia Sigil, que seguía de pie, con la cabeza rozando el techo de la cubierta inferior. Su voz se suavizó de un modo que Sorasa no pudo comprender.

—Es una buena guerrera —respondió. Sobre él, la expresión furiosa de Sigil se derritió—. Que lidera con el corazón y ve el mundo tal y como es. Amplio, peligroso y lleno de oportunidades.

—¿Cree que somos tontos? —preguntó Sorasa.

Salbhai suspiró y sacudió la cabeza, irremediablemente atrapado.

—No, no lo son —murmuró—. Pero no puedo creer... no puedo repetir lo que le dijiste al emperador sin pruebas.

La respuesta fue muy clara.

Sorasa se encogió de hombros, como si fuera lo más obvio del mundo.

—La propia Sigil irá a verlo.

Los ojos negros se encontraron con los cobrizos, la cazarrecompensas y la Amhara.

—Sorasa —forzó Sigil entre dientes apretados.

Al igual que ella, Sorasa se levantó de su asiento. Entre Dom y Sigil, ella no era de gran estatura, demasiado pequeña para tener mucha importancia. Aun así, su presencia llenaba la cubierta, su voz sonaba grave y severa. Miró fijamente a la cazarrecompensas, sin pestañear, desafiándola. Fue como chocar con un muro. Sorasa siguió, de cualquier forma.

—Hay que hacer comprender al emperador lo que habéis visto —dijo ella—. Lo que sabes que es verdad, y lo que sabes que ocurrirá si el Temurijon no lucha.

Sigil arrugó la frente, confundida, y una expresión de dolor cruzó su rostro.

—¿Quieres que huya? —espetó ella—. Dom, dile que está siendo una tonta.

El Anciano se mantuvo firme. Sorasa sintió su mirada clavada sobre su hombro, pero no podía darse la vuelta. Si se movía, podría quebrarse.

—No lo haré —murmuró Dom.

Sorasa soltó un suspiro de alivio, mientras Sigil se turbaba y su dolor se transformaba en ira.

Sorasa sentía lo mismo en su propio corazón, por mucho que intentara ignorarlo. *Aleja el dolor*, se dijo.

El embajador se levantó con una pequeña sonrisa, que contrastaba con su estado de ánimo, más alegre.

—Muy bien—dijo él—. Zarparemos hacia Trisad. Bhur ya está en camino desde Korbij, escoltado por los Incontables.

En su cabeza, Sorasa vio la ciudad en movimiento que eran los Incontables, una vasta caballería que superaba en número incluso a las legiones gallandesas. Cuando los Incontables marchaban, dejaban un camino de kilómetros a su paso, abriendo senderos a través de la estepa. Apenas podía imaginar el espectáculo si el emperador marchaba con ellos, con el reino entero temblando bajo los cascos de su caballo.

—¿El emperador ya está en marcha? —preguntó Sorasa, incrédula.

El embajador Salbhai asintió.

—Recibió una misiva hace unas semanas —dijo él, con una sonrisa de suficiencia—. Del ya fallecido rey de Madrence, pidiendo ayuda. Sin duda, una medida desesperada.

El embajador sacudió la cabeza, lamentando el destino del rey Robart.

Sorasa ya había oído bastante en las mazmorras, a través de las conversaciones de sus torturadores y carceleros. Robart se había arrojado al mar durante la coronación de Erida. Sorasa no pudo evitar elogiarlo por semejante insulto.

—Si la guerra se acercaba al reino, él no quería encontrarse a miles de kilómetros de distancia y ser tomado por sorpresa. Y había otra carta del príncipe Oscovko de Trec. Por imposible que *eso* parezca —añadió Salbhai.

Rápidamente, Sorasa intercambió miradas con Dom y Sigil, los tres fueron lo bastante sabios para contenerse. *Me atrevo a decir que el sello de esa carta está mal colocado, que la firma del príncipe Oscovko no es del todo correcta,* pensó Sorasa con una sonrisa invisible.

—El sacerdote hizo algo bien —murmuró Sigil en voz baja. Salbhai no le prestó atención y continuó—. Aunque seamos enemigos, Oscovko le imploró a Bhur que luchara. El príncipe habló del intento de Erida de conquistar el reino, tanto con sus legiones como con… algo peor.

Una sombra cruzó su rostro, una que Sorasa y los demás comprendían demasiado bien.

—Tú ya sabes de qué se trata, Sigil —dijo Sorasa, deseando que ella aceptara—. Asegúrate de que el emperador también lo sepa.

Sé el último clavo en el ataúd de Erida. Haz que el emperador caiga sobre sus legiones.

Esta vez, la cazarrecompensas no discutió. En cambio, levantó las manos con un resoplido.

—¿Y qué hay de ustedes? —cuestionó ella—. Todo el reino sigue a la caza de una Amhara y un Anciano.

—Estaremos bien —se sentía como una mentira en la boca de Sorasa, pero esa esperanza era lo único que tenía—. Cuando llegue el momento, debes estar lista para irte. Nosotros también.

Sigil señaló la estrecha cubierta de un barco pirata.

—¿Ir *adónde*, Sorasa?

No lo sé.

Pero iba en contra de toda la naturaleza de Sorasa admitir algo así en voz alta.

—No permitiremos que Corayne luche sola —espetó la Amhara, apartándose del resto.

En la pared, Meliz se agitó al oír hablar de su hija. Sin inmutarse, Sigil se movió para bloquear el paso de Sorasa.

—¿Y dónde está Corayne? —preguntó Meliz—. ¡Ninguno de vosotros tiene idea!

La otrora Amhara bailó alrededor de la mujer temurana, demasiado rápida y ágil.

—Ése es nuestro problema —dijo por encima del hombro. Los escalones de la cubierta inferior pasaron bajo sus botas.

El aire fresco inundó sus pulmones, cortante como un chapuzón de agua fría. Sorasa estuvo a punto de gritar cuando oyó las botas de Sigil detrás de ella, subiendo por la escalera.

—¡Esto es muy importante! —gritó ella, subiendo a la cubierta principal.

Sorasa no esperó y pasó por delante del mástil para llegar a la proa de la *Hija de la Tempestad*. La tripulación se apartó de su camino, deseosa de no estorbar, pero lo bastante cerca para espiar. Ella les prestó poca atención y se subió al borde del barco, dejando que las piernas colgaran por la borda.

Respirando hondo, Sorasa se miró las manos, con las palmas hacia arriba. Sus tatuajes la miraban, el sol en la mano derecha, la luna creciente en la izquierda. Los símbolos de Lasreen, su diosa. Dejó que la tinta la sosegara.

Todo el mundo se extendía entre el sol y la luna, la vida y la muerte. Todos estaban destinados a ambas. *Todos, sin excepción.*

Fue otra lección duramente aprendida en la Cofradía. Y aprendida mil veces más, en las sombras y en los campos de batalla.

Permitió que Sigil se uniera a ella; la cazarrecompensas se colocó al otro lado de la proa con un suspiro dramático. Se apoyó en la barandilla, con los codos sobre el borde de madera.

Unas voces resonaron detrás de ellas, desde la cubierta inferior.

Con una mueca de dolor, Sorasa se preparó para que toda la comitiva temurana la siguiera. En cambio, una voz grave y profunda retumbó desde abajo. No pudo descifrar sus palabras, pero sintió la intención.

—¿Desde cuándo Dom es tan perspicaz? —refunfuñó Sorasa, mirando el agua. A pesar de lo molesta que era la ignorancia de Domacridhan, su nueva empatía era igual de inquietante—. Últimamente, parece casi mortal.

—En las mazmorras tuvo mucho tiempo para pensar —dijo Sigil. Sus ojos se oscurecieron con el recuerdo—. Y yo también.

—¿Y qué estaba haciendo yo?— replicó Sorasa. Algunas de sus cicatrices más recientes le ardían, hechas por los carceleros de Erida y en el interrogatorio de Ronin.

—Gritando, tal vez —Sigil se encogió de hombros—. Nunca te gustó el dolor.

Sus risas unidas resonaron sobre el agua, perdiéndose entre las olas y el viento.

—No disfruto con esto, Sigil —murmuró Sorasa, hurgando en el dobladillo de su camisa—. Si pudiera, enviaría a Dom a Bhur.

Sigil la miró fijamente a través de la proa, con el labio curvado en una mueca de desprecio.

—No, no lo harías, Sorasa —dijo secamente, y la asesina enrojeció—. Si alguien puede encontrar a Corayne antes de que se acabe el mundo, sois vosotros dos.

—Si alguien puede convencer al emperador de luchar, eres tú.

Otra mentira que sólo la suerte volverá realidad, pensó Sorasa.

—Vaya presión—resopló Sigil.

Sorasa asintió, sintiendo el mismo peso sobre sus hombros. De pronto, el mar se parecía a unas fauces abiertas que se extendían en todas direcciones. Sorasa esperaba que no se cerraran sobre todos ellos.

—Es el camino que elegimos —susurró la Amhara—. Cuando elegimos a Corayne. Y a todos los demás.

Dondequiera que estén, vivos o muertos.

Sigil se rascó el cuero cabelludo con una mano, erizando su corto cabello negro.

—Quién me iba a decir que me alegraría de no haber matado al sacerdote —dijo la cazarrecompensas, incrédula.

—Qué bien que por fin él haya hecho su parte.

Sorasa asintió, agradeciendo a los dioses por la pluma de Charlie y sus cartas lejanas, su verdad escrita con tinta mentirosa. Eran suficientes para hacer una pausa, para dar la alarma. Para volver los ojos hacia Galland y ver el mal que crecía allí. Esperaba que las cartas llegaran a todas las cortes del Ward, desde Rhashir hasta Kasa y Calidon.

—Te veré de nuevo, Sorasa Sarn.

El susurro de Sigil se arrastró, flotando entre ellas.

—Los huesos de hierro de los Incontables —murmuró Sorasa.

En la penumbra, Sigil se llevó el puño al pecho.

—Nunca se romperán.

* * *

Sorasa no pudo soportar ver cómo el barco temurano desaparecía en el horizonte, y se volvió hacia el sur, hacia el viento más cálido que soplaba desde tierras más calurosas. Inhaló despacio, como si pudiera saborear el calor de Ibal, la dulce punzada del enebro y el jazmín. Sólo había sal, y el aroma del humo aún estaba impregnado en su cabello.

—¿Y cómo pretendes encontrar a mi hija?

La voz de Meliz no era muy distinta de la voz de Corayne, y a Sorasa le dio un vuelco el estómago. Volteó a tiempo para ver a la capitana apoyada en la borda, con una mano en la cadera.

Su mirada también era la misma. Aguda, penetrante. Y hambrienta.

Sorasa sólo quería escapar bajo la cubierta, pero se mantuvo firme.

—Las dos personas más poderosas del reino están cazando a tu hija —dijo—. La encontrarán por nosotros.

La capitana se echó hacia atrás la trenza, burlona.

—Soy una pirata, no una apostadora.

—Eres realista, como yo —replicó Sorasa—. Ves el mundo como es.

Meliz sólo pudo asentir. Su espada aún colgaba de su cadera, y llevaba otra daga en su bota. Tenía una cicatriz en una ceja y marcas mucho peores en las manos, de quemaduras de cuerda, del sol y de todo tipo de heridas. Al igual que Sorasa, era una mujer del Ward, acostumbrada al peligro y a las vidas más duras.

—Ese mundo ya no existe —Sorasa se inclinó, apoyando ambos codos en la barandilla del barco—. Husos desgarrados, monstruos que caminan. Y el peor monstruo de todos controla el trono de Galland.

—He hecho lo que he podido para frenarlos —murmuró Meliz.

—Aún queda más por hacer —dijo Sorasa bruscamente—. ¿Adónde te diriges?

—A Orisi, pero nos aprovisionaremos en Lecorra.

Una ciudad isleña en Tyriot, a semanas de distancia. ¿Y antes de eso, la capital de Siscaria?

La asesina frunció el ceño y un fuerte dolor de cabeza se sumó a los muchos que ya ignoraba.

—¿No es peligroso? Lecorra y el resto de Siscaria son leales a la reina.

Meliz esbozó una sonrisa y se encogió de hombros.

—Por muy cobardes que sean, Lecorra sigue honrando la buena moneda y el mal papeleo —la capitana metió la mano en su camisa y sacó un sobre de cuero doblado con papeles dentro—. Ese sacerdote tuyo es la razón por la que pude infiltrarme en tantos puertos con un solo barco.

Los ojos de Sorasa se clavaron en el pergamino, estudiando los retazos de tinta y escritura. Ella también los recordaba, redactados con prisa en la cubierta de otro barco, los sellos y las letras creados por la mano de un maestro.

Un maestro falsificador.

—¿También está muerto? —preguntó Meliz en voz baja.

Charlie. Andry. Valtik.

Corayne.

El corazón de Sorasa volvió a sangrar.

—No lo sé.

Para su alivio, Meliz miró hacia el mar, protegiéndose los ojos de los destellos de luz solar que se reflejaban en las olas. De nuevo, Sorasa se acomodó el cabello, dándose un momento para recuperarse, aunque su garganta amenazaba con cerrarse.

La capitana pirata no habló durante un largo rato, ensimismada en sus propios pensamientos, fueran los que fuesen. Se inclinó hacia delante, por encima del agua, atrapando el frío rocío. Parecía calmarla.

—Intenté proteger a mi hija lo mejor que pude —susurró Meliz, en voz tan baja que a Sorasa casi se le escapaban las palabras—. Intenté hacerla feliz donde estaba.

—No está en Corayne quedarse en un solo lugar —respondió Sorasa sin pensar. Luego hizo una mueca de dolor. Estaba mal decirle a una madre lo que era su hija, en lo que se había convertido.

Pero Meliz no parecía enfadada, ni siquiera triste. Sus ojos eran de color caoba oscuro, fundidos, como si estuvieran iluminados desde dentro. Se agitaban como el mar.

—Gracias.

Sorasa permaneció inexpresiva, con el rostro inmóvil, aunque su mente estaba desconcertada.

—Fuiste una madre para ella cuando yo no pude serlo —explicó Meliz. Sus ojos parpadearon sobre su hombro, a través de la cubierta, hacia el peñasco inmortal—. Y supongo que él también fue un padre para ella.

—Mantener viva a Corayne me mantiene viva —replicó Sorasa, erizándose—. Nada más.

Eso divirtió a Meliz más que nada, y volvió a sonreír, medio riéndose. Era un sonido musical, pero mezclado con algo más oscuro. En ese momento, Sorasa comprendió cómo una mujer había llegado a gobernar a los piratas del Mar Largo.

—Te enseñaron muchas cosas en tu Cofradía, Amhara. Pero nunca te enseñaron a amar —dijo Meliz, parpadeando de nuevo—. Es una lección que aún estás aprendiendo, por lo que veo.

Con rapidez, Sorasa se apartó de la barandilla, con los labios apretados en una fina línea.

—A Lecorra —se forzó a decir, y se dio la vuelta.

—A Lecorra —repitió la capitana, detrás de ella.

* * *

Cuanto más se alejaban de Ascal, más claro se volvía el cielo, hasta que se abrió dejando entrever un azul nítido e infinito y un suave sol amarillo. Sorasa se deleitó con él, exhalando un pesado suspiro al sentir que se aflojaba algo la tensión de sus hombros. Pero no del todo. La influencia de Taristan proseguía, aunque de momento no hubiera peligro.

Como prometió Meliz, no encontraron oposición en el puerto de Lecorra, aunque los oficiales del puerto registraron el barco y revisaron los papeles de pasaje de la capitana. Sorasa y Dom permanecieron en silencio bajo las falsas tablas de la cubierta inferior, contando los segundos que faltaban para que los oficiales se marcharan y la *Hija de la Tempestad* llegara a salvo a puerto.

Dom permaneció en el barco. No se podía disimular a un Anciano de dos metros y medio, sobre todo porque se negaba a cambiar nada de su aspecto.

Sorasa estaba menos limitada. Su rostro ensombrecido seguía apareciendo en los carteles de búsqueda, pero sabía cómo eludir una persecución, ya que lo había hecho demasiadas veces como para contarlas. Y aunque Lecorra era menos de la mitad de grande que Ascal, seguía siendo una ciudad enorme. Sorasa se escabulló fácilmente, dejando a Dom merodeando con la tripulación de la *Hija de la Tempestad*.

Ella no salió de los barrios bajos de la antigua ciudad, los conocía bien. Nada había cambiado en Lecorra, salvo las banderas verdes de Galland que ondeaban sobre los estandartes siscarianos, para mostrar a su nueva conquistadora y reina. Sorasa escuchaba las noticias, desde la esquina de una taberna oscura o escondida en un callejón. Y no dejaba de comprar mercancías para su viaje, dondequiera que éste los llevara.

Cuando regresó al barco, subió la escala de cuerda en un abrir y cerrar de ojos, ansiosa por saltar la barandilla y subir a cubierta. Dom ya estaba esperando, con la capucha levantada para protegerse del sol poniente.

—¿Algo de utilidad? —le preguntó él, liberándola de su mochila.

Sorasa entregó su tesoro de bienes robados. Algunos odres, mapas precisos de Allward, hilo y una buena aguja de coser. El resto de su botín, resultado de un fructífero paseo por una botica, lo guardaba en las bolsas de su cinturón.

—Demasiado —respondió ella, burlándose—. La reina está muerta, la reina vive, el Príncipe Taristan se ha apoderado del trono, el primo usurpador de la reina pagó a los Amhara para que la mataran.

Sorasa despreciaba ese rumor en particular. Los asesinos no mataban por fama o para ser recordados. Su servicio era para los Amhara, sus nombres y recuerdos sólo eran para la Cofradía. Aun así, odiaba que Lord Konegin pudiera atribuirse el mérito de su espada.

Dom la siguió con obstinación hasta el camarote, demasiado estrecho y familiar. El navegante había hecho bien en dejar que siguieran usándolo, pero la pequeña habitación empezaba a provocarle comezón en la piel.

El espacio angosto era aún peor por la creciente pila de provisiones que se desparramaba por el suelo. Una capa nueva para Dom, cueros frescos, armas, camisas, guantes, alforjas para caballos inexistentes, cualquier alimento que pudiera conservarse y monedas mezcladas procedentes de todos los rincones del Ward.

—¿Y qué sabes de los movimientos de ellos? —preguntó Dom, apoyándose en el marco de la puerta.

Sorasa apretó los dientes, deseando un poco de silencio. O que otro ataque de náuseas sorprendiera al Anciano.

—Todavía nada —respondió ella, ocupándose de sus mercancías—. Pero pronto lo sabremos.

—¿Y si no?

—Lo sabremos. Ejércitos enteros no pueden pasar desapercibidos.

—Mientes demasiado, Sorasa Sarn —replicó Dom en voz baja y temblorosa—. ¿Ya ni siquiera puedes distinguir entre la mentira y la verdad?

Apretando los dientes, Sorasa se quitó su nueva chaqueta de cuero. Pensó en arrojársela a Dom, pero luego se sentó a inspeccionar las costuras y arreglar algunas hebillas rotas.

—¿Acaso importa? —se burló ella, con una aguja entre los dedos.

Rápidamente se puso a trabajar en el cuero, añadiendo algunos bolsillos interiores para complementar las bolsas de su cinturón. Era relajante, hilo y tela y cuero viejo y suave. La aguja pasaba con la misma facilidad que un cuchillo por la carne. El movimiento repetitivo calmaba hasta a Sorasa Sarn, y pensó en sus días de juventud haciendo eso mismo. Lavando la sangre, cosiendo sus ropas desgarradas como lo haría con una herida abierta.

Dom no dijo nada y observó su trabajo. Como las sombras crecían, encendió un farol para evitar que los ojos de Sorasa se esforzaran en la penumbra.

—Erida sobrevivió —murmuró finalmente Sorasa, rompiendo el silencio—. Hablé con un mercader que la vio, desde lejos. Se refugió en una de las catedrales.

De repente, Dom se cernió sobre ella, casi llenando el camarote. Su pecho subía y bajaba bajo el jubón de cuero, sus dientes se entreabrieron para inhalar con fuerza.

—¿Y Taristan?

—A su lado —respondió ella, levantando la mirada hacia Dom. El verde furioso de sus ojos se oscureció.

—Déjalo, Domacridhan. Él es vulnerable, pero aún está fuera de tu alcance.

El labio de Dom se curvó, exponiendo más de sus dientes.

—Aquí sigo, ¿no es así?

—También hubo rumores de que alguien abandonó la ciudad, bajo las órdenes de la propia reina —añadió, aunque sólo fuera para distraerlo—. Un hombre pequeño, vestido de rojo.

—Ronin —murmuró Dom con disgusto. Apoyó una mano en la pared del camarote, encima de la ventana, y se asomó para mirar afuera—. Ojalá Valtik le hubiera roto la columna y no sólo una pierna.

—Ya conoces a Valtik —Sorasa volvió a su costura y mordió un trozo de hilo—. Es inútil, hasta el momento en que deja de serlo, y luego vuelve a ser inútil. Seguro que te sientes identificado con ella.

Dom gruñó en voz baja, y la poca paz que había entre ellos se rompió.

—Te dejo con tu trabajo, Sarn —refunfuñó.

—Disfruta paseando por la cubierta mil veces —respondió ella, agradecida de continuar su trabajo en silencio.

25

LA PIEL DE UN DIOS

Erida

—Tuvimos suerte, Su Majestad.

Con la mano herida o no, Erida quería arrancar la cabeza de Lord Thornwall de sus hombros mientras se inclinaba ante ella.

Mientras Taristan permanecía a su lado, el comandante de sus ejércitos se arrodillaba ante su asiento. Thornwall aún llevaba su armadura, que se había puesto con prisa la noche anterior, cuando unos piratas andrajosos decidieron incendiar la mitad de Ascal. Tenía la cara encendida, sonrojada por la humillación, la vergüenza y, por encima de todo, el miedo. Erida podía oler su temor.

Ella ansiaba su trono, una corona, cualquier ornamento digno de la poderosa reina en la que se había convertido. Pero Erida era sólo ella misma, pequeña, con el vestido arrugado, sin oro, sin joyas, sin pieles, sentada en una silla ordinaria en la catedral.

Sólo tenía su columna vertebral. Que, al menos, era de acero.

—Cuatro barcos de la flota están hundidos en los canales —dijo ella, con los dientes apretados. El fuego ardía en su cuerpo como había ardido en su ciudad—. Diez más inhabilitados, los dioses sabrán por cuánto tiempo. El Refugio de la Flota está medio en ruinas. Mi palacio está hecho cenizas y esos locos que se amotinan en las calles quemarían el resto de la ciudad si tuvieran la oportunidad. Los piratas se infiltraron en mi propio *astillero*, Lord Thornwall. ¡Las ratas marinas derrotaron a *sus* soldados!

Detrás de Lord Thornwall, los numerosos consejeros y lugartenientes se estremecieron. Eran lo bastante inteligentes para saber que debían mantener la vista en el suelo mientras seguían arrodillados como Thornwall. Los demás cortesanos, incluidas las damas de la reina e incluso Lady Harrsing, sabían que debían esfumarse. Así se ahorrarían la ira de la reina.

—¿Y dice que tuvimos *suerte*, Lord Thornwall?

Su voz resonó en el mármol, el único sonido del mundo aparte de los latidos del corazón de Erida.

—La mayor parte de la flota sigue intacta, aunque está dispersa —a Thornwall le temblaba la pierna. No estaba acostumbrado a estar arrodillado tanto tiempo. Su viejo cuerpo no lo soportaba.

Aun así, Erida no hizo ningún gesto para que se levantara. *No merece ponerse de pie.*

—Las galeras perdidas no eran nuestros buques de guerra pesados —añadió con rapidez, como si eso significara algo.

Erida torció el labio.

—No, Lord Thornwall —respondió con frialdad—. Nuestros buques de guerra simplemente están atrapados en sus propios muelles en el Refugio de la Flota, hasta que los ingenieros de la ciudad se tomen la molestia de desenterrar los restos.

El comandante se agitó, nervioso.

—Hay que dar preferencia a los barcos civiles que aún esperan anclados —dijo, casi susurrando.

—Por supuesto que se les dará —espetó Erida, disgustada. *Ojalá ardieran esos barcos y no los míos, y se callaran todos los marineros que aullaban en el Puerto del Caminante*—. Los barcos no están atrapados aquí por mi mano —se quejó—. Ya no.

Tras la búsqueda por las calles cerradas de Ascal, Erida no había tenido más remedio que abrir las puertas y los puertos de la ciudad. No fuera a ser que la ciudad entera se rebelara contra ella y derribara sus murallas con sus propias manos. La muchedumbre había atravesado las puertas como olas, fluyendo en todas direcciones.

Dentro de los muros de la Konrada, no podía ver el cielo, pero por las vidrieras se filtraba suficiente luz roja. Aquí la inquietaba tanto como en Partepalas, cuando la extraña bruma escarlata se había extendido por el horizonte. Ella sabía que era su culpa. Y de Taristan. Y de Lo Que Espera.

La influencia de Él se iba filtrando en el mundo, poco a poco.

Podía sentirlo en las yemas de sus dedos, un suave zumbido como el de las abejas en una arboleda.

Thornwall interpretó su silencio como furia. Tartamudeó, con los ojos llorosos y arrugados por encima de sus barbas.

—Ya envié un mensaje por todo el reino, a todos los castillos, fuertes, puestos de avanzada y viejas torres de vigilancia derruidas —dijo él, casi como súplica—. Serán encontrados, Su Majestad. El Anciano y la Amhara.

Ella se retorció en la silla. La sola mención de Domacridhan y su mujerzuela Amhara le erizaba la piel. Los vio a ambos por el rabillo del ojo, como fantasmas que flotaban más allá de su alcance. El Anciano con su armadura robada, el acero dorado manchado de sangre. La Amhara, con su expresión vacía, apagada, salvo por sus brillantes ojos cobrizos. Era una serpiente con piel humana.

A su lado, Taristan soltó un suspiro. Al igual que la reina, se había vestido con ropa más adecuada. Parecía el truhan que había sido antes, vestido con sencillez y una espada nueva ceñida a la cintura.

—¿Igual que encontró a Corayne an-Amarat, Lord Thornwall? —dijo Taristan, como si regañara a un niño— ¿Y a Konegin también?

Konegin.

Su nombre recorrió su columna vertebral y Erida se puso en pie, casi abalanzándose. A sus pies, Thornwall se estremeció.

—Soy la reina de los Cuatro Reinos, la Emperatriz Naciente —dijo, casi gruñendo—. Y ni siquiera puedo encontrar como se debe a un viejo, y mucho menos a una adolescente. ¿Qué esperanza tenemos con una Amhara entrenada y un Anciano inmortal?

Tras años de servicio tanto a Erida como a su padre, Lord Thornwall no era de los que hablaban por hablar. No hablaba cuando no había nada que decir. Erida lo sabía. También vio su confusión, escrita en las líneas de su ceño fruncido.

Él no entiende, pensó ella. *Pero ¿cómo puede saber que Corayne es la llave de este reino? Él no ve lo que nosotros vemos, no realmente.*

Lord Thornwall mantuvo la distancia con el ejército de cadáveres de Taristan. Aunque era aterrador para sus nobles, el ejército había demostrado su valía más de una vez. El propio mando de Thornwall estaba formado por soldados vivos, y no sabía nada de los Husos desgarrados. Sólo sabía que Erida y Taristan eran la gloria del Viejo Cor renacido, y que su destino estaba escrito con sangre.

No necesita entender, Erida lo sabía. *Sólo necesita seguir órdenes.*

Finalmente, le hizo un gesto al viejo para que se levantara.

Thornwall dio un suspiro de agradecimiento al ponerse de pie, con la pierna aún temblorosa.

—Su Majestad —murmuró.

Ella mantuvo el ceño fruncido.

—Tráigame una cabeza, Lord Thornwall —ordenó—. Elija cuál.

La de ellos o la suya.

Thornwall escuchó la amenaza con toda claridad y su rostro enrojecido se tornó blanco. La escrutó con la mirada, buscando cualquier suavidad, cualquier indicio de la propia lealtad de Erida hacia su gran comandante. La reina permaneció como una piedra, desafiándolo a encontrar una grieta en su armadura.

No había ninguna.

—Sí, Su Majestad —susurró, apartándose con una reverencia de la sencilla silla que fungía como trono.

Lo vio marcharse y a sus lugartenientes correr tras él como sabuesos detrás de un cazador. No dijeron ni una palabra hasta que salieron de la catedral y regresaron al campamento de la legión improvisado en la plaza de la catedral.

Las puertas se cerraron tras ellos, el portazo fue un eco sordo que subió por la torre de la catedral. Erida se relajó un poco. Sus hombros bajaron un centímetro y su dura mandíbula se relajó. Alrededor de la cámara central permanecía su Guardia del León, como estatuas doradas colocadas a intervalos. Thornwall y Lady Harrsing ya habían reemplazado a sus caballeros caídos, reforzando sus filas.

Esa tontería al menos está resuelta, pensó Erida, agradecida de haberse librado de una tarea más.

Antes de que Harrsing y las damas pudieran regresar, Erida se levantó de su silla. Taristan se movió con ella, ofreciéndole el brazo en un gesto cortés.

Erida le dedicó una torcida sonrisa de satisfacción, irritada por la circunstancia.

—Ahora decides tener modales —murmuró, dejando que él la llevara a su alcoba.

* * *

Erida quemó su rabia en el cuerpo de Taristan.

Al igual que sus enemigos habían asolado su ciudad, Erida lo asolaba. Él estaba encantado de complacerla, con sus músculos tensos por la ira, las venas blancas estallando bajo su piel. Nuevas heridas se extendían bajo los dedos de ella, cada una caliente como la mecha de una vela. Lamentaba cada arañazo y cada cicatriz. Eran un testamento terrible e indiscutible de la debilidad de Taristan. Él también las odiaba, por mucho que fingiera que no le importaban. Ella lo sentía en la forma en que él le tomaba la muñeca.

Conforme los minutos se alargaban, Erida se dejó llevar, hasta que su propia ira y la frustración de Taristan se desvanecieron. Ella olvidó casi todo, incluso el dolor de su mano herida. Su olvido se consumió cuando el príncipe guerrero se quedó quieto, salvo por el movimiento de la respiración en su pecho desnudo.

Por primera vez, Erida le dejó marcas.

No las trazaría, para no someter a Taristan a otro recordatorio.

Su alcoba en la Konrada había pertenecido antaño al sumo sacerdote del Panteón Divino, y sus cosas reflejaban la vida de un mortal que se acerca a la muerte. Velas gruesas y cerosas cubrían todas las superficies, para proporcionar luz suficiente a unos ojos envejecidos para leer. La cama era pequeña y demasiado dura, el colchón demasiado relleno y las almohadas poco más que dos plumas juntas. Una ventana con un solo ojo de cristal se asomaba a la plaza, ofreciendo una vista clara de los restos humeantes del Palacio Nuevo.

Erida no quería mirarlo, todavía no. Había escuchado suficientes informes sobre los daños para saber que el golpe había sido astronómico. Pero no podía obligarse a verlo y aceptar la destrucción que la Amhara había causado. Sobre Erida, sobre su autoridad. Y en el palacio que sus antepasados construyeron, un rey tras otro.

Todo perdido por una reina.

Erida se mordió el interior de la mejilla y saboreó su sangre. Hizo una mueca de dolor y saltó de la cama del sacerdote, dirigiéndose a un lavabo que había sobre una repisa. Tras beber agua de una taza, la escupió en el cuenco de cobre martillado.

Una sombra deforme de su propio rostro le devolvió la mirada, distorsionada por el metal. La sangre y el agua se arremolinaban sobre el lavabo.

—¿Qué hacemos, Taristan? —murmuró hacia las sombras—. He recaudado recompensas, he contratado asesinos. Tengo al ejército más grande de este lado de las montañas buscándola.

Erida pensó en el reino: las tierras de Allward se extendían amplias y vastas, llenas de tantos lugares donde esconderse.

Todos ellos, de alguna manera, fuera de su magnífico alcance.

—Quizá nos apresuramos demasiado al expulsar a Ronin —murmuró Taristan desde la cama.

Por mucho que le molestara cualquier mención al mago, sobre todo en sus aposentos privados, Erida no pudo evitar asentir.

—No puedo creer que esté de acuerdo contigo —murmuró.

—¿Te encariñaste con el mago? —respondió Taristan, con una sonrisa en la voz.

—Difícilmente —respondió ella, poniéndose el camisón—. Pero si vuelve con un dragón me arrodillaré y le besaré los pies.

—Te tomo la palabra —él soltó una risita sombría.

Erida se dio la vuelta para verlo incorporarse, con una capa de sudor sobre su pálida piel. Sus numerosos arañazos destacaban claramente, rojos sobre blanco, formando un halo por la luz que entraba por la ventana.

Él se tensó al sentir la mirada de Erida y un músculo se contrajo en su mandíbula.

—¿Se siente… diferente? ¿Haber perdido los Husos? —preguntó ella suspirando.

Ser vulnerable, mortal. Se le llenó la boca con un sabor agrio. *Como cualquier otro hombre en el Ward.*

Taristan tardó en responder, masticando sus palabras como quien mastica un duro corte de carne.

—He pasado la mayor parte de mis años como soy ahora —dijo finalmente—. Pero es extraño llevar la piel de un dios y, luego, ser despojado de ella.

Erida comprendió. *Sería como perder mi corona,* pensó, estremeciéndose. Apenas podía imaginar lo que significaría sentir el trono en sus huesos, pero no volver a sentarse en él. Ser reina. Y después, *nada*.

—El templo. Nezri. Vergon —ella escupió cada palabra como veneno—. Todo destruido por esa niña miserable.

—Gidastern permanece —dijo Taristan con frialdad.

Él se movió para apoyar los pies descalzos en el suelo, con la fina manta sobre los muslos. Elevó una mano, con los dedos blancos, largos y callosos. Se quedó mirándola como si estuviera paralizado.

Erida sabía lo que esas manos aún podían hacer. Recordaba demasiado bien el ejército de cadáveres, marchando en sus filas apiñadas. Muchos eran de Ashland, pero otros eran de Gidastern ahora, granjeros muertos, estibadores y mercaderes junto a los restos de sus propios soldados.

Mis soldados aún sirven a Galland, incluso en la muerte.

—Gidastern permanece —repitió Erida, tendiéndole la mano—. Y con el don de ese Huso, nuestros ejércitos nunca vacilarán. No importa cuántos de nuestros soldados caigan. Siempre volverán a levantarse —apretó su mano cuando los dedos de él se entrelazaron con los suyos—. Como nosotros. Juntos.

Juntos.

La palabra le rondaba la cabeza. Después de tantos años sola, con la corona como única compañía, pensar en otra persona le resultaba desconocido. Incluso si se trataba de Taristan.

El dolor empezó a aumentar, una aguja sorda que punzaba en sus sienes. Erida se estremeció de nuevo y sacudió la cabeza.

—¿Erida? —dijo Taristan, acercándola hacia él.

—Sólo me duele la cabeza —contestó bruscamente. El breve alivio que había tenido de sus responsabilidades, escapaba como agua entre los dedos. Apretó los dientes, hueso contra hueso, y la presión empeoró el dolor de cabeza.

Taristan la observaba con sus infinitos ojos negros.

Erida esperó, con la expectativa de ver el destello rojo en ellos. Nunca llegó.

—¿No puede Él decirte dónde está ella?—le espetó, soltando su mano—. ¿Qué no es parte de ti? ¿Lo que Espera no es un dios?

Con la gracia de un gato callejero, Taristan se levantó y se cernió sobre ella. Un mechón de cabello rojo y ondulado le caía sobre un ojo, y el resto rozaba su clavícula.

—Él no habla, ya lo sabes —dijo, igualando su tono exasperado—. Al menos, no como tú crees. Ronin podía oírlo, pero incluso esos susurros eran... incompletos.

Ella respondió sin pensar, llevándose una mano a la sien.

—Él me habla a mí.

El silencio era estrangulador. La misma opresión en su cabeza rodeaba su garganta, más firme que la mano de un amante.

De nuevo, buscó la llamarada roja. Incluso con *esperanza*.

Pero sólo estaba Taristan. Se le marcó una línea en el entrecejo. Cuando Erida retrocedió, él avanzó sobre ella, manteniendo los pocos centímetros que los separaban.

—¿Qué te dice Él?

Su voz ronca era más grave de lo que ella jamás pensó que podría ser.

—"Deja que me quede" —respondió ella. Sonó como una admisión o una disculpa—. "Déjame entrar".

Taristan la tomó por los hombros, su agarre era firme e inquebrantable. No era el abrazo de un amante, sino algo más desesperado.

—No lo hagas —susurró—. No le des eso a Él.

Erida le devolvió la mirada, observando las venas a lo largo de su cuello y la presencia cambiante tras sus ojos. Esa presencia se movía incluso mientras Taristan la sujetaba, como si tan sólo se hiciera a un lado. Se preguntó si Lo que Espera haría lo mismo con ella. ¿Sus ojos azules arderían rojos y dorados, vivos con la luz de un dios oscuro?

¿Valdría la pena?

Los dientes de Taristan rechinaron, su rostro expresaba exasperación.

—Es como dice Ronin. Lo que Espera requiere sacrificio. Yo ya he dado suficiente —exclamó Taristan—. Tú no tienes que hacer lo mismo.

Con cuidado, ella tomó su mano y le dio la vuelta. La examinó como las páginas de un libro, leyendo cada callo y cada arañazo. Ya no tenía ningún corte en la palma. La herida del Huso desapareció antes de que perdiera la capacidad de cicatrizar. Pero recordó su sangre brotando entre los dedos, de un rojo oscuro contra el filo de una Espada de Huso. Derramaba sangre para desgarrar cada Huso, dando trozos de sí cada vez que lo hacía.

Extrañamente, pensó en Ronin en el desierto. *¿Qué tendrá que dar para atrapar a un dragón? ¿Qué precio pagará?*

—¿Qué le diste, Taristan? —su voz se entrecortó cuando la mano de él se estremeció en la suya— ¿Cuando Ronin vino a ti por primera vez?

Se apartó de ella, su expresión se volvió aguda y tensa.

—Prometí un precio —murmuró, con el rostro ensombrecido—. Prometí un precio, y ante las puertas de un templo olvidado, lo pagué.

Con la vida de tu hermano, Erida lo sabía, terminando lo que él no podía decir.

—¿Qué daría alguien por ganarse su destino? ¿Por gobernar su suerte? —él continuó, sacudiendo la cabeza—. Imagina que no eres reina de todo lo que ves, pero aún así sientes ese poder en ti, esperando a ser tomado, ¿qué darías por recibirlo?

Erida no necesitó pensarlo mucho. Se sentía enferma y decidida, todo al mismo tiempo.

—Cualquier cosa.

* * *

Aún no había amanecido cuando Erida se levantó, incapaz de conciliar el sueño. Taristan no se movió cuando ella salió de la alcoba. Tenía el sueño pesado, casi estaba muerto bajo las mantas. Ella miró hacia atrás una vez. Sólo mientras él dormía su rostro se suavizaba, sus preocupaciones se diluían, el peso de la sangre y del destino finalmente se disipaban.

En el pasillo, la Guardia del León esperaba, los diez estaban alineados frente a la antesala de su dormitorio. Erida los dejó que la siguienran, arrastrándose igual que su camisón y su pesada túnica.

Caminó de un lado a otro con paso lento, pensando, con la mente nublada por tantos pensamientos.

La mayor parte de la torre Konrada estaba abierta al suelo de la catedral. Las esculturas se alzaban desde los veinte lados de la torre, los dioses y diosas del Ward estaban congelados en piedra. Del techo abovedado colgaban faroles con enormes cadenas que se extendían a treinta metros de altura. Ardían toda la noche, arrojando un cálido resplandor sobre todo.

Para Erida, medio dormida, la suave luz convertía el mundo en un sueño. Así se hacían más fáciles sus pasos.

Podía fingir que nada era real.

Lady Harrsing era una de los pocos miembros de la corte que había fijado su residencia en la Konrada con la reina. La mayoría de los nobles tenían sus propias casas y villas por todo Ascal, pero Bella prefirió mantenerse cerca. Como siempre lo había hecho, desde que Erida era sólo una niña.

Una criada abrió la puerta, bostezando en la cara de la reina.

De inmediato, sus ojos se abrieron de golpe, y casi cayó al suelo para arrodillarse.

—Su Majestad —murmuró, temblando mientras miraba el piso—. Despertaré a Lady Harrsing.

—Yo puedo hacerlo —dijo Erida, apartando a la criada de su camino.

Con una mirada fulminante, ordenó a la Guardia del León que permaneciera en el pasillo. La doncella hizo lo mismo y se apresuró a salir para darle a la reina la intimidad que necesitaba.

Bella Harrsing era la mujer más rica de Galland después de la propia Erida. Con un marido muerto a sus espaldas y una red de hijos casados por todo el reino, podría haber pasado sus días en el mayor de los lujos. Visitando nietos, saboreando la hospitalidad de todas las cortes extranjeras del Ward. En lugar de eso, se había puesto al servicio de la reina y se había quedado como mentora de Erida cuando subió al trono por primera vez.

En los últimos días, conforme Bella envejecía, su utilidad disminuía.

Todavía es algo útil, pensó Erida, entrando en la estrecha antesala que separaba el pasillo del dormitorio de Bella.

El espacio era poco más que un armario, las paredes con paneles de madera estaban desnudas, salvo por una ventana alta y un cuadro con un icono de la diosa Lasreen con el dragón Amavar enroscándose tras ella. Erida lo miró con desprecio, descontenta porque el sol y la luna estuvieran en manos de Lasreen.

Para su sorpresa, Bella se acercó cojeando a la puerta del dormitorio y se asomó con su camisón. Su cabello gris caía por su espalda, recogido en una trenza suelta. Era raro ver sin sus joyas a Lady Harrsing, tan enjoyada siempre. Pero no parecía menos sin ellas. Su expresión perspicaz era lo bastante fuerte.

—Su Majestad —jadeó ella, abriendo la puerta de par en par. Con las prisas, dejó atrás su bastón y se apoyó pesadamente en la pared—. ¿Se encuentra bien?

A Erida se le conmovió el corazón en el pecho. La gente le hacía muchas preguntas: ¿qué color de vestido le gustaría, qué corona, qué le decimos a este señor, cómo aplacamos a este noble? Pocos se preocupaban de preguntar por la propia Erida.

—Estoy bien, Bella —dijo, acercándose a la anciana.

Los ojos verde pálido de Harrsing brillaron, su mirada se entrecerró. No la convencía su respuesta.

—Entonces, ¿qué haces en mi habitación al amparo de la oscuridad? —preguntó con voz más aguda.

En otros tiempos, Erida hacía estas visitas en contadas ocasiones, siempre en busca de una botellita de té de doncella. Estaba elaborado con una hierba que todas las mujeres conocían, con olor a menta y aspecto de lavanda. Aún recordaba su sabor y la desesperación que la impulsaba a tomarlo.

Con rapidez, Erida negó con la cabeza.

—Nada de eso, Bella —dijo cariñosamente—. Ven, déjame acompañarte a la cama.

—Muy bien.

Con una pequeña sonrisa, Erida extendió ambas manos para sostener a Lady Harrsing. Hizo lo posible por no retorcerse de dolor cuando la anciana presionó su mano herida. Juntas entraron en la alcoba, tan estrecha como la antesala. Una sola vela ardía en un rincón, arrojando una suave luz.

—Bueno —dijo Harrsing, acomodándose de nuevo bajo las mantas—. ¿De qué se trata entonces? ¿Qué consejo puedo dar a mi reina? —se le cortó la respiración—. ¿Qué consejo necesita, que no puedo dar libremente a la luz del día?

Erida acercó una pequeña silla al lado de la cama. Los latidos de su corazón se aceleraron, incluso cuando se sentó tranquilamente. Una parte de ella quería levantarse y correr. Pero no bastaba con ello.

—Hay muchas cosas que no puedo decir, Bella —murmuró la reina.

Harrsing la tocó suavemente.

—Tienes miedo —dijo.

Parpadeando, Erida sopesó su respuesta. La vela parpadeó y ella suspiró. Era inútil mentir.

—Así es —admitió.

Por muchas razones.

Para su sorpresa, Harrsing se limitó a encoger sus estrechos hombros, que subían y bajaban bajo su camisón.

—Es necesario —dijo Harrsing.

Erida no pudo evitar reaccionar.

—¿Qué?

La anciana mujer volvió a encogerse de hombros.

—El miedo no es tan terrible como nos lo pintan —añadió ella—. El miedo significa que tienes la cabeza sobre los hombros, una buena cabeza. Significa que tienes corazón, por mucho que intentes ocultárnoslo.

Al igual que Erida, Lady Harrsing tenía su propia máscara, moldeada durante décadas en la corte real. La dejó caer para mostrar su propia sonrisa, más cálida y suave que una vela. A Erida le dio un vuelco el corazón.

—Un rey o una reina sin miedo sería algo horroroso —añadió Harrsing con sorna.

Erida no podía estar de acuerdo. Sus propios miedos parecían interminables, enroscados alrededor de su cuello en una cadena irrompible. Se preguntaba qué significaría liberarse de sus recelos y de sus peores pensamientos. Ser lo suficientemente fuerte para estar más allá del propio miedo. Donde sólo quedaran la gloria y la grandeza.

Lady Harrsing arqueó una ceja, observando a la reina.

—*Ser* temida es otra cosa completamente distinta —dijo la anciana.

—Eso también es necesario —respondió Erida de inmediato.

—Hasta cierto punto —replicó Harrsing, cuidadosa y deliberadamente. Su mirada vaciló y se posó en la manta que tenía bajo las manos—. Pero…

—¿Pero? —repitió Erida, con el corazón entre los dientes.

Desde la cama, Harrsing se inclinó hacia delante, susurrando sin motivo. Volvió a sonreír, pero sus pálidos ojos se volvieron gélidos.

—¿Permitirías las divagaciones de una anciana de mente débil? —preguntó la anciana.

Erida sabía que Lady Harrsing era la persona más inteligente de su círculo, calculadora como cualquier cortesano y más sabia que un sacerdote. Erida nunca la calificaría de débil mental.

Aun así, asintió, permitiendo que continuara.

—Eres temida, Erida —dijo sin rodeos—. Pero también eres amada. Por mí, por Lord Thornwall, por las legiones. Incluso por tus molestos nobles. Al menos, por la mayoría de ellos. Todos te hemos visto crecer hasta convertirte en algo magnífico, y conseguir que tu reino también lo sea.

Erida parpadeó ferozmente, los ojos le ardieron de repente. De nuevo, quiso salir corriendo de la habitación. Una vez más, su mente pudo más que su corazón.

—Gracias —respondió

Lady Harrsing volvió a inclinarse y tomó la muñeca de Erida. La sujetó con una firmeza sorprendente, su tacto era frío.

—Taristan no es amado —murmuró la anciana. Por suave que fuera su voz, cada palabra era otro corte de navaja—. Y nunca lo será.

Los dedos de Erida se enroscaron en la mano de la anciana, su propio cuerpo se sentía irritado contra la verdad.

—*Yo* lo amo —añadió Erida con rigidez. En lugar de fuego, sintió que el hielo se introducía en su corazón.

Lady Harrsing frunció los labios.

—Si tan sólo eso fuera suficiente, querida —dijo ella.

El hielo se extendió por el cuerpo de Erida, adormeciéndola. Levantó la barbilla, sintiendo la corona sobre su cabeza desnuda.

—Sin Taristan, yo no sería la Emperatriz Naciente. No sería la reina de los Cuatro Reinos. Mis nobles no serían más ricos de lo que jamás soñaron, sus tierras expandidas, sus tesoros rebosantes —las palabras brotaron de Erida como sangre de una herida—. Lord Thornwall no comandaría un ejército que se extiende por todo el continente. Y *tú* no tendrías la atención de la persona más poderosa del reino.

Como mínimo, esperaba una disculpa. Harrsing sólo se encogió de hombros y soltó a Erida para levantar las manos en perezosa derrota. Su cabeza tembló, su orgullo desapareció. No miraba a Erida con amor, sino con lástima.

Fue peor que una bofetada en la cara.

Y Harrsing lo sabía.

—Como he dicho —suspiró ella, argumentando su única defensa—. Son sólo las divagaciones de una débil anciana.

Erida sólo pudo parpadear.

—Taristan del Viejo Cor se sentará en el trono mucho después de tu muerte —dijo la reina.

Harrsing la fulminó con la mirada.

—Espero que pongas el trono a su lado —dijo la anciana con sinceridad—. Y no debajo de él.

Bajo un rey de cenizas.

La verdad quemaba, más que ese fuego todavía tan cercano en su memoria. Más dolorosa incluso que los arañazos en los bordes de su mente. Erida de Galland no era una niña tonta, ya no. Conocía la guerra, conocía la política. Sabía cómo equilibrar a los señores y a los reyes extranjeros, el hambre del invierno y la abundancia del verano.

Ella sabía lo que era Taristan, aunque lo amara tanto.

Es una espada, no una pala. Sólo puede destruir, nunca crear.

Las lágrimas le ardían, pero no caían.

Otra voz respondió a sus pensamientos. No Bella, sino la sombra susurrante de Lo que Espera.

Mi precio tiene nombre, dijo Él.

El hielo de su corazón se hizo añicos, desgarrándola con él.

A su lado, Erida empuñó la mano sana. Encajó las uñas en su palma. Dejó que el dolor la avivara y forzó una falsa sonrisa.

—Hay pocas personas que me importen en este mundo, Bella —dijo—. Has sido una madre para mí, más que nadie.

Harrsing soltó un suspiro de alivio y sus hombros se relajaron.

—Es sólo lo que tu propia madre deseaba, antes de morir —murmuró la anciana, bajando los ojos. Pero no antes de que Erida captara el brillo de las lágrimas no derramadas—. Alguien que velara por ti y se asegurara de que vas por el buen camino.

—¿Y voy por el buen camino? —Erida exclamó.

—Creo que aún puedes hacerlo —respondió la anciana. Cuando levantó de nuevo la mirada, las lágrimas habían desaparecido, sustituidas por una determinación de acero—. Y puedo ayudarte a hacerlo. Puedo liberarte de tus cargas.

Erida conocía a Lady Harrsing lo suficiente para oír las palabras que no pronunciaría en voz alta. *Haré que quiten del camino a Taristan, si me lo pides.*

Una respiración entrecortada silbó entre los dientes de Erida. Volvió a sentir el sabor a ceniza y sangre, como si el palacio siguiera ardiendo a su alrededor. Cualquier duda que tuviera, por pequeña que fuera, se evaporó en un instante. Sólo quedaba una cruel determinación.

—¿Me pregunto cómo serás recordada?— dijo Erida.

Lady Harrsing no perdió tiempo en su respuesta.

—Leal. Dispuesta a llevar cualquier carga que me pidas.

Sus pálidos ojos se entrecerraron y volvió a tomar la mano de Erida. La reina no se movió y dejó que Harrsing la tomara por la muñeca y tirara de ella para acercarse.

—Sí, creo que sí —añadió Erida. El cuerpo de la anciana se sentía frágil, sus huesos asomaban bajo una piel fina como el papel—. La leal Bella Harrsing.

Erida ignoró el dolor punzante de su mano herida y extendió el brazo por detrás de la cabeza de Lady Harrsing. Tomó la almohada y la arrancó violentamente.

Los ojos de la anciana se abrieron enormes, su boca se abrió para gritar. Erida fue mucho más rápida.

—Te libero de tus cargas.

Sujetó la almohada durante mucho tiempo, muchos minutos aún después de que Harrsing dejó de agitarse. La presión le provocaba dolor en la mano y, cuando por fin cedió y se retiró, había sangre fresca en sus vendas. Y también en la almohada.

Erida observó la mancha escarlata por un momento antes de arrojar la almohada a un lado, que cayó manchada al suelo. Poco le importaban las pruebas. Era la palabra de una doncella contra la de una reina.

En la cama, Bella yacía inmóvil, con los ojos cerrados y la boca abierta. Como si sólo durmiera.

Erida dejó a la anciana allí. Y también, parte de sí misma.

* * *

Después de lo de Marguerite, dormir era difícil. Muchas noches Erida permanecía en vela, recordando la sensación de una daga en su mano, y el cálido chorro de sangre del abdomen de la muchacha. La joven princesa cayendo frente a ella, derramando sangre por el salón de mármol que alguna vez fuera su hogar. Sus ojos agonizantes al final, la luz abandonándolos después de que su pecho se aquietara, su último suspiro de aliento resonando y desapareciendo. No había sido el plan de Erida matarla, pero su muerte había puesto fin al linaje de los Madrentine. Y removido un valioso peón de las garras de Konegin.

Tenía un propósito.

Esto también, pensó.

Taristan estaba tumbado a su lado sin inmutarse, el sonido constante de su respiración era mejor que una canción de cuna.

Esa noche, el sueño llegó con facilidad. Y Erida soñó como nunca antes lo había hecho. Con grandes columnas de fuego, doradas y brillantes. Faros a través del reino, unificando el continente. Las alas enjoyadas de un dragón. Su ejército marchando a través de campos verdes y campos de nieve. A través de ríos y montañas. La rosa del Viejo Cor y el león de Galland en alto, banderas ondeando con el viento. No más banderas de tregua, no más oposición. Sólo rendición por delante, sólo conquista y victoria. Por debajo de todo, una voz familiar, susurrando como siempre lo hacía Él.

Entonces, el sueño cambió. Vio a Corayne an-Amarat, con una espada al hombro y un manto púrpura extendido tras ella. Estaba en lo alto de una cima, recortada contra un cielo azul plagado de nubes blancas. Soplaba otro viento que hacía ondear su cabello negro como un estandarte. La muchacha le devolvió la mirada, como si la viera a través del sueño.

Tiene los ojos de Taristan, Erida lo sabía. Lo recordaba de su breve encuentro, hacía tanto tiempo.

Los susurros se elevaron, siseantes, demasiados para entenderlos, en todos los idiomas. Erida sostuvo la mirada de Corayne mientras se esforzaba por escuchar, intentando descifrar el mensaje de Lo que Espera.

Frente a ella, Corayne desenvainó la espada que llevaba a la espalda, lenta y deliberadamente. En la empuñadura brillaban piedras rojas y púrpuras, y Erida la reconoció de inmediato.

Corayne levantó la Espada de Huso, con el rostro sombrío y la mandíbula rígida. Sus ojos negros parecían tragarse la luz del mundo, apagando las brillantes llamas que ardían junto a Erida. El aire se volvió frío y la reina se estremeció, maldiciendo su propio temor.

Luego, la hoja descendió en un cuidadoso trazo. Erida se preparó, con los ojos abiertos, observando cómo el acero atravesaba el aire como una estrella fugaz. Avanzó resplandeciente hacia ella y el aire cantó a su paso.

En la hoja había algo reflejado, un único destello. Fue muy rápido, pero no lo suficiente. Erida vislumbró un castillo de piedra, rodeado de torres, sus almenas coronadas con ciervos tallados en granito. Las banderas ondeaban al viento, de color verde grisáceo, bordadas con astas plateadas.

Entonces, la espada cayó y Erida no pudo evitar cerrar los ojos y levantar las manos para defenderse del golpe mortal.

El aire escapó de sus pulmones cuando se incorporó bruscamente, todavía en la cama, con las ventanas repletas del amanecer. Jadeaba y se llevó la mano buena a la garganta. Esperaba que brotara sangre de una herida abierta. Sólo había piel caliente, febril al tacto, ardiendo como una vela al otro lado de la habitación.

Su mente también ardía, marcada por una sola imagen, sus labios formaron una sola palabra.

—Iona —susurró.

La bandera aún ondeaba en su cabeza.

Bajo sus propios pensamientos, algo más se movía. Como una sombra, pero más pesada, un peso detrás de su propio corazón. Aquello no hablaba.

Ella Lo conocía de todos modos.

26

UN ESCUDO ROTO

Corayne

Despertó con un suave suspiro, agradecida por otra noche sin sueños. Había tenido pocas pesadillas desde Gidastern, pero las suficientes para que Corayne desconfiara cada vez que se acostaba a dormir. Los ojos ardientes de Erida o el recuerdo de Lo que Espera, su sombra en el suelo, sus susurros en su cabeza eran más que suficientes para hacerla dudar.

Era más fácil dejar la cama desde que había llegado Andry. En lugar de darse la vuelta para dormir una hora más, abandonó el cálido nido de mantas amontonadas y se puso en pie. Aún no se había acostumbrado al frío del castillo. Dudaba de que su cuerpo se adaptara algún día.

Mientras se ponía la ropa, se preguntó si su padre se habría acostumbrado.

Su estómago gruñó cuando se calzó las botas, una distracción fácil de los pensamientos recurrentes. Siguió la sensación hasta el final de la torre de aposentos de los invitados y se dirigió al gran salón de banquetes, que al parecer los Ancianos no usaban nunca.

Charlie y Garion seguían fuera, desde hacía unas dos semanas. En realidad, no temía por ellos. Imaginaba que estarían en Lenava, la ciudad de Calidon más cercana. Escuchando rumores, esperando cualquier noticia que pudiera anunciar la tormenta que se avecinaba.

Andry ya estaba en el salón de banquetes, sentado de espaldas a ella, ante una mesa llena de comida. Era una cantidad abrumadora, demasiado para los pocos mortales que había en el castillo. Pero Corayne apostaba que el cocinero Anciano no tenía ni idea de cuánto darles de comer, así que hacían todo lo posible por si acaso. Había bandejas de avena, pan recién horneado, manzanas rociadas con miel, un jamón reluciente, huevos aún hirviendo en aceite, un buen queso duro y mantequilla cremosa. El estómago de Corayne volvió a rugir ante la vista.

Sonriendo, Andry se volvió hacia ella. Aún llevaba sus pieles jydis.

—¿Tienes hambre? —preguntó él.

—Un poco —respondió Corayne.

Llenó un plato con un poco de todo lo que había en las despensas de los Ancianos.

—Sus cocineros deben de estar agotados, preparando tres comidas al día en lugar de las cero habituales —añadió ella, mordiendo una manzana mientras se sentaba—. Tienen que estar maldiciéndonos por hacerlos trabajar tanto. Entonces, ¿qué toca hoy?

Señaló con la cabeza la tetera que había junto a su plato. Una de las tazas a juego humeaba, medio llena de líquido caliente. La otra estaba vacía, esperándola.

Andry sonrió más, orgulloso de sí.

—Encontré jengibre —dijo él, sirviéndole una taza. El vapor desprendía un aroma dulce y picante—. ¿Lo has probado alguna vez?

En su cabeza, Corayne vio la vieja cabaña, una olla hirviendo lentamente sobre la chimenea. Recordó a su madre en la mesita, con una mano en la cabeza y la otra machacando una raíz color marrón hasta convertirla en una pasta fina.

—Sí —dijo Corayne—. Mi madre lo traía de sus viajes y me hacía té de jengibre cuando estaba enferma.

Entonces, su voz vaciló.

—Cuando ella estaba en casa, quiero decir —explicó Corayne—. Por lo general lo hacía Kastio, si nos quedaba algo.

Andry enarcó una ceja oscura.

—¿Kastio? —preguntó él.

Otro recuerdo se agudizó. Un anciano, bronceado y arrugado, la seguía obedientemente hasta el puerto de Lemarta, con sus vivos ojos azules semiocultos bajo unas pobladas cejas grises. Caminaba de forma extraña, sin perder nunca sus piernas de mar. Cuando era más pequeña, incluso la tomaba de la mano, y su andar vacilante la hacía reír.

—Un viejo marinero al que mi madre obligó a ser mi niñera —dijo Corayne con cariño.

Andry arrugó sus ojos de color castaño oscuro.

—Me pregunto qué le resultó más difícil. ¿Cuidarte o ser pirata? —cuestionó él.

—La mayoría de los días decía que era más difícil cuidarme —respondió ella, con un recuerdo amargo. Bajó la voz y se obligó a beber un trago de té—. Me fui sin despedirme.

Los dedos de Andry se movieron un milímetro sobre la mesa. Corayne casi esperaba que se inclinara sobre la comida y la tomara de la mano. Pero se limitó a observarla fijamente, y su mirada se hizo más suave. Su rostro moreno, cálido y amable parecía fuera de lugar sobre las pieles jydis. Pero las nuevas trenzas le sentaban bien.

—Volverás a verlo *porque* tú te marchaste —dijo él, con una voz tan firme que ella no pudo evitar creerlo.

—Eso espero —suspiró Corayne, con la manzana en la mano.

Mientras ella volvía a la comida y engullía todo lo que había en su plato, él se recargó en su asiento. Despacio, hizo a un lado su desayuno.

—Yo me digo lo mismo —murmuró Andry, mirando hacia las altas ventanas. Daban a la cima y al valle que se extendía más allá.

Corayne siguió su mirada. *Está mirando hacia el sur, hacia Kasa.*

—Estoy segura de que la carta le llegará a tiempo —dijo ella.

Andry se encogió de hombros bajo sus pieles.

—Lo sé, confío en que Charlie la envíe a la primera oportunidad que tenga —añadió él.

—Una parte de mí espera que él no vuelva —murmuró Corayne.

Al otro lado de la mesa, Andry enarcó una ceja en señal de pregunta.

—¿Porque cuando vuelva traerá graves noticias? —preguntó él.

El corazón de ella sangraba.

—Porque si vuelve, quizá no sobreviva —respondió Corayne.

Y yo tampoco, pensó, con cuidado de guardarse esas palabras. De cualquier forma, Andry la miró fijamente, como si ella hubiera dicho lo que pensaba en voz alta.

—Desde luego, no darás ningún discurso antes de la batalla final —dijo él con aspereza. Luego se levantó de la mesa, era más alto de lo que ella recordaba. Ancho de hombros, delgado, parecía algo intermedio entre un caballero y un saqueador.

Ya no era un niño, sino un adulto.

—Mi madre está a salvo en Kasa —añadió él, un poco para sí mismo—. Es lo más que puedo pedir.

La mesa se interponía entre ellos, una pared divisoria de comida desperdiciada. Corayne lo miró, sopesando lo que sabía que era cierto y lo que esperaba que fuera posible.

—Volverás a verla. Te lo prometo, Andry Trelland —le dijo ella por fin.

La mirada de Andry la hizo sonrojarse y sus mejillas se encendieron contra el aire frío.

—Si de algo vale mi promesa —añadió Corayne, apartando la mirada.

Los pasos de Andry resonaron en las baldosas de piedra del vestíbulo, una bota tras otra. No rodeó la mesa en dirección a ella, sino que regresó al vestíbulo contiguo. Ella levantó la vista, sobresaltada, sólo para encontrarlo mirando desde el arco de la entrada.

—Vamos —dijo Andry, haciéndole señas con la mano—. Hoy voy a enseñarte a usar un escudo.

* * *

Por fría y extraña que pareciera Tíarma, la fortaleza de los Ancianos seguía siendo un castillo, e Iona seguía siendo una ciudad. La vida cotidiana se desarrollaba más lentamente, el paso del tiempo era extraño entre los Ancianos. Al principio, como en Sirandel, Corayne pensó que esas vidas eran aburridas. Los inmortales pasaban la mayor parte del tiempo contemplando el cielo, mirando las brumas siempre cambiantes. Algunos leían, escribían o pintaban, inclinados sobre montones de pergaminos o lienzos vacíos. La propia Isibel pasaba la mayor parte del tiempo encerrada en la sala del trono con Valnir, Eyda y sus consejeros. Corayne no tenía estómago para soportar sus largas e inútiles conversaciones monótonas.

Sólo los guardias parecían tener algo que hacer, sobre todo caminar de un lado a otro. Unos pocos exploradores salían todos los días, para vigilar un estrecho perímetro alrededor del enclave. Todos pasaban por los campos de entrenamiento dentro de los muros del castillo. Cada día, un nuevo contingente de guardias Ancianos realizaba sus ejercicios, con movimientos demasiado rápidos para los ojos mortales. Cada golpe de espada o cada tiro de flecha se hacía con movimientos elegantes, con la perfección de siglos de práctica.

La niebla se cernía sobre la cima de Iona, donde formaba un pesado techo gris. Ocultaba la mayor parte del castillo y convertía las torres en amenazadoras sombras.

Corayne se estremeció bajo las torres mientras seguía a Andry por el camino ya conocido hacia el patio de piedra labrada. Andry aminoró la marcha al bajar los escalones del patio y se detuvo a observar a los soldados en su entrenamiento. Llevaba un escudo alto bajo un brazo, una espada en la cadera y su hacha jydi.

Corayne se detuvo junto a él, con la Espada de Huso colgada del hombro. Se resistía a dejarla atrás, incluso ahí.

Abajo, un escuadrón de guardias Ancianos se batía en duelo. Doce en total, la mitad con lanzas, la otra mitad con espadas. Las espadas cantaban y las lanzas bailaban; con cada choque de acero saltaban chispas. Se movían juntos en extraña sintonía, perfectamente equilibrados. El interminable viento del valle montañoso seguía soplando, agitando la niebla y sus cabellos dorados.

—No intentan ganar —murmuró Corayne—. Sólo hacen lo necesario para mantenerse en forma.

Andry la miró con un revuelo de sus pestañas oscuras.

—Y mantenerse unidos. Un soldado es tan bueno como la persona que tiene a su lado —dijo él, dándole un codazo. Bajo las pieles llevaba una cota de malla—. La confianza es un arma tan poderosa como cualquier otra.

Ella casi puso los ojos en blanco.

—Lo tendré en cuenta cuando Taristan haga caer todo el peso de su imperio sobre este lugar.

Fue un mal chiste y la cara de Andry se ensombreció.

—¿Crees que lo hará?

¿Qué esperabas, Andry?, quiso gritar Corayne. *¿Que nos quedáramos aquí, aislados del mundo, para siempre, mientras el reino acaba en llamas?*

Su respuesta fue mucho más diplomática.

—Es sólo cuestión de tiempo que averigüe dónde estoy —añadió ella, moviéndose de nuevo.

Esta vez, Andry la siguió.

—Bueno, entonces aprovechemos el tiempo que tenemos —dijo él a sus espaldas. Ni la niebla ni las circunstancias podrían empañar su alegre disposición.

Eso molestaba y tranquilizaba a Corayne al mismo tiempo. Si no fuera por Andry, podría pasar la mayor parte de sus días estudiando el horizonte, esperando a que una legión coronara el puerto de montaña. Inmóvil como los Ancianos, esperando a que el mundo se terminara.

A estas alturas, los guardias de Iona ya conocían tanto a Andry como a Corayne. Los saludaron con miradas severas, mientras Andry la conducía a un lugar al borde del rellano de piedra. Dos espadas de entrenamiento sin filo ya los estaban esperando.

Andry soltó el broche que sujetaba sus pieles, se las quitó y las dejó en un banco cercano. Aunque un hacha de mano colgaba de su cintura, sin la piel de lobo jydi sobre los hombros parecía más él mismo. Fuera de lugar entre los inmortales, pero siendo Andry Trelland. Noble hasta la exageración, de algún modo cálido incluso sin un rayo de sol.

Sólo le faltaba su túnica, la vieja tela blanca blasonada con la estrella azul. Corayne no la había visto desde que llegó a Iona. Sólo podía esperar que estuviera bien guardada en su habitación, y no perdida como todas las demás cosas de su hogar.

Corayne se preparó y se quitó la Espada de Huso para dejarla junto a las pieles de Andry. También desenvainó su espada de Sirandel y la sustituyó por la espada de filo romo.

—Si no sabes usar un escudo, no te va a servir de nada —dijo Andry, observándola con atención.

Agarró el alto escudo entre sus manos. Medía la mitad que ella, era plano por arriba y estrecho por abajo, de madera reforzada y cuero rojo desgastado.

—Ésta es tu lección más corta hasta ahora —replicó ella, soltando una carcajada.

—Tal vez —replicó Andry—. La gran ventaja de un escudo, por supuesto, es defenderte. Puedes golpear y aún así mantener la mayor parte de tu cuerpo cubierto.

Introdujo un brazo en la correa de la parte posterior del escudo, y con el otro hizo el ademán de blandir una espada. Deslizaba los pies en posición de combate y cambiaba el apoyo del peso de su cuerpo de uno al otro. Corayne observó con atención, tomando notas para sí misma. El resto observaba al joven alto de ojos amables, siguiendo cada flexión de su mano de largos dedos o el apretón de su mandíbula.

Fue su concentración, más que nada, lo que la atrajo.

—También puedes usar un escudo para hacer retroceder a tu oponente —añadió Andry, dando un paso adelante con el cuerpo apoyado tras el escudo. Corayne se apartó limpiamente de su camino—. Incluso puedes golpear a alguien en la cara. Pero primero confía en tu espada.

Corayne palideció cuando Andry le pasó el escudo, sorprendida por el peso. Él enarcó una ceja.

—¿Demasiado pesado? —preguntó Andry.

Ella sacudió la cabeza y deslizó el brazo por la correa de la parte posterior del escudo. El cuero viejo era suave pero resistente, recién engrasado.

—Todo lo contrario —dijo Corayne—. Pensé que me sería imposible levantar un escudo de los Ancianos.

—No es de los Ancianos —respondió Andry con indiferencia—. Algunos de los guardias de Iona me ofrecieron algunas cosas de su armería.

No es de los Ancianos. Corayne tomó con fuerza la correa del escudo, y sus dedos sintieron la vieja mano que alguna vez lo había sostenido. Era como intentar darle la mano a un fantasma.

—No es el escudo de un Anciano —murmuró Corayne—. Sino de *él*.

Frente a ella, los ojos de Andry se entornaron y supo a qué se refería ella.

—Ah —dijo él, tropezando con las palabras—. Corayne, no me había dado cuenta...

Ella tomó aliento con dolor, con el pecho apretado bajo el jubón de cuero. El aire olía a lluvia y a nada más. *Como si un escudo pudiera oler como mi padre*, pensó, maldiciendo su propia estupidez.

—¿Qué más había ahí? —preguntó Corayne bruscamente. Por una parte, quería pelear con los soldados Ancianos por perturbar las pertenencias de su padre. Por otra, quería ver qué más conservaban.

Andry frunció el ceño, sacudiendo la cabeza.

—Sólo me dieron el escudo. El resto no es asunto mío —respondió él. Su garganta se estremeció al tragar saliva—. Mi padre también tenía un escudo.

Corayne recordaba ese escudo, una ruina, casi partido por la mitad, colgado en la pared de los aposentos de Trelland. Al igual que la túnica de Andry, llevaba la estrella azul.

—Fue la única parte de él que volvió —murmuró él, y su propia tristeza se alzó para encontrarse con la de ella—. Podemos tomarnos un momento, si quieres.

Corayne mostró los dientes. Agarró con fuerza la correa del escudo y con la otra mano llevó la espada de entrenamiento a su cadera.

—No tenemos un momento —siseó Corayne, soltando la espada.

De inmediato, ella tomó el borde del escudo, y la espada sin filo se deslizó contra la madera. Corayne se estremeció y sus mejillas enrojecieron.

—Sorasa y Sigil nunca me enseñaron nada de esto.

Andry Trelland no juzgaba a nadie. Se limitó a adoptar de nuevo la postura adecuada, posando para ella.

—Sorasa y Sigil nunca se entrenaron para ser caballeros —dijo él. Mientras ella imitaba su postura, Andry asintió—. Si la guerra llega a este castillo, no atacarás desde oscuros callejones y degollarás tras las esquinas. Te enfrentarás a un ejército de frente.

El ejército que fue suyo alguna vez. Sus caballeros y sus compañeros. Sus compañeros escuderos. Sus amigos. Corayne vio los mismos pensamientos apesadumbrados en el rostro de Andry, mientras se ensombrecían sus ojos.

El viento sopló de nuevo, y un escalofrío la recorrió. Pero ella sabía que no debía volver a ponerse la capa. Muy pronto estarían sudando.

—Veamos primero cómo te mueves con él, así podré decirte qué corregir —ofreció Andry. Desenvainó su propia espada de entrenamiento y la sostuvo entre los dos.

El rubor todavía ardía en el rostro de Corayne.

—Eso hará maravillas por mi autoestima —dijo ella.

Él sólo se encogió de hombros. La espada giró en su mano, descubriendo al letal espadachín que había bajo la amable fachada de Andry. A veces era fácil olvidar que lo habían entrenado para ser caballero y que había sobrevivido a muchas batallas desde entonces.

—Está bien hacer las cosas mal —exclamó—. Así aprendemos a hacer las cosas de la manera correcta.

Durante los minutos siguientes, Corayne hizo las cosas mal muchas veces.

Andry esquivó su guardia o la hizo tropezar, utilizando el peso del escudo para desequilibrarla. Él se movía demasiado rápido, era más ágil que Corayne, que aún luchaba para golpear y mantener el escudo en su sitio. Andry la corregía con suavidad, ajustando su postura o su agarre, dándole consejos en voz baja.

Corayne suponía que se sentiría estúpida y avergonzada. Pero sólo se sintió alentada, empujada por la promesa de la alegría o la sonrisa orgullosa de Andry.

—Eres un buen profesor —dijo Corayne finalmente, jadeando un poco. Frente a ella, Andry se detuvo—. Debes haber sido la envidia de los otros escuderos.

La expresión suave de Andry cambió y se tornó agria. De inmediato, Corayne se arrepintió de sus palabras, aunque no sabía por qué.

—Hacía lo que podía —dijo él. Volvió a sonreír, pero muy forzadamente—. A veces, con eso bastaba. Vamos, otra vez.

Iban y venían, Corayne aprendía poco a poco. Hasta que se dio cuenta de lo bien que luchaba Andry, y de lo mucho que la dejaba ganar.

Andry llevó la mano izquierda a la cadera demasiado rápido y soltó el hacha jydi. Ella estuvo a punto de no ver el movimiento, distraída por la espada que aún se movía. Entonces, él clavó el hacha en el borde del escudo. Con un movimiento del brazo, Andry abrió su guardia como quien abre un libro, dejando a Corayne completamente expuesta, con su espada de entrenamiento en la garganta. Por instinto, ella cayó hacia atrás y aterrizó con fuerza contra la piedra en el suelo.

Antes de que Andry pudiera disculparse, ella se rio de él.

—Ahora eres más saqueador que escudero, Trelland —rio Corayne entre dientes, señalando el hacha reluciente.

Él le devolvió el gesto con la cabeza y le tendió una mano para ayudarla a levantarse. Corayne la tomó con una sonrisa y dejó la espada de entrenamiento donde había caído.

Entonces, sus ojos se entrecerraron, con la mirada fija no en Andry, sino en el castillo detrás de él. Tíarma, torres grises contra las nubes que se retiraban, medio envueltas en niebla, medio surcadas por la luz del sol. Los Ancianos patrullaban las murallas, avanzando despacio por las almenas coronadas de cornamentas y ciervos esculpidos.

—¿Corayne? —la llamó Andry.

Su voz sonaba lejana, ondulando como si atravesara aguas profundas. No sirvió de nada para detener las náuseas que crecían en el cuerpo de Corayne, cuyos dientes se apretaron contra un súbito jadeo.

—Ya he visto esto antes —Corayne tomó aliento y se levantó sobre sus pies temblorosos.

Sus ojos no se apartaban del castillo, su mente daba vueltas mientras intentaba situar la imagen. La distribución exacta de la luz, las sombras idénticas. La posición precisa desde este punto del patio de entrenamiento.

Andry frunció el ceño, legítimamente confundido.

—Sí, llevamos aquí semanas.

Ella apenas lo escuchó.

—He soñado con este lugar —su respiración se entrecortó y estuvo a punto de caer al suelo de nuevo. Sólo Andry la mantuvo en pie, con su mano aún firme entre las suyas—. Soñé con él antes de poner un pie aquí.

Si Andry dijo algo, ella no lo supo. Un rugido en sus oídos lo ahogó.

—Yo estaba aquí con la Espada de Huso, y Erida estaba conmigo —se obligó a decir, su cuerpo temblando—. Sus ojos ardían.

El rostro de Andry se encendió y sus ojos se abrieron de par en par.

—¿Cómo...? —él no terminó la pregunta.

—Como los de Taristan —respondió Corayne.

De nuevo, aulló el viento.

—No fue un sueño, en realidad no —ella apretó con fuerza la mano de Andry, clavándole las uñas. Él no se inmutó—. La he visto... la he sentido aquí tan cerca como te siento a ti ahora. Y ella...

A Corayne se le quebró la voz.

—Ella me vio. Me vio aquí —consiguió decir ella. Las náuseas se agolparon en su interior, hasta que temió vomitar por todo el patio de entrenamiento.

Andry se mantuvo firme, sin soltarla. La miró con ojos preocupados, el ceño fruncido en una línea sombría.

—¿Erida te vio en tu sueño? —preguntó él, dubitativo— Corayne…

Un escalofrío la recorrió.

—No es la única que me ve.

Incluso despierta, Corayne sintió el toque abrasador de un demonio, su sombra arrastrándose por las comisuras de sus ojos. Eran sólo recuerdos, pero tan nítidos como el castillo que se erguía frente a ella. Tan reales como la piedra bajo su cuerpo.

—Lo que Espera me mostró a Erida —susurró Corayne, acurrucándose en Andry. Cerró los ojos y la sombra de Lo que Espera se alzó, más oscura que la oscuridad misma.

Se le llenó la boca de un sabor repugnante.

—Ellos saben dónde estoy, Andry —dijo ella.

De mala gana, Corayne abrió los ojos y volvió a mirar hacia el castillo. Una figura se elevaba ahora sobre las murallas, pequeña en su túnica gris, con las trenzas ondeando al viento.

Valtik la miró con expresión solemne y sus ojos azules iluminaron la distancia que las separaba. Por una vez, se mostraba severa, su aire amable había desaparecido por completo.

A Corayne le dio vueltas la cabeza y se le cortó la respiración mientras se esforzaba por hablar.

—Se nos terminó el tiempo.

27

LO PEOR POSIBLE

Charlon

El frío húmedo persistió después de que abandonaron Iona. El invierno era duro en la larga cañada entre las montañas, creando un cruel equilibrio. No nevaba, pero la lluvia helada persistía cada día, interrumpida por repentinas ráfagas de luz solar a través de las manchas de nubes. Tras una semana de viaje hacia el sur, Charlie se sentía desgastado como una vieja roca, erosionada por el viento y la lluvia. Ni siquiera Garion podía ocultar su malestar; sus mejillas de alabastro estaban teñidas de rosa sobre el cuello de su capa.

Era mediodía cuando cabalgaron hacia Lenava, aunque Charlie apenas podía asegurarlo. El cielo gris se cernía sobre ellos, el sol obstinado y oculto.

Lenava parecía pintoresca comparada con la metropolitana Ascal o la bella Partepalas de tonos rosados. Incluso el paraíso criminal de Adira tenía más vida. A los ojos de Charlie, la capital de Calidon era un remanso de sueño. Una bandera azul oscuro ondeaba sobre las puertas de la ciudad, con la imagen de un jabalí blanco flotando en el viento huracanado. La ciudad parecía poco más que un gran pueblo rodeado por una muralla de piedra, con un castillo encaramado en la colina sobre el río Avanar. El puerto estaba situado donde el río se encontraba con las heladas aguas del océano Aurorano, con sólo unos pocos barcos en el puerto.

La gente caminaba por las calles, dirigiéndose al mercado o a las tierras de labranza fuera de las murallas. Un rebaño de ovejas pasó por ahí, conducido por un brusco pastor y un par de perros. Los carros rodaban cargados de fertilizante. Pero la lluvia constante amortiguaba la mayoría de los ruidos, oprimiendo todo como un manto gris.

La tranquilidad debería ser un consuelo. Pero Charlie sólo sintió más inquietud, mientras su caballo se deslizaba por las calles enlodadas.

Garion permanecía alerta, con la camisa totalmente cerrada y firme para ocultar sus tatuajes Amhara. Con su rostro pálido y su cabello oscuro, encajaba a la perfección con los demás habitantes de la ciudad, todos de piel clara bajo sus pesados abrigos y capuchas de piel.

Esto parecía una buena idea en Iona, pensó Charlie, tragando saliva. El enclave de los Ancianos se había sentido muy separado del mundo, pero al parecer Lenava estaba igual de aislada.

Volvió a mirar la calle, que parecía ser la principal. Talleres y casas se alineaban a los lados, la mayoría de adobe, con techos de paja y estructuras de madera. En Lenava, el mercado bullía a pesar de la lluvia, la plaza con puestos estaba a salvo bajo un techo de madera sin paredes.

—¿Adónde vamos primero? —murmuró Charlie en voz baja, inclinándose hacia Garion.

El Amhara esbozó una sonrisa devastadora. Con la punta de un dedo, señaló un edificio cercano, cuyo letrero de madera se mecía con el viento. Charlie vislumbró la imagen pintada de una taza. Debajo de ella, las ventanas brillaban con calidez. Sus paredes de piedra estaban veteadas por el paso del tiempo.

Garion bajó del caballo, sujetando las riendas.

—¿Adónde más?

La posada y taberna tenía un pequeño patio, y Charlie esperaba lo mínimo. Pero dos mozos de cuadra se acercaron, ansiosos por guardar sus caballos. Y por cobrar el servicio.

A Charlie no le pasó desapercibida la forma en que entrecerraban los ojos al ver la moneda Anciana, frotando con los dedos la imagen estampada de un ciervo. Los dos mozos de cuadra, jóvenes de sonrisa fácil, se molestaron. Pero no devolvieron la moneda y se llevaron los caballos con un gesto hosco.

—Por primera vez no uso moneda falsa, y la rechazan —refunfuñó Charlie en voz baja.

La sala común de la taberna tenía el techo bajo y un aire ahumado por el fuego de la chimenea, con algunos clientes sentados y otros de pie junto a la barra. Era un establecimiento adecuado, y Charlie quedó gratamente sorprendido con el servicio. En unos instantes, él y Garion tenían una habitación para los siguientes días, sus maletas y provisiones guardadas, y un buen almuerzo dispuesto frente a ellos. El vino estaba un tanto agrio, pero Charlie lo bebió de todos modos y se recostó en la sillita.

Aunque fuera un exiliado, Garion no desechaba sus costumbres Amhara. Se sentaba de espaldas a la esquina, con un ojo observando el lugar en todo momento. A Charlie apenas le importaba. Le sentaba bien librarse de sus preocupaciones, aunque sólo fuera un poco.

—Bueno —dijo al fin Garion, enarcando una ceja al otro lado de la mesa.

—Bueno —respondió Charlie con un resoplido.

Afuera, la lluvia pasó de ser una espesa niebla a convertirse en un aguacero constante, que dejaba caer gruesas gotas por las ventanas con agujeros.

Debajo de la mesa, la rodilla de Charlie brincaba, a pesar de todos sus intentos por relajarse.

Garion inclinó la cabeza y entrecerró sus brillantes ojos oscuros.

—¿Qué te preocupa, cariño?

—¿Qué no me preocupa? —atajó Charlie.

Se estremeció al oír su propio tono, más agudo de lo necesario. Un dolor le palpitaba en la sien y se soltó el cabello de la apretada trenza, deshaciendo las húmedas ondas castañas. Luego, se encogió de hombros para quitarse la capa, demasiado calurosa para el aire tibio de la taberna. Aunque habían subido el resto de sus cosas, él se había quedado con su mochila. Sus sellos forjados y sus tintas valían más que todo lo que había en sus alforjas. Por no hablar de la carta de Andry a su madre, guardada muy bien entre páginas de pergamino.

—Hay peores lugares en el reino —dijo Garion con suavidad.

—He estado en la mayoría de ellos —respondió Charlie, recordando demasiadas cosas.

Las alas de un dragón, el hedor a salmuera salada de un kraken, la ceniza en la lengua, el ejército de cientos de cadáveres revolcándose en el barro. Todo aquello lo abrumó, imposible de ser ignorado.

—Lo siento, no sé —murmuró Charlie—. Es difícil…

La mano de Garion se deslizó sobre la mesa hasta posarse en la de Charlie.

—¿Estar tranquilo? —terminó Garion.

—Es difícil ver mi lugar en todo esto —Charlie mantuvo la mirada en sus dedos unidos, su piel manchada de tinta contra la de Garion—. Pensé que ésta era la idea correcta. Pensé que así podría ayudar.

—Es una buena idea, pero llevamos aquí una hora, Charlie. Respira un poco —dijo el asesino—. Además, la reina Erida no va a saltar de un armario y darte un puñetazo en la cara. Y si lo hace…

Debajo de la mesa brilló algo, broncíneo y mortífero. La otra mano de Garion hacía girar la daga con intención letal, mientras su filo se desdibujaba con sus hábiles movimientos.

—Se acabaron nuestras preocupaciones —dijo Garion, deslizando de nuevo la daga.

—Matarla es sólo una parte —de mala gana, Charlie retiró la mano—. Hay que considerar a Taristan, y cosas peores detrás de él.

La máscara del Amhara se deslizó sobre el rostro de Garion, su expresión se quedó en blanco.

—Lo que Espera —replicó el asesino.

Charlie apretó los dientes.

—Lo sé. Sigue pareciendo una tontería, incluso para mí —dijo él.

—Vi a los dragones con mis propios ojos. Ahora creo cualquier cosa —aclaró Garion, frustrado—. Y te seguiré adonde sea que quieras ir.

La cabeza de Charlie volvió a palpitar. Sintió la insinuación que se desprendía de las palabras de su amante y se le pusieron los pelos de punta.

—No la abandonaré, Garion —dijo el sacerdote entre dientes apretados—. Ya te lo había dicho.

Esperaba que Garion discutiera. Que expusiera todas las razones buenas y lógicas para huir. En cambio, el asesino se apartó de la mesa, con una sonrisa ganadora dibujada en el rostro. Incluso sus ojos brillaban, combinando con la sonrisa fácil. Pero Charlie vio a través de ella: la tensión en sus hombros, el temblor de sus manos.

—Garion... —lo llamó el sacerdote.

—Lo sé —dijo el asesino, antes de cruzar la sala común.

Para horror de Charlie, Garion hizo la peor cosa posible.

Con una sonrisa y una palabra de saludo, comenzó a hablar con los demás clientes. Su carisma de Amhara entrenado crepitaba en la sala, seduciendo al tabernero y al posadero, y arrastrando a los demás clientes habituales bajo su influjo.

Charlie quería que se lo tragara la tierra.

Pero bebió el resto de su vino y se levantó para unirse a él.

* * *

Para la gente de Lenava, Charlie era un sacerdote en peregrinación al templo sagrado de Tiber en Turadir, situado entre las famosas minas de plata de las montañas orientales. Garion era su guardaespaldas, un mercenario de una de las cofradías menores de Partepalas. Era un acuerdo fácil, y una mentira fácil de contar.

Charlie incluso bendijo a algunos vendedores en el mercado, y cambió sus oraciones por monedas menos llamativas que las que llevaba. Pasaron la mayoría de los días deambulando entre el mercado y el puerto, con la excusa de prepararse para el viaje hacia el norte, por la costa. En realidad, recogían lo poco que podían: noticias, rumores, historias de viejos marineros y de jóvenes campesinos.

Garion era el más encantador de los dos, ya que la Cofradía Amhara le había inculcado su facilidad de trato. Encandilaba a todo tipo de gente y llenaba la taberna de clientes cada noche, sólo para escuchar con entusiasmo sus historias del gran reino.

La mayoría de las historias eran contradictorias y a Charlie le daba vueltas la cabeza intentando averiguar la verdad.

Si no consigo otra cosa, al menos habré hecho esto, pensó Charlie una mañana, con la carta de Andry en la mano.

Se la entregó a un barco con destino a Kasa, cuya tripulación navegaba hacia aguas más cálidas, más allá del horizonte gris.

Charlie esperaba que la carta encontrara a la madre de Andry a salvo y cuidada, entre su propia familia, lejos del sombrío destino del mundo. Si alguien en el reino merecía algo, ese alguien era Andry Trelland.

Cada día, Charlie se sentía un poco menos inútil, incluso mientras se sentaban a contemplar la lluvia. Ahora, cuando despertaba, tardaba un momento en recordar que el mundo se estaba acabando y que el cuerpo cálido que tenía a su lado era real. No era un sueño, ni un deseo. Sino Garion, justo a su lado, ya despierto y mirando fijamente. Lenava estaba muy lejos de un verano dorado en Partepalas, pero los momentos lentos se sentían igual. Sin preocupaciones, bien.

Y escurriéndose, como arena entre sus dedos.

Charlie temía el instante en que terminaran.

Los gritos del posadero una mañana provocaron que ambos salieran rodando de la cama, corriendo en busca de sus botas y su ropa. Garion salió primero, con el estoque abrochado y los dedos perezosos sobre la daga Amhara. Se movió como el agua y ya estaba en el vestíbulo antes de que Charlie tuviera una camisa sobre su cabeza.

Maldiciendo, lo siguió, tras tomar su propia espada como una ocurrencia tardía. Charlie dudaba ser muy útil contra bandidos o piratas, o cualquier otra cosa que estuviera causando semejante conmoción, pero sabía que era mejor no entrar en combate con las manos vacías.

Bajó a toda velocidad las estrechas escaleras que conducían a la sala común y se encontró con que Garion ya estaba con el posadero. El anciano tenía la cara blanca, tropezaba con las palabras y le temblaba un dedo al señalar la calle.

Después de más de una semana en la posada, Charlie nunca había visto al hombre tan temeroso, y mucho menos tan falto de palabras.

—No pasa nada, no pasa nada —dijo Garion, tranquilizando al viejo posadero como haría con un animal asustado.

Pareció funcionar un poco. El anciano volvió a señalar, meneando su larga barba blanca.

—Invasión —consiguió decir el posadero, apenas un siseo—. Invasión.

A Charlie se le helaron las entrañas.

La suavidad de Garion se desvaneció, su máscara de calma alentadora se hizo añicos. Su oscura frente se arrugó sobre sus ojos negros y agudos. Sin decir palabra, se dirigió a la puerta que daba a la calle y la abrió de un tirón para salir a la escasa luz del sol.

Charlie lo siguió, tembloroso. Su mente daba vueltas, una maraña de pensamientos. *Tomar nuestras cosas, tomar los caballos, ir a las colinas.* Pero no hizo nada de eso y se limitó a seguir a Garion.

Fuera de la taberna, la calle giraba y subía en ángulo por una ligera colina, ofreciendo una vista clara del puerto y del océano Aurorano. Charlie tuvo que entornar los ojos mientras miraba hacia el oeste, hacia las colinas costeras, en dirección a la frontera con Madrence.

Esperaba el destello del sol sobre el acero. El brillo de armaduras y espadas, el estruendo de una legión en marcha. Se le hizo un nudo en la garganta cuando se preparó para ver una bandera verde y un león dorado. O peor aún, un príncipe vestido de rojo, con un mago sangriento a su lado.

Para su sorpresa, no había nada más que las montañas, con sus laderas boscosas desvaneciéndose en piedra y nieve.

Entonces, Garion deslizó una mano bajo su barbilla. Suavemente, dirigió la mirada de Charlie hacia el occidente, hacia el gélido océano.

De no haber sido por la mano de Garion, Charlie habría temido que se le cayera la mandíbula.

El horizonte se había llenado de velas, con sus banderas enredadas en el viento, que aún soplaba con fuerza, desplegándose una tras otra.

A Charlie se le llenaron los ojos de lágrimas mientras las estudiaba una a una, sus banderas inconfundibles.

28

EL RÍO

Erida

Ella estaba a medio vestir cuando Taristan se dio la vuelta, parpadeando con fuerza, con el cabello rojo revuelto a un lado de la cara. Se incorporó despacio, con los restos del sueño aún pegados a él, mientras examinaba la alcoba. Erida lo estaba observando desde la habitación contigua, con los brazos abiertos, mientras sus sirvientes la vestían.

En la Konrada tenían aposentos más pequeños, lo que obligaba a Taristan a estar más cerca del vertiginoso conjunto de ayudantes de la reina. Su desdén por ellas era bien conocido, e imposible de pasar por alto. Cuando se levantó, las criadas aceleraron el paso.

Anillos de piedras preciosas se deslizaron por los dedos de Erida, una pulsera de rubíes sobre una muñeca. Eligió un vestido gris entre los pocos disponibles, una obra de arte de brocado color plateado pálido sobre seda. Las criadas la peinaron al final, uniendo muchas hebras para formar una larga trenza que caía por su espalda. Sentía como si una cuerda se balanceara entre sus omóplatos.

—Un poco temprano para un traje de combate completo.

Taristan se apoyó en el marco de la puerta, desnudo hasta la cintura, con los pantalones sobre la piel desnuda. Si pretendía asustar a las criadas, lo había logrado. Los ojos de todas se clavaron en el suelo. Erida sonrió y se zafó de ellas.

Enarcó una ceja al ver el aspecto de Taristan, desde su pecho de venas blancas hasta sus pies descalzos.

—¿Llamo a tus sirvientes? —preguntó la reina.

—¿Es una amenaza? —respondió él con brusquedad.

—Será suficiente —dijo ella, despidiendo a sus criadas con un gesto seco.

Medio segundo después, la puerta del vestíbulo se cerró tras ellas, dejando a Erida resplandeciente en el estrecho salón. Al otro lado de la ventana brillaba un cielo rojo, con el sol muy por encima del horizonte.

Mi mente es mía.

Ella repitió el viejo estribillo, que solía decirse para mantenerse firme cuando se sentía sola. Ahora se aferraba a él con fuerza, como a un escudo. Era una suave división entre ella y lo que se arrastraba por sus pensamientos.

Para su sorpresa, sintió algo parecido a un tirón, suave, pero firme. La mitad de ella también quería salir, ansiosa por enfrentarse a lo que apenas había comenzado. La reina sólo tenía que reunir a su consejo y pronunciar la orden que pondría todo en marcha.

La otra mitad de su ser sonrió, casi vibrando en su piel. Volvió a mirar la puerta y se acercó tan rápido que Taristan se sobresaltó. Sus faldas se arremolinaron en el suelo cuando lo tomó por los hombros, mostrando una sonrisa demasiado amplia.

—Iona —dijo ella, atreviéndose apenas a pronunciar la palabra en voz alta.

Las manos de Taristan se cerraron sobre los brazos de Erida, sus dedos ardían incluso a través de sus mangas. El ceño de él se tensó con preocupación. El rojo se agitó dentro del negro de sus ojos. Sólo un destello, chispas bajo el acero. Suficiente para delatar el delgado velo que existía entre la mente de Taristan, y algo más. Por ahora, el negro abismo de su propia alma se imponía, devorándolo.

—¿Iona? —repitió él.

—Corayne huye al enclave de los Ancianos —dijo ella, ignorando la fuerte presión de él al sujetarla—. Tiene la Espada de Huso, está viva y cree que puede sobrevivir a nosotros entre los muros de un castillo en ruinas.

Taristan era muchas cosas. Un príncipe de un antiguo linaje. El consorte de una reina. La herramienta de un demonio. Un mercenario, un asesino, un huérfano celoso que se aferraba a un atisbo de futuro. Todo eso pasó por su rostro, y salió a la superficie.

—¿Cómo lo sabes? —dijo él con voz temblorosa.

Era a la vez una pregunta y una acusación.

—¿Cómo lo sabes? —repitió él, sacudiéndole los hombros con dureza.

Esta vez, Erida no se inmutó. Le sostuvo la mirada, decidida y orgullosa. El tirón fantasmal se mantuvo, como la corriente de un río fluyendo entre sus piernas, empujándola suavemente hacia el vestíbulo. Se mantuvo firme, aunque la presión aumentaba.

Lentamente, sin pestañear, Taristan desató los cordones del cuello de Erida. Con una mano, apartó la tela de seda, dejando al descubierto la parte superior de la clavícula. Su respiración se entrecortó cuando posó la palma de su mano sobre la piel de la reina.

Ella se encendió debajo de él, ardiendo como él ardía.

—Erida —susurró Taristan, con un tono quebrado en la voz.

Ella sólo pudo parpadear, temblando bajo su mano. Demasiadas palabras se atascaron en su boca, haciendo castañetear la dentadura. Buscó en el rostro de Taristan, en sus ojos, en cada centímetro, tratando de leer las emociones que brotaban en él.

La reina esperaba que él se sintiera impresionado, orgulloso, intrigado.

Ahora estoy unida a ti en todos los sentidos, pensó. *Deberías arrodillarte a mis pies y agradecer mi elección.*

En cambio, el corazón de ella se inquietó.

Taristan estaba furioso.

—Estoy siguiendo el camino que tú ya recorres —siseó ella, mientras su rabia aumentaba hasta igualar la de Erida—. Para que podamos recorrerlo por siempre. *Juntos.*

Él todavía la tenía agarrada, los moretones brotaban bajo sus dedos. El dolor era sordo en comparación con el que Erida sentía en su propio pecho. Se entrelazaron, la furia y el dolor, hasta que ella no pudo distinguir la una del otro.

Finalmente, Taristan aflojó la presión, pero no dio un paso atrás, se mantuvo firme. Se alzaba sobre ella, peligroso como el día que ella lo vio por primera vez. Todas sus cicatrices resaltaban, blancas contra la piel enrojecida, dejando al descubierto la verdad de su vida. Ante todo, era un superviviente.

—Yo no quería esto para ti —murmuró él—. No sabes lo que hiciste.

—Tú pagaste tu precio a Lo que Espera. Y yo pagué el mío —espetó Erida. Se negó a pensar en la anciana que yacía en su cama, con los ojos abiertos y vidriosos, ciegos en la muerte.

—¿Eso te molesta? —insistió ella, un poco enojada. Se sentía como un caballo al galope sin jinete que la frenara—. ¿Que yo sea tu igual ante Sus ojos?

—Erida —advirtió él. El timbre grave de su voz agitó el aire.

A ella no le importó, su sangre se convirtió en veneno y ardió en sus venas. Su propia piel le quemaba y temió que su vestido de seda se convirtiera en brasas.

—Eres igual que todos los demás, no importa lo que yo crea —le espetó Erida, clavándole un dedo en el hueco bajo la garganta. Los ojos le escocían, las lágrimas le ardían en las pestañas—. Me ves como ellos me ven. Como una cría. Un objeto.

Eso no es verdad, susurró una pequeña parte de ella. Recordó cómo él se había arrodillado, tan fácilmente, sin sentir vergüenza. Cómo esperaba su orden de matar. Cada vez que él retrocedía, cambiando de posición para colocarse un poco detrás de ella, sosteniendo su flanco como un soldado en primera línea de batalla. Cómo se había paralizado, con una espada en el cuello de Domacridhan, con la muerte del Anciano en sus manos pero con la vida de Erida pendiendo de un hilo.

Aun así, no podía detenerse.

—He estado sola toda mi vida. Y pensé que tú… —la reina se quedó sin aliento, ahogada. Parpadeó ferozmente, intentando contener la sensación de calor y escozor—. Supongo que ahora nunca volveré a estar sola.

El río seguía fluyendo entre sus piernas, presionando, suplicando ser seguido. Quería inclinarse hacia él y dejarse llevar. Seguirlo y no guiarlo, aunque sólo fuera por un instante.

Taristan se limitó a mirar, con la dura mandíbula apretada. La observaba con los ojos recorriendo su cuerpo, *juzgándola.* Ella podía sentir su mirada. Ardía como su piel, amenazando con consumirlo todo.

—Debes aprender a mantener el equilibrio —dijo él finalmente, bajando los hombros.

Ella abrió los ojos de par en par.

—¿Cómo te atreves a sermonearme? —se burló Erida.

Pero él sólo negó con la cabeza. Volvió a acortar la distancia que los separaba, tratando de tocar su garganta expuesta. Erida retrocedió, casi tropezando con sus propias faldas.

—Mantén en equilibrio lo que Él es y lo que tú eres. Ambos existís ahora, aquí —su voz cambió, era extrañamente amable para las circunstancias.

Erida no confiaba.

—*Ambos* —repitió él.

Esta vez, cuando Taristan cerró su mano en el espacio donde el cuello se une al hombro, Erida se mantuvo firme. Tragó con fuerza y su garganta se estremeció contra el pulgar de Taristan. Por mucho que le quemara sentirlo a él, también la tranquilizaba.

Equilibrio, dijo la vocecita, su propia voz. Ella lo alcanzó, más allá de la rabia y el salvaje abandono.

Levantó la mirada y vio a Taristan del Viejo Cor. Fue como verlo por primera vez. Pero ahora, ella veía por debajo de él. La batalla bajo su piel, detrás de sus ojos, el peso inclinándose adelante y atrás.

La corriente del río.

Con un escalofrío, ella se dio cuenta de que no era un suave tirón arrastrando su cuerpo, frío y dulce como el agua fresca. Era una fuente de magma, roja e interminable, furiosa. Era el movimiento lento e inexorable de las estrellas en el cielo negro, que no podrían detener su danza, aunque lo intentaran.

—Taristan —susurró Erida.

Mi mente es mía.

De nuevo, le ardieron los ojos. Ella misma no podía verlos, pero una parte de ella lo sabía. El azul zafiro ya no existía.

Sus ojos ardían, rojos.

—Lo sé —respondió él, apoyando su frente febril en el cuello febril de ella—. Lo sé.

Ella volvió a oler a humo. De su vestido o del demonio en su cabeza, Erida no lo sabía. Y, también lo sabía, ni siquiera importaba.

Entonces, la puerta se abrió de golpe y entró una dama con el rostro blanco. Se quedó a medio camino en el vestíbulo, las otras damas de compañía detrás de ella, todas pálidas y temblorosas. No era poca cosa molestar a la reina y a su consorte. En el fondo de la mente de Erida, algo gruñó por su cabeza. Al principio la abrumó, su visión se llenó de blanco y tuvo que apartar la mirada.

Taristan la dejó, apoyándola contra su pecho aún desnudo. *Escondiéndome,* se dio cuenta Erida. *Ocultando lo que he hecho.*

—Mi señora, el consejo se ha reunido en la catedral. Pero…

Erida se puso rígida contra Taristan, con la espalda demasiado recta y ambas manos apretando los pliegues de su vestido. Curvó la mano y las uñas se clavaron en su palma.

Aun así, no se daría la vuelta. No mientras le ardieran los ojos y su vista estuviera nublada de negro y rojo.

Aun así, ella sabía lo que venía a continuación.

—Lady Harrsing se ha ido, Su Majestad.

Fue fácil desplomarse contra su marido, dejar que sus extremidades se convirtieran en agua. A las damas les pareció que su reina estaba abrumada por el dolor. Todas sabían que Harrsing era como una madre para ella, por no hablar de una valiosa consejera.

—Oh —murmuró contra el hombro de Taristan, con la cara pegada a él. Sintió que él la abrazaba por la espalda, manteniéndola firme.

—Al parecer murió mientras dormía. Estaba en paz —continuó la tonta mujer—. No sabe cuánto lo siento...

—Déjanos —gruñó Taristan.

Enfrentada a todo el peso de la furia del príncipe, la dama emitió un sonido parecido al de un ratón al que alguien pisa. Entonces, salió dando un portazo, dejándolos a ambos en silencio.

Ya a salvo, Erida tragó saliva con un nudo en la garganta. Suspirando, se apartó de Taristan y lo miró con ojos secos e inflexibles. Una vez más, él la analizó y ella se dejó mirar. Si buscaba dolor, no lo encontraría.

—Al menos, ya llevo puestos los colores del luto —dijo ella, señalando el gris y el plateado.

Fue toda una evidencia.

—Lo sabías —murmuró él.

—Lo sabía —respondió ella, amarrando de nuevo los cordones del cuello sobre la garganta descubierta—. Lo hecho, hecho está.

Taristan torció el labio.

—Lo hecho, hecho está.

* * *

Al final, fue más fácil de lo que Erida había pensado.

Desplegó uno de los mapas de Thornwall, el que tenía marcadas todas las fortalezas, las guarniciones y las legiones con tinta roja. Sus consejeros la observaron en silencio mientras trazaba una línea desde Ascal a través del continente.

Calidon.

Hubo oposición. Calidon era un reino pobre. Sería una pequeña joya en una corona que ya estaba en llamas. Las legiones gallandesas acababan de regresar. Aún era invierno, y las provisiones saldrían caras, si no resultaba imposible encontrarlas. Alimentar a los ejércitos podría vaciar el tesoro real, por no hablar de sembrar la revuelta entre los señores menores y sus hombres de armas. Ella no escuchó nada de eso. Ni del estado de los pasos de montaña. Ni del peligro de viajar por mar.

Nada era imposible, no para ella. No para Taristan.

No para el dios demonio que había en sus venas.

Ella lo sentía a Él como podía sentir la corona en su cabeza, las joyas en sus manos.

Taristan tenía razón.

Era como ser un dios en piel humana, con el poder puro deslizándose por sus venas.

Lo que Espera no hablaba como ella imaginaba que lo haría, ahora que la puerta estaba abierta, la mesa puesta. El festín preparado y esperando a ser devorado. *Déjame entrar, déjame quedarme* aún resonaba, pero sólo en la memoria. Sus susurros ya no eran en un idioma que ella conociera, sino algo sibilante y enmarañado, salpicado por el chasquido de dientes. Sentía Su aliento en la nuca, a veces caliente y húmedo, a veces estremecedoramente frío. Pero la oscuridad nunca cambiaba, negra y vacía como el espacio entre las estrellas. Más profunda incluso que los ojos de Taristan.

Para su alivio, ella aún Lo comprendía. Sus deseos se movían en ella, empujándola, a veces como la lava, a veces como el río. Podía luchar contra ellos cuando quisiera, dejando que el agua rompiera contra ella. Clavando los pies en el lodo, endureciendo el cuerpo contra la presión interminable.

A veces, era más fácil dejarse llevar.

Sentirlo a Él era terrible y glorioso. Y, como había dicho Taristan, la única respuesta era el equilibrio.

Erida lo practicaba cada día, a salvo tras sus intrincados velos. Era mejor ponérselos, de pura seda tachonada de piedras preciosas o bordados con delicados encajes. Lo último que necesitaba era que un noble corriera gritando, diciendo a todo el mundo que su reina estaba poseída y que sus ojos eran de fuego.

Que piensen que lloro por Bella Harrsing, pensó mientras se ponía los velos. *Que piensen que soy blanda, aunque sólo sea por un tiempo.*

La muerte de Lady Harrsing llegó y se fue, noticia vieja para la mañana siguiente. Sus consejeros y nobles olvidaron la pérdida de una anciana. Había que pensar en la guerra.

Pero Erida no olvidaba, no en los últimos rincones intactos de su corazón. *Bella quería ayudarme*, se dijo a sí misma. *Y eso hizo.*

La ciudad los aclamó cuando cabalgaron de nuevo, Erida y Taristan en todo su esplendor. Dejaron atrás un palacio medio destruido, el puerto aún en ruinas, los restos humeantes del ataque pirata todavía agitándose en el viento. Y de algún modo, nada de eso les importaba a los plebeyos, no ante otra victoria. Otro reino que ganar, otra corona que traer a casa.

Ella era la Leona, la Emperatriz Naciente. Su lugar estaba en el campo de batalla, no en el trono.

Lord Thornwall eligió Rouleine como punto de reunión. Envió un mensaje a las legiones y fortalezas de Galland, así como a sus emisarios en Siscaria, Madrence y Tyriot. Se convocó a los ejércitos de todos los rincones del creciente imperio de Erida, con sus lanzas apuntando hacia Rouleine.

En la primera campaña, Erida había despreciado la larga marcha y el campamento militar. Odiaba el polvo, odiaba el olor, odiaba el fuerte dolor que le producían los saltos en el carruaje o el balanceo en la silla de montar. Por encima de todo, odiaba la carpa del consejo, las posturas en la larga mesa de cada señor y heredero medio estúpido. Todo eso había cambiado. Thornwall dirigía la mayor parte de su consejo, y pocos consejeros se atrevían a molestar a la reina y a su consorte. Mientras el ejército se moviera, con el horizonte oriental fijo frente a ellos, Erida estaba satisfecha.

Cada kilómetro se sentía como una buena comida masticada entre los dientes. La sangre de la reina se aceleraba, su corazón latía con fuerza, el frío viento invernal era una suave brisa contra su rostro enfebrecido. Sentía siempre la corriente del río. Ese día la rodeaba como un cachorro feliz, saltando. Era un firme recordatorio de su lugar, su propósito y las promesas que le aguardaban.

Por mucho que Lo que Espera la asustara, Erida también se deleitaba en Él.

Se sentía destinada a ello, como estaba destinada al trono.

Kilómetro a kilómetro, su ejército crecía. Su longitud era una sombra en expansión a través del campo. Sólo el tren de suministros duplicaba su número. Había caballería, infantería, hombres de armas, arqueros, piqueros y caballeros. Soldados profesionales de las legiones y campesinos empuñando palas. Nobles señores con sus infinitos hijos, ataviados con ridículas armaduras y brocados. Y también el ejército de cadáveres, siguiéndolos a cierta distancia para no aterrorizar a los vivos.

Taristan tenía cuidado de mantenerlos a sotavento.

A estas alturas, sus señores sabían lo que valían. Es más, sabían que no debían discutir contra un ejército de muertos vivientes.

Hubo noticias de pueblos arrasados, tierras de labranza yermas arrancadas de raíz, bosques quemados para hacer carbón o talados para leña. Los ríos corrían con los desechos de los grandes campamentos. Los campos abiertos se convirtieron en lodazales. Erida se despreocupó de todo. Ése era el precio del imperio.

Todos darán. Como yo he dado.

Los días se difuminaron. Ella practicaba el equilibrio, inundada en el amor sibilante de Lo que Espera, pero sin deslizarse nunca bajo la superficie. Aun así, había que recordarle que comiera, que durmiera, que reconociera la existencia de sus damas cuando la vestían o cuidaban de su cuerpo.

Ahora entendía la máscara de Taristan. Su actitud plácida y despreocupada. La superficie tranquila ocultaba un remolino agitado debajo. Erida también lo sentía, su mente en equilibrio entre sus propios pensamientos y los deseos sigilosos de Lo que Espera.

Durante muchas semanas, su ejército navegó por la franja de tierra entre las aguas del Viejo León y las oscuras sombras del Bosque del Castillo, acorralado entre el río y el bosque. La línea del ejército se movía como un gusano, estirándose y contrayéndose. Los suministros viajaban río arriba con ellos, lo que facilitaba equipar a las grandes legiones y mantener sus estómagos llenos. Eso era suficiente para los soldados, así como el aumento de los salarios, prometido por la propia reina. Su lealtad era fácil de comprar, con promesas de gloria y buenas monedas.

La tierra le resultaba familiar. Era el mismo camino que había tomado para la primera campaña, la estela de su paso todavía era evidente en el suelo. Erida observaba cómo los cascos de su caballo sorteaban los surcos de las ruedas de los carros y la tierra removida, mientras la fronda del bosque relucía de escarcha.

Aquí ya no había fronteras. Ni con Madrence ni con Siscaria. El horizonte le pertenecía a Erida y el ejército no temía a los enemigos como antes. Se movían como si ya tuvieran asegurada la victoria.

Su séquito viajaba a la cabeza de la línea, con la caballería, moviéndose más rápido que los lentos carros y soldados de a pie. Su objetivo era Rouleine, donde se reuniría el resto de las legiones, y el séquito de Erida se dirigió hacia allí a toda velocidad.

Taristan cabalgaba a su lado, erguido en la silla de su caballo, con una capa roja ondeando tras él. La luz brillaba de forma extraña sobre el príncipe, como si ella lo estuviera observando a través de un grueso cristal.

—Vergon está cerca —dijo él una mañana, con los hombros aún alineados con el camino. Pero giró la cabeza y levantó los ojos hacia las colinas sobre el valle del río.

Ella apretó los dientes. Erida no podía ver el castillo de Vergon desde el camino, pero sabía que las ruinas estaban a pocos kilómetros. Recordaba la colina de espinas que se elevaba hasta los muros del castillo, la capilla, donde las vidrieras aún brillaban entre el musgo, el rostro de una diosa partido en dos. Allí ardía un Huso, un único hilo de oro, una costura en la construcción del reino.

Ya no ardía, y nunca volvería a hacerlo.

Taristan no tenía su Espada de Huso, su acero bendito. No podría volver a abrir el Huso, aunque marchara hacia Vergon y arañara el aire.

Erida cruzó el espacio entre los dos caballos y tomó la mano enguantada de Taristan. Él la agarró por la espalda, casi con demasiada fuerza, y su rostro se sonrojó, con los labios fruncidos en una mueca.

—Lo siento —fue lo único que se le ocurrió decir a Erida.

Él no respondió, pero sus pensamientos eran fáciles de leer.

Hacía casi un mes, él se había desplomado en el suelo de la Konrada, apretando su propio pecho. Él había sentido la pérdida del Huso cuando Corayne lo desgarró, con su propia Espada de Huso en la mano. Erida sabía que él había vuelto a sentir esa agonía, tan cerca como para tocar el Huso perdido.

Pero sin una Espada de Huso, no había nada que hacer. Por ninguno de ellos.

La ira se enroscó en la mente de Erida, tejiéndose con la misma ira de Lo que Espera. Ambas hervían. Ninguno sabía lo que era estar indefenso, sin poder.

Tenemos eso en común, pensó Erida, sosteniendo todavía la mano de Taristan.

Ella sintió que otra presencia les rozaba los dedos. Lo que Espera se extendía entre ellos, un caudaloso río de hambre.

Erida siseó con fastidio cuando Thornwall detuvo la marcha por la noche, con los silbidos de sus lugartenientes subiendo y bajando por la línea. El sol apenas había empezado a ponerse, rojo tras las nubes bajas. Faltaban horas para que oscureciera, y Erida sólo quería seguir adelante.

Pero permitió que Taristan la ayudara a desmontar. Ambos se alejaron mientras los mozos de cuadra se ocupaban de sus caballos, hacia la gran carpa que ya esperaba en la cima de una colina cercana.

Para su sorpresa, Lord Thornwall los siguió, con el rostro desencajado por la inquietud. Como antes, la campaña lo gratificaba. Era un soldado por encima de todas las cosas. Pero algo ensombrecía sus ojos.

—¿Mi señor? —preguntó Erida.

Thornwall hizo una reverencia superficial.

—Debería unirse al consejo esta noche, Su Majestad —dijo él.

Erida sólo parpadeó.

—¿Hay algo que no sepa?

Rápidamente, Thornwall sacudió la cabeza.

—No, por supuesto que no. Mis informes para Su Majestad han sido completos —respondió el comandante.

De hecho, todas las mañanas él entregaba informes minuciosamente redactados sobre la campaña, desde los movimientos del ejército hasta las discusiones de sus señores alrededor de las fogatas.

Ella entrecerró los ojos, analizando a su comandante.

—Entonces, ¿hay algo que usted no pueda manejar, Lord Thornwall?

De nuevo, él negó violentamente con la cabeza.

—No —dijo.

A ella le ardía la herida de la palma de la mano, que aún palpitaba tras un día de cabalgata. Erida luchó contra el impulso de apretar el puño y empeorar el dolor.

—¿Entonces? —espetó la reina.

Thornwall miró entre Erida y Taristan, con los dientes apretados. Soltó un largo suspiro.

—A los señores les vendría bien verla —explicó él—. Verlos, a los dos.

La reina no pudo evitar soltar una larga carcajada, mientras la sombra que llevaba dentro se burlaba.

—¿Acaso no me ven lo suficiente en la campaña? —replicó Erida—. Cabalgo entre ellos, a la cabeza de mi propia caballería. Ni siquiera mi padre hizo eso, ¿cierto?

Ni siquiera mi padre. Ni ningún rey antes que él. Sólo yo soy lo bastante valiente para cabalgar con la vanguardia, para viajar como lo haría un soldado. Sus pensamientos giraban en espiral, cada uno más agudo que el anterior. Cada vez más oscuros, amenazando con derribarla. *Equilibrio,* se dijo a sí misma, apretando los dientes. Dobló el puño y el dolor le recorrió el brazo. Eso la calmó.

Mi mente es mía.

—Es cierto, Majestad —admitió Thornwall, bajando los ojos.

Erida se enderezó, con voz más firme.

—Ya no me interesan los caprichos de los mezquinos señores. Es indigno de mí —dijo ella sin rodeos—. Consiéntelos tú. Yo no lo haré.

Para su sorpresa, Thornwall levantó la cabeza y sus ojos se cruzaron con los de ella, con la determinación que solía reservar para el campo de batalla.

—Esos señores mezquinos dirigen a miles de soldados —respondió él, más duro de lo que ella sabía que podía ser.

Los nudillos de la reina se pusieron blancos y apretó el puño hasta que el dolor enrojeció el borde de su visión. Era lo único que podía hacer para mantener el equilibrio.

—No, Lord Thornwall —siseó ella—. Tú los diriges.

Y tú me respondes a mí.

A pesar del vasto campamento de guerra que se estaba organizando a su alrededor, con miles de caballos y soldados instalándose para pasar la noche, Erida sólo oía el silencio que se extendió entre la reina y el comandante, pero Lord Thornwall se mantuvo firme. No dijo nada, sólo miraba fijamente, y Erida vio un poco del soldado bajo la fachada de anciano. Determinado, inteligente y letal.

Cualquier respuesta murió en su garganta, mientras Erida buscaba algo qué decir.

—Le prometió a mi reina una cabeza, Lord Thornwall.

La voz de Taristan rompió el muro de silencio. Miró al comandante militar con furia latente.

Tráeme una cabeza. Tú eliges cuál. Erida le había ordenado en Ascal. *Corayne. Domacridhan. La Amhara. Konegin. Tráeme a mis enemigos.*

Lord Thornwall no había encontrado ni una sola.

Fue suficiente para que Thornwall recordara, y bajó la mirada, recatado de nuevo. Un profundo rubor inundó sus mejillas, dándole un aspecto todavía más rubicundo. Su vergüenza era palpable, casi perfumaba el aire. A pesar de la barba gris, Thornwall parecía un escudero regañado.

En aquello, Erida vio una oportunidad.

Thornwall palideció cuando sintió que la mano de la reina le tomaba el brazo, su tacto era suave a pesar de su feroz disposición.

—No eres un cazador, Otto —murmuró ella. Hizo todo lo posible por calmarlo, aunque no sabía cómo. Erida de Galland nunca había calmado nada en su vida—. Y tampoco eres un traidor.

El comandante flaqueó bajo su tacto, lanzando otro suspiro.

—No es tu estilo pensar como lo hacen los usurpadores y las serpientes —continuó Erida. Con su mano libre, levantó su velo y dejó ver una mirada de compasión en su rostro—. No puedo culparte por este fracaso.

Rápidamente, Thornwall se inclinó, esta vez lo más que pudo. Sus rodillas crujieron al moverse, con el rostro hacia el suelo.

—Gracias, Su Majestad —murmuró él, levantándose para encontrarse de nuevo con su mirada.

Ella le devolvió la mirada.

—Yo soy la jefa de este ejército, pero tú eres su corazón. Sigue latiendo por mí.

—Así lo haré, Su Majestad —respondió Thornwall, llevándose una mano al corazón en señal de saludo.

Erida le devolvió la sonrisa, y al hacerlo sus labios le dolieron tanto que pensó que su boca se partiría por las comisuras.

—Vaya guerra —murmuró ella, repitiendo las palabras que él mismo había pronunciado hacía tanto tiempo en la sala del consejo. Cuando estaban hablando del Temurijon, y de sus legiones encontrándose con los Incontables en campo abierto.

Incluso ahora, bajo el cansancio y en la suciedad del camino, Thornwall se animó.

—Vaya guerra —repitió él, con el recuerdo cálido en sus ojos.

Fue suficiente. Erida entró en la carpa, retirándose a la fresca sombra.

La puerta de tela se cerró detrás de Taristan, sumiéndolos a ambos en la penumbra. Él comenzó a encender las velas dispuestas sobre la mesa, hasta que el pequeño espacio resplandeció.

—Eres demasiado blanda con él —refunfuñó Taristan, mirándola mientras se sentaba para quitarse las botas.

Erida resopló y agitó la mano sana.

—Soy exactamente lo que debo ser —respondió cansada—. Él me ve como a una hija, no importa cuántas coronas lleve. Si ése es el papel que debo desempeñar para mantenerlo leal y obediente, que así sea.

A la luz de las velas, los ojos negros de Taristan brillaban.

—Eres algo temible, en verdad —dijo, parecía orgulloso—. Incluso sin Él.

—Soy exactamente lo que debo ser —repitió Erida, con demasiada suavidad. Luego hizo una mueca de dolor. *Sueno como una niñita.*

La cama se hundió cuando Taristan se sentó junto a ella, y su peso casi inclinó el colchón hasta el suelo. Erida se apoyó en él, dejando que su brazo la sostuviera.

Él le tomó la mano.

—¿Y quién eres conmigo?

—Yo misma —respondió ella—. Quienquiera que sea.

De nuevo, Lo que Espera se entretejió entre ellos, apretado como sus dedos entrelazados. Esta vez, Erida no pudo decir si Él pretendía unirlos más o separarlos.

Frunció el ceño y se le cayeron los párpados. Estaba demasiado cansada para pensar en eso.

Mi mente es mía.

Taristan se puso rígido a su lado, con los hombros tensos por la preocupación. Erida inclinó la cabeza para mirarlo, leyendo su severo ceño fruncido.

—Lamento lo de Vergon —dijo ella de nuevo. En su corazón, Erida sabía que no podía comprender lo que se sentía al perder un Huso. Y el don que éste contenía.

—No es Vergon lo que me preocupa —gruñó él en voz baja. Eso la hizo estremecerse—. Sino lo que surgió de él.

Erida se estremeció otra vez, ahora de temor. *El dragón.* Seguía suelto en el Ward, en algún lugar. Atado a nada que no fuera su propia voluntad. La reina se mordió el labio con fuerza e intentó no pensar en lo que un dragón podría hacerle a su caballería. A Taristan. Y a ella.

Pero me niego a arder, pensó Erida, cerrando los ojos. *Me niego a arder.*

En su interior, el río se tornó caliente, como si pudiera lavar su miedo. Su piel ardía y los ojos le escocían. Parpadeó con rapidez, deseando un chorro de agua fría.

—Debemos confiar en Ronin —dijo ella finalmente, poniéndose en pie.

En la cama, Taristan se burló con incredulidad. Erida no podía culparlo. Apenas se creía a sí misma, y a su repentina fe en el mago rojo.

—Y sobre todas las cosas —añadió ella, las palabras tropezando—, debemos confiar en Él.

Encima de la mesa, las velas saltaban y bailaban; cada lengua de llama era una pequeña estrella dorada. Erida las observó un momento, antes de girarse para ver sus sombras en la pared de la carpa. Al igual que las velas, aquellas vacilaban, cambiaban, no se mantenían firmes. La sombra de Taristan se encorvó, reflejando su posición al sentarse.

Su sombra se hizo alta, distorsionada. Por un momento, ella vislumbró la silueta de una corona que no llevaba.

No, una corona no, pensó, entrecerrando los ojos.

La sombra volvió a cambiar, afilándose.

Son cuernos.

* * *

Al llegar la primavera, Erida sabía que las colinas florecerían verdes y abundantes. Imaginó campos resplandecientes de trigo dorado y bosques repletos de caza, el Alsor encharcado por el deshielo, desbordando sus orillas. Comerciantes y caravanas surcarían los caminos, no ejércitos. Pero la tierra seguía aferrada al invierno, aunque solo faltasen algunas semanas para los primeros estallidos de la primavera. Los árboles desnudos se cernían sobre ellos, los campos horadados y grises, el río escaso sobre piedras lisas.

De cualquier manera, reconocía el paisaje. La primera marcha hacia Rouleine todavía estaba fresca en su memoria y se volvía más nítida a cada kilómetro. El mismo camino se desplegaba ahora, devorado por la caballería de la reina mientras avanzaba a lo largo del río. En lo alto, las banderas verdes de Galland ondeaban, el león rugía sobre el gran ejército. Las rosas del Viejo Cor rodeaban el cuello del león, un espinoso collar de flores y enredaderas. Bajo las patas del león fluían el semental de plata, la sirena y la antorcha ardiente.

Madrence, Tyriot, Siscaria, Erida lo sabía. *Unidos bajo el león, debajo de mí.*

Ninguna bandera ondeaba sobre Rouleine.

Erida miró el suelo lleno de cicatrices donde alguna vez había estado la ciudad, encajada en la unión del Alsor y el Rosa. Sería el punto de encuentro de las legiones, hasta que todo el ejército pudiera unirse y marchar hacia Calidon. Apenas podía imaginarlo, todo el poder de Galland congregado para ganar el reino. El murmullo del poder cantaba bajo su piel, envolviéndola como un cálido abrazo.

Abajo quedaban las murallas de la ciudad, ennegrecidas por el fuego. Formaban un contorno aproximado de la ciudad que una vez fue. El resto yacía en ruinas, quemado o inundado. Enterrado en cenizas o barro.

Deja que se queme.

Todavía podía saborear la orden en su lengua, aún podía ver a Lord Thornwall asentir. Era su propia sugerencia, destruir Rouleine para que ningún enemigo pudiera utilizar la ciudad fronteriza contra Galland. Pero la frontera que marcaba ya no existía, había sido barrida del mapa como las piezas de un tablero de juego.

Más que cualquier otra cosa, recordaba a la niña que ella misma había sido antes del asedio de Rouleine. Diecinueve años, pero todavía una niña. Ignorante del mundo, sencilla. No sabía lo que significaba pelear en una guerra, y mucho menos ganarla.

No había sido el ejército de Erida el que había derribado las puertas y arrancado la rendición de la ciudad. Algo completamente distinto se había arrastrado desde el río. Cadáveres con carne colgante, mitad esqueletos, nacidos de otro reino y otro Huso. La habían aterrorizado en ese entonces, mientras miraba al otro lado del río, bajo el manto de la noche. Taristan la había retenido, obligándola a ver cómo era realmente su conquista.

Erida había observado con los ojos abiertos.

Y nunca volvió a ser una niña.

29

RAÍCES Y ALAS

Domacridhan

El Anciano suponía que nunca se acostumbraría a viajar por mar. Maldijo las olas mientras el barco se mecía bajo sus pies. Deseaba un caballo y la naturaleza. Prefería galopar dos veces por el Ward que sufrir un minuto más en el mar.

Hacía tiempo que se habían librado de Ascal, pero su tortura continuaba.

Se mareó al cabo de una hora de la siguiente etapa del viaje. Domacridhan esquivó las miradas incrédulas y las sonrisas burlonas de la tripulación y bajó al pequeño camarote para dormir durante lo peor de sus náuseas. Sintió que Sorasa le pisaba los talones, tan silenciosa como podía ser un mortal.

—Si necesitas el camarote... —le dijo Dom.

Sorasa lo interrumpió con una mirada de látigo, con la cara desencajada por el disgusto.

—No tengo muchas ganas de compartirlo contigo enfermo —espetó.

En lugar de eso, puso una cubeta en la puerta en una rara muestra de amabilidad, junto con un sobrecito de polvo. Él supuso que esto último podría matar a un mortal. Por muy Anciano que fuera, Dom lo evitó con cuidado.

Dom sabía que no debía presionar. Incluso exiliada, Sorasa era una Amhara de sangre. Tenía poco que temer durmiendo en un barco lleno de piratas que apenas podían mirarla a los ojos. Y mucho menos crear problemas.

A estas alturas, conocía sus modales lo suficiente para entender cuándo quería atacar. O tan sólo evadir. Mientras ella miraba a Corranport, el puerto destruido con una ciudad medio quemada cerniéndose sobre él, Dom supuso que se trataba de lo segundo. Ella observaba la costa, su mirada oscilaba entre el humo y el mar. Sus pensamientos seguían siendo un misterio, ocultos tras la máscara que tan bien llevaba.

Los pensamientos de Dom se agitaban en su mente, obsesivos, como las olas que movían el buque.

—Cada kilómetro por delante podría ser uno más que nos acerque a Corayne. O no —dijo, con la voz cargada de intención.

La preocupación pesaba en su mente, llenando sus pensamientos durante la vigilia. *Si no sabemos dónde está, no sabemos adónde vamos. Ni la mejor manera de ayudarla.*

Sorasa permaneció en silencio, pero no discutió. Para la Amhara, eso era un acuerdo suficiente.

Ella tenía mejor aspecto que las semanas anteriores. Más ligera. El día estaba inusualmente templado y sólo llevaba una camisa fina y unos pantalones, con el corto cabello recogido en la nuca. Sus tatuajes estaban a la vista, negros como el aceite sobre su piel bronceada. Aquí no tenía motivos para ocultar su identidad. La tripulación de la *Hija de la Tempestad* la conocía a la perfección. Como siempre, llevaba su cinturón equipado: veneno, polvos y una daga nueva.

La pequeña ventana daba al mar, balanceándose de arriba abajo. Después de echar un vistazo, Dom se precipitó hacia la cama para tumbarse y, con suerte, soportar lo peor de sus náuseas.

Sorasa rio para sus adentros, aún divertida por su incapacidad para soportar el mar.

La Amhara cruzó la estrecha cabina y se agachó para mirar por el grueso cristal.

—Tres más hoy —dijo distraída, contando el número de naves que seguían a la *Hija de la Tempestad*—. Ya son diez en la última semana.

Dom la miraba con los ojos entrecerrados, intentando leer su expresión.

—¿Más piratas? —preguntó el inmortal.

Ella asintió.

—Y naves tyrias —respondió Sorasa—. Puedo ver las banderas. Meliz ha estado ocupada estos últimos meses, quemando puertos y construyendo alianzas.

Entonces, los ojos cobrizos de Sorasa brillaron.

—Parece que están unidos en su odio a la reina Erida —concluyó.

Dom sabía poco de los reinos mortales, pero incluso él comprendía la proeza que eso suponía. Los príncipes de Tyri y los piratas tenían una larga historia de desprecio mutuo.

—Todos tenemos eso en común en estos días —murmuró él—. Esperemos que ese odio sea suficiente para que todo el reino se sume a la guerra y se enfrente a Erida, antes de que Taristan la vuelva demasiado fuerte para la lucha.

—Ojalá —maldijo Sorasa, sacudiendo la cabeza.

En la cama, Dom se dejó mecer por el barco, tratando de dejarse llevar por la sensación, aunque sacudiera su cuerpo. Se quedó mirando el techo bajo, estudiando las curvas de los tablones de madera, que ya le resultaban familiares.

—Pronto estaremos en Orisi y allí obtendremos más noticias. Cuando Erida marche a la guerra, sólo tendremos que seguirla —murmuró él, repitiendo el plan como una plegaria.

—Bueno, seguirla no. Ésa es mi esperanza —añadió Sorasa, haciendo una mueca de dolor—. Odio esa palabra.

Dom miró cómo su boca se torcía con desagrado.

—¿Seguirla? —preguntó.

Su ceño se frunció.

—Esperanza.

* * *

Tras otra semana de tortura marítima, Dom vislumbró la ciudad isleña de Orisi. Casi todo su ser quería saltar de la cubierta y nadar el último kilómetro hasta el puerto, para dejar atrás a la *Hija de la Tempestad*. Sólo una mirada severa de Sorasa lo mantuvo en su lugar.

Para su sorpresa, una hilera de barcos cazadores custodiaba la embocadura del puerto de la ciudad. Le recordaron al muro de embargo del Estrecho del Ward. La mitad ondeaba las banderas turquesas de Tyriot, bordadas con la sirena dorada. Los otros no ondeaban ninguna.

Piratas, Dom lo sabía.

Mientras que el resto de Tyriot estaba bajo el control de Erida, los príncipes rebeldes y la alianza pirata tenían la ciudad isla en sus manos.

En la proa del barco, Meliz se erguía orgullosa, con una mano en una cuerda, su cuerpo como si fuera otra vela y su cabello al viento. Sonreía viendo la isla, el bloqueo y los barcos en el puerto. Irradiaba orgullo, era evidente incluso para el inmortal.

Orisi no era como el paraíso criminal de Adira, sino una verdadera ciudad, que se extendía por la mayor parte de la isla en forma de cuña. La parte occidental se alzaba sobre acantilados escarpados, mientras que la oriental era llana y se adentraba en aguas poco profundas de color azul verdoso. Los templos de paredes blancas y las villas de tejas rojas se extendían por la llanura, mientras que los mercados y los muelles daban al agua. Incluso desde el puerto, Dom percibía el aroma de las hierbas silvestres y los cipreses.

Mientras la niebla invernal se cernía sobre el norte, el sol brillaba en Orisi, dando un color dorado al mar y las calles.

—Es como si los dioses le sonrieran a este lugar, una ciudad en abierta rebelión —reflexionó Sorasa mientras navegaban hacia el puerto.

Una vez que atracaron, el desembarco fue rápido, para gran placer de Dom. Siguió a Meliz y Sorasa por la pasarela, casi corriendo hacia tierra firme.

De inmediato, se balanceó en el suelo estable, mantenido de pie sólo por su gracia inmortal. Por suerte, Sorasa también se balanceaba. Y Meliz era la que más lo hacía, al bajar por la pasarela con sus piernas adaptadas a la navegación. La siguió su navegante, Kireem, junto con el matón jydi Ehjer. Ambos tomaron posiciones a los flancos de Meliz, como si su capitana necesitara protección a la sombra de un príncipe inmortal.

—Si hay noticias de los movimientos de Erida, llegarán primero al Príncipe del Mar —dijo Meliz, señalando hacia la colina—. Los llevaré con él.

Los muelles de Orisi bullían, las calles estaban llenas de gente. Pululaban marineros de todas las razas, con todos los tonos de piel. Los piratas eran fáciles de distinguir, aunque los marineros de Tyri estaban igual de desgastados por el sol y el mar. Pero eran mucho más sombríos, grises, a pesar del sol. Atrapados bajo la nube de la guerra abierta.

La Amhara siguió de cerca a Meliz, agazapada bajo su capa para ocultar otra vez sus tatuajes, con el cabello suelto.

—¿Tenemos que estar al acecho de cazarrecompensas o asesinos? —preguntó Dom, inclinándose hacia su oído.

Recordó los carteles de búsqueda de Almasad y Ascal, con sus caras y su nombre. Con rapidez, escudriñó las paredes de los edificios que bordeaban el astillero y se preparó para la familiar visión de su propio rostro.

Sorasa negó con la cabeza, pero se puso la capucha.

—Tú no tienes nada que temer, Anciano. Orisi se opone a la reina. Pocos aquí tratarían de entregarte a ella. Y compadezco a cualquiera que lo intente.

Tú no tienes nada que temer.

Él la miró mientras caminaban por las calles abarrotadas, escuchando lo que ella no quería decir.

Tú.

Sorasa Sarn tenía muchos enemigos, no sólo la reina de Galland. Además de ser buscada por la corona, lo era también por su propio gremio. Tras el asesinato de su familia Amhara, Dom sospechaba que otro asesino la mataría en cuanto la viera. Si es que no la estaban persiguiendo ya por todo el Ward.

Le ardió el pecho de pensarlo. De repente, sintió el impulso de abrir su capa y acercarla a ella. De interponerse entre Sorasa Sarn y cualquiera que deseara hacerle daño. *No es que me necesite para esas cosas,* pensó bruscamente, desechando la estúpida idea con un movimiento de cabeza.

Ella lo observó mientras caminaban, con una expresión de desdén en el rostro. Como si pudiera leerle la mente.

—Preocúpate por ti, Dom —espetó Sorasa, caminando—. Y ojalá no hagas el ridículo delante del Príncipe del Mar. En realidad, es mejor que no hables.

Remontaron la cuña de la isla rocosa, dejando atrás los muelles y los barcos. Pero no a los marineros. Orisi parecía rebosante de tripulaciones tyrias, con sus familias a cuestas. Muchos habían huido de tierra firme después de que Erida reclamara Tyriot para sí y dejara a sus señores para gobernar. La ciudad parecía un fuerte militar o un campo de refugiados. Todas las puertas y ventanas estaban abiertas, los habitantes de Orisi daban la bienvenida a sus compatriotas.

Dom destacaba como de costumbre, demasiado pálido y rubio para ser de las islas. Era más alto que la mayoría, sus hombros sobresalían por encima del resto. Bajo su capucha, Sorasa podría ser cualquier mujer tyria, de piel bronceada y ojos penetrantes.

Pero se perdieron entre la caótica multitud de marineros, piratas y refugiados que huían de sus tierras conquistadas. La plaza cercana a los muelles parecía un campamento, con toldos que se extendían desde las paredes blancas. Los hombres formaban filas serpenteantes, se acercaban a los escritorios improvisados y a los oficiales de la armada que miraban con los ojos entrecerrados. Se firmaban nombres y se pasaban monedas, junto con los uniformes.

Alguien le gritó a Dom en tyrio, señalando desde debajo de uno de los toldos.

Él se tensó y su cuerpo se puso rígido bajo su capa. Mientras acercaba una mano a su espada, la otra voló hacia el hombro de Sorasa, atrayéndola hacia su sombra.

—Está preguntando si navegas, Anciano —dijo ella, con el cuerpo tenso bajo la mano de Dom. Pero se detuvo, aunque sólo fuera un momento, antes de soltarse de él.

Miró hacia abajo y vio un destello de dientes mientras ella sonreía.

—Erida se va a llevar una terrible sorpresa —murmuró Sorasa.

—¿No se rindió Tyriot ante ella? —preguntó él, desconcertado.

Bajo su capucha, los ojos cobrizos de Sorasa brillaban.

—Tal vez ella piense eso. Pero esto no es rendirse. Esto es la guerra, y ella es demasiado orgullosa para verla venir. Lo único que queda ahora es elegir dónde pueden atacar.

Dom quería confiar en su entusiasmo, como confiaba a regañadientes en Sorasa en la mayoría de las ocasiones. Pero sintió un fuerte presentimiento.

—La verdadera fuerza de Erida y Taristan está en tierra —dijo él en voz baja—. Ustedes, los mortales, pueden llenar el Mar Largo de barcos de guerra, pero eso no impedirá que las legiones de Erida o el ejército de cadáveres de Taristan arrollen todas las ciudades del Ward.

Y esto no nos acerca a Corayne. Ni siquiera a un indicio de dónde podría estar.

Meliz no se quedó de brazos cruzados, a pesar de que muchos marineros la llamaban por las calles. Unos pocos incluso aplaudieron, todos ellos piratas. Los tyrios fueron menos efusivos. Los piratas eran sus viejos enemigos, y sólo un enemigo común los convertía en aliados. Por el momento.

La capitana pirata los condujo hasta una puerta pintada de azul y blanco. Dos guardias flanqueaban la puerta con cascos de escamas de pez, lanzas doradas en las manos y capas cortas color aguamarina cubriendo sus armaduras.

Ninguno de los dos se molestó en detener a Meliz an-Amarat, que avanzaba a zancadas con facilidad, mientras el resto la seguía a pasos largos. Estaba claro que la capitana era muy conocida en la compañía del Príncipe del Mar.

En el interior, la villa era fresca y sombreada, el edificio se centraba en patios de piedra embaldosada y fresca vegetación. Un buen número de oficiales y ayudantes abarrotaban los pasillos, pero se cuidaron de dejar pasar a Meliz. Con sus ropas desgastadas por la sal y su cabello rizado sin atar, Meliz parecía una muñeca de trapo frente a las estatuas. Guio a los demás por los pasillos hasta un patio central con una fuente en medio.

Los guardias estaban alineados en las paredes encaladas, vigilando a un trío de hombres. Los tres inclinaron la cabeza hacia Meliz cuando ella salió a la luz, con su torcida sonrisa dorada.

Hizo una exagerada reverencia, echando un brazo hacia atrás como una bailarina.

—Su Alteza —rio entre dientes, como si el título fuera una broma maravillosa.

El Príncipe del Mar no devolvió el gesto, pero sus labios se movieron, divertido por la postura de la capitana. Al igual que sus marineros, era de piel bronceada y cabello negro rizado, de un color parecido al de la propia Meliz. Pero sus ojos eran color miel y llevaba una sencilla corona de oro martillado, con una única piedra de aguamarina engarzada en la frente.

—Capitana an-Amarat —dijo él, caminando hacia ellos—. Estábamos hablando de usted.

Meliz agitó una mano llena de cicatrices.

—¿Cuándo no?

Luego, sus ojos se fijaron en los otros dos, sentados ante una pequeña mesa.

—Almirante Kyros, Lord Malek —añadió Meliz, inclinando la cabeza hacia cada uno.

Dom adivinó que Kyros era el que llevaba uniforme. El otro, Lord Malek, vestía túnica de un púrpura iridiscente. Tenía los ojos pálidos y la piel cálida y oscura de los reinos del sur.

—Parece que los primeros informes no son lo que esperábamos —dijo Kyros, con la mirada fija en Meliz. Llevaba el azul revelador de un marinero tyrio, y un fajín enjoyado que denotaba su alto rango—. El Cielo de la Flota ardió, pero no está destruido, y la mayor parte de la armada gallandesa aún no había llegado a puerto.

Meliz soltó una carcajada.

—¿Quiere seguir leyendo sus informes o prefiere el testimonio directo de quienes realmente estuvieron allí?

Mientras Sorasa arrugaba la cara, ocultando una sonrisa burlona, Lord Malek respondió con una mirada de disgusto.

—Atacaste demasiado rápido —refunfuñó—. No tuviste paciencia para esperar al resto de la flota de Erida. Ni el valor.

—¿Valor? —Meliz dejó de sonreír y sus ojos brillaron de forma peligrosa.

—Paz, Lord Malek —dijo el Príncipe del Mar, caminando de un lado a otro de nuevo.

—Mi príncipe —Kyros palideció ante su señor—. No puedo creer que viva para ver el día en que defiendas a una escoria pirata como Meliz an-Amarat.

—Enjaulemos a la Leona y luego podremos volver a cazar tiburones —respondió el Príncipe del Mar, sonriendo hacia Meliz. Ella sólo le devolvió la sonrisa.

Fue como ver dos rayos encontrarse en el aire.

—La impaciencia no forzó mi mano —dijo Meliz, balanceándose al caminar—. Sino estos dos.

Todas las miradas se clavaron en el Anciano y la asesina, atravesándolos a ambos. Dom se sacudió el escrutinio, acostumbrado a las miradas de los mortales. Pero se irritó al ver cómo observaban a Sorasa; cada uno de los presentes estudiaba los tatuajes que asomaban entre sus ropas.

Ella no se inmutó ante su atención, aunque Dom pudo oír cómo se aceleraban los latidos de su corazón.

El Príncipe del Mar sacudió la cabeza, incrédulo.

—Pones a prueba mis modales cada vez que caminas por mis pasillos, Meliz —dijo—. Primero traes chusma pirata pendenciera a mis calles, y ahora, una Amhara a mi patio.

La voz de Sorasa era ácida.

—Te prometo que no soy la primera Amhara que camina por los pasillos de un Príncipe del Mar.

—Eso es precisamente lo que me preocupa —replicó—. ¿El otro habla?

Dom se irguió instintivamente, mirando al Príncipe del Mar como haría con cualquier otro dignatario. Era una visión imponente, incluso con su estómago todavía revuelto con las últimas oleadas de náuseas.

—Soy el príncipe Domacridhan de Iona, hijo de Glorian Perdido —murmuró. No le pasó desapercibida la forma en que Sorasa se burló en voz baja.

El príncipe silbó una nota grave.

—Sí que tienes amigos extraños, Meliz.

—No más extraños que el mismísimo Príncipe del Mar —respondió ella.

Eso pareció divertir más que nada al príncipe. Con una última mirada a Sorasa, y sus muchas dagas, se encogió de hombros.

—¿Y bien? ¿Qué hicieron exactamente para arruinar semanas de cuidadosa planificación?

Una silla raspó la fina baldosa del patio, chirriando cuando Meliz la arrastró hasta colocarla entre Kyros y Lord Malek. Suspirando, se desplomó en ella, apoyando una bota en la mesa, para disgusto de los dos hombres.

—Prendieron fuego al palacio —dijo, satisfecha—. Y casi matan a la reina, ¿cierto?

—*Casi* —respondió fríamente Sorasa.

Los tres hombres intercambiaron miradas, horrorizados e impresionados a la vez.

—Después de eso, supe que se nos había acabado el tiempo —prosiguió Meliz—. Los patrullajes se triplicarían una vez que la ciudad estuviera en orden, y Erida cerraría el puerto. Hice lo que pude para salvar nuestra misión, con mi nave y mi tripulación intactas.

—Muy bien —refunfuñó Kyros. Era evidente que le dolía dar crédito a una pirata—. Supongo que es lo mejor que podemos esperar por el momento.

—¿Y qué es este momento, precisamente? —la voz de Sorasa resonó en el patio, aunque hablara en voz baja—. ¿En qué punto se encuentra su alianza?

Mientras los otros dos hombres callaban, acobardados ante una Amhara viva, el Príncipe del Mar dio un paso audaz hacia ella.

—En terreno irregular —respondió él.

—¿Tienes noticias de Lord Konegin? —preguntó Malek—. ¿O desapareció después de su fracaso?

Konegin. Dom le dio vueltas al nombre en su mente, tratando de ubicarlo. A juzgar por la forma en que Sorasa abrió los ojos, ella entendía mucho más que él. La Amhara apretó los labios, contenta de guardar silencio y escuchar. Dom decidió hacer lo mismo.

El Príncipe del Mar se rio de Meliz.

—¿A qué fracaso te refieres? ¿Cuando intentó matar al príncipe Taristan en medio de un banquete de la corte? ¿O cuando intentó suplantar a Erida con una princesa madrentina, y logró que mataran a la chica por las molestias?

Malek se encogió de hombros.

—Idiota o no, Konegin es la única oportunidad de usurpar a Erida. Antes de que se vuelva demasiado poderosa para derrocarla.

—Nuestros espías en Lecorra interceptaron órdenes dirigidas al duque Reccio, de la propia Erida —dijo Kyros. Sacó un trozo de pergamino y lo alisó sobre la mesa—. Enviado por un explorador militar, a toda velocidad desde Ascal.

El Príncipe del Mar rodeó la fuente para ver el pergamino. Se inclinó, con un dedo sobre la página y el otro aferrado a su espalda. Sorasa y Meliz se inclinaron a su lado, para consternación de sus guardias.

Dom se quedó mirando la página. Estaba escrita en una lengua mortal que desconocía.

—Es una copia apresurada —explicó Kyros—. Pero contiene palabra por palabra.

—Llama a sus legiones a congregarse en Rouleine —el Príncipe del Mar se enderezó, su hermoso rostro se volvió severo—. ¿No es Rouleine una ciudad en ruinas? ¿Destruida por su propia mano?

—Su campaña en el norte está lejos de haber terminado. Ni siquiera está esperando a que se derritan las nieves, la tonta sanguinaria —dijo Lord Malek con brusquedad. Examinó el papel por sí mismo—. Se propone marchar sobre Calidon.

—A través de los pasos de montaña —todavía sentado, Kyros hinchó el pecho con orgullo.

—Sabe que no puede desembarcar un ejército por mar.

Meliz sacudió la cabeza.

—Calidon es un reino pequeño. Casi inútil para ella. Marchará por medio reino para reclamar poco más que roca y nieve.

Calidon.

La palabra era una campana en la mente de Domacridhan, tañendo sin cesar, una y otra vez. Resonaba con quinientos años de memoria. Tejos negros surcando la niebla. Un viento brutal desnudando un valle montañoso entre el sol dorado y la sombra amarga. Nieve inmortal en los picos más altos. Y una alta cresta de piedra gris, coronada por una ciudad fortaleza que la mayoría nunca vería.

Calidon es como la llaman los mortales.

Él lo conocía como Iona.

Mi hogar.

El sudor le recorrió la frente y sólo dio un paso, pero fue suficiente. Se le revolvió el estómago, como si aún estuviera en la cubierta de un barco. Sorasa se levantó de la mesa y sus ojos cobrizos se encontraron con los suyos, con una preocupación poco común. Ella frunció el ceño y entreabrió los labios, confundida. Él quería que lo viera, que lo leyera como ella tan fácilmente podía hacerlo.

—Corayne —consiguió sisear Dom, apenas más que un suspiro. En la mesa, Meliz se enfrió y olvidó su encanto.

Ella está en Iona. Está con mi familia, a salvo, entera. Aún con vida. Tragó saliva contra la oleada de náuseas. *Y Erida lo sabe. Sus ejércitos ya se están moviendo hacia ella.*

Su corazón estaba a punto de detenerse, el mundo se movía bajo sus pies.

Taristan lo sabe.

De no ser por Sorasa, se habría caído de lado. Pero ella mantuvo a Dom firme, rodeándolo con ambos brazos.

—Firme —murmuró la Amhara—. Firme.

Dom respiró hondo, jadeando contra el aire repentinamente cerrado del patio. *Entra por la nariz, sale por la boca.* Sorasa le dijo eso una vez, cuando se encontraron por primera vez con las sombras del ejército del Huso. Ahora lo hacía ella, con ojos fieros, el pecho subiendo y bajando con movimientos exagerados, para enseñarle de nuevo la técnica. Él imitó su ritmo lo mejor que pudo, utilizando la pauta de ella para regular su propia respiración.

—Sabemos dónde está ahora —murmuró Sorasa, tan cerca que él podía sentir su voz vibrando en su garganta—. Podemos hacer algo ahora.

—Sabes dónde está mi hija.

El tono áspero de Meliz hizo volver en sí a Dom. Ella se apartó de la mesa de un salto y cruzó el patio con la mirada.

—Sí, lo sé —dijo él.

Dom asintió y Sorasa se apartó, dejándolo de pie. Seguía apoyado contra la pared, medio desplomado, pero por sus propios medios.

Gracias, quería decirle a la Amhara.

Aunque no lo dijera, Sorasa oyó las palabras. Le hizo un gesto seco con la cabeza.

Dom sintió la repentina atención de la sala, todos los ojos siguiendo su rostro. Todos, menos Sorasa, quien volvió la vista hacia la fuente, con la mirada desenfocada. Ella sabía lo mismo que él. Comprendía la carga que de pronto él llevaba, su cuerpo amenazando con derrumbarse.

—La reina Erida y Taristan marchan hacia Iona, el enclave de los Ancianos en Calidon —dijo Dom, tratando de mantener la voz firme. Incluso mientras hablaba, su mente era consumida por horribles imágenes de su hogar quemado y destrozado, su pueblo masacrado—. Mi enclave.

A una velocidad vertiginosa, Meliz acortó la distancia que los separaba. Agarró a Dom por el brazo, con fuerza y desesperación.

—¿Qué podemos hacer? —preguntó la pirata.

Dom oyó el significado de sus palabras tan claro como la luz del día.

¿Cómo puedo ayudarla?

Siseando para sus adentros, Sorasa empezó a caminar de un lado a otro como el Príncipe lo había estado haciendo.

—Toda la fuerza de las legiones marchará con ellos —murmuró ella—. Todo su ejército caerá en un solo lugar.

El Príncipe del Mar hizo una mueca de dolor.

—Nuestro poder está en el mar —dijo él, compungido.

En ese momento, Sorasa se detuvo en seco. Levantó la cabeza y se echó el cabello hacia atrás para mostrar la curva de un tatuaje en el cuello. Dom lo reconoció de un vistazo. *El escorpión.*

—*Tu* poder —dijo ella, sin aliento. Entonces, dirigió su mirada a Dom, clavándose en los ojos de él, hasta que él sintió que podía ver el interior de su mente.

Su corazón se aceleró y su respiración se volvió superficial. La comprensión de la situación le recorrió como un escalofrío la columna vertebral.

La voz de Dom tembló.

—El Temurijon también marcha.

Algo le pellizcó el antebrazo, y Dom se dio cuenta de que Meliz seguía agarrándolo, clavándole los dedos. Su rostro se iluminó desde dentro, con una resolución ardiente que se apoderó de la capitana pirata.

—El emperador y sus Incontables necesitarán un paso rápido —ladró Meliz, liberando a Dom—. Tantos barcos como podamos reunir.

Meliz an-Amarat era pequeña comparada con el Príncipe del Mar y sus señores, estaba vestida con ropas andrajosas y su cuerpo se balanceaba como si aún estuviera en el mar. Pero se enfrentó a ellos como un gigante, inflexible y sin miedo.

El Príncipe del Mar se dobló por la cintura, con un guiño en los ojos y una sonrisa en los labios. Cuando sonreía, brillaba en su boca un solo diente de oro.

—Lo haremos —dijo él, para disgusto de sus compañeros.

Malek y Kyros se sobresaltaron y armaron un escándalo.

La propia voz de Sorasa casi se perdió en el estruendo, pero Dom la oyó por encima de todas las demás.

—Nosotros también necesitaremos un barco.

* * *

—Me avergüenza no poder ir contigo.

Las aguas verdeazuladas del puerto de Orisi brillaban, el sol se volvía dorado al descender hacia el horizonte occidental. Meliz estaba junto a Dom en la barandilla sobre los muelles, los dos como estatuas observando el mar. No lo miraba a él ni al pequeño barco que estaba siendo aprovisionado para su viaje hacia el noreste. Su mirada estaba en otra parte, sus ojos ensombrecidos, su corazón latiendo con fuerza en los oídos de Dom.

Dom dejó que sus palabras se asentaran y eligió las suyas con cuidado.

—Serás más útil con la armada —dijo él. Era la verdad—. Tanto para tus aliados como para Corayne.

La capitana respiró hondo y se tranquilizó. En los muelles, Sorasa vigilaba el otro barco, dirigiendo provisiones y suministros a la cubierta. Su nuevo barco era diminuto en comparación con la *Hija de la Tempestad*, con media docena de tripulantes, pero en muy buen estado para el viaje a Calidon.

—¿Y si no llegamos a tiempo? —murmuró Meliz, sacudiendo la cabeza. Algo se entrecortó en su voz—. Si se desata una tormenta, o si el emperador se retrasa…

—De nada sirve pensar en esas cosas —dijo Dom sin rodeos—. Sólo podemos confiar los unos en los otros.

Las palabras sonaban huecas, incluso en su propia cabeza. Pero Dom las creyó. Tenía que hacerlo, porque no había nada más.

—Y debemos confiar en los dioses, estén donde estén —Meliz se amargó, torciendo el labio. Dobló un dedo, haciendo un gesto hacia el mar—. Si es que existen.

—Mis propios dioses guardan silencio, pero he visto lo suficiente para saber que los dioses aún hablan en este reino —murmuró Dom. Los Husos ardían en su mente, dorados y brutales, cada uno de ellos era otra despiadada puerta.

Meliz levantó la mirada hacia el cielo.

—¿Qué clase de dios permite tiempos como éstos?

Temblando, Dom se quedó frío, a pesar de la luz del sol y la cálida brisa del sur.

—No es sólo un dios quien provoca esta perdición —dijo—. Sino el corazón de un hombre mortal.

El viento agitó el cabello de Meliz y un rizo negro pasó por su cara. Brillaba con un rojo oscuro con la luz, una veta de color dentro del negro abismo. Si Dom entrecerraba los ojos, su rostro se desdibujaba… podría ser Corayne. Era una ilusión, pero se relajó observándola.

—El tío de Corayne —dijo Meliz lentamente. Sus mejillas se sonrojaron—. Un gemelo, dices.

La ilusión se rompió en mil pedazos.

La mano de Dom se cerró en un puño, con los nudillos blancos bajo la pálida piel. Se negaba a pensar en Taristan y Cortael al mismo tiempo, sus imágenes entrelazadas. Para que el recuerdo de Cortael no se pudriera, corrompido por el rostro de su hermano.

—Él hablaba de ti. Eso sí lo recuerdo —la voz de Meliz adquirió un tono soñador, su mirada de nuevo era lejana, perdida en un recuerdo que Dom no compartía—. Cortael te llamaba su hermano, de corazón, si no de sangre.

Los Ancianos se curaban más rápido que los mortales; el propio Dom era un testimonio de ello. *El precio, al parecer, es que nuestros corazones, una vez rotos, nunca se curan del todo.* Sentía ese dolor agudo en el pecho, bajo la lana acolchada, la piel y el hueso.

Una parte de su ser quería darse la vuelta y dejar a Meliz con sus recuerdos. Pero no podía moverse, se quedó congelado.

La razón era obvia, incluso para él.

Ella sostenía un trocito de Cortael, uno que él nunca había visto. Cuando ella hablaba, era como si él volviera a vivir, aunque fuera por un instante.

—Él tenía diecisiete años cuando nos conocimos —dijo ella.

Dom lo recordó. Cortael era desgarbado, sus extremidades eran demasiado largas y seguían creciendo. Su cabello rojo oscuro colgaba suelto, rozándole los hombros. Sus ojos negros siempre penetrantes, siempre fijos en el horizonte. Y era diligente, talentoso, afilado como el buen acero. Ya tenía madera de rey.

—Cortael apenas era más que un niño, pero ya era diferente —Meliz vaciló, frunciendo el ceño—. Más solemne. Mayor, en cierto modo. E inquieto. Obsesionado.

—Como todos los de su especie —murmuró Dom. Recordaba lo mismo, la forma en que Cortael siempre echaba un último vistazo a las estrellas antes de que lo obligaran a dormir. Siempre buscando.

—Pensé que podría salvar a Corayne de eso —la voz de Meliz se espesó y se le trabó en la garganta—. Pensé que podría darle raíces. Pero ¿qué sé yo de esas cosas?

La capitana pirata, curtida por la sal y el sol, hizo un gesto de desdén, balanceándose mientras su barco se mecía con la marea.

Dom sintió el extraño impulso de abrazar a la mujer, pero decidió no hacerlo. Apostó a que a Meliz an-Amarat no le gustaba que la mimaran, y menos viniendo de él.

—Ella nunca tendrá raíces, Meliz —dijo el inmortal, despacio, tanto por él como por ella—. Pero tal vez nosotros podamos darle alas.

Los ojos de Meliz brillaban, las lágrimas no derramadas reflejaban el sol poniente. Como en la villa, ella lo tomó del brazo. Esta vez, su tacto era suave, su mano ligera como una pluma.

—Protégela por mí —tomó aire—. Y por Cortael.

—Lo haré.

Con mi último aliento. Con cada fibra de mi ser.

—A él también lo amaba, a mi manera —retiró su mano, que cayó a su lado. Meliz no lloró, mantuvo a raya sus lágrimas—. Antes de dejarlo partir.

Los propios ojos de Dom escocían, la imagen del puerto se iba desenfocando, hasta que incluso Sorasa era una mancha ante sus ojos.

—Yo todavía estoy aprendiendo a hacerlo —dijo él.

—Los recuerdos pueden quedarse —respondió Meliz con solemnidad. Su aura de mando volvió a caer a su alrededor como un manto—. Pero el resto es un ancla. El dolor. Incluso tú puedes ahogarte, Domacridhan.

Aunque estaba tan conmovido, Dom no pudo evitar torcer su boca en una sonrisa amarga.

—Es extraño decir algo así antes de un viaje.

Para su sorpresa, Meliz también sonrió y sacudió la cabeza. Con el sol en el cabello y la sonrisa en la cara, Dom comprendió lo que Cortael había visto en ella, tantos años atrás.

—Eres más raro de lo que esperaba —rio ella entre dientes.

Él la miró con una ceja fruncida.

—¿Y qué esperabas? —preguntó Dom.

La capitana pirata hizo una pausa, y se pasó la lengua por los labios.

—Alguien más frío —dijo finalmente, mirándolo de arriba abajo—. De piedra, en vez de carne. Menos mortal. Como todas las cosas que Cortael intentó ser.

El viento sopló de nuevo sobre el puerto, con olor a sal. Dom giró hacia él, frente a los muelles y el pequeño barco. Una figura familiar recorría su cubierta, comprobando las cuerdas, aunque no era marinera. No era propio de Sorasa Sarn quedarse quieta.

Dom soltó un suspiro.

—Fui así una vez —replicó él.

La sombra de una sonrisa cruzó el rostro de Meliz mientras seguía la mirada de Dom.

—El amor hace eso —respondió ella.

A Dom se le hizo un nudo en la garganta y tensó la mandíbula, con los dientes tan apretados que no habría podido hablar aunque lo intentara.

Meliz sólo hizo un gesto con la mano.

—Me refiero a mi hija y al amor que le profesas —su sonrisa se ensanchó con picardía—. Por supuesto.

—Por supuesto —logró decir Dom, arrancando los ojos del puerto. Sentía todo el cuerpo caliente de vergüenza, si no es que de indignación.

Satisfecha, Meliz cruzó los brazos sobre el pecho y contempló la enorme cantidad de barcos como un general haría con sus tropas. La *Hija de la Tempestad* se alzaba entre ellos, magnífico y de velas púrpuras, el barco más temible que jamás hubiera surcado los mares. Entrecerró los ojos y observó la galera.

—Me pregunto cuántos caballos podrá llevar mi barco —reflexionó ella.

Una vez más, Dom deseó que sus dioses pudieran oírlo en este reino. Si pudieran escucharlo, habría rezado, pidiendo por la seguridad de Meliz y vientos rápidos.

—Espero vivir para averiguarlo —respondió él, antes de abordar el otro barco miserable.

30

LA TORTURA DE LA ESPERANZA

Sorasa

El dolor le atravesaba la cabeza. Sentía como si un hacha le partiera el cráneo una y otra vez, golpeando al compás del latido de su corazón. Sorasa siseó contra la agonía e intentó pensar. Sus instintos Amhara se dispararon y se obligó a respirar de manera uniforme, a pesar de la opresión en el pecho. Eso la ayudó un poco, la conectó a tierra. Parpadeó, casi cegada por la luz blanca que la rodeaba. Volvió a silbar y movió los dedos dentro de las botas. Para su alivio, respondieron. Y *chirriaron*: sus botas estaban llenas de agua. Sus manos se curvaron y algo suave y frío se deslizó entre sus dedos. *Arena*, lo supo al instante. Pasara lo que pasara, Sorasa Sarn siempre reconocería el tacto de la arena.

El mundo se enfocó lentamente, la luminosidad desapareció poco a poco. Con cautela, rodó sobre su espalda para contemplar un cielo azul intenso. Saboreó la sal y olió el océano. No hacía falta ser un erudito para armar semejante rompecabezas.

La playa discurría en ambas direcciones, tornándose rocosa sobre la orilla, plagada de piedras blancas que se alzaban en acantilados asesinos.

El miedo amenazaba con tragársela. La arañaba por dentro, una bestia con demasiados dientes. *No dejes que te domine,* se dijo, repitiendo la vieja enseñanza Amhara. *No dejes que domine. No dejes que domine.*

Se negó a pensar más allá del mundo que tenía delante. Se negaba a dejar que su mente entrara en una espiral de horribles posibilidades. Era un agujero del que nunca saldría.

Con un gruñido de dolor, se obligó a incorporarse, con la cabeza dándole vueltas por el movimiento repentino. Se tocó la sien con una mano, estaba pegajosa por la sangre seca. Se estremeció al notar un corte a lo largo de la ceja. Era largo, pero poco profundo, y ya tenía costra.

Apretó la mandíbula y le rechinaron los dientes, mientras observaba la playa forzando la vista. El océano le devolvía la mirada, vacío e interminable, un muro de azul férreo. Entonces, se fijó en las formas que había a lo largo de la playa, algunas semienterradas en la arena, otras atrapadas por el tirón rítmico de la marea. Entrecerró los ojos y las formas se solidificaron.

Flotaba un trozo de vela desgarrado, enredado con la cuerda. Un trozo destrozado del mástil sobresalía de la arena como una pica. La playa estaba llena de cajas rotas y otros restos del barco. Trozos del casco. Cuerdas. Remos partidos por la mitad.

Los cuerpos se movían con las olas.

Su respiración constante perdió el ritmo, cada vez más entrecortada, hasta que temió que se le cerrara la garganta.

Sus pensamientos estaban dispersos, imposibles de asir.

Todos los pensamientos, menos uno.

—¡DOMACRIDHAN!

Su grito resonó desesperado y desgarrado.

—¡DOMACRIDHAN!

Sólo las olas respondían, chocando sin cesar contra la orilla.

Olvidó su entrenamiento y se obligó a levantarse, aunque estuvo a punto de caer por el vértigo. Le dolían las extremidades, pero lo ignoró y se lanzó hacia la línea de flotación. Sus labios se movieron y su voz volvió a gritar el nombre de Dom, aunque ella no podía oírlo por encima del latido de su propio corazón.

Sorasa Sarn no era ajena a los cadáveres. Chapoteaba en las olas con desenfreno, aunque la cabeza le daba vueltas.

Marinero, marinero, marinero, observó, su desesperación aumentaba con cada uniforme tyrio y cada cabeza de cabello negro. Uno de ellos parecía partido por la mitad, sin cuerpo de la cintura para abajo. Sus entrañas flotaban con el resto de él, como un trozo de cuerda blanqueada.

Sospechaba que un tiburón había sacado lo mejor de él.

Entonces, sus recuerdos volvieron con un estruendo, como el de las olas.

La nave tyria. Anochece. La serpiente marina deslizándose desde las profundidades. La ruptura de una linterna. Fuego en la cubierta, escamas resbaladizas en mis manos. El balanceo de una gran espada, hecha por Ancianos. La silueta de Dom contra un cielo inundado de relámpagos. Y luego, la fría y ahogante oscuridad del océano.

Una ola la empujó y Sorasa volvió a la orilla dando tumbos, temblando. No había vadeado más allá de la cintura, pero sentía la cara mojada, un agua inexplicable corría por sus mejillas.

Sus rodillas se doblaron y cayó exhausta. Respiró profundamente, y enseguida otra vez.

Y gritó.

De algún modo, el dolor de su cabeza palidecía en comparación con el de su corazón, que la consternaba y destruía a partes iguales. El viento soplaba, agitando su cabello cubierto de sal sobre su cara y enviando un escalofrío a su alma. Era como volver al desierto, con los cadáveres de sus parientes Amhara regados a su alrededor.

No, se dio cuenta, con la garganta en carne viva. *Esto es peor. Ni siquiera hay un cuerpo que llorar.*

Contempló el vacío durante un rato, la playa y las olas, y los cuerpos que se acercaban suavemente a la orilla. Si entrecerraba los ojos, sólo veía restos del barco, trozos de madera, en lugar de carne hinchada y huesos.

El sol brillaba en el agua. Sorasa lo odió.

Sólo hubo nubes desde Orisi, y ahora eliges brillar.

No era propio de ella perder el sentido. La capacidad de ir a la deriva le había sido arrebatada mucho tiempo atrás. Pero ahora Sorasa iba a la deriva, paseando por la playa.

No escuchaba el movimiento de la arena ni el pesado roce de las botas sobre las piedras sueltas. Sólo oía el viento.

Hasta que una hebra de oro cruzó su visión, acompañada de una palma cálida e inflexible contra su hombro. Su cuerpo se sobresaltó y se giró, cara a cara con Domacridhan de Iona. Los ojos verdes de Domacridhan brillaban, tenía la boca abierta mientras gritaba algo otra vez, pero su voz era absorbida por el zumbido de la cabeza de Sorasa.

—Sorasa.

Llegó a ella lentamente, como a través de aguas profundas. Su propio nombre, una y otra vez. Ella sólo podía mirar hacia el verde, perdida en los campos de los ojos de Dom. En su pecho, su corazón tropezó. Esperaba que su cuerpo la siguiera.

En cambio, cerró el puño y lanzó sus nudillos al pómulo de él.

Dom fue bastante ágil para girar la cabeza, dejando que el golpe se desviara. A regañadientes, Sorasa supo que, además de todo lo demás, le había ahorrado una mano rota.

—¿Cómo te atreves? —se forzó a decir ella, temblando.

Cualquier preocupación que hubiera tenido Dom se esfumó en un instante.

—¿Cómo me atrevo a qué? ¿A salvarte la *vida*? —gruñó él, soltándola.

Sorasa se balanceó sin su apoyo. Apretó su propia mandíbula, luchando por mantener el equilibrio para no derrumbarse por completo.

—¿Es otra lección Amhara? —Dom se enfureció, levantó ambos brazos—. ¡¿Cuando te dan a elegir entre la muerte o la indignidad, eliges la *muerte*?!

Sorasa miró hacia el lugar donde había despertado. El calor le subió por la cara al darse cuenta de que su cuerpo había dejado una marca en la arena después de que él la arrastrara desde la línea de la marea. Un ciego lo habría notado. Pero Sorasa no, en su furia y dolor.

—Ah —fue lo único que pudo decir. Se quedó con la boca abierta, la mente le daba vueltas. Sólo dijo la verdad, que era demasiado vergonzosa—. Yo no vi. Yo…

La cabeza le volvió a palpitar y se llevó una mano a la sien, apartando una mueca de dolor de su severa mirada.

—Me sentiré mejor si te sientas —dijo Dom con rigidez.

A pesar del dolor, Sorasa soltó un gruñido en voz baja. Quería permanecer de pie sólo para fastidiarlo, pero lo pensó mejor. Con un resoplido, se hundió con las piernas cruzadas en la arena fresca.

Dom la siguió con rapidez. Ella lo veía borroso; le volvió a dar vueltas la cabeza.

—¿Así que me salvaste del naufragio sólo para abandonarme aquí? —murmuró Sorasa cuando Dom abrió la boca para protestar—. No te culpo. El tiempo es esencial ahora. Un mortal herido sólo te retrasará.

Ella esperaba que fanfarroneara y mintiera. En cambio, Dom frunció el ceño, con arrugas en sus ojos aún vivos. La luz del océano le sentaba bien.

—¿Estás…? ¿Herida? —preguntó él con voz suave, recorriéndola con la mirada. Se fijó en su sien y en el corte que tenía—. Quiero decir, ¿en algún otro sitio?

Por primera vez desde que había despertado, Sorasa trató de serenarse. Su respiración se hizo más lenta mientras se evaluaba, sintiendo su propio cuerpo desde los dedos de los pies hasta el cuero cabelludo. Conforme viajaba su conciencia, observó cada moretón y cada herida, cada dolor sordo y punzante.

Costillas lastimadas. Una muñeca torcida.

Metió la lengua en la boca. Frunció el ceño y escupió un diente roto.

—No, no estoy herida —dijo en voz alta.

La sonrisa desesperada de Dom se volvió enorme. Se relajó contra la arena por un momento, cayendo sobre los codos para inclinar la cara hacia el cielo. Sus ojos se cerraron sólo un instante.

Sorasa sabía que sus dioses estaban demasiado lejos. Él mismo lo había dicho. Los dioses de Glorian no podían oír a sus hijos en este reino.

Aun así, Sorasa lo veía en su cara. Dom rezaba de todos modos. Con gratitud o ira, ella no lo sabía.

—Bien —dijo él finalmente, sentándose de nuevo.

El viento se agitó en su cabello suelto y Sorasa consideró por primera vez lo ocurrido desde que le había fallado la memoria. Desde que la cubierta del barco tyrio se había incendiado y alguien la había tomado por la cintura, para sumergirlos a ambos en las oscuras olas.

No necesitaba adivinar quién había sido.

La ropa de Dom estaba desgarrada, pero seca desde hacía tiempo. Aún llevaba la coraza de cuero con la camiseta interior, pero su capa prestada había quedado abandonada para alimentar a las serpientes marinas. El resto de su cuerpo parecía intacto. Sólo tenía algunos cortes recientes en el dorso de las manos, como terribles quemaduras de cuerda. *Escamas*, Sorasa lo sabía. La serpiente marina se había enroscado en su propia cabeza, más grande que el mástil, sus escamas destellando un arcoíris oscuro.

Se quedó sin aliento cuando se dio cuenta de que el Anciano no llevaba cinturón ni vaina. Ni espada.

—Dom —dijo ella, extendiendo la mano entre los dos. Sus instintos la atraparon y su mano se congeló a escasos centímetros de la cadera de él.

Él frunció el ceño de nuevo, esculpiendo una línea de preocupación.

—Tu espada —terminó la Amhara.

La línea del ceño de Dom se hizo más profunda y Sorasa comprendió. Ella lloraba por su propia daga, que había ganado tantas décadas atrás y ahora se había perdido en un palacio en llamas. No podía imaginar lo que Dom sentía por una espada de siglos de antigüedad.

—Ya está hecho —dijo él finalmente, metiendo la mano en su camisa.

El cuello de la camisa se abrió, mostrando una línea de carne blanca, con el músculo fuerte, extendiéndose bajo la piel. Sorasa bajó la mirada, dejándolo con sus líos.

Sólo cuando algo suave tocó su sien, ella volvió a levantar la vista.

Su corazón latía con fuerza.

Dom no la miraba, estaba concentrado en su trabajo, limpiándole la herida con un trozo de tela.

Fue la tela lo que le cortó la respiración.

Era poco más que un trozo verde grisáceo. Delgado, pero finamente hecho por manos maestras. Bordado con astas de plata.

Era un trozo de la vieja capa de Dom, el último vestigio de Iona. Había sobrevivido a un kraken, a un ejército de muertos vivientes, a un dragón y a las mazmorras de una reina loca.

Pero no sobreviviría a Sorasa Sarn.

Ella lo dejó trabajar, su piel ardía bajo los dedos de Dom. Hasta que desaparecieron los últimos restos de sangre y él se deshizo del último trozo de su hogar.

—Gracias —dijo ella, sin obtener respuesta.

El dolor de cabeza disminuía a cada momento, justo cuando el sol comenzó a ocultarse hacia el oeste. Clavó la mirada en el paisaje, entrecerrando los ojos, tratando de leer la silueta del desfile de montañas a lo lejos. La nieve se aferraba a las alturas, como un ceño fruncido sobre la amarga costa.

A pesar del sol, Sorasa temblaba bajo sus ropas hechas jirones.

—Estamos en Calidon —murmuró ella, observando de nuevo las montañas. Aún no era primavera, pero las flores púrpura se aferraban entre la orilla y el acantilado—. Tu tierra.

Dom negó con la cabeza.

—Difícilmente mía. La mayoría de los calidonios ya no creen que mi pueblo exista, y los que sí lo creen desearían poder olvidarnos por completo.

—Comparto el sentimiento —respondió Sorasa a secas.

A su lado, Dom rio.

—Humor mortal. Ya lo conozco demasiado bien.

Sorasa intentó sonreír, pero fracasó, entrecerrando los ojos ante el paisaje. Se limpió la cara.

—¿Qué? —preguntó Dom.

—Apenas conozco este lugar —respondió ella, rechinando los dientes. Volvió a palpitarle la sien.

La risa de Dom se oyó peor. La observó con una mirada rara, traviesa, como la de un niño con un secreto.

—¿Estás pidiendo ayuda, Sorasa Sarn? —se burló el Anciano.

Sorasa quería levantarse, pero dudaba que pudiera hacerlo con elegancia. En lugar de eso, se quedó bloqueada, con los puños cerrados en la arena hasta que unas piedrecitas presionaron entre sus dedos.

—Lo negaré si se lo cuentas a alguien —siseó, arrepintiéndose de las palabras en cuanto salieron de su boca.

Para su horror, la sonrisa de Dom sólo se amplió y Sorasa se dio cuenta de que había cometido un terrible error. Un grave error de cálculo. Dom entendía más de lo que ella creía. Y conocía a los Amhara mejor de lo que ella creía posible.

Entonces, la mano de Dom encontró su muñeca. Ella dio un respingo y casi lloró cuando él la ayudó a ponerse de pie. Por fortuna, no flaqueó.

—Creía que lo odiabas —dijo él, con la sonrisa aún curvada.

Sorasa sintió ganas de golpearlo otra vez.

—¿Qué? —soltó ella.

Dom soltó su muñeca.

—La esperanza.

* * *

Sorasa maldecía esa sensación a cada paso que daba sobre la orilla rocosa. La esperanza pesaba mucho, era una carga sobre sus hombros, una piedra en su corazón, una cadena alrededor de cada tobillo. Se sentía arrastrada por ella, como si estuviera atada a un caballo desbocado que avanzaba en dirección contraria. Todos sus instintos pedían sensatez a gritos. Razón. Lógica fría y cálculos cuidadosos.

La esperanza ardía en todos ellos, por mucho que intentara apagarla.

Lord Mercury lloraría al verme ahora. O reiría.

Se le revolvió el estómago al pensar en su antiguo amo. Tenía la esperanza de que siguiera instalado al otro lado del Mar Largo, encerrado en su ciudadela, contento de ver cómo el mundo se consumía.

Esperanza.

Apretó los dientes, conteniendo un gruñido de frustración. No quería revelarle su enfado a Domacridhan. Eso sólo lo pondría de mejor humor, y su humor ya era bastante difícil.

—Deja de silbar —le gritó a Dom, lanzándole un palo a la espalda.

Dudaba que él lo hubiera sentido. El Anciano no aflojó el paso mientras navegaba entre las olas y la pared del acantilado. Llevaban una semana bordeando la costa calidonia, marchando hacia el este y siguiendo las indicaciones de Dom. Sorasa sólo conocía el camino vagamente. El día anterior habían cruzado el río Airdha, dejando atrás su valle para trepar de nuevo. Al norte, dentadas a lo alto, estaban las montañas Monadhrian. *Las montañas del sol.*

Temblando, Sorasa echó un vistazo al supuesto homónimo, bien oculto tras nubes tormentosas.

—Me han dicho que silbo bastante bien —dijo finalmente Dom, mirándola por encima del hombro. Aún tenía el cabello mojado por la lluvia, trenzado en hebras de un color dorado oscuro.

Sorasa frunció los labios.

—¿Los Ancianos se quedan sordos?

En respuesta, él volvió a silbar. Era un sonido grave e inquietante que resonaba contra las rocas y tal vez se extendía hasta las alturas de las montañas. Era más un canto de pájaro que una melodía, sin una tonada que ella reconociera. Como el ulular de un búho, pero más grave.

—Así es como nos encontramos los vederanos entre nosotros en tierras mortales —explicó él, silbando de nuevo. Luego hizo una pausa, con la cabeza inclinada hacia la nieve. El ulular resonó sin respuesta y Dom siguió silbando.

Mientras caminaban, rozaba con las manos aquí y allá, tocando rocas alfombradas de musgo o charcos de marea que se arremolinaban.

Sorasa tenía cuidado de no resbalar sobre las piedras mojadas, pero Dom no les hacía caso y saltaba con su habitual gracia de Anciano. Y algo más.

Esta tierra le era familiar como ninguna otra. Sorasa nunca lo había visto tan tranquilo, como un halcón cautivo que por fin regresa al cielo.

—Patrullé la costa sur en mi juventud —dijo Dom, como si intuyera sus pensamientos. Los dedos del Anciano rozaron un arbusto de brezo púrpura que se aferraba obstinadamente a la vida entre las rocas.

Sorasa intentó imaginarlo más joven, más pequeño, más enamorado del mundo. Parecía imposible.

—¿Y tú qué consideras juventud? —se preguntó ella, acomodándose para caminar a su lado.

Él se encogió de hombros.

—Supongo que entonces tenía más de siglo y medio.

Ciento cincuenta años y aún es joven, pensó Sorasa, contrariada. No podía hacerse a la idea de los años de los Ancianos y el tiempo que ocupaban en el reino. Por no hablar de su relativa indiferencia hacia el mundo, que giraba a su alrededor, cambiando y desintegrándose.

Y Dom es el mejor de ellos, el primero en luchar, el último en perder la fe.

—Cuesta creer que seas el menos molesto de los tuyos —murmuró la Amhara.

El viento soplaba de nuevo y ella deseaba algo mejor que la manta tan rígida como la sal que llevaba sobre los hombros, rescatada de los restos del naufragio en la orilla.

Dom la miró con extrañeza y sus ojos perdieron parte de su brillo. El calor que llevaba dentro se enfrió, las brasas se apagaron.

—Supongo que eso es cierto ahora, sin Ridha —dijo con firmeza.

Sorasa tragó saliva con un repentino nudo en la garganta. Maldijo su pobre intento de hacerle un cumplido.

—No pretendía hablar de Ridha —replicó ella, sólo para que Dom acelerara el paso.

Tras unas zancadas, él se dio la vuelta para mirarla con desdén, caminando hacia atrás sobre el suelo rocoso.

—¿Qué es lo que dicen los mortales cuando sienten un gran dolor, pero no quieren admitirlo? —la voz de Dom resonó con dureza en los acantilados, lo bastante fuerte para superar el estruendo de las olas— Ah, sí. *Estoy bien.*

Se le ocurrió una docena de réplicas severas, pero Sorasa las reprimió apretando los dientes. Dom todavía lloraba la pérdida de su prima, y Sorasa no podía culparlo. Recordó la última vez que había visto a la princesa Anciana, alta, con su armadura verde, el cabello negro como un estandarte y una gran espada en la mano. La mujer inmortal había regresado para vigilar la huida de Corayne, y Dom había ido con ella, para contener los horrores de un Huso lo mejor que pudieran. El dragón rugió en lo alto, los sabuesos de Infyrna aullaron y ardieron. Los muertos vivientes marcharon en sus interminables filas. Y un caballero negro cabalgó entre todos ellos, con su espada como una sombra despiadada.

Fue un milagro que Dom sobreviviera.

—Muy bien —murmuró ella—. De todas formas, no sirvo para ese tipo de pláticas.

Dom no cedió.

—Lo sé —respondió—. La última vez que experimentaste algún sentimiento, dejaste de hablar durante dos meses.

De repente, el dolor de él se convirtió en el de Sorasa. Le recorrió la espalda y el borde de su visión se volvió blanco. Aunque la playa del naufragio quedaba lejos, volvió a ver cadáveres. No llevaban uniformes tyrios, sino pieles Amhara, sus rostros le resultaban familiares y sus heridas seguían sangrando.

Sorasa tuvo arcadas.

—*Estoy bien* —se obligó a decir ella.

Dom torció los labios y frunció el ceño. Se dio la vuelta y volvieron a su ritmo.

Poco a poco, la marea fue subiendo, obligándolos a ascender por las laderas, hasta que el camino se volvió demasiado peligroso, incluso para Sorasa. Tendrían que esperar a que el agua volviera a bajar y despejara el camino. En parte, ella se preguntaba si no se estrellarían contra los acantilados, con las olas rompiendo a pocos metros de distancia. Pero Dom no mostró tal preocupación, y eso la tranquilizó.

Él se encontraba parado al borde de la ladera, en una saliente sobre el agitado océano. Al oeste, el sol descendía, asomando entre las nubes. Se veía rojo y sangriento, dando al aire una extraña neblina escarlata.

Como Ascal, pensó Sorasa, recordando el extraño cielo sobre la ciudad de Erida. Se le revolvió el estómago. A medida que el imperio de Erida se extendía, también lo hacía el mal de Taristan. Como un incendio. Como la fiebre.

Dom miró al sol rojo, con los ojos entornados.

—¿Crees que Sigil convencerá a su emperador para luchar? —murmuró él, tan bajo que Sorasa casi no lo oyó—. ¿Crees que Meliz llegará a tiempo?

Ella se unió a Dom al borde del acantilado, con la manta hecha jirones alrededor de los hombros. Su rostro se inclinó hacia el oeste, no hacia la puesta de sol ni hacia la furiosa costa. Sino a las tierras de más allá, más lejos de lo que ninguno de los dos podía ver. Trazó el camino de vuelta a Ascal, y luego se adentró en el continente. A través de campos y bosques, estribaciones, ríos serpenteantes, pantanos y ciudades. A través de las Montañas del Ward, centinelas, un muro que cortaba el continente en dos.

Sus pensamientos recorrieron las cumbres y la estepa dorada, a través de interminables extensiones de hierba y cielo. Al Temurijon. Al hogar de Sigil.

—Sólo me alegro de que Sigil esté a salvo de todo esto —dijo Sorasa. En verdad, ella no sabía lo que el emperador haría, o si los Incontables marcharían alguna vez—. Lo más a salvo posible.

Dom asintió bruscamente.

—La veremos después.

Después. Otra vez se le revolvió el estómago. De nuevo, maldijo el peso de la esperanza y todos sus sinsabores.

—Bien —interrumpió ella.

Él la miró de reojo, tratando de leer su expresión.

—¿Lo dices en el buen sentido o en el malo? —preguntó el Anciano.

Sorasa respiró con frialdad entre dientes.

—No estoy segura—respondió ella.

Era la verdad, le gustara o no.

—Después. Me gustaría irme a casa —soltó Sorasa, las palabras le salieron demasiado rápido para detenerlas. A pesar del frío, sintió calor en el rostro.

Dom se volvió por completo hacia ella, parpadeando confundido. Parecía casi enojado.

—¿Con los Amhara? —preguntó él.

Ella casi rio en voz alta de su idiotez.

—No —respondió tajante. Era frustrante deletrearlo, tanto para Dom como para ella misma. Su voz se debilitó. Sus ojos recorrieron el océano—. Adonde realmente esté mi hogar.

Él sólo continuó mirándola fijamente, leyéndola, inmóvil.

—¿Y tú? —ella lo retó—. ¿Cuál es tu después?

Su ceño, normalmente arrugado, se alisó y su expresión severa desapareció. Al igual que Sorasa, escudriñó el océano, con los ojos revoloteando de un lado a otro, mientras sopesaba una respuesta.

—Supongo que yo también debo buscar un hogar —dijo finalmente, con cara de sorpresa.

Por mucho que quisiera, Sorasa sabía que no debía presionar. Dom tenía un hogar, todo un dominio, con familia y amigos de muchos siglos. Ella no podía entender tal cosa, pero comprendía la traición. El dolor de la traición lo perseguía cada día, claramente. Mientras Dom se había levantado para luchar, ellos se habían quedado atrás. Para él, era como el exilio.

Ella también sabía lo que se sentía.

—Y yo iré a Kasa —añadió el inmortal.

Sorasa se mordió el labio.

—Con la madre de Andry —dijo ella.

El Anciano inclinó la cabeza. El sol poniente dibujaba su silueta, su sombra se extendía junto a ellos, su cabello dorado ribeteado de un rojo resplandeciente. Sorasa nunca había visto a un dios, pero aventuró que Domacridhan se le acercaba bastante.

—Ella merece saber que su hijo fue un héroe —dijo él—. Y mejor que cualquier caballero.

A Sorasa le importaban poco los actos nobles o la caballerosidad. Pero ni siquiera ella podía discutir sobre eso. Si había un solo hombre vivo que merecía ser caballero, ése era Andry Trelland.

Ojalá estuviera vivo para saberlo.

—Me uniré a ti en eso —murmuró ella, sabiendo que nunca sería posible.

Temblando, se recostó contra las rocas, con deseos de dormir, aunque el frío se colaba por su ropa. A su pesar, le castañeteaban los dientes. Con los ojos cerrados, oyó a Dom intentar encender una fogata, pero el viento constante la apagó media docena de veces.

Cuando por fin él se tumbó a su lado, con su calor como el sol, ella no se movió, con los ojos aún cerrados y la máscara del sueño apretada sobre el rostro.

Aun así, sabía que su corazón la traicionaba. Su latido lento y metódico saltaba con cada movimiento del cuerpo de él, y también su cuerpo.

31

EL PRIMER EJÉRCITO

Andry

A pesar de sus esfuerzos, los guardias de Iona no lo dejarían pasar. Las puertas de la sala del trono seguían cerradas, así que Andry se vio obligado a caminar. No podía oír más allá de las puertas, pero se esforzó por escuchar de cualquier forma. Los murmullos resonaban, la voz más aguda de Corayne era fácil de distinguir. Hablaba rápido, con desesperación.

Se nos ha acabado el tiempo, había dicho ella momentos atrás, fuera del castillo. Sólo podía esperar que Isibel le creyera. La propia voz de la monarca era más baja, más grave. Como el tañido lejano de una pesada campana.

No podía oír a otros líderes Ancianos, pero Andry sabía que nunca estaban lejos de Isibel. Lord Valnir y Lady Eyda habían pasado muchos días tratando de convencer a Isibel para entrar en guerra, y los hermanos inmortales estaban abiertamente frustrados por su falta de acción.

Andry deseaba que estuviera ahí Garion, que podría tener más suerte colándose en la sala del trono. Pero seguía con Charlie en Lenava, a la espera de noticias.

Corayne está sola ahí dentro, pensó con una mueca de dolor. *No es que yo sea de mucha utilidad.*

Los murmullos resonaron, más ásperos que antes. Una discusión.

El corazón le dio un vuelco y se detuvo, de cara a los guardias.

No puedo permitir que luche sola.

—Déjenme pasar —dijo Andry. No era una petición, sino una orden que surgía de algún lugar profundo, pronunciada con una voz que ni siquiera él sabía que poseía.

Los guardias sólo parpadearon, inmóviles y silenciosos.

Andry se desinfló, casi resoplando.

—Muy bien —refunfuñó—. Entonces, les haré un agujero en las botas.

Volvió a caminar de un lado a otro, pero se detuvo al oír el eco de unos pies que se acercaban. Detrás de él, los guardias Ancianos se enderezaron aún más, en posición de firmes, con la barbilla erguida.

El monarca de Kovalinn dobló una esquina a toda velocidad, y el joven inmortal fue flanqueado por un contingente de sus propios guardias. Su oso mascota no estaba con él, había sido relegado a los establos de Tíarma.

—Su Alteza —dijo Andry, haciendo una reverencia bien practicada.

Dyrian lo miró fijamente con sus ojos grises, su actitud severa no concordaba con un rostro tan joven.

—Andry Trelland —respondió Dyrian, asintiendo con la cabeza. Luego pasó de largo, mirando a los guardias y a la sala del trono—. Parece que tenemos algo en común, señor.

Señor. Andry casi saltó ante el título, aunque el joven monarca no comprendiera su valor.

—Ciertamente, los guardias lo dejarán pasar a usted, mi señor —añadió Andry, mirando hacia la sala del trono.

Dyrian jugueteó con la cadena de plata que sujetaba su capa de marta cibelina.

—Lo harían. Pero sé que no debo ir adonde sólo estorbaré.

Andry no pudo evitar que el niño Anciano le hiciera gracia. Lanzó un suspiro en señal de acuerdo.

—Ojalá hubiera aprendido esa lección hace meses —dijo Andry.

—Por lo que he oído, el mundo ya se habría acabado —replicó Dyrian, mirándolo—, si no fuera por el valiente trabajo de Andry Trelland.

El rubor subió por la cara de Andry.

—No creo que eso sea cierto, mi señor —dijo él.

—¿Cómo? —Dyrian levantó una ceja blanca contra la piel pecosa—. ¿Me equivoco? ¿No salvaste un Huso de las garras de Taristan del Viejo Cor?

—Sí, pero... —Andry vaciló. Apretó la mano en un puño para evitar una nueva oleada de recuerdos dolorosos—. Supongo que ahora parece que fue hace mucho tiempo.

—Para ti —dijo Dyrian pensativo, sosteniéndole la mirada.

Andry se sonrojó aún más.

—Cierto —murmuró, sin encontrar mucho más que decir. *Un año debe parecerle unos días, si acaso.*

Volvió a mirar las puertas y a los guardias que fingían ignorarlos.

—¿Puede escuchar lo que dicen ahí dentro? —preguntó Andry.

—Sí —respondió Dyrian, como si fuera lo más obvio del mundo. Entonces, le tocó el turno de sonrojarse, con un extraño tono rosado en su rostro—. Ah, ¿tú no puedes?

Andry ahogó una carcajada y negó con la cabeza.

—No, mi señor.

Los ojos de Dyrian giraron fascinados. Aunque era un Anciano de decenas de años, su asombro denotaba su verdadera edad.

—Qué extraño —dijo Dyrian, dando una palmada—. ¿Te lo cuento?

No estaba bien manipular a un niño, pero Andry se despreocupó de eso lo mejor que pudo.

—Me gustaría mucho.

El joven señor sonrió, mostrando un hueco en una dentadura por lo demás perfecta.

—Isibel está enojada con mi tío Valnir —dijo Dyrian, desviando su atención más allá de la sala del trono—. Ella dice que él está impulsado por la culpa, no por el sentido común.

Corayne se lo había explicado a Andry cuando llegó. Valnir no sólo era hermano de Lady Eyda, sino que había sido exiliado a la fuerza a Allward, echado de Glorian antes de que los Ancianos perdieran su reino. Porque temía a los Husos y fabricaba armas para destruirlos.

Él forjó las Espadas de Huso, y ahora todos pagamos el precio.

—Isibel dice... —la voz de Dyrian vaciló y su sonrisa de conspirador se desvaneció. Una sombra cruzó su rostro— dice que Valnir y mi madre demostraron que la guerra es demasiado peligrosa. Derramaron demasiada sangre de Ancianos. Ella no cometerá el mismo error.

El monarca de Kovalinn era demasiado joven para ocultar bien sus emociones. Las lágrimas brillaban en sus ojos, un rubor le subía por el cuello mientras hacía lo posible por no llorar. La mano de Andry se crispó y estuvo a punto de abrazarlo, olvidando por un momento que Dyrian era un señor Anciano, y no un niño nostálgico que lloraba en las barracas.

—Siento lo de tu gente —murmuró Andry, agachándose para que sus ojos estuvieran a la misma altura—. Y tu hogar.

Dyrian arrugó la nariz, como si frunciendo la cara pudiera evitar que cayeran las lágrimas. Se frotó los ojos con el dorso de la mano, avergonzado.

—Kovalinn nunca fue nuestro hogar. No en verdad. Somos hijos de Glorian —dijo con monotonía, como si recitara una oración. No ayudaba a su estado de ánimo—. Pero Kovalinn fue el único hogar que conocí —añadió, medio susurrando.

Malditos sean los Ancianos y los lores.

Andry no pudo evitarlo. Extendió la mano para tomar al joven inmortal por el hombro. Detrás de él, los guardias de Kovalinn se pusieron tensos, pero Dyrian se relajó. Incluso se sorbió la nariz.

—Mi hogar también ha desaparecido —dijo Andry, con la voz quebrada. Pensó en Ascal, en el palacio, en los caballeros y escuderos junto a los que había vivido toda su vida. La reina a la que servía, que los había traicionado a todos. Andry lloraba por todo ello, como lloraba por sí mismo, y por un destino muerto hacía tiempo.

—Quema la vida que dejas atrás —murmuró Andry, recordando las palabras de Valtik de toda una vida anterior.

Dyrian lo miró.

—¿Qué?

—Sólo es algo que dijo una amiga una vez— respondió Andry—. Que yo necesitaba quemar la vida que había detrás de mí, para salvar el reino. Y ciertamente, esa vida es ahora cenizas.

—Mi vida también ardió — resopló Dyrian.

Entonces, los soldados de Iona se pusieron en guardia y se acercaron con prisa a las puertas. Andry se dio la vuelta a tiempo para ver cómo se abrían, mostrando a los nobles Ancianos en todo su esplendor.

Isibel guiaba a los otros dos, aún con su túnica blanca, el cabello dorado como la plata, suelto y ondulado. Sus ojos grises como la luna atravesaron a Andry como si sólo fuera niebla. La rama de fresno temblaba en su mano, con las hojas brillantes, mientras ella avanzaba con paso firme. Valnir y Lady Eyda la seguían a pocos centímetros, con la piel pálida y el cabello rojo.

Corayne los siguió como si fuera un personaje secundario, con el rostro desencajado por la confusión. Se esforzaba por mantener el ritmo de sus largas zancadas, mirando entre los tres temibles Ancianos.

—Dyrian, ven —dijo Eyda bruscamente.

El joven señor miró a Andry con dulzura y luego hizo lo que se le ordenaba, colocándose junto a su madre. Andry se apresuró a hacer lo mismo, flanqueando a Corayne.

—¿Y bien? —preguntó Andry en un susurro, tratando de igualar su paso sin separarse del grupo.

Corayne frunció el ceño, con fuego en sus ojos negros.

—Apenas me dieron tiempo para hablar, y mucho menos para explicar nada —siseó—. Lo único que hacen es hablar sin parar. El tiempo no significa nada para ellos.

Andry sabía que los Ancianos los estaban escuchando mientras caminaban. Apostó a que Corayne lo sabía.

—Taristan y Erida están llegando. No me dejarán con vida, y mucho menos con una Espada de Huso —insistió mientras recorrían el pasillo—. La única pregunta ahora es: ¿cuánto tiempo tenemos? ¿Y qué podemos hacer antes de que todo el peso del trono de Erida caiga sobre nosotros?

Más que nadie en Iona, Andry sabía cómo era eso. Las legiones eran inmensas, de muchos miles de hombres, formadas por soldados de carrera entrenados para la guerra y la conquista. Caballería, infantería, máquinas de asedio. Sacudió la cabeza, tratando de disipar la imagen de las catapultas disparando contra las murallas de la Ciudad Antigua.

—Al menos Charlie tuvo algo de sentido común —dijo Corayne.

Andry asintió. Lenava era una ciudad pequeña, pero mejor que el capullo que era Iona, completamente aislada del mundo mortal.

Por delante de ellos, Isibel llegó a la entrada. La luz se derramaba sobre el suelo de mármol y las puertas que daban al castillo estaban abiertas de par en par. En el exterior, las nubes pasaban a toda velocidad, desgarradas por el viento tempestuoso.

Isibel fue la primera en salir a la luz del sol, con el cabello brillando como una espada. No necesitaba armadura para parecer temible, ni espada para parecer peligrosa. Era ambas cosas con una simple mirada.

La siguieron hasta el rellano que precedía a la puerta del castillo, donde se extendía la ciudad y el valle. La niebla seguía cubriendo las colinas, ocultando todo lo que estuviera a más de unos kilómetros de distancia.

Mientras un par de guardias de Iona atravesaban la puerta, demasiado rápido para que los ojos mortales pudieran vislumbrarlos, un cuerno sonó sobre la ciudad. Andry y Corayne saltaron y se agarraron el uno al otro sin pensarlo.

Sus manos se rozaron y Andry saltó de nuevo, nervioso.

—Mi señora, los exploradores —dijo uno de los nuevos guardias, casi cayendo de rodillas ante su monarca.

Isibel lo hizo callar con un movimiento de su rama. Miró hacia la cresta, más allá de los muros grises y las torres de Iona. Luego volvió los ojos hacia el sur, hacia el largo lago de cristal de espejo que se desvanecía en la niebla. Lochlara, el Lago del Amanecer.

Sus pálidos ojos se entrecerraron y sus cejas se tensaron.

Ni Andry ni Corayne podían ver lo que ella escrutaba, sus ojos mortales eran inútiles contra la niebla. En cambio, Andry miró a Valnir y Eyda, e incluso a Dyrian. Por estoicos que fueran, eran más fáciles de leer que Isibel, que permanecía distante e insensible como una estrella.

Eyda se puso a su altura, amenazadora, con una mano agarrando el hombro de su hijo. Debajo de ella, Dyrian abrió al máximo los ojos, esta vez de miedo.

A Andry le recorrió un escalofrío por la espalda.

Como un halcón, Valnir miró a través de la gran distancia, con sus labios apretados en una línea sombría, y una mano fue al arco que llevaba sobre su hombro, tocándolo brevemente. Como haría un sacerdote con un icono o una reliquia.

—¿Alguien va a decirnos qué está pasando? —espetó Corayne— ¿O tenemos que adivinarlo?

Una sombra de fastidio se dibujó en el rostro de Isibel. Miró a Corayne como si la viera por primera vez.

—Hay un ejército mortal marchando hacia el norte —dijo en voz baja. No había miedo en ella, pero tampoco valor. Se quedó en blanco como una piedra—. Hacia Iona.

El terror que sentía Andry desapareció, fácilmente eclipsado por su ira.

Apretó el puño. De pronto, sintió pesadas la espada y el hacha en su cadera. Se alegró de tenerlas cerca, sobre todo ahora. *Los Ancianos desperdiciaron el poco tiempo que teníamos para prepararnos, y ahora pagamos el precio,* pensó, furioso.

A su lado, Corayne enrojeció de furia, con un labio tembloroso.

Andry le dio la espalda a Isibel y tomó a Corayne del brazo, inclinándose para hablarle al oído.

—Los dejaremos atrás —dijo él enérgicamente—. Te sacaré de aquí, te lo prometo.

Para su sorpresa, Corayne no se movió. En cambio, sostuvo la mirada de Isibel.

El silencio se extendió entre ellos, tenso como una cuerda atirantada.

—¿Cuántos son? —preguntó finalmente Corayne, con voz ronca.

—Tenemos que huir —siseó Andry, con su aliento agitando el cabello negro de Corayne. Ella se encogió de hombros.

—¿Cuántos, Isibel de Iona? —gruñó Corayne— ¿Con cuántos mortales tienen miedo los Ancianos de luchar?

La monarca abrió mucho los ojos, pero no respondió.

—Me aventuro a afirmar que son diez mil —la profunda voz de Valnir resonó en el patio.

Diez mil, pensó Andry. Le dio vueltas a la cifra, tratando de encontrarle sentido. *Apenas dos legiones. Pocas tropas para ser el gran ejército de Erida, a menos que ésta sea la vanguardia. O la primera oleada.*

—La mayoría a pie, pero quizás haya mil a caballo —Valnir volvió a entrecerrar los ojos en la niebla, con los nervios de punta—. Y hay unos veinte elefantes.

—¡¿Elefantes?! —espetó Corayne, volteando hacia Andry. Se debatía entre la incredulidad y la alegría.

Andry sintió lo mismo, incluso mientras su mente daba vueltas. La miró y el corazón le saltó en el pecho, fuerte como un tambor.

—No hay elefantes en el ejército gallandés —dijo él, casi sin aliento.

El rostro de Corayne se transformó en una sonrisa incontrolable. Las carcajadas siguieron, desbordándose hasta alcanzar también a Andry. Los dos se soltaron el uno contra el otro, temblando de alivio.

Todavía acurrucado al lado de su madre, Dyrian jadeó para sus adentros.

—Elefantes —murmuró, como encantado.

—¿Qué ejército marcha sobre mis dominios? —preguntó Isibel enérgicamente, por encima del estruendo de su alegría.

Corayne le devolvió su propia mirada penetrante.

—Tendrás que dejarlo marchar para averiguarlo.

* * *

La lluvia se mantuvo a raya, confinada a las laderas más altas de las montañas, donde formaba un muro gris nebuloso. Pero el fondo del valle parecía brillar, bañado por el sol de un invierno languideciente. El caballo de Andry avanzó junto al de Corayne, los dos a la par mientras atravesaban los campos dorados. Detrás de ellos, la cresta de Iona se clavaba en el cielo, proyectando una larga sombra negra.

No eran los únicos jinetes. Isibel se negó a abandonar el enclave, pero sus consejeros viajaron en su lugar, junto a Valnir, Eyda y suficientes soldados Ancianos para tomar al asalto una fortaleza. Muchos cascos golpeaban el suelo, levantando lodo mientras seguían el río Avanar. El agua fría y oscura fluía hacia Lochlara, remansándose hasta llenar el fondo del valle como si fuera un cuenco poco profundo.

El ejército marchaba hacia ellos, con las lanzas brillando al sol y las banderas ondeando al viento.

Azul con un dragón dorado. Púrpura con un águila blanca.

Ibal.

Kasa.

Andry sintió sus propias alas, tan fuertes como las del águila de la bandera. Cuando el ejército se hizo más visible, temió salir volando del caballo.

El ojo de Valnir era certero. Miles de soldados marchaban a lo largo del lago, muchos de ellos jinetes de caballería, todos armados hasta los dientes. Y, efectivamente, había elefantes. Cada gran bestia era una maravilla. Avanzaban dando tumbos, enormes rocas grises con pisadas como truenos.

Entonces, los jinetes se separaron de la gran hueste y se lanzaron al encuentro de la comitiva de Iona. Los portaestandartes cabalgaban con ellos, sosteniendo las banderas en alto mientras sus caballos avanzaban.

Era como estar en la cresta de una ola, con otra ola chocando con ella.

Ambas compañías frenaron antes de chocar y se detuvieron.

Andry apenas sintió el suelo bajo sus botas al desmontar. Corayne se movió con él, manteniendo el paso, con su sonrisa más brillante que cualquier sol. Vislumbró rostros familiares bajo las banderas ibalas, sus túnicas doradas recubiertas de armaduras doradas resplandecientes de zafiros. El heredero de Ibal levantó la cabeza en señal de saludo. A su lado, su hermano Sibrez lanzó una mirada penetrante. El comandante Lin-Lira iba sentado en el caballo junto a ellos, con el emblema de los Halcones de la Corona ondeando sobre su cabeza. Andry casi lloró al verlos a todos, temblorosos, fuera de lugar contra el frío y la humedad de Calidon, más acostumbrados a los abrasadores desiertos de Ibal.

Un trío de caballeros con armadura blanca cabalgaba junto a ellos, con su propio estandarte en alto. *Caballeros águila,*

Andry lo sabía. Su alegría decayó un poco, al recordar a Lord Okran, que había dado su vida en el templo del Huso. Los caballeros le devolvieron la mirada, todos ellos de piel morena o negra bajo sus cascos blancos, sus armaduras engastadas con amatistas. El trío empuñaba magníficas lanzas.

Por mucho que Andry quisiera pedir noticias de Kasa, había una cosa que deseaba más.

—Me alegra ver que siguen siendo inseparables —cacareó Charlie desde la fila de jinetes. Se tambaleó al bajar del caballo, pero no se cayó, gracias a que Garion le cubría las espaldas.

Con una sonrisa, el sacerdote fugitivo se dirigió hacia ellos a través del lodo. Andry nunca había visto a aquel hombre tan feliz ni tan maravillosamente orgulloso.

Charlie se sacudió la ropa, quitándose un polvo imaginario. Luego suspiró hacia el ejército, mirándolo de arriba abajo, y se puso las manos en las caderas.

—Cobraré los honorarios de explorador.

32

UN REGALO DIGNO DE UNA REINA

Erida

El campamento de guerra crecía, al unirse nuevas compañías y legiones. Por muy molesto que fuera, Erida sabía que ya no podía eludir sus deberes más tediosos como reina. Para alivio de Thornwall y para su propia irritación, regresó a la carpa del consejo, donde se reunió con un grupo de nobles y oficiales.

Erida seguía llevando sus velos, aunque estaba mejorando enormemente su capacidad para equilibrar a la bestia que llevaba dentro. *Mi mente es mía,* pensaba una y otra vez, como si rezara. Casi siempre funcionaba, y los velos se convirtieron en una precaución.

Pero a veces era demasiado frustrante soportar a los nobles, y los velos le daban la oportunidad de esconderse.

Ahora ponía los ojos en blanco, escuchando a sus señores discutir mientras comían. En el campamento de guerra o en la sala del trono, la conversación nunca cambiaba en realidad. Siempre hablaban de pequeñas rivalidades y riquezas. Discutían sobre quién controlaría qué mina de plata o administraría qué ciudad portuaria. De un lado a otro se repartían el imperio, como si en verdad tuvieran algo que decir sobre en qué se convertiría el reino.

Erida les permitía sus delirios.

Nada de eso le interesaba lo más mínimo.

Taristan no tenía velos tras los que esconderse. Se sentó en su silla con la cara inexpresiva y los ojos clavados en el tablero de la mesa, hasta que Erida pensó que podría resquebrajarse bajo la fuerza fulminante de su mirada.

—Por la reina —dijo uno de los nobles, rompiendo el murmullo de la conversación.

Erida prestó atención y levantó su copa sin pensarlo. El vino tinto ondulaba tras los prismas del cristal tallado, captando la luz de las velas. Parecía sangre.

Ella inclinó la cabeza mientras se levantaba otra copa y otro lord brindaba por ella.

—¡Por la Emperatriz Naciente! —dijo, más alto que el primero, como si eso demostrara algo.

Los puños chocaban con la madera y el vino chapoteaba mientras se sucedían los brindis. Era lo mismo cada noche, cerca del final de la cena, cuando sus señores se balanceaban en sus sillas y la carpa se empañaba con el humo de demasiadas velas.

Como siempre, Taristan bebió poco, sorbiendo elegantemente de su copa. Ahora también lo entendía. Permanecía lúcido en todo momento y, por lo tanto, en mejor control. En mejor *equilibrio*.

Erida hizo lo mismo. El vino chapoteó contra sus labios cerrados, sin llegar a tocar su lengua.

—Por Lady Harrsing —murmuró Morly, uno de sus lores, y los vítores enmudecieron.

Las cabezas se giraron, mirando al borracho Morly y a la reina. En los rincones de la carpa, incluso los sirvientes observaban con inquietud.

A su izquierda, Lord Thornwall frunció la boca bajo la barba. Lanzó una mirada de advertencia a Morly al otro lado de la mesa. El lord se limitó a encogerse de hombros, sorbiendo de su copa. Su cara era casi tan púrpura como el vino.

Ya está bastante ebrio, supo Erida, con la sonrisa fija en su sitio, visible tras el encaje de su velo. Mantuvo la copa en alto, con cuidado de disimular la rabia que ondulaba bajo su piel. *No quiere decir nada con eso.*

Pero su propia voz en la cabeza se desvaneció, perdiendo fuerza. Apretó los dientes, tratando de aferrarse a ella, incluso cuando el borde de su visión se encendió. Debajo de la mesa, su mano libre agarró la de Taristan, con los nudillos blancos como huesos y las uñas clavadas en sus dedos.

Él también le apretó la mano, ofreciéndole un ancla contra el torbellino de furia.

—Por Lady Harrsing —forzó Erida, con la voz más ronca de lo que pretendía.

La mesa de los lores emitió un suspiro colectivo de alivio. Lord Thornwall le lanzó una mirada de agradecimiento y Erida se lo tomó con calma. Por muy reina que fuera, no iba a empezar a cortar las cabezas de sus señores. No ahora, antes de una batalla por todo el reino.

Aunque se lo merezcan, pensó sombríamente. *Aunque sean inútiles, pequeños chacales que se dan un festín con las sobras de mi victoria.*

La noche cayó oscura en la carpa del consejo, soltando las cadenas de Erida. Llegó su hora de libertad y se levantó de la mesa impaciente, con Taristan a su lado. A lo largo de la mesa, los nobles se pusieron de pie, incluso Morly, que apenas podía mantenerse erguido.

—Mis señores —dijo la reina, inclinando la frente.

Ellos le devolvieron la reverencia.

A salvo tras su velo, echó un último vistazo a la fila, escrutando cada rostro rubicundo, sonrosado por la comida y el exceso de bebida. Le recordaban a los pavorreales del jardín del palacio, mimados y aburridos. O a los pavos, engordados lentamente, que se dirigen al matadero.

La mayoría la miraban con respeto, si no es que con miedo. Ninguno se atrevió a moverse hasta que ella salió de la carpa, con Taristan a su paso y la Guardia del León detrás de ambos.

Los aposentos de la reina eran una colección de tiendas de campaña, con lonas pintadas como brocados y habitaciones tan bien equipadas como podían estarlo en campaña. A pesar de su grandeza, sus caballeros no se arriesgaban. La mitad de ellos rodeaba a la reina, mientras que la otra mitad registraba sus tiendas, atravesando las puertas de tela con pulcra eficacia.

Después del ataque en Ascal, Erida no podía oponerse. Aún sentía el filo de la daga Amhara contra su garganta, casi tan bien como recordaba la misma daga atravesando esa mano que todavía le dolía.

Satisfecha de su inspección, la Guardia del León salió de nuevo y se colocó en sus puestos exteriores, alrededor de la tienda.

Erida se miró la palma de la mano cuando entraron en la tienda, caminando hacia el salón con sillas por el duro suelo cubierto de finas alfombras. Había velas encendidas alrededor de la tienda, demasiado brillantes para sus pupilas. Entrecerró los ojos y apagó unas cuantas. La mano le ardía. Su herida cicatrizaba lentamente por las semanas de viaje, sujeta a las riendas de un caballo al galope.

—¿Llamo al doctor Bahi? —murmuró Taristan, observándola mientras ella se examinaba el vendaje alrededor de la palma de la mano. Él se detuvo junto al biombo de madera que separaba el salón de su dormitorio— Si hay signos de infección…

—Erida sacudió la cabeza y se quitó el manto que llevaba sobre los hombros, dejándolo caer en un montón sobre el suelo alfombrado. Sus criadas ya se encargarían por la mañana.

—No es nada —respondió Erida—. Tengo suerte de seguir teniendo mano.

Entonces, una sombra salió de detrás del biombo, la débil luz dibujó una silueta.

—Sorasa Sarn está perdiendo su toque —murmuró el hombre, con la boca torcida en una media sonrisa.

Taristan reaccionó primero, echando mano a la espada que llevaba en la cintura, mientras Erida se estremecía, tropezando hacia atrás contra una de las sillas acolchadas. Su mente rugió, el borde de su visión se tiñó de rojo, la rabia y el miedo saltaron en su interior.

La sombra encapuchada esquivó el primer golpe de la espada de Taristan, y luego el segundo, veloz como el viento.

Incluso cuando Lo que Espera se retorcía en su interior, casi empujándola lejos de la sombra, hacia la entrada de la tienda, Erida permaneció apoyada contra la silla. Entrecerró sus ojos irritados, la cabeza le latía con fuerza. No dejaría atrás a Taristan, ni siquiera cuando todos sus instintos le gritaban que lo hiciera.

De nuevo Taristan golpeó y de nuevo la sombra encapuchada esquivó, como si el Príncipe del Viejo Cor fuera sólo un niño jugando a las espadas. Sus movimientos eran rápidos y fluidos como el agua.

Como una *serpiente*.

—Lord Mercury —respiró Erida, las piezas encajaron en su mente.

La espada de Taristan se enganchó en el borde de una silla, incrustándose en la madera. Antes de que pudiera soltarla, la sombra se la arrebató de las manos. Luego se giró y extendió un brazo para inclinarse, con su oscura capa ondeando.

—A su servicio —dijo la sombra.

Su capucha cayó hacia atrás y descubrió un rostro esquelético de piel bronceada y pómulos mortalmente altos. Tenía el cabello plateado, casi translúcido, y los ojos de un verde pálido, del mismo color que el jade.

Del mismo color que el sello circular que había recibido a cambio de una montaña de oro y un contrato con los Amhara. Había sido en Ascal, pero Erida lo recordaba muy bien, la imagen de una serpiente tallada en el jade.

Se le hizo un nudo en la garganta, aunque Lo que Espera se calmó en su interior. Tragó para desvanecer la mala sensación, tratando de entender al hombre que tenía ante ella.

El señor de los Amhara, comandante de los asesinos más letales del Ward. Aquí en mi tienda.

Apretó los dientes y miró a Taristan. Él le devolvió la mirada, jadeante, con una pregunta en los ojos. Lentamente, ella negó con la cabeza y él cedió, alejándose del rey asesino.

¿Cuánto me costará?

—No sabía que el líder de la Cofradía Amhara pudiera abandonar su ciudadela —dijo, enderezándose en su asiento con toda la elegancia que pudo—. ¿A qué debemos este gran honor?

Lord Mercury se acercó a ella. Erida volvió a pensar en la serpiente, escurridiza y venenosa. Pero el hombre también era encantador, e incluso apuesto, a pesar de su edad.

—Un error muy común —dijo Mercury, riendo—. Me voy cuando quiero. Sólo se me ve en contadas ocasiones.

Erida forzó su propia risa fría, toda una actuación.

—Puedo imaginarlo.

Para su sorpresa, el Amhara se arrodilló, dando la espalda a Taristan. Como si su marido no supusiera amenaza alguna. Eso indignó a Taristan, y sus fosas nasales palpitaron.

Mercury bajó la cabeza.

—Vengo a ofrecer mis disculpas. Mi cofradía no ha cumplido su contrato, que tan generosamente me concedió —se movió y su capa se abrió lo suficiente para mostrar las dagas que llevaba en cada cadera. Brillaban en bronce, a la luz de las velas—. Los Amhara no estamos acostumbrados a tanta vergüenza.

Erida no pudo evitar pensar en la montaña de oro que había enviado al desierto, pagada por la vida de una niña estúpida. Le ardieron las mejillas.

—Corayne an-Amarat es más difícil de matar de lo que cualquiera de nosotros sospechaba —murmuró ella.

—En efecto —Mercury volvió a ponerse de pie—. Perdí una docena de los míos en el intento.

Bien, dijo Erida en su mente. Era lógico que su fracaso también le costara algo.

—Sorasa Sarn —ella pronunció las palabras como si se tratara de un libro fascinante. De nuevo, la asesina de ojos de tigre apareció en su mente, poco más que una sombra, su sonrisa como un cuchillo afilado—. Así que ése es su nombre. Se ha salido de control, ¿cierto?

—Exiliada —apuntó Mercury—. Una vez pensé que era el peor castigo para ella. La muerte habría sido un indulto a su abandono.

Sus maneras casi alegres no desaparecieron, pero su mirada se afiló, sus ojos peligrosos y furiosos desentonaban con el resto de su rostro. Aunque Erida llevaba un demonio dentro, no pudo evitar estremecerse.

—Prometo remediar ese error, Su Majestad —dijo él en voz baja y la habitación se estremeció.

Detrás de él, Taristan recuperó su espada y la envainó. Mercury lo ignoró. Aunque era viejo, Erida vio las duras líneas musculares de sus muñecas y cuello, y los callos de sus dedos. Apostó a que era uno de los mortales más peligrosos del reino.

—¿Ha venido a devolverme el pago, mi señor? —preguntó ella, inclinando la cabeza.

La sonrisa de él volvió con toda su fuerza, mostrando una boca con demasiados dientes.

—Creo que encontrará mi regalo mucho más valioso que el oro.

Con un gesto de la mano, señaló hacia la noche.

Uno al lado del otro, Erida y Taristan lo siguieron, dejando que Mercury los condujera a la plaza. Erida se quedó boquiabierta y soltó un grito ahogado cuando Taristan la atrajo hacia sí, protegiéndola con la mayor parte de su cuerpo.

En el centro de la plaza del campamento, la luz del fuego jugaba contra las armaduras doradas. Todos los caballeros de la Guardia del León estaban arrodillados en el suelo, con los Amhara a sus espaldas y cuchillos en sus gargantas. Dos asesinos más estaban a un lado, y había algo acurrucado entre ellos.

—No tema por sus caballeros, Majestad —dijo Mercury, agitando una mano. Como si eso pudiera disipar la conmoción de Erida o la preocupación de Taristan.

—Lord Mercury… —empezó Erida, hasta que un grito la interrumpió.

Al borde del círculo de tiendas, las antorchas parpadearon y las espadas sonaron, al ser desenvainadas. Las botas golpearon el suelo, los guardias se gritaban unos a otros. Lord Thornwall era el más ruidoso, corriendo en camisón, con las piernas flacas al descubierto a la luz del fuego. Su cara roja apareció en el borde del anillo de antorchas, espada en mano y con un contingente de soldados pisándole los talones.

—¡Espera! —gritó Erida, levantando una mano para detener a Thornwall antes de que pudiera sumergirse en un nido de víboras asesinas.

Con la cara roja, su comandante se detuvo en seco y sus hombres con él.

—Majestad —jadeó él, con los ojos muy abiertos por el miedo.

—Espera —dijo Erida de nuevo, más suave, pero llena de mando—. Muy bien, Lord Mercury. Muéstrame tu presente, entonces.

El señor Amhara no lo dudó.

—Tráiganlo —dijo Mercury, agitando una mano.

Dos de sus asesinos se movieron, empujando la figura acurrucada entre ellos.

Él.

A Erida se le revolvió el estómago cuando la figura avanzó dando tumbos. Cayó sobre sí mismo, con las manos atadas, un saco sobre la cabeza, la ropa desgarrada y llena de costras de barro.

De no ser por el abrigo, no lo habría reconocido. Era dorado, estampado con un león verde. El escudo invertido de Galland.

El escudo de Lord Konegin.

Sintió ese mismo león saltar dentro de ella, rugiendo, triunfante. Era como otra conquista, otra joya de su corona. *No*, se dio cuenta, riéndose para sus adentros. *Esto es mejor.*

Uno de los asesinos volvió a empujarlo y Konegin cayó de rodillas.

Soltó un aullido ahogado bajo el saco.

Erida lo miró fijamente, con la boca entreabierta, el aire hormigueando en su lengua. Sabía a victoria.

—Mi señor, éste es un gran regalo —las manos de la reina temblaban, su piel ardía—. ¿Cuánto me costará?

Para su deleite, Mercury hizo otra reverencia. Al moverse, una cadena que llevaba al cuello cayó hacia delante, captando la luz de la antorcha. De ella colgaba la serpiente de jade.

—El precio ya fue pagado —dijo.

Sintió los ojos de Thornwall en su cara, y la atención de sus soldados detrás de él. No sólo la miraban a ella, sino también a la Guardia del León, retenida a punta de cuchillos.

La reina levantó la barbilla, imitándose a sí misma.

—Mis caballeros.

Con otro movimiento de los dedos de Mercury, los Amhara retrocedieron al unísono, moviéndose como un banco de peces mortíferos.

Los caballeros de la Guardia del León se alejaron tan rápido como pudieron, escabulléndose del alcance de los asesinos.

—¿Qué hay de Corayne? —dijo Erida, volviendo su atención a Mercury.

Él le lanzó una mirada sombría.

—La Cofradía Amhara no tolera el fracaso —siseó Mercury—. Ni la traición.

La satisfacción brotó en Erida, y Lo que Espera ronroneó en el fondo de su mente. *Quiere a Corayne y a Sarn,* pensó, fascinada. *Las matará a ambas.*

—Lord Thornwall, prepara una tienda para Lord Mercury y su compañía —dijo, y sus ojos se volvieron hacia Konegin.

Su primo parecía más grande en sus recuerdos, vestido con pieles y terciopelo, siempre mirándola con desprecio, incluso cuando se sentaba en el trono por encima de él.

Ahora ya no volvería a despreciarla.

La mano de Erida se cerró sobre el saco que cubría su cabeza, sujetando la tela áspera. Tiró lentamente para revelar al hombre roto que había debajo. Y Konegin estaba en verdad roto.

Una mordaza rozaba los lados de su boca y sus dientes la rodeaban. Habían desaparecido su suntuosa barba rubia y su bigote, su rostro enrojecido y sus mejillas afeitadas. Ya no tenía el cabello dorado, era todo gris. Estaba más delgado, más viejo de lo que ella recordaba. Sus ojos llorosos, enrojecidos e inyectados en sangre, vacilaban en su rostro. La última vez que lo había visto, él había echado veneno en la copa de su marido, y huido cuando el veneno falló.

Una vez fue la viva imagen del padre de Erida. La atormentaba mirarlo a la cara. Saber que Lord Konegin vivía mientras su padre estaba muerto. Ahora no era mejor que uno de los cadáveres del ejército de Taristan, con el rostro blanco y hueco, estrujado. Atrás había quedado el hombre que intentó apoderarse de su trono y asesinar a su marido. Atrás, la última esperanza de sus señores traidores, hombres tontos de sonrisas afectadas que no podían soportar el reinado de una mujer.

Apenas quedaba una chispa en sus ojos azules, la última pizca de lucha en Lord Konegin.

—Hola, primo —susurró Erida.

Debajo de ella, él tembló y la chispa se apagó.

* * *

Los caballeros lo llevaron a la tienda de la reina. Ella oyó el ruido sordo cuando golpeó contra el suelo, junto con un aullido de dolor. Taristan entró primero, con una mirada codiciosa. Erida sentía lo mismo y su boca se torció en una sonrisa diabólica. Se dispuso a seguirlo, con el corazón de Konegin entre los dientes.

Erida casi gruñó cuando Thornwall la detuvo en la puerta. De inmediato, bajó los ojos, sintiendo el ardor revelador de las llamas.

—¿Y qué logrará con esto, Majestad? —preguntó él apresuradamente, retorciéndose las manos. Sólo llevaba un largo camisón, algo extraño dadas las circunstancias.

—¿Está bromeando, mi señor? —le respondió ella, mascullando,, con los ojos cerrados para ocultar su rabia—. Si hay traidores en mi corte, lo sabré. Y me ocuparé de ellos como crea conveniente.

En el fondo de su mente, algo la inquietaba. Con dolor, se preguntó por qué Thornwall no quería que interrogara al lord traidor.

—Normalmente, estaría de acuerdo —murmuró él, mirando hacia las tiendas y las antorchas.

—¿Pero? —Erida parpadeó con rapidez, sintiendo que su visión se aclaraba. Justo a tiempo para estudiar su rostro, atenta a cualquier indicio de mentira—. ¿Hay algo que le gustaría confesar, Lord Thornwall?

Su viejo comandante se convirtió en piedra ante sus ojos, con la mandíbula desencajada bajo su barba gris. Sus ojos brillaron, y ella también vio en él al León de Galland.

—Soy el comandante de los ejércitos de Galland —dijo Thornwall en pocas palabras. Ella imaginó que éste era el hombre que veían sus soldados, intenso e inflexible—. Si yo fuera culpable de traición, usted ya lo sabría a estas alturas.

Erida casi se atragantó, las palabras murieron en su garganta.

Thornwall lo tomó como una indicación para continuar, para disgusto de Erida.

—Lord Konegin será ejecutado. Él lo sabe, y sabe que no hay nada en el reino que pueda salvarlo de su justo castigo —dijo el comandante—. Así que él intentará ablandarle el corazón. Nombrará a cada noble que alguna vez le sonrió, que alguna vez recibió un susurro de sus planes para el trono. Hasta su último aliento, Konegin la envenenará.

Como intentó envenenar a Taristan. Como intentó envenenar el reino contra mí. Cerró el puño, con su herida doliente. Mantuvo el equilibrio, incluso cuando su ira se cocinaba a fuego lento, aumentando hasta la ebullición.

—Mátelo y acabe de una vez con esto —suplicó Thornwall. Su rostro severo se derritió, tenía los ojos muy abiertos por la impaciencia—. Que la traición muera con él.

Erida odiaba su razón, su lógica, su sentido común. Él tenía razón acerca de Konegin, ella lo sabía. Pero la tentación era demasiado grande para ignorarla.

—Es un buen consejo, Lord Thornwall —dijo ella, pasando junto a él, dejando a su comandante a solas con las antorchas, los caballeros y las estrellas parpadeantes. Dentro de la tienda, Taristan esperaba sentado, con un cuchillo sobre la mesa a su lado. La miró mientras cruzaba las alfombras, deteniéndose a un metro del bulto arrugado que era Konegin.

Ella asintió y Taristan cortó la mordaza. Su primo jadeó y tosió, escupiendo contra el suelo. Aún tenía las manos atadas a la espalda. Sin ellas, no podía incorporarse y permanecía desplomado, con la mejilla apoyada en la alfombra y los ojos en blanco.

Otra habría podido compadecerse del viejo. Erida no lo haría.

Usted se lo buscó, mi señor.

—Me lo contarás todo —dijo, haciendo un gesto hacia el cuchillo.

Por un momento, Taristan no se movió. Le devolvió la mirada, con expresión ilegible y distante. Erida apretó la mandíbula y extendió la mano sana.

Sintió la empuñadura del cuchillo en la palma, bien equilibrada. Era una hoja pequeña, con el filo reluciente, para trabajos delicados.

Konegin se quedó mirando, con los ojos parpadeando entre el rostro de Erida y el cuchillo que empuñaba.

—Has crecido, Erida —dijo él, con voz ronca y seca—. Te has convertido en algo terrible.

—Soy lo que tú me hiciste —dijo la reina, dando un paso hacia él—. Soy el castigo que te has ganado. Una mujer en el lugar que intentaste ocupar, una mujer que contiene todo lo que intentaste quitarme. Mejor que tú en todos los sentidos, más grande de lo que jamás podrías soñar con llegar a ser. Intentaste ponerme en la pira, mi señor. Pero eres tú quien va a arder.

Con una sonrisa, se inclinó hasta que quedaron frente a frente. Su sangre cantaba, el río corría en ella. Lo que Espera no presionó, sólo hizo palpable su presencia. Erida se inclinó hacia Él, se apoyó en Él como si fuera una pared detrás de ella.

Los ojos de la reina ardían, su visión se volvió roja. No pudo evitar sonreír, sabiendo lo que Konegin veía en ella.

Él se quedó boquiabierto, la sangre se le escurrió de la cara.

—Soy lo que tú me hiciste —volvió a decir ella.

* * *

Por la mañana, doce señores colgaban de doce cuerdas. Las lluvias de la primavera temprana goteaban sobre sus cuerpos, limpiándolos de sus traiciones. El cuerpo de Konegin colgaba más alto, por encima del resto de sus conspiradores. Ella no le permitió llevar el león a la horca, y fue vestido como un humilde prisionero, con poco más que una camisa y unos pantalones. Atrás habían quedado sus terciopelos y sus cadenas enjoyadas. Atrás, la corona de oro.

Erida observó los cadáveres durante un largo rato, mientras la multitud de nobles se disipaba a su alrededor. Susurraban y miraban, con los ojos oscuros y el rostro pálido. Thornwall caminaba entre ellos, silencioso, pero obediente.

A Erida le importaba poco la opinión de las nobles ovejas. Ella era un león, y no respondería más ante ellos.

Sólo Taristan permanecía a su lado, con la cabeza descubierta bajo la lluvia. Su cabello corría oscuro contra su cara, los mechones rojos se veían casi negros.

Aún hacía frío, pero no tanto como antes.

—El invierno se acaba —dijo Erida al aire libre. Olía a lluvia y lodo, y a cosas que crecían debajo. *La primavera.*

Los ojos de Taristan se encontraron con los de ella, el escarlata brillando bajo el negro.

Erida sintió lo mismo en sus propios ojos, las raíces retorcidas del mismo árbol infernal.

—No esperaré más —exhaló ella. Lo que Espera se enroscó alrededor de sus muñecas, tobillos y garganta—. Que el resto de los ejércitos nos sigan. Marcharemos hoy.

La mano de Taristan tocó su mejilla enfebrecida, su piel ardiendo como ardía ella. Su pulgar recorrió la longitud de su pómulo, trazando las líneas de su rostro.

Su beso también quemaba.

—Y yo te seguiré —murmuró él—. Dondequiera que vayas.

El corazón de Erida latió con fuerza.

—Una vez, nos prometimos el mundo entero —dijo la reina.

Los ojos de Taristan se clavaron en los de Erida. Antes, ella temía el negro abismo de su mirada. Ahora era un familiar consuelo. Pero algo se agitó, su mirada vaciló.

—Sí, lo hicimos —respondió finalmente Taristan, con voz gruesa.

Él no pestañeó, le sostuvo la mirada, y ella dejó que sus palabras resonaran en su cabeza, dándole vueltas a cada letra. Como antes, Erida sintió que él esperaba, dejándola dar el primer paso para que él pudiera seguirla.

—El mundo entero —repitió ella.

—El mundo entero—repitió él.

Esta vez, sonaba como una rendición, como un final.

Ella lo devoró por completo.

33

SOÑAR DESPIERTA

Corayne

—Soy Isadere, la heredera de Ibal.

Su voz resonó hasta el techo abovedado de la sala del trono, cantando sobre el mármol. Aunque Isadere era mortal, parecía adaptarse a los orgullosos salones del castillo de los Ancianos. A medida que la luz del sol llenaba las ventanas, también brillaba en la armadura de Isadere, dorada y enjoyada, con su larga cabellera negra como una suave cortina sobre un hombro. Sibrez, el hermano ilegítimo de la heredera, estaba a su izquierda, mientras que el Comandante lin-Lira se situaba a su derecha. Los tres formaban un conjunto imponente, tan grandioso como el reino del que procedían.

Corayne no pudo evitar sentirse entusiasmada y se acomodó un poco en su asiento. Sujetó bien la empuñadura de la Espada de Huso, sosteniéndola como si fuera un bastón. Andry y Charlie estaban sentados a cada lado, mirando a Isadere con ojos muy abiertos.

No eran los únicos.

Las sillas se alineaban a ambos lados del estrado elevado de Isibel, para que la señora de Iona pudiera recibir a sus invitados como era debido. Valnir y Dyrian se sentaron a su derecha e izquierda. Lady Eyda estaba de pie detrás de su hijo, con su oso a su lado, medio dormido.

—Aquí eres bienvenida, Isadere —respondió Isibel, aunque para nada sonaba cálida su voz.

En el suelo, Isadere hizo una inclinación de cabeza y un gesto con el brazo. Era media reverencia, más moderada, su columna nunca se doblaba.

—Las leyendas de tu pueblo hablan de tu valentía, de tu fuerza, pero no de tu bondad —respondió Isadere con su sonrisa de tiburón.

Corayne sintió que le temblaban las manos. Aun cuando deseaba ver a la heredera enfrentarse a la monarca Anciana, Corayne esperaba que sucediera sin que el mundo pendiera de un hilo. A su lado, Charlie murmuró en voz baja. Él apreciaba poco a Isadere, pero aún menos a Isibel.

Junto con el comandante lin-Lira y Sibrez, Isadere se apartó del centro de la sala. Los tres caballeros de Kasa los sustituyeron rápidamente, arrodillándose cada uno con un tintineo de su armadura blanca y apoyados en sus lanzas, cuyas puntas de acero brillaban en el techo.

Isibel los miró fríamente.

El primero se puso de pie, era bajo pero ancho, y se quitó el yelmo para observar mejor a la compañía reunida. El caballero era de piel negra, más oscura que la de Andry y su madre, y tenía unos ojos marrones aterciopelados bajo sus espesas cejas.

—Soy Sir Gamon de Kin Debes —dijo el caballero, apoyando un puño enguantado en su coraza. El águila chillaba sobre su pecho, labrada en acero blanco—. Éstos son mis primos, Sir Enais y Lady Farra.

Aún arrodillados, los dos kasanos levantaron sus cascos. Enais era de piel más clara y alto, con extremidades largas, mientras que Farra podría haber sido la gemela de Gamon.

—Venimos a petición de nuestra reina, que tiende la mano en señal de amistad y alianza —dijo él, inclinándose de nuevo. Luego se giró sobre el tacón de su bota, y sus cálidos ojos miraron a todos lados—. A ti y a Corayne an-Amarat. La Esperanza del Reino.

Mientras sus dedos apretaban con fuerza la empuñadura de la Espada de Huso, Corayne se sonrojó y sus mejillas se calentaron.

—Gracias —respondió ella, con una voz vergonzosamente baja. Apenas resonó en la cavernosa cámara.

—También debo reconocerte a ti, Andry Trelland —añadió Sir Gamon, desviando la mirada hacia el asiento junto a ella.

A Andry se le escapó un jadeo y se sentó un poco más erguido, parpadeando ferozmente.

Sir Gamon esbozó una media sonrisa.

—Tu madre está bien.

Sin pensarlo, Corayne alargó la mano para tomar la de Andry, y la apretó con fuerza. Andry se desplomó sobre su asiento, incapaz de hablar. Sólo pudo dar las gracias con una inclinación de cabeza, que Sir Gamon aceptó con diligencia.

En el trono, Isibel torció el labio.

—Tal vez me equivoque en mi comprensión de los reinos mortales —su voz adquirió un tono imperativo, exigiendo atención—. Pero tenía la impresión de que las tierras de Kasa e Ibal eran vastas, con ciudades en expansión. Y grandes ejércitos.

La acusación atravesó la cámara como una flecha. Le puso los pelos de punta a Corayne. Frunciendo el ceño, soltó la mano de Andry.

—Vendrán más —soltó ella, antes de que a nadie se le ocurriera decir algo más condenatorio—. Éstos son sólo los primeros.

Al otro lado del pasillo, Isadere asintió bruscamente con los ojos llenos de frustración.

—Vendrán más —confirmó ella—. Pero hay muchos kilómetros desde nuestras costas hasta su ciudad. Y el Mar Largo está plagado de peligros, gracias a nuestro enemigo.

Junto a Isadere, el rostro de Sibrez se ensombreció. Se enfurecía más rápido que su hermano, y Corayne rezaba para que se mantuviera a raya.

—Perdimos muchos barcos en la travesía —añadió la heredera con amargura.

En el estrado, los ojos de Valnir brillaron.

—Perderás más que eso en los próximos días. Prepárate.

Corayne quería gritar y hundirse en el suelo. A juzgar por el repentino apretón del puño de Andry, con los nudillos huesudos bajo su piel morena, él compartía ese temor.

Con el yelmo aún bajo el brazo, Gamon sacudió la cabeza con gesto cansado. Volvió a echar un vistazo a los Ancianos.

—Tal vez *yo* me equivoque en mi comprensión de los inmortales —dijo con pulcritud—. Pero ¿no vale uno de sus guerreros lo que cien de los nuestros? ¿Cien soldados de Erida? ¿Si no es que más?

El silencio resonó, e Isadere lo tomó como una invitación. Con sus capas doradas, marcharon al lado de Gamon, presentando un frente unido. La ira apareció en las mejillas doradas de la heredera.

—Ustedes tres son los monarcas de sus enclaves —gruñó Isadere, mirando a cada uno por turno. Dyrian se echó hacia atrás en su asiento, pálido—. Tres gobernantes. ¿Dónde están *sus* ejércitos, mis señores y señora?

Los dientes de la heredera castañetearon.

—¿Y dónde estabas *tú* cuando empezó todo esto? —añadió.

Sin hacer nada, con la cabeza enterrada, pensó Corayne, sintiendo la misma rabia que veía en el rostro de Isadere.

Isibel se limitó a apartar la cabeza, para mirar a cualquier parte menos a los rostros reunidos que la observaban.

—No voy a ser interrogada por una mortal —dijo ella con rigidez.

Los murmullos corrían por la sala, susurrados en lenguas que los Ancianos no conocían. Pero Corayne sí. Apretó los dientes, esperando que Isibel no ahuyentara a sus únicos aliados contra la tormenta que se avecinaba.

La voz de Isadere temblaba de furia.

—Derramaremos nuestra sangre para salvar el reino, pero tú podrías haber derramado la tuya primero. Y haber salvado a miles. Esto es lo que he visto.

Valnir miró a Isibel con desagrado. Luego, se inclinó hacia delante en su asiento, para dirigirse a los reunidos con un tono más suave.

—He enviado un mensaje a mi enclave, llamando a mi gente para que nos congreguemos aquí —dijo—. Ellos deben dejar atrás una fuerza indispensable, suficiente para causar problemas a las legiones de Erida en caso de que marchen por nuestro territorio.

Al otro lado de la sala, Corayne le lanzó una mirada de agradecimiento.

—Los Ancianos de Kovalinn lucharon valientemente contra el dragón de Irridas —exclamó ella.

Lady Eyda asintió sombríamente, mientras Dyrian se incorporaba en su silla.

—Dos veces —añadió el joven señor, levantando dos dedos.

Junto a Corayne, Andry estaba de pie, con su piel de lobo ceñida a los hombros, las fauces abiertas como si estuviera congelado a medio morder. Hinchó un poco el pecho, incorporándose para mirar hacia la sala. Para los demás, parecía estoico y tranquilo.

Corayne se dio cuenta de su preocupación por el temblor de su mano. Quería tomarla y apretarla, para darle algo de apoyo. En lugar de eso, aferró con más fuerza la Espada de Huso.

—Los jydis cuidarán el Mar Vigilante, y Trec mantiene el norte —informó Andry—. Atacarán a las legiones que puedan y, con suerte, frenarán el avance de Erida —un músculo se flexionó en su mejilla—. Sus ejércitos son muchos, pero llevará tiempo reunir todo el poder de Galland. Tendrán que viajar por tierra, a través de las montañas. Ésa es nuestra ventaja.

Corayne se levantó para ponerse a su lado, aunque sólo fuera para que no estuviera solo. Sus brazos se rozaron, provocándoles descargas de relámpagos bajo la piel.

—Pero cuando llegue —dijo Corayne—, su puño será realmente poderoso.

Las legiones, los Ashlander, y cualquier otra cosa que Taristan haga llover sobre nosotros. El corazón le dio un vuelco. Como siempre, sintió la sombra sobre ella, pesada y fría. *O Lo que Espera, que ya no esperará más.*

—Erida y Taristan *atacarán* aquí —la voz de Isadere sonó hueca—. Lo he visto.

—Tú ves lo que hay frente a ti, mortal. Poco más —replicó Isibel. Ondeó con desdén una de sus manos blancas, con la manga blanca brillando como la nieve.

La heredera de Ibal estaba furiosa, la cara encendida.

—Veo lo que me muestran los dioses del Ward —gruñó Isadere, olvidándose de toda educación o etiqueta—. Veo por la luz y la oscuridad de la Bendita Lasreen.

—Los dioses del Ward —Isibel observó la sala, dejando que su voz resonara. Luego sacudió la cabeza, con la rama de fresno temblando sobre sus rodillas—. Los dioses del Ward guardan silencio. Dejarán que este reino se haga añicos. Tal vez ese sea tu destino.

—*Nuestro* destino —espetó Corayne, en plena ebullición. Con un ruido metálico, dejó que la punta de la Espada de Huso golpeara el suelo de mármol—. Si usted no hace nada.

A su lado, Andry se movió apenas un centímetro, de modo que su brazo se apretó contra el de ella, firme como un muro. Era a la vez un apoyo y una advertencia.

Con un movimiento borroso, Isibel se levantó de repente de su trono, con la mirada hacia abajo. Contempló la rama que tenía en la mano y, por un momento, Corayne no pudo respirar. Recordó cómo Valnir había arrojado la rama plateada de hojas doradas, el álamo sustituido por su arco de tejo. Así puso sus dominios en pie de guerra

Isibel no hizo lo mismo. Se aferró con más fuerza a la rama del fresno.

—Si sus ejércitos necesitan algo, avísenme —dijo, haciendo un gesto a uno de sus consejeros—. Acogeremos a quien podamos dentro de las murallas, pero me temo que Iona no puede albergar a todos sus soldados. Ni a los… elefantes —añadió, casi disculpándose.

En el suelo, Sir Gamon y sus caballeros se inclinaron de nuevo.

—Agradecemos su hospitalidad —dijo.

Isadere inclinó rígidamente la cabeza, era el único agradecimiento que mostraría.

En su asiento, Corayne dejó escapar un largo y lento suspiro. Vio cómo Isibel huía de la sala del trono con sus consejeros a la zaga.

—Eso estuvo bien —refunfuñó Charlie, levantándose de la silla.

* * *

Tras largas semanas de frío silencio acechando los pasillos de Tíarma, la presencia de otros mortales era casi molesta para Corayne. El castillo de los Ancianos, que antaño había sido una tumba, bullía como el mercado de una ciudad. Para disgusto de los propios Ancianos, que parecían perturbados por el caos mortal. A pesar de las promesas de Isibel, sus consejeros eran de poca ayuda para administrar la nueva disposición del castillo. Por fortuna, Andry se deleitaba en la organización, disponiendo catres para dormir y sábanas hasta que los pasadizos se convirtieron en un desfile de ropa sucia. Cuando todos tuvieron un lugar donde dormir, se encargó de los establos y la armería.

Incluso Charlie se mostró útil, enviando rápidamente peticiones de provisiones al rey de Calidon en Lenava, y a los nobles de Turadir. Ofrecía grandes promesas de pago. Por primera vez, las firmas de sus cartas no eran falsas. Tanto Isadere como Sir Gamon firmaron sin problemas, ansiosos por conseguir alimentos suficientes para su ejército.

Al igual que el castillo, la ciudad de Iona amenazaba con reventar. Acomodaron a todos los soldados que pudieron dentro de las murallas, pero la mayoría acampó al pie de la cresta, atrincherándose de espaldas a las puertas y a los acantilados.

A la mañana siguiente, Corayne observó cómo se levantaban las empalizadas alrededor del campamento de guerra, junto con un foso y un campo de picas afiladas. No detendría a las legiones de Erida durante mucho tiempo, pero algo sería.

Aún no era primavera, pero sentía el aire más cálido en la cara. Corayne se estremeció, el sol se colaba entre las nubes. Acababa el invierno y llegaba el deshielo. Un paso más fácil a través de las montañas. Un camino más seguro para todos los que buscaban destruir el reino.

Su pecho se contrajo bajo la capa, hasta que sintió que sus costillas se iban a hundir.

No estaba sola en el rellano, pero la mayoría la ignoraba, dejando que Corayne an-Amarat se dedicara a sus pensamientos.

Isadere an-Amdiras no era la mayoría.

Corayne sintió su mirada como un cuchillo en el cuello, y se volvió para encontrar a la heredera de Ibal observando a lo lejos.

—Su Alteza —murmuró Corayne, haciendo una rápida reverencia—. ¿Tiene todo lo que necesita?

—Todo dentro de lo posible, sí —respondió Isadere, caminando al lado de Corayne al borde de la terraza—. El escudero será nombrado senescal si sigue haciendo un buen trabajo.

Corayne sonrió e inclinó la cara hacia el calor del sol. Por muy premonitorio que fuera, se deleitó en él por un momento. *Andry merece un castillo cálido y lleno de risas, no una guerra que se cierne sobre él.*

—Lo admito, mi espejo no me advirtió del frío —refunfuñó Isadere, metiéndose en una capa de pieles de león.

—Tu diosa te mostró Iona —dijo Corayne.

Isadere apenas asintió.

—Reuní el ejército que pude, con la bendición de mi padre.

Corayne era la hija de una pirata, muy bien versada en los asuntos del Mar Largo. Ella sabía lo peligrosa que podía ser la armada ibala, si ésta en verdad se aprestaba a la guerra. *No habrá oportunidad de que Erida se mueva por mar.*

—¿Y los kasanos? —preguntó ella, pensando en los elefantes encerrados fuera de la muralla de la ciudad.

—La reina Berin lleva tiempo desconfiando. Ha recibido llamadas y advertencias del otro lado del Ward —respondió Isadere—. Primero navegaremos a Nkonabo, para prepararnos para la travesía. Ella estaba más que dispuesta a enviar soldados al norte con nosotros, a pesar del peligro.

Corayne trató de evocar la sensación de alivio y alegría que sintió cuando vio por primera vez el ejército unificado. Ahora, con la realidad de sus circunstancias a la vista, era difícil de comprender.

—Parece una broma cruel de los dioses —maldijo Corayne—. Atrayéndonos a todos aquí, haciéndonos creer que tenemos una oportunidad.

Isadere sólo parpadeó.

—¿No tenemos una oportunidad, Corayne? —preguntó la heredera, sin rodeos—. No importa lo que Isibel de Iona ordene o crea. Taristan y Erida vendrán de todas formas, aunque ella decida luchar o no.

A Corayne le subió fuego por la espalda, abrasador y furioso.

—Y entonces, ¿qué? —cuestionó—. ¿Nos matamos ahí afuera mientras ella observa y llora por un reino que nunca volverá a ver?

—La monarca puede hacer lo que quiera. Pero los demás a su alrededor no podemos quedarnos de brazos cruzados, no mientras el reino se desmorona bajo nuestros pies —dijo Isadere, demasiado serena—. Lucharán con nosotros cuando llegue el momento. Incluso los Ancianos temen morir.

—Eso es reconfortante —espetó Corayne, dejando que ambas se sumieran en un incómodo silencio.

Como en el desierto, la fe ciega de Isadere en la diosa ponía nerviosa a Corayne. No podía entenderlo, a pesar de todo lo que había visto. Sorasa no era tan ferviente, aunque servía a la misma diosa. Al recordarla, a Corayne le dolía el corazón.

—No se puede romper, ¿verdad? —preguntó Isadere en voz baja. Sus ojos negros se clavaron en la Espada de Huso, que seguía cerca del hombro de Corayne.

El acero presionaba su espalda, las joyas de la empuñadura parecían guiñarle el ojo, como si se burlaran de ella.

—Ojalá pudiéramos —respondió—. Pero un Huso aún arde en Gidastern. Si rompemos la última espada, entonces la esperanza está realmente perdida. Y el reino también.

Aún podía oler la ciudad en llamas, el hilo dorado de un Huso brillando a través del infierno. Corayne no tenía esperanzas de volver a alcanzarlo, pero sabía que estaban condenados si no lo hacía. Incluso si Taristan caía, el Huso que había dejado atrás un día partiría el reino en dos.

—Incluso los Ancianos temen morir —volvió a decir Isadere, sus ojos se clavaron en los de Corayne. Su voz se hizo más profunda, llena de significado.

A Corayne le pesaba la lengua. Quería contarle a Isadere sus recelos, pedirle consejo. Descargar sus preocupaciones sobre el eco de un Huso zumbando en algún lugar del castillo. Cada día se volvía más fuerte, al punto que Corayne temía atravesar un portal de camino al desayuno.

Pero la voz se quedó en su garganta y las palabras se convirtieron en ceniza en su boca. En cambio, Corayne hizo una reverencia y se dio la vuelta para marcharse.

—No vi a la Amhara. Ni a tu guardaespaldas Anciano —le dijo Isadere mientras ella se iba—. Lamento tu pérdida.

Corayne vaciló, pero no se detuvo. No dejaría que la heredera viera su frustración ni el cansancio que amenazaba con destrozarla.

Quería retirarse a su alcoba, que ahora compartía con Lady Farra. Pero sus pies la llevaron a través de la sala de recepción, más allá de las largas mesas de banquetes repletas de soldados, hasta el estrado de la vacía sala del trono. El asiento tallado de Isibel destacaba entre las demás sillas. Al igual que su señora, el trono se mantenía frío y distante, apartado del resto.

Corayne lo fulminó con la mirada mientras caminaba, continuando hacia el vestíbulo detrás del estrado. Conducía al ala del castillo destinada a las habitaciones privadas de la monarca, la única parte de Tíarma que no bullía de vida.

El pasadizo era gélido, bordeado de arcos a un lado, todos abiertos al valle y a los elementos. Corayne se estremeció al pensar lo que sería en invierno.

Esperaba que un guardia la detuviera, pero no apareció nadie.

Cruzó una galería con tapices y ventanas que daban al brumoso norte. Había mapas en las paredes que nunca había visto, y un par de mesas unidas para formar un enorme escritorio, cuya superficie estaba cubierta de pergaminos, notas garabateadas y líneas trazadas. A Corayne le recordaban a sus mapas y cartas marinas, utilizadas para seguir la trayectoria de las estrellas. Pero en éstos no había estrellas que ella entendiera, las constelaciones eran desconocidas y la escritura, indescifrable.

Volvió a mirar el mapa de la pared y entrecerró los ojos.

Glorian, se dio cuenta, trazando las extrañas costas del reino de los Ancianos. Al igual que en las bóvedas, sintió una leve presión que ondulaba contra su piel. Parecía temblar a través de su carne, hasta sus huesos.

También lo sintió en la Espada de Huso, el acero recto contra su espalda.

Su espina dorsal se convirtió en hielo. Volvió a pensar en el Huso, ardiendo en algún lugar, que sólo los dioses sabían adónde la conduciría. Se le retorció el estómago.

¿Lo sabe Isibel?, pensó, temblando. Sus dedos temblaron sobre el pergamino y lo hizo a un lado, alejándose de la mesa con una sensación de náusea.

Sólo para encontrar a la monarca de Iona mirándola fijamente, silenciosa como un fantasma. A Corayne se le aceleró el corazón, y su cuerpo tembló como si la hubiera alcanzado un rayo.

—Malditos sean los Ancianos —espetó Corayne, tratando de calmarse.

Isibel sólo ladeó la cabeza, con una cortina de cabello dorado y plateado cayendo sobre un hombro. Como siempre, había un brillo en ella, vivo en sus ojos perlados y su piel pálida. La monarca era cruelmente hermosa, como la escarcha sobre una flor.

—Corayne del Viejo Cor —dijo, pronunciando con brusquedad.

Se le erizó la piel. *Ése no es mi nombre*, quería gritar.

—¿Te has perdido? —insistió Isibel— ¿O pretendías irrumpir en mis aposentos privados?

Tragando saliva, Corayne se puso de pie. En otra vida habría sentido vergüenza al verse sorprendida, pero ya no. Demasiadas cosas pendían de un hilo. Había demasiados obstáculos en su camino, y uno de ellos era la propia Isibel.

—Dijiste que veías esperanza en mí —dijo Corayne, con los ojos fijos en el rostro de Isibel. Observó cada pequeño gesto, tratando de leer su expresión—. ¿Esperanza de qué?

La monarca miró más allá, hacia los libros de los estantes y las ventanas llenas de luz dorada. El sol se estaba poniendo más temprano en el valle, deslizándose tras las altas cumbres del Monadhrian. Las sombras se acumulaban en el suelo.

—Me temo que no lo sé —murmuró Isibel, sacudiendo la cabeza—. Ojalá pudiera decírtelo. Ojalá pudiera darte lo que pides.

Corayne apretó la mandíbula.

—¿Por qué no puedes?

No se le escapó el diminuto parpadeo de la mirada de Isibel, casi demasiado rápido para verlo. Ella apartó la mirada de Corayne, sólo por un momento, clavándose en un punto de la pared, detrás de ella.

El mapa, Corayne lo sabía, sus entrañas se retorcían.

—El precio es demasiado alto —se lamentó la Anciana. Entrelazó sus manos blancas, se retorció los dedos—. Y ahora no tengo herederos para mi enclave. No hay futuro para mi pueblo en este reino.

La voz de Isibel se quebró, pero Corayne no pudo compadecerse de ella. Aunque ambas lloraran a los mismos muertos.

Se le volvió a retorcer el estómago, esta vez por una terrible conciencia. La verdad zumbó en su piel como la sensación de la magia, como el roce de un Huso en algún lugar cercano.

Un Huso que sólo Taristan se atrevería a abrir.

—El destino del Ward todavía no está escrito —dijo Corayne con dureza.

Isibel respondió con una mirada melancólica.

—Ya está grabado en piedra.

Con voluntad, Corayne se alejó de la galería, dejando a la Anciana gobernante detrás.

—Entonces, yo lo romperé.

* * *

Corayne no sabía quién había convencido a Isibel de reunir de nuevo a su consejo, pero sospechaba que Valnir y Eyda habían tenido algo que ver.

Eran menos numerosos que antes, sólo Isadere y Sir Gamon se habían unido a ellos, con sus sillas dispuestas en semicírculo ante el trono y el estrado. Corayne se dio cuenta de que los Ancianos estaban sentados por encima del resto, y los mortales se veían obligados a mirarlos hacia arriba. Apretó los dientes mientras se sentaba, esperando que Isadere o Sir Gamon no se ofendieran.

—Me siento como si me fueran a juzgar otra vez —murmuró Charlie mientras tomaba asiento a su lado. Al menos, él vestía como era debido, con una suave túnica gris, el cabello castaño recién lavado y rizado sobre los hombros.

Aunque estaba molesta, Corayne se relajó un poco.

—¿Qué número sería éste?

El sacerdote fugitivo hizo un gesto de desdén con la mano, encogiéndose de hombros.

—Ay, ya perdí la cuenta.

—Siete —murmuró Garion a su lado. El Amhara seguía vistiendo sus cueros, pero prefería una larga piel de marta negra para mantenerse caliente en los escalofriantes pasillos.

Le sentaba tan bien como la piel de lobo a Andry, quien permanecía de pie. Sus dedos tamborileaban en el respaldo de la silla, delatando su inquietud.

—¿Qué pasa? —preguntó Corayne, poniéndole una mano en la muñeca.

Andry se calmó de inmediato.

—Que Isibel diga lo que quiera —dijo él, más cortante que de costumbre—. No importa. Estamos aquí, nos atrincheramos. Lucharemos contra lo que venga, y la gente de Iona puede luchar a nuestro lado si así lo desea. De hecho, tendrá que hacerlo. Dudo que Taristan diferencie un cuerpo de otro.

—Isadere dijo lo mismo —respondió Corayne entre dientes, viendo la verdad, por deprimente que fuera.

En el estrado, los Ancianos se pusieron rígidos, podían escuchar todo lo que decían. Sólo Isibel no reaccionó, mirándolos con sus fríos ojos plateados.

—He recibido noticias de mi enclave en el Bosque del Castillo —atronó Valnir, silenciando toda conversación—. Han confirmado que las legiones se están concentrando en Rouleine, procedentes de todos los rincones del imperio gallandés.

Miradas graves recorrieron el consejo, y Corayne sintió náuseas en todo su ser. Esto era realmente el fin, si Erida estaba dispuesta a dejar su reino sin defensa.

Todo por mí.

Andry maldijo en voz baja y empezó a contar con los dedos. Sacudió la cabeza, la desesperación oscurecía sus ojos.

—¿Cuántos hombres puede reunir la reina de Galland? —se oyó a sí misma preguntar, con voz tensa.

A su lado, Andry seguía contando. Su corazón se hundía con cada dedo que él doblaba y desdoblaba.

—Sin importar el número, eso no afecta lo que Taristan puede hacer —dijo Lady Eyda desde el estrado, con los labios crispados—. Y la clase de ejército que puede comandar.

La insinuación rompió la indiferencia de Isibel. Bajó los ojos y su garganta se agitó por encima del cuello del vestido. En su mano, los nudillos se pusieron blancos, con sus dedos apretando la rama de fresno.

—No veré desfilar el cadáver de mi hija sobre estos muros —siseó, con los ojos brillantes.

Corayne lo sintió como un cuchillo en sus entrañas. Intentó no imaginarla, a Ridha con su armadura verde. O a Dom con su capa. Sorasa. Sigil. Sus siluetas familiares, sus ojos extraños. Sus cuerpos pudriéndose bajo ellos.

—Cuando vengan, apuntaremos primero a Taristan. Y lo destruiremos. Te lo prometo, Isibel —dijo Valnir, ferviente como una plegaria. Su mano se cerró sobre su mano libre, aún aferrada al trono.

Para su consternación, ella sólo se echó hacia atrás.

—Nadie más que Corayne puede hacerle daño ahora. Sólo una chica mortal.

Corayne se estremeció, aunque era la verdad. Recordó cómo ni siquiera Dom podía hacer nada contra Taristan, sólo las armas benditas en su propia mano eran capaces de dejar heridas en la piel de su tío demonio. Los guantes de garra de dragón. Los amuletos jydis. Y la Espada de Huso también.

—Nadie, excepto Corayne —repitió Valnir, apretando la mandíbula. Sus ojos amarillos encontraron los de ella—. Que así sea.

Entonces, el Anciano ladeó la cabeza y entrecerró los ojos, mientras escrutaba un sonido que Corayne no podía escuchar.

—¿Eso es un caballo?

Lo interrumpió el ruido de las puertas a sus espaldas, seguido del estruendo de pezuñas sobre el mármol. Mientras los Ancianos se levantaban de un salto, boquiabiertos, Corayne se revolvía en su silla. A su lado, Andry tomó el hacha que llevaba sujeta a la cadera.

Dos caballos se detuvieron en el centro de la sala del trono, y el primero de ellos se alzó en dos patas y pateó con los cascos. Ocultó al jinete que iba sobre su lomo, sólo por un momento. Detrás de ellos, las estatuas de los dioses Ancianos miraban, temibles en mármol blanco.

Entonces, un fantasma se deslizó de la silla de montar. Enlodado, desgastado por el camino, sus anchos hombros envueltos en lana vieja y manchada, su cabello rubio oscurecido por la lluvia.

La silla de Corayne cayó hacia atrás cuando ella se levantó de golpe.

Esto es un sueño. Esto es un sueño, se dijo, con lágrimas en los ojos. No podía soportar la idea de despertar.

Esto es un sueño.

Entonces, la segunda jinete saltó al suelo, posándose con su gracia letal. Tenía peor aspecto que nunca, con las pieles rotas y vueltas a coser, y la daga delatora ausente en su cinturón. Tenía círculos amoratados bajo los ojos y los pómulos más marcados en la cara.

Pero los tatuajes eran inconfundibles.

Corayne sintió un dolor tenue en las rodillas al caer contra el mármol. No lo sintió, porque apenas sentía nada.

—Esto es un sueño —dijo Corayne en voz alta. Esperaba que sus ojos se abrieran. Esperaba la ya familiar oleada de dolor.

En cambio, sólo encontró brazos cálidos y fuertes, y el olor a caballo. Olvidó el consejo, olvidó la guerra, olvidó a Erida y a Taristan y todos sus horrores.

Alguien la levantó del suelo, tomándola con cuidado. Se sintió mareada, la cabeza ya le daba vueltas y el corazón se le desgarraba en todas direcciones.

—Esto es un sueño —volvió a decir, temblando cuando sus botas tocaron el suelo.

Frente a ella, Domacridhan de Iona sonreía con toda la fuerza del sol abrasador.

—No lo es —dijo él—. Te prometo que no lo es.

34

LO QUE ELIJAS

Domacridhan

—Esto es un sueño.

La voz de Corayne lo devolvió al mundo. Con cuidado, él la bajó hasta el mármol. Ella lo miró fijamente, con los ojos muy abiertos, como si temiera parpadear. La rodeaban ropas finas, terciopelo bordado, seda y pieles. Su cabello brillaba, recién lavado, peinado en una trenza negra sobre un hombro. Parecía sana, a pesar de las sombras bajo sus ojos.

—No lo es —dijo él, con voz temblorosa—. Te prometo que no lo es.

Ella lo miró fijamente, con los ojos brillantes. A Dom se le cortó la respiración y se dio cuenta de que tenía la misma mirada que su padre cuando era niño. Cortael mostraba el mismo asombro cuando aprendía un nuevo giro de la espada o al abatir su primer ciervo.

Aunque su corazón se hinchó de felicidad, también sangraba un poco.

De mala gana, levantó la vista para observar el resto del gran salón. Lo que encontró lo dejó sin aliento. No miró al estrado de los monarcas Ancianos, todos ellos estoicos y fríos. Sino al consejo reunido abajo.

Charlie lo miraba fijamente, con los ojos redondos como platos. Se sostenía en el respaldo de la silla para apoyarse, con la boca abierta por el asombro.

Allí estaba Andry, inconfundible, y de algún modo más alto de lo que Dom recordaba. Llevaba una piel de lobo sobre los hombros y parecía más un saqueador que un escudero. Llevaba un hacha en una mano, listo para defender a Corayne en cualquier momento. Dom no esperaba menos.

El escudero bajó el arma con una sonrisa tímida, casi riendo.

Dom sentía como si sus piernas fueran a fallar, pero se mantuvo firme. Sorasa lo torturaría si había llegado hasta allí para desmayarse.

La asesina se quedó ahí parada, con su máscara habitual puesta para ocultar sus propias emociones. Se puso rígida cuando Corayne la abrazó con fuerza y apoyó la cabeza en su hombro. Dom no pudo evitar sonreír, encontrándose con su mirada por encima de la de Corayne. Sorasa se limitó a devolverle la mirada, con el cansancio escrito en el rostro. Con cautela, se soltó de Corayne.

—Ésa es mi costilla rota —dijo con fuerza, llevándose una mano al costado. Era una broma a medias.

La cara de Corayne cambió.

—Ay, dioses, Sorasa.

La Amhara la apartó antes de que pudiera protestar.

—No es nada —murmuró ella—. Hemos soportado cosas peores.

Charlie se acercó a todos con una sonrisa y los brazos cruzados sobre el estómago. Sus ojos pasaron por encima de ambos, examinando a Dom y Sorasa con su mirada de artista.

—Ciertamente, así se ven —rio entre dientes.

Sorasa lo esquivó con una mirada penetrante, antes de mirar a Andry, quien estaba a su lado.

—Por favor, no me abracen, ninguno de los dos.

Mientras Charlie volvía a reír, Andry hizo una especie de reverencia poco natural. Luego se volvió hacia Dom, con los ojos del suave color del té revuelto. Era como estar ante un fogón ardiente, seguro y deliciosamente cálido.

Sonriendo, Dom extendió un brazo hacia el joven. Andry se lo estrechó con impaciencia.

—Creíamos que habían muerto, mi señor —murmuró.

—Escudero Trelland —dijo Dom, dándole una sacudida en el brazo. Luego bajó la voz—. Gracias por mantenerla a salvo.

Los labios de Andry se curvaron, a medio camino entre una sonrisa y algo más desolado.

—Ella se mantuvo a salvo sola —respondió.

Dom sólo pudo asentir.

Entonces, Andry bajó de nuevo la voz, casi un susurro.

—¿Dónde está Sigil? —preguntó él.

Corayne se puso seria, con el rostro desencajado. El dolor se apoderó de Andry, mientras Charlie lanzaba una pequeña mirada de arrepentimiento, frunciendo las cejas.

De nuevo, Sorasa agitó una mano, con el sol tatuado brillando en su palma.

—Ella está bien —dijo la Amhara para alivio de todos—. O al menos está más segura que nosotros —sus ojos cobrizos barrieron de nuevo la sala, escudriñando los rostros reunidos, mortales e inmortales—. Supongo que la bruja está bien.

—En algún lugar del castillo —indicó Andry, encogiéndose de hombros bajo una extraña piel de lobo—. Ya conoces a Valtik.

—En efecto —espetó Sorasa—. Es la única por la que no temía.

A su lado, Corayne esbozó una sonrisa divertida.

—Cuidado. Estás mostrando ese corazón que tanto te esfuerzas en ocultar.

La expresión de Sorasa no cambió, pero el rubor se asomó a lo alto de sus mejillas de bronce. Dom oyó rechinar sus dientes, hueso contra hueso.

—Me alegro de que te unas a nosotros, Amhara —dijo una de los miembros del consejo reunido, reclamando atención desde su silla. Al cabo de un momento, Dom se dio cuenta de que era Isadere, la heredera de Ibal.

Con una mirada de desdén, Sorasa inclinó la cabeza hacia la heredera y su hermano, el tempestuoso Sibrez. Ambos estaban cubiertos por gruesas pieles, pero tenían la nariz enrojecida por el frío.

—Qué bien, por fin escuchan —les espetó Sorasa—. Traten de no quedarse congelados.

Con los ojos en blanco, Corayne se puso delante de Sorasa, que tenía la mandíbula desencajada.

—Cuéntennos todo —exigió Corayne.

Dom sólo soltó un suspiro cansado, con el largo camino hasta Iona desplegándose en su mente. Sabía que Sorasa compartía su embotamiento, enseñando los dientes mientras forzaba una respiración dolorosa.

—A su debido tiempo —dijo él. Estaba cansado, pero aún quedaba trabajo por hacer.

Dom encaró al estrado, la ira de muchos meses eclipsaba cualquier alegría que estuviera sintiendo. Desde su trono, Isibel le sostuvo la mirada furiosa, igualándola con su propia mirada gélida. Parecía un desafío, pero Dom se había enfrentado a cosas mucho peores desde la última vez que había desafiado el trono de Iona.

—Apenas hay guardias en las puertas de la ciudad. No vi arqueros en las murallas ni catapultas ni balistas. Ni una defensa adecuada en Iona o en el castillo. Ni siquiera tienen *exploradores* en la frontera, para vigilar las costas. ¿Tienen acaso a alguien vigilando los pasos de montaña? —espetó, acusando a su tía. *Traición,* quería gritar—. ¿Ya te rendiste, Isibel? ¿Condenarás al reino con tu propia cobardía?

Junto al trono, el noble vederano observaba asombrado, en silencio. Él recordaba a Valnir de siglos pasados, el señor de Sirandel con la cara roja. Lady Eyda permaneció impasible, con apenas un tenue brillo de satisfacción en los ojos. Incluso el oso de Dyrian despertó al oír su estruendosa voz, parpadeando somnoliento al lado de su amo.

—Me alegro de verte vivo, mi querido sobrino —dijo Isibel lentamente, como si hablara del tiempo.

Eso sólo indignó más a Dom.

—Ni siquiera mandaste a buscarme, ni una sola vez —susurró, con el rostro enrojecido por el calor—. Lo que habría dado por una chispa de tu luz en ese calabozo.

Él esperaba su frialdad habitual. En cambio, su tía pareció vacilar, con el pecho subiendo y bajando bajo los pliegues del vestido. En sus ojos brillaba una rara emoción.

Dom apretó los dientes, preparándose para el toque helado de la magia de Isibel. Conocía el poder de sus envíos; ella se inmiscuía en su cabeza, susurrándole lo que no podía decir en voz alta.

En cambio, Isibel habló, con la voz quebrada.

—No hubiera podido soportarlo, Domacridhan. No habría soportado enviar mi magia y encontrarte como un cadáver andante.

Como Ridha, él lo sabía, oyendo las palabras que ella no pronunciaría. Sintió el dolor en su propio pecho.

—Deja la rama, Isibel —le instó Dom, señalando la rama de fresno que tenía sobre las rodillas—. Estás en guerra, lo quieras o no. No hay nada en este reino que te salve de ella.

—El príncipe de Iona regresa —dijo ella, con la voz cargada de emoción—. Y dice la verdad. No hay nada en este reino que nos salve de Taristan del Viejo Cor. Ahora no.

Era como estar al borde de un precipicio. Dom dio otro paso hacia el estrado, deseando que su tía entrara en razón.

—Baja la rama —volvió a decir Dom, suplicante—. Baja la rama y envía un mensaje a cada enclave. Pide ayuda. Danos una *oportunidad,* mi señora.

El silencio de Isibel hizo hervir su sangre. Dom rechinó los dientes, conteniendo cada palabra dura que quería lanzar. Todos los horrores que quería desplegar a los pies de Isibel. Ridha. Cortael. Incontables inocentes a través del Ward.

—Ahora tienes un heredero de nuevo, Isibel —la voz de Corayne sonó detrás de ella, alta, clara y segura como la voz de una reina—. Tú y tu pueblo aún tienen futuro.

Fue como si algo se rompiera en Isibel de Iona. Sus ojos de color gris perla se volvieron tormentosos, bajó la mirada hacia su regazo. Y a la rama del fresno.

El corazón de Dom retumbó contra su caja torácica. Sus ojos no se apartaban de la rama, observando sus dedos blancos entre las hojas. Estaban plateadas por el invierno, pero en su interior florecía el primer verdor de la primavera.

Con un gran crujido que hizo temblar los cimientos del castillo, partió la rama en dos. Dom sintió el torrente de la vieja magia que lo envolvía, saliendo del trono y cubriendo la sala. Fue como un relámpago sobre su piel. Sin pensarlo, se arrodilló e inclinó la cabeza.

Por encima de todos ellos se alzó Isibel. Lanzó a un lado los trozos de la rama de fresno y los esparció por los escalones que ascendían al estrado.

—Dejo la rama —dijo, las antiguas palabras estaban llenas de significado.

Dom se estremeció. Sólo había escuchado esas palabras una vez en su vida, hacía mucho tiempo, cuando el último dragón rondaba el Ward.

En la esquina de la sala, un guardia de Iona apareció desde una puerta. Su armadura era ceremonial, dorada sobre acero, con las astas del yelmo recubiertas de oro y plata. Llevaba una espada sobre las palmas de las manos, el acero desenvainado, grueso como la propia mano de Dom.

No era una espada hermosa. No había joyas en la empuñadura ni una bella inscripción grabada en el acero. La gran espada parecía más apropiada para una carnicería. Dom se quedó helado al ver su filo. Era una espada de Glorian, una veterana de batallas más antiguas que el propio Ward.

Isibel la tomó con facilidad, sosteniéndola con una mano. Con un giro de muñeca la probó en el aire, su filo zumbó.

—Tomo la espada —murmuró—. Tomo la espada.

Sus ojos bailaban, algo de luz se movía en ellos, luz blanca tras el gris. Dom tragó saliva, deseando que su voz viajara. Deseando que su magia llegara a todos los rincones del Ward.

Dom trató de imaginarlo, su voz incitando a los monarcas a la guerra.

En Tirakrion, Karias dejó la vibrante flor de jacinto y tomó la lanza.

En Salahae, Ramia dejó caer la palma y llamó a su daga.

En Barasa, Shan rompió la rama de ébano y sacó el martillo de guerra.

En Hizir, Asaro echó a un lado un manojo de enebro por la lanza.

En Syrene, Empir dejó caer el ciprés nudoso para desenrollar su látigo.

En Tarima, Gida esparció tallos de trigo para levantar la guadaña.

Y en Ghishan, Anarim quemó su jazmín para hacer surgir un mazo oscilante.

Aunque aún no se había ganado ninguna batalla, parecía una victoria. Al otro lado de la sala del trono, las miradas se iluminaron con nueva determinación. Andry y Corayne eran quienes más brillaban, abrazados como campeones en una competencia. Dom quería compartir su celebración. Los dioses sabían que se lo merecían. En lugar de eso, su mirada se deslizó más allá de ellos, hacia Sorasa, que se había quedado atrás, con el rostro medio a la sombra. Ella ya lo estaba mirando fijamente, con sus ojos cobrizos clavados en los suyos.

Su corazón latía, firme y lentamente. Constante.

En ese instante, Dom comprendió por qué Sorasa odiaba tanto la esperanza. Se le enroscó en la garganta, tensa como un lazo.

* * *

Después de tantos días y semanas en mazmorras y tierras salvajes, con una espada en el cuello o libre bajo las estrellas, resultaba extraño sentarse acompañado ante una mesa repleta de comida, las sillas ocupadas, las voces familiares hablando de un lado a otro. Dom miró a su alrededor, a los Compañeros, reunidos en el salón. Andry y Corayne compartían una tarta especiada, ambos inclinados sobre un mapa de las montañas. Charlie levantaba los pies junto a ellos, saboreando una copa de vino. Incluso Valtik estaba sentada en un rincón, canturreando para sí. Estaban intactos, salvo Sigil, y ella, al menos, estaba fuera de peligro.

Un raudal de sol golpeó la ventana, enviando centelleantes puntos de luz por el suelo. Pasó lentamente, se detuvo sobre el castillo. Dom deseaba quedarse en ese momento, contento de sentarse y escuchar, con los dedos entrelazados mientras se acomodaba en su silla acolchada. Había pasado muchos siglos en Tíarma, criado entre los muros del castillo. No recordaba una sola ocasión con tantas risas en una habitación, ni siquiera con Ridha y Cortael.

Tuvo una sensación agridulce al recordar. Y, por un momento, olvidar.

Los otros tejieron sus historias juntos, Andry, Corayne y Charlie. A través del Bosque del Castillo, hasta las heladas orillas del Jyd. Todo terminaba aquí, en Iona. Por su parte, Dom y Sorasa detallaron su viaje, reconstruyendo todo lo que les había sucedido desde Gidastern. La versión más corta, al menos. Él no mencionó cómo entró en pánico en la villa del Príncipe del Mar, anclado sólo por las manos seguras de Sorasa. Y Sorasa no les contó cómo gritó en la playa calidonia, llorando cuando pensó que finalmente se había quedado sola.

Ella se quedó de pie en un rincón, encontrando de algún modo las sombras incluso en la habitación tan iluminada. Garion se puso a su lado, murmurando en voz baja. Era otro Amhara, aquel del que Charlie había hablado tantas veces. Dom dedujo rápidamente que él tampoco era ya un Amhara. Susurraban sobre Lord Mercurio, la Cofradía Amhara y los problemas que ambos habían dejado atrás.

—Así que con cada Huso que cerrábamos, le devolvíamos algo —Corayne sonrió ante su mapa y apartó algunas migas, animada por las noticias—. Puede ser herido por cualquiera de nosotros. ¿Otra vez es mortal, vulnerable?

—Pero sigue siendo peligroso —intervino Sorasa, levantando la vista de su conversación—. Al igual que Erida. No irás a ninguna parte sin Dom o sin mí, y nunca perderás de vista la Espada de Huso.

Una leve corriente de ira ondeó sobre Dom. Malhumorado, asintió.

—Taristan robó la espada de este castillo una vez. Quizás intente hacerlo de nuevo —dijo el inmortal.

—Puedo entenderlo. Yo misma vi las bóvedas —resopló Corayne—. Ustedes, los Ancianos, no creen en las cerraduras.

Los vederanos nunca hemos tenido que hacerlo, pensó Dom con amargura. Luego, enarcó una ceja.

—¿Entraste en las cámaras acorazadas? —pregunto el Anciano.

—Isibel me llevó —respondió Corayne, con los ojos llenos de recuerdos. Y de anhelo.

Él conocía bien la sensación. No necesitaba preguntar para saber qué bóveda había visitado ella o qué reliquias había visto en su interior. Los restos del Viejo Cor... y los restos de su padre, ahora abandonados a su suerte.

La conversación se alejó de temas más terribles, ya que todos se resistían a destruir su reencuentro con noticias oscuras. Dom guardó silencio, contento de observar a sus amigos mientras sonreían y hablaban, con las velas brillando en sus ojos. El fuego crepitaba en la chimenea e incluso Charlie se quitó las pieles, disfrutando del calor. El fuego vibraba contra la piel de Dom, y lo soportó hasta que sus ojos se volvieron pesados, las voces a su alrededor distantes, el golpeteo de la lluvia se desvaneció.

Unos dedos firmes aferraron su hombro, provocándole una sacudida en el brazo. Se incorporó en su asiento y levantó la vista para ver a Sorasa parada junto a él. Ella lo observaba con intensidad, con el ceño fruncido por la preocupación.

—Te dormiste —dijo ella, medio incrédula.

Dom parpadeó y se enderezó, sólo para descubrir que los demás lo miraban fijamente.

—Deben estar agotados, los dos —dijo Corayne, mirándolos—. Deberían descansar, ya tendremos tiempo para hablar.

Tiempo.

Dom vio la palabra romperse contra Sorasa, y la sintió romperse contra sí mismo. Ella lo miró de nuevo, hablando sin palabras. Dom la oía tan fácilmente como oía los latidos de su corazón. Su cara ya no era tan difícil de leer. Sus palabras estaban allí. El tirón en la comisura de los labios, el zumbido de una vena en el cuello, agitándose bajo la imagen tatuada de una serpiente.

Corayne los estudió a ambos, con la mirada más aguda que nunca. Lentamente se puso de pie, y toda la alegría desapareció de su rostro.

—Tenemos tiempo, ¿no? —preguntó suavemente.

A su lado, Andry tenía una mirada solemne.

—Erida tardará semanas en reunir todas sus fuerzas en Rouleine. Y semanas más para que marchen a través de las montañas hasta aquí —habló con firmeza, pero con desesperación. No con confianza.

—Todo eso es cierto —dijo Sorasa con naturalidad—. Tenemos tres semanas desde el momento en que el ejército abandone Rouleine. Tres semanas. *Tal vez.*

El aire caliente parecía haber sido extraído de la habitación, el sol se desvanecía tras una nube, dejando sólo una lluvia gris que salpicaba las ventanas.

En el fondo de su mente, Dom deseaba que Sorasa lo hubiera dejado dormir y disfrutar de su paz un poco más. Pero se levantó de la silla, demasiado despierto para molestarse. Deseó un baño, un paseo bajo la lluvia, un entrenamiento en el patio. Algo que lo distrajera.

En cambio, llamó la atención de Corayne.

—Ven conmigo —dijo, señalando la puerta.

Ella estaba ansiosa por seguirlo.

* * *

Corayne caminaba con la Espada de Huso a la espalda. Parecía incómoda, pero Dom sabía que ya estaba acostumbrada a ella. La miró mientras recorrían el castillo, observando las pequeñas imperfecciones y diferencias con respecto a la espada rota en Gidastern.

—Yo también la odio —murmuró Corayne, devolviéndole la mirada—. La empuñadura está mal. La empuñadura —levantó la mano para tocarla—. Se desgastó en su mano primero.

—La llevaremos a la armería por la mañana, a ver qué pueden hacer para arreglarla —retumbó Dom, apartando los ojos. No pudo evitar un recuerdo para todas las vidas que había cobrado esa espada, entre ellas la de Cortael.

Todavía podía oír el sonido del acero cortando la armadura, y luego la carne.

A Domacridhan no le gustaban las bóvedas del castillo.

Los pasadizos en espiral, horadados en la roca, lo habían asustado de joven. Ahora lo inquietaban, el aire se sentía demasiado cerrado y viciado, como si todo el peso de Tíarma cayera sobre ellos. Ni siquiera él sabía qué tan profundas eran. Quizá llegaban hasta las raíces del mundo mismo.

Observó las puertas de cada cámara, algunas entreabiertas, otras intactas desde hacía siglos. Tesoros y desechos inútiles en cada una de ellas. Entonces se detuvo ante una puerta conocida y exhaló un suspiro de dolor. Se quedó mirando la madera como si pudiera ver a través de ella la pequeña habitación que había al otro lado.

Corayne se detuvo a su lado, perpleja.

—Las bóvedas de Cor son más profundas —dijo ella, señalando hacia las entrañas de la roca—. Las cosas de mi padre...

—La memoria de tu padre no está en una armadura enjoyada —replicó Dom.

Tenía la palma de la mano apoyada en la madera, con la piel pálida contrastando con el negro ébano. Se abrió bajo su mano, hacia la oscuridad, con la única luz que se derramaba hacia el interior desde el pasadizo.

Él no dudó, y se adentró en las sombras. Sus ojos vederanos no necesitaban mucha luz para ver, pero encendió unas velas para Corayne, iluminando la cámara.

Ella se quedó en la puerta, mirando el suelo de piedra. Como si no pudiera soportarlo.

Dom compartía la sensación. Pero se obligó a mirar de todos modos.

Sabía lo que era ser apuñalado, quemado, encadenado en la oscuridad, ahogado y asfixiado. Sabía lo que era mirar la muerte a los ojos.

La vida era peor.

Toda la vida de Cortael se extendía a su alrededor, escrita en los objetos dejados atrás. Espadas de entrenamiento, sin filo, cortas como el antebrazo de Dom, demasiado pequeñas para un hombre, pero del tamaño perfecto para un niño mortal. Montones de pergaminos, cartas escritas con esmero, primordial traducido al alto vederano y viceversa.

Alguna vez Cortael había practicado su lengua más que nada, incluso su manejo de la espada, tan dedicado como estaba a aprender la lengua de los inmortales junto a los que vivía. La hablaba mejor de lo que Dom jamás pensó que podría, su pronunciación había sido casi perfecta al final.

El recuerdo hizo que se formara un nudo en la garganta de Dom y apartó la mirada hacia los otros estantes, repletos de ropa. Pantalones, túnicas, capas y cotas de malla. Algunas del tamaño de un niño, otras de un hombre adulto. Todo yacía cuidadosamente doblado en estantes y baúles, para no volver a ver la luz del día.

—No hay polvo —dijo Corayne en voz baja. Lentamente, con los ojos brillantes, entró en la cámara.

—Estos aposentos están bien cuidados —respondió Dom con voz ronca.

Pasó una mano por encima de un caballo de madera, tallado a la perfección. Le faltaba una pata, había sido arrancada.

—Recuerdo cuando rompió esto —murmuró el inmortal, tomando el juguete. Su dedo recorrió el borde áspero de la madera rota—. No habían pasado ni dos días desde que yo terminara de hacérselo.

Corayne se acercó, con la respiración agitada. Miró fijamente el caballo, pero no quiso tocarlo.

—¿Cómo era él? —Corayne suspiró—. ¿De niño?

—Salvaje —dijo Dom, sin dudarlo—. Salvaje y curioso.

—¿Y como hombre?

—Noble. Solemne. Orgulloso —a Dom se le quebró la voz—. Y atormentado también. Por lo que nunca pudo ser.

El rostro de Corayne se hundió, las comisuras de sus labios se arrastraron hacia abajo mientras sus ojos se cerraban, un solo sollozo escapó de sus labios.

Esta vez, cuando Dom la abrazó, la apretó un poco más. Sólo lo suficiente para que ella reprimiera sus lágrimas y sacara un poco de fuerza de la que él pudiera darle.

—Él habría estado muy orgulloso de ti —dijo Dom, apartándose para mirarla de frente.

Corayne volvió a levantar la mirada, incrédula, con los ojos nublados. La luz de las velas vacilaba en su rostro, afilando las líneas de sus mejillas y su nariz. Lo poco que llevaba de su madre se desvaneció en la suave luz, hasta que Cortael miró fijamente desde sus ojos negros.

Entonces, Corayne sacudió la cabeza y volvió a la ropa.

—Quién sabe lo que habría pensado de mí —dijo ella bruscamente.

Sus manos recorrieron la ropa doblada, hasta que sacó una vieja capa de años pasados. La tela era roja y polvorienta, pero estaba bien hecha. Cuando la extendió, el dobladillo apenas llegaba al suelo, justo de su altura.

—Esto era suyo —dijo ella, alisando la suave escarlata. Las rosas florecían a lo largo de los bordes, el hilo aún brillaba—. Cuando era joven.

Ojalá él hubiera podido conocerte, pensó Dom, con el corazón sangrando. *Ojalá te hubiera conocido como yo.*

—Yo también estoy orgulloso de ti —añadió él, aunque le parecía demasiado obvio tener que decirlo.

Esta vez, Corayne sonrió entre lágrimas. Se secó la cara a toda prisa y se cubrió el brazo con la capa.

—He llegado muy lejos desde que era esa chica en la escalera de una casa de campo —dijo ella, riéndose de sí.

Dom la miró con severidad.

—No estoy orgulloso de lo que ya has hecho, Corayne —dijo él rápidamente—. Sino de lo que elijas hacer. Eres más valiente que cualquiera de nosotros. Sin ti... —titubeó, sopesando con cuidado sus palabras—. Si tú te dieras la vuelta y huyeras, nosotros también lo haríamos. Todos nosotros.

El rostro de Corayne volvió a hundirse y Dom hizo una mueca de dolor. *He dicho algo equivocado. Malditos sean mis modales vederanos*, pensó con rabia.

Pero ella no volvió a llorar. En cambio, su expresión se tensó y sus finos labios se apretaron contra la nada. Lo miró a través de sus oscuras pestañas y sus lágrimas desaparecieron.

—Creo que tu monarca aún planea hacerlo —siseó, tan bajo que incluso Dom apenas pudo oírla.

Él retrocedió, con la cabeza inclinada por la confusión.

—Isibel no huiría de Iona —susurró con fiereza—. Es una cobarde, pero no tiene a quién recurrir. Luchará porque debe hacerlo, y eso será suficiente.

Pero Corayne no estaba convencida.

—Ella tiene un lugar al que huir, Dom —le espetó ella, mostrando los dientes en señal de frustración—. Puede que aún no lo sepa, pero...

Alzó demasiado la voz y se detuvo, mirando hacia la puerta abierta. Dom leyó la preocupación en su rostro, tan clara como la luz del día.

—No hay nadie cerca de nosotros —dijo en voz baja, escuchando los latidos de su corazón. Sólo estaban el suyo y el de Corayne, que latían cada vez más deprisa.

La garganta de Corayne se estremeció al tragar. Luego, asintió.

—Puedo sentir un Huso, aquí en Iona. No por completo, pero hay *algo*.

Dom sintió que se le caía la mandíbula y que la confusión daba paso al asombro. Y luego, a la incredulidad, por mucho que quisiera confiar en Corayne.

Él tomó su mano y la estrechó entre las suyas, casi suplicando.

—Lo sé en mis huesos, Dom.

El inmortal sólo pudo parpadear, sintiendo la bóveda girar a su alrededor.

—Cortael lo habría sentido, ciertamente.

Corayne negó con la cabeza.

—Los Husos se mueven, ¿no? Durante años y años —no le soltó la mano y le apretó los dedos con tanta fuerza que Dom temió por sus huesos—. Tal vez uno ha regresado aquí, volviendo al lugar donde tu especie llegó por primera vez.

La posibilidad era demasiado grave para considerarla. Dom sintió náuseas.

—Isibel no se atrevería —murmuró él, sacudiendo la cabeza—. Otro Huso desgarrado podría partir el reino en dos.

Ya estamos al borde del precipicio, y Gidastern sigue ardiendo, acercándonos a la ruina a cada segundo que pasa. El corazón de Dom latía más fuerte y más rápido.

Corayne le dirigió una mirada triste, con los ojos llenos de…

Lástima, se dio cuenta Dom.

—Ella sólo se preocupa por un reino, Dom —susurró—.

Y no es éste.

Glorian.

La bóveda volvió a dar vueltas sobre él, y el mundo con ella.

Dom le tomó de nuevo la mano, con cuidado de no romper nada.

—¿A quién más se lo has contado? —siseó él, acercando la cabeza.

Corayne lo miró fijamente, con las cejas fruncidas y los ojos negros muy abiertos.

—Sólo nosotros lo sabemos. Es nuestro —respondió ella.

El alivio de Dom duró poco. Volvió a sentir el peso del castillo, junto con el del resto del reino.

—Mantengámoslo así.

35
CEGADOS
Erida

Su aliento formaba un espiral en el frío, como humo contra el amanecer.

La escarcha se pegaba a las tiendas, los carros y carretas, los caballos e incluso a los centinelas en sus puestos, esperando el cambio de guardia. Ellos se apoyaban contra los bancos de nieve, más altos que sus lanzas, despejados a toda prisa por los ingenieros y obreros. Los trabajadores desaceleraron el avance de la caballería, pero ensancharon el avance, cortando la nieve, hasta que incluso las catapultas repletas pudieron atravesarlo.

Erida no sentía el frío como antes. El fuego ardía en su carne, calentándola mejor que cualquier piel. Mientras los demás temblaban, ella permanecía inmóvil, helada como las montañas que los rodeaban. Ella misma se sentía como una montaña, con la cabeza elevada por encima de todas las demás.

Mientras sus soldados empezaban a derribar el campamento, Erida permaneció quieta, sola, a no ser por el demonio que llevaba dentro. Se encontraba en la cima del paso de montaña, con la pendiente cayendo a ambos lados.

El oeste quedaba atrás, de vuelta a las estribaciones y a sus propios reinos, donde ya florecía la primavera. Erida miraba hacia el este, hacia el largo valle del otro lado del Monadhrion. Una niebla gris cubría la tierra, ocultando el fondo del valle. La reina no le dio importancia. Cruzarían el valle sin problemas, atravesando el corazón de Calidon hasta la siguiente cordillera.

Era el Monadhrian lo que miraba, los picos desiguales a muchos kilómetros de distancia, sus siluetas contra el amanecer rosado. Se alzaban en el otro extremo del valle, como islas asomando en el mar de nubes grises. El último obstáculo entre su ejército e Iona. Entre Taristan y Corayne.

Entre Erida y el imperio.

Lo que Espera miraba por debajo de todo, tirando de sus faldas. Ella compartía el sentimiento. Pero algunas cosas estaban más allá incluso de la reina de Galland. Erida no podía obligar al ejército a moverse más rápido de lo que ya lo hacía. No podía derretir la nieve ni aplanar las montañas, por mucho que lo intentara.

Los gritos resonaban a su paso y las botas crujían en la nieve. Los caballos y los bueyes despertaron resoplando contra sus cercados de cuerda. Erida soltó un suspiro y se alejó, siguiendo de regreso sus propios pasos por la nieve.

Llevaba botas forradas de piel y una gruesa capa sobre lana acolchada, vestida más como doncella que como reina. Pero en las montañas no se necesitaban galas, ni siquiera entre sus señores, que seguían aferrados a sus armaduras recargadas y sus sedas estampadas. Los modales de Erida eran suficiente majestad.

Con su capa roja sobre un hombro, Taristan esperaba junto a la puerta de la tienda, con los ojos vidriosos por el sueño. Pero ya tenía la espada sujeta a la cadera y la ropa de viaje puesta. Al igual que Erida, estaba ansioso por partir, volver a la marcha.

—No deberías deambular —dijo él bruscamente.

Erida se encogió de hombros. Observó el cielo despejado, que estaba pasando de un suave púrpura a un rosa más vivo. No había una sola nube que amenazara con nieve.

—Hemos tenido suerte. Una ventisca nos habría cerrado el paso o nos habría dejado varados aquí arriba —los labios de la reina se curvaron—. Una bendición.

—No deberías deambular —volvió a decir Taristan, con voz más aguda.

—Estoy rodeada de caballeros en todo momento, por no hablar de un ejército de miles de personas que morirían por mí si tuvieran la oportunidad —respondió ella, sacudiendo la cabeza.

Algunos ya lo han hecho, pensó, recordando a los hombres que se habían congelado en sus tiendas o resbalado al escalar, cayendo a las rocas de abajo. Habían pasado semanas desde que salieron de Rouleine, y Erida exigía a su ejército un ritmo agotador. No importaba el precio.

—Y te tengo a ti —añadió Erida, tomando a su consorte del brazo.

Taristan se movió.

—Cuanto más nos acerquemos a Iona, más cuidado debemos tener. Todo lo que hace falta es una flecha de un arco de Anciano —dijo, apuntando con un dedo a su pecho, directo sobre su corazón.

Con una suave sonrisa, Erida rodeó su mano con la suya.

—Ahora eliges temer por mí —dijo ella, divertida—. Hemos llegado demasiado lejos para eso.

—Temo por ti siempre —murmuró Taristan, como si admitiera un crimen—. Siempre, Erida.

La sonrisa de la reina se amplió y apretó su mano.

Entonces, un viento azotó la tienda, fuerte y repentino, como un vendaval aullante. Erida se acurrucó contra Taristan, cuya capa ondeaba a su alrededor como una cortina escarlata. Al otro lado del campamento, sus soldados clavaron sus pies en el suelo, tiendas y banderas ondearon contra la ráfaga de viento.

Las altas montañas no eran ajenas a los vientos ásperos. Pero Erida arrugó la frente, tensándose contra la pared que era el cuerpo de Taristan.

El viento era extrañamente cálido. Y olía a...

—¿Humo? —dijo Erida en voz alta, con cara de confusión.

Junto a ella, la preocupación dejaba exangüe el rostro de Taristán, pálido como un fantasma. Sus brazos la rodearon con fuerza, casi aplastándola.

—¿Qué pasa? —exclamó ella, empujando contra él, con los latidos de su corazón acelerándose.

Algo parecido a un tambor retumbó en el cielo, profundo y estremecedor. El aire tembló con el sonido y sopló otra ráfaga de viento. Esta vez, los soldados del ejército de Erida se arrojaron al suelo, algunos gritando. Otros fueron por sus armas. Muchos corrieron por el paso en cualquier dirección, dispersándose como ratones que huyen de un gato.

Taristan maldijo por encima de ella, en voz baja, y el sonido reverberó en su interior. Ella miró hacia arriba, a través de la jaula de sus brazos, y observó cómo una sombra cruzaba el campamento.

Una sombra proyectada por un cielo despejado.

Quería tener miedo. Toda la razón le decía que lo tuviera. En cambio, sólo sintió una sombría satisfacción, que brotaba de una mente que no era la suya.

El dragón era demasiado grande para que su mente pudiera comprenderlo, una nube de tormenta sobre los picos de las montañas. Atravesaba el aire frío como un ave rapaz, con el vapor saliendo de sus escamas. Tenía alas de murciélago y cuatro patas plegadas contra su enorme cuerpo, garras tan grandes como ruedas de carro. El sol naciente destellaba rubí y azabache contra su lomo, su piel enjoyada reflejaba la luz.

Se posó en el pico de la montaña, por encima del paso, desprendiendo rocas y nieve que llovieron sobre el campamento. La bestia parecía tan grande como la montaña misma, y su cola se enroscaba en torno a la piedra dentada.

Sus hombres siguieron corriendo, aullando y gritando, clamando a los dioses en su desesperación.

Erida sólo conocía un dios, y Él reía en su interior, encantado por el temor de ellos.

El dragón lanzó un rugido al cielo, arqueó su cuello de serpiente y abrió las fauces. El sonido amenazó con partir las montañas en dos. En el fondo de su garganta brillaban brasas y de su boca brotaban ondas de calor.

Algo se arrastró en las piernas de Erida, rogándole que se moviera. Sin pensarlo, ella obedeció, zafándose de los brazos de Taristan. Él gritó tras ella, pero ella lo ignoró y cruzó el campamento para enfrentarse al dragón.

No tiene miedo, así que yo no tengo nada que temer, pensó ella, con el corazón en un puño.

Las alas del dragón estaban desplegadas, las puntas estaban enganchadas con garras más pequeñas, la membrana entre las articulaciones era fina. A corta distancia, Erida podía ver cicatrices y agujeros de flechas, el borde de sus alas roto y desgarrado.

Al igual que su marido, el dragón también llevaba la batalla de Gidastern en la piel.

Éste se fijó en ella con un solo ojo, la pupila era un remolino de rojo y dorado, como el corazón de una llama. Erida no pudo evitar sonreír.

Reconoció esos ojos.

Los veía en su marido.

Los sentía en ella.

Con dolorosa lentitud, el dragón dio un paso ladera abajo, y luego otro, descendiendo hacia el desfiladero. Las rocas se estremecieron debajo de él, amenazando con hacer temblar la falda de la montaña.

Erida se mantuvo firme, aunque todos sus instintos le decían que corriera. Pero ya no confiaba mucho en sus instintos.

Sus soldados siguieron retrocediendo, y la Guardia del León le gritó que huyera. Sólo Taristan se atrevió a seguirla, avanzando sobre la nieve.

Ella lo sintió a su lado, ardiendo de calor, con los ojos inundados de llamas devoradoras.

Entonces, el dragón bajó la cabeza hacia ambos, con las fauces cerradas y el vientre raspando el suelo. La nieve silbaba debajo, derritiéndose al contacto, llenando el paso de montaña de un calor hirviente y una cortina de vapor.

Sonriendo, una figura completamente roja se deslizó desde su espalda, con el rostro blanco como una luna espantosa.

Y sus ojos, sus horribles ojos.

Erida se detuvo en seco, casi resbalando en la nieve. Una oleada de repulsión la invadió, y la imagen del mago se tambaleó ante ella mientras su cabeza daba vueltas.

Ya antes había odiado sus ojos, tan llorosos y pálidos, siempre enrojecidos, como si hubiera pasado las últimas horas llorando. Inyectados en sangre, como ningún ojo que hubiera visto en su vida.

Para su horror, Erida descubrió que extrañaba semejantes ojos.

Dos agujeros profundos era todo lo que quedaba de ellos ahora, los párpados con moretones y costras de sangre, las cuencas hundidas. Venas blancas y negras se entrelazaban en su rostro, convirtiendo su piel en una terrible máscara. El mago se tambaleó sobre la nieve, tembloroso, con una mano extendida para sujetarse y no caer. Con la otra seguía aferrado al bastón, que utilizaba para avanzar.

—Ronin —susurró Erida, cayendo de rodillas.

Detrás de ella, oyó a Taristan inhalar con repentino asombro.

—El precio —murmuró él, sus botas crujían en la nieve.

De alguna manera, Ronin logró hacer una mueca a pesar de su herida. Su orgullo se mantuvo.

—Está hecho —dijo riendo para sí, siguiendo el sonido de sus voces—. Está...

El mago rojo vaciló, arqueando el cuello. Erida sintió náuseas de nuevo cuando él giró la cabeza y sus ojos ciegos de alguna manera la encontraron en el suelo. Los labios del mago se movieron, sin emitir sonido.

Ronin palideció, blanco como la nieve. Lentamente, se arrodilló, reverente como ella nunca lo había visto. Inclinó la cabeza, con el manto rojo derramándose a su alrededor como sangre fresca.

—Está hecho —volvió a decir, y Erida supo que no se refería al dragón.

No pudo evitar una sombría sensación de satisfacción. Comprendía lo que él percibía en ella, lo que veía sin ver.

—Mi reina —murmuró, levantando las palmas de las manos hacia ambos—. Mi rey.

* * *

—Primero un ejército de cadáveres, luego un dragón.

Detrás de su velo, Erida puso los ojos en blanco ante uno de sus señores.

Los huecos en la mesa del consejo seguían siendo dolorosamente evidentes, los asientos de los señores ejecutados estaban vacíos. Por su propio bien, Erida deseaba que los otros nobles los llenaran. Parecía un intento de castigo, de hacerla observar lo que había hecho.

Lo que hice con justicia, se recordó a sí misma desde la cabecera de la mesa. A su lado, Taristan tenía una mirada amenazante, a punto de arder. *Todos los señores que murieron con Konegin se lo merecían. Eran traidores, todos ellos.*

Uno de los señores supervivientes la miraba fijamente desde la mitad de la mesa, con su rostro carnoso constreñido por la preocupación. Era un hombre débil, sin barbilla.

—Un *dragón* —exclamó él, repitiéndose.

—Gracias por su astuta observación, Lord Bullen —dijo Erida, con voz desdeñosa—. ¿Tiene algo más que decir?

A su izquierda, Lord Thornwall frunció los labios, pero no dijo nada. Lord Bullen hizo lo mismo, bajando la mirada.

Ronin se burló y se tapó la boca con la mano, riéndose abiertamente del noble cobarde. En otro tiempo, Erida podría haberlo detenido. Pero lo dejó reír; su aspecto mutilado puso en vilo a todo el consejo, y la mayoría se negaba a mirar siquiera al perverso mago.

—Somos la gloria del Viejo Cor renacido. No se puede negar que nuestra victoria, nuestra conquista, es la voluntad de los dioses —dijo Erida a la mesa, señalando la larga fila de sillas hacia la puerta abierta de la tienda—. Díganme que eso no es prueba de ello. Un ejército letal. Un *dragón.*

Ella mantuvo la mano levantada, con cuidado de usar su mano herida. Seguía vendada, y el corte que tenía debajo nunca terminaba de cicatrizar. Sus señores no lo ignoraban, era símbolo del sacrificio de su reina.

—Ya no hay reino que pueda oponerse a nosotros —dijo Erida, levantándose de su asiento. Todos los ojos siguieron sus movimientos, hasta la mirada perdida de Ronin—. Ni siquiera los temuranos. Ni siquiera el emperador y sus Incontables —el silencio se extendió por la mesa del consejo, interrumpido sólo por el silbido del viento que recorría los alrededores. El campamento resonaba como un cementerio vacío, con sus soldados exhaustos por la escalada para bajar del paso de montaña y el temor a un dragón sobre sus cabezas.

Thornwall se removió en su silla.

—He recibido informes, Majestad —dijo, torciendo los labios.

—¿Informes? —le gritó ella, burlándose de su tono grave.

Por debajo de la mesa, algunos nobles se estremecieron, pero su comandante no.

—Informes —dijo Thornwall de nuevo, pronunciando cada letra—. Los temuranos están en movimiento. Los Incontables cruzaron las montañas, quizás hace meses.

En su mente, Erida soltó una retahíla de maldiciones, y Lo que Espera maldijo con ella. Luchó contra el impulso de salir corriendo de la tienda, manteniéndose firme mientras sus propios señores murmuraban y se quejaban.

—¿Cruzando las montañas? ¡Esto es la guerra! ¡Ascal está indefensa!

—Si marchan a través de Galland, dejarán una línea de destrucción a través de todo nuestro reino —dijo uno de sus señores—. Podrían arrasar Ascal incluso antes de que nosotros lleguemos a nuestras propias fronteras.

Thornwall parecía sombrío y agotado, con el rostro grisáceo.

—No conocemos su objetivo. Hay noticias de una armada con ellos, para transportar a los Incontables por mar.

Demasiadas voces se entrelazaban, casi ahogando los pensamientos de Erida en su propia cabeza. Ella se inclinó pesadamente y se llevó una mano a la frente, deseando que callaran y *obedecieran.*

Si los temuranos toman Ascal, simplemente la recuperaré, pensó, riéndose ante la perspectiva. *El emperador no conoce mi ira, ni mi poder.*

—Envíe un mensaje a Lenava —urgió Thornwall—. Exija al rey de Calidon que se arrodille o será destruido.

Erida lo miró fijamente, con el rostro suavizado por sus velos y la bruma de la luz de las velas. Con rapidez, sopesó sus opciones en su mente.

—Bien, envía las cartas necesarias —murmuró finalmente, retorciéndose la mano.

Uno de los señores se burló, con los ojos muy abiertos.

—Entonces, nos damos la vuelta. Marchamos de vuelta a Ascal y atacamos a los Incontables nosotros mismos.

Los murmullos corrían por la mesa, breves sonrisas se dibujaban en los rostros pálidos.

Erida los miró con el ceño fruncido.

—Lo veo difícil —espetó—. Nuestra batalla es con Iona.

Thornwall entrecerró los ojos a su lado, su propia confusión era palpable.

—¿El enclave de los Ancianos?

La cabeza de Erida latía con fuerza y un dolor sordo empezaba a retumbar en sus sienes. Deseó haber dejado a sus señores en las montañas y permitir que murieran congelados.

—Dragones y Ancianos, ¿qué locura es ésta? —murmuró uno de ellos, siseando en voz baja.

Taristan lo fulminó con la mirada.

—¿Locura, mi señor? —gruñó, y los murmullos cesaron—. ¿Estás acusando a la reina de algo?

—Nunca —balbuceó el señor, aterrorizado—. Es sólo que el suyo es un imperio mortal. No tenemos motivos para molestar a los inmortales, escondidos en sus antiguos agujeros. Son pocos. Intrascendentes para el resto de nosotros. Sobre todo, no mientras nuestra gran ciudad pende de un hilo. La joya de *su* corona.

Erida golpeó con su mano vendada la superficie plana de la mesa. El sonido resonó en la tienda y el dolor subió por su brazo como una punzada. Se le escapó un gemido. Alrededor de la mesa, sus señores se estremecieron y volvieron a guardar silencio.

—Sí. *Mi* corona.

Temblorosa, Erida volvió a levantar el puño, con un significado claro.

—Los Ancianos de Iona enviaron asesinos contra mí —dijo, mostrando sus vendas a la vista de todos. Tras el velo, sus dientes brillaban—. Destruyeron mi palacio, prendieron fuego a Ascal. No se equivoquen, ellos están detrás de toda oposición a mi reinado. Y a nuestra victoria. Debemos destruirlos de raíz, para que no sigan destruyendo lo que nosotros intentamos construir.

Miró a sus señores uno por uno, poniéndolos a prueba. Ellos le devolvieron la mirada, sombríos o temerosos, decididos o resignados a su gobierno.

Ninguno se atrevió a hablar o a levantarse.

Y eso fue suficiente.

—Marchamos, mis señores —dijo Erida, echando los hombros hacia atrás—. Por la gloria.

36

A PROPÓSITO DE LAS PEQUEÑAS COSAS

Charlon

Pasada la medianoche, estalló una tormenta que empapó Iona. Charlie despertó agitado de un sueño que ya empezaba a desvanecerse. Intentó aferrarse a él mientras la lluvia golpeaba la ventana y el viento aullaba. Pero el sueño se le escapó, dejando sólo ecos borrosos. La sombra de un dragón sobre la nieve. El olor de la muerte a través de los cavernosos salones del castillo. Se estremeció y volteó para mirar a Garion, que dormía a su lado.

Los ojos del asesino se abrieron de golpe, alerta en un instante.

Pero Charlie le hizo un gesto para que volviera a acostarse.

—Está bien —dijo, balanceándose fuera de su cama—. Sólo fue una pesadilla.

Tras ponerse una gruesa túnica y unas zapatillas de piel de conejo, salió al vestíbulo. Charlie no temía al castillo de los Ancianos ni a los guardias apostados en sus pasadizos. Era mortal, y uno de los mortales inútiles. Incluso sus enemigos le prestaban escasa atención.

Las chimeneas ardían en los aposentos más grandes, mientras que las velas iluminaban los pasillos, creando islas de luz en la oscuridad. La lluvia seguía arreciando, con más fuerza en los pasillos comunes, donde las ventanas permanecían abiertas, sin contraventanas ni cristales que los protegieran de los elementos.

Charlie se ciñó la bata y maldijo a los Ancianos y su excesiva tolerancia a la incomodidad.

—Buenas noches.

Una voz resonó en el pasillo, procedente de una de las galerías abiertas. A pesar de los escalofríos, Charlie se dirigió hacia ella, con cuidado de evitar los charcos de agua de lluvia que se acumulaban sobre el suelo de piedra.

Salió al largo balcón y contempló el enclave de los Ancianos. Incluso bajo la lluvia, podía ver las siluetas oscuras de las catapultas en las calles y las hondas instaladas en las murallas de la ciudad.

Isadere de Ibal observaba desde uno de los arcos, envuelta en un abrigo de piel dorada. Lo miró por encima del cuello, con su rizado cabello negro recogido en una pulcra cola de caballo.

—¿Buscas un altar, sacerdote? —dijo, sonriendo con sorna bajo las pieles.

Charlie respondió con una mueca

—¿Usted busca un espejo?

Isadere hizo un suave gesto de desdén con la mano.

—Está en mis aposentos.

Por supuesto, pensó Charlie con amargura.

—¿Ha visto algo interesante últimamente? —preguntó él.

—Sólo sombras y oscuridad. Lasreen cada día me muestra menos —un músculo saltó en la mejilla de Isadere, que entrecerró los ojos—. Cuanto más me he acercado a este lugar, más distante se ha mostrado.

Charlie se burló.

—Qué oportuno —dijo él.

—Por mucho que intentes ocultarlo, eres un creyente, Charlon Armont —replicó Isadere, con una mirada oscura.

—En algunas cosas —respondió él, encogiéndose de hombros—. En algunas personas, también.

La expresión de Isadere se relajó, aunque sólo un poco.

—Debo admitir que me sorprendió encontrarte a *ti* esperando a mi ejército en Lenava.

A su pesar, Charlie esbozó una media sonrisa.

—A mí me sorprendió que usted apareciera —dijo él.

Isadere no le devolvió el favor.

—Para ser un hombre de fe, tienes muy poca —lo retó ella.

—¿Yo? Tengo mucha fe —la sonrisa de Charlie se ensanchó, complacido de enfurecer a la heredera—. Sólo la pongo donde debe estar.

Más allá de la cumbre de la ciudad, un relámpago atravesó las nubes de tormenta, de un blanco púrpura. Los iluminó por un instante, y sus sombras centellearon contra los muros del castillo.

—¿En Corayne? —murmuró Isadere cuando el trueno cesó.

—Ella es la única esperanza que tiene el reino —dijo él sin rodeos—. Así que sería tonto no hacerlo.

La simple lógica tomó desprevenida a Isadere, que frunció el ceño.

—Entiendo tu punto de vista —dijo—. Supongo que opino lo mismo.

Se sumieron en el silencio, observando cómo la tormenta descendía por el valle y los relámpagos se alejaban cada vez más. Crepitaba y rugía, una fuerza como ninguna otra.

—¿Crees que los dioses están mirando? —suspiró Charlie. Observó el cielo con los ojos muy abiertos, sin atreverse a pestañear para no perderse otro destello en las nubes.

Esperaba algún discurso solemne sobre la diosa Lasreen, su infalibilidad, su presencia en todas las cosas. Y tal vez una acusación de blasfemia, para redondear el tema.

En cambio, Isadere susurró:

—No lo sé.

Charlie apartó los ojos de la tormenta, incrédulo.

—¿Cómo han podido mirar hacia otro lado? —preguntó él, elevando la voz con frustración—. ¿Y si este fuera el final de Allward?

Isadere sólo le devolvió la mirada, su confusión era aún más irritante. Charlie apretó la quijada con fuerza, rechinando los dientes, mientras maldecía a los dioses en todos los idiomas que conocía.

—¿Cómo pueden permanecer en silencio? —siseó de nuevo, cerrando un puño a su costado.

¿Cómo pueden dejar que esto ocurra? Si son reales, ¿cómo pueden dejarnos caer?

—No lo sé —volvió a decir Isadere. Para sorpresa de Charlie, ella lo tomó por el hombro. Su tacto era sorprendentemente suave y amable—. Tal vez deberías tomar un poco de tu fe y dársela a los dioses.

Charlie frunció el ceño, pensando en iglesias y altares, vidrieras, monedas en los platos de ofrendas. Tinta sobre pergamino, oraciones recitadas. Escrituras. Y silencio. Nunca una respuesta. Ni siquiera un susurro o el más leve roce.

—Lo haré cuando se lo ganen —murmuró, más enojado de lo que creía estar.

Los dedos de Isadere se tensaron.

—Entonces, ya no es fe —dijo ella.

Un cálido rubor bañó las mejillas de Charlie. Se mordió el labio, reacio a ceder un ápice a la heredera. Tan educadamente como pudo, Charlie se zafó de su agarre.

—Entiendo su punto de vista —dijo él finalmente, haciendo eco de sus palabras de un momento antes—. Usted y yo no somos guerreros —añadió, observando las finas pieles de la heredera y sus manos lisas y suaves.

La heredera emitió un sonido grave, apenas cercano a una carcajada.

—Y, sin embargo, nos encontramos en medio de la mayor guerra que este reino haya visto jamás —dijo Isadere—. Debe de ser por algo, ¿cierto?

—Debo pensar que sí —respondió Charlie—. Debo pensar que hay alguna razón para que yo siga aquí. Que todavía puedo hacer algo, por pequeño que sea.

—O tal vez ya esté hecho, nosotros ya hicimos nuestra parte —dijo la heredera con serenidad, sus ojos volvieron al paisaje y al relámpago distante.

Charlie siguió su mirada. El cielo adquiría un tinte púrpura a medida que la noche se acercaba lentamente al amanecer. Los primeros rayos de sol tardarían horas en aparecer, si es que llegaban a atravesar las nubes.

—¿El espejo no le mostró nada, en verdad? —murmuró, incrédulo. Isadere suspiró en voz baja, mostrando un raro atisbo de su frustración.

—No dije que no me hubiera mostrado nada —respondió—. Dije que me mostró sombras y oscuridad —algo parpadeó en su mirada, sus cejas oscuras se fruncieron con preocupación—. Y lugares profundos, descendiendo en espiral a través de la negrura. Y al fondo, una tenue luz roja.

La imagen hizo estremecer a Charlie.

—¿Qué más? —él tomó aliento.

A su lado, a Isadere se le cortó la respiración.

—No podía… no quería mirar —dijo ella, avergonzada—. Algo en mí sabía que no debía presionar más, para no caer en algo de lo que no pudiera escapar.

Charlie tragó saliva y se le hizo un nudo en la garganta.

—Al parecer, Lo que Espera pesa sobre todos nosotros —añadió la heredera, sacudiendo la cabeza.

—Y pesa más sobre Corayne —Charlie se encogió de hombros bajo sus pieles, maldiciendo al reino—. No es justo.

Isadere de Ibal, nacida real y santa, le dirigió una mirada fulminante, casi compasiva.

—¿Cuándo ha sido justo el mundo, sacerdote?

—Cierto —fue lo único que él pudo decir, observando los últimos truenos y los espantosos relámpagos.

* * *

En los días siguientes, empezaron a florecer las primeras rosas del gran patio, brotes de color rojo sangre que asomaban entre las verdes enredaderas.

Charlie se sentó entre ellas, respirando el dulce aroma de las flores frescas y del aire después de la lluvia. Disfrutaba de la breve porción del día con luz del sol, que iluminaba directamente el jardín. Los muros de Tíarma pronto arrojarían sombras, pero Charlie se quedó disfrutando de todos los segundos de calor que pudo.

Mientras el resto del castillo y la ciudad zumbaban, preparándose para la guerra, aquí reinaba el silencio. No se oían los martillazos sobre la madera ni el rodar de los interminables carros que subían y bajaban por la cresta de Iona. Sólo estaban las rosas y el cielo.

A su lado, Garion estaba tumbado en una de sus mantas, celosamente acaparadas, con los ojos entrecerrados. Sostenía en una mano una manzana a medio comer, la última de la cosecha de otoño. Contemplaba el paso de las nubes.

—Me sorprende que no estés en el patio de entrenamiento con los demás —dijo Charlie, sonriendo complacido al asesino.

De hecho, Sorasa pasaba la mayor parte del día cerca de las barracas del castillo, ejercitando a Corayne durante horas y horas, con Dom y Andry vigilándolos a ambos. Volvieron a su ritmo tan rápido que fue como si los meses que habían pasado separados nunca hubieran existido. Corayne y su leal guardaespaldas, el escudero de Galland. Domacridhan y la hosca asesina pisándole los talones.

Aunque últimamente ella no se desespera con él tan a menudo, pensó Charlie con una sonrisa burlona.

Garion inclinó la cabeza y se encontró con la mirada de Charlie. Sus rizos oscuros color caoba extendidos contra la manta.

—Corayne ya tiene suficientes niñeras —dijo Garion con un suspiro. Sin palabras, le pasó la manzana a Charlie, que se la terminó—. Tengo que ocuparme de mis propios asuntos.

—Te aseguro que puedo arreglármelas —respondió Charlie, tirando el corazón de la manzana.

—No estoy de acuerdo —Garion se enderezó para mirarlo de frente, con los ojos entrecerrados, concentrado—. Además, ya he hecho que perdamos bastante tiempo. No voy a perder más.

La culpa se retorció en el estómago de Charlie.

—Garion... —empezó, pero el otro hombre lo interrumpió con una mirada afilada.

—Lo lamento, Charlie —dijo el Amhara con fervor, era una admisión tanto como una plegaria—. Lamento la elección que hice. Al menos permíteme disculparme por ello.

Durante largos días, Charlie había imaginado que escuchaba esas mismas palabras de esa misma boca. Soñaba con ellas noche y día, en su escritorio del taller del sótano o acurrucado en su cama mohosa. En su imaginación, lo vivía como un triunfo, si no como una reivindicación. En cambio, en ese momento se sentía vacío, casi avergonzado.

Las palabras no valían el dolor reflejado en el rostro de Garion ni el pesar que ambos cargaban.

—Se supone que los Amhara no deben sentir apego por nadie ni por nada que no sea la Cofradía. Crea debilidad, confusión… —la voz de Garion se quebró y su cabeza tembló—. Nuestra lealtad pertenece a una sola persona. Para siempre.

Lord Mercury, pensó Charlie, imaginando la sombra del líder Amhara. No sabía qué aspecto tenía, pero el miedo que Garion y Sorasa le tenían lo retrataba bastante bien.

—Supongo que sigue siendo cierto —murmuró Garion, con el ceño fruncido—. Mi lealtad sigue estando en un solo lugar.

El calor estalló en el pecho de Charlie, un bálsamo para su punzante agonía. Charlie cruzó los centímetros que los separaban y puso una mano en el cuello de Garion.

—Yo también fui un cobarde —dijo el sacerdote—. Escondido tras los muros de un páramo, demasiado asustado para salir al mundo.

Garion lo miró.

—Por una buena razón —dijo el Amhara.

Una docena de recompensas por mi cabeza, pensó Charlie, contando sus cargos. *Y una mujer temurana muy grande y capaz pretendiendo cobrarlas.*

—Me encerré en Adira para salvar mi pellejo —añadió él en voz alta, con la cara acalorada—. Podría haber salido por el tuyo. Podría haber seguido…

—Basta —zanjó Garion, casi poniendo los ojos en blanco. Rápido, agarró el cuello de Charlie, igualando sus alturas—. Lo siento, mi amor. Acepta esto, por favor.

Sonriendo, Charlie se inclinó hacia delante para besarlo sonoramente en los labios.

—Ah, muy bien —dijo el sacerdote sonriendo—. Además, Mercury te habría matado si hubieras abandonado la Cofradía.

Encogiéndose de hombros, Garion giró el cuello.

—Supongo que podría haberme desterrado, como a Sorasa.

—Cierto.

—Aunque ella siempre fue su favorita —añadió el Amhara con pesar. La envidia parpadeaba en sus ojos, incluso ahora—. A todos los demás nos habría matado por desobediencia. Pero a ella no.

Durante muchos años, Charlie había odiado a Lord Mercury. Ese odio sólo se profundizó al ver la perfección con la que ponía sus garras en gente como Garion y Sorasa. Solitarios, pero para la Cofradía. Fácilmente manipulables, armas hechas para ser controladas. Y desechadas.

—Sin importar el camino que recorrimos antes, ahora estamos aquí —suspiró Charlie, apartando un rizo de los ojos de Garion.

—Ahora estamos aquí —repitió Garion—. Aquí, para el fin del mundo.

El sacerdote fugitivo chasqueó la lengua.

—El *potencial* fin del mundo.

—Bien —Garion volvió a tumbarse sobre la manta. De

no ser por la daga Amhara que llevaba a la cintura, parecía un poeta contemplando el cielo—. No es que entienda lo que se dice del Huso. Otros reinos y señores demonios. Príncipes herederos de Cor. Espadas mágicas. Vaya lío en el que nos metiste.

Con otro bufido, Charlie se acomodó a su lado, apretándose contra el asesino.

—Si bien lo recuerdas, fui arrastrado a esto contra mi voluntad —murmuró.

Garion lo miró de reojo, con ojos penetrantes.

—Y tú elegiste quedarte en él.

—Así es —respondió Charlie, pensativo. Tanto por sí mismo como por Garion. Su voz se suavizó—. Elegí hacer algo conmigo, aunque sólo fuera algo pequeño.

Esperaba que Garion se riera de él. En cambio, el hombre le sostuvo la mirada, sus ojos oscuros se derritieron. Los dedos de los dos se rozaron y luego se entrelazaron.

—Las pequeñas cosas también importan —murmuró Garion, volviendo a mirar al cielo.

Charlie no hizo lo mismo; él memorizó las líneas del rostro de Garion y la sensación del sol en sus manos unidas. El olor a rosas y más lluvia, que aún no había caído, pero pronto lo haría.

—Sí, es verdad.

37

CONMIGO

Andry

Los escuderos no sólo atendían a sus caballeros, sino que aprendían a ser caballeros ellos mismos. Cómo actuar, hablar, blandir la espada, cuidar la armadura, acicalar los caballos, levantar el campamento. La geografía de la tierra que estaban obligados a proteger, ya que jurarían servir a su soberano. Su educación no sólo se impartía en el patio de entrenamiento o junto a la hoguera, sino también en los salones. Antes de partir hacia el reino, Andry había conocido la tierra por los libros y los eruditos.

Y, también, había aprendido su historia.

El Viejo Cor y el imperio. Los humildes comienzos de Galland y su sangriento ascenso, las fronteras expandiéndose con cada nueva conquista. Estudió la batalla en todas sus formas, desde las escaramuzas menores hasta las guerras estruendosas. Emboscadas, falsas retiradas, movimientos de pinza, cargas de caballería. Asedios.

Es un asedio al que nos enfrentaremos, lo sabía, aterrorizado ya ante la perspectiva. *Pase lo que pase en el campo, acabarán rodeándonos. Y nos pulverizarán, día tras día.*

Andry Trelland recorría las murallas de Iona todas las mañanas, estudiando la ciudad como si fuera un mapa. Aprendió dónde era más gruesa la muralla —*al pie de la cresta, alrededor de las puertas*— y cuánto sobresalía la cima de esa cresta por encima del fondo del valle: *más de cuatrocientos pies por encima de los acantilados, más alto aún que la altura de las murallas*. Pensó en la cantidad de grano que podían contener las bóvedas del castillo y en la profundidad de los pozos que había bajo la ciudad. Qué trozos de piedra serían los más adecuados para las catapultas. Qué provisiones necesitaría un ejército mortal y cuánto tiempo más podría resistir un ejército inmortal después de que los mortales murieran de hambre.

Miró Iona desde todos los ángulos, como defensor y como atacante. Como hijo de Galland, criado para luchar por el león. Y como traidor, dispuesto a derrotar a las legiones a toda costa.

Le dolía el corazón, pero aun así recorrió los muros.

Y no era el único. Corayne se unía a él a menudo, después de su entrenamiento, junto con los dos Amhara. Isadere y sus lugartenientes fruncían el ceño ante el paisaje. Los caballeros águila de Kasa eran amistosos, pero no tenían esperanza en la ciudad de la cresta. Andry lo comprendía. Se sentía como si estuviera sobre una roca en medio del océano, observando un maremoto en el horizonte. Los Ancianos estaban más distantes, cumpliendo en silencio las órdenes de sus monarcas. Los sirandelianos con su armadura púrpura, los Ancianos de Kovalinn con cota de malla. Los de Iona preferían sus capas verdes y corazas de acero.

Andry pensó en Ghald, caótica en su preparación para la guerra. Iona era igual, como una garrapata hinchada de sangre. A punto de estallar.

Lo peor de todo era el cielo.

La lluvia pasó, dejando nubes blancas sobre el azul vacío. Pero cada mañana, el sol salía un poco más rojo, un poco más débil. Una bruma se asentaba sobre el valle, amenazando con ahogarlos a todos. Era como mirar al sol a través del humo, o como el aire resplandeciente del verano en una ciudad sofocante.

Andry observó cómo el amanecer se deslizaba sobre las montañas orientales, Monadhstoirm era como un muro.

—Se veía así en Ascal.

Dom se alzaba a su lado, frunciendo el ceño hacia el cielo.

A pesar de su naturaleza de Anciano, Dom tenía un aspecto terrible. Incluso bañado, con el cabello recién peinado y trenzado, la barba rubia recortada, una capa nueva sobre el hombro y una fina armadura de cuero debajo, mostraba claramente el cansancio: el rostro demacrado, la tez gris y la chispa verde ausente en sus ojos.

Mientras la monarca de Iona permanecía en lo más profundo de sus salones, sin ser vista por el resto de la ciudad, Dom tomó el manto de liderazgo que ella había dejado a un lado. Era como Andry lo recordaba. Comprometido, estoico y distante.

Como Andry, Dom caminaba por las murallas, a la vez guardián y fantasma.

—Están cerca —murmuró Dom.

—Menos mal que los sirandelianos llegaron ayer —dijo Andry, pensando en la gran procesión de Ancianos. Otro centenar de ellos había entrado por las puertas de la ciudad, junto con carretas cargadas de alimentos y armamento—. ¿Enviarán ayuda otros enclaves?

Los de Sirandel no eran los únicos inmortales que se unían a Iona. Una semana antes había llegado una pequeña fuerza de Tirakrion, diminuta en número, pero eso era mejor que nada. Tenían la piel dorada, bronceada por siglos en su isla, oculta entre las cálidas aguas del Mar Largo. Aunque eran más aptos para la navegación, todos eran guerreros.

—No puedo decirlo. Muchos de los míos están a medio reino de distancia. Y ni siquiera los inmortales pueden volar —respondió Dom. Luego maldijo en voz baja.

Andry conocía bien el objeto de la frustración de Dom.

—No es culpa tuya —dijo él.

El Anciano lo ignoró.

—Si hubiera llegado antes... si hubiera estado aquí, podría haber convencido a Isibel. Habría tenido más tiempo. Podríamos haber reunido a todo el reino, a todos los enclaves...

—Escapaste de las mazmorras de Ascal —dijo Andry enérgicamente, interrumpiéndolo. Puso una mano en el ancho hombro del Anciano—. Sobreviviste para estar aquí, ahora. Eso es suficiente, Dom.

—Debe ser suficiente —murmuró Dom, con sus ojos verdes aún turbios por la frustración.

Por mucho que compartiera ese sentimiento, Andry sabía que no debían insistir en lo que no podían cambiar. Se volvió hacia el paisaje, con la mandíbula tensa.

—¿Está terminada la zanja? —preguntó, cambiando de tema—. ¿Y las estacas?

—Casi por completo —respondió Dom.

Andry apretó la mandíbula. Los Ancianos habían hecho un rápido trabajo de excavación de una zanja en torno a los costados de la colina que sustentaba la ciudad, con troncos de árboles afilados sobresaliendo. Eso obligaría al ejército de Erida a maniobrar en formación de embudo, reduciendo su ventaja en el asalto a las puertas de la ciudad. Pero era demasiado tarde para cavar alrededor de toda la ciudad, por lo que habían quedado vulnerables los acantilados más altos.

—Diez mil soldados de Ibal y Kasa. Caballería, infantería, arqueros, elefantes —murmuró Dom, enumerando sus fuerzas—. Y una ciudad de Ancianos detrás de ellos.

Un ejército formidable, sin duda. Pero nada comparado con la embestida que marchaba hacia ellos. Andry hizo una mueca de dolor. *Pronto tendremos que comernos los caballos.*

Aunque todavía era muy temprano, los ojos de Andry ardían de cansancio. Mientras pasaba los días estudiando el campo de batalla o entrenando en el patio, las reuniones consumían sus tardes. Entre los Ancianos y los comandantes mortales, junto con las aportaciones de Sorasa y Garion, tenían algo parecido a una estrategia. En gran parte sugerida por el propio Andry.

—Con un poco de suerte —dijo Andry— podremos repeler la primera oleada. Entonces, empezarán los verdaderos problemas.

Asedio.

Se estremecía al pensarlo, encerrado como una rata en una trampa. Condenado a pasar sus últimos días hambriento, observando a Erida y Taristan desde lejos.

Dom parecía igual de inquieto.

—No es la ciudad lo que esperamos salvar, sino a Corayne —añadió el inmortal.

—Corayne —repitió Andry. Sus planes para ella eran mucho más detallados—. Una parte de mí desearía que tuviéramos más tiempo.

El Anciano le dirigió una mirada severa.

—¿Y la otra parte?

—Me gustaría que esto ya hubiera terminado —soltó Andry. Se inclinó en el aire, con las manos apoyadas en los muros de la muralla—. Sea cual sea nuestro destino. Sólo quiero saber qué viene después y acabar por fin con todo esto.

A pesar de la fría brisa, sus mejillas enrojecieron de vergüenza. Andry agachó la barbilla y miró hacia las paredes, hacia los escarpados acantilados de granito y luego hacia el valle. La gran altura hacía que la cabeza le diera vueltas.

Una mano cálida apretó su hombro; se la sentía pesada a través de la capa y las pieles de Andry. Se volvió para ver a Dom observándolo, con una mirada pensativa. Sin juzgarlo. Eso tranquilizó un poco a Andry.

—Piensa en el después —dijo Dom—. Piensa en *tu* después. Adónde irás, qué harás. Todas las cosas por las que luchas, grandes y pequeñas.

Andry quería perderse en semejante empeño. Una cosa era soñar y desear. Otra muy distinta era ocultarse en una ilusión, sobre todo ahora, cuando el sol rojo se alzaba y el tiempo se agotaba.

—¿Y tú? —murmuró Andry, volviendo la pregunta hacia el Anciano.

Dom respondió demasiado rápido, sin pensar ni preocuparse.

—Sorasa quiere volver a Ibal. Si puede —dijo encogiéndose de hombros, como si fuera la respuesta más obvia.

Andry sintió que las cejas casi le desaparecían en el nacimiento de su cabellera. Parpadeó ante Dom, sorprendido, esperando a que el Anciano comprendiera lo que significaban sus palabras.

—¿Y tú... te irías con ella? —dijo Andry con voz entrecortada. De repente, se encontró repitiendo en su cabeza el viaje de Dom y Sorasa. Intentando leer entre líneas lo que le habían dicho a los Comisionados. Y lo que no.

Dom se dio cuenta y su expresión cambió milímetro a milímetro. Su ceño habitual se suavizó, sus ojos se agrandaron y parpadeó con rapidez. Se volvió hacia Andry.

—No sé por qué dije eso —murmuró.

A pesar de las circunstancias, Andry sonrió.

Yo sí lo sé.

Dom no le devolvió la sonrisa. Miró hacia el valle, más oscuro que una nube de tormenta.

Y entonces Andry se echó a reír, doblado sobre las murallas, agarrándose los costados. Se sentía abrumado, con todas las emociones desbordadas.

Otros soldados del muro lo miraron como si estuviera loco. Dom sólo gruñó, con los dientes expuestos.

—Estoy cansado, Trelland —dijo, con el rostro escarlata como el cielo—. Me expresé mal.

—En efecto —bromeó Andry.

Domacridhan era un Anciano inmortal de quinientos años, un guerrero temible, un verdadero héroe. Andry lo había visto apuñalado, quemado y dado por muerto. Pero nunca tan frágil como ahora, con la cara roja y parpadeando, contemplando el valle como un erudito contemplaría un libro.

Andry volvió a reír. Dom era un luchador por encima de todas las cosas, y estaba peleando como un tigre contra su propio corazón.

Pero la diversión de Andry duró poco.

Un toque de cuerno resonó en la ciudad, un sonido largo y profundo que provenía del este. Andry y Dom se volvieron al mismo tiempo hacia el origen del sonido, con la cara desencajada. En todas las murallas y calles ocurría lo mismo. El terror se apoderó de Iona, desde los soldados mortales apostados a las puertas hasta Isibel consagrada en su trono, con la gran espada sobre las rodillas.

Dom era quien había ordenado a los exploradores Ancianos ir a las montañas, pero sonar el cuerno había sido idea de Andry.

El cuerno volvió a sonar, luego sonó otro, más fuerte y más cerca. Y luego otro, los toques de cuerno recorrían con rapidez el valle, desde el puerto de montaña hasta Iona. A las puertas de la ciudad, un Anciano alzó un cuerno en espiral, haciendo sonar una llamada que sacudió la ciudad.

El mensaje era claro.

—Están bajando por el paso del Sirviente Divino —dijo Dom, pasándose una mano por la cara. Clavó la mirada en la cordillera, como si pudiera ver hasta las laderas escarpadas.

Quizás él sí puede, pensó Andry sombríamente.

En algún lugar de la ciudad, el sonido de los cascos repiqueteó por las calles de piedra. El corazón de Andry se aceleró al compás del galope de caballos: un par de monturas llevaban a dos jinetes Ancianos. Bajaron volando de los establos, veloces como aves de rapiña, y atravesaron las puertas de la ciudad.

Uno irá hacia el norte y el otro hacia el sur, lo supo Andry. Era otra de sus sugerencias. *Para asegurarse de que alguien viva para contar lo que pasó aquí. Lo que luchamos y ante lo que caímos.*

Con la boca cubierta por su barba, Dom hizo una mueca.

—Tenemos hasta el anochecer.

Andry movió lentamente la cabeza. En su mente, vio a la gran caballería avanzando por el valle, espoleada por la furia de Taristan y el hambre de Erida.

Se le quebró la voz.

—Antes del anochecer —dijo Andry.

* * *

La tranquila y fría Tíarma ya no existía. Los salones de mármol de los Ancianos resonaban con ruido, llenos de botas que arrastraban barro y soldados mortales junto a los señores Ancianos. Parecía más una fortaleza militar que un gran castillo, entregado al desordenado negocio de la guerra.

Andry conocía las muchas precauciones tomadas para fortificar el castillo contra los ataques. Los martillos seguían sonando cuando se clavaban los últimos tablones de madera, cubriendo las delicadas ventanas de vidrio o los arcos abiertos. Las provisiones llenaban las bóvedas bajo el castillo, almacenadas para largas semanas de asedio. Y las mesas del festín cerraban todas las entradas al castillo excepto una, formando otro punto de embudo. Andry incluso tenía escondites de armas por toda la ciudad, estratégicamente colocados para facilitar una lenta retirada por la cresta. Arcos y aljabas de flechas, lanzas, espadas afiladas, dagas, escudos. Además de comida y agua, vendas, hierbas y cualquier medicina que tuvieran los Ancianos.

La última defensa, pensó Andry sombríamente, mientras entraba en el gran castillo pisándole los talones a Dom. Las sombras se alzaban a su encuentro, el sol se filtraba en débiles rayos por las ventanas tapiadas con tablas.

Los ibalos discutían con los comandantes Ancianos sobre las formaciones. Isadere miraba, vestida con su cota de malla dorada, mientras los caballeros águila esperaban, con sus armaduras de acero blanco puestas, relucientes, y sus lanzas en la mano.

A Andry se le subió el corazón a la garganta al pasar. Se preguntó si sería la última vez que vería a alguno de ellos con vida.

Nadie se atrevía a interponerse en el camino de Dom. La gente en el vestíbulo se abrió ante él mientras caminaba, permitiendo al príncipe de Iona atravesarlo sin problemas. Andry lo seguía con los ojos bajos. Demasiados rostros se arremolinaban a su alrededor, rostros que tal vez no volvería a ver después del atardecer.

A pesar del desorden de los salones, la armería del castillo estaba mucho más organizada, gracias a los días de cuidadosa preparación de Andry. Los Compañeros ya estaban allí, esperando, como se les había ordenado en días pasados.

En el centro de la cámara, Sorasa inspeccionaba una serie de espadas, con la nariz arrugada a pesar de la buena calidad del acero Anciano. Se burlaba de todo, pero ni siquiera su máscara de desdén podía ocultar el miedo que había debajo.

—¿Están lejos los jinetes? —gritó ella, encontrándose con la mirada de Dom.

El Anciano asintió en silencio y se quitó la capa gris verdosa. Su armadura esperaba en un rincón, pulida como un espejo. Tenía un tono verde pálido. *Como la armadura de su prima*, se dio cuenta Andry, recordando a la princesa Anciana que había muerto en Gidastern.

Corayne ya llevaba su propia armadura, una combinación de corazas de acero y cota de malla para que no pesara demasiado. Llevaba unos brazaletes de picos atados con fuerza a los antebrazos, con un diseño de escamas. Al igual que Dom, no llevaba capa, sólo la Espada de Huso estaba atada a su espalda. Se encogió de hombros al ver a Andry, señalando el casco que llevaba bajo el brazo.

—Me veo ridícula —murmuró Corayne, probando su amplitud de movimiento.

Un ruido metálico horrible resonó cuando ella tomó la espada que llevaba en la cadera.

—Bueno, yo me veo maravilloso —dijo Charlie desde el otro lado de la armería. Al igual que a Corayne, no le sentaba bien la armadura. El hombre ya tenía la cara roja y sudaba por encima del gorjal que rodeaba su garganta.

Sorasa les dirigió a ambos una mirada fulminante, antes de volver a las armas, pasando las manos por una selección de lanzas.

—No te veo metiéndote en un ataúd de acero —le espetó Charlie.

Por encima de su hombro, Garion rio entre dientes. También él llevaba una armadura ligera, de buen acero, ajustada sobre las pieles.

Sacudiendo la cabeza, la mujer Amhara se dirigió a otra mesa, esta vez con dagas. A Andry no le pasó desapercibida la forma en que le daba la espalda a Dom, pues posaba su mirada en cualquier lugar menos en él.

—Me muevo mejor sin armadura —dijo ella, por encima del hombro. Sus dedos danzaron entre las espadas, probando los filos y girando algunas de ellas para sopesarlas.

En la esquina, Dom se burló en un murmullo tan bajo que podría haber sido un gruñido.

—Tus pieles no pueden repeler una flecha, Sarn.

—Sabes que no me acercaré a los arqueros, Anciano —respondió ella acaloradamente.

Mientras discutían, Andry se puso al lado de Corayne. Ella le dedicó una pequeña sonrisa, apenas más que un esbozo. Pero era suficiente.

—¿Dónde está Valtik? —preguntó Andry, observando de nuevo la cámara. La luz roja del sol se filtraba por las ventanas tapiadas, dando a la armería un resplandor sangriento.

La vieja bruja no estaba por ninguna parte.

—De hecho, durmió con nosotras anoche —dijo Corayne, incrédula—. Justo al lado de Sorasa, en el suelo.

Andry enarcó una ceja.

—Qué valiente.

—Se ríe en sueños. Estuvimos a punto de matarla —añadió Corayne. Entonces, sus ojos se oscurecieron, tan negros que se tragaron la luz—. Aunque supongo que tendremos suficiente derramamiento de sangre esta noche.

—Corayne —murmuró Andry, haciendo una mueca de dolor.

Ella se sonrojó.

—Lo siento.

Ambos se sumieron en un silencio incómodo, sólo interrumpido por las recriminaciones errantes de Dom y Sorasa. Iban y venían, Anciano y Amhara, provocándose por todo y por nada. Mientras tanto, Dom se despojó de sus ropas principescas hasta quedarse sólo con sus finos calzones. Luego, pieza a pieza, se puso su equipo de combate, lo bastante despacio para enfurecer a Sorasa.

Andry revolvió entre sus cosas, ordenadas en un rincón. Era una colección desastrosa. Armaduras hechas por los Ancianos, su propia espada, el hacha jydi y pieles de lobo. Junto con su vieja túnica, limpia, con la estrella azul más brillante de lo que recordaba. La extendió sobre la mesa, alisando la tela. Las puntadas corrieron bajo sus dedos, el hilo era más viejo que él mismo.

La mano de Corayne se unió a la suya, a escasos centímetros. Pasó un dedo por el borde de la estrella, con cuidado de no engancharse con nada.

—Esta noche haremos que se sientan orgullosos —dijo ella en voz baja—. Tu padre y el mío.

—Así será —respondió Andry.

Eso espero.

Tras ponerse su propio equipo en la intimidad del rincón, todo estaba listo. Pero nadie se movió, todos estaban indecisos a la hora de abandonar la armería. Para hacer frente a la tormenta que se avecinaba.

Dom estaba de pie, descomunal dentro del acero verde, con su gran espada colgada a la espalda como la Espada de Huso que llevaba Corayne. Frente a él, Sorasa se miraba el brazo, rascándose la cota de malla que llevaba bajo sus pieles. No era una armadura, sino una buena solución para la situación, y la odiaba. Charlie seguía agitando la cintura, parecía un lord en un desfile militar, con el cabello castaño recién aceitado y trenzado. Al igual que Corayne, estaría lejos de la lucha, durante el mayor tiempo posible.

Y Corayne estaba sola, enmarcada contra una de las ventanas, las tablas detrás con sangrienta luz roja. Su silueta ardía.

Andry miró a los Compañeros uno por uno, haciendo balance entre los extraños con los que se había encontrado al principio y los amigos que tenía enfrente ahora. Se le hizo un nudo en la garganta al mirarlos, memorizando cada rostro.

En la armería resonaban los sonidos lejanos del castillo y la ciudad. Los Compañeros permanecieron congelados, reacios a romper el hechizo que los retenía a todos.

Pero debemos movernos, Andry lo sabía.

Por un momento, sus ojos se cerraron. Cuando volvieron a abrirse, apretó la mandíbula, endureció el corazón y dio el primer paso.

—Conmigo —gruñó Andry, dirigiéndose a la puerta.

Los demás no dudaron.

—Conmigo —repitieron, uno a uno.

* * *

El castillo se desdibujó, los muros de piedra y los suelos de mármol se deslizaban como un río. Más gente se unió a la multitud, hasta que guardias Ancianos y soldados mortales rodearon a los Compañeros. Andry no veía nada, no oía a nadie, su sangre se sentía como una marejada por sus venas. Sólo veía a Corayne con el rabillo del ojo, la armadura grabada con rosas y las joyas de la Espada de Huso brillando sobre su hombro. Parpadeaban en rojo y púrpura, como un terrible amanecer.

Andry siguió a los demás hasta la terraza frente al castillo. Hoy no había niebla, sólo un cielo ensangrentado, cada vez más rojo. Nada ocultaba las montañas. Ni la oscura línea de las legiones que descendían por la ladera; el destello de su acero era evidente incluso para los ojos mortales.

—Dom me preguntó qué haré después —dijo en voz baja, apenas audible sobre el tintineo de la armadura—. Después de todo esto.

Corayne se quedó quieta a su lado, deteniéndose para permitir que los demás avanzaran.

Incluso Sorasa les dejó espacio, aunque sólo fueran unos metros.

—Crees que habrá un después —murmuró ella.

El viento soplaba frío y limpio. Un último suspiro de libertad. Andry avanzó contra la corriente de aire, respirando hondo.

—Tengo que hacerlo —dijo él, con los ojos ardiendo. Sabía que sonaba estúpido, pero lo dijo de todos modos. Como si eso hiciera sus palabras realidad—. Iré con mi madre, a Nkonabo. A la casa con las fuentes y los peces púrpura. Ella solía contarme historias de su familia, sus vidas. Nuestra familia.

Esperaba que Corayne se compadeciera de él. Pero ella lo tomó de la mano, los guantes de ambos se encontraron.

—Será maravilloso —dijo Corayne, apretando con fuerza. Su rostro se inclinó hacia el suyo, tan cerca que él pudo ver las pecas que salpicaban el puente de su larga nariz—. Yo siempre he querido ir a Kasa.

Ven conmigo, quería decir él, tanto que le dolía el corazón. *Ven conmigo. Aunque sólo sea un sueño.*

El viento sopló con más fuerza, atrapando el largo cabello negro trenzado de Corayne. Sin soltar a Andry, ella se giró hacia el viento, con una expresión melancólica en el rostro. No miraba hacia el ejército en las montañas, sino al sur, al otro lado del valle.

A las aguas del Mar Largo.

—¿Cómo van los vientos? —murmuró Corayne para sí misma, tan bajo que él apenas la oyó. Su garganta se balanceaba sobre el cuello de su cota de malla, la única parte de piel expuesta bajo su rostro.

Lentamente, se volvió hacia él.

—Me pregunto si volveré a ver a mi madre —dijo ella.

—Lo harás, Corayne —él apretó con fuerza su mano—. Te prometo que lo harás.

Como en Gidastern, algo se apoderó de Andry Trelland. Antes de que se diera cuenta, ya tenía la mano enguantada de ella en su boca. Rozó con sus labios los nudillos de Corayne.

Ella no se apartó, sólo lo miró fijamente, sosteniéndole la mirada. Por un momento, sólo existieron los ojos de ella, un cielo negro. Él quería llenarlo de estrellas ardientes.

—Aférrate a lo que venga después —dijo él hacia la mano de ella—. Sea cual sea tu después, aférrate a él.

Con un giro, ella soltó la mano de Andry, sólo para llevar ambas palmas hacia la cara de él, con los guantes apoyados en sus mejillas. Andry se sintió arder bajo el tacto de Corayne y pensó que el corazón se le iba a salir del pecho.

—Lo intentaré —dijo ella—. Prometo que lo intentaré.

El aliento de ella le rozó la cara y sintió que el casco se resbalaba de su brazo. Andry no le dio importancia y lo dejó caer. Titubeante, llevó las manos a la cintura de ella, aunque no podía sentirla a través de la armadura. No importaba. Su forma era suficiente. Sus ojos eran suficiente.

Y él, también, era suficiente.

El lejano rugido del dragón los separó, y ambos se estremecieron al oír aquel sonido tan familiar. Andry extendió un brazo, empujando a Corayne detrás de su cuerpo. La multitud que los rodeaba reaccionó del mismo modo, volviéndose hacia la fuente del ruido.

Debajo de ellos, en el rellano, Sorasa soltó una retahíla de maldiciones, cada una peor que la anterior.

La línea negra del ejército de Erida avanzaba. Y sobre ella, el dragón daba vueltas, terrible y enorme.

Andry entrecerró los ojos, esperando ver un estallido de llamas. En Gidastern, el dragón había atacado de manera desenfrenada, sin guardar lealtad a ninguno de los bandos. En ese entonces, no servía a Taristan ni a ningún otro amo.

El dragón rugió de nuevo y el corazón de Andry se hundió hasta los dedos de los pies.

No atacó, se contentó con volar sobre el ejército en círculos lentos. Ahora, el dragón seguía a las legiones gallandesas como un perro a su amo.

Bajo él, Corayne levantó la barbilla, pálida de miedo. Pero aún desafiante.

—Conmigo —murmuró ella.

—Conmigo —respondió él.

38

LOS DIOSES RESPONDERÁN

Corayne

Esto no era como Nezri, o el templo del bosque, o incluso Gidastern. Batallas vertiginosas, sin tiempo para pensar. Sólo podían avanzar hacia lo que les esperaba, fueran monstruos o Husos.

Ahora Corayne deseaba que sólo se tratara de monstruos y Husos. Pero se estaban enfrentando a una larga y tormentosa marea que salía de las montañas, como una serpiente retorciéndose hacia el fondo del valle. No sabía cuántas legiones comandaba Erida, y ni siquiera ahora se atrevía a preguntar. Al igual que el resto, sólo podía sufrir y observar cómo pasaban los segundos y la gran serpiente negra se acercaba cada vez más. Hasta que la luz cambió y se dio cuenta de que la serpiente no era negra, sino de un horrible color acero y verde brillante.

El dragón se cernía sobre el gran ejército, como si estuviera sujeto con una correa.

A Corayne le temblaban las manos, aún ardían al sentir el rostro de Andry. Él estaba frente a ella, protegiéndola como si un escudero pudiera defenderla de todos los ejércitos del Ward. En el fondo de su corazón, ella sabía que sin duda lo intentaría, Dom y Sorasa permanecían en los escalones de abajo. Esperaban como islas en el agitado mar de cuerpos. Ninguno se movía, observando al ejército y el dragón mientras los soldados se desperdigaban a su alrededor, corriendo a sus puestos.

Entonces, Dom se estremeció y sus grandes hombros se alzaron. El acero de su espalda centelleó, atrapando el sol rojo. Había llegado el momento. Corayne lo sabía tan bien como él, tan bien como cualquiera de ellos. Dom no permanecería en el castillo, él marcharía con los suyos. Para enfrentarse a la primera oleada de ataque, y quizá la última.

Apenas dio un paso antes de que Corayne se abalanzara sobre él y lo tomara por el brazo.

Él no se movió, dejando que ella lo detuviera.

—Los Ancianos pueden luchar sin ti —dijo Corayne, las lágrimas le nublaban la vista. Ella no había podido ganar esa batalla en la sala del consejo. A juzgar por la expresión del rostro de Dom, tampoco la ganaría ahora.

Pero lo intentó de todos modos.

La frente dorada del Anciano se inclinó y, por un momento, ella pensó que él también lloraría.

—Soy el príncipe de Iona —dijo Domacridhan con firmeza—. Es mi deber.

—Tu deber es *conmigo* —replicó Corayne, enseñando los dientes. Fue la única carta que se le ocurrió jugar—. Con mi padre.

Suavemente, él se soltó, encogiéndose de hombros lejos de ella.

—Sorasa te mantendrá a salvo hasta mi regreso.

A su lado, la Amhara miraba el suelo, negándose a levantar los ojos delineados en negro. Ahora el maquillaje era pintura de guerra, que agudizaba su mirada cobriza hasta hacerla brillar como cristal fundido. Sus labios carnosos se apretaban contra la nada, con los dientes tensos para contener algo.

—Dom —Corayne lo agarró de nuevo.

Esta vez, él la esquivó, como si sólo fuera una niñita temblorosa.

—Es mi deber —volvió a decir él, con un pozo de arrepentimiento burbujeando en sus ojos verdes.

—Y el mío —respondió otra voz, fría y distante.

Corayne se volvió y casi quedó cegada por el destello de la luz del sol sobre la plata brillante. La armadura de Isibel brillaba en rojo bajo el extraño cielo. Como Dom, las astas se extendían por su pecho, con las puntas engastadas con una joya. La monarca de Iona era una visión, lo más parecido a un dios que Corayne hubiera visto jamás.

En una mano empuñaba la gran espada de Iona, una brutal pieza de metal, pesada y antigua. Isibel la hizo girar una vez, como si estuviera hecha de plumas y no de acero.

Corayne sólo pudo mirar fijamente, mientras su mente se agitaba, dividida entre la gratitud y la ira.

Isibel no sonrió ni se disculpó. La Anciana se limitó a bajar para unirse a Dom, con sus propios guardias avanzando tras ellos. Fue el último empujón que Dom necesitaba, y finalmente se apartó, hombro con hombro con su tía. Marcharon al compás de un tambor de acero.

Sorasa caminó los primeros metros con él, como si ella también pudiera bajar a las puertas. Pero Corayne sabía que no lo haría. Ése era el plan. Sorasa Sarn no tenía lugar en el campo de batalla. Aun así, caminó junto a Dom, buscando un último adiós, una despedida que nadie más escucharía.

A Corayne se le retorció el corazón cuando la asesina y el inmortal intercambiaron palabras, sus ojos hablaban tanto como sus labios. Entonces, una mirada atormentada cruzó el rostro de Sorasa cuando se detuvo, dejando que Dom avanzara sin ella.

Al igual que Isibel, Dom llevaba el cabello dorado trenzado hacia atrás. Corayne se le quedó mirando, observando su nuca mientras caminaba. Por lo general, Dom sobresalía entre la multitud, pero entre los de Iona era uno de tantos. Sereno, alto, letal. Los ojos le ardían y Corayne tuvo que parpadear. Cuando volvió a abrirlos, ya no consiguió ubicarlo. Domacridhan se había perdido en el mar de soldados, arrastrado por la cresta en una ola para encontrarse con la marea que se acercaba.

Su respiración se agitó, sus costillas se tensaron, haciendo fuerza contra las hebillas de su armadura. De pronto, sintió que le era imposible respirar, como si algo le estuviera extrayendo el aire de los pulmones.

Conocía los planes de batalla. Los había escuchado todas las noches, susurrados alrededor de la mesa del banquete o gritados en la sala del trono. Una zanja aquí, una catapulta allá. Tantos en reserva, tanto tiempo para retirarse. Cerca de mil soldados de Iona estaban en el campo de batalla con el ejército de Isadere y los kasanos, y los Ancianos de Sirandel y Tirakrion vigilaban las murallas. Eyda y los Ancianos de Kovalinn permanecerían en el castillo, como guardia personal de Corayne. Y Dom guiaría a su gente abajo, mientras pudiera. Hasta que la interminable oleada de legiones gallandesas los obligaran a retroceder.

Corayne sabía todo esto. Y le rompía el corazón.

Sorasa también se quedó mirando, mucho después de que los de Iona atravesaran las puertas del castillo, hasta que sólo quedaron sus ecos. Sus hombros se inclinaron una vez, fue la única muestra de su propio dolor.

Corayne sabía que no debía esperar lágrimas. Cuando Sorasa por fin se dio la vuelta, tenía los ojos secos y el rostro dispuesto en su habitual máscara de orgullo y desdén. Dio un paso hacia arriba para unirse a Sorasa y Andry, antes de volverse de nuevo para mirar al campo de batalla.

En lo alto, el sol arrojaba una pesada luz escarlata que bañaba el mundo con una neblina eclipsante.

A Corayne se le retorció el estómago, con el zumbido de un Huso siempre presente en su piel. No pudo evitar acordarse de Ashlands, el reino baldío de polvo y cadáveres. *Aquel cielo también era rojo,* pensó, temblando.

—Será una noche larga —le dijo Sorasa a nadie.

* * *

No había una buena forma de pasar el tiempo. La conversación se entrecortaba, todos tenían demasiado miedo como para hablar mucho. Ni siquiera Charlie tenía algo que decir, estaba pálido y silencioso junto a Garion. Sorasa hacía lo que podía, enumerando todas las formas de matar a un hombre. Demostró algunas, señalando un punto en el cuello de Corayne, luego un lugar entre costillas específicas. Corayne ya lo sabía todo. Ya había asimilado las lecciones de Sorasa. Aun así, escuchó, pero no por su propio bien. Había desesperación en los ojos de Sorasa, y también miedo. Ella necesitaba esto más que Corayne.

A lo lejos, el ejército seguía marchando, con el estruendo de los miles de pies, el ritmo de los tambores de batalla y el batir de las alas del dragón. Se sentía como si le golpearan a uno el pecho con un martillo, una y otra vez.

—Esto es una tortura —murmuró Corayne.

Sorasa apretó los dientes contra los ecos implacables.

—No, es peor.

Minuto a minuto, la preocupación crecía, hasta que Corayne pensó que podría vomitar. Entonces, la serpiente negra cerró el último kilómetro. El sonido de los caballos a la carga se unió al estruendo, junto con los gritos de demasiados soldados para comprenderlos. Cuando los cuernos sonaron en el campo de batalla, señalando la carga gallandesa hacia Iona, Corayne se tambaleó. Pero Andry no la dejó caer. Se movió como un muro a su lado, permitiendo que ella se apoyara en él.

—Un Huso abierto en llamas, un Huso abierto en torrente.

Corayne se dio la vuelta y vio a Valtik demasiado cerca, con su atuendo habitual. Parecía débil y pequeña frente a las filas acorazadas. Pero Valtik miraba al frente, al dragón que volaba en círculos sobre el ejército.

Sorasa miró a la vieja bruja y luego de nuevo al dragón.

—Deberías entrar, Valtik —advirtió, sólo para que la bruja levantara una mano blanca, interrumpiéndola.

—Un Huso abierto en riqueza, un Huso abierto en sangre.

Llama. Inundación. Oro. Sangre. Corayne vio cada Huso en su mente, y los reinos a los que conducían. Infyrna. Meer. Irridas. Ashlands. Se estremeció, preguntándose qué Huso se encontraba aquí.

A su lado, los ojos de Valtik seguían al dragón. Volaba en círculos sobre el campo de batalla, gruñendo. Corayne apostaba a que Taristan cabalgaba justo debajo, con Ronin a su lado. Aunque su tío había perdido la capacidad de curar su cuerpo y su gran fuerza, había ganado un formidable guardaespaldas.

—Los dioses de Irridas han hablado, las bestias de sus tesoros han despertado —murmuró Valtik. Sus dedos nudosos se movieron dentro de su bolsa de huesos, aún ceñida a la cintura.

A Corayne se le subió el corazón a la garganta. Recordó la rima. Era prácticamente igual que el hechizo que había utilizado para obligar al kraken a volver dentro del Huso. A pesar de sí, se atrevió a albergar esperanzas, observando cómo se balanceaba la vieja bruja. Tocó a Valtik en el brazo, con suavidad, animándola a continuar.

La bruja se volvió hacia ella, con los ojos desorbitados. Incluso contra la luz roja, seguían siendo de un azul imposible y vibrante. Aun así, parecía una vieja cualquiera, con la piel fina como el papel y las venas entrelazadas bajo las arrugas de la edad. Tenía manchas en las mejillas y en el aire flotaba un aroma a lavanda que, por un momento, dominó todo lo demás.

—El enemigo está a las puertas —dijo la bruja jydi, y su risa enloquecida desapareció.

Corayne se inclinó para encontrarse con su mirada.

—Lo sé, Valtik. Ayúdanos a derrotarlos. Dinos qué hacer.

Pero Valtik sólo posó una palma sobre el rostro de Corayne, su mano helada contra su mejilla.

—Que estés bien, Destructora de Destinos.

En el campo de batalla, el dragón lanzó un grito como nunca había oído Corayne. Se estremeció y se agachó cuando el dragón salió disparado hacia el cielo, batiendo las alas furiosamente, y un viento caliente y ceniciento desgarró el castillo.

—¡Adentro! —oyó gritar a Sorasa. La Amhara agarró una de las correas de su armadura y la utilizó para arrastrarla de vuelta al rellano.

Las piernas de Corayne se arrastraron sobre la piedra, intentando correr. Pero perdió el equilibrio y cayó de lado, llevándose a Andry con ella. Dieron juntos contra el suelo con un doloroso golpe. La cabeza de Corayne sonó como campana y deseó haber tenido el casco, por tonto que pareciera. La vista le daba vueltas, pero levantó la cabeza a tiempo para ver a Valtik clavada en el suelo, con el aleteo del dragón lanzando su cabello hacia atrás en una cortina plateada.

De nuevo, Corayne olió a lavanda. Y a nieve.

—¡Valtik! —gritó, arrastrándose hacia sus pies— ¡Valtik, corre!

El dragón giró alrededor de la ciudad en un arco amenazador, las llamas brotaban de sus fauces. Una cinta de fuego danzó a lo largo de las murallas, quebrantando piedra y Ancianos por igual. Un centenar de arcos se alzaron para defenderse del monstruo. La mayoría de las flechas rebotaron en la piel enjoyada del dragón. Apenas lo suficiente para disuadir a un dragón enfurecido y atrapado por la voluntad de Lo que Espera.

Luego, se volvió contra Tíarma.

La Anciana no se movió, de algún modo erguida contra el tormentoso viento. Sólo entornó los ojos, sus míticos ojos azules se entrecerraron hasta convertirse en rendijas. Pero no se opacaron ni apagaron.

En todo caso, sus ojos parecían brillar, más fuertes y temibles.

—Valtik —volvió a decir Corayne, con voz débil, perdida en el caos.

Lavanda. Nieve.

Su mente daba vueltas, su atención seguía fija en la bruja, por pequeña que fuera. Un solo árbol viejo ante una tormenta destructiva.

Conozco esos ojos, pensó de repente, con las imágenes agolpándose en su cabeza. Cada recuerdo de Valtik, carcajeándose y rimando, sus huesos esparciéndose sobre sus pies descalzos. Y luego otro par de ojos iguales, del mismo tono, del mismo azul luminoso e imposible.

Miraban desde el rostro de un hombre viejo, oscilante en su paso, amable en su trato. Viejo, insignificante, un marinero cansado condenado a perseguir a la hija de una pirata.

—Kastio —susurró, en voz muy baja para que nadie la oyera.

Pero, de algún modo, Valtik la oyó.

Miró a Corayne una vez, con el cabello alborotado. Y le guiñó un ojo.

Con un solo batir de sus enormes alas, el dragón se elevó treinta metros hacia el cielo y su sombra cubrió el patio del castillo. Batió sus alas y otra ráfaga se abatió sobre todos ellos. Corayne cayó de nuevo hacia atrás, volteándose como una tortuga sobre su caparazón, con el peso de su armadura sujetándola. Se ahogó con el aire lleno de humo, luchando por mantener los ojos abiertos.

Sólo estaba el dragón sobre ella, el cielo rojo detrás.

Corayne no necesitaba pasar por otro Huso para ver el infierno de Lo que Espera.

Ya estoy allí.

Luego, se deslizó por la piedra, arrastrada como un saco de ropa.

Valtik permaneció allí, con su silueta contra la repentina ráfaga de humo.

—Los dioses de Asunder han hablado —canturreó la Anciana, levantando una mano hacia el dragón.

Éste rugió hacia ella con un chirrido desgarrador, tan potente que Corayne esperaba que la piedra se resquebrajara debajo de ellos. Débilmente, estiró la mano hacia la Anciana, como si aún pudiera atrapar a Valtik. A Kastio. A quienquiera que fuera la bruja de hueso.

Sus dedos sólo encontraron aire humeante, brasas que caían de la piel enjoyada del dragón.

En el cielo, sus fauces se abrieron enormes, con líneas de calor implacable brotando de su boca. Corayne sabía lo que vendría después.

Valtik se mantuvo firme.

—Y los dioses del Ward responderán.

El mundo se desaceleró y las llamas brotaron de las fauces del dragón. Sus alas se desplegaron y su cuerpo enjoyado cayó a tierra. Abajo, la vieja bruja esperaba con el rostro vuelto hacia arriba y las manos inclinadas a los lados, como si pudiera atrapar la llama del dragón.

Corayne quiso cerrar los ojos, pero no pudo, sólo los entornó a través del humo.

El primer rizo de fuego lamió la cara de Valtik. El resto se consumió y Corayne gritó.

El dragón gritó con ella, cambiando rápido de dirección y agitando las alas como un pájaro asustado. Sus ojos se abrieron y sus llamas brillaron cada vez con más intensidad, pasando del rojo al amarillo ardiente, y luego al blanco abrasador.

Luego, azul hielo.

Un segundo dragón salió disparado hacia arriba y fuera de las llamas, con su piel de hielo y turquesa, como el agua glacial. No tenía piedras preciosas, sino escamas de pez. Sus alas se desplegaban en elegantes arcos, su piel era como el frío cielo invernal. Hermoso, de alguna manera. Y letal. Cuello inclinado y colmillos al descubierto. Era más pequeño, pero ágil, rápido como un viento invernal.

Entonces, los ojos del segundo dragón se abrieron de golpe, con las pupilas rodeadas de un azul brillante y familiar.

El dragón demonio chilló, girando en el aire para esquivar las mandíbulas terribles del dragón azul. Cuando la segunda bestia rugió, arrojó un dardo de llamas de cobalto. Pero en lugar de calor, lanzó un frío abrasador.

En el suelo, Corayne sólo podía ver, boquiabierta, cómo el dragón azul empujaba al otro cada vez más alto en el cielo. Sus alas se agitaban, sus cuerpos se retorcían, sus dientes rechinaban y sus garras rasgaban. Las llamas rojas y el hielo azul luchaban en el cielo infernal, hasta que ambos se veían tan pequeños como pájaros.

A Corayne, la cabeza le daba vueltas. Luego, el umbral del castillo pasó por encima de ella, y el mármol se deslizó por debajo mientras era arrastrada al interior.

39

FANTASMAS

Domacridhan

Mientras los suyos se reunían frente al castillo, Dom esperaba sentir algún tipo de compañerismo. Conocía a los soldados que lo rodeaban, los vederanos de Iona, su propia familia inmortal. Pensó en Ridha, y en lo que daría por tenerla allí con ellos, dispuesta a luchar por la supervivencia de su pueblo y del reino. Eso sólo lo hizo sentirse más vacío, desconectado. No quería morir en el campo de batalla bajo la ciudad, solo, salvo por los otros mil soldados masacrados con ellos.

Se le cortó la respiración. Quería morir ahí mismo, en las escaleras del castillo, con los Compañeros a su lado.

Si no podemos vivir, al menos podremos partir juntos.

Pero Dom sabía que sería así. Era un príncipe de Iona, y su deber estaba abajo, con su gente. Con el ejército. Contener a Taristan todo el tiempo que pudieran, como pudieran.

Con suavidad, retiró su mano de Corayne y bajó con los otros de Iona, su tía entre ellos.

Para su sorpresa, Sorasa avanzó con él. Miraba al frente, negándose a enfrentar sus ojos. En cambio, jugueteaba con la cota de malla que llevaba bajo la chaqueta, intentando ajustar los anillos metálicos. Estaba claro que despreciaba esa prenda, y sus movimientos, normalmente fluidos, eran más lentos y forzados.

Él abrió la boca para burlarse de ella, para decir cualquier cosa, para aferrarse un segundo más a su lado.

—Gracias por llevar armadura —gruñó. Era lo único que le quedaba por decir.

Él esperaba una réplica rápida y venenosa. Pero Sorasa lo miró. Sus ojos cobrizos vacilaron, llenos de toda la emoción que ya no le importaba ocultar.

—El hierro y el acero no nos salvarán del fuego de los dragones —dijo ella, llena de pesar, sin apenas mover la boca.

Una vez más, Dom quiso quedarse, y se demoró un último momento, con sus ojos clavados en los de ella.

—Sé que no crees en fantasmas —murmuró Sorasa, manteniéndose firme. No se acercó ni se movió en absoluto, dejando que la multitud de Ancianos avanzara, rodeándolos.

Un vederano que cae en este reino cae para siempre, pensó Dom, la vieja creencia convertida de pronto en una maldición.

Los ojos de Sorasa brillaban, inundados en lágrimas que nunca se permitiría derramar. Tenía el mismo aspecto que en la playa tras el naufragio, destrozada por el dolor.

—Pero yo sí —continuó ella.

El pecho de Dom se llenó de una sensación desconocida, un dolor que no podía nombrar.

—Sorasa —empezó a decir, pero la multitud fluía a su alrededor, sus soldados vederanos eran demasiados para ignorarlos. Cada parte de él quería permanecer ahí, aunque sabía que no podía.

Ella no quiso acercarse a él, mantuvo las manos presionadas a sus costados, la barbilla levantada y la mandíbula rígida. Las lágrimas que acarreaba se desvanecieron, hundidas en el pozo insensible de un corazón Amhara.

—Persígueme, Domacridhan.

La marea del ejército creció antes de que él pudiera pensar en una respuesta. Mientras Sorasa se mantenía firme en su lugar, Dom se dejó llevar. Mientras su cuerpo marchaba, su corazón se quedó atrás, roto, ya ardiendo.

Las últimas palabras de Sorasa lo siguieron hasta las puertas de la ciudad. Resonaban en su cabeza, persistentes como los ojos de tigre de Sorasa, como el rostro de Corayne. Intentó olvidarlo todo, como Sorasa. Pero no había olvido. Ni de la voz de Sorasa ni de la preocupación de Andry. Charlie, pequeño junto a los escalones, sudando en su armadura. Y nada en el reino podía borrar la angustia de Corayne mientras él se daba la vuelta para irse, aun cuando todos sus instintos gritaban que se quedara atrás.

Ella estará a salvo, se dijo, repitiéndolo una y otra vez, como si eso pudiera volverlo realidad. De hecho, Corayne tenía a Sorasa y a Andry, por no mencionar a sus guardias de Kovalinn. *Ella estará a salvo.*

Entonces, vislumbró la serpiente negra de las legiones enroscándose montaña abajo, el dragón moviéndose con ella. Su fe se hizo añicos, su esperanza se dispersó como las hojas que esparce el viento cruel.

Ella estará a salvo hasta el momento en que ya no lo esté. Hasta el momento en que todo esto se derrumbe y muramos dispersos, separados el uno del otro por última vez.

Una flecha en el corazón sería menos dolorosa.

Mil vederanos de Iona marchaban a su alrededor, el sonido de sus armaduras era como el tañido de mil campanas. Todos iban equipados con espadas, flechas y todas las dagas que podían llevar. En la retaguardia iban carretas cargadas de largas lanzas. Hombres y mujeres luchaban por igual, habían dejado la mayor parte de la ciudad vacía, salvo por los pocos vederanos demasiado jóvenes para luchar, y el resto estaba vigilando las murallas de la ciudad. Los vederanos de Sirandel y Tirakrion los saludaron al pasar. Estaban de pie, con sus siluetas recortadas contra el cielo rojo, observando cómo sus parientes inmortales marchaban hacia su perdición.

Parecía un cortejo fúnebre, y Domacridhan uno de los muertos.

Bajo una nube de terror, la compañía vederana llegó a las puertas de la ciudad, en la base de la cresta. Las mandíbulas de piedra se abrieron de par en par, y marcharon hacia lo que sería el campo de batalla. Las zanjas se extendían a ambos lados de las puertas, formando un cuello de botella. Unas estacas afiladas se alineaban en el fondo de cada zanja, enrojecidas por la extraña luz. Parecían bocas demasiado amplias de mandíbulas torcidas, listas para consumir a cualquiera que se acercara demasiado.

Dom intentó no ver lo que sabía que le deparaba el futuro, en lo que se convertiría el campo que tenía ante sí. Cuerpos y tierra desgarrados, cicatrices de quemaduras y un pantano de sangre.

En su lugar, se centró en Isibel, una estrella resplandeciente mientras marchaba en silencio. Su ira hacia ella no se había disipado, pero al menos la comprendía. Al igual que Isibel, llevaba el manto del mando sobre los hombros. Cada segundo que pasaba le pesaba más.

Se le revolvió el estómago. Mil inmortales de Iona marchaban juntos. *¿Cuántos de ellos habrán muerto por la mañana? ¿Es posible siquiera llorar a tantos perdidos?*

Despreciaba la cobardía de Isibel, pero no podía culparla por ello.

—Al frente, hasta el campo —llamó Dom en alto vederano, levantando su espada para reunir al ejército.

Su gente lanzó un sonoro grito y todos se colocaron en fila. En cuestión de segundos, Dom se encontró a la cabeza de la columna inmortal, con Isibel a su derecha. Marcharon juntos, el suelo temblaba mientras avanzaban entre las zanjas irregulares hacia la gran llanura que había más allá.

Dom recordó el consejo de guerra y la pluma de Andry deslizándose sobre el pergamino, trazando los planes de batalla. Marcando los diferentes ejércitos, las diferentes banderas. Arqueros, muros de escudos, infantería, lanceros. Lanzas, espadas. El alcance de sus catapultas. Y también los elefantes. Todo estaba en la página, en tinta negra y papel dorado.

Ahora todo ello estaba ante los propios ojos de Dom, una terrible pesadilla convertida en realidad.

A la izquierda estaba el ejército de Kasa, organizado en filas ordenadas. A su cabeza, los tres caballeros águila resplandecían en sus armaduras blancas. Los ibalos mantenían la derecha, Sibrez y el comandante lin-Lira al frente de las líneas de batalla. Sus elefantes esperaban en la retaguardia de su compañía, listos para avanzar cuando se les ordenara. Las banderas se agitaban al viento, el águila blanca y el dragón dorado ondeaban en el cielo rojo.

Los inmortales de Iona mantendrían el centro, donde el ataque caería con más fuerza.

Mientras marchaban en formación, Dom se llenó de gratitud hacia los reinos mortales. No sólo hacia Kasa e Ibal, sino los otros que también luchaban en todo el Ward. Sin los jydis y los piratas defendiendo los mares, Iona se estaría enfrentando a una fuerza aún mayor, con aún menos tiempo para prepararse. Ahora, al menos, su esfuerzo conjunto había obligado a las legiones de Erida a atravesar las montañas, agotándolas con frío extremo y escaladas letales.

Dom miró a través del valle, hacia las estribaciones de las montañas. Los latidos de su corazón se aceleraron cuando aparecieron las legiones gallandesas, serpenteando rápidamente por las estribaciones. Sobre ellos, el dragón giraba en círculos y el batir de sus alas estremecía el aire.

Incluso desde esa distancia, Dom vio a los caballos trotando a la cabeza de la fila.

Era como Andry sospechaba.

—Muro de lanzas —gritó, y los vederanos respondieron a su orden.

Se movieron como el agua, mil inmortales tomaron sus posiciones a través del campo de batalla y se abalanzaron para defender toda la longitud de su ejército unificado. Las lanzas rodaron con ellos, distribuidas rápidamente, hasta que cada mano sostuvo una lanza larga y temible, con las puntas de hierro relucientes. La formación tomó su lugar, había tres filas de profundidad, con cada línea de lanzas dispuesta en un ángulo diferente. Su primera línea ya no era un conjunto de soldados, sino un muro de lanzas. Los arqueros se colocaron detrás, con las flechas listas, y el resto del ejército se reunió más allá de ellos.

Lanzas, arqueros, infantería.

Dom se arrodilló en la primera fila, en el centro. Apoyó la lanza en el suelo y su fuerza inmortal clavó el primer pie en la tierra, con la punta en el ángulo correcto.

Isibel no se apartó de la primera línea. Resplandecía en su armadura nacarada, de pie justo detrás de Dom, con su propia lanza sujeta entre las manos, a ras del suelo.

—Te pareces a tu padre —dijo ella de pronto, rompiendo la concentración de Dom.

Él parpadeó bajo el casco, dudando si mirarla y cambiar de postura.

Ella lo tomó como una invitación a continuar.

—Él lideró a los nuestros contra el Viejo Dragón, como tú lo haces hoy.

Y él murió, pensó Dom, con el corazón estrujado.

La voz de Isibel bajó mientras crecía el sonido de los cascos.

—Estaría orgulloso de ti. Igual que tu madre.

Por mucho que lo intentara, Dom no podía imaginarlos. El recuerdo era demasiado antiguo, el momento demasiado inoportuno. Vislumbró mechones de cabello dorado, ojos verdes, y nada más.

Isibel mantuvo firme la lanza, pero bajó una mano y le tocó el hombro sólo un instante.

—Yo también estoy orgullosa de ti. Pase lo que pase hoy.

Algo húmedo goteó por la mejilla de Dom hasta su barbilla, haciéndole cosquillas en la cara. Mantuvo impasible el ademán, reacio ante esa sensación.

Una parte de él no podía perdonar a Isibel. Su falta de acción les había costado la vida a Ridha y muchos más. Su indecisión los había dejado vulnerables. Su cobardía podría haber condenado al Ward. Pero mientras su ira ardía, el combustible para un fuego que necesitaba con tanta desesperación, también se consumía.

—Por Ridha —murmuró, fue la única aceptación que pudo ofrecer.

No podía ver la cara de Isibel, pero escuchó su respiración entrecortada por el dolor.

Y entonces, no hubo más tiempo para lamentarse o arrepentirse. Sólo quedaban el campo de batalla, las legiones y el cielo rojo.

Al otro lado del campo, la línea gallandesa crecía y crecía y crecía, abriéndose en abanico conforme la columna alcanzaba el fondo del valle. Las legiones eran un ejército propiamente dicho, no una turba de muertos vivientes ni una perezosa compañía de la guardia de la ciudad. Eran soldados entrenados, duramente adiestrados, moldeados para el campo de batalla, el arma más poderosa que Galland podría esgrimir jamás. Dom lo vio probado en la forma en que se movían; incluso los caballos de la caballería marchaban al unísono.

Siguieron avanzando, hasta que Dom pudo distinguir sementales libres, todavía trotando, guardando sus fuerzas para la última carga. Buscó en la línea de banderas verdes y armaduras de hierro, a la caza de un sangriento estallido de rojo. Pero sólo había caballeros pesados en primera línea, con sus lanzas bajo el brazo.

Dom maldijo para sus adentros y volvió a mirar al dragón, alejado de la primera línea.

Por supuesto que no se arriesgarán en la vanguardia, pensó con amargura, imaginando a Taristan y Ronin. *Se quedarán atrás bajo la protección del dragón y dejarán lo peor a los soldados mortales de Erida.*

Aunque las legiones eran su enemigo, un muro de acero que avanzaba a cada segundo, Dom también sintió lástima por ellos. No sabían por qué marchaban. No sabían que luchaban por su propia perdición.

O, pensó Dom sombríamente, *no tienen elección alguna.*

—Manténganse firmes, juntos —gritó Dom a lo largo de la línea—. Ellos se romperán antes que nosotros.

Recordó lo que Andry había dicho sobre las tácticas de batalla. *Galland confía en que sus caballeros carguen primero, utilizando la caballería para barrer la primera línea del ejército contrario.* Los dedos de Andry mostrándolo sobre una mesa de la biblioteca. *Podemos detenerlos con un muro de lanzas, un muro de lanzas de Ancianos, nada menos. Será como cargar contra el flanco de un castillo.*

Ahora, Dom se apretó contra su propia lanza, acomodando el hombro para reforzar la madera. Esperaba que Andry tuviera razón.

Los cuernos gallandeses sonaron, bramando sobre su propio ejército. Los caballeros reaccionaron a la orden y espolearon a los caballos bajo sus monturas. Prepararon sus lanzas, con una mano en las riendas, y la luz roja centelleó a través de la interminable columna.

Se acercaron cada vez más, hasta que el suelo tembló bajo las botas de Dom, sacudido por el peso de cientos de corpulentos caballos. Podía oír los gritos de los caballeros, las voces elevadas en un clamor de guerra, así como el resoplido de sus caballos, el tintineo de los arreos, el clamor de los cuernos, el repicar del metal de las armaduras. Y el constante y repugnante batir de las alas del dragón.

El aire se calentó, olía a humo.

Hacia el este, el sol comenzaba a descender tras las montañas, enviando las primeras sombras, que recorrían el valle como si fueran un ejército más.

—Se romperán antes que nosotros —gruñó de nuevo.

Los vederanos respondieron con un grito de victoria, pronunciando las viejas palabras de un reino perdido. Incluso Isibel se unió a la llamada y el aire tembló con su poder.

Detrás de su línea, escuchó mil arcos tensarse, mil flechas apuntar. Rezó a todos los dioses, en el Ward y en Glorian, para que esas flechas volaran certeras.

De algún modo, olvidó al dragón, al cielo rojo, a la ciudad a sus espaldas. Incluso a Taristan. Incluso a Corayne. Sólo estaba la lanza contra su hombro, la línea de caballería y el aliento en su cuerpo. Ese era el único lugar en el mundo, el único momento en toda la existencia. Sus sentidos se agitaron, estimulados por el sonido, el olor y la sensación de la marejada que se abalanzaba sobre él.

Ellos se romperán antes que nosotros.

Las flechas se elevaron, suspendiéndose durante un instante en el aire antes de curvarse hacia la carga.

La tierra y la suciedad se levantaban bajo los numerosos cascos, una nube que se elevaba con la caballería en marcha. Las banderas seguían ondeando sobre ellos, y los hombres de Galland rugían bajo sus cascos, enseñando los dientes, tan temibles como sus caballos al galope. Las flechas vederanas encontraron su hogar entre ellos, derribando a caballeros y corceles por igual, cada uno desplomándose en un montón de miembros retorcidos.

Pero había más soldados que flechas, y la caballería siguió adelante.

Dom se preparó, con la mandíbula apretada y todos los músculos del cuerpo tensos para recibir el golpe demoledor. Su gente hizo lo mismo.

Ellos se romperán antes que nosotros, rezó.

Y las legiones se rompieron.

Los primeros caballeros se estrellaron contra la muralla, con los ojos desorbitados en los últimos segundos y los caballos chillando bajo ellos. Los vederanos mantuvieron su línea, mientras las lanzas se astillaban y las puntas atravesaban la carne, tanto de hombres como de caballos. La sangre corría caliente, las piernas se agitaban, los cascos de los caballos coceaban, mientras el suelo se convertía en lodo rojo. Era un aplastamiento de cuerpos y huesos rotos, en el que líneas cargaban unas contra otras, hasta que la caballería se vio obligada a girar para no ser aplastada también. Las banderas caían, los tambores flaqueaban y los comandantes mortales gritaban por encima de la refriega, intentando reorganizar su línea destruida.

Dom vio la oportunidad.

—AVANCEN —gritó.

Como si fueran uno solo, los vederanos se movieron y empujaron contra los cadáveres apilados, arrastrando sus lanzas ensangrentadas hacia el frente. Los arqueros siguieron tras ellos, disparando de nuevo una lluvia mortal.

Parte de la caballería gallandensa intentó rodear la línea de lanzas para atacar al ejército por el flanco, pero se encontró con las zanjas. Los caballos se agitaban en el fango, los caballeros morían empalados mientras la sangre llenaba sus armaduras. El cuello de botella se mantenía, castigando a la caballería justo en sus fauces.

Pero la carga no terminó, la larga columna de la caballería de Erida volvió a formarse. Eran un río, y Domacridhan, la presa.

—Avancen —volvió a gritar Dom.

La fila se movió con cuidado.

Por el rabillo del ojo, Dom observó el borde del muro de la zanja, asegurándose de mantenerse a la altura del embudo para no dejar sus flancos indefensos. Lo último que necesitaban era que la caballería los rodeara y atacara por la espalda.

Entonces, el dragón lanzó un grito desgarrado desde detrás de la caballería, espantando a los caballos. Dom se quedó helado. Taristan no dudaría en carbonizar a mil de sus propios hombres, si eso significaba conquistar la ciudad. Su corazón se detuvo en su pecho y se preparó para ser quemado vivo.

Pero el dragón saltó por los aires como una flecha más y se elevó hacia el cielo rojo. Dom lo observó, perplejo.

Sólo para desear que simplemente los quemara a todos.

El dragón se elevó por encima del ejército de Iona, ignorándolo como haría con una presa demasiado pequeña. Algunas flechas rebotaron inútilmente en su piel enjoyada, pero el dragón no pareció darse cuenta. Con las fauces abiertas, se dirigió hacia Iona y el castillo.

—Mantén la línea —la voz de Isibel en su oído lo estremeció.

Dom parpadeó, mirando hacia abajo para darse cuenta de que ya se estaba apartando de la batalla, listo para avanzar a través de sus propias filas y subir por la cresta de la ciudad. Tragó saliva, deseando poder hacerlo, deseando estar de vuelta en el castillo con el resto de ellos.

En lugar de eso, se lanzó al combate.

Era lo único que podía hacer. No había adónde ir ni forma de dar la vuelta, aunque quisiera.

Dom sólo podía esperar que el castillo resistiera, que el fuego no venciera la piedra. Él quiso que así fuera, renunciando a cualquier esperanza de sobrevivir. Pensó en Corayne, y en Sorasa a su lado, manteniéndolas a ambas con vida.

Entonces, otro alarido se unió a los sonidos del dragón rugiente. Era más agudo, como el chillido de un águila. Estremecido, Dom miró a través de las lanzas para ver al dragón de Gidastern retorciéndose en el aire, con corrientes de llamas brotando de sus fauces.

Dom entrecerró los ojos, incapaz de creer lo que veía. Bajo el casco, se quedó boquiabierto. No era el único. Ambos ejércitos detuvieron la lucha y alzaron la vista para contemplar no a uno, sino a dos dragones que surcaban furiosamente el cielo escarlata.

El otro dragón tenía las escamas azules y las alas increíblemente anchas, de color gris lavanda. Mientras Dom observaba, el nuevo monstruo soltó una ráfaga de gélidas llamas azules. Sus alas levantaron un vendaval de frío amargo, mientras el dragón negro llenaba el aire de un calor repugnante.

Pero no había tiempo para pensar en el nuevo dragón, por imposible que pareciera. La batalla continuaba abajo, mientras los dragones luchaban arriba.

Así fue. La caballería. El muro de lanzas. A Dom le dolía el hombro, la madera de su propia lanza se astillaba, hasta que temió que finalmente se partiera en dos. Detrás de él, los arqueros seguían atacando, pero sus aljabas no eran infinitas. No podrían seguir lanzando flechas para siempre.

El campo de batalla se convirtió en un gran vertedero de cuerpos caídos. Se apilaban en pequeños muros, los caballos, en montones. Los caballeros morían despacio, pidiendo ayuda con voces débiles. Dom ignoró los sonidos de la muerte. No lo soportaría.

Otro toque de cuerno sonó desde las líneas gallandesas, desde una colina sobre el campo de batalla. Dom vislumbró un muro de comandantes, viejos hombres a caballo, con un bosque de banderas sobre ellos. Dom supuso que Taristan estaba allí, protegiéndose de lo peor de la batalla. Quienquiera que comandara el ejército gallandés había renunciado por fin a la esperanza de una carga de caballería, e hizo retroceder a los caballeros con otro toque de cuerno. Dejaron a su paso un páramo, el suelo destrozado y lleno de charcos de sangre.

—De vuelta a la línea original —ordenó Dom.

Al marchar hacia atrás, hacia la primera línea de formación, la línea gallandesa desmontó, y a los caballeros se les unió la infantería. Desecharon las lanzas, desenvainaron las espadas y formaron filas de arqueros detrás de ellos. Dom apretó los dientes y miró su propio acero. La armadura, antaño verde, estaba teñida de escarlata, bañada en sangre enemiga.

Si la carga fracasa, confiarán en su número para aplastarnos. El consejo de Andry resonó en la cabeza de Dom, por sombría que fuera la situación. Por encima de los líderes de la línea contraria, volvió a vislumbrar las montañas y la marcha serpenteante de las legiones que seguían saliendo del paso. *Galland puede lanzar mil hombres contra cada uno de nosotros sin pestañear.*

Dom y sus vederanos golpearon sus lanzas contra el suelo, clavándolas en el lodo para que se mantuvieran en el mismo ángulo. Aguantarían, pero sólo unos instantes. Luego, se retiraron tras las defensas, con sus propias espadas desenvainadas, para unirse a los ibalos y kasanos.

De nuevo, Dom buscó entre los soldados gallandeses, leyendo cada rostro. Levantó la mirada hacia la pequeña colina, donde los comandantes seguían vigilando más allá del alcance de las flechas. Otra vez, no vio ninguna mancha escarlata. Ningún mago rojo. Ningún hijo del Viejo Cor. Una bandera se movió, cayendo flácida, y entonces vio a la reina, resplandeciente en su armadura. Pero Taristan no estaba allí.

Un silbido ululó en lo alto y Dom se agachó, esperando que otro dragón se abalanzara desde el cielo. Pero cayó una gran piedra, que estalló entre la infantería gallandesa. *Catapultas,* pensó Dom, recordando las máquinas de asedio de las murallas de Iona. Siguieron más proyectiles, hechos de rocas y mortero, que se estrellaron ante el avance de los gallandeses.

Dom apenas se daba cuenta, el horror le recorría el cuerpo. Apenas sentía la espada empuñada en su mano y no olía la sangre que se secaba por todo su cuerpo. Pero su mente daba vueltas.

Recordó a Taristan en el palacio de Ascal. Su silueta en la puerta de una torre en llamas, aún peligroso, pero luchando con más moderación de la que Dom lo creía capaz. Más que atacar a Domacridhan, había defendido a la reina, intentando contenerlo. Y cuando había llegado la oportunidad de matar a Dom directamente, con sólo Erida en la balanza, Taristan la había elegido a ella. Por sobre todas las cosas, Taristan elegía a Erida.

Dom sintió náuseas.

Taristan no la dejaría sola en el campo de batalla, pensó, casi con arcadas. *A menos que él no esté en el campo de batalla.*

Los gallandeses avanzaron a través del derrumbe de piedras, haciendo sonar sus armaduras y agitando sus espadas. El muro de lanzas no hizo más que frenarlos un poco, obligando a los soldados a maniobrar a través de un bosque de muñones ensangrentados. Pero Dom apenas lo vio.

Taristan no está aquí.

El ejército se enfrentó a la oleada de las legiones gallandesas, cuyas flechas silbantes caían en todas direcciones. Las espadas se cruzaban y los escudos chocaban, las lanzas danzaban entre la ordenada fila de soldados veteranos. Dom vislumbró a Isibel por el rabillo del ojo, con su gran espada como un espejo rojo bañado en sangre.

Él no está aquí.

Dom reaccionó por instinto, levantando su propia espada para esquivar, dejando que un caballero se deslizara a su lado. Y entonces, sus pies se frenaron y sus botas se clavaron en el lodo.

Él no está aquí.

La batalla giraba y Dom giraba con ella. Moviéndose, respirando, aún vivo, su corazón latía más fuerte que los gritos de los moribundos y los rugidos de los dragones.

En otra existencia, Dom había vivido tranquilamente en Iona. Cazaba, entrenaba, pasaba la mayor parte de sus días con su primo y Cortael. El trío vagaba a su antojo, escalando las montañas, recorriendo las costas. Hasta que Isibel los había llamado con un envío, su voz era tan grave como su rostro.

Una Espada de Huso ha sido robada.

Ellos habían regresado y encontrado la cámara de Cor intacta, pero faltaba una espada. Una que podría destrozar el mundo.

No existía forma de que Taristan y Ronin entraran en la ciudad sin ser vistos. Ni siquiera ellos hubieran podido burlar a los guardias vederanos, ni en Iona ni en el castillo.

No llegaron aquí atravesando la ciudad, se dio cuenta Dom y alzó los ojos hacia la cresta a sus espaldas. Iona trepaba a lo largo de la cresta, una mole de granito bajo el cielo escarlata que se oscurecía. En su cima, Tíarma se asentaba, vigilándolo todo, con sus altas torres contra las nubes.

Y sus bóvedas profundas. Interminables. En espiral hacia abajo en la roca, tan profundo que ni siquiera Dom sabía dónde terminaban. Si es que terminaban.

O si conducían al aire libre, una terrible debilidad pasada por alto durante siglos.

A pesar de la batalla, Dom supo que debía emprender la retirada.

Pero alguien lo aferró por el hombro, con demasiada fuerza para soltarse.

—Suéltame —gruñó Dom, luchando contra la mismísima monarca de Iona.

Isibel estaba a su lado, reteniéndolo, sin casco y con una cortina de su plateado cabello suelto.

—¿Estás huyendo, Domacridhan? —masculló ella, con algo parecido al asombro en sus ojos grises— ¿Perdiste la perspectiva?

—No —respondió él, intentando zafarse de ella—. Lo veo claro. Taristan no está aquí ni tampoco el mago. Esto es una distracción, *todo* esto es una distracción.

El asombro de Isibel se convirtió en horror y soltó el hombro de Dom tras asimilar sus palabras.

En un instante, él se puso en pie de un salto. Isibel se levantó con él, con la mirada fija en el castillo y el ceño fruncido.

—Distracción —murmuró Isibel, como perpleja. La antigua espada aún colgaba de su mano, con el filo pintado de escarlata—. Debemos irnos.

Era la oportunidad que Dom necesitaba. Después de decirle unas palabras a un teniente, se alejó del frente, dejando que los vederanos se movieran para tapar el agujero que él había dejado atrás. No había tiempo para preguntarse si su ausencia infundiría temor en el ejército. Si Corayne moría, de cualquier forma estarían todos condenados.

Su cuerpo saltó con agilidad y corrió luego a toda velocidad, a pesar de su armadura.

En lo alto, los dragones seguían luchando, con llamas azules y rojas que iban y venían. Ningún bando parecía ganar, hasta que los dos se precipitaron juntos al suelo, con las extremidades y las garras entrelazadas, las alas enredadas y desgarradas.

Dom se lanzó hacia un lado a tiempo para esquivar a los dragones, cuyos cuerpos despedían ondas de frío y calor. Chocaron con el suelo como estrellas fugaces, levantando una columna de tierra destruida. Se retorcían a través de la bruma, ambos ilesos, desgarrándose el uno al otro, mientras

Dom se ponía de pie con dificultad. Los soldados de ambos bandos, mortales e inmortales, se alejaron de los dragones.

Apenas se había agachado cuando un silbido de acero atravesó el aire, cruzando el espacio donde hacía un momento había estado su cabeza.

Dom parpadeó incrédulo al ver pasar a un jinete, amenazador y alto en la silla de montar, cuya semblanza era de sobra conocida: una sombra convertida en acero.

El caballero negro, pensó Dom, recordando Gidastern, recordando la forma en que el guerrero maldito había destruido todo a su paso. Charlie le había dado un nombre. *Morvan, el Flagelo de los Dragones. Otro monstruo de Irridas, destinado a cazar dragones hasta el fin de los reinos.*

De una u otra forma, su tiempo pronto llegará a su fin, pensó Dom, mientras su visión aún daba vueltas.

Morvan. El nombre sonaba inquietante, malévolo, incluso en su propia cabeza.

Recordó a Ridha, su armadura verde, su espada en alto, su cabello negro suelto. Era feroz y hermosa, y había sido destruida bajo la mano del caballero negro. Abandonada a su suerte.

No, pensó Dom, estremeciéndose. *Peor.*

El caballero giró sobre su caballo, con la espada en alto. Aunque su rostro estaba oculto por las hojas del casco, Dom sintió su mirada como una lanzada. Morvan miraba más allá de él, hacia los dragones que peleaban entre sí. Un golpe de calor chocó contra la espalda de Dom, luego, el frío helado, mientras los monstruos bramaban de un lado a otro.

Ni siquiera al caballo de Morvan parecía importarle el paisaje, mientras pisoteaba a los soldados bajo sus cascos. Se movía con su amo, girando en círculo para atacar.

Dom quería mantenerse firme, levantar su propia espada para enfrentarse a la de Morvan. Tal vez entonces Ridha sería vengada, de alguna pequeña manera. Y una de sus muchas heridas finalmente comenzaría a sanar.

Agarró con fuerza su gran espada, cuadrando los hombros hacia Morvan. Una parte salvaje de Dom rugió de placer, suplicando ser liberada sobre el caballero negro.

Otra voz respondió, resonando en los rincones más silenciosos de su mente.

Corayne.

Su nombre era una campana en su cabeza, que seguía sonando.

Morvan bajó la espada cuando el semental se encabritó.

Dom necesitó un gran esfuerzo para dar media vuelta y dejar al caballero negro en su silencio. Y dejar a Ridha sin venganza, su muerte sin respuesta.

Pero Domacridhan lo hizo.

40

ENTRE EL MARTILLO Y EL YUNQUE

Sorasa

Se sentía entre asombrada y molesta. El dragón que era Valtik surcó el cielo, sus garras desgarraron a la otra bestia monstruosa, y ambos se enzarzaron en un combate aéreo.

Sorasa no podía creer lo que veían sus ojos.

Tampoco podía creer que Valtik hubiera poseído una magia tan poderosa durante *todo ese tiempo.*

Comprendió rápidamente. *No, no es sólo magia,* pensó, y toda su ira se desvaneció. *Esto no es obra de una bruja, sino de un dios.*

Giró para correr, siguiendo a Andry mientras arrastraba a Corayne hacia atrás, hacia el umbral del castillo. Charlie ya estaba adentro, Garion con él, ambos con la cara blanca por la conmoción. Los Ancianos de Kovalinn se agolparon en torno a Corayne y la pusieron de pie. Isadere también estaba allí, flanqueada por un par de Halcones. La heredera no era una guerrera y entró en el castillo con el resto.

Sorasa se quedó en la puerta, con el cuerpo apoyado en el arco, asomada para ver a los dragones competir entre sí en un cielo ensangrentado. Su labio se curvó, observando al dragón azul mientras desplegaba sus alas color lavanda.

Entonces, Sorasa levantó una palma, aquella en la que tenía tatuada la luna creciente. Una marca de Lasreen, la diosa de la muerte.

—Gracias —murmuró al viento antes de volver a entrar. La sala de recepción parecía más bien un cuartel, repleto de provisiones y armas, por no hablar de las enormes cantidades de vendajes.

Optimista, pensó Sorasa, mirando los suministros médicos. *Eso requeriría que quedara alguien vivo para atender a los heridos.*

Corayne se detuvo en la puerta abierta, con los ojos desorbitados.

—Valtik está… —jadeó, abrumada.

Sorasa puso una mano firme en su hombro, guiando suavemente a la Esperanza del Reino lejos del exterior.

—Ahora ella está más allá de todos nosotros.

En las sombras, Charlie se mordía el labio, con un aspecto ridículo dentro de su armadura demasiado acolchada.

—¿Es hora de atrincherar el castillo? —preguntó. Sus ojos parpadearon hacia la puerta, el cielo rojo más allá, los sonidos de la batalla elevándose desde el campo—. Yo creo que sí, sólo para estar seguros.

Sorasa negó con la cabeza. Volvió a tirar de la cota de malla que llevaba bajo la chaqueta, intentando ajustarla. Sentía como si la comprimiera lentamente.

—Todavía no —resopló. El plan era bien conocido, lo habían repasado mil veces—. Esperamos la señal. Si se abre una brecha en la ciudad, sellamos las puertas del castillo y retrocedemos por la torre del homenaje —pensó en las bóvedas bajo el castillo, tan profundas como para escapar incluso del fuego de dragón—. Vamos a durar más que ellos.

Saboreó la mentira, amarga en su lengua. A juzgar por la oscuridad de los ojos de Corayne, la chica sentía lo mismo.

—Vamos a durar más que ellos —repitió Corayne, con voz hueca.

Así que se quedaron, esperando noticias. Los Ancianos de Sirandel se apresuraban a informar, corriendo de un lado a otro desde sus puestos en las murallas. El corazón de Sorasa saltaba hasta su garganta cada vez que uno de los inmortales aparecía en la puerta, sin aliento, con nuevas noticias. Cada vez, hacía las paces con la rendición, el fracaso, la muerte. Cada vez, decía un pequeño adiós a Domacridhan, y a cualquier esperanza que quedara en su marchito corazón.

Era una experiencia tortuosa y, al cabo de una hora, se sentía agotada.

En la puerta, otro sireandeliano dio su informe, detallando la última carga de la línea gallandesa. Parecía una masacre. Sorasa escuchaba con demasiada atención, inclinada hacia él, tensa como una cuerda sostenida.

—¿Alguna noticia del príncipe de Iona? —murmuró. De nuevo se preparó para lo peor.

—Ni una palabra —respondió el sirandeliano—. Pero lucha junto a la Monarca. Los vi a ambos en la línea de lanzas antes de abandonar las murallas.

Sorasa exhaló un largo suspiro, sus ojos se cerraron por un momento.

—Muy bien.

Su cuerpo le hormigueaba. Atacar con imprudencia en una batalla no era el estilo Amhara. Atacaban desde las sombras. Pero cada parte de ella se sentía mal en el castillo, escondiéndose mientras Dom luchaba abajo. *Está a salvo entre un ejército de Ancianos,* se dijo. Aunque Domacridhan era tan irritante, Sorasa no conocía guerrero más grande que él. Y había cientos más como él.

Con un poco de suerte, podrían atravesar una parte suficiente del ejército de Erida, y las legiones se dispersarían, con sus comandantes destrozados por la resistencia inmortal.

Se dio la vuelta y dejó que Lady Eyda hablara con el explorador sirandeliano. La doncella guerrera iba ataviada con un vestido de cota de malla, su gran manto descubierto y un hacha a la espalda. Los suyos eran menos de veinte ahora, colocados en intervalos por la sala de recepción.

El oso peludo se paseaba entre ellos, bostezando. Sorasa se esforzó por mantener las distancias con el animal, por muy bien adiestrado que le aseguraran que estaba.

Corayne le rascó detrás de las orejas, como si fuera un cachorro y no una bestia enorme. El oso se estremeció, sacó la lengua y apoyó pesadamente su cabeza en la mano de Corayne.

—Extrañas a tu chico, ¿verdad? —le dijo Corayne al oso. De hecho, Dyrian estaba abajo, en los sótanos, con los otros inmortales más jóvenes, escondido lejos del derramamiento de sangre—. Lo verás muy pronto.

Andry retrocedió unos pasos, inquieto.

Aunque un aire sombrío flotaba sobre la sala, Isadere no pudo evitar sonreír. Las débiles velas y los delgados haces de luz iluminaban su rostro broncíneo y un destello de dientes blancos.

—Debemos dar gracias a la diosa Lasreen —dijo Isadere con entusiasmo, señalando a los dragones—. Ella ha respondido a nuestras plegarias.

Al otro lado del pasillo, Charlie soltó una burla resonante.

—¿Crees que la diosa de la muerte nos envió a Valtik?

Sorasa los ignoró y se asomó a la puerta, siguiendo al dragón azul. En el cielo, Valtik se batía en duelo arduamente, chasqueando las mandíbulas mientras sus llamas heladas surcaban el cielo. Pero el otro dragón no cedía ni un milímetro.

¿Amavar?, se preguntó, nombrando a la fiel sirvienta de Lasreen. *¿O la diosa misma?*

Los dioses del Ward han respondido, había dicho Valtik antes de transformarse.

Sorasa sólo esperaba que fuera suficiente. Su cuerpo se enfrió mientras observaba la batalla, con la mirada vacilante entre el campo y los dragones en el cielo. Se estremeció cuando el dragón de Taristan atravesó las defensas de Valtik y le clavó una garra en el cuello. Ríos de sangre iridiscente brillaron en el aire antes de llover sobre la ciudad.

A su lado, Isadere se estremeció y su rostro de bronce palideció.

—Ella sola no puede ganar esta batalla —murmuró la heredera—. Debo intentarlo con mi espejo. Seguramente la diosa me hablará ahora, su mirada está sobre nosotros.

No podemos invocar a los dioses, quiso decir Sorasa, pero se contuvo. En lugar de eso, asintió sombríamente.

Con un movimiento de sus ropajes, Isadere se puso en marcha, con los guardaespaldas detrás de ella. Los tres se dirigieron a las catacumbas de Iona, donde se guardaban los objetos de valor.

—Quizá se pierdan —Charlie rio sombríamente, arrancándole una rara risa a Sorasa.

Duró poco.

Un grito desgarrador atravesó los pasillos de Tíarma, y su sonido fue como un relámpago que recorrió la columna vertebral de Sorasa. Se giró hacia el ruido a tiempo para ver a Isadere volver tambaleándose a la sala de recepción, con los guardaespaldas del Halcón sosteniéndola.

Isadere miró primero a Charlie, con sus ojos negros llenos de terror.

—Esto es lo que la diosa me mostró —gimió, con voz quebrada.

Sin pensarlo, Charlie corrió al lado de Isadere.

—¿Qué pasa?

—El camino que vi, bajando y bajando hacia la oscuridad...

Los ojos de Isadere se abrieron con terror, y una mano apuntó hacia las catacumbas.

—Sombras, y una luz roja debajo de todo —susurró la heredera—. Un camino que mis pies no seguirían.

—¿De qué está hablando, Charlie? —preguntó Sorasa acaloradamente, acercándose a ellos. El miedo le lamía las entrañas, pero lo ignoró.

El sacerdote caído lanzó una mirada extraña mientras buscaba el rostro de Isadere. No importaba la enemistad entre Charlie e Isadere, sin duda creía en sus palabras, significaran lo que significaran. Sorasa maldijo en voz baja. Lo último que necesitaban era un ataque de histeria religiosa.

Los Ancianos miraban confundidos, con el rostro inexpresivo. Hasta que Lady Eyda levantó la cabeza y sus ojos se desviaron de Isadere y volvieron al pasadizo.

—¿Oyen eso? —suspiró la Anciana. Su mano blanca se posó en el hacha de batalla que llevaba sobre los hombros.

El miedo en el corazón de Sorasa creció, ardiendo como las llamas del dragón.

—¿Oír qué? —dijo en voz baja, sólo para ver a los Ancianos alrededor de la habitación, con los ojos muy abiertos.

Su atención se centró en algo más allá de la percepción mortal de Sorasa. Mientras se esforzaban por escuchar, todos los demás se callaron, hasta que el castillo quedó silencioso como una tumba. El único sonido era la batalla a lo lejos, y su propia respiración pesada.

No era el silencio lo que molestaba a Sorasa, sino las miradas de terror que recorrían a los Ancianos inmortales. Incluso a Eyda, una guerrera de gran renombre.

Sin pensarlo, Sorasa tiró de Corayne, sujetándola con fuerza por el cuello de su armadura. Andry la siguió, era una pared detrás de ambas.

—¿Oír qué? —dijo Sorasa de nuevo, con voz más aguda. Su mano libre se dirigió a una daga, mientras la espada de Andry silbaba desde su vaina.

Al otro lado de la habitación, Garion captó su atención, con su propio estoque desenvainado.

Pero Eyda no respondió. El hacha oscilaba en su mano, su rostro estaba blanco como la leche.

—Dyrian —susurró, saliendo de la habitación.

Dyrian. A Sorasa se le revolvió el estómago. *Abajo en las bóvedas, con los otros jóvenes.*

—¡Espera! —gritó Sorasa, tratando de detener a los otros Ancianos. Vacilaron, indecisos entre seguir a Eyda o proteger a Corayne.

Sorasa señaló al explorador, que aún esperaba en la puerta.

—Avisa a las murallas —gritó—. Pide ayuda. Algo grave ocurre en este castillo.

El corredor Anciano desapareció en un remolino de pieles púrpuras, acelerando hacia la luz mortecina. Sorasa quería seguirlo, sacar a Corayne a campo abierto. De pronto, el castillo parecía una trampa. Ya podía imaginar los muros cerrándose sobre ella, amenazando con derrumbarse y sepultarlos a todos.

Otro grito retumbó en los pasillos de Tíarma, reverberando en el mármol y la piedra. El último miembro de la guardia de Kovalinn se alejó, siguiendo el sonido de los lamentos de Eyda.

Sorasa rechinó los dientes, en conflicto con sus propios instintos. De nuevo quería huir. En cambio, los arrastró a todos, persiguiendo a los Ancianos que debían proteger a Corayne y que no escaparían a la primera señal de problemas. Charlie y Garion también se movieron, pisándole los talones. Lo único que podían hacer era seguirlos, quedarse detrás de los Ancianos y permanecer dentro de su círculo de protección.

Los Ancianos sólo avanzaron unos metros hasta la siguiente sala, antes de detenerse en seco. Unos metros más allá, Eyda estaba sola, mirando hacia las profundas entrañas del castillo. Hacia el túnel en espiral que eran las catacumbas.

La Dama de Kovalinn permanecía a contraluz, con una ventana enrejada sobre ella. Los últimos y oscuros rayos de sol se colaban débilmente por las rendijas de las tablas, destellando en rojo contra su cota de malla. La Anciana se había convertido en hielo, casi congelada ahí mismo.

Sorasa se aferró a Corayne, sujetándola detrás de ella. Todos sus instintos, aquellos con los que nació y esos otros que los Amhara le habían inculcado, estallaron en el cuerpo de Sorasa. La apresaron, y ella gritó hasta que apenas pudo oír nada más allá de su propio cuerpo.

Lo primero que le llegó fue el olor.

Sorasa lo supo al instante.

No había nada como la carne podrida. Nada como los cuerpos de los muertos vivientes.

Los primeros se tambaleaban, sus movimientos eran espasmódicos y extraños, sus miembros colgaban de tendones podridos y huesos pelados. La luz roja iluminaba los cadáveres mientras se movían, tiñéndolos a todos de escarlata, empapados de sangre vieja.

—Corre —siseó Sorasa, empujando a Corayne.

En su corazón, Sorasa ya estaba fuera del castillo, corriendo hacia los establos, empujando a Corayne a un caballo, galopando fuera de Iona tan rápido como cuatro pezuñas las llevaran.

Sólo retrocedieron unos pasos.

Sorasa se volvió hacia el vestíbulo y la libertad, con Corayne a salvo, sujetándola de la mano.

De nuevo, un rayo fustigó la columna vertebral de la asesina.

Trece figuras se erguían en el vestíbulo de entrada, sus formas eran nítidas contra la luz mortecina que se derramaba sobre el mármol. Mientras los muertos vivientes se retorcían desde las catacumbas, los Amhara se habían deslizado hacia el castillo.

Estamos rodeados.

—Corre —volvió a decir Sorasa, ahora más suave. Su brazo se separó del cuerpo de Corayne y la empujó con una mano hacia un lado, hacia los otros corredores que se ramificaban—. Corre.

Corayne se quedó parada, balbuceando. Movió los labios, gritando algo que Sorasa no oiría. No prestaba la debida atención para ello. Sólo tenía a los Amhara delante y a los muertos vivientes detrás.

Garion estaba igual. Como Sorasa, él empujó a Charlie sin previo aviso. El sacerdote cayó con fuerza, pero se puso de pie.

—Corre, ratón de iglesia —repitió Garion, olvidando todo su encanto.

Andry los reunió, a Corayne y a Charlie, a la hija de la pirata y al sacerdote. Ahora él era su protector. No un escudero, sino un verdadero caballero, con su armadura puesta y la espada en alto. Sorasa le dedicó una sola mirada, que se encontró con la de Andry. Los cálidos ojos del ahora caballero estaban negros de miedo, pero asintió. Lentamente, los hizo retroceder a los tres por el otro corredor, lejos del lugar donde se cruzaban los asesinos y los muertos vivientes.

—Mantenlos a salvo, Andry —le pidió Sorasa.

—Síganme —dijo una voz grave y fría.

Sorasa soltó un grito ahogado, con un pequeño destello de alivio en su interior.

—Isibel —Sorasa no sabía cómo la monarca había logrado escapar de los asesinos, pero no era el momento de preguntárselo. Y ésta era la fortaleza de Isibel, su propio castillo. Ciertamente, lo conocía mejor que nadie.

Isibel hizo señas desde el fondo del pasillo, con su armadura brillando como un espejo. La sangre salpicaba cada centímetro de su cuerpo, pero su cabello plateado colgaba suelto, haciéndo que pareciera más pálida a la luz mortecina. Su antigua espada, brutal y cruel, lucía peor que su armadura.

—Vengan —dijo Isibel, levantando una mano hacia Corayne y sus Compañeros—. Conozco el camino.

No había tiempo para discutir, ni dudar.

Corayne echó un último vistazo a Sorasa, antes de que Andry la arrastrara. Charlie también luchó para soltarse de Andry, pero no era rival para el escudero. Desaparecieron tras Isibel, huyendo tanto del cruce de los pasadizos como del doble ataque al castillo.

En un instante, todos ellos se desvanecieron de los pensamientos de Sorasa, cuya mente se despejó, hasta que sólo sintió su daga y el pulso de su propio corazón.

Un estoque surcó el aire, bailando perezosamente en la mano de Garion. Su cuerpo se relajó, ágil y flexible como el de un bailarín, mientras se colocaba en posición de combate. Bajo sus rizos de color caoba, su rostro era blanco como el hueso. Conocía el peligro, igual que Sorasa.

El ruido metálico de las armas sonaba detrás de ellos; los Ancianos de Kovalinn se mantenían firmes frente al ejército de muertos vivientes que surgía de las catacumbas. Sus gruñidos de esfuerzo resonaban en las paredes de piedra y en los techos, haciendo eco en todo el castillo como una horrenda campana. Mientras sus espadas y hachas se balanceaban al aire, cortando miembros y cercenando cabezas, los cadáveres rechinaban. Se arrastraban inexorablemente hacia arriba desde los sótanos en una marea lúgubre, inundando Tíarma desde abajo.

Sorasa tragó saliva.

Los Ancianos no los rescatarían de los Amhara. Los Ashlander eran un desafío lo suficientemente grande.

Ella sólo podía rezar por los inmortales que tenía detrás y esperar que se mantuvieran firmes. Esperar que alguien llegara a tiempo para salvarlos.

Espero que Isibel tenga la sensatez de sacar a Corayne de aquí, aunque ella misma tenga que cargarla por los acantilados.

Estaban atrapados, Sorasa y Garion, clavados entre las bóvedas y el vestíbulo. Su única ventaja era el terreno elevado, por pequeño que fuera, con la entrada hundida debajo.

Los últimos rayos de sol se desvanecían sobre el suelo, y la batalla seguía librándose en el campo. Sorasa podía oír el lejano ruido de las catapultas y el tintineo de las flechas. El corazón se le subió a su garganta. Volvió a rezar, esta vez para que una silueta familiar avanzara por la calle. Hombros anchos y cabello dorado. Un temperamento furioso.

Se sacudió la inútil esperanza, cuadrándose ante los Amhara.

Los Amhara se limitaron a mirar hacia atrás, esperando a que sus parientes exiliados atacaran.

Sorasa tomaba lo que le daban. Cazaba oportunidades, leyendo cada rostro, anotando cada nombre, cada debilidad, cada fortaleza. Catalogando todo lo que sabía de ellos en un instante. Cualquier cosa para tener ventaja.

Y cualquier cosa para durar un segundo más.

Uno de los Amhara destacaba entre los demás. No por su altura o peso, sino por su edad. Era el más viejo de todos desde hacía décadas, con la piel bronceada y desgastada por el sol tras medio siglo en los desiertos de Ibal. Sus ojos de color verde pálido se arrugaron, y fue lo más parecido a una sonrisa que Sorasa hubiera visto nunca en su rostro.

—Me siento halagada, Lord Mercury —dijo Sorasa, dando un paso atrás hacia el vestíbulo.

Detrás de ella, los cadáveres rugían y gritaban.

Garion se movió a su lado, con los labios fruncidos en una fina línea.

Lord Mercury los miró a ambos, tomándose su tiempo. Sorasa sabía que los estaba evaluando como lo había hecho ella, leyendo sus cuerpos y sus historias. Mientras los asesinos a ambos lados de él empuñaban sus armas, espadas, dagas, hachas y látigos, Mercury no empuñaba nada. No se movió, permaneció con las manos entrelazadas delante de su larga túnica negra.

Sorasa sabía que no era así. Recordaba los cuchillos que llevaba, todos cuidadosamente guardados bajo los pliegues de su ropa. Era estremecedor verlo aquí, frente a ella, una pesadilla hecha realidad.

Después de tantos años, me convencí de que sólo era un fantasma.

—Vaya lío que has montado, Sorasa Sarn —suspiró él, encogiéndose de hombros.

Su voz desgarró algo en el interior de Sorasa. Demasiados recuerdos recorrieron su mente, desde la infancia. Cada lección, cada tortura. Cada palabra amable, por pocas que fueran. En otra vida, consideró a Mercury su padre. Pero esa vida ya no existía.

No, Sorasa lo sabía. Ella era sólo una herramienta para él, incluso entonces. *Nunca existió en absoluto.*

Mercury la atravesó con la mirada, como si aún fuera aquella niña, llorando bajo una luna del desierto.

—Es una pena que yo deba arreglarlo.

Sorasa enseñó los dientes. Dio otro paso hacia el vestíbulo, acortando la distancia entre ellos.

—Es una pena que no lo hayas hecho hace años —espetó ella.

—Sí, estoy de acuerdo —dijo Mercury con tono sereno—. Ahora lo sé. Tal es mi debilidad, dejar con vida a una fracasada como tú —inclinó la cabeza, mirando a Garion con su pálida mirada—. Veo que también has envenenado a Garion.

Sorasa soltó una oscura carcajada.

—Me temo que no puedo reclamar responsabilidad por eso.

—Si matas a Corayne an-Amarat, se acaba el reino —dijo Garion con ligereza, como si hablara del clima—. Eso es lo que Erida quiere en realidad, viejo tonto.

Mercury sólo sonrió, profundizando las líneas de su rostro. Sus dientes brillaban rojos bajo la extraña luz, afilados como Sorasa los recordaba.

—Te daré la oportunidad de apartarte, Garion —replicó él, haciendo un gesto hacia la puerta—. Pero no a ti. Tu destino está sellado, Sarn. Como ha estado sellado desde el día en que naciste.

El corazón de Sorasa latía con fuerza y maldijo la cota de malla. Con ella podía evadir una flecha en el campo de batalla, pero la asfixiaría al luchar contra los Amhara. *Maldito Domacridhan, es una molestia gigantesca hasta el final.*

Sorasa sacudió la cabeza despacio, dejando que su frustración saliera a la superficie. Su ceño se frunció, un sollozo ahogado escapó de su boca. Podía sentir a Mercury observándola, sus ojos devorando su dolor.

Ella se lo dio con gusto, dejando pasar los segundos. Cada uno bien ganado.

Cuando volvió a levantar los ojos, Mercury hizo una mueca. Y el rostro de Sorasa se quedó en blanco. Por encima de su hombro, afuera, en el patio del castillo, unas figuras se movían silenciosamente sobre la piedra. Veloces como el viento, sus pieles púrpuras parecían sombras.

—Tráeme mi destino entonces —dijo Sorasa, saltando.

Cuando sus pies abandonaron el suelo, los exploradores de Sirandel atravesaron la puerta, todos ellos inmortales. Mortíferos y silenciosos, incluso para los Amhara.

Los asesinos giraron, sólo para enfrentarse a una nueva compañía de guerreros Ancianos. Pelirrojos, de ojos amarillos, temibles y astutos como los zorros bordados en sus capas. Lord Valnir los lideraba, con su arco tintineando y un contingente de guardias marchando a su paso. La primera flecha alcanzó a una Amhara, y la hizo caer de rodillas.

Sorasa tocó suelo con fuerza y su daga abrió un tajo a través de la garganta de un Amhara. A su lado, Garion giró, desviando el primer golpe de una espada martilleante.

En la Cofradía, los acólitos entrenaban tan a menudo como comían. En los patios de entrenamiento, pero también en las salas y dormitorios. Rivalidades y alianzas florecían a lo largo de los años, sus historias se entrelazaban. Sorasa conocía cada rostro que tenía delante. Algunos mayores, otros más jóvenes, pero todos habían sido acólitos alguna vez. Tan cercanos como hermanos, amados o injuriados. Utilizaba ese conocimiento en su beneficio, y sus oponentes hacían lo mismo.

Mercury observaba con desprecio y se quedó atrás para ver cómo sus mascotas se devoraban unas a otras.

Al igual que en la colina del Camino del Lobo, Sorasa cerró su corazón a las emociones, negándose a considerar la sangre derramada hasta que la tarea estuviera terminada.

La batalla rugió en el interior del castillo, como dos mareas chocando en una playa. Los sirandelianos, los Amhara, los de Kovalinn, los muertos vivientes ganando terreno. Todos combatían entre sí, con Sorasa y Garion en medio, atrapados entre el martillo y el yunque. Sus instintos de supervivencia se apoderaron de ella y su cuerpo se movió sin pensar. Sólo podía pisar, esquivar, desviar, apuñalar. Una y otra vez. Un cadáver se agarró a sus tobillos, un látigo Amhara se enroscó en su brazo. *Golpe, tajo.* Todo se desdibujó, arrastrándola en la corriente.

Perdió a Garion en la lucha, pero vislumbró al oso de Dyrian, con la cabeza de un Amhara en sus fauces. Agitaba el cuerpo del asesino de un lado a otro como si fuera un juguete.

En el suelo, Eyda lloraba sobre la figura rota de su hijo. El joven señor yacía inmóvil, con el rostro blanco de la muerte. Una pequeña espada yacía rota a su lado. Había muerto luchando, al menos.

A Sorasa se le revolvió el estómago al darse cuenta de que Dyrian había corrido mejor suerte que los otros niños Ancianos.

Los jóvenes inmortales ascendían desde las catacumbas en plena refriega, tambaleantes y perezosos al subir las escaleras. Todos tenían los ojos muertos y las mandíbulas desencajadas. Muertos vivientes.

Las bóvedas no los habían salvado. Por el contrario, habían sido su perdición.

Su mente daba vueltas a lo que eso implicaba. Nuevos muertos caminaban, resucitados de entre los cadáveres.

Creados por…

—Taristan está aquí —suspiró sin dirigirse a nadie, con la cabeza martilleándole.

Entonces, una bota la golpeó en la mandíbula y salió despedida hacia un lado. Instintivamente, su cuerpo se volvió flácido mientras volaba por los aires. La tensión sólo le haría más daño, una lección que había aprendido cientos de veces. Cayó y rodó, con el cuerpo curvado contra la miserable cota de malla.

Pero Mercury ya estaba allí, más rápido de lo que ella creía que un mortal podía moverse. La agarró por el cuello, cerrando una mano, mientras con la otra sujetaba una de sus preciadas dagas contra sus costillas.

—Lo que dije fue en serio, Sarn —gruñó Mercury. Su aliento bañó la cara de Sorasa—. Fuiste mi mayor fracaso. Pero el defecto estaba en tu creación, en mí. Consuélate con eso.

Luego clavó la daga.

O al menos lo intentó.

La cota de malla aguantó, salvándole el pulmón, aunque su costado palpitaba como si la hubieran golpeado con un martillo.

—¿Armadura? —Mercury rio, con su aliento en la cara de ella. Él aguantó, apretando su garganta—. Has cambiado.

Sorasa le arañó la cara, dibujando líneas irregulares y sangrientas. Él no pareció darse cuenta. Esta vez, levantó la daga y se la acercó a la cara. Ella sintió la hoja fría contra su mejilla, la punta muy cerca de su ojo.

Entonces, la confusión golpeó al señor de los Amhara, pues un cuerpo más grande se abalanzó sobre él, derribando al viejo al suelo. Tenía un demonio encima, con la armadura manchada de sangre y el casco arrancado. Se alzaba monstruoso, con el pecho subiendo y bajando entre jadeos. De no ser por el cabello dorado y el acero verde, Sorasa habría creído que era el oso de Dyrian.

Dom ciertamente estaba luchando como un oso.

Desde el suelo, Mercury se puso en pie de un salto, pero Dom lo agarró por el cuello y la pierna. Levantó a Mercury por encima de su cabeza, como si no fuera más que un manojo de ramas, y lo arrojó con fuerza por el pasillo. El asesino cayó con un crujido de huesos repugnante y su cuerpo se golpeó contra el mármol.

Sorasa quería tumbarse, exhausta. Quería abrazar a Dom, agradecida.

Pero giró para enfrentarse al siguiente enemigo.

—Gracias —dijo Sorasa a Dom por encima del hombro, dejando bailar a su espada. No se molestaría en preguntarle qué había pasado en el campo de batalla, ni por qué había vuelto.

—De nada —respondió Dom, dándole la espalda.

Por un momento se apoyó en su acero, sintiendo a Domacridhan detrás de ella. Su presencia sólo le había dado unos segundos de ventaja, tiempo suficiente para recuperar la lucidez.

Sorasa examinó el vestíbulo, interpretando la sangre en el suelo, la marea de cuerpos arremolinándose de un lado a otro. Los muertos vivientes seguían llegando, brotando de las bóvedas en filas interminables, inundando el castillo. Los Ancianos hacían todo lo posible por neutralizarlos. Algunos se desmoronaron en los escalones, reducidos a cabezas rodantes y torsos con garras. Pero la mayoría avanzó, dispersándose y gruñendo en todas direcciones.

Quedaban seis Amhara, pero corrieron hacia el cuerpo de Mercury, dejando a Garion jadeando a su paso. Uno de ellos recogió a su señor y se lo echó al hombro.

Sorasa quería perseguirlos, degollar a Mercury y ver cómo la luz abandonaba sus ojos para siempre. Sus dedos se crisparon, aún apretando la daga, y su corazón latió con fuerza en su pecho. Los recuerdos afloraban, cada uno más doloroso que el anterior. Cuando era pequeña, la habían abandonado en el desierto. Tenía el cuerpo destrozado por el entrenamiento. Su primera muerte y lo terrible que la hizo sentir. La sonrisa y el favor de Mercury, otorgados como un regalo, pero tan fácilmente arrebatados. Y luego, su rostro contra la fría piedra de la ciudadela, su cuerpo desnudo, un horrible tatuaje en las costillas. Mercury no sonrió entonces, mientras le arrebataba todo lo que ella había intentado construir.

La voz de Mercury asomó en el fondo de su mente. *Mi mayor fracaso.*

Pero Sorasa no podía moverse.

Los Amhara —y Mercury— se hicieron más pequeños y huyeron hacia la ciudad. Ellos corrieron, pero ella no pudo hacerlo, y vio cómo desaparecían en el patio. Le temblaba el labio. En el fondo de su mente, elevó una plegaria a Lasreen.

Déjalo morir.

Sus figuras se desvanecieron, igual que los recuerdos. Como la Amhara que una vez fue.

—¿Dónde está Taristan? —gruñó Dom, moviendo la cabeza de un lado a otro.

—No lo sé —respondió Sorasa, desesperada. Rezó para que no hubiera escapado en el tumulto.

Dom se giró hacia ella, tomándola por el cuello como Mercury. Pero el tacto del inmortal era mucho más suave, su pulgar le acariciaba la garganta. A pesar de sí misma, Sorasa se aferró a él, su piel fría contra su cuerpo en llamas.

Sus ojos verdes bailaban, explosivos, con la cara manchada de sangre.

—Entonces, ¿dónde está Corayne?

—Con Isibel —interrumpió Sorasa—. Ella regresó antes que tú. Andry y Charlie están con ellos.

Se liberó algo de tensión y Dom dio un gran suspiro, alzando los hombros. Fue suficiente para Sorasa, que sintió un gran alivio. Inclinó la cabeza y apoyó la frente en el pecho de Dom, el acero frío bajo su piel caliente.

Inhalar por la nariz, exhalar por la boca, se decía a sí misma, controlando su respiración. Desacelerando su corazón. Dejando que el miedo se convirtiera en algo que pudiera controlar.

Dom está aquí ahora.

—*Joder* —dijo él por encima de ella, una rara maldición mortal deslizándose entre sus dientes.

Sorasa levantó la cabeza y se dio la vuelta igual que él, mirando hacia donde él miraba. De nuevo, el mundo se estrechó. De nuevo, el sonido se desvaneció.

Primero vio a Ronin, con la túnica escarlata entre la marea de cadáveres putrefactos. Pero lo que destacaba era su rostro, con la cabeza balanceándose adelante y atrás. Extendió una mano, agarrando a alguien a su lado, dejándose llevar.

Porque el mago ya no tenía ojos.

Sólo quedaban dos cuencas lastimadas, que lloraban sangre entre los párpados, como si la herida estuviera todavía fresca. Ríos rojos recorrían sus pálidas mejillas.

Sorasa sintió que sus rodillas se doblaban mientras Dom la sujetaba, el tiempo se había detenido para ambos.

Otra cabeza apareció por encima de la marea de cadáveres, presentándose a la vista con cada paso hacia arriba. La cara, el cuello, los hombros. Cabello rojo, ojos negros, venas blancas como relámpagos en la piel. Al igual que Ronin, llevaba una capa escarlata sobre un hombro. Pero sus pieles eran viejas, manchadas y desgastadas, testimonio de una vida de amargas penurias.

Taristan del Viejo Cor.

Aunque los Ancianos se interpusieron, aún luchando, Taristan miró a través de ellos. Sorasa esperaba su sonrisa lasciva, horrenda y cruel. En cambio, él miró a través de los patios, desplegando más de sí mismo con cada paso que daba hacia Tíarma. Su paso era lánguido, incluso perezoso. Como si ya hubiera ganado.

Sin pensarlo, Sorasa extendió un brazo para impedir el paso de Dom. Ella recordó cómo había irrumpido en un palacio en llamas ante la oportunidad de matar a Taristan. Pero el Anciano no se movió. Para su sorpresa, incluso dio un paso atrás, arrastrándola con él.

—¿Dónde está Isibel? —le susurró Dom al oído, sujetándola con fuerza.

Sorasa lo tomó por la espalda, con los ojos todavía en Taristan mientras avanzaba.

—Vamos a averiguarlo.

41

EL CHOQUE DE LOS IMPERIOS

Erida

Parecía una tarea sencilla.

La niebla se disipó bajo el sol naciente, mostrándoles Iona mientras descendían los últimos kilómetros hacia el puerto. La ciudad Anciana se asentaba sobre una cuña de granito, emergiendo del fondo del valle. Poco más que un pueblo grande a los ojos de Erida, insignificante en comparación con las grandiosas ciudades de su imperio. Y empequeñecida por el enorme ejército que la rodeaba.

Las legiones se tragarán este lugar, pensó ella, mirando hacia Iona.

A Erida le escocían los ojos, tenía la mirada fija de tal modo que olvidó parpadear.

Detrás de sus velos y bajo su armadura, la piel le ardía. Sentía como si mil garfios se hubieran clavado en su carne. Cada uno hería sólo un poco, arrastrándola hacia abajo, contra el terreno rocoso. Cuanto más terreno cubría, con más insistencia tiraban de ella. Erida movió los talones, instando a su caballo a acelerar el paso.

La yegua estaba nerviosa debajo de ella, extrañamente nerviosa. Erida se preguntó si la yegua percibía al demonio que llevaba dentro o si, simplemente, olía al dragón revoloteando en lo alto de las montañas.

Taristan la había dejado sola entre sus comandantes. Él había partido con Ronin y los Ashlander al amparo de la oscuridad, con sus propios planes bien trazados. En otro tiempo, ella podría haber temido por él o desconfiado de su camino. Pero Lo que Espera no temía, Su presencia era tranquilizadora y segura. Así que Erida tampoco lo haría.

Además, pronto se reunirían en la victoria.

Lord Thornwall no le dirigió la palabra, para regocijo de Erida. Sus señores le dieron un amplio margen de distancia, permitiendo que la Guardia del León rodeara a su reina, dejándola en un agradable capullo de silencio. Ella prefería eso a mimar a sus débiles nobles, algunos de los cuales ya se estaban orinando de miedo.

Erida se desesperaba con ellos. *Comandamos el ejército más grande del Ward. No debemos temer a nada, nunca más.*

Ellos susurraban acerca de Ascal, pero ella no escuchaba. Su mente estaba en el futuro, no en el pasado.

Esa misma mañana, los exploradores habían informado sobre las defensas de Iona. Cuando llegaron a las estribaciones más bajas, la distancia se acortó y Erida pudo verlas con sus propios ojos. Casi rio de las escasas zanjas que rodeaban las puertas de la ciudad. Apenas frenarían a sus legiones, y mucho menos cambiarían el curso del futuro.

A pesar de la guerra con Madrence y su conquista de los reinos del sur, Erida nunca había visto un campo de batalla como ese. Dos ejércitos dispuestos uno frente al otro en ambos lados de la árida planicie. Mientras las legiones avanzaban siguiendo a sus capitanes y oficiales de campo, un guardia condujo el caballo de Erida a una elevación sobre el terreno elegido.

Las banderas de Galland ondeaban en lo alto. Debajo se reunían sus comandantes, Lord Thornwall entre ellos. Parecía pequeño comparado con sus fornidos lugartenientes o con los nobles señores de lujosas armaduras. Pero Erida sabía que no debía subestimar a su general.

Todos permanecieron en sus monturas y también lo hizo Erida, guiando a su caballo junto a Thornwall. Su propia capa, de terciopelo verde con rosas, caía sobre su espalda y las ancas del caballo. Su armadura no estaba tan adornada, y era más gruesa de lo que Erida estaba acostumbrada. Pesaba sobre su cuerpo, con el acero reluciente. Ése era el costo de estar tan cerca de la batalla. No había motivo para decoraciones doradas ni coronas inútiles.

—Fórmense —llamó Lord Thornwall desde su caballo.

A sus órdenes, el ejército formó interminables filas, la infantería retrocedió para permitir que los caballeros de su caballería pesada tomaran la vanguardia.

Era una visión hermosa, suficiente para hacer que la respiración se entrecortara en el pecho de Erida.

—Magnífico —respiró.

A su lado, Thornwall no pudo evitar darle la razón, con los ojos encendidos por la llama de la guerra.

Entonces, el dragón se elevó a poca altura, con su cuerpo enjoyado despidiendo calor como un horno. Chilló como un ave rapaz y un viento fétido siguió su paso. Las banderas se agitaron contra sus mástiles, mientras sus comandantes se agachaban en la silla de montar. Incluso la Guardia del León se estremeció. Sólo Erida se mantuvo erguida, serena ante el monstruo del huso.

La dragona respondía ahora a su marido.

Y Taristan me responde a mí.

A pesar de su fe en él y en Lo que Espera, Erida sintió una punzada de nostalgia. Volvió a entrecerrar los ojos mirando el valle, buscando alguna mancha oscura en el paisaje. Del lago, no de las montañas. Pero no había nada. O Taristan y Ronin estaban bien escondidos, o ya se encontraban dentro de los túneles, serpenteando por la ciudad desde su interior, como gusanos devorando un cadáver.

Suspiró bajo sus velos, deseando que su marido tuviera éxito.

Iona parecía aún más pequeña que hacía unas horas. Mucho menos que cualquier tipo de premio para la Emperatriz Naciente.

No es la ciudad, Erida lo sabía. *Sino la chica dentro de ella. Corayne y la Espada de Huso.*

La fuerza defensora parecía más grande que el propio enclave, y salió de las puertas de la ciudad para tomar formación. Erida pensó que podría compadecerse de ellos, pero sólo sintió repugnancia por los soldados que marchaban contra ella. Lucharían en vano y morirían inútilmente.

—Al menos diez mil —murmuró Thornwall a uno de sus lugartenientes, respondiendo a una pregunta que Erida no escuchó. Ella lo miró, estudiando su ceño fruncido.

Un poco de la luz se consumió en los ojos de Thornwall, su actitud entusiasta desapareció. Erida se quedó perpleja. El campo de batalla era el único lugar al que Thornwall pertenecía de verdad, y lo atacaba con tenaz determinación. Pero su mirada se tornó sombría y sus labios formaron una línea dura.

—Diez mil —rio Erida, sonriendo bajo su velo. *Apenas dos legiones*—. Los atravesaremos.

La mayoría de los nobles compartieron el pronóstico de Erida, por falso que fuera.

Thornwall no.

—Diez mil, bajo la bandera de Ibal y la bandera de Kasa —dijo secamente, señalando a los ejércitos reunidos en el campo.

—Ibal y Kasa no me asustan, mi señor —respondió Erida con frialdad.

Él no se inmutó, su rostro rubicundo se puso rojo como el cielo.

—Sin mencionar a los Ancianos que están entre ellos. Ellos forman el centro.

La reina de Galland tiró de las riendas de su caballo para mirar de frente a Thornwall. Él la miró fijamente, con cara impasible. Aunque era pequeño, Erida nunca lo había considerado un hombre insignificante.

Hasta ahora.

—Los Ancianos tampoco me asustan —siseó—. ¿A ti te asustan, Lord Thornwall?

El insulto fue claro, lanzado como una jabalina. Sus nobles se quedaron mudos, con la mirada vacilante entre la reina y el comandante. Erida bien podría haber apuñalado a Thornwall en el corazón.

Él curvó el labio y Erida se preparó para la traición. En lugar de eso, él se inclinó todo lo que pudo desde la silla de montar de su caballo.

—No, Majestad —murmuró él.

—Bien —exclamó ella—. Entonces, procede. Haz sonar la carga.

* * *

Necesitó toda su voluntad para permanecer en silencio en la silla de montar, con las manos todavía en las riendas. Ella se alegró de que sus guantes ocultaran sus nudillos, blancos como el hueso, mientras apretaba las riendas cada vez con más fuerza. La armadura le resultaba asfixiante, la cota de malla y el buen acero la sujetaban como un ancla. Resultaba extraño llevar una auténtica armadura de combate en lugar de faldas, vestir como una guerrera y no como una reina. De nuevo, los garfios de su piel se tensaron y el río de influencia fluyó alrededor de sus miembros, tirando de ella. Lo que Espera empujaba siempre.

Pero Erida se aferró a la silla. Observó a los dragones danzando en el cielo, enzarzados en un conflicto que no se veía desde la era de los Husos. Ella ignoraba si Lo que Espera sabía de dónde venía el segundo dragón. Pero podía sentir Su odio. Goteaba de sus propios poros, hirviendo con cada batir de las alas del dragón azul.

Era difícil saber adónde mirar. A los dragones, arriba, intercambiando llamaradas, o al campo de batalla, abajo. Su propio ejército era una ola, la marea de caballeros chocando con una orilla despiadada.

Con cada paso de la caballería, con cada línea reordenada, se le hacía un nudo en la garganta, hasta que Erida temió volver a jadear. Cada vez, rezaba para que la línea de los Ancianos se derrumbara. Para que sólo uno de ellos flaqueara.

Nunca lo hicieron.

Erida gruñía para sus adentros. Lo que Espera hacía efecto en su cuerpo, como veneno en sus venas, su rabia alimentaba la suya.

Equilibrio, se dijo a sí misma, agarrando las riendas. *Equilibrio*.

—Su línea no se romperá —murmuró Thornwall. Luego, se inclinó hacia un teniente—: retiren la caballería, traigan a los arqueros. Defiendan la retirada.

Erida sintió estallar su ira.

—¿Retirada? —espetó—. El león no se retira.

—Recuperen, quiero decir —corrigió rápidamente Thornwall—. Para poder enviar a la infantería.

Abajo, el ejército gallandés se movió respondiendo a las órdenes de Thornwall, y las tropas de Iona respondieron del mismo modo. Los Ancianos retrocedieron, llevando consigo sus lanzas. Sin duda, eran más fuertes que los hombres mortales, su línea de lanzas parecía un bosque en movimiento, hasta que volvieron a formarse unos metros más atrás.

Erida sintió los garfíos en su piel, tirando y tirando; débiles, pero incesantes.

Pronto, dijo para ella y para la cosa que llevaba dentro. De nuevo, le ardieron los ojos. De nuevo, olvidó parpadear.

Esta vez no fue la única. A lo largo de toda la cuesta, sus señores y comandantes contuvieron la respiración, sin atreverse a apartar la mirada.

La infantería marchó a través del páramo de sangre, encontrándose con el muro de Ancianos y mortales en un choque de metal chirriante, acero contra acero, hierro y bronce y cobre resonando. Por muy fuertes que fueran los Ancianos, ellos los superaban en número. El ejército de Erida los devoraba por los bordes, donde los soldados mortales eran más débiles. Las banderas de Ibal cayeron, el dragón dorado fue pisoteado bajo los pies del león. Los caballeros águila de Kasa destacaban entre los soldados, con sus armaduras blancas brillando bajo el cielo rojo. Uno a uno habían ido desapareciendo, vencidos por las olas de la batalla.

Lenta pero segura, la línea retrocedía, la defensa perdía terreno minuto a minuto, centímetro a centímetro.

—Vaya guerra —murmuró Erida, volviéndose hacia Thornwall para sonreírle, una bandera de paz entre reina y comandante.

Esperaba ver orgullo, o al menos un destello de triunfo. En lugar de eso, Thornwall siguió mirando al campo, con rostro inexpresivo. A lo largo de la línea de comandantes, ella vio lo mismo, incluso en su Guardia del León.

—Esto no es una guerra —murmuró Thornwall, mirando más allá de él, hacia el campo de batalla y el castillo—. Esto es una masacre. Muerte sin razón.

—Galland prevalece. Ésa es razón suficiente —se burló Erida. De nuevo, los garfios tiraban, de nuevo el río empujaba sus piernas, rogándole que la arrastrara hacia la ciudad. A cualquier precio.

Incluso su caballo parecía sentirlo, pateando el suelo con impaciencia.

—Trae de nuevo la caballería, mi señor —dijo.

Thornwall palideció.

—Los caballeros necesitan tiempo para recuperarse, Majestad. Deje que la infantería y los arqueros hagan aquello para lo que fueron entrenados. No daré esa orden.

A Erida le ardían los ojos, le saltaba la rabia.

—¿No lo harás? —respondió Erida, volteando hacia él. Su voz se volvió peligrosamente grave—. Su línea se está rompiendo. Toca para ordenar otra carga y los eliminaremos.

Había algo de verdad en ello. El muro de lanzas se había derrumbado, dejando vulnerables a los de Iona.

—No lo haré —dijo Thornwall de nuevo—. La caballería debe recuperarse. Sólo perderemos…

—¿Me lo estás negando? Eso es traición, mi señor —masculló Erida, acercándose a él. Sus velos se agitaron con el viento del dragón y el borde de su rostro quedó al descubierto por un segundo.

Y sus ojos ardientes y brillantes.

La cara de Thornwall se desencajó.

Abrió la boca, pero el sonido de un cuerno lo interrumpió.

No de su propia línea, sino del ejército de Iona, que resonaba por encima de sus compañías. Era un sonido agudo, no como los profundos bramidos de los cuernos gallandeses. Erida se irritó, entrecerró los ojos en medio del caos y observó cómo se desplazaban los ejércitos.

Se le cortó la respiración.

—Los elefantes —dijo rotundamente Thornwall.

Ante sus ojos, una muralla de elefantes de guerra atravesaba el campo, con sus patas acorazadas aplastando a la infantería de Erida. Los arqueros de Ibalet se balanceaban sobre sus lomos, lanzando una lluvia de flechas sobre cualquier soldado gallandés que lograra esquivar sus máquinas de asedio vivientes.

Erida contuvo un grito frustrado y su cuerpo zumbó, invadido por la necesidad de moverse. Era demasiado para soportarlo.

—Se desgastarán con el tiempo —dijo Thornwall distante, su voz débil y ya se desvanecía en su mente—. Podemos durar más que cualquier ejército en este valle.

Otro sonido de cuerno lo hizo callar de repente.

No era el sonido vibrante de los ibalos llamando a otra carga, ni las tropas gallandesas comunicándose a través del campo de batalla. Ni Kasa. Ni los Ancianos. Ni siquiera los dragones podían hacer semejante sonido, esa larga y estremecedora llamada profunda y metálica.

Erida se volvió en la silla de montar para llevar su mirada hacia el horizonte sur, hacia el largo lago que se encontraba bajo la cresta del castillo. Brillaba en rojo, convertido en sangre por el cielo infernal.

—Hacía décadas que no oía ese cuerno —murmuró Thornwall. Se le puso la cara blanca y le temblaron las manos sobre las riendas.

Sus oficiales susurraban, intercambiando miradas confundidas. Los señores de Erida tuvieron menos tacto. A uno de ellos se le escapó un sollozo. Otro dio vuelta a su caballo y huyó, espoleando a su montura al galope.

Los garfios de su piel amenazaban con desgarrarla, tan fuerte era su atracción. Erida hizo una mueca contra ellos, intentando leer el horizonte y a su comandante.

—¿Thornwall? —siseó con los dientes apretados.

La garganta del comandante se estremeció y sus ojos se pusieron vidriosos.

—Viene el Temurijon —respondió él en un susurro.

De nuevo sonó el cuerno, de nuevo tembló su comandante. Y los Incontables se hicieron realidad, una sombra que se arrastraba por las orillas del lago. El horizonte meridional se ennegreció con su número, sus banderas fluyendo sobre el gran ejército como una bandada de pájaros. Todos iban a caballo, armados con arco y espada.

Ya de niña, Erida había estudiado las historias de los temuranos. Gente de las estepas, un gran imperio guerrero, el único verdadero rival de Galland en todo el reino. Sus consejeros solían susurrar que tenían suerte de que el emperador temurano hubiera perdido su gusto por la guerra.

Sin duda lo recuperó, pensó Erida a través de la dolorosa neblina que nublaba su mente.

A su favor, Thornwall se recuperó antes que nadie.

—Llamen al resto de la caballería, envíen un mensaje a las legiones que aún marchan para que se den prisa —dijo rápidamente—. Hagan que salgan al galope de las montañas si es necesario, retiren a la infantería, debemos volver a formarnos y prepararnos para una carga temurana.

—O decirles que se den la vuelta y huyan —espetó otro señor, con el rostro pálido por el miedo.

Los temuranos nos desgarrarán, devorando legión tras legión cuando salgan de las montañas, pensó Erida, leyendo la batalla como un libro.

Sintió que la cabeza se le partía en dos y que un rayo se bifurcaba por su cuerpo. La voz de Thornwall resonaba en un oído, y en el otro un lenguaje sibilante que no conocía. De todos modos, entendía lo que quería, lo que le decía.

Lo que tenía que hacer, para no perder todo por lo que había sangrado, luchado y matado.

Erida apenas pensó en sus palabras antes de que salieran de su boca, con los labios y la lengua moviéndose solos.

—A LA CARGA —rugió la reina de Galland, mientras su caballo se alzaba sobre sus patas traseras debajo de ella.

Por un momento, ella se elevó como un héroe en un tapiz, caballo y jinete enmarcados contra el cielo rojo, su armadura brillante, su mirada penetrante en el castillo en lo alto. Entonces, el corcel estalló al galope, con los cascos golpeando la tierra cada vez más oscura.

Oyó vagamente que la Guardia del León la seguía, espoleando a sus caballos para seguir a la reina. Algunos intentaron detenerla, tomando sus riendas, pero su caballo se puso fuera de su alcance. De un vistazo, Erida se dio cuenta de que los ojos de su yegua ardían, enrojecidos como los suyos.

Detrás de ellos, los gritos de sus comandantes sonaban fuertes y largos. El de Thornwall era el más agudo de todos.

—¡A la carga! —repitió él, dirigiendo a la destrozada caballería tras su reina. Incluso a lo lejos, Erida oyó el pesar en su voz. Pero su comandante no podía hacer otra cosa, no con la propia reina en el campo de batalla.

Erida no sabía adónde conducía Lo que Espera, pero lo siguió, dejando que Él dirigiera su camino hacia el combate. Los caballeros formaron con ella, cansados, con sus caballos echando espuma y sudando.

A través de la neblina escarlata, Erida se dio cuenta de que sus propios soldados la aclamaban, animados por la presencia de su reina leona. Ellos también se unieron a la carga, corriendo tan rápido como podían, golpeando espadas y escudos en un estruendo.

Un elefante rugió, y luego otro, asustados por el aullido y los caballos que se acercaban. Sus ojos se pusieron en blanco, sus trompas se alzaron para proclamar su miedo mientras los arqueros caían de sus lomos.

Cuando uno de los elefantes de guerra giró la cola, con su enorme cuerpo derrumbando las líneas defensivas, Erida tiró de las riendas, ordenando a su caballo que lo siguiera, dejando que el elefante atravesara el ejército enemigo por ella.

En algún lugar, el cuerno temurano sonó de nuevo, un rugido de miles subiendo con él. A Erida no le importó y no se atrevió a mirar atrás. Un ejército derrotado le daba igual, aunque los soldados condenados fueran los suyos.

Podemos usar sus cadáveres, pensó, sonriendo.

El gran elefante corrió hasta las puertas de la ciudad, haciendo saltar a su paso soldados de todos los reinos. Para regocijo de Erida, las puertas seguían abiertas y sus enemigos se retiraban con sus heridos hacia la ciudad amurallada. Erida y los suyos los siguieron, atajándoles la retirada.

Lo que Espera arrastraba su cuerpo, dirigiéndola hacia la cresta de la ciudad. Había otros Ancianos dentro, arqueros y lanceros, pero eran pocos. Atacaron a su Guardia del León, derribando a un caballero tras otro, hasta que sólo quedó la reina, galopando sola. Protegida por la suerte o por su dios demonio, ella no lo sabía.

Las calles estaban extrañamente desiertas, pero Erida no tuvo tiempo de preguntarse si había una guarnición enemiga. Lo único que conocía era el caballo que tenía debajo y el fuego que le quemaba la piel.

Quienquiera que hubiera quedado para defender Iona se había ido, arrastrado a la batalla que se libraba a sus puertas.

O algo peor por delante.

42

LA TUMBA INMORTAL

Domacridhan

Quinientos años llevaba caminando por el castillo de Tíarma, pero esa noche le resultaba extraño. Dom nunca había visto el castillo así, destrozado por la batalla, inundado en sangre. Lo conocía en un silencio aplastante, en una paz casi enloquecedora. Ahora el olor a muerte impregnaba los pasillos por mucho que corriera, dejando atrás las bóvedas. Y, de alguna manera, los ecos eran peores. Lloraba por Garion y los vederanos que estaban luchando, conteniendo la tenaz marea de muertos vivientes.

Sólo esperaba que frenaran a Taristan y Ronin, para ganar el tiempo suficiente. El sol se ocultó por fin tras las montañas, sumiendo el valle en la sombra. De algún modo, la oscuridad era menos terrible que la maldita luz roja.

Sorasa seguía a su lado, con la chaqueta abierta y la cota de malla reluciente debajo. Ya le habían salido moretones en el cuello, furiosos como una marca de hierro. Seguían el patrón de los dedos de Mercury. Dom aún podía ver las manos del señor Amhara alrededor de su garganta, el rostro azulado y los ojos en blanco de Sorasa, mientras él le exprimía la vida.

Su corazón sigue latiendo, se dijo mientras corrían, permitiendo que el sonido del pulso de Sorasa le llenara la cabeza.

El ritmo se aceleró hasta que el corazón de él coincidió con el de ella, formando un tándem perfecto.

Escuchó más allá del corazón de Sorasa, buscando en el castillo con sus sentidos. Esperando a que una voz u olor familiar se cruzara en su camino.

Pero un cuerno resonó en todo el castillo.

Viene de la dirección opuesta del campo de batalla, Dom se dio cuenta, y desaceleró el paso.

Sorasa hizo una pausa, su rostro ensangrentado se tensó con preocupación.

—Yo también lo escuché —dijo ella.

—¿Refuerzos gallandeses? —Dom se estremeció ante la idea, por imposible que pareciera. Ya había tantas legiones sobre ellos. Le costaba creer que pudiera haber más.

Los cuernos volvieron a sonar y Sorasa sonrió, mostrando unos dientes igualmente ensangrentados.

—¿Quiénes son? —preguntó Dom, aunque temía la respuesta.

—Una oportunidad —ella exhaló. Por mucho que la Amhara despreciara la esperanza, Dom la vio escrita en su rostro—. Los temuranos han llegado.

Él sabía poco del Temurijón, pero confiaba en Sorasa Sarn por encima de casi todos los demás. Si ella se atrevía a creer en el ejército temurano, Dom también lo haría.

Sus pies siguieron el camino familiar a través de los interminables pasillos, hasta llegar al jardín del centro de Tíarma. Dom dejó escapar un grito de alivio al entrar en el patio a la débil luz de las antorchas. Los rosales se enroscaban bajo sus pies, aún desnudos, con los primeros brotes luchando por nacer.

Sus ojos se dirigieron primero a Corayne, a salvo a la sombra de Isibel, con Andry y Charlie a cada lado. Los tres dieron un grito, llamándolos a través del patio.

—Domacridhan —dijo la monarca, con un temblor en la voz. Aún llevaba la espada y la armadura, y el cabello plateado suelto sobre un hombro.

No había tiempo para reencuentros, por mucho que Dom quisiera estrechar entre sus brazos a los Compañeros más jóvenes. En cambio, cruzó el jardín con el ceño fruncido.

—Taristan está en el castillo, junto con el mago —gritó, haciendo señas a Corayne con una mano.

Corayne miró para todos lados, devorando la débil luz del jardín de rosas.

—Mierda —murmuró ella.

Mierda, en efecto, pensó Dom.

Sorasa escupió sangre al suelo.

—Vamos a sacarte de aquí. Los temuranos llegaron. Si podemos acercarnos a su ejército…

Al oír eso, Isibel emitió un sonido grave en su garganta, con sus ojos perlados centelleando. Con un suspiro cansado, bajó su antigua espada y apoyó la hoja en el suelo.

—Los muertos caminan por mi castillo —dijo amargamente, sacudiendo la cabeza. La monarca dirigió una mirada lastimera a los muros del patio. La batalla resonaba al aire libre—. Supongo que este lugar siempre ha sido una tumba.

Aun cuando el tiempo corría en su contra, Dom sintió una punzada de verdadera pena por su tía. Ya la veía quedándose atrás, para morir defendiendo su trono.

—Ven con nosotros —dijo Dom, dando un paso hacia ella. Insistió y le extendió la mano.

Isibel cuadró los hombros ante su sobrino. Sus palabras adquirieron un tono duro.

—Éste es un cementerio para todos nosotros, nuestras almas atrapadas aquí, condenadas a desperdiciarse tan lejos de casa.

—El Ward es nuestro hogar —respondió él, tajante.

—Tenemos que irnos —murmuró Sorasa a su lado—. Tendremos que dejarla si es necesario.

La monarca dedicó a la asesina una leve sonrisa antes de volver a mirar a Dom.

—No lo sabes, Domacridhan, *heredero del Ward*. Y nunca lo sabrás —dijo, mostrando demasiados dientes. Su voz se volvió más profunda—. He visto la luz de diferentes estrellas. Y *yo* las volveré a ver.

Un sonido como de viento rugiente llenó los oídos de Dom.

Incluso entre los vederanos, había leyendas y viejas historias. Historias de Glorian. Cuentos de héroes y reyes poderosos. Isibel había estado entre ellos una vez, viva en otro reino. Ella también era poderosa, uno de los seres más antiguos que quedaban en el Ward.

—Isibel —empezó él.

La espada de ella se movió tan deprisa que ni siquiera Dom pudo ver el acero, ni sentir la hoja al atravesar su propio cuerpo. Sólo se veía la herida que dejaba tras de sí, a través del acero, la tela y la carne inmortal.

El rugido en su cabeza se intensificó, como si un huracán arrasara el castillo. Parpadeó lentamente y sus rodillas se debilitaron.

Andry agarró a Corayne, sujetándola antes de que pudiera arremeter contra la tía traidora de Dom.

—Mi hija ha muerto por tu culpa —gritó Isibel, con los ojos grises convertidos en fuego blanco. Dom la escuchó como a través del agua, distante y amortiguada—. Es justo que te devuelva el favor.

A medida que la voz de ella penetraba en su mente, el dolor también penetraba en su cuerpo. Al principio fue leve, pero luego se volvió tan agudo que la vista dio vueltas. Dom esperaba el golpe de su cuerpo al caer al suelo, pero eso no sucedió.

Unos brazos cortos y delgados lo sujetaron y lo bajaron al suelo con ellos, hasta que su espalda descansó contra el pecho de ella. Unos dedos de bronce desabrocharon las hebillas de su armadura, arrancando las placas de acero y arrojándolas lejos para dejar al descubierto la herida que cubrían. Las mismas manos le arrancaron la camisa y presionaron los trozos de tela contra el corte del torso. A pesar de su rapidez, la sangre burbujeó entre los dedos de Sorasa. Su rostro se tensó al ver la sangre, y entonces Dom lo supo.

No sería como la daga en sus costillas. Sorasa Sarn no podía coser esta herida.

—No pasa nada —siseó ella, tumbada, con una mano todavía haciendo presión. La otra rodeó su pecho, atrayéndolo hacia ella, dejando que él se recostara en su cuerpo—. No pasa nada.

—Eso es lo que dicen los mortales cuando sienten un gran dolor —espetó Dom, ahogándose con su propia sangre.

Una lágrima golpeó su mejilla, la única que Sorasa se permitiría.

—TRAIDORA —gritó Corayne en alguna parte, agitándose para soltarse de Andry.

Pataleaba con las piernas al aire, balanceaba los brazos, luchando como un gato en un callejón. Sólo los largos brazos de Andry le impidieron atacar a la monarca con sus propias manos.

Charlie no tuvo tanta suerte.

El sacerdote caído no era un guerrero. No tenía habilidad con la espada ni con el puño. Tampoco es que fuera muy valiente. O eso pensaba Dom.

El príncipe de Iona parpadeó con dificultad, observando cómo Charlon Armont se lanzaba contra Isibel. Un criminal mortal contra una antigua reina.

Ella lo apartó como si fuera un insecto. Charlie cayó violentamente y rodó entre las enredaderas, con los ojos cerrados y la mandíbula floja.

Los gritos de Corayne se convirtieron en sollozos cuando el mundo empezó a oscurecerse a su alrededor.

—Taristan nunca robó la Espada de Huso —rugió Dom—. Tú se la diste.

Isibel no lo miró.

—Cortael nunca habría arriesgado el reino por el poder del Huso. Criaste a un hijo demasiado noble —replicó ella con un resoplido—. Suerte que no maté a Taristan en la cuna. Suerte que quedaba otro, con la fuerza de voluntad para hacer lo que debe hacerse.

Las piezas encajaron en la mente de Dom. Se estremeció contra Sorasa.

Por eso enviaste una fuerza tan pequeña contra él. Por eso no hiciste nada después de que fracasáramos. Maldijo a Isibel ante todos los dioses que conocía, en este reino y en cualquier otro. *Por eso esperaste y desperdiciaste la poca esperanza que teníamos.*

—No encontró un camino secreto a la ciudad —susurró Dom—. Tú se lo mostraste.

Isibel no respondió, y eso fue respuesta suficiente.

Otro brazo le rodeó los hombros, más suave que el de Sorasa, su tacto ligero como una pluma. Pero sus lágrimas caían con fuerza, frías, sobre su hombro desnudo. Corayne lo abrazó incluso mientras sangraba, manchando de rojo su propia armadura.

Él quiso abrazarla por última vez, pero le fallaron las fuerzas, estaba demasiado débil para moverse.

Entonces, Dom miró por encima de la cabeza de Corayne, clavando en Isibel toda la furia que le quedaba.

—Lo que Espera lo destruirá todo, incluso tu Glorian —escupió.

Para su consternación, Isibel se limitó a encogerse de hombros.

—Es un riesgo que estoy dispuesta a correr.

43

ROSAS CULTIVADAS CON SANGRE

Andry

Era lo mismo que en el templo, una vez más. Los Compañeros derrotados, atrapados en las fauces de una trampa que ninguno de ellos había visto venir.

Sorasa acunó a Dom donde yacía, haciendo lo que podía para contener el flujo de sangre. Era una tarea inútil, sin esperanza. Incluso Andry podía admitirlo, y un sollozo le subió a la garganta. Pero se obligó a contenerlo, diciéndose que debía concentrarse. No había tiempo para lamentos, no con la monarca de Iona cerniéndose sobre ellos.

Con cuidado, Andry apartó a Corayne de Dom, poniendo distancia entre ella e Isibel. No importaría mucho. Pero a Andry le importaba lo suficiente.

La luz de la antorcha parpadeó sobre la armadura plateada de Isibel, convirtiéndola en llama líquida. Ella ladeó la orgullosa cabeza y levantó la nariz, evaluando a Corayne como si fuera un objeto y no una persona. Andry supuso que Isibel siempre se había sentido así. Los mortales estaban tan por debajo de ella que no era capaz de verlos más que como herramientas.

—Puedes sentirlo, ¿verdad? —dijo imperiosamente la monarca.

Corayne se estrechó entre los brazos de Andry, su armadura contra la suya.

—No siento nada —gruñó, arremetiendo.

Andry se mantuvo firme, la sujetaba inflexible. Apretó los dientes, haciendo todo lo posible para evitar que Corayne acabara como Charlie, inconsciente entre las rosas. Andry deseó poder partirse en dos, para quedarse con Corayne e ir con Charlie a la vez.

Isibel continuó con su paso lánguido. Sus botas rozaban el empedrado y la tierra compactada, aplastando enredaderas bajo sus pies. Observó los brotes y las espinas, con la mirada quebrada.

—Las rosas crecen donde se cruzan los Husos, en su estela, en su ausencia y en su llegada —dijo, agachándose para inspeccionar la maraña de enredaderas—. Por eso la gente del Viejo Cor tomó la rosa como su sello. Para simbolizar su propia herencia como hijos del cruce.

Andry se quedó sin aliento cuando los capullos de rosas que rodeaban a Isibel empezaron a florecer, creciendo ante sus propios ojos. Por todo el patio, las rosas se desplegaron, con sus pétalos escarlata como estallidos de sangre fresca.

—No —susurró Corayne, con la voz cargada de emoción—. Ahora no.

El Huso, pensó Andry, sin atreverse a decirlo ni siquiera en su cabeza. *El Huso está aquí, entre las rosas, esperándonos. Esperando este momento.*

Éste ha sido siempre nuestro destino, pensó amargamente. *Desde el principio.*

Fríamente, pensó en su madre. Por doloroso que fuera, Andry la abandonó, así como toda creencia de que volvería a verla. Sólo podía esperar que muriera por su enfermedad, y no masacrada. Que no viviera para contemplar un reino roto, el Ward hecho cenizas a su alrededor.

El olor a rosas perfumaba el aire, era tan morbosamente dulce sobre el olor a sangre que Andry pensó que le darían arcadas. Inclinó la cabeza, esperando una ráfaga de viento fresco. Las estrellas rojas le devolvieron la mirada, el cielo abierto se burlaba de él por encima de los muros del patio.

Un dragón rugió en alguna parte, y Andry rezó para que fuera Valtik. *Vuelve, te necesitamos. Todos moriremos aquí si no llega la ayuda.*

—Sé lo que es sentirse atrapado entre dos mundos —soltó de repente Andry, deteniendo a Isibel en seco.

Ella lo miró desde un metro de distancia y ladeó la cabeza, con una expresión de disgusto espeluznante en su bello rostro.

—No sabes nada de este dolor, mortal. *Nacido del Ward* —respondió ella, ese título era una maldición.

Lentamente, Andry retrocedió, arrastrando a Corayne con él. *Valtik, Valtik, Valtik,* gritó en su cabeza, deseando que la bruja dragón lo oyera.

—Lo vi en mi madre. Nacida en Kasa, aunque vino a servir a una reina del norte —tragó saliva—. Siempre estuvo dividida entre dos reinos, entre su lugar de origen y el de su destino.

La monarca negó con la cabeza. Con desprecio, dio otro paso adelante, acortando de nuevo la distancia, hasta que sólo los separaba la longitud de una espada. Andry dudó de la rapidez con que podría desenvainar su espada, mientras empujaba a Corayne hacia un lugar seguro.

—Ya he visto bastante de tu rapidez mental en las reuniones del consejo, Andry Trelland —dijo Isibel—. No me dejaré arrastrar por tu intento de ganar tiempo.

Bajo su armadura, Andry temblaba.

—Maldita sea —se oyó a sí mismo murmurar.

La antigua espada de Iona se alzó, aún afilada con la sangre de Domacridhan. Apuntó a la cabeza de Andry y la punta se estrechó hasta alcanzar un brillo letal.

—Arrodíllate, mortal —ordenó.

Andry sólo se irguió más, apartando a Corayne del peligro.

—Nunca —dijo, retrocediendo, aplastando las rosas bajo sus pies. Él se movió con seguridad, sus pasos lo llevaron hasta donde yacía Charlie.

Para su alivio, Andry percibió el lento subir y bajar del pecho del sacerdote.

A pesar de todo su desdén, Isibel hizo un gesto muy mortal y puso los ojos grises en blanco.

—Muy bien —dijo ella, y suspiró.

A la velocidad del rayo, la inmortal se movió, derribó a Corayne al suelo y tomó a Andry por el cuello en el mismo movimiento; luego, giró el cuerpo de Andry para obligarlo a arrodillarse frente a ella. Su mano se clavó en la garganta de él, su presa le dejaría moretones. Entonces, la espada se alzó contra su piel. Ocurrió tan deprisa que Andry apenas se dio cuenta; vio su perdición mucho después de sentir el frío tacto del acero en su garganta.

Él se preparó para recibir el tajo de la espada de Isibel en el cuello.

Pero Isibel lo retuvo allí, suspendido entre la vida y la muerte, con la espada peligrosamente cerca.

—Arrodíllate —volvió a decir ella, su voz se rasgó en el oído de Andry.

En el suelo, Corayne se giró boca arriba, apoyándose en los codos. Las lágrimas le recorrían la cara sucia. Andry tenía tantas ganas de secárselas, de sentir su mejilla contra la palma de la mano. Abrazarla un poco más, hasta que se separaran para siempre.

—Andry —expulsó Corayne, sin atreverse a moverse ni un centímetro más—. Andry, lo siento.

Le sostuvo la mirada. *Si ella es lo último que veo, que así sea.*

—No hay nada que lamentar —le susurró, sincero con cada palabra.

—Todavía —dijo Isibel detrás de él, la espada aún contra su garganta—. Corayne an-Amarat, haz eso para lo que estás destinada.

Un lado de la boca de la Anciana se levantó en una cruel excusa para sonreír.

—De lo contrario, observa cómo muere.

En el suelo, Corayne ahogó otro sollozo. A su alrededor, las rosas seguían abriéndose, burlonas en su floración escarlata. Temblorosa, ella se levantó. La Espada de Huso permanecía contra su espalda, con sus joyas parpadeando.

—No lo haré —dijo Corayne, aunque le temblaba la voz.

—Corre, Corayne —balbuceó Domacridhan, aún desplomado contra Sorasa, cuyas manos seguían presionando su herida—. Debes escapar.

—Un consejo tonto de un alma tonta —dijo Isibel, apretando con más fuerza a Andry. Él tragó con cuidado, con la piel temblando justo debajo del acero mortal—. Cubre de sangre la espada, Corayne. Y sucumbe a tu destino.

—No lo hagas —dijo Andry con cuidado, muy consciente del precipicio en el que se encontraba.

Y lo que había debajo.

Así se mantuvieron, en terrible equilibrio, un bando contra el otro. Pero cualquier apariencia de oportunidad era sólo una ilusión. Isibel podía obligar a Corayne a abrir el Huso. Podía matarlos a todos donde estaban para darle la espada a Taristan, y todos lo sabían. Esto era sólo tortura, simple y llana tortura.

Corayne desvió la mirada, sus ojos negros abatidos. Otra lágrima recorrió su rostro. Para su horror, su brazo se levantó y una mano se dirigió a la funda que llevaba a la espalda.

—No lo hagas —volvió a decir Andry, esta vez más suave.

El sonido de una espada desenvainada lo ahogó, la Espada de Huso se soltó con un destello de luz de antorcha y rosas. En la empuñadura brillaban las amatistas y los rubíes.

En el centro del patio, en el corazón de los setos en flor, algo más brillaba también. Fino, casi invisible, poco más que un hilo de oro imposible.

Detrás de Andry, Isibel exhaló un suspiro de satisfacción.

Corayne se encogió de dolor, con la angustia escrita en el rostro.

Andry soltó una maldición entre los dientes apretados, empujando hacia atrás a la monarca. Fue como golpearse contra una pared. Ella no cedió.

—Corayne —dijo él, con la voz quebrada.

Ella no se detuvo ni lo miró. Sus ojos estaban fijos en la espada y en la palma de su mano. Hizo una mueca de dolor cuando su mano recorrió el filo de la espada, dibujando una línea de sangre roja. *Sangre de Cor*.

Temblando, extendió la espada, como si se la ofreciera a Isibel.

La Anciana gobernante la miró fijamente, con los ojos entrecerrados por la confusión.

—Aquí está tu llave —espetó Corayne—. Si quieres el Huso, hazlo tú misma.

De rodillas, Andry se preparó para el final, esperando a que Isibel reclamara su terrible premio. Pero ella no se movió, con la espada aún apretada contra su cuello. Ni siquiera pestañeó.

Su vacilación fue suficiente condena.

Corayne soltó una carcajada fulminante que atravesó el patio.

—Nos llevas a todos al borde de la perdición, pero no puedes recorrer el último centímetro —dijo Corayne, su voz destilaba su fría sentencia—. Cobarde.

Isibel respondió en silencio, con la mandíbula apretada.

En ese momento, resonaron pasos en los pasillos, a través de los arcos abiertos del patio, y Corayne se quedó helada. Apoyado contra Sorasa, Dom gruñó en voz baja, oyendo lo que Andry no podía oír.

—Entonces, así es como termina.

La voz burlona y odiosa ardía. Si Andry no hubiera estado de rodillas, habría caído al suelo.

Taristan del Viejo Cor se irguió, una silueta mirando hacia el jardín de rosas. Era como Andry lo recordaba en Gidastern. Manchado de sangre, andrajoso, sus ojos un profundo pozo de hambre sin fondo. Cuando su mirada recorrió el patio, Andry no pudo evitar un escalofrío. *No, es peor que mis recuerdos,* pensó. Taristan parecía cansado, con los dedos magullados y sangrantes, aunque sostuvieran una espada anodina. Y las venas blancas se extendían bajo su piel, trepando por su cuello. Parecía que se estaba pudriendo por dentro. Andry supuso que tal vez eso era cierto.

El mago rojo se encorvó a su lado y a Andry se le revolvió el estómago. Los ojos de Ronin, o lo que quedaba de ellos, lloraban sangre sobre su rostro. Giró la cabeza, sin vista; sus fosas nasales se encendieron como si pudiera oler el Huso. *Tal vez sí puede.* De algún modo, el mago sonrió, mostrando sus dientes de rata.

Detrás de ellos, las sombras se deslizaban por los pasadizos, dibujando figuras retorcidas. Andry casi rio de las circunstancias. *¿Qué son ahora unos cuantos cadáveres más?*

Isibel giró la cabeza, haciendo una mueca a Taristan y Ronin.

—Les doy todo lo que necesitan para la victoria, y aun así, los mortales son tan lentos —refunfuñó—. Bueno, ahora ven. Reclama lo que es tuyo, y yo haré lo mismo.

Ronin bajó primero las escaleras, riendo, con pasos lentos y vacilantes mientras cojeaba hacia el jardín. Se balanceaba, con una mano extendida para no caer.

Corayne permaneció inmóvil, con la Espada de Huso en la mano. Su propia sangre salpicó el suelo bajo la espada, cayendo en gotas rubí. Respiró con calma.

Su tío le sostuvo la mirada mientras se acercaba, echando sólo un vistazo a Domacridhan y Sorasa en el suelo. Andry casi esperaba que la asesina saltara y atacara.

—Luchaste valientemente —murmuró Taristan al pasar.

Sorasa siseó como una serpiente.

—Lamentarás este momento por el resto de tus días —dijo ella.

En sus brazos, Dom soltó una risa húmeda y entrecortada, más parecida a un estertor.

—Un rey de cenizas —exclamó el Anciano, la sangre moteando el aire—. Y sólo de cenizas.

Un rey de cenizas sigue siendo un rey. Andry recordó cómo Taristan había pronunciado las mismas palabras hacía tanto tiempo, cuando Cortael aún vivía, cuando todo esto no había hecho más que empezar. Entonces, él era un lobo, peligroso y desesperado.

Con una sacudida, Andry se dio cuenta de que ese límite desesperado y voraz había desaparecido. Taristan seguía siendo un lobo, pero menos temerario, menos emocional. El hombre que se reía ante el cuerpo moribundo de su hermano era insensible ahora, sin sonrisas ni réplicas.

Su objetivo era el Huso y nada más.

—Puedes hacer los honores —dijo Taristan rotundamente, señalando a Corayne.

—Cobardes, los dos —maldijo Corayne—. Tan ansiosos por acabar con el mundo, pero no por sus propias manos.

Sus ojos parpadearon mirando entre su tío y el mago, y luego de nuevo a Andry.

Andry observó cómo giraban los engranajes en su cabeza, su mente brillante en busca de alguna oportunidad.

Entonces, aparecieron los muertos en los arcos, cuyo horror era peor de lo que Andry recordaba. Algunos eran esqueléticos, poco más que restos animados, unidos por tendones podridos y piel suelta. Otros estaban frescos, con uniformes gallandeses, ropas de tela áspera, incluso sedas. Andry trató de no mirar sus rostros, para no vislumbrar quiénes habían sido antes de caer bajo el dominio de Taristan.

Pero una cara le llamó la atención.

Desde las rosas, Dom emitió un terrible gemido, con el rostro surcado por la tristeza.

Una princesa Anciana tropezaba entre los muertos vivientes que rodeaban el patio, todavía con la armadura verde que había llevado en Gidastern. Le faltaban algunas placas, otras estaban agrietadas y salpicadas de sangre vieja y oscura. El cabello que le quedaba colgaba suelto sobre su cara, una cortina negra que ocultaba un rostro espantoso y putrefacto.

—Ridha.

Isibel inhaló bruscamente y su cuerpo se tensó detrás de Andry. No pudo evitar compadecerse de ella, por odiosa que fuera. El suyo era un destino que ninguna madre merecía.

Con cautela, Andry giró la cabeza unos centímetros y miró por el rabillo del ojo. Isibel estaba derramando lágrimas silenciosas, siguiendo con la mirada el cadáver de su hija. En su dolor, le temblaban las manos.

Y su espada bajó un par de centímetros.

Entonces, estalló una tormenta en el patio cuando Charlie saltó desde el suelo, con su largo cuchillo relampagueando en la mano.

Isibel gritó como un demonio, despertando de su estupor cuando la espada de Charlie se clavó en la parte posterior de su muslo, entre las placas de su armadura. Andry se apartó de un salto mientras ella se deslizaba por el suelo, agarrándose la pierna.

El tiempo dejó de existir, todo sucedía a través de una neblina onírica.

La bota de Andry crujió sobre la muñeca de Isibel, provocando que ella soltara la espada. Con una patada, lanzó la antigua espada volando en espiral hacia las rosas; cortó pétalos y espinas al caer, que se derraparon por el suelo.

Al otro lado del jardín, la Espada de Huso de Corayne silbó en el aire, pasando a centímetros de la cabeza de Ronin. El mago ciego logró evadir el golpe justo a tiempo, esquivando la espada de Corayne mientras ella avanzaba con un furioso grito de guerra en los labios. Ronin curvó los dedos y se apartó de su camino mientras Corayne atacaba a Taristan.

Su espada se cruzó con la de él en una lluvia de chispas.

Mientras ellos se batían en duelo, Sorasa avanzó por el piso como una araña, dejando que Dom cayera hacia atrás, y saltó sobre la espalda de Isibel. La Anciana siseó, aún en el suelo, con la pierna herida doblada bajo ella. Las piernas de Sorasa se cerraron y sus muslos rodearon la garganta de la monarca, amenazando con ahogarla.

Las espadas chocaron, martilleando de nuevo, mientras Corayne bailaba alrededor de Taristan.

Por el rabillo del ojo, Andry vio a Charlie ocupar el lugar de Sorasa, para presionar los trozos de tela sobre la herida de Dom.

Por su parte, el escudero se volvió hacia el mago, con la espada en una mano y el hacha en la otra.

La balanza se equilibró.

Aunque sólo fuera por un momento.

44

SIN NOMBRE

Corayne

El Huso brilló, incluso cuando Corayne se dio la vuelta para dejar atrás el hilo dorado. Siempre lo sentía, tan agudamente como una aguja en la piel. La llamaba con una voz como la del viento, que se elevaba hasta convertirse en un aullido constante. Y por debajo, Lo que Espera también la llamaba, con sus susurros sibilantes recorriendo su mente.

Los reinos infinitos te esperan, Corayne an-Amarat. El cruce de todos los caminos, el centro de todos los mapas. Todo es tuyo, sólo tienes que reclamarlo.

La espada de Taristan chocó con la suya, y la fuerza de su golpe hizo temblar sus brazos. Pero no era el monstruo del Huso Desgarrado que ella recordaba, obsequio de un rey demonio, demasiado fuerte e invencible. Era lo más cercano a un mortal que Corayne hubiera visto nunca, con el testimonio de su nueva debilidad escrito en cada moretón y cicatriz.

Su tío giraba frente a ella y su propia vida pendía de cada estocada.

Reclama tu destino, Corayne, susurró el demonio en su mente.

—Mi destino es mío —gritó ella, girando el hombro para que un golpe lateral resbalara por su armadura. Todo su entrenamiento volvió a su memoria, todos sus movimientos de pies y de espada.

Taristan la miraba perplejo, con el ceño fruncido, mientras lanzaba patadas hacia sus piernas. Ella las esquivó a duras penas, a punto de perder el equilibrio.

Mientras giraba, Corayne vislumbró a Sorasa forcejeando con Isibel. Seguía apretándole la garganta con las piernas, utilizando la parte más fuerte de su cuerpo para someter a la Anciana. Duró sólo unos segundos, antes de que Isibel se recuperara lo suficiente para empujar a Sorasa, lo que hizo que la asesina rodara hasta las rosas. Sorasa volvió a levantarse en un segundo, con la daga en la mano.

Andry tuvo más suerte en su enfrentamiento con un mago ciego. Parecía un combate parejo, a pesar de la magia de Ronin. Sus dedos enroscados, aunque eran tan poderosos, apuntaron y fallaron. La fuerza de su magia estalló a escasos centímetros de la cara de Andry, haciendo un agujero en las rosas.

—Estás vencida, Corayne.

La voz de Taristan la hizo girar y reaccionó, esquivando otro golpe de su espada. Taristan la miró por encima de la espada, con su gran capa rasgada mostrando las viejas pieles que llevaba debajo.

Corayne lo vio como había sido antes de que la reina de Galland uniera su destino al suyo. Un sinvergüenza solo en el mundo, un hombre mortal nacido para nada y, de algún modo, para todo.

—Este reino caerá —continuó él, sombrío.

Ella esperaba que él se regodeara, pero su rostro pálido permaneció como la piedra, insensible.

—Y tú caerás con él —le espetó Corayne, ajustando su agarre. Los brazaletes estaban apretados a sus antebrazos, y los bordes de las garras brillaban como el filo de la Espada de Huso—. ¿Todavía no lo has entendido?

El siguiente golpe que le lanzó Taristan fue perezoso, burlón. A pesar de su entrenamiento de los últimos meses, Corayne no era rival para la larga vida de su tío en la miseria del mundo. Él bailó dentro de la guardia de ella y le golpeó el pecho con el hombro, haciéndola caer de espaldas sobre su armadura.

Taristan la miró con una mueca.

—Es mejor salir victorioso a la derecha de un dios que morir sin nombre y olvidado —dijo él.

Su espada cayó como un rayo.

Corayne levantó los antebrazos y el filo de acero de sus brazaletes recibió el impacto. La fuerza del golpe sacudió todo su cuerpo y sus músculos gritaron en señal de protesta.

—¡No hay victoria, Taristan! —gruñó ella mientras él retrocedía ante el golpe. En un instante, se puso de pie de nuevo— He visto Ashlands. He visto lo que él le hará a este reino y a todos los demás.

Polvo. Muerte, pensó Corayne, incluso mientras el mismo susurro tentador se entrelazaba en su mente. Lo que Espera siseaba, a centímetros de distancia, anhelando atravesarla. Recordó su sombra en Ashlands, la silueta de un rey monstruoso. Vacilaba bajo un sol moribundo, rodeado de una tierra de ecos y cadáveres. *La destrucción de todo lo que alguien haya apreciado alguna vez.*

Corayne se irguió y agarró la Espada de Huso con las dos manos, para sostenerla con todas sus fuerzas. Taristan la fulminó con la mirada, los dos enganchados mientras el resto del mundo hervía a su alrededor.

—Serás olvidado de cualquier manera, tan sólo otra mente rota bajo la tentación de Lo que Espera —dijo Corayne, con desesperación en cada palabra—. No eres más que una herramienta, Taristan. Mortal, como el resto de nosotros. *Sin nombre.*

No esperaba que a Taristan le importara, si es que la estaba escuchando.

—Útil hasta el momento en que dejes de serlo, hasta el momento en que te deseche para encontrar a otro tonto —a Corayne le tembló la voz.

Para su sorpresa, Taristan no avanzó, aunque mantuvo su espada alzada. Mechones de cabello rojo oscuro estaban pegados a su cara sudorosa, algunos se movían con sus jadeos. A pesar de las venas blancas que se arrastraban bajo su piel, y del borde rojo que se encendía alrededor de sus ojos, parecía más mortal de lo que Corayne lo creía capaz.

Una rara emoción oscureció su mirada, el negro devorando el rojo infernal.

Confusión, vio Corayne. *Arrepentimiento.*

—Sé lo que te prometió —dijo ella—. Un propósito. Un destino.

De nuevo se rizaron los susurros. *Los reinos infinitos te esperan.* Aunque Corayne sabía que la oferta estaba maldita, una parte de su corazón se movía hacia ella de todos modos.

—Sé lo que se siente, para alguien como nosotros. Desgarrados, abandonados y perdidos —sus ojos le ardieron de nuevo, su mirada anegada en lágrimas—. Pero no es real. Lo único que Él trae es muerte.

En ese momento, eso mismo, la muerte, estaba estallando a su alrededor. Había evidencias por todas partes. La sangre envenenaba el aire. El ejército de cadáveres seguía rodeando el patio. Se habían quedado atrás, como si estuvieran viendo una horrible obra de teatro.

—Termina con esto, Taristan —se burló el mago, con sus ojos vacíos arrastrando lágrimas rojas. Envió una ráfaga de magia sobre la cabeza de Andry. El escudero se dejó caer, esquivando el hechizo por muy poco. En cambio, alcanzó a Isibel, que gruñó y retrocedió dando tumbos.

—El Huso está aquí —continuó Ronin, ajeno a todo—. Sólo tenemos que abrir la puerta y atravesarla.

—¿Hacia *qué?* —Corayne rugió de nuevo— ¿Dónde crees que termina esto para ti?

La mirada de Taristan cambió, sus ojos se desenfocaron cuando algo cruzó por su mente.

Alguien, se dio cuenta Corayne con una explosión de energía.

—¿Dónde crees que acaba esto para *ella*? —gritó Corayne, dando un atrevido paso adelante.

La máscara que llevaba su tío se resquebrajó y su rostro se volvió más blanco de lo que ella creía posible. Una lucha estalló en su mente, sus ojos de repente eran una espiral entre la llama roja y el abismo negro.

—Lo que Espera consumirá a Erida, como consume todas las cosas —suplicó Corayne, otro paso más cerca. Los susurros, el aullido del viento, el caos de la batalla. Todo hacía estragos, abrumando sus sentidos—. Si no salvas el reino, al menos puedes salvarla a *ella*.

Un leve gruñido de dolor la hizo apartarse, la voz le resultaba demasiado familiar. Corayne se dio la vuelta, bajando la guardia, para ver cómo la espada de Andry caía de sus manos, a sus pies. Él se inclinó hacia atrás, con los brazos abiertos, la boca abierta y jadeante.

Entre las rosas, Ronin estaba de pie, con el puño cerrado. No podía ver, pero sus ojos arruinados apuntaban a Andry, con el brazo extendido en dirección al escudero. Con una horrible sonrisa, levantó el puño. Y el cuerpo de Andry se levantó con él.

—¡NO! —gritó Corayne, olvidando todas las cosas mientras corría hacia él.

Ronin no se inmutó y extendió la mano que tenía libre. Le siguió una ráfaga de aire que golpeó de lleno a Corayne. Ella cayó de espaldas y la Espada de Huso cayó a escasa distancia.

—Toma la espada, Taristan —dijo Ronin, con los dientes al descubierto, salpicando saliva de su boca—. La Espada de Huso es tuya.

Frente a él, Andry estaba suspendido en el aire con los dedos de los pies rozando el suelo, elevándose más y más.

El puño de Ronin se cerró con más fuerza y Andry gritó.

El mago volvió a sonreír, con la sangre corriendo por su cara.

—Haz aquello para lo que fuiste hecho.

En el suelo, Corayne observaba impotente, con lágrimas en los ojos. El espectáculo era demasiado horrible para soportarlo. Andry se retorcía de dolor. El rostro de Dom perdía color y su respiración se debilitaba a cada segundo. Detrás de él, Charlie estaba arrodillado, rezando a todos los dioses. Y Sorasa mantenía a raya a Isibel con todos los trucos que conocía, cada vez más escasos.

Taristan era el más peligroso de todos. Sus botas crujieron entre las rosas, pisoteando los pétalos rojos. Alcanzó la Espada de Huso, y sus dedos rodearon la empuñadura de la espada.

Por encima de su hombro, el Huso seguía danzando. Parecía la rendija de una puerta que separa una habitación oscura de otra llena de luz.

—Para esto fui hecho —dijo Taristan del Viejo Cor, alzando la Espada de Huso.

Frente a él, Ronin inclinó la cabeza hacia atrás, con la boca muy abierta, los dientes demasiado afilados, la sangre todavía recorriendo su cara y su cuello, salpicando su túnica.

—Está hecho, mi señor —siseó el mago, un desalmado para todas las cosas. Sonriendo, inclinó la cabeza hacia atrás, como si se regodeara en la luz de un sol terrible.

—Está hecho —repitió Taristan, deslizando la Espada de Huso en el aire, con el filo aún rojo por la sangre de Corayne.

Y luego, la de Ronin.

Dos hombres cayeron al suelo en el mismo instante. Andry cayó primero, liberado de la magia oscura del mago. Se desplomó en el suelo, gimiendo.

Ronin no hizo ningún ruido. Las dos mitades de su cuerpo cayeron con un último ruido sordo.

45

UNA REINA DE CENIZA

Erida

Erida odiaba Iona, cada parte de ella. La ciudad inmortal era algo feo y gris para ella, poco más que otra mancha que borrar del mapa.

Esperaba encontrar cierta oposición en el patio del castillo de los Ancianos. Pero casi todos los guardias estaban heridos, si no es que muertos, y ella cabalgó sin que nadie la viera. Los adoquines y el empedrado se convirtieron en mármol cuando entró al galope en lo que alguna vez fuera un gran salón. Olía a muerte en todas sus formas, fresca y putrefacta. El suelo de mármol estaba resbaladizo por la sangre, y entre sus muros se libraba una guerra. Los Ancianos restantes luchaban contra el abrumador número de muertos vivientes que inundaban los pasadizos del castillo. Había cadáveres por todas partes, tanto de Ancianos como de mortales y Ashlander. Erida les echó un vistazo, buscando caras conocidas. No vio ninguna.

El caballo patinó sobre el resbaladizo suelo y ella saltó de su lomo, para posarse entre la carnicería. Sus pies se movieron sin pensar, siguiendo un camino que no conocía a través del castillo. Los garfios arrastraban, el río tiraba, el viento aullaba: Erida se sentía desarraigada de su propia piel. Estaba aterrorizada y emocionada en la misma medida.

Estamos tan cerca.

Dobló una esquina, incómoda por el peso de la armadura en sus brazos y piernas. Pero Lo que Espera empujó, hasta que la golpeó una vaharada de empalagoso olor a rosas.

La muerte apestaba bajo las flores, hasta que no pudo distinguir una cosa de otra.

Le ardían los ojos, cada paso era más difícil. Sin embargo, Erida sabía que no podía dejar de correr, aunque quisiera. Encontró un patio en el centro del castillo, rodeado de muertos vivientes. A pesar de que la primavera apenas comenzaba, por todo el jardín florecían rosas de tamaño asombroso. Rojas como la sangre, grandes como su puño. Las enredaderas se enroscaban ante sus ojos, puntiagudas y amenazantes, sus hojas eran de un verde ácido. Respiró hondo, con el pecho oprimido por la expectación.

Nada podría haberla preparado para lo que vio en el patio de abajo.

Allí estaba Domacridhan, jadeando, con el pecho desnudo blanco y agitado. Lo atendía un hombrecillo regordete con una armadura mal ajustada, presionando el abdomen del Anciano con trapos empapados en sangre. Al otro lado del jardín, la asesina luchaba como un tigre contra una inmortal herida.

Ellos significaban poco para Erida de Galland, en el esquema de las cosas. A sus ojos, ya estaban muertos, derrotados.

Un Huso ardía, allí mismo, en el patio del castillo de los Ancianos. El hilo dorado brillaba, casi encantador en su pequeñez. Pero Erida ya lo sabía. Las pequeñas cosas cambian el curso de la historia.

Todos fuimos pequeños alguna vez. Y para algunos, pequeños es todo lo que serán, pensó, posando sus ojos en Corayne.

La joven yacía desplomada en el suelo, con su negro cabello suelto. Corayne tenía una figura trágica, como la de un héroe condenado de un cuento de hadas. Ella también lloraba, reducida a lo que siempre había sido.

Una niña en el fin del mundo, pensó Erida. *Nada, nadie.*

El Príncipe del Viejo Cor estaba de pie junto a su sobrina, con el cuerpo ennegrecido por las sombras. Tenía el cabello pegado a la cara, húmedo por el sudor. Había sido un largo ascenso a través de las bóvedas del castillo, entre la oscuridad y el pavor.

A Erida se le cortó la respiración. Su presencia era como un paño fresco sobre una frente enfebrecida, y sintió que se le quitaba cierta pesadez del cuerpo.

Cuando levantó el brazo, con la Espada de Huso en la mano, Erida quiso volar. Taristan no sólo estaba vivo, sino victorioso. Un conquistador, como siempre supo que sería.

Lo que Espera siseó dentro de Erida, Su voz se unió a la suya, hasta que sus oídos resonaron con la misma palabra.

Ganamos.

Taristan giró la espada lentamente, inspeccionando el filo escarlata. Goteaba sangre. Viendo el corte en la palma de Corayne, Erida supo a quién pertenecía esa sangre. Y lo que eso significaba para el reino.

—Está hecho, mi señor —siseó Ronin, con una voz a medio camino entre la de un hombre y la de un monstruo. Se mantenía erguido por primera vez en su podrida vida, con una mano en el aire, sosteniendo un cuerpo en alto.

Andry Trelland.

A su pesar, una pequeña punzada de arrepentimiento recorrió a Erida de Galland. Tragó saliva con fuerza, tratando de alejar un torrente de recuerdos indeseados. Andry Trelland había crecido como paje en su palacio, y luego como escudero. Siempre amable, siempre noble, todo lo que un verdadero caballero podía ser. Los otros muchachos lo rechazaban por su gentileza, e incluso algunos caballeros también. Erida nunca pudo, no en ese entonces.

E incluso ahora, después de su traición, después de toda la ruina que él había traído, Erida seguía sin encontrar dentro de ella el odio hacia Andry.

Pero tampoco podía encontrar las palabras para perdonarle la vida.

Me alegro de no tener que dar la orden yo misma, pensó, observando cómo la magia de Ronin se ceñía alrededor del escudero. Andry lanzó un aullido de dolor, con los ojos muy abiertos y un rubor bajo el cálido marrón de su piel.

Debajo de él, Ronin miraba sin ojos, con sus lágrimas de sangre todavía fluyendo.

—Está hecho —repitió Taristan.

Con un leve gruñido de esfuerzo, Taristan blandió la Espada de Huso. Se arqueó en un destello de acero, reflejando la luz de la antorcha y las estrellas rojas. Por un momento, Erida vislumbró algo más en el borde del espejo. La sombra de una figura, su contorno negro, dos llamas ardientes donde deberían estar los ojos.

Erida se preparó para sentir un Huso desgarrado, esperando el chasquido revelador de la energía cuando zumbara en el aire. Pero nunca llegó.

En cambio, la Espada de Huso atravesó el cuerpo de Ronin, cortándolo por la cintura.

Erida soltó un grito gutural cuando el mago se desmoronó y Andry volvió a caer al suelo. Aulló de rabia y confusión, incluso cuando los escalones que bajaban al patio la hacían tropezar. No era su cuerpo el que se movía, sino algo en su interior que tiraba de sus miembros, guiándola a ella al igual que a su desdichado caballo.

Los muertos vivientes gimieron con ella, tropezando a través de los arcos que rodeaban el jardín de rosas. Su mago había muerto, sus correas se habían soltado. Algunos se hicieron pedazos, la magia que los mantenía unidos había desaparecido.

—Erida —dijo Taristan, con voz ronca y grave.

Ella lo escuchó como si él le hablara directamente al oído. Le ardían los ojos, tanto que parecían estar helados. El borde de su visión se nubló de blanco, palpitando con el latido de su propio corazón.

Alrededor del jardín, Corayne y sus aliados se apresuraron a acercarse.

A Erida le importaban poco, su atención se centraba en Taristan y en sus ojos. Deseó que sus ojos fueran como los suyos. Que hubiera desaparecido el negro insondable, sustituido por líneas arremolinadas de rojo y dorado.

Andry Trelland la observó desde lejos, con la mandíbula desencajada.

—¿Qué te has hecho, Erida? —murmuró él.

—Lo que debo hacer —respondió ella, antes de aferrar a Taristan con ambas manos.

Era la verdad. Éste era el costo de la libertad. De comandantes, consejeros, usurpadores y maridos carceleros. De todos los hombres que la traicionarían, la engañarían, la atraparían, hasta que no fuera más que otra anciana apoyada en un bastón, susurrando por las esquinas, con toda su vida a sus espaldas y sólo el pesar por delante.

Taristan la tomó por la muñeca, sujetándola y también reteniéndola.

—Mira lo que tu dios le hizo a ella —gritó Corayne a través de las rosas—. Mira lo que exige.

Erida sintió el grito del demonio en su interior, tan feroz que su cuerpo se estremeció. Gruñó contra él y se abalanzó sobre Corayne, pero Taristan la detuvo.

—Está hecho —dijo él de nuevo, repitiendo las palabras de su mago muerto.

Para su horror, Erida vio cómo Taristan arrojaba la espada a un lado, dejándola caer a sus pies. El Huso volvió a latir, llamando a la espada. *Llamándome a mí.*

La palma de la mano de Taristan se sentía fría contra la mejilla de Erida, febril. Ya no era un bálsamo, sino un bloque de hielo, demasiado doloroso para soportarlo. Erida intentó zafarse de él, pero se topó con sus ojos negros como abismos. Sus propios ojos se abrasaron, sus lágrimas parecían ácido.

—No dejaré que te quemes, Erida —gruñó Taristan, obligándola a sostenerle la mirada.

El cuerpo de ella se agitó en sus garras, como una marioneta que los hilos hacen bailar.

—Me lo prometiste —murmuró ella—. Me prometiste el reino entero.

—Eres lo suficientemente reina para mí —respondió él.

Una parte de ella quería ceder. Caer en los brazos de Taristan, dejarse llevar.

Pero el mapa del mundo nadaba ante sus ojos, los bordes estaban grabados en ella. Conocía las fronteras de Galland como las líneas de su propio rostro, como el tacto del trono, como el peso de la corona. Habían nacido en ella, habían nacido *para* ella. Igual que su destino.

Sus manos seguían presionando su piel enfebrecida, sus mejillas y su muñeca.

—Equilibrio —le siseó Taristan a Erida, con sus propios ojos convertidos en un campo de batalla por la hegemonía—. Equilibrio.

Erida nadaba en su propia cabeza, entre el frío y el calor, la luz y la oscuridad. Su voz sonaba débil, distante, sus pensamientos luchaban por formarse. Como antes, algo se movía alrededor del agarre de Taristan, recorriendo sus cuerpos. Esta vez, aquello no los acercó. Pero se introdujo entre ellos, separándolos.

La respiración de Erida se agitó, las voces en su cabeza se difuminaron y mezclaron.

Hasta que sólo quedó una. Y el mundo se volvió escandalosamente claro.

Éste es el costo.

Algo cambió en su voz, un matiz de poder que antes no poseía.

—No hay equilibrio entre mortal y dios —dijo ella fríamente—. Si no quieres ser un rey de cenizas, entonces yo seré su reina.

No sabía de dónde le venía la fuerza, pero su muñeca se giró, soltándose, mientras se lanzaba al suelo. Su mano herida se cerró en torno a la empuñadura de la Espada de Huso, el cuero aún caliente y las joyas brillando en rojo y púrpura. El dolor recorrió su brazo, pero se aferró al arma con todas sus fuerzas, el suelo se movía debajo de ella y el Huso era como un faro.

Y entonces la espada también se movió, con el filo aún húmedo por la sangre de Corayne.

La sangre del Viejo Cor.

46
RECLAMA TU DESTINO
Corayne

Lo que sea que decidas, muerte posible o muerte segura, hazlo rápido.

Sorasa dijo eso una vez, en las sombras de Ascal, en una noche tan lejana de donde estaban ahora que a Corayne le daba vueltas la cabeza. Recordaba demasiado bien la lección.

Muerte segura, pensó mientras Erida empuñaba la Espada de Huso y cortaba el hilo dorado en dos.

Una luz parpadeó y Corayne se agachó, cerrando los ojos contra la terrible claridad. Alguien se apretó contra ella, con un tacto suave pero firme. *Andry,* lo supo, su abrazo le resultó familiar mientras él intentaba protegerla con su propio cuerpo.

El poder y la magia crepitaban sobre su piel, la sensación era imposible de comprender.

Entonces, el olor a muerte y rosas desapareció, fue eliminado. Sustituido por algo imposible.

Corayne esperaba las Ashlands. Un mundo rojo de polvo y ruinas. Otro reino roto. *O peor,* pensó. *Su reino. Asunder, el abismo.*

Al abrir los ojos, vio bajo sus manos una hierba verde, rica y oscura. Una brisa cálida agitaba su cabello, al igual que las ramas de los innumerables árboles. Las hojas verdes brillaban a su alrededor, bailando bajo la luz de un sol suave e invisible.

Lentamente, Corayne se enderezó, con la boca abierta. Giró sobre sí misma, contemplando ese lugar imposible.

A su lado, Andry hizo lo mismo, con los ojos oscuros muy abiertos.

—¿Qué es este reino? —murmuró por encima de ella.

Atrás quedaban Tíarma y el patio. Atrás quedaban Sorasa, Dom, Charlie e incluso Isibel. Atrás quedaban los cadáveres de los muertos vivientes, cuyos cuerpos marchitos eran ya un recuerdo. En cambio, Andry y Corayne estaban en medio de un bosque interminable, rodeados de árboles imposiblemente perfectos, todos iguales, de corteza plateada y ramas de un verde exuberante. Incluso la temperatura era perfecta, como la de un hermoso día de primavera. El terreno era llano en todas direcciones, sin maleza, desnudo, salvo por una alfombra plana de hierba fresca y suave.

Los árboles se arqueaban entre sí, como los contrafuertes de una catedral abovedada, formando un laberinto de corredores perfectos en todas direcciones, cada uno tan largo que seguía hasta donde alcanzaba la vista. Excepto uno. Un único pasadizo entre los árboles terminaba a pocos metros, bloqueado por unas escaleras de mármol tallado. Se elevaban bruscamente entre las copas de los árboles, sin indicación alguna de dónde terminaban. Si es que terminaban.

Su propio hilo del Huso centelleaba a unos metros de distancia, resplandeciente de luz interior.

No estaba solo.

Otros hilos brillaban entre los árboles, esperando a ser abiertos. Innumerables husos que conducían a innumerables reinos.

—La Encrucijada —respondió finalmente Corayne, con el corazón en la garganta—. La puerta de todas las puertas.

Andry se quedó mirando los árboles, y la luz de los interminables Husos convirtió sus ojos castaños en oro fundido.

—Por los dioses —respiró—. Todos los reinos.

Por los dioses, pensó Corayne, intentando comprender el peso del mundo que la rodeaba. Lo que contenía cada Huso. Qué había detrás de los hilos parpadeantes, qué tierras y nuevos reinos. Su mente daba vueltas a las posibilidades.

Y la tentación.

Podría ir adonde quisiera. Más lejos de lo que cualquier mortal creía posible, más allá de cualquier horizonte que hubiera existido jamás. Su corazón de Heredera de Cor cantaba y dolía, latía tan fuerte que Corayne temía que sus costillas se hicieran añicos.

A cualquier sitio. Quizás incluso a casa.

Corayne no sabía de dónde venían sus antepasados, pero eso la obsesionaba. Desde su infancia, o incluso tiempo atrás, se había dado cuenta. Desde la primera vez que miró al cielo y se preguntó qué había detrás de las estrellas, qué la llamaba a través del infinito azul.

Un gruñido miserable la devolvió a su cuerpo.

Al otro lado del claro, Taristan estrechó a Erida entre sus brazos, provocando que ella se estremeciera. Su rostro, antaño hermoso, estaba demacrado y pálido, y sus ojos, demasiado terribles para comprenderlos. Venas blancas se retorcían bajo su piel, como gusanos en un cadáver.

—Erida, recuérdate, recuerda quién eres, lo que hemos construido —gruñó Taristan, mientras su esposa forcejeaba contra él. La aferró con ambas manos, y la Espada de Huso cayó de la mano de Erida.

Por mucho que Corayne lo odiara, se detuvo al ver el rostro de Taristan. Parecía afligido, incluso desconsolado, su aire insensible había sido sustituido por la tristeza. El fuego bailaba en sus ojos, pero el negro también estaba allí, luchando por el control. No como la reina. Hacía tiempo que el azul zafiro que había en Erida había desaparecido, devorado por el demonio de su cabeza.

—Soy lo que tú me hiciste —gritó Erida a su consorte, intentando liberarse—. No podía sentarme y ver cómo flaqueabas. No después de todo lo que hemos vivido.

Con Taristan distraído por la reina, su camino estaba claro.

Corayne y Andry corrieron juntos, la hierba suave bajo sus botas. Su espada se había quedado en Allward, así que Andry desenvainó su daga y su hacha. Corayne sólo tenía sus dos manos y sus brazaletes con garras, cuyos bordes brillaban.

Se dirigió hacia la Espada de Huso, con toda su concentración puesta en ella.

Entonces, un trueno atravesó los árboles y toda la Encrucijada retumbó, el suelo tembló bajo sus pies. Corayne casi perdió el equilibrio y se arrodilló para estabilizarse, Andry se agachó a su lado mientras la tierra se sacudía.

Taristan se quedó helado, con el poco color que quedaba en su cara. En sus brazos, Erida seguía retorciéndose, con una expresión desesperada y devastadora, como una mujer hambrienta que ve comida de repente. Como un sacerdote ante su dios despierto.

Intentó liberarse de Taristan, con los ojos lívidos y ardientes clavados en los escalones de mármol. Una horrible sonrisa se dibujó en su rostro al percibir algo que Corayne no podía captar.

Otro feroz crujido partió el aire y, con él, el mármol. Una larga fisura se extendió por la piedra blanca, por lo demás impecable, como un rayo dentado.

Corayne se estremeció, su cuerpo saltó con el ruido.

Algo se acerca.

—Vuelve al Huso —siseó Corayne, empujando a Andry—. Corre.

Pero Andry Trelland no se movió. En cambio, sus dedos se entrelazaron con los de ella, su tacto era cálido y familiar.

Por una vez en su vida, Corayne comprendió cómo se debía de sentir quien estaba en su casa.

—Conmigo —dijo Andry, poniéndolos a ambos de pie.

El suelo volvió a temblar, pero se mantuvieron firmes, tambaleándose sólo un poco mientras corrían hacia la espada.

Al otro lado del claro, Erida se soltó de los brazos de Taristan, riendo salvajemente cuando otro crujido atravesó el mármol.

Taristan se movió para seguirla, pero retrocedió. Miró entre Erida y la Espada de Huso que aún yacía en la hierba. La angustia y la ira se cruzaron en su rostro, mientras luchaba en su interior. Sus ojos se oscurecieron, volviéndose negros por momentos, hasta que arrugó la frente. Parecía alguien que despierta de una pesadilla.

Corayne aminoró la marcha y lo miró a los ojos a través del acero de la Espada de Huso. La espada reflejaba los rostros de ambos, tan parecidos, encadenados por la sangre y el destino.

Ella esperaba que él se abalanzara sobre la espada, pero Taristan no se movió, con la respiración entrecortada.

—Reclama tu destino, Taristan del Viejo Cor —dijo ella suavemente.

Reclama el tuyo, Corayne an-Amarat.

La voz era una aguja entre sus ojos. Gritó contra ella, casi se derrumbó, pero Andry la mantuvo firme. Lo que Espera arañaba los bordes de su mente, suplicando que lo dejara entrar. Suplicando por sostener a Corayne como había sostenido a Taristan. Como había consumido a Erida.

—Mi destino es mío —gruñó Corayne en voz alta, a Taristan y al dios demonio que se abría paso a martillazos por los reinos—. Para reclamarlo o romperlo.

Otro estruendo sacudió la tierra mientras otro crujido bajaba por las escaleras. Esta vez el sonido era inconfundible.

Un paso.

El aire se estremeció y un destello de luz recorrió el verde bosque, cegándolos a todos durante un instante. Cuando se despejó, Corayne abrió los ojos y vio brasas, los árboles ardían ennegrecidos, las ramas se desmoronaban, las hermosas hojas se convertían en cenizas arrastradas por un viento despiadado.

La destrucción arreciaba, las llamas eran voraces y se agitaban a su alrededor. Era como estar en el ojo de una tormenta. Corayne apretó los dientes contra el calor repentino y sus ojos se clavaron en el humo. Incluso mientras el fuego ardía y Lo que Espera gritaba, ella siguió adelante, aferrándose a su mente y a su objetivo.

Tomó la Espada de Huso, cuyas joyas brillaban en rojo y púrpura. Sus dedos rozaron las gemas, pero otra mano fue más rápida, con los dedos blancos, los huesos casi visibles a través de la piel tirante. Las venas se retorcían como gusanos nacarados.

Erida.

Corayne saltó hacia atrás justo cuando la reina blandió la espada con toda la fuerza de su cuerpo. No era una espadachina, sus movimientos eran torpes, sin práctica.

Andry acercó su cuchillo a la espada, ansioso por bloquear su siguiente golpe.

En su lugar, se encontró con la propia daga de Taristan.

—Corre mientras puedas, escudero —dijo Taristan, girando la muñeca para desarmar a Andry y lanzarlo hacia atrás en el mismo movimiento—. Corre como lo hiciste hace tanto tiempo.

En respuesta, Andry echó mano del hacha que aún llevaba en la cintura. La hizo girar con destreza.

—No lo haré.

—Escudero obediente —se burló Erida, con odio en cada aliento. La rabia se apoderó de ella—. Qué final para ti. Morir intentando matar a la reina que juraste proteger. Tu padre se avergonzaría de ti.

Andry lanzó un rugido y giró, el hacha dio vueltas con él, sólo para encontrarse de nuevo con la daga de Taristan. Ambos se defendieron, estallando en un furioso duelo. El escudero no era mejor que Taristan, pero estaba cerca de ser su igual. Lo suficiente para detenerlo.

Dividida entre Andry y la espada, Corayne no podía titubear. Se abalanzó sobre Erida, esquivando cada torpe golpe de la Espada de Huso.

Unos ojos lívidos y ardientes le devolvieron la mirada, encendidos como el infierno que los rodeaba. Erida estiró los labios en una mueca parecida a una sonrisa, pero con la boca demasiado ancha, mostrando demasiados dientes. Poco a poco retrocedió hacia los escalones, mientras Corayne se acercaba.

—No creí que llegaría a matarte yo misma —dijo Erida, con voz ronca.

El entrenamiento de Corayne volvió a ella en forma de destellos, lecciones bien aprendidas. Golpeó con la mano libre, clavando sus brazaletes de púas en la cara de Erida. La reina esquivó el golpe, pero por muy poco. Aun así, tropezó y quedó un rastro de sangre en su mejilla.

En algún lugar, Taristan gritó, su concentración estaba dividida entre Andry y la reina.

—No creí que fueras tan estúpida para escuchar a Lo que Espera —le espetó Corayne—. Y darle todo lo que podrías ser.

Otra grieta atravesó el mármol, otro paso resonó en la Encrucijada. El viento cambió, el aire se estremeció con las brasas.

Corayne atacó de nuevo, obligando a Erida a arrodillarse, con la Espada de Huso sujeta entre ellas, temblando. Pero Erida seguía siendo feroz, con los dientes al descubierto, aunque le sangrara la cara.

Corayne casi rio al ver aquello. La reina de Galland arrodillada ante la hija de una pirata. Luego, se compadeció de ella. Erida también había sido niña alguna vez, rodeada de enemigos, buscando cualquier forma de sobrevivir al pozo de víboras que llamaba hogar.

Pero la compasión de Corayne pronto decayó. No había olvidado a todos los muertos por el hambre de Erida. Por su propia voluntad, mucho antes de que Lo que Espera se colara en su corazón.

Cuando Erida volvió a atacar, Corayne la agarró por el brazo. Con un giro bien practicado, cortesía de Sorasa Sarn, logró que la reina soltara la Espada de Huso. Esta vez, Corayne fue más rápida y arrancó la espada del suelo para levantar el horripilante acero teñido con demasiada sangre.

Temblorosa, Corayne apoyó la espada en el cuello expuesto de Erida, el filo contra su piel.

Debajo de ella, Erida ahogó un grito de frustración. No había remordimiento en ella, sólo amarga aceptación.

—Éste es el precio —dijo la reina sin aliento, su voz entre un grito y un sollozo—. Éste es el precio que debo pagar.

Corayne quería abofetear a Erida, gritarle en la cara. *Esto ha sido obra tuya, tu elección,* quería gritar. *Tu avaricia nos trajo aquí mucho antes de que Lo que Espera se metiera en tu cabeza. Destruiste medio mundo por nada más que otra corona.* Alrededor de la empuñadura de la Espada de Huso, sus dedos se curvaron, deseando apretar la garganta de Erida.

Pero Corayne se mantuvo firme. Levantó los ojos hacia los escalones que ahora se encontraban a escasos centímetros. Estaban astillados, las cenizas barrían el mármol desmoronado. Seguía sin poder ver la cima, los niveles superiores estaban envueltos en sombras.

Una luz roja latía entre las ramas, golpeando como el latido de un corazón desgarrado.

—Sólo podemos seguir el camino que tenemos por delante —dijo Corayne, repitiendo las palabras de Erida de hacía tanto tiempo. De otra vida, cuando se habían conocido, reina e hija de pirata.

En el suelo, el rostro entristecido de la reina perdió su entereza, con lágrimas acumulándose en sus ojos. Corayne casi esperaba que se convirtieran en vapor.

—Te dejo en el camino que has elegido, Erida —murmuró Corayne, dando un paso atrás. La espada seguía en ángulo entre ellas, manteniendo a la reina a raya—. El destino que mereces.

Los pasos retumbaron y la tierra tembló. Erida se bamboleó al mismo tiempo, las puntas de su cabello castaño quemado al caer las brasas. Por un momento, se encendieron, hermosas como una corona.

No tienes estómago para eso, mi querido amor.

Corayne se estremeció como si la hubieran apuñalado, y estuvo a punto de soltar la espada.

Dentro de su cabeza, Lo que Espera hablaba con otra voz, la única que podía romper el corazón de Corayne.

Madre.

Algo se movió entre el humo, una sombra en lo alto de las escaleras de mármol. Tomó forma lentamente, solidificándose en la silueta de una figura demasiado horripilante para comprenderla. Era demasiado alto, sus miembros demasiado largos, su cabeza se hundía bajo el peso de unos cuernos imposibles. Mientras Corayne miraba, congelada, la luz roja se encendió y palpitó más rápido, hasta que dos ojos rasgados se abrieron en las sombras, brillantes como el corazón de un relámpago, ardiendo más que cualquier fuego.

A medida que el terrible pulso latía, también latía el de Corayne.

Cómo desprecio esa llama que llevas dentro, ese inquieto corazón tuyo, dijo Lo que Espera con la voz de su madre. *Y cómo lo envidio también.*

Aunque no podía verlos, Corayne podía sentir Sus dedos, tan largos, extendiéndose por la Encrucijada, Sus garras arrastrándose ligeramente sobre su piel. Se estremeció y trató de apartarse, de huir, de gritar.

Déjame entrar y te haré reina de cualquier reino que desees. La voz vaciló, el tono juguetón de su madre se desvaneció en algo más oscuro, más grave. *Salvaré la vida de tu Anciano. Perdonaré a tus amigos del castillo. Mantendré el Ward como es ahora, verde y vivo, con su gente libre y segura. Haré de tu reino la joya de mi corona, y de ti, su guardiana.*

Lo que Espera ronroneaba y susurraba.

Déjame entrar.

—No lo haré —siseó Corayne entre dientes apretados, con la batalla desatada dentro de su propia cabeza—. No lo haré.

Le temblaron las piernas, pero lentamente un pie se movió, deslizándose poco a poco. Y entonces, un brazo se enganchó en su pecho, lanzándola hacia atrás sin miramientos.

Fue suficiente para romper el hechizo, y Lo que Espera aulló. Su rabia era tan absoluta que sacudió los árboles, resonando a través de la Encrucijada cenicienta.

Corayne aterrizó en brazos de Andry, con la Espada de Huso todavía en la mano. Sólo pudo ver, boquiabierta, cómo Taristan los empujaba a ambos hacia el Huso. Lanzó una última mirada a su sobrina, con los ojos completamente negros.

Eran los ojos de su padre, y también los suyos.

Su cuerpo se estremeció cuando Taristan se dio la vuelta para no volver a mirarlos nunca más.

Si temía a los escalones y a la sombra de lo alto, no lo demostró. Se arrodilló frente a la reina Erida. Lentamente, tomó su cabeza entre las manos, apartando las cenizas que se adherían a sus mejillas desgarradas y ensangrentadas. Erida se estremeció cuando él la sujetó, su cuerpo se agitó e intentó zafarse, aun cuando tiraba de él para acercarlo a ella.

Por un momento, Corayne creyó vislumbrar un destello azul en los ojos de Erida.

Entonces, retumbaron los pasos, la tierra tembló.

Esto no ha terminado, Corayne del Viejo Cor.

La voz gruñía y susurraba, hablando en todos los idiomas. Corayne se apartó de eso como se apartó de su tío y de la reina, dejándolos con las brasas.

El Huso se deslizó por encima de Andry y Corayne, la Espada de Huso con ellos. Cuando sus botas chocaron con la piedra, Corayne giró, aferrando la espada con ambas manos, toda su fuerza volcada en un solo movimiento. La Espada de Huso cortó el aire, cerrando el portal y dejando atrás para siempre a Taristan y Erida.

Por todo lo que durara la eternidad.

* * *

Volvieron a un cráter de cadáveres, el ejército Ashlander se marchitaba donde estaba. Lo que sea que los había mantenido con vida se estaba filtrando fuera de ellos, como la sangre en el suelo. Una ya había caído, su armadura verde opaca; la princesa de Iona por fin regresaba a casa. Isibel yacía a su lado, con los ojos cerrados, como si sólo durmiera. Con un vistazo, Corayne supo que nunca despertaría.

Los vivos inundaron el patio, soldados Ancianos despachaban a los pocos cadáveres que aún se aferraban a su vida maldita. Sus figuras se desdibujaron, sin importancia para Corayne. En lugar de eso, buscó en el suelo, recorriendo con la mirada el empedrado y las rosas.

Domacridhan yacía en el mismo lugar, con Sorasa arrodillada sobre él de nuevo. La sangre de Dom se había secado en las manos de la Amhara, tornándolas de un horrible color negro. Sus ojos seguían abiertos, vacilantes, pero siempre fijos en el rostro de ella. Sorasa no parpadeaba, sosteniendo su mirada.

Charlie también estaba allí, desplomado contra un Garion maltrecho, pero que respiraba. El asesino sostenía un trapo ensangrentado a un lado de su cara.

Cuando los ojos de Charlie se encontraron con los de Corayne, se quedó boquiabierto y sus pies se movieron para ir a su encuentro.

Corayne no sabía cómo sentirse. Triunfante, sonaba mal. No había victoria, sólo supervivencia.

Una de sus manos seguía aferrada a la de Andry, la otra a la Espada de Huso. En ese momento, el arma se sentía extraña entre sus dedos, su zumbido se había atenuado. Lo mismo sucedía con el Huso, la luz del hilo dorado chisporroteó y comenzó a desvanecerse. Cerrando para siempre la puerta de la Encrucijada.

Fue lo último que vio Corayne antes de que su visión se desenfocara, con manchas oscuras bailando frente a sus ojos. Hasta que la negrura se comió el mundo y no hubo nada en absoluto.

* * *

El amanecer irrumpió frío y amarillo sobre Iona, las implacables nubes de Calidon fueron arrastradas por un viento purificador. La luz roja desapareció del cielo, como si nunca hubiera existido. Aún ardían pequeños fuegos en la ciudad y en el campo. La mayoría parpadeaban alrededor del cadáver enjoyado de un dragón caído, con su piel de gema ahora opaca y sus alas como velas negras contra el suelo.

En el campo de batalla, una compañía de jinetes temuranos hizo otra ronda, reuniendo a los supervivientes de todos los ejércitos. Kasa, Ibal, los inmortales. Y Galland también, los que quedaban, demasiado maltrechos para huir con el resto de las legiones. Los afortunados se dispersaron por las montañas, huyendo ante todo el poderío del emperador temurano y sus magníficos Incontables.

Corayne se apoyó en las murallas de la ciudad, de cara al frío viento, dejando que calara hasta sus huesos. Aún no podía creer lo que veía. El enorme ejército temurano era un mar marrón y negro que cruzaba el fondo del valle, demasiado numeroso para comprenderlo. Apenas podía imaginar cuántos barcos se habían necesitado para transportarlos a través del Mar Largo. O cómo su propia madre había podido liderar semejante armada.

Muchas banderas ondeaban en el aire. Un ala negra sobre bronce danzaba por los temuranos. Las banderas de Iona aún se mantenían, las de Kasa e Ibal también. Verde y plata. Púrpura. Azul y oro. Bronce. Banderas de todos los rincones del mapa. De reinos lejanos. Mortales e inmortales.

Ellos respondieron a la llamada. Vieron qué nos estaba enfrentando, qué amenazaba a todo el reino. Y vinieron.

A pesar de toda la muerte, de toda la pérdida, Corayne podía aferrarse a eso.

Somos, al fin y al cabo, un reino unido, y no separado.

EPÍLOGO

Después

No era la primera vez que Charlie estaba en el patíbulo, ni siquiera la segunda. Aun así, no disfrutó de la sensación de la áspera cuerda en su suave cuello. Le rozaba y escocía.

Observó a la pequeña multitud reunida alrededor de la plataforma, la mayoría de ellos campesinos con la mirada perdida que acababan de enterarse de la guerra, meses después de que hubiera terminado. Sólo dos guardias se molestaron en vigilar. Charlie apenas era una amenaza, un pequeño y regordete fugitivo finalmente capturado por sus crímenes, por lo demás de poca monta. Al menos, el aire era cálido. La primavera había estallado, todo el mundo estaba en flor, como para compensar un invierno largo y sangriento. Y ahora reinaba el verano, el reino rodeado por un dorado brumoso.

No había ningún verdugo con capucha negra. Sólo un hombre desdentado que hacía trabajos en el pueblo. Charlie suponía que cualquiera podía tirar de un balde debajo de los pies de un hombre.

Cuando se acercó, Charlie se preparó para lo peor. No importaba cuántas veces hubiera estado en la horca, siempre se preguntaba cuál sería la última.

Entonces, la cuerda se rompió sobre él, cortada limpiamente por una flecha perfectamente dirigida. La multitud lanzó un grito de asombro cuando Charlie saltó del barril, dejando atrás al hombre desdentado. Se encaramó al borde de la plataforma, justo cuando el caballo y el jinete irrumpían en la refriega. Para cuando los guardias despertaron de su estupor, Charlie ya estaba a salvo en la silla de montar, sujetando a Garion delante de él.

La pareja rio durante todo el trayecto hasta las colinas madrentinas.

No tardaron en encontrar el campamento de Sigil, la mujer temurana, que apareció como una amplia silueta contra los árboles.

—Empezaba a pensar que algo había salido mal —dijo ella sonriendo—. No todos los días un tuerto da en el blanco.

Garion le guiñó el ojo sano. El otro estaba cerrado por una cicatriz aún por sanar, meses después de la batalla de Iona.

—Hice lo que pude —dijo, bajando del caballo.

Charlie saltó detrás de él, orgulloso de su propia actuación. *Estoy mejorando en esto.*

—¿Cuánto fue? —preguntó él, ansioso.

—Menos de lo que esperaba —respondió Sigil. Se inclinó hacia sus cosas y sacó una bolsa tintineante, levantándola para mostrar un montón de monedas de oro—. Tu recompensa ha bajado. ¿Supiste algo en el Ward sobre problemas peores que tú?

Frunciendo el ceño, Charlie contó las monedas de un vistazo.

—Bueno, entonces supongo que debería volver al trabajo.

* * *

Sorasa Sarn estaba de pie en el borde de la ciudad. El desierto se extendía amplio y dorado, brillando con los últimos rayos del atardecer. Ya estaba refrescando, el calor del día se había disipado con el alargamiento de las sombras. Acarició al caballo que tenía debajo, una yegua de arena. El orgullo de Ibal, más veloz que cualquier otro caballo del Ward. Y un regalo de la heredera.

Seguía siendo extraño tener amigos en los lugares más altos. Y enemigos en los más bajos.

Volvió a observar el desierto. Almasad era la ciudad más cercana a la ciudadela, aunque la sede de la Cofradía Amhara aún estaba a muchos días de distancia. Era un viaje agotador a través de las arenas, el camino no estaba marcado y sólo lo conocían quienes ya lo habían transitado.

Su corazón temblaba ante la perspectiva, tanto de miedo como de expectación. No sabía lo que le esperaba entre los Amhara. ¿Mercury estaba vivo, como decían los rumores? ¿O había muerto en Iona como tantos otros? Sólo había una forma de averiguarlo.

El viento revoloteó y un mechón de cabello negro revoloteó delante de sus ojos. Y luego, un mechón dorado.

Domacridhan estaba sentado plácidamente a su lado, montado en su caballo, su mirada esmeralda fija en el horizonte. Llevaba el cabello más largo y sus cicatrices iban desapareciendo, pero seguía inclinado hacia un lado, acomodado a la herida que tenía bajo el brazo. También se estaba curando, gracias a su naturaleza de Anciano. Por no hablar de una buena dosis de suerte, rezos y habilidad Amhara.

Un mortal habría fallecido hace meses, desangrándose en las rosas, su cuerpo enfriándose debajo de ella.

—Gracias por venir conmigo.

Sabía que no era poca cosa. Dom era ahora el monarca de Iona, el líder de un enclave destrozado por la guerra y la traición. Debería haber estado en casa con su gente, ayudándolos a restaurar lo que casi se había perdido para siempre.

En cambio, miraba sombríamente hacia una duna de arena, con ropas poco apropiadas para el clima, y su aspecto sobresalía del desierto como el más doloroso de los pulgares. Aunque muchas cosas habían cambiado, la capacidad de Dom para parecer fuera de lugar se había mantenido. Incluso llevaba su capa habitual, gemela de la que había perdido meses atrás. El verde grisáceo se había convertido en un consuelo para Sorasa como ninguna otra cosa, al igual que la silueta de su forma familiar. Siempre erguido, nunca se alejaba de su lado.

Fue suficiente para que a Sorasa le ardieran los ojos y volviera la cara para ocultarse en su capucha durante un largo momento.

Dom no le hizo caso y dejó que se recuperara. Entonces, sacó una manzana de sus alforjas y le dio un ruidoso mordisco.

—Salvé el reino —dijo el Anciano, encogiéndose de hombros—. Lo menos que puedo hacer es intentar ver algo de él.

Sorasa ya estaba acostumbrada a los modales de los Ancianos. Sus maneras distantes, su incapacidad para entender las indirectas sutiles. Uno de los lados de su boca se elevó contra la capucha mientras ella se volvía hacia él, sonriendo.

—Gracias por venir *conmigo* —volvió a decir.

—Ah —respondió él, cambiando de postura para mirarla. El verde de sus ojos bailaba, brillante contra el desierto—. ¿Adónde más podría ir?

Luego, le pasó la manzana. Ella se terminó el resto sin pensarlo.

Sin embargo, la mano de él permaneció ahí, con los nudillos marcados en su brazo tatuado.

Ella no lo apartó. En cambio, se inclinó, de modo que sus hombros se rozaron, y puso parte de su peso sobre él.

—¿Sigo siendo un desperdicio de arsénico? —dijo él, sin apartar los ojos de su cara.

Sorasa se detuvo en seco, parpadeando confundida.

—¿Qué?

—Cuando nos conocimos —su sonrisa se desplegó—. Me llamaste desperdicio de arsénico.

En una taberna de Byllskos, después de verter veneno en su copa y ver cómo se lo bebía todo. Sorasa rio al recordarlo, y su voz resonó en las dunas vacías. En ese momento, había creído que Domacridhan era su muerte, otro asesino enviado para matarla. Ahora sabía que era todo lo contrario.

Lentamente, ella levantó el brazo y él ni se inmutó. La sensación seguía siendo extraña, inquietante y cargada de emoción por igual.

La mejilla de él estaba fría bajo su mano, y sus cicatrices le resultaban familiares. A los Ancianos les afectaba menos el calor del desierto, hecho que Sorasa aprovechó a su favor.

—No —respondió ella, acercando su cara a la suya—. Gastaría todo el arsénico del mundo en ti.

—¿Es eso un cumplido, Amhara? —murmuró Dom contra sus labios.

No, intentó responder ella.

Sobre la arena dorada, sus sombras se encontraron, grano a grano, hasta que no quedó espacio alguno entre ellas.

* * *

La cubierta del barco se agitaba bajo ella, la cálida brisa del Mar Largo se enredaba en sus cabellos negros. Corayne engulló el sabor de la sal con avidez, como si pudiera beberse los mares mismos. Su rostro se volvió hacia el sol, que seguía ascendiendo por el este, amarillo y brillante.

De joven, Corayne habría matado por trabajar en la cubierta de la *Hija de la Tempestad.* Era la libertad, el mundo entero. Ahora el barco parecía pequeño, poco más que un trozo de madera flotando en el mar infinito.

Su corazón aún suspiraba, pero ¿qué corazón no lo hacía?

—¿Cómo están los vientos? —preguntó una voz.

Se giró para ver a su madre, en pie junto a la barandilla, Meliz an-Amarat en todo su terrible esplendor. El sol reflejaba un tono rojo en sus cabellos negros y suavizaba las curvas, ya de por sí suaves, de su rostro dorado. Incluso después de todo, Corayne seguía envidiando la belleza de su madre. Pero también la atesoraba.

—Bien —respondió Corayne—, porque me traen a casa.

A casa. La *Hija de la Tempestad* no era su hogar, pero sí algo parecido. Un lugar al que podría pertenecer algún día, si lo deseaba. Tal vez eso era realmente el hogar. No un lugar o una persona, sino un momento en el tiempo.

—Vamos bien de tiempo —dijo Corayne distraída, estudiando el curso del sol. A juzgar por el ángulo y las cartas marinas, tocarían tierra en unos días.

A su lado, Meliz hizo una mueca de incredulidad. Negó con la cabeza, sonriendo.

—¿Cómo lo sabes?

Corayne sintió calor en las mejillas y luchó contra el impulso de agachar la cabeza. En efecto, no sabía nada de esta ruta. Al menos, no de primera mano. Sólo sabía lo que le decían sus mapas y cartas, lo que otros marineros habían descubierto. Lo que su madre había experimentado demasiadas veces para contarlas.

En lugar de encogerse, Corayne enderezó la columna.

—Supongo que estoy aprendiendo —admitió—. Por fin.

Meliz sonrió.

—Bien. No tolero la estupidez en mi barco.

En lugar de sonreír con ella, Corayne volvió la vista al mar. No con rabia, sino con paz.

—Gracias por esto —murmuró.

A su lado, Meliz se acomodó, apoyándose en los codos para inspeccionar las olas. Ni siquiera el fin del mundo había cambiado su aversión a las emociones, buenas o malas. Se encogió de hombros y sonrió de nuevo.

—Hay peores lugares en el mundo donde estar.

Corayne luchó contra el impulso tan familiar de poner los ojos en blanco. Se giró hacia su madre, se negó a pestañear y le sostuvo la mirada, obligando a Meliz a ver exactamente lo que quería decir.

—Gracias —volvió a decir, con demasiados significados, la voz cargada de emoción.

Por tu amor, por tu valentía, por apartarte cuando yo necesitaba avanzar.

Por todo lo que hiciste por mí, y por todo lo que no me dejaste llegar a ser.

Corayne esperaba que los días posteriores a la guerra fueran difíciles, de dolor, arrepentimiento y angustia. Odiarse a sí misma, ver sangre por todas partes. Muerte, destrucción. Lo que Espera en cada sombra. Sentirse atormentada por todo lo que había sobrevivido y por todo lo que había hecho para sobrevivir a ello.

En cambio, recordaba al joven dragón. Llorando por su madre. Herido, pero obstinadamente vivo. Protegido por la misericordia de Corayne.

Y luego, Erida. Indefensa debajo de ella. Un final fácil, una muerte merecida. Pero Corayne no se la iba a dar. Aunque la sangre corriera por la Espada de Huso y todo el mundo pareciera arder, el alma de Corayne estaba limpia.

—Dijiste una vez que no tenía estómago para esto. Para esta vida —dijo, mirando al horizonte infinito. Tenía tantas posibilidades que la cabeza le daba vueltas—. Tienes razón.

Algo brilló en los ojos de Meliz. Una lágrima o un truco de la luz, Corayne no podía decirlo.

—Claro que tengo razón, soy tu madre —respondió ella, acercándose.

Meliz se sintió enternecida al apoyar la cabeza en el hombro de Corayne, con un brazo alrededor de su espalda. Se apoyaron la una en la otra, madre e hija. Sus caminos volverían a separarse, porque todos los caminos están destinados a ello. Pero, por el momento, corrían juntos, uno al lado del otro.

* * *

El puerto de Nkonabo era un derroche de color, sonido y olor. Andry trató de asimilarlo todo desde la cubierta del barco. El águila blanca sobre banderas púrpuras, voces que hablaban en todos los idiomas, el sabor del agua salada y el mercado de especias. Los monumentos de alabastro, famosos en todo el Ward, se alzaban por toda la ciudad, tallados a semejanza de los numerosos dioses. Sus ojos brillaban, tachonados de amatistas impecables.

Desde su elevada posición en el barco, Andry no tardó en encontrar la estatua de Lasreen. A sus pies yacía su leal dragón, Amavar. A pesar de las gemas púrpuras, sus ojos enjoyados parecían guiñar en color azul.

Entonces, algo en el muelle llamó su atención, y todos los pensamientos sobre el dragón desaparecieron.

Andry casi saltó del barco, tropezando consigo mismo para desembarcar. Al igual que la ciudad, los muelles eran caóticos, repletos de marineros y mercaderes. Los recorrió a todos con la mirada fija en un único punto.

Una sola persona.

Valeri Trelland ya no necesitaba su silla de ruedas. Se apoyaba pesadamente en un bastón, pero caminaba por sus propios medios. Incluso a lo lejos, sus ojos verdes como la primavera brillaban, y su pulida piel de ébano resplandecía bajo el sol kasano. Los miembros de su familia, Kin Kiane, caminaban con ella, acompasando su paso lento.

Andry quería correr hacia ella, pero se mantuvo firme. Su madre era una dama y despreciaba los malos modales. En lugar de eso, esperó como un hijo educado y obediente, aun cuando la garganta amenazaba con cerrársele, con el escozor de las lágrimas no derramadas.

—*Madero* —dijo ella, tendiéndole una mano. *Querido mío.*

Él apoyó la mejilla en la palma de su mano, su piel era más suave de lo que recordaba.

—Me alegro tanto de verte —contestó Andry, casi ahogándose con las palabras.

Valeri sonrió, secándose las lágrimas.

—Cuando me fui, todavía eras un niño.

Él no pudo evitar reír.

—¿Ahora vas a decir que soy un hombre?

—No —respondió ella, y le alisó el cuello—. Eres un héroe.

De no ser por los espectadores, Andry habría llorado en medio del muelle. En lugar de eso, contuvo las lágrimas y tomó a su madre de la mano.

—Hay alguien que quiero que conozcas —dijo, haciendo un gesto hacia el barco.

Las velas púrpuras de la *Hija de la Tempestad* ya estaban alzadas, y su tripulación comenzaba la cuidadosa tarea de atracar la galera. Corayne apareció en la barandilla, con el cabello recogido en una trenza y la cara bronceada.

—Ya nos conocemos —exclamó Valeri, medio regañando a su hijo. Luego, lo miró de reojo—. A menos que la conozca ahora en otras circunstancias.

—Eso espero —respondió Andry, sonriendo cuando Corayne se les unió.

Ella se mantenía erguida, con una capa azul sobre un brazo y una bolsa colgada de un hombro. Ahora sólo llevaba un cuchillo largo, guardado en la bota.

Y nada más.

Valeri Trelland la saludó con cariño, besando a Corayne en ambas mejillas. Andry sólo pudo observar, un poco sorprendido, cómo se desarrollaba el momento. Había soñado con ello tantas veces que apenas podía creer que fuera real. *Corayne. Mi madre. La tierra de mis ancestros.* Los ojos le ardían y el corazón se le hinchó en el pecho hasta casi no poder soportarlo.

Entonces, el hombro de Corayne rozó el suyo y él se estremeció. Aún no estaba seguro de su proximidad, de la posición de cada uno. Pero ella le sonrió de forma alentadora, haciéndole un gesto para que se uniera a ellos. Su sonrisa era como el sol, que lo bañaba en un cálido resplandor.

—Conmigo —dijo Corayne en voz baja, para que sólo él pudiera oírla.

Lentamente, el joven soltó un suspiro. Y con él, el último peso que colgaba de sus hombros. La oscuridad que quedaba desapareció, ahuyentada por la luz dorada.

—Conmigo —le susurró Andry.

* * *

El reino entero.

Erida pensó en sus coronas, tan variadas como eran. Oro, plata, todo tipo de joyas. Algunas para la celebración, otras para la guerra. Todas estaban destinadas a marcarla como lo que era: la reina de Galland, la persona más poderosa que había pisado el Ward.

En ese momento, su corona eran cenizas; sus joyas, brasas.

Su reino era apenas lo que tenía en su cuerpo, y ni siquiera eso era suyo ahora.

Mi mente es mía. Lo repitió una y otra vez, hasta que recuperó la sensibilidad en sus miembros y el control de su mente. Sus manos seguían temblando, el arañazo de Lo que Espera siempre presente en su cabeza. Pero era un poco más fácil de soportar.

—Deberías haberte ido con ellos —dijo ella, levantando la barbilla para mirar a Taristan. El humo era tan denso que apenas podía verlo a través de las sombras del extraño reino que ardía a su alrededor.

Pero aún podía sentir sus brazos, envolviéndola, manteniéndolos a ambos juntos hasta que llegara algún tipo de final.

—¿Para qué? —respondió él, con la voz rasposa por el humo.

Erida volvió a respirar entrecortadamente, con el calor de las llamas golpeando su espalda. Las lágrimas resbalaron de sus ojos y se acurrucó contra él, como si fuera a desaparecer por completo en Taristan.

—Para cualquier cosa menos esto —gritó ella, mirando hacia donde había estado el Huso—. Aquí no hay nada para ti.

Taristan sólo miró fijamente.

—Sí, lo hay.

El fuego se extendía, tan cerca que Erida temía que su armadura se derritiera. Pero no había adónde ir, nada que hacer. No tenían espada. No tenían puertas. Sólo estaba Taristan frente a ella, con los ojos llenos de los largos años de su vida.

Ella lo conocía tanto como cualquiera podría hacerlo. Un huérfano, un mercenario, un príncipe. Un niño abandonado y destinado a ser manipulado en interés de otros, puesto en este terrible camino durante tanto tiempo.

¿Acaso esto nos condujo siempre hasta aquí?, se preguntó Erida. *¿Siempre fue este nuestro destino?*

Los escalones se estremecieron tras ella, uno se desmoronó por completo. Lo que Espera siseó con el crujido de la piedra, cada vez más cerca. El demonio interior llamó al demonio exterior, los dos conectados como un trozo de cuerda tensándose.

Erida tragó saliva, sintiendo que se le escapaba el control.

Agarró a Taristan con más fuerza, parpadeando con fiereza.

Mi mente es mía. Mi mente es mía.

Pero su propia voz empezó a desvanecerse, incluso en su cabeza. Vio lo mismo en Taristan, la misma lucha desatada tras sus ojos. Antes de que pudiera apoderarse de ambos, Erida tomó a su príncipe por el cuello, acercando su rostro al suyo. Sabía a sangre y humo, pero ella se deleitó con ello.

—¿Eso te hace mía? —susurró Taristan, con la mano contra su mandíbula.

Era la misma pregunta que había hecho una vez, hacía tanto tiempo, cuando Erida no había podido dar ninguna respuesta. Ahora le parecía una tontería, una estupidez por la que dudar. Sobre todo, cuando otro se estaba apoderando de su cabeza, conquistando su mente mientras intentaba conquistar el mundo.

—Sí —respondió ella, besándolo de nuevo. Lo besó hasta que las llamas la oprimieron, hasta que no pudo respirar. Hasta que su visión se volvió negra.

Hasta que la primera pisada holló la hierba y la tierra se hizo cenizas debajo de Él, y todos los reinos temblaron con su peso.

AGRADECIMIENTOS

Estoy realmente atónita por estar escribiendo estas palabras, porque escribirlas significa que *Destructora de destinos* está terminado, y que la serie "Destructora de reinos" está terminada. Se podría creer que me acostumbraría a esto después de publicar ocho libros, pero una nunca se acostumbra. O al menos, yo nunca lo haré. ¿Cómo se acostumbra alguien a vivir sus sueños? Porque esto ha sido realmente un sueño para mí. Cada segundo de mi carrera editorial ha sido un regalo, y estoy muy agradecida por todo ello.

Esta serie se escribió tanto para mí como para mis lectores, porque "Destructora de reinos" es todo lo que quería cuando era una adolescente tonta que buscaba *fan fiction*. Conseguir siquiera intentar escribir lo que mi yo adolescente necesitaba es todo un privilegio. Y no dejo de sorprenderme al encontrar lectores como yo, que buscan historias como esta. A todos aquellos que aman "Destructora de reinos" como yo, que ven lo que yo veo en estas páginas, gracias. Nos pertenecemos unos a otros.

Por supuesto, nunca estaría en esta posición sin el inmenso apoyo de mi familia. Mis padres son educadores, ambos me transmitieron mi amor por las historias y, lo que es quizá más importante, mi curiosidad y mi motivación. Gracias a mamá, papá y Andy, por todo, siempre.

También tengo la suerte de contar con un increíble círculo de apoyo aquí en California, mi nuevo hogar (con nuevo me refiero a que llevo viviendo aquí quince años). Gracias a mi familia elegida: Morgan, Jen, Tori y todos nuestros queridos amigos que de alguna manera me han tolerado durante más de diez años.

Desde que publiqué mi último libro, me casé con mi marido, que sigue siendo mi centro de apoyo. Y, de alguna manera, un gran fan de "Destructora de reinos". Junto al mejor amigo de nuestra querida niña, Indy, la luz peluda de mi vida. Los amo a los dos más de lo que las palabras pueden expresar, y eso que soy bastante buena con las palabras. Ah, y gracias por darme los mejores suegros que una chica podría pedir. De alguna manera me he ganado otro par de padres fantásticos, cuñadas y cuñados maravillosos, y una abuela extra, nuestra queridísima Shirley.

Podría enumerar a todos mis colegas literarios que se han convertido en amigos entrañables, pero me parecería presumir. Son una fila de asesinos de artistas fenomenales y personas aún mejores. Gracias por sus consejos, sus ánimos y, sobre todo, por comprender este extraño espacio que ocupamos juntos.

La niña de pueblo que fui nunca habría podido soñar con la mujer que soy hoy, con la carrera que he disfrutado. Nada de esto sería posible sin mi agente literaria, Suzie Townsend. Brindo por otros cinco años y por tantos libros como el mundo me permita escribir. Gracias por ser mi verdadero norte. Sería negligente si no mencionara al resto del equipo de New Leaf Literary: Douya, Sophia, Olivia, Jo, Tracy, Keifer, Katherine, Hilary y Eileen. Gracias por su genialidad, por hacer que mis palabras lleguen a todo el mundo, a la pantalla y a todas partes. Y gracias para siempre a Steve, mi guerrero legal y amigo de verdad.

En HarperCollins he tenido la suerte de trabajar con un equipo increíble para llevar mis historias a los libreros. La primera y más importante es Alice, mi editora desde hace cuatro libros, que me ha llevado con éxito de una serie a otra. Gracias por tu genialidad, tu amabilidad y tu apoyo sin fin. Gracias, Erica, por tu orientación y firme liderazgo. Y muchísimas gracias a Clare, que nos maneja a todos con una gracia tremenda. Tengo mucha suerte de contar con el equipo que tengo, y mis libros también la tienen. Gracias a Alexandra, Jenna, Alison, Vanessa, Shannon, Audrey, Sammy y Christina, ¡sin ustedes sería un desastre! Y un saludo especial a Sasha Vinogradova, sus portadas han sido un sueño hecho realidad.

De alguna manera, mis libros han logrado abrirse camino por todo el mundo, a países que nunca he pisado, impresos en demasiados idiomas como para aprenderlos. Gracias a cada agente extranjero, a cada editor, a cada traductor, a cada publicista. Ustedes hacen milagros y magia. Espero tener la suerte de conocerlos a todos algún día.

Diría lo mismo de mis lectores, pero sinceramente son demasiados para que lo pueda imaginar. Todavía no puedo creer que existan, y mucho menos que les importe algo de lo que he escrito. Gracias para siempre a cada librero, bibliotecario, profesor, bloguero, lector... por cada entrada o video, cada palabra de ánimo, cada recomendación que me hacen llegar. Yo no existiría sin ustedes, y mis historias tampoco. Prometo que haré todo lo posible para proteger su fe en mí y seguir creando mundos en los que vivir, y personajes para que los amen. O los odien. 😉

Por supuesto, por último, mi agradecimiento para J. R. R. Tolkien. Su influencia está en toda esta serie, tanto en las historias que me dio, como en las que no. Yo no sería yo misma sin la Tierra Media, y por ello siempre le estaré agradecida. Ahora, de vuelta a mi agujero hobbit. Y a la próxima aventura.

Todo mi amor, para siempre,
Victoria

Esta obra se imprimió y encuadernó
en el mes de junio de 2024,
en los talleres de Romayà Valls, S.A.,
que se localizan en la Plaça Verdaguer, 1
C.P. 08786, Capellades (España).

ALLWARD
Mar de Tari
Tarima
Las Estepas Lejanas
Korbij
Golba, el Río sin Fin
EL TEMURIJON
DAHLANI
Askendur
Syrene
LARSI
El Mar Silencioso
ISHEIDA
BETAL
LEDOR
Izera
Puertas Dahlianas
Lharat
Ciaom
LA CORONA DE NIEVE
Ghishan
Valle Corsbane
AHMSARE
El Harkos
GHERA
Trisad
Bahía de Sarian
Nessa
El Gher
RHASHIR
Imrisid
Bihasar
Jirhali
El Río de la Princesa
Golfo del Tigre
Siemprebosque
Boca de Rhashira
Océano Nocturano
Las Grandes
LAS MONTAÑAS DE LOS BENDECIDOS
Bahía Sapphira
Safir
El Bos

Bocas de los Dioses
MONTAÑAS DE LA LUNA INVERNAL
Hjorn
EL JYD
Kovalinn
Yrla
Vodin
Puertas de Trec
Gidastern
Mar de la Gloria
Ghald
El Mar Vigilante
El Bosque del Castillo
Aseal
La Leonesa
Badentern
Sirandel
GALLAND
Iona
Turadir
Rouleine
Partepalas
CALIDON
Lenava
MADRENCE
Lemarta
Lecorra
Pennaline
Bahía de Vara
SISCARIA
Costa de la Emperatriz
Byllskos
Bahía de la Miel
Estrechos de Tyriot
Océano Auroriano
Estrecho del Ward
Almasad
Orisi
Tirakrion
TYRIOT
Golfo de los Viajantes
Lorsum
SARDOS
Aegironos
Bahía de las Maravillas
El Desierto del Águila
Salahae
Nkonabo
Ela
KASA
Benai
El Nkon
Barasa